D1574192

Jean Portante
Erinnerungen eines Wals

g

LITERATUR GRENZENLOS
gefördert durch die
UNION STIFTUNG

Jean Portante

Erinnerungen eines Wals

Chronik einer Immigration

Roman

Aus dem Französischen
von Ute Lipka

Gollenstein

Allen Walen zugeeignet
und speziell meinen Eltern,
sowie all denen,
die wie sie Entwurzelung erfahren haben.

Für Sandrine

Wenn ihr eine Fabel
für die kleinen Fische schreiben würdet,
so würdet ihr sie sprechen lassen
wie die großen Wale.

GOLDSMITH

Die Personen dieses Romans sind alle ohne Ausnahme erfunden.
Jede Ähnlichkeit mit lebenden oder toten Walen ist reiner Zufall.

Eine der irrsinnigsten Vorstellungen, die abergläubische Menschen mit dem Weißen Wal verbanden, war Moby Dicks Allgegenwart, die Tatsache, dass er auf zwei entgegengesetzten Breiten im selben Augenblick angetroffen worden war...

Die Bar ist noch da. Aber es ist nicht mehr dieselbe Bar. Es ist dieselbe und doch nicht dieselbe. Die große Tür ist kleiner geworden, niedriger. Eine Markise und eine Leuchtreklame haben ihr den Kopf abgeschnitten.

Das ist mein erster Eindruck bei dieser ersten Rückkehr. Die Größenverhältnisse haben sich verändert. Alles ist entweder kleiner oder größer, als ich es mir vorgestellt hatte. Nichts ist so geblieben, wie es mir in Erinnerung war. Wie der Berg Santa Croce hinter Cardamone. Ich habe ihn nicht vergessen, aber jetzt enttäuscht er mich. Ich dachte, er sei kleiner. Höchstens ein klein wenig höher als die beiden Hügel bei Soleuvre. Die Prozession mit Don Rocco an der Spitze, das Weihrauchfässchen schwenkend, vom Murmeln der Dorfbewohner begleitet, machte vor jeder der kleinen weißen Kapellen des Kreuzweges Halt um zu beten (waren sie damals wirklich weiß?), und man kam oben beim Kreuz an, ohne dass man außer Atem geriet. Heute ging mir schon bei der vierten Station die Luft aus. Ich musste mich gegen die kleine Kapelle lehnen. Mein Blick suchte etwas, aber sie war innen leer. Kein Kreuz, kein Bild. Und ich hätte wetten können... Als ich mich umwandte, um das Dorf zu meinen Füßen genauer in Augenschein zu nehmen, wurde mir schwindlig. San Demetrio sah aus wie eine in einem weißen Meer versprengte weiße Insel mit Glockentürmen, die um Hilfe riefen. Das Läuten der Glocken, ob es nun die von Santa Annunziata oder von der Madonna oder von der Pfarrkirche waren, beruhigte mich. Ich erkannte das Glockenspiel wieder.

Es ist nicht alles verloren. Die Musik ist von der Zeit verschont geblieben, sagte ich mir. Ich wandte mich um und stieg weiter den Berg hinauf, in großem Abstand hinter Sandra und Lucie.

Gran Bar dei giovani lautet die Inschrift, die die Eingangstür verkleinert hat. Mit grünen und roten Lettern auf weißem Grund. Große Bar der Jugend. Da muss ich lächeln. Gibt es in San Demetrio noch junge Leute? Wer ist gegangen? Wer ist zurückgekehrt? Wie viele Häuser stehen noch leer? Wie hat sich der Baum des Dorfes verzweigt? Bis wohin reichen seine Äste? Nach Amerika? Nach Frankreich? Nach Deutschland? Nach Luxemburg? Der Frisörsalon neben der Bar gibt Aufschluss darüber. Parucchiera Josiane sagt diesmal das Schild, das hier den Eingang nicht wirklich verkleinert. Als sie weggingen, hießen die Frauen noch Giuseppina. Einige Silben sind dem Ausland zum Opfer gefallen. Mit der Auswanderung sind die Vornamen kürzer geworden. Claudio ist jetzt Claude, Giovanni Jean, Alfredo Fredy. Alles Übrige an der Fassade ist italienisch geblieben: das Ockergelb, die Balkons, die grünen Fensterläden, die symmetrische Anlage. Aber die Namen sind verändert und die „Größenverhältnisse". Ganz wie bei mir. Auch mein Name und meine Größenverhältnisse haben sich verändert.

Früher trafen sich die Alten in der Bar auf einen Krug Rotwein und zum Kartenspielen. Enothek sagt das Schild heute. Der Wein ist wissenschaftlicher geworden. Man stampft die Trauben nicht mehr mit den Füßen. Gibt es überhaupt noch Trauben? Die Weinstöcke am Bahnhof wirken so steril. Wie Skelette. Ich erinnere mich an die Eingangstür der Bar. Nein, nicht an die Eingangstür. Nur an den Eingang. Er war da wie heute, hoch und einladend, gleich hinter der Ecke mit dem Balkon. Und die beiden Stufen davor, die zum Bürgersteig führten, waren auch da. Wie viele Male habe ich mich darauf gesetzt, wenn meine Mutter mich hinausgeschickt hatte, um meinen Großvater zu suchen. Drinnen wurde geflucht und gesungen.

Das große Tor, der dritte Eingang unter dem Balkon, steht offen. Das ist der Haupteingang des Hauses. Er ist intakt geblieben. Kein Schild, keine Leuchtschrift, nichts. Irgendetwas zieht mich hinein. Dort habe ich auf meinen Großvater gewartet, wenn es anfing zu regnen. Großvater Claudio war in der Bar, trank und sang, spielte auf seiner imaginären Trompete und gewann oder verlor beim Kartenspielen. Das Tor war ebenso groß, wie das Warten lang war. Ich erinnere mich kaum daran, wie ich war, aber sehr wohl an das Warten. Warum ging ich nicht einfach in die Bar hinein, flüsterte Großvater ins Ohr, dass das Abendessen auf ihn wartete, dass Großmutter außer sich war vor Wut? Stellte ich mich damit, dass ich so wartete, nicht auf seine Seite und gegen Großmutter Lucia. Das ist ein Rätsel. Auf jeden Fall wartete ich. Und dieses sich immer wiederholende Warten kommt mir heute heldenhaft vor. Es war reines Warten. Ich wartete aus freier Entscheidung. Wahrscheinlich ganz einfach, um der Zeit das Vergehen zu ermöglichen, denn damals war jede verlorene Minute kostbar.

Teim is manni. Onkel Ernesto, mein Onkel aus Amerika, hat das zum ersten Mal gesagt. Die wenigen Male, die er nach Italien zurückkehrte, widerte es ihn an zu sehen, wie seine Landsleute ihre Zeit verloren, auf dem Dorfplatz umherschlenderten, um das Denkmal herumstanden oder sich in den Weinkellern und Bars einen Rausch antranken. Das widerte ihn an und betrübte ihn zugleich. In Amerika wurde die Zeit auf die Sekunde genau berechnet. Mit derselben Genauigkeit fraß sich der Kohlenstaub dort millimeterweise in die Innenwände der Lungen. In San Demetrio verbrachte jeder seine Stunden nach Belieben. Ich stellte meine mit Freuden zur Verfügung. Ich war klein und darauf aus, groß zu werden. Auf den Stufen des Bürgersteigs sitzend, spürte ich, wie meine Fingernägel und Haare wuchsen. Wenn ich allein war, hatte ich die Kontrolle über die Zeit, in Gesellschaft der anderen ließ ich sie nur über mich ergehen. Drei Jahre trennten mich von meinem Bruder und dessen Freunden, drei Jahre und eine Spur.

Wie oft habe ich die drei Eingänge betrachtet, die Bar, den Frisörsalon und das große Tor? Wieder retten mich die vertrauten Glocken. Sie sagen: es gibt noch soviel zu sehen, wiederzuerkennen, was stehst du da wie ein Ölgötze? Komm und sieh dir das Haus wieder an. Kannst du dich an das Haus erinnern? An dein Zuhause? Ich gehe an der Kirche der Madonna entlang, ohne links noch rechts zu blicken, und nehme die Abkürzung zum Gemeindezentrum, die Treppe, die die Kurve abschneidet, immer noch ohne mich umzuschauen. Dann kommt der Weg am Abhang, der neben unserem Garten vorbeiführt. L'orto, sagte Großvater Claudio, der Garten. Das Paradies.

Aber das Paradies ist nicht mehr ganz. Im oberen Teil, wo die Feigen- und Mandelbäume standen, steht ein Haus, während die Seite zum Gemeindezentrum hin gleich geblieben ist. Die Weinstöcke scheinen zu leben. Lebende Skelette. Lebendig und unbeschädigt. Seit zwanzig Jahren hat sich niemand mehr um sie gekümmert. Es ist seltsam. Warum sagt man auf Französisch eigentlich Fuß des Weinstocks. Wenn er wirklich Füße hätte, der Weinstock, wäre er dann da stehen geblieben? Wäre er dann nicht den jungen Leuten aus dem Dorf gefolgt, meiner Mutter, ihren Vettern und Kusinen, ihren Freunden? Es gibt auch den Fuß des Gebirges, den Fuß von Santa Croce, den Fuß des Gran Sasso. Wie viele Füße, wie viele Möglichkeiten wegzugehen. All das sage ich mir, ohne am Gitter von unserem übriggebliebenen Gartenstück Halt zu machen.

Ich sage mir vieles, so viel, dass es mir gar nicht mehr bewusst wird. Ich vergesse, dass ich nicht allein bin. Aber Sandra lässt mich gewähren. Sie und Lucie entdecken das Dorf, von dem ich ihnen soviel erzählt habe und das doch so sehr von meiner Beschreibung abweicht. Zweifellos halten sie mich für einen Spinner. Die Statue des heiligen Demetrius zum Beispiel stand für mich in der Kirche der Madonna. Und auch die Rote Madonna. Wir sind also in die Kirche eingetreten, haben das Ende der Messe abgewartet und dann das Kirchenschiff durchquert bis zum Altar mit dem neugeborenen Jesuskind. Die Kirche leerte sich gleich und der Priester musterte uns lange. Ich weiß, Sie sind nicht von hier, hat er schließlich gesagt, aber irgendetwas verbindet Sie mit diesem Ort.

Das war der Satz, nach dem ich suchte, seitdem wir den Fuß ins Dorf gesetzt hatten.

Wann habe ich begonnen, Zwiesprache mit mir zu halten? Was habe ich mir zum Beispiel gesagt, als wir das Auto vor dem Bahnhof am Ortsrand von San Demetrio abstellten?

...auf der Höhe des Bahnhofs, nein, es ist noch nicht der Bahnhof, trotz der schon erleuchteten Reklameschilder, vielfarbige Lichtfluten links und rechts von der Straße, eine Eskorte, die uns blendet, während die seit einer Weile endlos lange Baumreihe rechts von Stämmen mit weißem Streifen plötzlich unterbrochen wird, vorläufig, denn wenige Meter weiter beginnt sie von neuem. Die Unterbrechung ist entstanden durch das langsamere Fahren des Autos, das allmählich die Baumreihe in eine Reihe einzelner, zählbarer Bäume verwandelt hat, denn Sandra hat ihren Mann gebeten, langsamer zu fahren, um die Landschaft, die sie nur vom Hörensagen kennt, besser zu sehen und um den kleinen Bahnhof nicht zu verpassen, von dem er soviel erzählt hat, ein Bahnhof, der wer weiß was alles erlebt hat, vor allem im Krieg, ein Bahnhof, der Zeuge jeder Abreise war, aber der Bahnhof kommt noch nicht und Claude (solltc man Claudio sagen?) beschleunigt wieder, wodurch er den Bäumen das Anonyme, das sie vorher hatten, zurückgibt bis zur nächsten Verlangsamung, die wieder einzelne Stämme aus ihnen macht, einer Verlangsamung, der diesmal ein: Ist es da? von Sandra vorausgeht und dem ein plötzliches Bremsen von Claude folgt, ein Aufschrecken der kleinen Lucie, die auf dem Rücksitz aufwacht (sollte man Lucia sagen?), und ein Rucken des Wagens, der zurückrollt und zwischen den Bäumen genau unter einem ebenfalls erleuchteten großen Reklameschild zum Halt kommt auf einem Feldweg, der zu einer Art Bauernhof führt, einem vereinzelten Gehöft ohne Scheune noch Stall, nur ein Stockwerk, dessen Farbe sich kaum von den umliegenden Feldern abhebt, eine Insel von der Farbe schmutziger Erde inmitten einer Landschaft von derselben Farbe, Schnee, der kein Schnee mehr ist, Schlamm, der noch kein Schlamm ist, und diese Eisenbahnlinie, die dahinter verläuft, endlos lange haben sie die Baumreihe, die jetzt vorübergehend unterbrochen ist, neben sich gehabt, den schwarzen Asphalt der Landstraße ständig unter sich, und nun macht Sandra in diesem Zwischenraum zwischen einem Baum und dem anderen die Tür auf, unter dem Schild, das man nur sieht, wenn man hält, wie man es Claude einen Augenblick zuvor beim Tanken an der AGIP-Station am Stadtrand von Aquila erklärt hat, das Schild und der Fisch darauf mit drei oder vier Wellenlinien dahinter, das im Licht angedeutete Wasser, überflüssig, denkt Claude, besonders weil das Meer weit weg ist von hier, dort, auf beiden Seiten hinter den Bergen, am anderen Fuß der Berge, aus dem Land eine Landzunge machend, die vom Wasser bedrängt und durch die Gebirgskette der Apenninen überwölbt ist, ein Korridor der Hoffnung, der auf die Vergangenheit zuführt, außerdem steht auf dem Schild dies übergroße R, auf das viel kleinere Buchstaben folgen, als seien sie mit der Hand geschrieben, zuerst ein i, das in ein s übergeht, welches seinerseits den kleinen schrägen Strich im unteren Teil eines t berührt, ein o, ein r und so weiter. Ristorante bis zum großen G des folgenden Wortes, das ebenfalls übergroß ist, dann ein r, das nicht ganz damit verbunden ist und in ein i und zwei l ohne Schlaufe übergeht, zwei einfache, ein wenig schräg gestellte Striche, die in einen nur schwach angedeuteten Haken auslaufen, und schließlich – als sollte das Gleichgewicht wieder hergestellt werden – eine Flasche, eine Korbflasche vielmehr, mit falschen Proportionen, geblähtem Bauch, kurzem, dünnem Hals und um sie herum Gläser ohne Fuß, die einen Rundtanz auszuführen scheinen in doppelten Farben, die zugleich vom Licht der elektrischen Beleuchtung und des Sonnenuntergangs herrühren und sich gegenseitig neutralisieren, ein zugleich unbeleuchtetes und doch angestrahltes Schild, die Sonne im Westen, die die Natur mit einem rot ersterbenden Licht übergießt und den Dingen einen letzten Streich spielt, bevor sie hinter den Bergen verschwindet...

... ich war zurückgekommen, ..., an die Orte der Kindheit. Die Erinnerungen, vermischt mit der Gegenwart, flossen ungeordnet und in tausend Stücken heran ...

Wie sieht es im Kopf von einem aus, der an die Orte der Kindheit zurückkehrt? Je mehr man versucht, Leere zu schaffen, umso mehr entsteht Überfülle. Wegen der Mehrzahl wird alles zur Einzahl. Wenn es nur einen einzigen Ort gegeben hätte, sage ich mir, und wir gehen alle drei, Sandra, Lucie und ich, wie automatisch die Straße entlang, die rechts in die Ortsmitte von Cardabello führt, wäre alles vielleicht leichter zu erfassen. Die Türen rechts von uns geben uns das Geleit. Dem Haus des Gehenkten gegenüber. In jedem Dorf gibt es einen Gehenkten. Seine Geschichte überdauert alles. Niemand hat ihn gesehen, aber er existiert. Ohne ihn wäre die Vergangenheit ein wenig leerer.

Dem Haus des Gehenkten gegenüber gibt es vier Türen. Ich weiß es, ohne sie zählen zu müssen. Meine Mutter sagte mir: Geh zu Lehrer Bergonzi und bring ihm diesen Kuchen. Heute sind alle Fensterläden an seinem Haus geschlossen. Lehrer Bergonzi ist tot, und wenn Sandra von mir verlangen würde, ihn zu beschreiben, ich wüsste nicht, welches Gesicht ich ihm geben sollte oder seiner Frau, oder seinen beiden Kindern Anna und Piero. Es ist die erste Tür. Dann kommt die mit dem Balkon darüber. Da sind die Fensterläden ebenfalls am helllichten Tag geschlossen. Dort wohnte Giustina mit ihrem Vater Rinaldo und ihrer Mutter, deren Namen ich vergessen habe. Wo ist Giustina jetzt? Keiner hat ein Gesicht, alles ist tot in diesem Teil von Cardabello.

Wir sind trotz allem drei Menschen begegnet. Sie haben mich wiedererkannt, ich habe sie wiedererkannt. Ihr Blick war dem meinen ähnlich, aber wir haben uns nicht gegrüßt. Irgendetwas hat uns die Lippen versiegelt.

Es ist Winter. Erst im Sommer wird alles wieder lebendig, wurde uns gesagt. Im Sommer schwillt San Demetrio an. Was suchen Kinder und Kindeskinder dort? Gehen sie dieselben Wege wie ich? Zum Bahnhof, zum Friedhof? Auf jeden Fall finden sie ihr Geburtshaus wieder, das im

Winter verriegelt, im Sommer voller Leben ist, und vielleicht zieht gerade das sie an. Aber das Haus dort hinter der vierten Tür, unser Haus, ist nicht der Ort meiner Geburt. Es ist nur eines der Häuser meiner Kindheit. Ich hänge daran und auch wieder nicht. Ich erkenne es wieder und auch wieder nicht.

An die mit Nägeln besetzte Tür zum Beispiel kann ich mich nicht erinnern. Dadurch, dass ich sie sehe, erwecke ich sie zum Leben. Ein Türschloss ist nicht zu sehen. Nur ein großes Loch für den Schlüssel. Wie viele Male habe ich den großen verrosteten Schlüssel hineingesteckt? Dort stand der Wein.

Noch bevor wir vor dem Bahnhof hielten, habe ich im Auto paradoxerweise zuerst an das andere Haus, mein Geburtshaus in Differdingen, gedacht. Ich habe laut aufgelacht, und Sandra hat mich bestürzt angesehen. Schon eine ganze Weile, seit der AGIP-Tankstelle hatte ich nichts mehr gesagt, und dann lache ich plötzlich laut heraus. Das Schweigen konnte sie verstehen. Das Gelächter hingegen beunruhigte sie. Wie sollte ich ihr nur begreiflich machen, dass mir mehr zum Weinen als zum Lachen zumute war?

Wir haben also geredet. Ich habe versucht zu erklären, dass ich, als wir San Demetrio näher kamen, mich plötzlich davon entfernte, dass bei dem Versuch, mir vorzustellen, in welchem Zustand unser Haus wohl wäre, der Gedanke daran verblasste und stattdessen unser Haus in Differdingen, mein Geburtshaus, mir vor Augen trat. Seltsamerweise hatte sich dasselbe ereignet, als wir wenige Wochen zuvor Differdingen besuchen wollten. In umgekehrter Richtung damals. Je näher wir Differdingen kamen, um so mehr verflüchtigte sich das Haus in der Rooseveltstraße. Bei der Stadteinfahrt bei Oberkorn wollte ich Sandra die Tragkörbe der Seilbahn zeigen, aber an deren Stelle befand sich jetzt ein dickes Rohr, das die Fabrik mit Gas versorgte. Die Gegenwart hatte die Oberhand gewonnen. Die Aushöhlung begann.

Das andere Haus trat in den Vordergrund. Ich sah es am Rand von Cardabello, dem höhergelegenen Teil von San Demetrio, mit dem Balkon zur Kirche Santa Croce und dem endlosen Obstgarten voller Weinstöcke, Feigen- und Mandelbäume, so dass es bis hinunter zu den Mauern des Gemeindezentrums reicht. Aber kaum hatte ich in Gedanken seine Schwelle überschritten, so führte mich die kleinste Geste zu dem ersten zurück, als ob eine unsichtbare Macht mich daran hindern wollte, darin einige Tage, einige Stunden, einige Augenblicke zu verweilen, die nötige Zeit, um diese oder jene Erinnerung aufzufrischen.

Außerdem sage ich mir noch folgendes – dazu hat der Pfarrer der Kirche der Madonna den Anstoß gegeben – : meine Kindheit, oder vielmehr das Bild, das ich mir davon mache, erscheint mir zweipolig, verzweifelt unstet, ein unruhiges Hin und Her von einem Haus zum anderen, von einer Sprache zur anderen, als ob in Wirklichkeit zwei Wesen in mir lebten, oder ein Wesen mit der Gabe, an zwei Orten zugleich zu sein, zwei zusammenhängende und sich bekämpfende Wesen, die halsstarrig in ihren so verschiedenen und zugleich so identischen Welten verwurzelt sind und sich den ungewöhnlichsten der Kriege liefern aus Angst, der Vergessenheit anheim zu fallen.

Und begleitet von Pol Leucks schriller Stimme, die aus vollem Halse den Korea-Krieg und die Rückkehr der luxemburgischen Freiwilligen kommentiert, gehe ich mühelos über von der weiß gestrichenen Küche der Rooseveltstraße zum Schlafzimmer in Cardabello, mit den Fliegen trotz der grünen Fliegenfenster, das noch voll ist von dem sich überlagernden Glockenläuten der Kirchen Santa Nunziata und der Madonna. Manchmal, wenn ich im Obstgarten bin, im orto, und die Weinstöcke besprühe, mit dem Schwefelbehälter auf dem Rücken einem Marsmenschen ähnlich, höre ich die Stimme meiner Mutter, die mich ruft, weil das Essen fertig ist oder weil ich noch meine Schularbeiten machen muss oder weil Großvater Claudio aus einem der Weinkeller von San Demetrio geholt werden muss. Der Obstgarten liegt hinter dem Haus. Aber um nach Haus zu kommen, muss man vorbeigehen an den Scheunen und an Rinaldos Stall mit dem Esel, der den ganzen Tag über schreit. Und es riecht nach Heu und Dung. Ich komme schließlich nach Hause, gehe ins Esszimmer, wo vom Plattenspieler jetzt die Stimme von Mario Lanza oder von Nilla Pizzi ein Lied in das Zimmer schmettert, und werfe einen letzten Blick aus dem Fenster. Einige Autos, schwarz oder weiß, fahren vorbei. Es nieselt. Ich zähle die wenigen Autos, die die Rooseveltstraße hinauf- und hinabfahren.

Gegenüber sehe ich durch die kahlen Bäume hindurch das Haus des Arztes Dr. Weyler, eine kleine, von einem Garten umgebene Villa, deren Wände dem Ansturm des Efeus nicht standgehalten haben. Dahinter auf dem Millchenplatz ahne ich die Karussells der Mai-Kirmes. Der Obstgarten mit seinen Weinstöcken, Rinaldos Stall, die Scheune, die Schreie des Esels, das Heu, der Misthaufen, alles ist verschwunden, auch wenn ich weiß, dass alles noch da ist. Ich weiß es, denn die Stimme meiner Mutter fragt mich auf Italienisch, was ich im Garten gemacht habe. Und ich antworte ihr auf Italienisch, dass ich die Trauben geschwefelt habe, um sie vor Krankheiten zu schützen, oder dass ich mit einer langen Stange frische Mandeln vom Baum geschlagen habe, oder dass ich nur im Schatten des Feigenbaumes gelegen und die Früchte am Baum gezählt habe. Und da schilt meine Mutter sanft mit mir, wegen des Nieselregens. Du wirst dich noch erkälten, warum hast du nicht den Anorak angezogen und deine Mütze aufgesetzt? Ich lüge, ohne es zu wollen und sage ihr, dass es im Garten nicht kalt ist, dass der Herbst die Zeit der Weinlese ist und dass ich mich schon darauf freue, die saftigen Trauben, die wir gerade gepflückt haben und die in riesige Kübel gefüllt sind, mit den Füßen zu stampfen. Wir, das heißt mein Großvater und ich. Großvater Claudio, der immer dabei ist, wenn ich an den Garten denke. Großvater Claudio, der mir alles beigebracht hat: schwefeln, Rinnen zwischen den Weinstöcken graben, um Wasser auch in den letzten Winkel des Gartens zu leiten, hacken, graben, harken, Unkraut erkennen, Mandeln und Walnüsse herunterschlagen. Die Musik erfinden wir, wenn wir auf dem Brei herumtanzen, der kurz darauf die Krüge im Keller füllt, und manchmal trällern wir sogar die Melodien, die ich seit langem kenne. Bella ciao, ciao, ciao oder Santa Lucia oder La donna è mobile, während von unseren nassen Stiefeln, an denen Kerne und Fruchthäute haften, der unbestimmbare Geruch der Trauben aufsteigt, unseren Eifer verdoppelt und uns einen wilden Tanz vollführen lässt, der erst aufhört, als im Keller alles sich wie toll in einer Spirale zu drehen beginnt und in Gefahr gerät davonzufliegen.

Wie die Schmetterlinge des Karussells vom Millchenplatz, von denen ich schwankend absteige, meine Hand in die meiner Mutter gebettet, mir ist speiübel. Jedes Jahr ist es dasselbe, schilt meine Mutter sanft auf Italienisch, die Kirmes schön und gut, aber du übergibst dich, sobald sich was dreht. Warum bleibst du nicht am Rand stehen und siehst zu, wie dein Bruder im Schmetterling sitzt? Der übergibt sich wenigstens nicht die ganze Zeit. Und dann fängt er auch manchmal die Troddel. Aber ich ziehe, ohne zu antworten, meine Hand aus der ihren und folge dem Ruf meiner Nase, die einen Stand als Quelle für den Duft von gerösteten, in braunen Zucker gehüllten Erdnüssen ausgemacht hat. Tante Nunziata machte dasselbe mit Nüssen, aber ihr Zucker blieb weiß.

Das ist der ganze Unterschied: in San Demetrio bleibt der Zucker weiß, wie es sich gehört, in Differdingen ist er braun. Dort ist es kandierter Zucker, hat mir meine Mutter erklärt, wenn man ihn erhitzt, wird er dunkel, wiederholt sie, während die Gerüche durcheinander schweben und ich mich bemühe, den einen vom anderen zu unterscheiden, und sei es auch nur um eine noch so winzige Nuance. Am Ende siegt der Geruch der gerösteten Mandeln von Tante Nunziata, wegen der Farbe und auch, weil ich ihn fast anfassen kann, den Geruch der weißen Mandeln von Tante Nunziata. *In zwei verschiedenen Breiten im selben Augenblick…*

... da machte der Wal sein riesiges Maul weit, ganz weit auf, als wollte er sich bis zum Schwanz in zwei Teile spalten und verschluckte den schiffbrüchigen Fährmann mit seinem Floß (...) Aber sobald der Fährmann, der ein äußerst findiger und scharfsinniger Mann war, sich im tiefsten und schwärzesten Winkel im Bauch des Wals befand, begann er zu tanzen und zu tapsen, zu nagen und zu japsen, zu beißen und zu schnaufen, zu hüpfen und zu fauchen, zu schlagen und zu rupfen, zu zerren und zu zupfen, zu schreien und zu stampfen und schnelle Tänze zu vollführen, wo das nicht hingehörte, so dass der Wal ganz und gar nicht glücklich war...

Ich hieß Claudio. Jetzt heiße ich Claude. Sozusagen. Ganz wie übrigens mein Bruder nicht mehr Nando oder Fernando heißt, sondern Ferni oder Fernand. Glaubt nur nicht, dass ich mit meinem Vornamen zufrieden bin. Also das nun überhaupt nicht. Was für eine Idee, mir so einen Namen zu geben. Großvater Claudio, der Vater meiner Mutter, hieß zwar so, ganz wie der andere Großvater Nando hieß. Aber ist das ein Grund? Es mag noch hingehen, dass ein Großvater, ich meine den anderen Großvater, denn Großvater Claudio hatte keine männlichen Nachkommen, seinem Sohn, also meinem Vater, seinen Namen vererbt hat, aber ihr gebt mir sicher recht darin, dass es doch ein wenig seltsam ist, drei Nandos in derselben Familie zu haben. Nico, zum Beispiel, der Sohn des Lehrers Schmietz, heißt überhaupt nicht wie sein Vater, und ich möchte wetten, dass er auch nicht mit dem Namen seines Großvaters bestraft worden ist. Bei Charly, dem Sohn von Lebensmittelhändler Meyer, ist es anders. Er hat denselben Vornamen wie sein Vater. Bei ihnen, hat er mir gesagt, ist das eine Tradition, und außerdem hat er seinen Namen gern, denn Charly ist der Name der Kleinbahn, die in der Stadt fährt. In der großen Stadt. Der Hauptstadt. Und man darf nicht vergessen, dass Charly auch der Vorname von Charly Gaul ist, dem Sieger in der Tour de France, dem Besieger von Fausto Coppi und Gino Bartali, sagt Charly immer wieder, ich weiß nicht warum, als ob ich etwas mit diesen beiden Makkaronifressern zu tun hätte. Ich heiße jetzt schließlich Claude.

Manchmal werde ich sogar Clodi genannt, was mich nicht sehr freut, denn das macht mich klein und erinnert mich daran, dass ich einen Bruder, Fernand, habe, der keine Gelegenheit auslässt, mir zu sagen, dass er drei Jahre älter ist, drei Jahre und eine Spur. Als ob es eine Leistung wäre, älter zu sein. Immer wenn er beim Mensch-ärgere-dich-nicht oder Schiffeversenken verliert, sagt er, er hätte in Wirklichkeit gewonnen, weil ich nur ein Abklatsch von ihm wäre. Ob ich nicht die Sachen tragen müsse, die er vor mir getragen hat, fragt er, ein untrüglicher Beweis, dass ich sein Doppelgänger sei, nur dazu da, das zu tun, was er sehr viel früher schon getan hat. Deshalb habe er gewonnen, sagt er, selbst wenn er verloren hat. Ich aber habe diese geheimnisvolle Logik satt, die seine Stärke ist und die er immer für seine Zwecke einsetzt, und erwidere ihm, dass er der wahre Abklatsch ist, denn in der Familie gebe es nicht einen, sondern drei Fernand, auch wenn einer schon lange tot ist und der andere von Zeit zu Zeit Nando genannt wird.

Übrigens hilft das, sie zu unterscheiden, wenn in einem Gespräch von ihnen die Rede ist oder wenn man sie ruft. Meinen Bruder, und das ist eine Gewohnheit geworden, die ihm sehr wichtig ist, nennen alle Fernand, außer unseren Großmüttern Maddalena und Lucia. Natürlich ist es nicht dasselbe, ob meine Mutter ihn so nennt oder einer seiner Freunde, wie Marco zum Beispiel. Das heißt, es ist dasselbe und doch nicht dasselbe, denn wenn meine Mutter ihn ruft, betont sie gewöhnlich die zweite Silbe nand, als ob sie nicht rechtzeitig aufhören könnte und um jeden Preis das d am Ende aussprechen oder eine dritte Silbe sagen wollte, die jedoch schon seit geraumer Zeit nicht mehr existiert. Und dann rollt sie übertrieben das r in der Mitte des Namens, sagt mein Bruder, und das hat er überhaupt nicht gern. Ach, wenn nur dieses schreckliche r mitten in seinem Vornamen nicht wäre. Was würde er nicht darum geben, einen Vornamen ohne r zu haben weder in der Mitte noch sonst wo, denn dieses r, allein dieses r hat ihm so viel Spott von seinen Freunden eingetragen, dass er es fast vorgezogen hätte, Claude zu heißen wie ich.

Was den Vornamen meines Vaters betrifft, so verändert er sich je nach den Umständen und den Leuten, die ihn aussprechen. Wenn man mich zum Beispiel in der Schule am ersten Tag fragt, wie heißt dein Vater? sage ich jedes Mal ohne zu zögern, Fernand, und das mit einem ganz sanften r, wie ich es seit einigen Monaten so gut kann. Meine Mutter dagegen sagt bald Fernand und rollt dabei das r, bald Nando ganz ohne r, während Großmutter Maddalena immer von ihrem kleinen Nando spricht, obgleich mein Vater nicht besonders klein ist. Aber wenn ich einerseits verstehe, warum sie zu meinem Vater mein kleiner Nando sagt – das hat mit dem anderen Nando zu tun, ihrem Nando, er möge in Frieden ruhen – kann ich mich nicht daran gewöhnen, dass mein Bruder für sie ganz einfach Nando heißt. Müsste sie nicht eher Nandino sagen, oder mein kleiner, mein winziger, mikroskopischer Nando, mein Pygmäe, mein Zwerg, mein kleiner Knirps Nando. Natürlich habe ich mit meinem Bruder nicht darüber gesprochen, ich habe ihm von all dem nichts gesagt, denn ich fürchte seine schwer zu konternden, niederschmetternden logischen Argumentationen und ich kann mir schon denken, dass er mir vor die Nase hält, wenn er ein Pygmäe oder Knirps sei, so sei ich nicht einmal eine Ameise, nicht einmal ein Floh.

All das ändert nichts an meiner Unzufriedenheit. Manchmal stehe ich vor dem Spiegel und versuche mir gerade in die Augen zu blicken, ins Weiße der Augen, natürlich ohne das zu schaffen, denn, und alle, die es schon versucht haben, können das bestätigen, es ist unmöglich, in beide Augen zugleich zu schauen, ob es nun die eigenen oder die von anderen sind, von Lola, zum Beispiel, unserer Katze Lola, die, obgleich es nicht unsere Lola von früher ist, die schwarze mit dem weißgefleckten Fell, Lola heißt – meine Mutter hat das beschlossen, weil sie oft an die alte Heimat dort unten denkt. Ich kann noch so konzentriert in die beiden graugrünen Augen von Lola blicken oder in meine beiden braunen Augen, die mich aus dem Spiegel ansehen – trotz aller möglichen Kunststücke können meine Pupillen doch nur ein Auge zur Zeit sehen, ich meine, es wirklich innen gründlich sehen. Aber wenn ich vor dem Spiegel stehe, interessiert mich vor allem der Mund, diese gerundeten Lippen, die einen Vornamen aussprechen, Claude, oder Clodi, immer lauter, dann nähere ich mich der silbrigen Oberfläche, kann fast die beiden, ebenso gerundeten Lippen küssen, die der silbrigen Fläche auch nähergekommen sind und jetzt, wobei der Spiegel beschlägt, diesen Vornamen herausschreien, den ich so hasse und der mir schon nicht mehr gehört, denn vor und im Spiegel ist mein ganz neuer Held zu sehen, den ich ohne die Hilfe meines Bruders entdeckt habe, gleich nachdem Mrs. Haroy angekommen war.

Denn wenn ich mich so im Spiegel sehe, erinnere ich mich an unsere Faxen bei Charly, als wir vor dem ausgeschalteten Fernseher standen und alle möglichen Posen einnahmen, die vom kleinen grünen Bildschirm reflektiert wurden und uns die Illusion vermittelten, wir wären unsere Lieblingsfiguren Tarzan, Sigurd oder Zorro. Und da es bei uns keinen Fernseher gibt, weil das Unsummen kostet, hat Mama gesagt, stelle ich mich vor den Spiegel, und ganz allmählich bin ich nicht mehr ich selbst, sondern zum Beispiel Kemp, der blonde Torwart der Red-boys oder, wie heute, nachdem Mrs. Haroy angekommen ist, Ahab, der Kapitän mit dem künstlichen Bein, der auf dem Hinter- oder Vorderdeck der Essex steht, die Spitze meines Beins in einem der zahllosen gebohrten Löcher, mit erhobenem Arm und furchtlosem, Hass erfülltem Blick auf die silberne Meeresoberfläche starrend und den grauen Schaum nach der Spur meines eingeschworenen Feindes Moby Dick durchforschend, dieses fürchterlichen Seeungeheuers, das mir vor einigen Jahren mit einem Biss das Bein ausgerissen hat.

Ehrlich gesagt, als ich den Band der illustrierten Klassiker zuklappte, den Charly mir geliehen hatte und den ich in einem Zug durchgelesen hatte, hatte ich große Zweifel, denn einige Jahre, einige Monate oder Wochen zuvor hatte ich Mrs. Haroy, auf einem Eisenbahnwaggon liegend, vor dem Bahnhof gesehen oder hatte mein Bruder sie gesehen, und sie war mir nicht so gefährlich vorgekommen. Aber als ich mir das Bild von Moby Dick ansah, der mit einem Schlag seines Schwanzes das Walfangschiff mit seiner gesamten Besatzung umwarf, und in Kapitän Ahabs Augen den Hass auf dieses bösartige und teuflische Ungeheuer las, das ins dunkelblaue Meer taucht oder durch den glitzernden Schaum der Wellen gleitet, erinnerte ich mich plötzlich an Pinocchio, diesen verdammten Lügner mit der langen Nase, der ebenfalls mit einem Wal ein Hühnchen zu rupfen hatte, wie Großvater Claudio mir vorm Einschlafen erzählt hatte, als wir noch dort unten in Italien waren, nicht zu vergessen, dass in der Religionsstunde in der Schule auch Schwester Lamberta uns von einem gewissen Jonas erzählte, der wie Pinocchio von einem riesigen weißen Wal, den Gott persönlich geschickt hatte, verschluckt wurde.

Aber während ich die schlimmsten Flüche gegen Moby Dick ausstoße und dabei Kapitän Ahabs Stimme nachahme, zögern meine an den Spiegel geklebten Lippen hin und wieder wegen Mrs. Haroy, die ganz ruhig daliegt mit einem Maul, das durch einen riesigen Stock aufgesperrt ist, ein Maul, in das ich hineinpassen würde, ganz wie Pinocchio und Jonas hineingepasst haben, und ich sehe schon Kapitän Ahab, dessen künstliches Bein in der unteren Zahnreihe des Ungeheuers festgeklemmt ist, wie er um sich schlägt, um nicht verschluckt zu werden, umsonst, denn das Ungeheuer ist dreißig Meter lang, also größer als unsere Küche und unser Wohnzimmer zusammen. Welches Ende für Kapitän Ahab! Ein vorläufiges Ende allerdings, denn trara, trara, Pinocchio hat eine geniale Idee, auch er lässt sich vom Wal verschlucken. Er nutzt ein gewaltiges Gähnen Moby Dicks aus, stürzt sich in das riesige Maul dieses Ungeheuers und lässt sich dann zusammen mit Tausenden von Fischen in den riesigen Magen saugen, auf dessen Grund Kapitän Ahab besiegt und schwermütig liegt und auf das Schlimmste gefasst ist. Er ist also sehr zufrieden, als er Pinocchio sieht. Man braucht nur noch drei Tage zu warten, bis der Wal sie wieder ausspuckt. Aber nein, dieser Wal da, Kapitän Ahabs Erzfeind, tut das nicht, ebenso wenig wie er vor einigen Jahren Kapitän Ahabs Bein wieder ausgespuckt hat. Man muss also mit List vorgehen, und Pinocchio beginnt nachzudenken. Dann ruft er plötzlich Heureka, ich hab's gefunden, und beginnt in Moby Dicks Bauch ein Feuer anzuzünden, ein Feuer, das den Wal zum Niesen bringen soll, damit er das Maul weit aufmacht wie Mrs. Haroy, und während der Bauch des Wals durch das

Feuer erhellt wird, beginnt Moby Dick unruhig zu werden, sich zu krümmen, sich zusammenzuziehen und dann kommt das befreiende Niesen : haaa – – – tschi.

Du hast dich wieder erkältet, Clodi, sagt Mamas Stimme sanft im Spiegel. *So dass der Wal ganz und gar nicht glücklich war…*

... also gingen die Wale ins Meer und blieben dort. Millionen Jahre im Wasser verliehen ihnen dieses besondere fischartige Aussehen...

Wenn ich an das zurückdenke, was in meiner Vorstellung mein Geburtshaus in Differdingen ist, und wenn ich mit geschlossenen Augen in meinem kargen, wenig freigiebigen Gedächtnis herumforsche, indem ich pausenlos, als ginge es um den kostbarsten der verborgenen Schätze, die wenigen übriggebliebenen Einzelheiten hervorhole und wieder eingrabe, sage ich mir bisweilen, aus diesen Einzelheiten Bilanz ziehend, dass ein Geburtshaus trotz allem wichtig ist, denn es enthält, ob es will oder nicht, ob ich es will oder nicht, ob irgendjemand es will oder nicht, dieses Bild, diese Macht, diese geheimnisvolle Aura der ersten Tage, meiner ersten Tage, der beginnenden Welt, meiner beginnenden Welt, diesen unerklärlichen Moment, wo man wenige Augenblicke zuvor noch nicht existiert, ich noch nicht existiere, und dann da bin, lebe, wie von Zauberhand, ein Leben nach dem Nichts, dem Dunkel, der Leere, ein Leben, das zu schreien, weinen, lachen beginnt, das Nahrung fordert, Kälte oder Wärme spürt, kurz, ein Leben, das aus der Dunkelheit auftaucht und zu leben beginnt, während noch vor einer Stunde, einem Tag, einem Monat, einem Jahr das Licht trotz dieser Dunkelheit existierte, das Haus ohne dieses Leben existierte, ganz wie es nach diesem Leben existieren wird, zwischen zwei Dunkelheiten, wenn dieses Leben nicht mehr da sein wird, wenn ich nicht mehr da sein werde, wenn ich tot oder woanders sein werde, oder wenn ich umgezogen, geflüchtet sein werde, oder es verlassen haben werde, was dasselbe ist, wenigstens aus der Sicht meines Geburtshauses, das jetzt andere Bewohner beherbergt, Unbekannte, deren Namen ich nicht kenne, denn ich wollte mit meiner Neugierde oder meinem Wagemut nicht so weit gehen, an den Briefkästen oder bei den Klingelknöpfen nachzusehen, wie diese Menschen heißen, die in meinem Geburtshaus leben, obwohl ich mich mehr als einmal allein bei Regen oder schönem Wetter an die Kreuzung gestellt habe, von der die Rooseveltstraße, die Spitalstraße, die Große Straße und die Frankreichstraße abgehen, diese seltsame Kreuzung, völlig unausgewogen wegen der Steigung von der Frankreichstraße her, die sich in der Spitalstraße fortsetzt, eine von der Rooseveltstraße und der Großen Straße gekreuzte Steigung, Straßen, die fast rechtwinklig zueinander verlaufen und jeden irreführen, der diesen Winkel der Stadt nicht kennt, diesen letzten Winkel, sollte ich sagen, denn gleich danach hört die Stadt auf, hört das Land auf, beginnt ein anderes Land, eine seltsame Kreuzung also, denn normalerweise treffen an einer Kreuzung nur zwei Straßen aufeinander und gehen danach weiter, aber hier führen die Straßen bis an die Kreuzung und hören dort auf, als sei die Anstrengung, die Frankreichstraße zu erklimmen, zu groß gewesen, sie verlieren ihren Namen, sind schon nicht mehr die Straßen, die sie waren, bevor sie sich der Kreuzung näherten, das sage ich mir, während ich mich auf diesem Bermuda-Dreieck befinde, auf diesem Rasen vielmehr mit dem immer geschorenen Gras, rechts von der Stelle, wo die Lebensmittelhandlung Meyer war, auf diesem dreieckigen Fleck mit frischem Gras, über den man direkt von der Frankreichstraße in die Rooseveltstraße kommt, ohne über die Kreuzung zu müssen, und von wo aus man hinter dem Mäuerchen und den dichten grünen Zweigen der Bäume den weißen Briefkasten sieht, unten links von der Tür meines Geburtshauses, was den Briefträger zwingt, sich fast hinzuknien und mit seiner Jacke die kleine Treppe zu streifen, die drei Stufen der kleinen Treppe, die ich, wer weiß wie oft, hinaufgestiegen bin mit an den Knien zerrissener Hose, zerkratzten Beinen, verschwitztem Gesicht, ausgelaugt nach dem Fußballspiel am Bunker hinter der städtischen Schule oder nach einer der zahlreichen gewonnenen oder verlorenen Feldschlachten gegen die Oberkorner unter den schaukelnden Körben der Drahtseilbahn, und während ich auf dem Rasen stehe, kann ich nicht umhin, mich nach der Frankreichstraße umzudrehen, plötzlich die Augen aufzumachen und zum ersten Mal den kleinen Platz mit dem Blick auszumessen, den Millchenplatz, der in Wirklichkeit kein richtiger Platz ist, sondern eine bizarre Kreuzung mehr, die eine weitere Straße, deren Namen mir entfallen ist, in die Frankreichstraße leitet, die jedoch schon nicht mehr Frankreichstraße heißt, sondern J.F. Kennedy-Straße, und zwar seit dem Mord in Dallas, als ich schon nicht mehr in meinem Geburtshaus in der Rooseveltstraße wohnte, und mein Blick schweift über das, was für mich die Frankreichstraße bleibt, verweilt einen Augenblick bei den Straßenbäumen, deren Namen ich nicht mehr weiß, hält inne an der grasgrünen Fassade des Eckcafés, wo die Straße beginnt, die für mich Frankreichstraße bleibt, folgt dem weißgelben Bus mit der Martini-Werbung und dem roten Wagen, die zum Marktplatz hinunterfahren, der, wie ich weiß, hinter der Kurve liegt, dann gleitet mein Blick an Meyers Garten entlang, an der kleinen Terrasse hinter dem Haus; die Ampel kann sich nicht mehr in den Schaufenstern spiegeln, Autos stehen vor den heruntergelassenen Rollläden der Schaufenster des Hauses, wo früher die Lebensmittelhandlung Meyer war, das zeigen jedenfalls die fast unleserlich gewordenen Buchstaben an der verwaschenen Fassade an, dann könnte mein Blick auf die Einmündung zur Großen Straße fallen und die Spitalstraße hinaufverfolgen, aber er kehrt lieber zum Rasen zurück, um einen Augenblick die elektrische Kleinlok zu erforschen und die beiden mit Eisenerz gefüllten Grubenwagen, eine Kleinlok, deren Scherenstromabnehmer in die Höhe ragt und den Himmel nach unsichtbaren Elektroleitungen abtastet, als ob dieser kleine Zug, der mehr einer Miniatur ähnelt als einem richtigen Zug, noch nie in Betrieb gewesen wäre und sich eben heute darauf vorbereitete, seine erste Abfahrt in einen der zahllosen imaginären Stollen eines imaginären Bergwerks zu wagen, während durch die Windschutzscheibe oder das Seitengitter der Tür gesehen, das Innere der Kleinlok an das Innere eines Spielzeugs erinnert, so sauber, so klein, so unwirklich ist es, mit einer Grubenlampe auf dem Metallsitz, einziges Lebenszeichen in dieser Masse von nutzlosem Eisen auf einem Stück nutzloser Schienen, zwei nutzlose Grubenwagen hinter sich her ziehend, beladen mit nutzlosen Erzblöcken, denn es wird schon lange kein Erz mehr aus der Thillenberger Grube gefördert, und man hört schon lange keine Dynamit-Explosionen mehr widerhallen in einem mit Wolken verhangenen Himmel, der heute fast schwarz ist, noch hört man das Murmeln der um zwei Uhr nachmittags oder um zehn Uhr abends die Spitalstraße hinuntergehenden Bergleute, die dunklen Basken- oder Schirmmützen über die Ohren gezogen, die Gesichter von der Erde gerötet, die Stimmen von der Tiefe gedämpft, die Augen von Staubrändern umgeben, während mein Blick durch den Scherenstromabnehmer und den Blättervorhang auf die Nummer acht der Rooseveltstraße fällt, und meine Augen sich sofort schließen, um heimlich, durch die Wand der Lider geschützt, das eventuelle Kommen und Gehen der möglichen Bewohner dieses Hauses auszuspähen, heimlich, denn ich komme schon Monate jeden Tag und beziehe auf diesem Rasenstück Stellung wie ein Dieb, beobachte mit rasendem Puls und einem Gewissen, das jeden Tag schlechter wird, die kleinste Bewegung im unteren Teil der Rooseveltstraße und registriere die kleinste Einzelheit an den Häusern, die zu beiden Seiten der Nummer acht liegen, meiner Nummer acht, wie das schmale Haus Nummer sechs, das zwischen meinem Geburtshaus und dem Café Dipp eingezwängt liegt, ein jetzt blassgrünes Haus, diese Nummer sechs, blass wie das Gesicht und das Haar dessen, der damals in diesem so schmalen und seltsamen Haus wohnte, einem Spielzeughaus mit einer Eingangstür, die nur halb so hoch ist wie die von meinem Elternhaus, und mit Fenstern, die nur halb so groß sind, und obgleich es die gleiche Höhe hat wie die Nachbarhäuser, hat es vier Stockwerke statt zwei, als ob dieses Haus neben meinem Elternhaus und dem Café Dipp kein richtiges Haus wäre, als ob es geschrumpft wäre, als ob es sich nicht mehr gegen die Zeit wehren könnte, seit dem Tag, wo die Frau, die darin wohnte, beim Überqueren der Straße genau an dieser Stelle den hellblauen kleinen Renault nicht sah, der in hohem Tempo die Rooseveltstraße herunterkam, seit dem Tag, wo die Haare des Mannes, der dort wohnte, schlohweiß wurden, als er das verzweifelte Heulen der Hupe, das schrille Quietschen der Bremsen, das wilde Jaulen der Reifen des himmelblauen Renault hörte, als er sich über die rote Lache beugte, in der der reglose Körper der Frau lag, als ob sie auf einer purpurfarbenen Bettdecke schliefe, seine Frau, die gerade aus dem Haus Nummer sechs der Rooseveltstraße getreten war, um wie jeden Tag in der Lebensmittelhandlung Meyer einzukaufen, das Einkaufsnetz in den Fingern der linken Hand verfangen, der geöffnete Regenschirm vom Wind auf die Kreuzung zugetrieben, das Haus Nummer sechs, das ich, wenn ich die Augen zumache, als ganz normales Haus sehe, wie jedes andere Haus der Rooseveltstraße, das sich in meinem Blickfeld befände, wenn ich es wagen würde, die Augen aufzumachen, ein ganz normales, zwischen meinem Geburtshaus und dem Café Dipp eingezwängtes Haus, diese Nummer sechs, das immer schmaler wird, je mehr meine Augen dem Verlangen nachgeben, sich zu öffnen, je mehr die Lidmuskeln zu zittern beginnen, je mehr das Licht durch meine Wimpern dringt und mich einen Augenblick, einen ganz kleinen Augenblick am Sehen hindert, einen Augenblick, der dieses so blasse und zerbrechliche Haus Nummer sechs, das zwischen der Nummer acht und der Nummer 4b fast erstickt, noch kleiner macht, denn es ist wirklich schmaler geworden, das Haus des Nachbarn mit dem weiß gewordenen Haar, dessen bin ich jetzt sicher, denn versteckt, wie ich bin, hinter dem Scherenstromabnehmer der Kleinlok, kann ich mich nicht irren, nicht jeden Tag, und ich verstecke mich ja schon monatelang am selben Ort, verstecke mich halb, genauer gesagt, denn mein Rücken ist nicht verdeckt, und vom Millchenplatz aus kann man mein Treiben, das schon Monate andauert, problemlos beobachten, ebenso wie ich problemlos alles beobachten kann, was auf diesem Abschnitt der Rooseveltstraße passiert, ich brauche nur die Augen aufzumachen, und bisweilen stelle ich mir vor, dass ich von einem der Fenster des Cafés hinter mir beobachtet werde, während ich beobachte und Aufzeichnungen mache, und vielleicht macht der- oder diejenige, die mich von einem der Fenster des Cafés hinter mir beobachten, von diesem grasgrünen Haus aus, welches die Ecke von der Frankreichstraße und der anderen Straße bildet, deren Namen mir entfallen ist, ebenfalls Aufzeichnungen, denn mein ständiges Kommen und Gehen muss ihnen ungewöhnlich, um nicht zu sagen seltsam oder sogar verdächtig vorkommen, so dass ich mir von Zeit zu Zeit sage, dass der oder die Beobachter, hinter den Vorhängen eines der Fenster des Cafés in meinem Rücken in Kürze die Polizei rufen werden, die in Kürze eingreifen wird, und, ehrlich gesagt, tauchte eines Tages tatsächlich ein Polizeiauto mit Sirene und allem Drum und Dran hinter mir auf und zwang mich, die Augen gerade in dem Moment aufzumachen, wo ich mich wieder auf den drei Treppenstufen sah, zu klein, um an den Klingelknopf heranzureichen, und aus Leibeskräften schreiend und weinend nach meiner Mutter rief, um das Brennen der Wunden an meinen Knien zu vergessen und um die sanfte Litanei der Vorwürfe meiner Mutter nicht zu hören, und als ich mich umdrehte, konnte ich gerade noch das Polizeiauto, aus dieser Straße, die in die Frankreichstraße mündet und deren Name mir entfallen ist, hervorkommen sehen, dort heraus, denn ungefähr hundert Meter dahinter befindet sich das Polizeirevier, gleich neben der Pfarrkirche, deren Glockenturm ich vom Rasenstück aus nicht sehe, aber von der ich, wenn ich an einem der Fenster im ersten Stock meines Geburtshauses stünde, die sechseckige schwarze Spitze sehen würde, die zum wolkenverhangenen Himmel aufragt, sowie den Hahn und die sich im Wind drehende Wetterfahne, dann, tiefer, die drei Schalllöcher, hinter denen die automatischen Glocken verborgen sind, die ich nie in Gang setzen durfte, nicht zu vergessen die Turmuhr auf der anderen Seite und – aber das stelle ich mir mehr vor, als dass ich es sehe – die Kiefernhecke zu Füßen des Glockenturms, die die Kirche vom Rathaus trennt, vom alten Rathaus, denn das neue steht gegenüber, das alte Rathaus mit dem Polizeirevier, von dem an jenem Tag, als ich beobachtete und beobachtet wurde, das Polizeiauto kam, das sicher durch den oder die Beobachter hinter dem Vorhang von einem der Fenster des Cafés hinter mir gerufen worden war, aber das Polizeiauto hielt nicht, im Gegenteil, es verschwand in vollem Tempo, unter Sirenengeheul mit Blaulicht und bei Rot durchfahrend, in der Spitalstraße, dann kam das Geheul einer zweiten Sirene hinzu und dann einer weiteren, und dann erschienen nacheinander, die Frankreichstraße hinauffahrend, zwei nagelneue Feuerwehrwagen, und das Farbenspiel, die knallroten Karosserien, die glänzenden silbernen Leitern und die drohend blauen Sirenen brachten etwas Leben in diesen grauen Herbsttag, und während ich das Sirenengeheul hörte, das hinter dem Polizeiauto in der Spitalstraße verebbte, war ich kurz davor, meinen Beobachterposten zu verlassen, angezogen durch das mutmaßliche Feuer, zu dem die Feuerwehrleute hinrasten, aber eine unsichtbare Hand hielt mich auf dem Rasenstück fest, als hätten meine Füße in diesem einladenden Gras Wurzeln geschlagen, und während sich der Klageton der Sirene entfernte, untersuchte ich erneut den ganzen Abschnitt der Rooseveltstraße von der Nummer acht, meinem Geburtshaus, bis zur Nummer zwei, einer protestantischen Kirche, und dazwischen das blassgrüne Haus mit den ungewöhnlich niedrigen Fenstern und das Café Dipp mit der frisch gestrichenen Fassade, die Nummer zwei, die zugleich die Nummer vier ist, denn die protestantische Kirche erstreckt sich in der Breite über zwei Häuser, auch wenn sie sonderbarerweise nur eine Eingangstür hat, und auch wenn vor der Nummer zwei bis vier eher reges Kommen und Gehen herrscht, was um so seltsamer ist, als diese Kirche nach den Worten des Pfarrers und Schwester Lambertas keine richtige Kirche mit richtigen Heiligen, einer richtigen Jungfrau Maria und richtigen Engeln ist, sondern ein Ort, in den Gott nie den Fuß setzen würde, weil seine wahre Wohnstätte die große Pfarrkirche ist, die an das Rathaus und das Polizeirevier grenzt, was in meinen Augen, ob sie nun offen sind oder zu, die tägliche Menschenansammlung vor der Tür der Nummer zwei bis vier noch unverständlicher macht, während noch keine Menschenseele die Schwelle zu meinem Geburtshaus überschritten hat, weder um einzutreten noch um herauszukommen, so dass ich fast zu der Überzeugung gelange, dass, seitdem ich dort nicht mehr wohne, seit mehreren Jahrzehnten also, die Nummer acht ein unbewohntes Haus ist, ein verlassenes Haus, aus dem das Leben für immer gewichen ist, wenn die geöffneten gelblichen Fensterläden und die ebenso gelblichen Vorhänge im ersten Stock nicht darauf hindeuten würden, dass es ständig bewohnt ist, nicht wahrnehmbar, aber ständig und sehr real, denn die gelblichen, fast ockerfarbenen Fensterläden, sowohl die im Erdgeschoß, wie die im ersten Stock, waren das einzige Mal, als ich mich nachts hinter den Scherenstromabnehmer der elektrischen Kleinlok gestellt habe, geschlossen, so wie auch die Läden der Fenster des hinter mir liegenden Cafés geschlossen waren, und ebenso wie durch diese Fensterläden drang das Licht durch die meines Geburtshauses, aber dabei ist zu bedenken, dass manche der Fensterläden meines Geburtshauses als einzige in diesem Teil der Rooseveltstraße mehrteilig sind, während die der Mansarden oder des Fensters im ersten Stock über der Tür nicht im eigentlichen Sinn Fensterläden sind, sondern Stores, deren Stellung veränderlich ist, das beweisen die vielen Photos, die ich im Verlauf meiner Observationsmonate gemacht habe, was an sich als Bestätigung dafür gelten kann, dass mein Geburtshaus wirklich bewohnt ist, dass es keineswegs leer steht, dass es zugleich verlassen, aufgegeben, und im Stich gelassen ist von mir und meiner Familie und andererseits besetzt, eingenommen und erobert von Unbekannten, dass es trotz allem mein Geburtshaus bleibt, auch wenn diese Unbekannten, die sich seiner bemächtigt haben, nicht wissen, dass ich diese Küche, dieses Wohn- und Esszimmer, den Hof und den kleinen Garten, in den man durch die Küche gelangt, sowie die beiden Zimmer des ersten Stocks lange vor ihnen gekannt habe, weil ich darin jahrelang herumgelaufen bin, nein, nicht im ersten Stock, nein, alles in allem bin ich nur im Erdgeschoss, in der Küche, im Wohn- und Esszimmer und den beiden Schlafzimmern im Erdgeschoss herumgelaufen, denn im ersten Stock wohnten andere Mieter, an deren Namen ich mich nicht erinnere, und die aus meinem Geburtshaus zweifellos auch ausgezogen sind oder jetzt tot sind, sie, die abgesehen von meinen Eltern und meinem Bruder notfalls bezeugen könnten, dass die Nummer acht der Rooseveltstraße trotz ihrer damaligen Anwesenheit und derer, die jetzt dort wohnen, das Haus ist, wo ich geboren bin, aber wenn ich genauer darüber nachdenke, bin ich nicht mehr ganz sicher, warum ich mich hinter den Scherenstromabnehmer der Kleinlok gestellt habe, auch weil ich die meiste Zeit die Augen zu habe, nicht, weil ich nicht sehen möchte, wer einen Ort zu entweihen gewagt hat, an dem ich geboren bin und der mich eine Zeitlang hat aufwachsen sehen, in der schönsten Zeit meines Lebens vielleicht, denn man sagt ja oft, die Kindheit sei die schönste Zeit des Lebens, sondern um mich mit geschlossenen Augen im Dunkeln zu konzentrieren – im Dunkeln des

Innern natürlich, denn das Dunkel draußen, das der Nacht zum Beispiel, interessiert mich zur Zeit nicht, da es meine Unruhe nur verstärkt und sei es auch nur wegen der feinen Linien, die das Licht auf die geschlossenen Fensterläden meines Geburtshauses und des Cafés zeichnet – um mich zu konzentrieren, denn ich will wissen, was ich nie gewusst habe und was man nur wissen kann, wenn man die Augen zugemacht hat, ganz zu, ohne Anstrengung aber fest zu, so dass auch der kleinste Lichtstrahl die Pupille nicht erreicht und das ganze Farbenspektrum im leeren Schwarz gesammelt wird, ein Schwarz wie das des Anfangs, wie das vor dem Anfang, denn die wesentlichen Fragen, die auftauchen, wenn man mit geschlossenen Augen in der Zeit voranschreitet, finden keine Antwort außerhalb von diesem Schwarz, und auf dem Posten, wo ich stehe, hinter den kahlen Stämmen der winterlichen Bäume oder hinter den belaubten Zweigen derselben Bäume im Sommer, als einsamer Zeuge des zarten Entstehens und des langsamen Todes der Blätter, reduzieren sich die wesentlichen Fragen auf eine einzige, und zwar welches Zusammenspiel von Zufällen dazu geführt hat, dass meine Augen sich eines Tages zum ersten Mal gerade dort geöffnet haben, während sie doch dazu bestimmt waren, sich woanders zu öffnen, weit weg, sehr weit weg, und an diese Fragen ohne Antwort heftet sich, wie um das Rätsel noch zu verdichten, diese andere Frage ohne Antwort, warum nämlich die anfängliche Reise vor mir stattgefunden hat und nicht nach mir oder doch wenigstens während der Reise, mich ohne mein Zutun zum ewigen Kommen und Gehen der Nomaden verurteilend und mich jeder Möglichkeit beraubend, sesshaft zu werden und sei es auch nur vorläufig, mich unaufhörlich rufend, wie die Sirenen den Odysseus, so dass ich wie ein Dieb vor der Illusion des Anfangs Stellung beziehe und mir in der Phantasie die Möglichkeit biete, neu und anders anzufangen, anders, aber nach der entscheidenden Reise, anders, aber am selben Ort, dort in Differdingen, in der Rooseveltstraße Nummer acht, nicht weit vom Krankenhaus, zweifellos dem wirklichen Ort meiner Geburt, denn Geburtshaus ist nur so ein Ausdruck, eine Art, den Ort um einige Dutzend Meter zu verschieben, um nicht in der Anonymität der Nach-Reise zu versinken, in der Banalität, sagen zu müssen, ich bin im Krankenhaus geboren, was eine Banalität und eine Tragödie ist, als ob ich von Anfang an, von meinem Anfang an, von meiner Geburt an, allein unter Dutzenden von anderen Neugeborenen, die sich wie ein Ei dem anderen ähneln, krank, zart gewesen wäre, als ob ich besondere Pflege benötigt hätte, als ob ich mehr tot als lebendig gewesen wäre, denn ins Krankenhaus kommt man ja eher zum Sterben als zum Leben, wie Großmutter Maddalena vor einigen Jahren, die doch fast hundert Jahre einen Katzensprung vom Krankenhaus, in der Spitalstraße, gelebt hat, sie, die sozusagen aus dem Krankenhaus nie herausgekommen ist, die das Krankenhaus mit sich herumtrug, wie man Kleider trägt, sie, die sich in dieser Straße mit diesem Namen in Sicherheit gefühlt hat, gleich neben dem Ort, wo man geboren wird und wo man stirbt, auch in der Nähe von dem anderen Ort, wo man lebt und stirbt, nämlich der Thillenberger Grube, diesem Labyrinth von unterirdischen Adern, aus dem Tausende von Armen mit Schlägen der Spitzhacke, mit Presslufthämmern und Dynamit Tausende Tonnen Eisenerz herausgeholt haben, dieses Rückenmark einer ganzen Stadt, eines ganzen Landes, die Geburt eines Mythos zwei Schritte vom Krankenhaus entfernt, ein Mythos voller Leben und Tod wie alle Mythen, Leben und Tod zwei Schritte vom Ort, wo man lebt und stirbt, Leben und Tod auf beiden Seiten des Hauses von Großmutter Maddalena, Anfang und Ende durch ein Haus verbunden, wobei, aber das hängt von der genauen Stelle ab, wo man steht, das Krankenhaus links liegt und die Thillenberger Grube rechts, oder die Thillenberger Grube links und das Krankenhaus rechts, wo ich 1950 geboren bin und wo Großmutter Maddalena 1989 gestorben ist, wie viele andere Großmütter vor und nach ihr, die Thillenberger Grube, wo Differdingen entstanden ist und wo Großvater Nando 1932 ums Leben gekommen ist, wie viele andere Bergleute vor und nach ihm, mit einem großen Loch von über fünfzig Jahren zwischen dem Tod des einen und der anderen, einem Loch, in dessen Mitte ich geboren bin, und zwar am selben Ort, wo Großmutter Maddalena gestorben ist, als sollte ich sie ablösen, als ob es sich um einen Stafettenlauf handelte, als ob man an diesem Ort, in diesem Augenblick den Stab ergreifen und ihn behalten müsste, bis eine andere Hand da wäre, um ihn zu ergreifen, und so vom Anfang bis zum Ende einen endlosen Weg beschreiben müsste, voller notwendiger Zwischenglieder, Faden, Lebensfluss, Zwischenglieder, die man nur zurückzuverfolgen braucht, um letztlich zum Anfang zu gelangen, zum wahren Anfang, dem ersten Anfang, der anders begonnen hat, an einem anderen Ort, in einer anderen Straße, einem anderen Dorf, einem anderen Land, während ich lange nach diesem Anfang geboren bin, lange nach der Reise, in Differdingen, im Krankenhaus von Differdingen, auch wenn es mir der Einfachheit halber lieber ist, wenn alle glauben, dass das Haus, wo ich geboren bin, die Nummer acht von der Rooseveltstraße ist, und als ich geboren wurde, war meine Großmutter schon ganz alt, und sie ist in meiner Kindheit und Jugendzeit ganz alt geblieben, dann habe ich sie wegen meiner Reisen aus den Augen verloren, alt und schwarzgekleidet von Anfang an, ich meine, von meinem Anfang an, denn in ihrer Jugend, als es mich noch nicht gab und als es meinen Vater und meine Mutter noch nicht gab und als das, was mein Geburtshaus werden sollte, noch nicht existierte, und als Roosevelt noch ganz jung war, und noch nicht so berühmt, dass eine Straße in Differdingen nach ihm benannt wurde, und Differdingen noch keine Stadt war, sondern ein ganz kleines Dorf, damals also, irgendwo auf dem Land in den Abruzzen, auf den Hügeln, die noch nicht von der Landstraße Nummer siebzehn durchzogen waren, hinter dem höchsten Gipfel des Gran Sasso, zwanzig Kilometer von L'Aquila, der Provinzhauptstadt, entfernt, trug meine Großmutter zweifellos schon schwarze Kleider, als sie ihren Nando traf, schwarze Kleider wie alle, wie alle Frauen dort unten, wie alle Frauen des Südens, schwere schwarze Kleider, für den Winter und für den Sommer, um sich vor Kälte und Hitze zu schützen, schwere schwarze Kleider, die sie mitnahm, als sie eines schönen Tages kurz vor dem Krieg, dem Ersten Weltkrieg, zusammen mit Nando, ihrem Nando, und anderen Nandos die Reise in die unendliche Ferne, hin zum unendlichen Reichtum und zum unendlich Beängstigenden unternahm, hin zu diesem kleinen Land und diesem kleinen Dorf im Norden, dessen Namen weder sie noch Nando noch die anderen Nandos, noch wer auch immer aussprechen konnte, aber das alle wie ihre Westentasche kannten, auch wenn es niemand oder fast niemand jemals betreten hatte, denn die, die sich aufmachten, abgefahren waren oder abfahren würden, fuhren noch weiter auf den noch größeren Reichtum zu, nach Amerika, ein leicht auszusprechender Name, das war das Paradies mit einem italienischen Namen, Americo in weiblicher Form, ein süßer einladender Name wie die Brust einer Mutter, ein Name voller Geschichte und Geschichten, während Luxemburg ein düster und kalt klingender Name war, von dem niemand oder fast niemand irgendetwas erzählt hatte, und es wurde erst wieder liebenswürdig, gastfreundlich, wenn man sich sagte, dass es ganz in der Nähe von Frankreich lag, la Francia, dieser anderen Mutter, von dem alle redeten und das alle wie ihre Westentasche kannten, weil es dort Kohle und Eisen im Boden gab, während das Land in den Abruzzen auf beiden Seiten dessen, was die Landstraße Nummer siebzehn werden sollte, nur aus Erde bestand, hügeliger Erde, die sich zwischen große und kleine Berge schob, Erde, die nichts erbrachte, wenn man ihr nichts gab, die nichts zu essen bot, wenn man ihr nicht seine Arbeit schenkte vom frühen Morgen bis zur Abenddämmerung, im Winter wie im Sommer und trotz der Arbeit, die man ihr schenkte, brachte die Erde zwar Nahrung hervor, aber nicht viel und nicht für alle, und deshalb begannen viele von einem anderen Boden zu träumen, vielleicht nicht hügelig, ohne Berge, vielleicht ganz flach, ohne Bäume vielleicht, ohne Feigen-, Mandel-, Olivenbäume vielleicht, aber mit riesigen Schornsteinen, die vom frühen Morgen winters wie sommers bis in die Nacht schwarzen Rauch zu schwarzen Wolken hinaufbliesen und wie durch Zauberhand die Taschen mit Mark, Dollar und mit, und hier wurde der Traum zweifellos einen kleinen Augenblick unterbrochen, an diesem Tag, kurz vor dem Ersten Weltkrieg, als Großmutter Maddalena Großvater Nando und andere Maddalenas und andere Nandos beschlossen, ihren Brüdern oder Vettern oder Onkeln nicht nach Amerika zu folgen, sondern nach Norden zu gehen, in das kleine Land in der Nähe von Frankreich, weil sie sich fragten, wie wohl das Geld heißen mochte, mit dem sie bald ihre Taschen füllen würden, ganz wie ihre Brüder, ihre Vettern und Onkel, die aus Amerika wunderbare Nachrichten aus dem Paradies schickten, Nachrichten und hin und wieder einen grünen Schein, als unstreitigen Beweis eines ebenso unwiderleglichen Erfolgs, der ersten, zweiten, dritten Stufe eines unbegrenzten gesellschaftlichen Aufstiegs, so unbegrenzt wie die Wolkenkratzer, deren letztes Stockwerk sich in den Wolken verlor, eine Stufenleiter, die sie unwiderruflich in die Höhe führte, und sie, Großmutter Maddalena und Großvater Nando und die anderen Maddalenas und Nandos von Barisciano ließen sich den grünen Schein geben, auf dem ein oder fünf Dollar stand, wie der Pfarrer, der lesen konnte, sagte, denn die grünen Scheine ähnelten sich wie ein Ei dem anderen, und die Zahlen, wie übrigens das Alphabet konnten weder Maddalena noch Nando lesen, nicht nur, weil die nächste Schule ziemlich weit entfernt war, sondern weil die Landarbeit, seitdem sie geboren waren, alle Stunden des Tages verschlungen hatte, was bald aufhören würde, dachte Nando wahrscheinlich, während er den grünen Ein- oder Fünfdollarschein in den Händen drehte und sich fragte, welche Farbe wohl das Geld in dem Land, das sie gewählt hatten, haben würde und das in ihren Träumen immer einladender und gastfreundlicher wurde, je näher das schicksalhafte Datum der Abreise rückte, einladend und so klein, wie es in dem Brief hieß, den Batista, ein Nachbar, einer der ersten, die Jahre zuvor dorthin gegangen waren, aus Differdingen an seine Annunziata geschrieben hatte, so klein, dass man Acht geben musste, sich am Abend nicht zu verfahren, um nicht plötzlich in Belgien, Frankreich oder Deutschland zu sein, was alle Welt am Vorabend einer Abreise beruhigte, die alle als vorläufig betrachteten, nur die Zeit, die nötig war, um die – und wieder entstand in den Träumen eine Pause, denn Batista hatte dem Brief an Annunziata keinen Schein beigelegt, und er hatte nicht den Namen des Geldes genannt, das man in Luxemburg mit der Förderung von Eisen verdiente, das man in die Gießerei schaffte, wie man in Afrika oder anderswo Gold fördert, in Bergwerken, enge in die Erde gegrabene Gänge, tiefrote Erde, hatte er allerdings erklärt, so rot, dass man nach der Arbeit mit dem Wasser, mit dem man sich Gesicht und Hände wusch, Spaghettisoße machen konnte, mit dem Unterschied, dachte Nando wahrscheinlich, und sicher sagte er es auch zu Maddalena, dass man beim Gold keine Geldscheine braucht, während man das Eisen, wenn man essen will, zuerst in, aber cazzo, wie heißt denn wohl das Geld, das man da verdient, sagte Nando, bevor er zusammen mit der schwarzgekleideten Maddalena und anderen Nandos und schwarzgekleideten Maddalenas zu Fuß in die Provinzhauptstadt L'Aquila aufbrach, auf dem, was noch nicht die Landstraße Nummer siebzehn war, zu Fuß, weil die Ochsen vor den Wagen gespannt waren, zu Fuß und ohne Schuhe, nur mit Stoffenden, die um die Zehen gewickelt waren, denn die Schuhe musste man sich für später aufheben, um im Norden einen guten Eindruck zu machen, um zu zeigen, dass dort, von wo man kam, alle ein schönes Paar schwarze Schuhe hatten, schön, ganz neu und gut geputzt, kaum gebraucht, und dass man sich bald ein zweites Paar kaufen würde, denn die schönen schwarzen Schuhe waren für den Sonntag, die Sonntagsmesse, für die Messe und das Scopa-Kartenspiel, für die Partie Scopa und das Boccia-Spiel und auch für den Spaziergang vor dem Mittagsschlaf, aber wieder einmal entstand eine Unterbrechung im Traum, während Maddalena und Nando sich nach fast eintägigem Fußmarsch L'Aquila näherten und schon die Hälfte des Brotes und der Zwiebeln, die ihnen als Wegzehrung dienten, aufgegessen hatten, und Nando blickte Maddalena in die Augen, denn auch sie hatte eine Frage in den Augen, einen ganzen Schwarm von Fragen, die sie auf dem Weg unablässig in Worte zu fassen versucht hatte, nachdem sie zum letzten Mal einen Blick auf die wenigen Häuser von Barisciano, zum letzten Mal einen Blick auf den viereckigen Glockenturm der Pfarrkirche geworfen hatten, auf die fast nicht erkennbaren Ruinen der Rocca Calascio, die in fast 2000 m Höhe über Barisciano thront, genauso wie Nando seit demselben Augenblick seine Fragen in Worte zu fassen versucht hatte, Fragen, die jetzt in ihren Blicken lagen, in jeden Zug ihrer Gesichter eingegraben waren, in den Flaum auf der Oberlippe des jungen Nando, in das gezwungene Lächeln der jungen Maddalena, während weder Maddalena noch Nando etwas zu sagen wagten aus Furcht, das Schweigen zu brechen, das bis dahin das kaum hörbare Geräusch ihrer Schritte begleitet hatte, Schritte ohne Schuhe, mit kleinen, verstaubten, um die Füße gerollten Stoffenden, ein Geräusch, das kaum übertönt wurde von dem Flüstern der anderen Nandos und anderen Maddalenas, die sicher dieselben Fragen in den Augen hatten und die die Blicke auf den Boden richteten, um nicht zu stolpern oder an zu große Steine zu stoßen, diese Füße, die noch einen langen Weg vor sich hatten, einen Weg, dessen Länge sie nicht kannten, der ganz einfach lang war, ein Wort, das früher immer Träume in ihnen ausgelöst hatte, wie das Wort weit, und das jetzt Wirklichkeit annahm und Angst auslöste, denn L'Aquila war weit und Rom war weit, Rom, wo der Zug auf sie wartete, und sie gingen in der Sonne, die schon den Himmel rötete, den Blick auf die Füße gesenkt, einen Schwarm von Fragen in den Augen, Fragen, die Nando jetzt in Maddalenas Augen las, denn sie hatten neben dieser Quelle kurz Halt gemacht, um Brot und Zwiebeln aus dem Tuch zu nehmen und in Maddalenas Augen standen genau dieselben Fragen wie in denen von Nando, und in den Augen aller rund um die Quelle standen dieselben Fragen und in jedem Zug ihrer Gesichter, aber niemand sprach aus Furcht, die Stille zu stören, aus Furcht auch, das Angelus nicht zu hören, das gleich in Bazzano ertönen und ihnen anzeigen würde, dass sie schon zwei Drittel des Weges von Barisciano nach L'Aquila zurückgelegt hatten und dass noch Zeit wäre, dachte vielleicht Maddalena, den Weg zurückzugehen, alles zu vergessen und sich zu sagen, dass sie dieses Angelus vielleicht nie wieder hören würden, dass sie vielleicht in die Kirche von Bazzano hineingehen sollten, ebenso wie sie auch in die von Poggio Picenze hätten gehen können, um die Jungfrau oder den heiligen Antonius um einen letzten Rat zu bitten, denn bisher war niemand von denen, die zwanzig, zehn oder fünf Jahre zuvor weggegangen waren, zurückgekehrt, um das Läuten des Angelus zu hören, aber sie traten in keine der Kirchen aus Angst, im letzten Augenblick ihre Meinung zu ändern, aus Angst, dass mit der Kerze, die sie vor dem Bild der Jungfrau oder des heiligen Antonius anzünden würden, die Wunden wieder aufbrechen könnten, die sie jetzt für vernarbt hielten, weil das Schlimmste schon vorüber war, denn das Schlimmste war die Entscheidung gewesen wegzugehen, das Schlimmste war gewesen, Abschied von der Familie zu nehmen und sich beim Verlassen des Dorfes auf dem Weg zu dem, was noch nicht die Landstraße Nummer siebzehn war, nicht umzudrehen, aber sie, Maddalena, hatte sich umgedreht trotz Nandos Warnung, denn dieser hatte die Predigt des Pfarrers über Sodom und Gomorrha nicht vergessen, nein, sie hatte sich nicht sofort umgedreht, sondern erst, als sie gespürt hatte, dass der Kirchturm von Barisciano nicht mehr in Sichtweite sein würde, wenn sie sich nicht genau in dem Augenblick umdrehte, wenn sie nicht genau in dem Augenblick einen Blick darauf warf, dreimal, wie um ihn zu verzaubern, um ihn ein für allemal in ihre Erinnerung aufzunehmen, aber die Fragen, die Nando in Maddalenas Augen las, und die Maddalena in Nandos Augen las, und die all die anderen Maddalenas und Nandos sich gegenseitig in den Augen lasen, sprachen nicht von der Vergangenheit, die kannten sie gut und auch die ihrer Eltern und Großeltern, sowie die ihres Dorfes, nein, die Zukunft machte ihnen Angst, denn die stellten sie sich genau wie die Vergangenheit vor, aber zugleich völlig anders, und die Zeit verwirrte sich in ihren Köpfen, die Zeit mit ihren beiden Seiten, links die Vergangenheit, dann ein dicker Trennungsstrich, dann in der rechten Hälfte die Zukunft, und wenn sich die Zeit in ihren Köpfen verwirrte, dann deshalb, weil sie die Antworten auf die Fragen der Zukunft in der Hemisphäre der Vergangenheit suchten, denn der Bereich der Zukunft konnte ihre aus der Vergangenheit stammenden Fragen nicht wirklich beantworten, und alles verwirrte sich noch mehr in ihren Köpfen, denn sie wussten sehr wohl, welche Fragen in Bezug auf die Vergangenheit zu stellen waren, aber nicht, welches die richtigen Fragen für die Hemisphäre der Zukunft waren, da die beiden Teile im Grunde keinen dicken Trennungsstrich in ihrer Mitte hatten, sondern eine einzige große Kugel waren, wo sich Fragen ohne Antworten und Antworten ohne Fragen mischten, als ob es allein durch ihre Abreise, allein dadurch, dass sie die ersten Kilometer hinter sich brachten und sich der ersten Etappe, L'Aquila, näherten, während der Himmel nicht mehr völlig rot und noch nicht völlig schwarz war, als sie vor Collemaggio vorbeikamen, der Basilika in der Irrenanstalt von Collemaggio, es plötzlich keine Verbindung mehr zwischen Fragen und Antworten gab, wie es, so dachten sie wahrscheinlich, wohl auch keine Verbindung mehr zwischen den Fragen und Antworten der Irren von Collemaggio gab, als ob das Irresein, denn es war wirklich ein Irrsinn wegzugehen, als ob das Irresein eben der Mangel an Verbindung zwischen Fragen und Antworten war, mit Fragen, die, in einer Kugel gefangen, losgelöst im Kopf herumschwirrten und daneben Antworten, die ebenfalls im Kopf herumschwirrten und in einer anderen Kugel gefangen waren, aber während die Irren von Collemaggio Gefangene in den vier Wänden ihrer Anstalt waren, spazierten sie, die doch ebenso irre waren, frei herum, folgten unerschütterlich dem Weg, der noch nicht die Landstraße Nummer siebzehn war, und ließen in der Dunkelheit Collemaggio, die Irren und deren Irrsinn hinter sich zurück, denn das war es eben, man hatte Fragen und Antworten voneinander getrennt, das schuf Raum, öffnete die Tür für Traum und Phantasie, für einen Traum und eine Phantasie, die durch die wenigen Briefe derer, die ihnen auf dieser Reise vorangegangen waren, genährt wurden, Traum und Phantasie, bald klar wie Quellwasser, bald düster wie eine durch eine Kerze kaum erhellte Winternacht, Phantasie und Traum, wie die Pendel einer Uhr hin- und herschwingend von Hoffnung zu Verzweiflung, von Freude zu Angst, vom Erfolg eines entfernten Vetters, der ein Fahrradgeschäft eröffnet oder 1904 die Tour de Luxembourg gewonnen hatte oder der beste Leichtathlet der Welt war, zum Unglück eines anderen entfernten Vetters, der das Einbrechen eines Stollens nicht überlebt hatte, von dem Glück eines entfernten Onkels, der als Posaunen- oder Trompetenspieler 1909 die Garibaldina, die erste ausschließlich aus Italienern bestehende Kapelle, gegründet hatte, zum Unglück eines anderen entfernten Onkels, dem beim Schienenlegen beide Beine durch den scharfgeränderten, mit Eisenerz hochbeladenen Wagen abgefahren worden waren, aber als Nando und Maddalena bei Einbruch der Nacht in L'Aquila ankamen, als sie sich zusammen mit den anderen Maddalenas und Nandos vor dem verschlossenen Eingang des Bahnhofs von L'Aquila auf den Boden setzten, schwang das Pendel trotz der verschlossenen Bahnhofstür nur noch nach einer Seite, der Seite des Glücks, und der Regen, der nach bestimmten Briefen das Land, das ihre Heimat werden sollte, ganz grau machte, verwandelte sich plötzlich, nachdem einer von ihnen die große Bauchflasche mit Rotwein aufgemacht hatte, mit dem sie den möglichen Anflug eines möglichen Heimwehs vergessen sollten, in ein Manna vom Himmel, ganz wie der Regen, der in der Wüste gefallen war, wie der Pfarrer eines Tages gepredigt hatte, als Moses und die Seinen am Ende waren und keinen Ausweg mehr wussten, aber sie waren nicht am Ende, und sie wussten sehr wohl einen Ausweg und während sie die große Bauchflasche direkt an den Mund setzten, waren die Geschichten über den Stolleneinbruch im Schacht oder über die abgefahrenen Beine nur noch Geschwätz, Gerede, niederer Klatsch alter Jungfern, und alle waren in Gedanken schon damit beschäftigt, einen Laden mit italienischen Spezialitäten, eine Pasta-Fabrik, ein Schuh- oder Musikinstrument-Geschäft zu eröffnen, natürlich nicht sofort, nein, vorher musste man einige unangenehme kleine Monate durchstehen, einige unangenehme Jahre vielleicht sogar, in einer Fabrik oder möglicherweise sogar in den Tiefen eines Bergwerks, ein Kinderspiel für ihre Arme und Hände, gewöhnt, den lieben langen Tag mit Schaufeln und Spitzhacken umzugehen, aber mit dem Geld, mit dem, zum Teufel, wie heißt wohl dieses verdammte Geld, das sie mit jeder Schaufel Eisenerz verdienen würden, das sie dem Boden entreißen würden, mit diesem Geld also, das sie beiseite legen würden, nicht ohne davon zuvor einen Teil an die zu Haus Gebliebenen geschickt zu haben, mit diesem Geld würden sie ihre Kinder, die sie bald haben würden, in die Schule schicken und so würde ein unbegrenzter sozialer Aufstieg beginnen, wie für ihre Vettern und Onkel, die nach Amerika gegangen waren und ihre Träume wurden immer schwelgerischer, je näher das Morgengrauen kam, dann in der Frühe, als die Bahnhofstür geöffnet worden war, und sie sich in einer Schlange vor dem Schalter aufstellten, um sich den Fahrschein für die einfache Hinfahrt zu kaufen, verschwand das mit einer ganzen Bauchflasche angeheizte Hochgefühl mit einem Schlag, als der Beamte sie nämlich fragte, wohin sie wollten und beim Wort Luxemburg sie voller Schrecken ansah, weil ein entfernter Vetter von ihm, begann er zu erzählen, Gott habe seine Seele gnädig, nach dem Bericht eines anderen entfernten Vetters von ihm, der aus dieser Hölle zurückgekommen war, vor einigen Monaten dort von Soldaten erschossen worden war, er und viele andere Italiener, weil sie sich erlaubt hatten zu protestieren, zu streiken und in den Straßen von Differdingen herumgezogen waren, und ob sie wüssten, warum die protestiert hatten? Nein? weil das Leben da oben schlimmer sei als Sklaverei, sie würden schlechter behandelt als die Neger von Amerika, sie müssten die schlimmsten Arbeiten verrichten in den Bergwerken, die ständig einbrachen, und all das für einen Elendslohn, einen Lohn, von dem sie kaum genug zu essen hatten, der ihnen überhaupt keine Bewegungsfreiheit ließ, sie hinderte, in ihr Land zurückzugehen, und wenn dieser entfernte Vetter, der erzählt hatte, wie der andere entfernte Vetter durch die Kugeln des Militärs ums Leben gekommen war, zurückgekommen war, dann nur, weil man ihn ausgewiesen hatte, jawohl, sie hätten richtig gehört, ausgewiesen, wie viele andere auch, wie alle, die am Streik teilgenommen hatten, wie alle, die das Glück gehabt hatten, nach der Schießerei unversehrt wieder aufstehen zu können, und während der Angestellte seine Geschichte erzählte, nahmen Nando und Maddalena und die anderen Nandos und Maddalenas schweigend ihre Fahrkarte einfache Hinfahrt in Empfang, und jeder hörte nur ein Stück von der Geschichte des Angestellten, Gesprächsfetzen, die im Zug Stück für Stück zusammengesetzt eine andere Geschichte ergaben mit Landsleuten, die weggegangen waren, weil sie arbeitsscheu waren, oder Kriminelle, Betrüger und Diebe, und wenn man auch in Italien bei all den korrupten Polizisten vielleicht ungestraft seinen kriminellen Aktivitäten nachgehen konnte, – dort oben war das anders, die Polizisten taten ihre Arbeit, es herrschte Ordnung, Gott sei Dank, denn sie wollten nicht das Liebste, was sie auf der Welt hatten, verlassen und dann in der Unordnung landen, verursacht von Banditen, die keine Lust hatten zu arbeiten und sich auf Kosten der ehrlichen Leute bereichern wollten, ja, und wenn es nötig war, würden sie die Polizisten von dort oben sogar unterstützen, um ein für allemal mit diesem Schmarotzerpack aufzuräumen, das war während der Bahnfahrt aus den Bruchstücken der Geschichte des Schalterbeamten im Bahnhof von L'Aquila geworden, einem Bahnhof, den es schon lange nicht mehr gibt, so wie auch Maddalenas gezwungenes Lächeln auf dem Marsch vom Abend zuvor verschwunden war, ohne dass ein richtiges Lächeln an seine Stelle getreten wäre, keinesfalls, Maddalenas Lippen waren hinter ihren beiden Händen verborgen, ebenso wie ihre Nase, ihre Augen und das ganze Gesicht, und Maddalenas Hände waren ganz feucht, so feucht wie die Hände der anderen Maddalenas, die alle gleichzeitig einen kleinen, fast komischen Hopser taten, wenn die Räder ihres Waggons dritter Klasse über die Schienenstöße fuhren, und wenn Maddalenas Hände wie die der anderen Maddalenas feucht waren, so kam das von den Tränen, die sie trockneten, ohne dass es ihre Nandos merkten, die ersten Tränen, die in diesem Zug, der sich von L'Aquila entfernte und sich Rom näherte, plötzlich hervorgequollen waren, Tränen, die eine ganze Weile später alle mit der Müdigkeit, dem Rotwein, oder, und das war die meistverbreitete Version, mit dem schwarzen Rauch der Lokomotive erklärten, der durch die unverglasten Fenster in den Wagen gedrungen war. *Millionen Jahre im Wasser gaben ihnen diese so sonderbare fischähnliche Form.*

Früher beruhigte mich die untergehende Sonne und die aufgehende Sonne stachelte mich zu Edlem an. Das ist jetzt vorbei …

Es ist kalt auf dem Bahnhof. Es ist schon Frühling, aber noch sehr kalt. In diesem Jahr will der Winter nicht enden. Alfredo ist schlecht gelaunt. Bei dem Frost der letzten Nacht und in den Nächten davor hat er in den Treibhäusern nichts ausrichten können. Der Boden war steinhart, so hart, dass die Zinken der Gabel abgebrochen wären. Da hat er sich damit begnügt, einmal mehr die Gartengeräte zu reinigen, denn die Geräte sind das Wichtigste, sagte er sich. Einzeln holte er sie aus dem Schuppen, um den nur eingebildeten verkrusteten Schmutz abzukratzen. Dann räumte er alles wieder peinlich genau ein, so wie er es am Vorabend und am Abend davor getan hatte, nicht um die Zeit totzuschlagen, sondern weil die Gartengeräte aufgeräumt sein wollen, und zwar auf eine ganz bestimmte Art und Weise: die Heugabeln rechts von den Spaten, die Eisenharken links von denen mit den Holzzinken, dann, nebeneinander, Baummesser, Hacken, Drillscharen, Gartenhacken, Gartenschäufelchen, nicht zu vergessen die Jäthacke mit den drei Zacken und die gefährliche Kombihacke mit den zwei Zinken auf der einen und dem Messer auf der anderen Seite. Dann überprüfte er, ob auch alle Zinken und Messer zur Wand hin standen. Ein Unfall passiert so leicht! Mistwinter – sagte er, die kleinen Werkzeuge ebenso peinlich genau auf einem Wandbord aneinanderreihend. Und nachdem er zuletzt die Absteckleine gleich hinter der Hippe ebenfalls darauf gelegt hatte, sagte er wieder Mistwinter, bevor er noch einmal einen Rundgang durch den Garten machte, von einem Ende zum anderen, vorbei an den mit Reif bedeckten Treibhäusern. Als er sah, dass auf einem der Glasdächer eine Strohmatte lag, musste er lächeln. Im Februar hatte es einige Sonnentage gegeben, und er hatte das aufgeheizte Treibhaus abdecken müssen, um die Topfpflanzen zu schützen. Dann war die Sonne verschwunden, als hätte der Himmel sie verschluckt. Aber das milde Wetter schien einen vorzeitigen Frühling anzukündigen. Um Zeit zu gewinnen, hatte er also einige junge Pflanzen parallel zur Absteckleine in die Erde gesetzt, aufrecht wie Zinnsoldaten. Diese Setzlinge waren zwar noch da, aber statt in die Höhe zu sprießen, lagen sie am Boden, erfroren durch die plötzlich eingebrochene Kälte, die sich nun erst richtig eingenistet hatte, schlimmer als im Dezember, Mistkälte. Ein Gärtner braucht manches, aber keinen so langen und so wenig vorhersehbaren Winter.

Alfredo hat den Kragen seines dicken Mantels hochgeschlagen, aber er zittert trotzdem. Er hat die Hände tief in den Taschen vergraben und nimmt sie nur von Zeit zu Zeit heraus, um sich eine Maryland anzustecken, oder um einen Zigarettenstummel wegzuwerfen. In der Zwischenzeit behält er die Zigarette zwischen den Lippen gegen die Zähne gedrückt, und der aufsteigende Rauch wärmt ihm das ganze Gesicht. Alfredo wirft einen Blick auf den Boden. Um seine Füße herum liegt alles voll mit zerdrückten Kippen. An den Kippen um seine Füße kann er die Zeit messen. Aber wohlgemerkt, nur die ohne Filter zählen, die anderen sind nicht von ihm. Denn Alfredo raucht immer ohne Filter. Maryland ohne Filter. Für die anderen Zigaretten, die die amerikanischen Soldaten verteilt haben, hat er nichts übrig. Einmal hat er eine F6 probiert. Claudio, sein Bruder, rauchte F6, als er noch da war. F6 mit Filter, denn F6 ohne Filter gibt es nicht. Ja, und nach zwei oder drei Zügen hat er sie ausgedrückt, die F6 von seinem Bruder. Er spürte nichts auf der Zunge. Eine richtige Zigarette muss man auf der Zunge spüren. Der Tabak muss sie berühren, muss sie kitzeln und kleine Krümel hinterlassen. Das ist der eigentliche Genuss beim Rauchen. Es genügt nicht, den Rauch ein- und auszuatmen. Man muss auch den Tabak schmecken. Mit den F6 hätte er das Rauchen schon längst aufgegeben. Seine Lunge wäre ihm dankbar. Jetzt ist sie immer angegriffen und Alfredo hört gar nicht auf zu hüsteln. Oder ist es diese Mistkälte, die den Husten verursacht? Diese Kälte, die so anders ist als die, die er in seiner Jugend kennen gelernt hat, denn die Kälte in den Abruzzen, in der Gegend um San Demetrio, ist eine richtige trockene beißende Kälte, die sich an den Kalender hält. Dort ist es nur im Winter kalt. Es gibt Schnee, viel Schnee, und dann im Frühjahr wird es allmählich warm. Und das ändert sich nicht mehr bis zum Ende des Herbstes. Die Jahreszeiten sind richtige Jahreszeiten. Hier in Luxemburg muss man Hellseher sein, um zu wissen, wie das Wetter morgen wird. Im Mai kann es Frost geben, mitten im August kann es regnen, und im Februar kann es warm sein. Für einen Gärtner ist das fatal. Ohne Frage, dieses Land eignet sich nicht für Blumenzucht.

Um Alfredos Füße herum liegen mindestens fünfzehn Zigarettenstummel ohne Filter. Bei fünf Minuten pro Zigarette und ohne die Zeiten dazwischen zu rechnen – er hat ja nicht ununterbrochen geraucht – macht das fünfundvierzig Minuten, die er im Bahnhof verbracht hat. Eine dreiviertel Stunde. Ohne zu rechnen, dass er mehrmals hinausgegangen ist bis zum Kino Eldorado, um sich die Plakate anzusehen. Dank der beiden Plakate am Kino Eldorado hat er etwas mehr Zeit totschlagen können. Kino interessiert ihn zwar nicht besonders, aber er hat trotzdem einen Blick auf die Plakate geworfen. Auf dem einen, auf dem mit großen schwarzen Lettern der Filmtitel Zaza stand, war links oben das übermäßig gerötete Gesicht einer verängstigten jungen Frau mit dichten schwarzen Haaren zu sehen, die in einem imaginären Wind flatterten, während das übrige Plakat voller Soldaten war, rote Armbinden mit dem Hakenkreuz um den linken Arm. Auch die Namen der Schauspieler standen darauf, aber die hat er vergessen. Und eine Bildunterschrift: Ein leidenschaftlicher Liebesroman. Darunter – und das will ihm nicht aus dem Kopf – war in Klammern eine kurze Erklärung hinzugefügt: Gräueltaten der Deutschen. Darüber hatte er lächeln müssen. Anstatt zu zerstreuen und etwas Fröhlichkeit in das trübselige Klima zu bringen, handelten jetzt auch die Filme vom Krieg. Dass es ein Liebesfilm war, mochte noch hingehen. Mit einem Ende, das immer vor der Ehe der Hauptfiguren Halt macht. Wenn das richtige Leben beginnt. Aber die Schrecken des Krieges noch hineinzubringen, das war eindeutig geschmacklos. Die letzten Bombenexplosionen waren gerade erst verhallt. Und Gräueltaten hatte es weiß Gott massenhaft gegeben. Die Deutschen kannten keinen Spaß. Als sie angerückt waren, um in Weimerskirch einen Nachbarn festzunehmen, weil er offenbar am Streik gegen die Besatzer teilgenommen hatte, war die ganze Straße gesperrt worden. Er hatte geglaubt, die Nazis würden alle Häuser sprengen. Am Ende hatten sie sich damit begnügt, bei den Deschmanns die Tür einzutreten. Mit dem Maschinengewehr in der Faust waren sie dort hineingestürzt und wenige Minuten später mit ihrem Gefangenen wieder herausgekommen. Totenblass war er. Seine Frau kam hinterher und schrie wie eine Irre. Seitdem hatte er Deschmann nicht wiedergesehen. Gräueltaten hatte es gegeben. Aber war das nicht normal? Ein Krieg, das ist schließlich kein Kinderspiel. Um ihn zu gewinnen, ist alles erlaubt. Natürlich hatten die Preußen übertrieben. Das eben ist Fanatismus: Übertreiben. Schließlich war Luxemburg nur zufällig ihr Feind, oder? Der wirkliche Feind, das waren Frankreich und England. Wenn sie freundlich zur Bevölkerung gewesen wären, wäre alles anders gekommen. Man hätte sich gesagt, das ist der Krieg. Das geht vorbei. Alles Übrige wäre ganz normal weitergegangen.

Ja, man müsste die Kippen und die Zwischenzeiten vor dem Kino dazurechnen und auch die auf der Verkehrsinsel gerauchten Zigaretten, als er die sie umkreisenden Straßenbahnen beobachtete. Und dann hat er an dem Stand vor dem kleinen matschigen Grundstück gleich neben dem Kino ein Henri-Funk-Bier bestellt. Dort hat er sich beim Biertrinken die Wohnhäuser im Viertel angeschaut. Sonderbar, hat er gedacht, alles sieht so reich aus, als ob kein Krieg gewesen wäre. Das Hotel Alfa mit seinen Balkons, das Hotel Clesse an der Ecke zwischen der Verkehrsinsel „Raquette“ und der Allee, das Kino Eldorado, wo er noch nie drin war, der Bahnhof mit seinem Turm, alles ist unversehrt geblieben. Und dann dieses Bombenloch. War es schon vorher da? Auf jeden Fall sieht es aus, als fehlten zwei oder drei Zähne in einem Mund, dachte er, und seine Zunge wanderte unwillkürlich in seinem Mund herum, um die zahlreichen Krater in seinen Zahnreihen zu untersuchen.

Mistzug. Mistkrieg, der alles durcheinandergebracht hat. Zwar ist der endlich vorbei, endgültig vorbei. Hier wenigstens. Bei den Japanern, wer weiß, wie lange er da noch dauert. Aber ihnen deshalb die Atombombe auf den Kopf zu werfen, nein wirklich! Jedenfalls wird man lange warten müssen, bis alles wieder so läuft wie zuvor. Am Anfang hatte er vor Angst geschlottert, als er die deutschen Soldaten durch die Straßen der Stadt marschieren sah. Eines Tages – es war 1940 – stand er zufällig in der Großen Straße vor der Konditorei Namur. Er stand mit seinem Fahrrad dicht hinter einem schwarzen Wagen, einem Plymouth, der vor der Apotheke geparkt war. Alfredo fährt immer mit dem Rad, weil ihm von der Straßenbahn übel wird, ohne dass er sich das erklären könnte. Er braucht bloß einzusteigen, und sofort bekommt er weiche Knie. Dann kriecht das Unbehagen in ihm hoch, gräbt ihm ein Loch in den Magen, und ein Schwindelgefühl steigt ihm in den Kopf, was dazu führt, dass sich seine Kehle krampfartig zusammenzieht. Das ungefähr ist an jenem Tag passiert, als er mit seinem Rad dastand, allerdings ohne dass ihm das Unbehagen bis in die Kehle gestiegen wäre. Bis an die Zähne bewaffnete Soldaten marschierten in Dreierkolonnen, und ihre Stiefelschritte hallten laut auf dem Pflaster. Es war ein Knattern wie von einem Maschinengewehr, denn es waren auch Pferde dabei, was den Lärm der Kolonne noch verstärkte. Die Passanten waren stehen geblieben; fast alle blickten zu Boden, als wollten sie ihre Schnürsenkel betrachten. Plötzlich hatte einer der Soldaten – ganz jung war er und hatte einen für seinen Kopf viel zu großen Helm – ihn angeblickt und kurz gelächelt, als wollte er ihn grüßen. Wahrscheinlich versuchte er bei den Zuschauern um Sympathie zu werben, während die anderen Militärs die Augen auf ihre Stiefelspitzen gerichtet hielten, Stiefel, die den Boden stampften, als ob ihnen nicht bewusst wäre, dass sie Land unter den Füßen hatten, das nicht ihr eigenes war. Alfredo hatte trotz seiner Angst das Lächeln des jungen Soldaten verstanden und hätte sogar zurückgelächelt, wenn er Zeit dazu gehabt hätte. Und er hatte es verstanden, weil er an seine eigene Lage denken musste. Was hätte er getan, wenn Mussolini ihn zu den Waffen gerufen und ihn nach Abessinien geschickt hätte? Er hätte ganz einfach die Uniform angezogen und wäre losmarschiert. Wie alle anderen. Wie dieser junge Soldat. Das hätte nicht bedeutet, dass er ein Schwarzhemd war. Er hätte damit nur vermieden, als Deserteur erschossen zu werden. So ist der Krieg nun mal. Niemand geht freiwillig hin. Man geht hin, wenn man dazu gezwungen wird. Natürlich gibt es auch Fanatiker. Aber die gibt es überall.

Er hatte allerdings Glück gehabt. Er war nicht eingezogen worden. War er für zu alt befunden worden? Armando hatte weniger Glück gehabt. Armando Bernabei war sein erster Lehrling, als er die Treibhäuser der Ludwigs übernommen hatte. Davor war er selbst Lehrling gewesen, bei Werding in Differdingen. 1941 war er dann plötzlich der Chef und konnte sich den Luxus leisten, selbst einen Lehrling zu haben. Bernabei war tüchtig und reinigte nach der Arbeit gewissenhaft die Gartengeräte, wie er es ihm beigebracht hatte. Leider hatte er ihn nicht lange behalten können. Eines schönen Tages war Armando in einem Anzug mit Weste und Krawatte ins Treibhaus gekommen. Du heiratest wohl, hatte Alfredo noch gescherzt. Aber Armando hatte eine Leichenbittermiene aufgesetzt. Er war einberufen worden und war gekommen, um Alfredo zum Abschiedsfest im Café Cantoni in Esch einzuladen. Seitdem hatte er ihn nicht wiedergesehen. Und wenn auch er in diesem Zug saß, der so auf sich warten ließ?

Schon gestern sollte dieser verdammte Zug ankommen. Nachdem dann alle stundenlang gewartet hatten, kam der Bahnhofsvorsteher mit der Neuigkeit: kein Zug aus Paris heute. Alfredo hatte einen Blick auf die Kippen um seine Füße herum geworfen und auch auf die Kippen um die Füße der anderen, hatte Mist gesagt, wie alle auf dem Bahnhof Wartenden Mist gesagt hatten oder etwas Ähnliches, und war mit seinem Fahrrad nach Haus gefahren. Andere, z.B. dieser Wagner, der wie Alfredo Blumenhändler war und mit dem er einige Worte gewechselt hatte, nichts Wichtiges, nur einige Worte, damit die Zeit schneller verging, hatte beschlossen, dazubleiben, weil er in Kayl wohnte, und Gott weiß, ob er heute rechtzeitig angekommen wäre.

Alfredo muss lächeln. Rechtzeitig, denkt er, rechtzeitig. Als ob auf diesem Mistbahnhof irgendjemand wüsste, um wieviel Uhr der Zug aus Paris ankommt. Der letzte ist vor über einer Woche gekommen. Ohne den wüsste Alfredo nicht einmal, dass seine Nichte in dem sitzt, der gestern ankommen sollte, und der noch immer nicht eingefahren ist. Er zündet sich noch eine Zigarette an und macht sich auf noch einmal fünf Minuten Wartezeit gefasst. Dabei zittert er wie ein vom Wind geschüttelter Baum oder eher wie eine Vogelscheuche in seinem viel zu weiten Mantel. Denn Alfredo ist mager geworden, wie alle anderen auch.

Zum Glück hat er Tinas Brief erhalten. Den hatte sie einem Reisenden vom Zug der letzten Woche anvertraut. Tina ist die Tochter seines Bruders Claudio. Und in ihrem Brief kündigte sie ihr Kommen mit dem folgenden Zug an, das heißt mit dem von heute, wenn er überhaupt kommt. Was seine Nichte wohl in Paris macht, wo der Krieg doch eben erst aus ist? Das fragte sich Alfredo, als er die ersten Zeilen des Briefes las, den ihm ein Unbekannter mit Namen Peters nach Weimerskirch gebracht hatte. Und er hat es Lucie, seiner Frau, gesagt. Ja, warum geht ein Mädchen von, lass mal sehen, sie ist 1928 geboren, von siebzehn Jahren nach Paris? Dann hat er das Übrige still gelesen. Das kleine Mädchen war überhaupt nicht mehr klein, denn sie hatte gleich nach dem Krieg einen in Differdingen geborenen Soldaten geheiratet, einen gewissen Fernando Nardelli, nein, der Name sagte ihm nichts. Italiener hatte es vor dem Krieg in Luxemburg in Massen gegeben. Das Bergwerk und die Fabrik benötigten Arbeitskräfte.

Aber wenn er seiner Frau Lucie, die ihn vom Ausguss, wo sie gerade die Teller spülte, her beobachtete, nichts weiter sagte, dann deshalb, weil der Brief hier nicht aufhörte. Nach ihrer Heirat, schrieb Tina, habe ihr Mann nicht dort unten bleiben wollen, obgleich er doch dort Dolmetscher hätte werden können und sein gutes Auskommen gehabt hätte, anders als vor dem Krieg, wo er Frisör und Arbeiter gewesen war. Nein, er hatte darauf gedrängt wegzugehen, obgleich ihm Claudio und alle anderen in Cardabello davon abgeraten hatten. Sie hätten wenigstens warten können, bis die Züge wieder regelmäßig fuhren. Nein, Nando wollte zurück nach Differdingen. Er war unruhig. Er hatte seine Mutter und seine Schwester dort, die ihn brauchten, ihn, den einzigen übrig gebliebenen Mann in der Familie, denn sein Vater, der auch Fernando hieß, war 1932 bei einem Grubenunglück ums Leben gekommen.

Alfredo nimmt die Hände aus den Taschen und wirft den Rest seiner Maryland auf die Erde. Die Grube. Wie furchtbar! Er hatte es fast vergessen, die Thillenberger Grube in Differdingen. Und doch hatte da alles für ihn begonnen, in der neuen Welt. Zusammen mit seinem Bruder Claudio hatte er 1928 sechs oder sieben Monate nach Tinas Geburt die Reise ins gelobte Land unternommen. Besonders Claudio wollte weg. Die Schwarzhemden fand er unerträglich. Schon seit dem Marsch auf Rom. Irgendwann hätte er es herausgeschrien, wie er es übrigens bei seiner Rückkehr dorthin 1935 tatsächlich gemacht hat. Und was hatte er davon gehabt? Mindestens einen Liter Rizinusöl. Das ist der Preis, den Fanatiker bezahlen müssen. Er, Alfredo, war weder Schwarzhemd noch braune oder rote Pest noch sonst etwas. Politik, das ging ihn nichts an. Er war jetzt Blumenhändler. Und damit basta. Blumengärtner. Und damit basta. Seine Farben, das waren die Tulpen, Rosen, Nelken oder Gladiolen. Und damit basta. Aus diesem Grund hatte er anders als sein Bruder Claudio niemals einer der Organisationen der Italiener in Luxemburg angehört, weder vor noch nach dem Krieg. Und auch, weil zu Anfang alle Rote waren, wie Claudio, der ihn mehr als einmal gedrängt hatte, doch an den 1. Mai-Demonstrationen teilzunehmen. Als sich dann das Mussolini-Regime in Italien konsolidierte, hatte es ständig Prügeleien um die Kontrolle der Organisationen gegeben, und schließlich hatten die Faschisten mit Hilfe ihrer deutschen Freunde, die das Land besetzt hielten, den Vogel abgeschossen. Eines Tages war er sogar in ein Konzert gegangen, das vom Dopolavoro, einer der zahlreichen, von ihnen kontrollierten Organisationen veranstaltet worden war. Nur um das einmal zu sehen. Oder vielmehr zu hören. Das war in Esch. Nun, der Raum in der Berufsschule war brechend voll. Ihm hatte es ziemlich gut gefallen, aber nicht wegen der Hakenkreuze oder der an den Wänden hängenden Mussolini-Plaketten und auch nicht wegen der Fanatiker in den ersten Reihen, die Viva il Duce schrien, sondern weil die Blaskapelle Auszüge aus Nabucco spielte. Diese Oper liebte er nach den Blumen und Pflanzen am meisten. Die italienische Oper. Verdi. Und dann war der Tenor Geo Armeni da. Das war zwar nicht Caruso, aber er hatte seine Sache sehr gut gemacht. Sein wunderbarer Gesang hatte ihn an die Trompete seines Bruders Claudio erinnert, wenn der den Gefangenenchor spielte.

Aber vorausgegangen war all dem die Sache mit der Grube in Differdingen. Eine kurze Zeit zwar, aber eine Zeit, die ihn tief geprägt hatte. Wegen eines Luxemburgers, der Stahl hieß. Emil Stahl. Ein Name, den er nie vergessen würde. Denn jetzt weiß er, was Stahl im Deutschen bedeutet. Er hatte ihn gleich am ersten Arbeitstag kennen gelernt. Auch er war ein Neuling in der Grube, und noch ganz jung. Alfredo hatte sofort Emil Stahls blonde Haare unter dem schwarzen Hut bemerkt. Er hatte ihn mit einem Kopfnicken begrüßt, und das hatte sofort ein kameradschaftliches Gefühl zwischen ihnen aufkommen lassen. Claudio, sein Bruder, der am selben Tag, es war ein 29. Oktober, mit der Arbeit angefangen hatte, hatte diesmal mehr Glück gehabt als er. Er wurde im Bergwerk Rollenberg eingestellt, wo das Erz im Tagebau gefördert wurde, während Alfredo tief in den Stollen hinunter musste. Bevor sie hinunterfuhren, hatte der Steiger ihnen beiden gesagt, dass sie zusammenarbeiten würden. Der eine sollte hacken, der andere die Erzblöcke auf den Förderwagen laden und diesen dann zum Ausgang schieben. Als sie unten ankamen und sich gegenseitig mit ihren Grubenlampen den Weg leuchteten, wiesen sie sich die Rollen zu: Alfredo sollte zuerst vier Stunden hacken, und dann sollte Emil Stahl an die Reihe kommen. Natürlich hatten sie sich durch Zeichen geeinigt, sprachlich verstanden sie sich nicht. Was machte das schon. Sie waren nicht zum Reden da. Und bei dem roten Staub war es besser, den Mund zu halten.

Alfredo fährt zusammen. Jemand – es ist der Blumenhändler Wagner, den er gestern kennen gelernt hat – flüstert ihm etwas ins Ohr. Er hat einen scharfen Mundgeruch. Wie sauer gewordenes Bier. Anscheinend ist der Zug schon von Paris abgefahren. Wenn die Schienen nicht zu schlecht sind, müsste er in spätestens vier oder fünf Stunden da sein. Alfredo erfasst die Nachricht nicht recht. Er hat nur Emil Stahl im Kopf, seinen Grubenkumpel mit den blonden Haaren unter dem schwarzen Hut. Und auch den Brief seiner Nichte Tina. Blumenhändler Wagner bemerkt sein Zögern und redet weiter, glücklich, einen Gesprächspartner gefunden zu haben. Als dränge das Warten die Leute dazu sich zusammenzutun. Noch vor wenigen Minuten gab es nur Menschen auf dem Bahnhof, die allein waren, die, in ihre Mäntel gehüllt, ihren Gedanken nachhingen.

Alle sind da, hatte sich Alfredo gesagt, weil sie auf jemanden warten. Alle haben sie eine Geschichte im Sinn. Eine Vergangenheit, die mit dem erwarteten Menschen verknüpft ist. Und dieser Mensch sitzt im Zug. So haben diese Wartenden etwas gemeinsam, ohne es zu wissen. Das Warten hat unmerklich ein Band zwischen ihnen gewebt. Wie ein Spinnennetz. Deshalb ist auch Wagner gekommen, um mit ihm zu reden. Auch weil er seit gestern weiß, dass Alfredo ebenfalls Blumenhändler ist. Eine doppelte Solidarität verbindet sie. Aber weiß er denn nicht, dass Alfredo Italiener ist? Auf jeden Fall tut er so. Oder es ist ihm egal. Trotz dem Krieg und allem. Er wird Alfredo also sympathisch, selbst wenn er ihn aus seinen Gedankengängen herausgeholt hat.

Ich warte auf meinen Bruder, sagt der Blumenhändler Wagner, und Sie? Ich heiße Fredy, sagt Alfredo, ich erwarte meine Nichte. Sie hat gerade geheiratet, aber ich weiß nicht, ob ich sie wiedererkenne. Sie war noch ein Baby, als ich sie zum letzten Mal gesehen habe. Ja, ja, erwidert Wagner, die Zeit läuft. Dann verbessert er sich, ich meine, das ist eine Redensart. Die verdammte Zeit will und will nicht vergehen. Vier Jahre ist mein Bruder schon weg. Eine Ewigkeit. Ich wusste nicht einmal, ob er noch lebt. Traurig ist das alles.

Über das alles möchte Blumenhändler Wagner offenbar gern reden. Und da Alfredo nicht antwortet, weil er wieder an seinen Bruder denken muss, der besser daran getan hätte zurückzukommen, statt da unten zu bleiben und sich mit den Schwarzhemden anzulegen, redet Wagner nach einer kleinen Pause weiter. Alfredo hat sich eine Maryland angesteckt und merkt, dass er vergessen hat, seinem Gesprächspartner eine anzubieten. Ich lade Sie zu einem Bier ein, sagt Wagner plötzlich. Neben dem Eldorado ist ein Stand.

Sie gehen gerade in dem Augenblick aus dem Bahnhof, als der Nahverkehrszug Charly vor dem Hotel Alfa vorbeifährt und eine riesige Säule grauen Rauchs in die graue Luft pustet. Auf der Verkehrsinsel Raquette stehen wegen der drei Straßenbahnen, die dort halten, viele Leute. Wie auf dem Bahnhof stehen fast alle allein da. Als ob die Anweisungen der Deutschen, die den Leuten verboten hatten, Gruppen von mehr als zwei oder drei Personen zu bilden, noch in ihren Köpfen herumspukten.

Mein Bruder war Schleuser, erklärt Wagner, ein richtiger Experte. Viele Menschen verdanken ihm ihr Leben. Alfredo möchte entgegnen, dass sein Bruder Partisan war, aber er lässt es bleiben. Wozu soll er mit diesem Mann, den er kaum kennt, über seinen Bruder reden. Wenn er im Krieg etwas gelernt hat, dann den Mund halten. Halt dich raus aus diesen Sachen, hatte ihm seine Frau Lucie, Gärtner Ludwigs Tochter, gesagt. Das ist zu gefährlich. Wer soll sich um die Treibhäuser kümmern? Alfredo, der nach der Erfahrung beim Konzert des Dopolavoro sowieso keine Lust hatte, damit zu tun zu haben, hatte ihr versprochen, sich aus allem herauszuhalten. Deshalb hatte er sogar eines Tages abgelehnt, in seinen Treibhäusern, die allerdings noch die Treibhäuser seines Schwiegervaters waren, zwei junge Männer zu verstecken, die nicht von den Deutschen eingezogen werden wollten. Und da hört man nun, dass der Bruder des Blumenhändlers Wagner Leute über die Grenze geschleust hat. Glücklicherweise scheint Wagner die Aktivitäten seines Bruders nicht allzu sehr zu billigen. Ich habe ihm tausendmal gesagt, er soll damit aufhören, fährt er fort, ich habe zu ihm gesagt: du bringst die ganze Familie in Gefahr, aber er hat nicht hören wollen. Eines Tages sind die Nazis bei uns aufgekreuzt und haben ihn mitgenommen. Und jetzt kommt er zurück, unterbricht er sich selbst, prost.

Die beiden grünlichen Flaschen stoßen aneinander und Alfredo möchte wieder allein sein wie vorher. Das Bier schmeckt wieder, beginnt Wagner von neuem, anscheinend hat es jetzt wieder denselben Alkoholgehalt wie früher. Und Ihre Nichte, was hat die denn gemacht? fragt er ohne Übergang. Alfredo antwortet nicht. Er denkt wieder an Tinas Brief und an ihre ganze Odyssee, bevor in Paris alle die gesammelt wurden, die nach Luxemburg repatriiert werden sollten. Wagner fragt nicht weiter. Er ist doch höflich, denkt Alfredo. Jetzt bezahle ich aber die zweite Runde, sagt er laut. Und als die beiden grünlichen Flaschen wieder aneinander stoßen, kehrt jeder zu seinen Gedanken zurück und zu dem Augenblick, wo er sie unterbrochen hat. Wagner hat Recht, das Bier ist besser geworden, denkt Alfredo, als ob das bedeuten würde, dass der Krieg wirklich zu Ende ist. So treten sie in die Bahnhofshalle, jeder für sich, wenn auch Seite an Seite, ohne sich um die Leute auf der Verkehrsinsel zu kümmern noch um Charly oder die Straßenbahnen, von denen die Raquette erschüttert wird.

Drinnen ist eine Veränderung vor sich gegangen. Die Nachricht, dass der Zug bald eintrifft, hat die Zungen gelöst. Fast niemand ist mehr allein. Kleine Gruppen haben sich gebildet, und es wird geredet und gestikuliert. Blumenhändler Wagner hat sich zu zwei Männern und einer Frau gestellt. Alle vier wenden sich jetzt gleichzeitig um. Zweifellos sprechen sie über Alfredo. Blumenhändler Wagner winkt ihm ein wenig zu. Alfredo stellt fest, dass er blond ist unter seinem Hut. Wie Emil Stahl. Ja, das könnte Emil Stahl sein. Das Alter kommt hin. Altersmäßig sind sie sich etwa gleich. Emil Stahl war 1928 neunzehn Jahre alt und Wagner ist offensichtlich bald in den Vierzigern. Aber der da an der Treppe steht, ist nicht sein Grubenkumpel, denn Emil Stahl hat seine neunzehn Jahre nicht lange überlebt.

An den Tag erinnert sich Alfredo ganz genau, denn es war der Tag, an dem er beschloss, nie wieder in die Grube einzufahren, selbst wenn er wieder nach Hause nach San Demetrio geschickt werden sollte und dort sein Leben lang nur Brot und Zwiebeln essen müsste. Das hat er auch seinem Bruder am Abend desselben Tages gesagt und ihn beneidet, im Tagebau zu arbeiten. Am Morgen waren sie, Emil Stahl und er, frohen Mutes in die Grube eingefahren. Du bist dran mit dem Hacken, hatte ihm sein luxemburgischer Kamerad durch Gesten zu verstehen gegeben, ich schiebe den Wagen, hatte er gemimt. Dann nach vier Stunden, und zwar nach dem ersten Frühstück hatten sie die Rollen getauscht. Emil Stahl war in Form an diesem Tag und hatte mit seiner

Spitzhacke große Erzblöcke aus der Wand vor sich herausgehauen. Am Abend zuvor war die Konsolidierungsmannschaft in ihrer Ader vorbeigekommen, um die Stützpfeiler und Streben zu überprüfen. Das steht wie ein Fels, hatte der Verantwortliche der Mannschaft, ein gewisser Roberto Fumanti aus Varese, auf Italienisch gesagt, das hält hundert Jahre. Ich hoffe, dass ich nicht so lange bleibe, hatte Alfredo noch gewitzelt. Und Emil Stahl hatte gelacht, ohne etwas zu verstehen. Er war dermaßen in Form, dass Alfredo kaum Zeit hatte, alles auf den Wagen zu laden. Aber plötzlich, als er den Wagen zum Schachtausgang schob, hatte es ein ungeheures Getöse gegeben, keinen einzigen Schrei, nur ein ungeheures Getöse. Alfredo hatte den Förderwagen losgelassen und war zurückgelaufen, sein Wagen, der in hohem Tempo die abschüssige Strecke hinter ihm her kam, war nach etwa zehn Metern entgleist und hatte seine Ladung gegen die Schachtwand geschleudert. Als Alfredo an der Stelle angekommen war, wo sein Kamerad Stahl hacken sollte, hatte er zunächst überhaupt nichts gesehen, so dunkel war es. Und außerdem war überall Staub. Aber als er seine Karbidlampe hob, hatte er dies entsetzliche Bild gesehen, das ihn seitdem nicht mehr loslassen wollte. Vor ihm lag ein riesiger Erzblock, fast ein Fels. Nichts weiter. Dann hatte er den Fuß darunter gesehen. Er sei sicher, der Fuß habe sich bewegt, hatte er dem Steiger beim Verlassen des Schachtes gesagt. Aber Emil Stahls Fuß konnte sich nicht bewegt haben, wie auch kein anderer Teil seines unter dem Erzblock zerquetschten Körpers. Ein regloser Block, so schwer, dass die Rettungsmannschaften ihn nicht einen Fingerbreit hatten verrücken können. Das Erz war der Grabstein seines Kameraden Emil Stahl geworden. Alfredo war nicht mehr in die Grube gefahren.

Mist denkt Alfredo, während er die leere Marylandpackung aus der Tasche zieht. Wie lange ist das her? Draußen wird es schon dunkel. Allerdings war auch der Tag nicht sehr hell. Es ist, als ob die Wolken es dem Tag seit Sonnenaufgang nicht erlaubt hätten, richtig anzubrechen. Was für ein Empfang für Tina! Und dieser Zug, der nicht kommt. Es sind weniger Leute auf dem Bahnhof. Manche haben den Mut verloren. Aber der Bahnhofsvorsteher ist noch da. Er spricht mit Blumenhändler Wagner. Wenn Wagner bleibt, wird der Zug kommen. Und Wagner bleibt. Ja, er kommt auf ihn zu. Und er gestikuliert, noch bevor er bei ihm ist. Sie sind schon in Thionville, jubelt er, als habe er selbst dafür gesorgt, dass der Zug näher kommt. Es wird leicht sein, Ihre Nichte zu erkennen, fügt er sogleich hinzu. Ach wirklich, entfährt es Alfredo, der Mühe hat, das Bild von Emil Stahls Grabstein loszuwerden. Sie ist sicher die einzige Frau im ganzen Zug, erklärt Wagner. Fast alle erwarten Männer. Im Krieg gehen die Männer weg, wissen Sie. Aber die Großherzogin Charlotte, möchte Alfredo entgegnen, die ist sehr wohl weggegangen, anscheinend war sie eine der ersten, die das Weite gesucht haben, möchte er hinzufügen. Er sagt aber nichts und begnügt sich damit, ach wirklich zu wiederholen.

Anscheinend werden die Kartoffeln ab nächster Woche nicht mehr rationiert, sagt jetzt Blumenhändler Wagner. Sie haben wohl gehört, was der Minister Konsbrück im Radio gesagt hat. Und zu Weihnachten bekommen alle Schokolade ohne Marken. Schokolade. Bis zum Alter von zwanzig Jahren wusste Alfredo nicht einmal, was das war, Schokolade. Es ist ihm schnurzegal, ob sie rationiert ist oder nicht. Was die Kartoffeln angeht, so hat er für sich und seine Familie immer genug gehabt. Das müsste Wagner eigentlich wissen. Er ist doch auch Gärtner. Nichts, was der Boden hergibt, hat je bei ihm gefehlt, weder hier noch in Italien, ob nun Krieg war oder nicht.

Ja, Alfredo hat auch Radio gehört, wie alle. Denn im Radio war von Repatriierung die Rede. Und selbst, wenn nicht bekannt gegeben wurde, wer mit welchem Transport kommen würde, so doch, in welche Gruppen die Repatriierten eingeteilt waren. Im Lazarett in Paris waren vor allem Kriegsgefangene. Was hatte seine Nichte da nur zu suchen? Ihr Mann hätte wahrhaftig besser daran getan, mit ihr in Italien zu bleiben. Wenn es stimmte, dass er italienischer Soldat gewesen war, würde er wahrscheinlich nach seiner Rückkehr nach Luxemburg kein leichtes Leben haben. Auch das ist der Krieg. Wenn man gut behandelt werden will, muss man gewinnen können. Italien hat verloren, und allen ist es nun egal, ob die Italiener Anhänger Mussolinis waren oder nicht. Es sind Italiener, und damit hat sich's. So wie die Deutschen Deutsche sind. Alle Nazis. Deshalb hat er vorhin diesem Wagner auch gesagt, er heiße Fredy. Deshalb hat er nicht geantwortet, als Wagner ihn über seine Nichte ausfragen wollte. Aber jetzt möchte er ihm ins Gesicht schreien, dass er allerdings ein Spaghettifresser ist, dass seine Nichte aus Italien kommt und dass sie einen früheren Mussolini-Soldaten geheiratet hat. Und er möchte auch herausschreien, dass sein Bruder unter Lebensgefahr im Widerstand gegen diesen selben Mussolini gekämpft hat. So ist das Leben nun mal, zum Teufel. Die Familien entzweien sich wegen der Politik, und am Ende gibt es immer einen Sieger und einen Besiegten. Ist das ein Grund, einander böse zu sein? Bei den großen Fischen muss man die Schuld suchen. Die sind verantwortlich für diese Scheiße. Sogar dieser Steffes, der gerade wegen seiner Zusammenarbeit mit den Nazis verurteilt worden ist, selbst der ist nicht verantwortlich für seine Taten. Er hatte ganz einfach Angst, als er die deutschen Uniformen und die Hakenkreuze sah. Und da wurde er zum Kollaborateur. Er hat Heil Hitler geschrien, ganz wie der junge deutsche Soldat, der ihm vor dem Café Namur zugelächelt hat.

Aber Alfredo sagt nichts, weil er nur wenig von dem versteht, was um ihn herum vorgeht. Die letzten zehn Jahre haben in seinem Kopf alles durcheinander gebracht. Vorher kam ihm alles logisch vor. Er war allergisch gegen die Roten gewesen. Und dann hatte sich Russland mit den Amerikanern verbündet. All das ist kompliziert. Er selber war in das Großherzogtum gekommen, um zu arbeiten, um besser zu leben als da unten! Grube, Fabrik, Treibhäuser, alles deswegen. Nur deswegen. Aber dann hat der Krieg alles auf den Kopf gestellt. Wer wollte ihm vorwerfen, nichts anderes getan zu haben als zu arbeiten, auch wenn Krieg war? Vielleicht würde er jetzt auf dem Bahnhof erwartet, wenn er damals die beiden jungen Luxemburger versteckt hätte. Vielleicht würde seine Frau ihn auch an seinem Grab beweinen. Er ist kein Held. Dem Tod ist er schon begegnet. In der Thillenberger Grube. Und das hat ihm gereicht.

Ehrlich gesagt, Tinas Brief hat ihn geraume Zeit beunruhigt. Auch wenn er mit niemandem darüber gesprochen hat, vor allem nicht mit seiner Frau Lucie. Lucie hatte es wie jede echte Luxemburgerin nicht gern, wenn er zu oft sein Heimatland erwähnte. Sie hatte ihn sogar gedrängt, die luxemburgische Staatsbürgerschaft anzunehmen. Die Arme. Durch ihre Heirat war sie automatisch Italienerin geworden. Was für ein absurdes Gesetz. Nie in ihrem Leben hatte Lucie etwas von pastasciutta gehört, und sie konnte nicht einmal ja und nein auf italienisch, aber nach ihren Papieren war sie Italienerin. Das war wirklich nicht gerecht. Er lebte schon seit siebzehn Jahren in Luxemburg und war noch Italiener, und seine Frau hatte in einer Sekunde mit dem Ja, das sie vor dem Pfarrer gesagt hatte, ihre Staatsangehörigkeit verloren. Und damit nicht genug, wenn sie wieder Luxemburgerin werden wollte, musste sie warten, dass ihr Mann sich naturalisierte. Deshalb drang sie so darauf. Deshalb vermied er es, Italien zu oft zu erwähnen. Deshalb hatte sie es bisher abgelehnt, nach dort unten zu reisen. Deshalb war es ihr lieber, dass er sich Fredy statt Alfredo nannte. Und aus demselben Grund hatte Alfredo ihr nicht gesagt, dass der Brief von seiner Nichte Tina ihn beunruhigte, dass er an ihm trug wie an einer schweren Last. Wie an einer Schuld, und dass er sich fühlte, als habe er ein unbegreifliches Verbrechen begangen.

Als damals sein Bruder Claudio nach Italien zurückgegangen war, hatte er zwei oder drei Briefe von ihm erhalten, aber da er selbst nicht gern schrieb, hatte er nicht geantwortet. Mündlich hatte er ihm durch Landsleute, die zurückfuhren, Nachrichten von sich überbringen lassen, ganz wie Claudio ihm durch die, die nach Luxemburg auswanderten, Käse oder Salami zukommen ließ. Damals standen sie ziemlich regelmäßig in Verbindung, weil die Gesetze in den dreißiger Jahren es nur sehr wenigen Eingewanderten erlaubten, sich endgültig in Luxemburg niederzulassen. Die meisten waren Saisonarbeiter und mussten Weihnachten nach Hause zurück. Wenn sie dann wiederkommen wollten, mussten sie mit all den Formalitäten wieder von vorn anfangen. Claudio hatte also von einem dieser Saisonarbeiter aus Fontecchio, einem Dorf in der Nähe von San Demetrio, erfahren, dass sein

Bruder nicht mehr in der Fabrik arbeitete. Denn nach dem Grubenunglück war Alfredo schließlich in der Fabrik von Differdingen, der Hadir, gelandet, wo er einen Hochofen bedienen musste. Vorher hatte er einige Wochen lang bei der Mannschaft der „Amerikanerin" ausgeholfen, einer riesigen Maschine voller Räder, die die Schlacke des Schmelzwerkes auf Schienen abtransportierte. Er sprang dort für einen gewissen Lucernini ein, dem die „Amerikanerin" ein Bein abgetrennt hatte. Seine neue Arbeit bei den Hochöfen war lange nicht so gefährlich wie die in Thillenberg, aber ebenso schwer. Man musste Förderwagen voller Erz oder Koks einen schräg gestellten Lastenaufzug hinaufschieben und den Inhalt in die Wanne des Hochofens kippen, wobei man Acht geben musste, dass der Wagen nicht mit hineinstürzte und vor allen Dingen nicht man selber. Und all das den lieben langen Tag und einmal alle drei Wochen auch nachts. Nach sechs Monaten, nachdem er sich mit immer schwereren Wagen abgeschuftet hatte, hatte ihn der Vorarbeiter in die Gießermannschaft gesteckt. Zusammen mit einem zweiten Arbeiter musste er eine Gießpfanne mit der Hand bedienen, damit das flüssige Erz in eine Form hineinlief, während ein dritter Arbeiter mit einer Stange dafür sorgte, dass die Krätze nicht aus der Form herauslief. Vorher holten sie zu zweit das flüssige Erz vom Hochofen, wo es aus einer Abstichrinne herauskam, und sie mussten aufpassen, dass es nicht auf den Boden floss, und über ihre Füße. Aber das Schlimmste war die stickige Hitze. Und außerdem war das flüssige Erz glutrot und machte einen fast blind. Ein guter Gießer musste also seine Arbeit tun, ohne jemals in die Glut hineinzusehen. All das wusste Claudio sehr wohl, denn als Alfredo angefangen hatte, in der Fabrik zu arbeiten, war er noch in Differdingen, in der Grube Rollenberg. Er wusste aber nicht, dass Alfredo nicht bei den Hochöfen geblieben war. Eines schönen Tages im Jahre 1937, zwei Jahre nach Claudios Rückkehr nach Italien, hatte ihm das Glück wieder gelacht. Er hatte gehört, dass der Gärtner Werding Hilfe in seinen Treibhäusern brauchte, und keinen Augenblick gezögert. Und da er seit dem Alter von sieben Jahren Landarbeit gewöhnt war, hatte Werding ihn sogleich genommen, denn er hackte, grub und harkte wie kaum jemand. Auf diese Weise – so teilte er Claudio mit – sei er allmählich ein wahrer Experte für Blumen und Pflanzen geworden. Dann hatte er Werding verlassen und war zu einem anderen Gärtner, mit Namen Ludwig, übergewechselt, dessen Treibhäuser in Dommeldingen waren, dem Schloss genau gegenüber. Eine Arbeit mit Unterkunft und Verpflegung. Dort hatte er Lucie, Ludwigs Tochter, kennen gelernt, und bald war Hochzeit gefeiert worden. Er hätte es gern gesehen, wenn Claudio jetzt zu ihm gekommen wäre, und auch Lucie hatte nichts Ernsthaftes dagegen einzuwenden, aber sein Bruder hatte sich mit Politik eingelassen und setzte sein Leben im Widerstand aufs Spiel.

Jetzt nahm er mit Tinas Brief den Kontakt mit seinem Bruder indirekt wieder auf. Und vor allem mit Italien; er hatte es zwar endgültig verlassen, aber die Bindung war geblieben und begann sein Gewissen zu belasten wie ein Verbrechen. Wegen Lucie, aber auch, weil die Italiener sich mit diesem verdammten Hitler eingelassen hatten. Um sich selbst und seiner Frau zu beweisen, dass der Bruch mit da unten nicht rückgängig zu machen war, hatte er also die Naturalisierung beantragt. Bald würde er kein Italiener mehr sein. Er würde Fredy heißen und auch seine Frau würde wieder Luxemburgerin werden, was mit einem Schlag die Probleme der Familie Simonetti-Ludwig lösen würde.

Tinas Kommen jedoch droht dieses Gleichgewicht, das sich in der Familie gerade herstellen wollte, wieder in Frage zu stellen. Natürlich freut er sich, sie zu sehen. Schließlich ist sie die Tochter seines Bruders. Und also auch ein bisschen die seine, denn er hat keine Kinder. Noch nicht. Aber in Tinas Gepäck ist etwas, was er in diesem Augenblick meiden möchte. Tina kommt nämlich nicht allein. Nein, es geht nicht um ihren Mann. Sie kommt mit Italien im Gepäck. Ein Italien, das er mit aller Gewalt in seinem Herzen zu ersticken versucht hat. Mit Tinas Kommen wird die Flamme wieder entfacht. Das war der Grund für seine Unruhe, als er den Brief seiner Nichte las. Als ob er zwischen den Zeilen etwas anderes läse. Etwas, was er sich zu vergessen bemühte. Als er las, musste er nämlich an das Ackerland der Familie am Fuße von Santa

Croce denken, endlose, mit Mandel- und Nussbäumen bestandene Grundstücke. Er hat sich plötzlich wiedergesehen, wie er mit einer Stange in der Hand die Mandeln herunterschüttelte. Und dieses Bild genügte, um eine Gewissheit ins Wanken zu bringen, die er im Laufe der vergangenen Jahre erlangt hatte. Zum Teufel mit der Naturalisierung. Lucie wusste doch genau, worauf sie sich einließ, als sie ihn heiratete. Er hatte ihr alles erklärt. Aber vor der Heirat und danach, das ist nicht dasselbe. Verdammt. Sein Platz war dort unten, im Süden, und das galt auch für seinen Bruder und sogar für seinen anderen Bruder Ernesto, der nach Amerika gegangen ist, und von dem man nichts mehr gehört hat. Vielleicht ist er unter den amerikanischen Soldaten, die in der Stadt herumschlendern, und verteilt Filterzigaretten und Kaugummi, ist Amerikaner geworden, so wie er in Kürze Luxemburger wird.

Das ist die Wunde, die der Brief seiner Nichte wieder aufgerissen hat. Aber er kann mit niemand darüber reden, weil ringsum weder seine Frau und sein Schwiegervater, noch jetzt dieser Wagner, der ihn mit seinen idiotischen Fragen belästigt, diese Unruhe begreifen können. Diese Trauer. Ja, es ist Trauer. Das ist das richtige Wort. Und ein Schauer überläuft ihn. Vor allem, wenn er sich einen Augenblick vorstellt, dass in diesem verdammten Krieg, der die Familien auseinanderreißt, als wären es Papierstücke, Ernesto, Amerikaner geworden, der Feind von Claudio sein könnte, der Italiener geblieben ist. Und sogar sein eigener, Alfredos, Feind, wenn er als Soldat eingezogen worden wäre. Vielleicht wären sie sich an derselben Front begegnet, hätten sich gegenüber gestanden, das Gewehr im Anschlag, im Begriff aufeinander zu schießen. Ein Glück, dass Claudio an der Seite der Partisanen gekämpft hat, also auf der Seite der Amerikaner. Ein Glück, dass er selber nirgends gekämpft hat.

Aber jetzt ist das alles vorbei. Tinas Kommen ändert überhaupt nichts daran. Selbst wenn sie tausendmal Italien im Gepäck mitbrächte. Denn wenn sie nach Luxemburg kommt, dann deshalb, weil sie sich da niederlassen und da bleiben will wie er. Und wer weiß, vielleicht hat sie sogar vor, die luxemburgische Staatsangehörigkeit anzunehmen. Auch wenn sie in ihrem Brief nichts darüber sagt. Ihr Mann scheint auf jeden Fall fest entschlossen zu sein. Sonst würde er dort unten bleiben und als Dolmetscher arbeiten. Hier wird er die blaue Arbeiterkluft tragen, dort unten könnte er einen Anzug mit Weste, Krawatte und allem Drum und Dran anziehen. Wenn Tinas Mann bereit ist, die Arbeiterkluft zu tragen, dann ist es sicher, dass er Luxemburger werden will. Moment mal, er könnte ihn in seinen Treibhäusern anstellen. Lucie ist sicher einverstanden. Unter der Bedingung, dass er nicht zuviel von dort unten erzählt. Das würde Claudio bestimmt gefallen. Der Mann seiner Tochter hätte gleich nach seiner Ankunft einen Arbeitsplatz. Und ihn würde es an Bernabei erinnern, seinen Lehrling Armando Bernabei, der wie dieser Fernando Nardelli zum italienischen Heer eingezogen wurde. Vielleicht sind sie sogar zusammen am selben Tag abgefahren. Wer weiß? An dem Tag waren so viele Leute auf dem Abschiedsfest im Café Cantoni.

Wollen Sie eine, hört er Wagners Stimme neben sich. Alfredo begreift nicht gleich. Aber die Packung Zigaretten, mit der sein Gegenüber ihm unter der Nase herumfuchtelt, verscheucht seine Benommenheit. Es ist eine Packung F6. Nein danke, möchte er sagen, ich rauche ohne Filter, aber er überlegt es sich anders. Danke, murmelt er durch die Zähne, indem er die beiden Zigaretten anzündet, Wagners und seine eigene. Er spürt nichts auf der Zunge und atmet den Rauch durch die Nase aus. Dann beginnt er zu lächeln. Seit den drei Zügen aus der F6 seines Bruders ist es das erste Mal, dass er eine Zigarette mit Filter raucht. Als ob zwischen den beiden F6 die Zeit stillgestanden hätte.

Draußen ist es dunkel und kalt, und der Zug muss bald in den Bahnhof einfahren. Aber das Lächeln weicht nicht von Alfredos Lippen. Er lächelt, die Hände in den Taschen, eine F6 im Mund. Und Wagner neben ihm lächelt auch. Und alle anderen im Bahnhof sehen jetzt recht fröhlich aus. Sie drehen die Köpfe und geben sich gegenseitig Zeichen von Solidarität. Ein letztes Mal, denkt Alfredo, denn nachher, wenn sie die erwartete Person gefunden haben, wird dieses Band sich lösen. Alle werden wieder allein sein. Allein mit der Begegnung. Alfredo stellt sich vor, wie Wagner die Tränen über das Gesicht laufen, wenn er seinen

Bruder wiedersieht. Dann fragt er sich, ob Wagner wohl imstande ist zu weinen. Hat er geweint, als die Nazis gekommen sind und seinen Bruder festgenommen haben? Oder hat er sich in die Hose gemacht? Aus Angst, er selber könnte mitgenommen werden. Er selber hätte sich an seiner Stelle in die Hose gemacht. Wie in der Grube. Armer Stahl, armer Bernabei.

Aber Alfredo ist nicht traurig. Er hat keine Ursache, traurig zu sein. Nein, das Lächeln steht weiter auf seinem Gesicht. Fernando Nardelli wird in den Treibhäusern arbeiten. Dann ist es, als ob Bernabei nie weggegangen wäre. Als ob diese letzten drei Jahre nicht gewesen wären. *Das ist jetzt vorbei…*

... seit einiger Zeit hatte der Weiße Wal, wenn auch mit längeren Unterbrechungen, einsam und im Verborgenen diese wilden Meere durchpflügt, auf denen vor allem Walfänger kreuzten ...

Wie ist das Gefühl der Einsamkeit aufgekommen? Ich wüsste es nicht recht zu sagen, umso weniger, als ich mich nicht mehr an den Augenblick erinnere, wo ich mich zum ersten Mal wirklich allein gefühlt habe. Einsamkeit, das ist etwas Sonderbares. Man meint überhaupt nichts zu spüren, und doch ist sie da. Es besteht ein großer Unterschied zwischen allein sein und sich allein fühlen. Manchmal fühlt man etwas, aber es handelt sich um falschen Alarm. Wie in einem Traum. Beim Aufwachen sind ein Haufen Menschen um einen. Oder wenigstens mein Bruder Fernand, der ganz normal in seinem Bett rechts von mir weiterschnarcht. Fernand ist immer rechts von mir, was unserer Denkweise entspricht. Ich stehe links, weil ich den Charakter und die politischen Ideen von Großvater Claudio geerbt habe, Fernand steht rechts, weil er überhaupt nichts geerbt hat und weil er glaubt, dass die ganze Geschichte vom Krieg und von den ermordeten Partisanen und Kommunisten nicht wahr ist. Er behauptet, das Gegenteil sei der Fall. In Russland und jetzt auch in Ungarn würden die Kommunisten morden. Deshalb stehe er rechts. Wie Paul Leuck im Radio. Dessen schrille Stimme gellt jedes Mal durch die Küche, wenn wir gemeinsam am Mittagstisch sitzen. Der hat auch diese absurde Geschichte von den Massakern in Budapest behauptet. Warum macht Papa das Radio nicht aus, wenn Paul Leuck den Kommunisten die Schuld gibt. Er schimpft, aber schaltet das Radio nicht aus. Danach sagt er Schlimmes über Paul Leuck. Mama sagt überhaupt nichts. Aber sie hat ein bisschen Angst vor der arroganten Stimme Paul Leucks, auch wenn sie nicht gut versteht, worum es sich dreht. Als würde Paul Leuck auch etwas gegen sie sagen. Es ist komisch, aber im Radio wird nie etwas Gutes über die Kommunisten gesagt, weder von Paul Leuck noch von irgendjemand anderem. Sie würden in Korea, in China und jetzt auch in Budapest morden. Schade, dass Großvater Claudio nicht da ist. Er wäre imstande, Paul Leuck die Meinung zu sagen.

Vorhin habe ich gesagt, wie in einem Traum, denn im Grunde muss es schwierig sein, von der Einsamkeit zu träumen. Und ich glaube sogar, dass man in Träumen nie einsam ist. Traum und Einsamkeit schließen sich aus. Nur wenn man nicht schläft, kommt es vor, dass man einsam ist. Vielleicht treibt uns das dazu, für das Schlafen Gesellschaft zu suchen. Und auch weil man Angst hat, am Morgen nicht mehr aufzuwachen. Es wäre entsetzlich, abends einzuschlafen und morgens nicht mehr da zu sein. Das ist ein Traum von mir, der immer wiederkehrt. Ich schlafe ein und kann nicht mehr aufwachen. Ich kann mich noch so anstrengen, meine Augenlider aufzumachen, es ist unmöglich, als ob sie mit einem Schlüssel verschlossen wären. Das Aufwachen will ganz einfach nicht kommen. Als es mir das erste Mal passierte, musste ich dreimal einen Versuch machen, bevor es mir gelang, die Augen aufzuschlagen. Aber am nächsten Tag ging das nicht mehr, und meine Lider haben erst beim sechsten Versuch nachgegeben. Jeden Tag musste ich mich mehr anstrengen. Dann war da ein richtiges, nagelneues Schloss, an dem man sehr gut das Schlüsselloch sah, aber irgendjemand hatte es in der Nacht ausgewechselt, und mein Schlüssel passte nicht mehr. Deshalb bitte ich vor dem Einschlafen die heilige Jungfrau, sie möge in meinem Traum viele Leute erscheinen lassen, und sie möge vor allem dem Letzten vor dem Aufwachen sagen, er solle mir mit dem Schloss behilflich sein. Es ist ein schrecklicher Traum, aber ich bin nicht allein darin. Ich meine, ich allein träume, aber im Traum sind noch andere Leute da. Manchmal kenne ich sie nicht einmal, denn es sind ja keine richtigen Menschen. So ein Traum ist meistens sehr unangenehm. Es ist besser, alles zu vergessen.

Um auf die Einsamkeit zurückzukommen – zuweilen fühlt man also etwas, aber es ist nichts da. Andere Male geht alles vor sich, als ob nichts wäre, aber der Nager ist am Werk. Er irrt in der Seele umher wie eine Krankheit, deren Sitz man nicht ausfindig machen kann. Wie etwas, was vorher nicht da war und was mit einem Schlag zu stören beginnt. Und das tut am Anfang nicht weh. Im Vergleich zu Zahnschmerzen zum Beispiel ist es ein Kinderspiel. Und doch ist auf die Dauer der Schaden nicht wieder gutzumachen.

Mit den Zähnen ist es ähnlich – lange Zeit spürt man nichts, alles scheint normal zu sein, aber am Ende müssen alle gezogen werden, weil der ganze Mund infiziert ist. Das ist Großmutter Lucia passiert. Sie bekam eine Narkose, und in diesem Zustand wurde ihr der Mund geleert. Kein einziger Zahn mehr im Kiefer. Als sie wieder aufwachte, sah sie dreißig Jahre älter aus. Da war eine Höhlung unter der Nase, und immer wenn sie sprach, verschwanden ihre Lippen fast unter dem Zahnfleisch. Das war nicht schön anzusehen. Deshalb habe ich mir angewöhnt, misstrauisch zu sein, wenn es mir nirgends weh tut. Das beunruhigt mich. Ich würde lieber einen ganz kleinen Schmerz erfinden, einzig und allein, um beruhigt zu sein. Mein Lieblingsspiel ist, meine Fingernägel in meine Handfläche einzugraben. Ich balle die Faust und drücke mit aller Kraft. Danach sieht man Spuren, kleine Halbmonde, die quer zu den Linien in meiner Hand stehen. Es sind Staudämme, die vorübergehend den Fluss anhalten. Nicht zu sehr. Ich habe ja schon einen ziemlichen Rückstand gegenüber meinem Bruder.

Wenn die Einsamkeit nur deutlich hervorträte, sobald sie sich in einen einschleicht. Indem sie zum Beispiel Hunger verursacht. Eine knappe halbe Stunde nach dem Frühstück habe ich plötzlich ein Loch im Magen: das bedeutet, dass ich Opfer der Einsamkeit geworden bin. Sie könnte auch die Sicht trüben. Man sieht sehr gut, und dann wird plötzlich alles unklar. Die Augen haben nichts. Brille unnötig: es ist die Einsamkeit. Die Einsamkeit oder die Liebe. Man weiß nicht, wann sie da ist, die Liebe, und wenn sie offen zu Tage tritt, ist es zu spät, sie zu heilen. Jedes Mal, wenn ich hinfalle, beim Fußballspielen oder mit meinem Rad, das hinten zwei Stützräder hat, tut das an den Händen und Knien schrecklich weh. Danach heilt es aus, wenn ich inzwischen nicht wieder hinfalle. Die Wunde ist sichtbar. Ich kann sie anfassen. Es bleibt eine Narbe zurück. Aber wie soll man die Wunde der Einsamkeit anfassen?

In Cardabello kam es mir nie in den Sinn, mich einsam zu fühlen, obwohl mein Vater weggefahren war und meine Mutter in der Lebensmittelhandlung mit Salz- und Tabakverkauf zu tun hatte. Natürlich war ich einsam, das weiß ich heute. Aber das tat mir noch nicht weh. Die Einsamkeit lag in tiefem Schlaf. Auch wenn ich zum Palazzo Cappelli zu den Rogationisten ging, um Billard oder andere Spiele mit den Kleinen von San Demetrio zu spielen. Fast alle Jungen und Mädchen um mich herum waren so alt wie mein Bruder Nando, das heißt, drei Jahre und eine Spur älter als ich, und sie spielten meistens Spiele für große Jungen und große Mädchen. Die anderen Kinder, Cinzia zum Beispiel oder Franco, waren zu klein. In der Mitte gab es praktisch nur mich. Und auf jeden Fall waren im Palazzo Cappelli die Mädchen nicht zugelassen, wegen des Zölibats der Rogationistenbrüder. Deshalb gingen die Großen nicht mehr hin, außer wenn es regnete.

Großvater Claudio, der mir zur Siestazeit beim Einschlafen helfen sollte, verbrachte die Zeit, in der er nicht im Garten war, in einem der Weinkeller von San Demetrio, in Linas Bar oder woanders, spielte Karten und trank Mengen von Rotwein. Bisweilen hörte man ihn Trompete blasen. Auf seine Art natürlich, das heißt ohne Trompete. Die Musik steigt auf und alle hören zu, wie er eine Arie aus dem Rigoletto bläst oder Santa Lucia oder Romagna mia oder Bella ciao oder all die anderen Lieder, die man ihn voller Bewunderung zu spielen bittet, bevor man sie im Chor nachsingt. So haben Mama und ich ihn mehrmals überrascht, als wir ihn – das Abendessen wartete – in den verschiedenen Bars von San Demetrio suchten und ihn schließlich bei Lina fanden, wo es seit kurzem eine Jukebox gab, was manchmal dem Orchester, das Großvater Claudio auf die Beine gestellt hatte, missfiel. Er war nicht sehr zufrieden, wenn er uns sah und schien sogar peinlich berührt vor seinen Freunden, wenn meine Mutter ihm in aller Öffentlichkeit die Leviten las. Aber er ließ sich immer nach Hause mitziehen, wo es erst recht Vorwürfe hagelte. Diesmal doppelt; Großmutter Lucias Stimme vereinigte sich mit der meiner Mutter, während er mit geschlossenen Augen noch ein wenig Wein verlangte, den keiner ihm geben wollte und nachdenklich die Fettuccine, die Minestrone und die Polenta verschlang, ohne ein Wort zu sagen. Als wäre er nicht mehr ganz er selber. Er war von Menschen umgeben, aber ich bin sicher, dass er sich in diesen Augenblicken ganz allein fühlte, denn er hatte schon seit langem die Einsamkeit zu spüren bekommen. Zum Beispiel, als er ganz allein in Differdingen war, ohne Großmutter Lucia und Mama, die gerade geboren war.

Seine Fantasie-Trompete wurde vorläufig beiseite gestellt und allmählich wurde unser Einverständnis, das schon sehr groß war, noch größer, denn die Worte, die meine Mutter gebrauchte, um Großvater sein Verhalten vorzuwerfen, ähnelten sonderbar denen, die sie gegen mich vorbrachte, wenn ich aus der Clique meines Bruders ausgeschlossen war und, da ich nicht recht wusste, was ich in der Zeit des Mittagsschlafes anstellen sollte, kleine Feuer auf dem Balkon meines Zimmers anzündete, und zwar mit den Wachsstreichhölzern, die ich in der Küche oder in unserem Laden stibitzte, denn da durften sie verkauft werden, weil es eine Lebensmittelhandlung mit Salz- und Tabakverkauf war.

Eigentlich hätte so ein unschuldiges kleines Feuer ja nicht die Aufmerksamkeit von irgendjemand auf sich lenken müssen. Und außerdem war es ein Genuss für meine Nase. Alle wussten oder hätten wissen müssen, dass ich die feinste Nase von ganz San Demetrio hatte. Sie war vor allem wild auf Streichhölzer, ob sie nun aus Wachs waren oder nicht. Ich häufte kleine Papierstücke aufeinander, strich das Streichholz an der Wand an oder an meinen Schuhsohlen wie ein Cowboy, der nie eine Schachtel hat, verbrannte mir dabei die Finger, was nicht zu schlimm war, weil der Schwefelgeruch viel intensiver war als mein Schmerz. Dann flammte das Ganze auf. Die Flamme war nicht höher als zehn Zentimeter, aber das Feuer zog mich, sobald es angezündet war, in seinen Bann, rief mich von seinem blassgelben, von der Sonne entfärbten Mittelpunkt her zu sich. Das Spiel bestand darin zu verhindern, dass es erlosch, wie bei den Höhlenmenschen. Sonst wäre ich des kostbarsten Gutes beraubt worden, das die Götter, Jupiter und Merkur voran, mir gewährt hatten. Das heißt, ich musste verhindern, dass es ganz ausging, denn das Papier musste schwarz werden, um diesen Geruch von Versengtem zu verbreiten, der mich erschauern ließ. Ich nährte also dieses Feuer, das zu erlöschen drohte, mit allem, was auf dem Balkon lag, mit Strohhalmen, Sägespänen, Kippen, was die unterschiedlichsten Düfte hervorbrachte, ohne zu merken, dass die Flamme Tag für Tag höher wurde. Dann komplizierte sich das Spiel weiter. Das bunte duftende Feuer, das blass war, weil ich es zur Zeit der Siesta anzündete, wenn die Sonne am hellsten schien, tanzte vor mir und erregte meine Einbildungskraft. Leider konnte ich nicht darüber hinwegspringen, wie man es jedes Jahr beim Johannisfest am 24. Juni tut, weil der Balkon zu schmal war. Ich machte daher die Indianer nach, die sich anschickten, das Kriegsbeil auszugraben. Aber meine Schreie waren zwar rauchgeschwängert, jedoch gedämpft, um nicht die Aufmerksamkeit der Erwachsenen zu erregen, die mich im Bett glaubten. Die Kriegsbemalung auf meinem Gesicht beschränkte sich auf das Schwarz und Aschgrau, das mir das Feuer lieferte und als Tanz vollführte ich ein ungeschicktes Hüpfen auf der Stelle, von einem Fuß auf den anderen, und ich hob und senkte unablässig den Kopf, während ich einen imaginären Tomahawk in der Luft hin und her schwenkte. Ein imaginärer Tomahawk ist besser als überhaupt keiner. Die meisten meiner Spielsachen sind imaginär. Wie die Trompete von Großvater Claudio. Ich bin sogar sicher, dass es nicht so unterhaltsam gewesen wäre, wenn ich ein richtiges Beil gehabt hätte. So konnte ich nämlich alle möglichen Farben dafür erfinden. Der Griff war rot und grün gestreift. Dann blau und gelb, aber mit Karos. Die Klinge dagegen war bald aus Holz, bald aus Stahl, und manchmal war eine Lederfranse dran, die der Wind in die Luft wirbelte. Und außerdem war mein imaginärer Tomahawk überhaupt nicht schwer. Aber ein harter Kampf war zu erwarten. Mit Hilfe von Steinen vergnügte ich mich, die Schwefelköpfe der Streichhölzer zum Explodieren zu bringen, wobei jedes Mal Funken sprühten und ein wunderbarer Geruch entstand, ähnlich dem, der nach dem Feuerwerk auf dem Fest von San Demetrio, dem Patron des Dorfes, in der Luft liegt. Schließlich, und das war vorläufig der Höhepunkt meiner pyrotechnischen Erfindungsgabe, würdig der, die Marco Polo, ein entfernter Vorfahre, aus China mitgebracht hatte, kratzte ich mit einem Messer oder, falls keins da war, mit meinen Fingernägeln den Schwefel von den Streichhölzern ab, bekam eine ganze Menge zusammen und wickelte ihn in ein Stück Papier ein. Dann zerdrückte ich das Ganze mit einem großen Stein, den ich aus einer Höhe von einem Meter darauf fallen ließ, was eine richtige Explosion bewirkte, die umso ohrenbetäubender war, als sie zwischen den Betonwänden des Balkons stattfand. Das war im Allgemeinen die letzte Tat des Nachmittags, weil meine Mutter oder meine Großmutter Lucia, von dem Geräusch zu Tode erschrocken, herbeiliefen und mich mit allen möglichen Vorwürfen überhäuften. Rügen, die erst aufhörten, wenn ich wieder im Bett lag, das ich nicht hätte verlassen dürfen, weil es die endlose Stunde der Siesta war. Wie sollte ich ihnen klarmachen, dass ich während der Siesta nicht schlafen wollte? Wie ihnen die Geschichte meiner mit dem Schlüssel verschlossenen Augenlider begreiflich machen?

Aber in ihren Augen war der wirkliche Verantwortliche für mein Verhalten Großvater Claudio, den ich von meiner Überwachung entbunden hatte, unter der Bedingung, dass er mir abends nach dem Essen, wenn ich wieder eine Stunde vor meinem Bruder in mein so verhasstes Bett musste, eine seiner Geschichten erzählte, was er so gut konnte. Das ist Claudio, wie er leibt und lebt, sagten dann meine Mutter und Großmutter Lucia im Chor. Er hat alles von ihm geerbt. Solche Geschichten erzählt man einem Kind nicht. Ich aber fand Großvater Claudios Geschichten wunderbar, und zwar nicht wegen dem, was er erzählte, denn es ging dabei immer unweigerlich um den Krieg mit Partisanen und Schwarzhemden, sondern weil seine Stimme den Tag, der immer zu kurz war, verlängerte, und sei es auch nur um ein Viertelstündchen. Draußen war es noch nicht ganz dunkel und ich stellte mir vor, wie mein Bruder und seine Freunde um die Mädchen von Cardabello herumschwänzelten, die wie alle Leute nach dem Abendessen im Park mit dem Mahnmal promenierten.

Es ist eine seltsame Gewohnheit der Einwohner von San Demetrio und ich verstehe eigentlich nicht, woher der Wunsch stammt, sich jeden Abend am selben Ort mit einem bei Lina gekauften Eis zu zeigen. Vielleicht kommen sie dorthin, um Bilanz zu ziehen, um zu sehen, wer noch da ist und wer ins Ausland gegangen ist. Oder auch, wer von dort zurückgekommen ist. Jeden Abend dasselbe. Man macht immer wieder den Rundgang durch den Park, grüßt sich immer wieder, und ich hätte in meinem Zimmer gewiss das ferne Stimmengewirr gehört, gäbe es nicht zwischen dem Mahnmal und unserem Haus diesen Hang als trennenden Wall mit der Kirche der Madonna, dem Gemeindezentrum und unserem großen Obstgarten.

Ich erwartete also ungeduldig die Sonntage. Denn an Sonntagen fand das bewegte Treiben um das Mahnmal auch am Vormittag statt, nach der Messe und vor dem Mittagessen. Die Großen hatten den Platz schon vorher in Besitz genommen, denn im Gegensatz zu mir, der ich damals ein echter Katholik war, erschienen sie nur kurz in der Kirche der Madonna. Nur solange es nötig war, um ihr Heft von Bruder Marcellino stempeln zu lassen, damit sie das Recht hatten, nachmittags um drei im Gemeindezentrum ins Kino zu gehen.

Es war also Sonntag, und alle Leute hatten ihre besten Sachen an. Die Mädchen gingen seltsamerweise immer zu zweit und eingehakt spazieren ohne das übliche Eis, denn in Kürze würden alle Pastasciutta essen dürfen. Sie kicherten wie die Irren, wenn sie an den Jungen vorbeikamen, die in entgegengesetzter Richtung gingen, auch sie zu zweit, als seien die Rollen schon verteilt und die Paare schon festgelegt. Und da ich ganz allein war und man mich bei dieser Verteilung völlig vergessen hatte, wandte ich mich an Großvater Claudio und bat ihn, mich zu begleiten, dafür befreite ich ihn von der Überwachung und dem Geschichtenerzählen während der Siesta. Er akzeptierte den Handel gern, denn am Sonntag ist vor dem Mittagessen niemand in den Bars zu finden. Lina machte erst um fünf Uhr auf. Und seine Kumpel spielten Boccia oder gingen wie alle anderen die Parkwege entlang. Aber wenn Mädchen uns entgegenkamen, zum Beispiel Rita und Anna, oder Piera und Daniela, kicherten sie beim Vorbeigehen nicht, als ob Großvater Claudio und ich Luft wären.

Denn, ich weiß nicht, ob ich es schon gesagt habe, ich war erst fünf oder sechs Jahre alt, genau weiß ich es nicht mehr. Ich hätte sieben, acht und sogar neun Jahre alt sein können, das hätte nichts daran geändert.

Die Zeit ist ungerecht. Schon mehrmals hatte ich Jesus gebeten, mich älter zu machen und das Alter der anderen konstant zu halten, das von Rita zum Beispiel, aber Jesus stellte sich immer taub. Vielleicht, weil er einem Kreuzfeuer von Bitten ausgesetzt war. Ich, der auf einer Seite betete, und Rita, die es auf der anderen Seite tat. Da musste sich Jesus ja für den status quo entscheiden, und damit verlor ich an Boden, denn, ob status quo oder nicht, die Großen waren mir um drei Jahre voraus. Um drei Jahre und eine Spur.

Nein, nicht neun Jahre, denn neun Jahre war ich bei meiner ersten Kommunion, und daran erinnere ich mich, als wäre es gestern gewesen. Da stehe ich mit meinem dreiteiligen Anzug: Weste, Jacke und Hose, meinem weißen Hemd mit gestärktem Kragen, meiner grauen Fliege, meinem Ziertüchlein und meinen weißen Handschuhen, meinem Band mit den vergoldeten Fransen am linken Arm, als Lehrling des Erwachsenenalters, den Rosenkranz und das Gesangbuch in den Händen, die Uhr meines Paten und Cousins Erny am Handgelenk, bereit, die Kindheit zu begraben.

Fünf oder sechs Jahre also, höchstens sieben oder acht, aber nicht neun, denn mit neun Jahren sprach ich schon perfekt die neue Sprache. Ohne irgendeinen Akzent, wie Charly, der Sohn von Lebensmittelhändler Meyer oder Nico, der Sohn von Volksschullehrer Schmietz. Pit und Mill dagegen und auch ihre beiden kleinen Schwestern Anni und Marie, die geräuschvolle Nachkommenschaft von Zimmermann Chiaramonte, in dessen Wohnung es immer nach Knoblauch, Zwiebeln und Olivenöl riecht, rollen trotz ihrer echt Differdingschen Vornamen weiter das r und fügen am Ende jedes Wortes ein e hinzu, als ob sie frisch aus den Abruzzen eingereist wären. Und dabei sind sie lange vor uns nach Differdingen gekommen. Ihre Eltern wenigstens, denn Pit (der noch Piero hieß) ist nur wenige Tage nach mir geboren, nicht weit von uns in der Hussignystraße und ist folglich jetzt ebenfalls fünf oder sechs Jahre alt, oder sieben oder acht, während Mill, alias Emilio, viel jünger ist und den ganzen Tag nur heult und singt. Der wird Opernsänger oder Musiker, sagt Mutter Chiaramonte ahnungsvoll immer wieder, aber ihr

Mann schwört, dass porca madonna und Dio cane der Musikerberuf seinen Mann nicht ernährt und dass Emilio und Piero einen richtigen Beruf haben müssen. Der Vollständigkeit halber muss man jedoch sagen, dass Emilio, alias Mill, die Ahnungen seiner Mutter voll und ganz erfüllt hat und tatsächlich Musiker geworden ist, Geiger, genauer gesagt, und das trotz den porca madonna und Dio cane seines seligen Vaters, der vom Dach fiel, als er beim Hausbau letzte Hand anlegte. Und Mill, der hat sein gutes Auskommen, ohne in Gefahr zu kommen, von irgendwo herunterzufallen, denn zur Zeit unterrichtet er im städtischen Konservatorium. Auch wenn er noch immer die Manie hat, das r zu rollen und jedem Wort ein e anhängt.

Vorsicht, vorhin habe ich vielleicht zur Zeit gesagt, sogar zweimal, aber das bedeutet keinesfalls, dass es sich um denselben Augenblick handelt. Und es heißt nicht, dass ich von der heutigen Gegenwart rede, im Augenblick, wo ich erzähle, schreibe. Es geht vielmehr um eine Gegenwart der Erinnerung, um ein Geschenk der Zeit, eine Anwesenheit innerhalb der Erinnerung, die zweifellos durch dieses Foto, das ich in den Händen halte, ausgelöst worden ist.

Da stehe ich vorn, sehr deutlich abgehoben vom Hintergrund. Das Meer ist grau und der Himmel auch. Um meine Füße, die im Wasser stehen, habe ich weißlichen, sich kräuselnden Schaum, und ich bin ganz nackt oder fast mit einer winzigen Wölbung im Zwickel der Badehose. Mit einem verlegenen Lächeln auf den Lippen schaue ich linkisch und schüchtern in die Richtung des Fotoapparats, der zweifellos dicht an das linke Auge meines Vaters gedrückt ist. Papa hatte immer Probleme mit dem Fotoapparat. Den Balgen auseinanderziehen, das ging noch. Aber wenn er dann sein rechtes Auge an den Bildsucher hielt, sah er nichts, weil er statt des linken Auges das rechte zumachte. Er schob die ganze Zeit den Apparat hin und her und wenn er schließlich herausgefunden hatte, wie er hineinsehen musste, konnte er den Auslöser nicht finden. Er drückte auf eine Menge Knöpfe, aber nichts geschah. Er musste also den Apparat senken und erneut nachsehen, wo sich der Auslöser genau befand, und mit seinem Hin und Her von vorn anfangen. Vorher hatte Papa einen Apparat, der leichter zu bedienen war. Das war ein kleiner Kasten, den er gegen seinen Bauch hielt, und er brauchte nur ein ganz klein wenig den Kopf zu senken, um die Mattscheibe zu sehen. Aber darauf sah er uns auf den Kopf gestellt. Deshalb freute er sich über den neuen Apparat, den Onkel Fredy ihm zu seinem 35. Geburtstag geschenkt hatte. Trotz alledem sind Papas Fotos immer gut gelungen. In der Regel sind alle Bilder, auf denen er nicht drauf ist, deutlich, während die, auf denen er zu sehen ist, fast immer unklar sind. Auf der Rückseite des Fotos, das mich in der Badehose zeigt, ist zu lesen: Pescara, Juli 1955, oder vielleicht 56, denn die mit Bleistift geschriebene Jahreszahl ist mit der Zeit fast verwischt.

Pescara. Zum ersten Mal das Meer. Da ist Onkel Dino zu sehen – der nicht wirklich mein Onkel ist, aber trotzdem Onkel Dino genannt wird – der so tut, als ob er schwimmt, und zwar an der flachsten Stelle. Wenn er wieder aus dem Wasser kommt, ist sein Bauch ganz rot und seine Brust voller Sand und Schlamm. Onkel Dino liegt nämlich auf dem Boden, wenn er zu schwimmen vorgibt. Hände, Füße und Kopf ragen aus dem Wasser, aber der Oberkörper steckt im Sand, reibt sich daran, streift die von der Erosion geglätteten Kiesel, kratzt sich an den durch die Fluten zerriebenen Muscheln. Das Meer. Was für ein Glück, es ganz in der Nähe zu wissen.

Natürlich fuhren wir selten ans Meer, aber das ändert nichts an der Tatsache, dass es da ist hinter den Bergen, etwa fünfzig Kilometer von uns entfernt. Man braucht nur in den Linienbus oder in Dinos weißen Fiat 500 zu steigen und über die Berge zu fahren. Wegen der Berge fuhren wir nur selten ans Meer. Ein Gebirge und vor allem der Apennin mit dem großen fast durchsichtigen, von einer weißen Wolke eingehüllten Horn des Gran Sasso in der Mitte, von dem aus man überall den ewigen Schnee sieht, das bedeutet unendlich viele Kurven, die meisten davon Haarnadelkurven. Und mein Bruder kann nicht, obgleich er älter ist als ich, zehn Minuten im Auto sitzen, ohne sich übergeben zu müssen, was auch mich ansteckt, denn der saure Geruch, der den engen Fiat 500 erfüllt, ist unerträglich.

Ich sage, mein Bruder übergibt sich, und dabei könnte ich es sein. Oder alle beide, denn alles, was ich tue, hat er vor mir getan, sagt er, viel früher, als er klein war, beharrt er, so klein wie ich. Jetzt ist er groß. Er ist drei Jahre älter als ich, drei Jahre und eine Spur, und drei Jahre in meinem Alter, das zählt. Es ist die Hälfte eines Lebens oder fast. Es ist unglaublich, was er in den drei Jahren, die ihn von mir trennen, alles angehäuft hat. Und vor allem, was er vergessen hat. Ich sage das, denn wenn er nicht vergessen hätte, dann wüsste er, wie schwierig es ist, fünf oder sechs Jahre alt zu sein, und er wäre seinem jüngeren Bruder gegenüber ein wenig verständnisvoller, weil ich lange nach ihm fünf oder sechs Jahre oder auch sieben oder acht Jahre geworden bin. Das bedeutet, dass alles, was ich getan habe, tue und tun werde, überall, von allen und immer mit dem verglichen wird, was er schon getan hat, als wäre er das Original und ich die kümmerliche Kopie.

Sogar in der Schule. Vom ersten Tag an sind die Würfel gefallen. Du bist wohl Nandos kleiner Bruder (so hieß er damals) stellte die Lehrerin, deren Namen mir entfallen ist, fest. Und zack. Ich bin fürs Leben gezeichnet. Mein Name zählt nicht. Mein Name interessiert niemanden. Für alle bin ich Nandos kleiner Bruder. Sein kleiner Doppelgänger. Die Kopie. Und plötzlich, ohne dass ich mich's versehe, finde ich mich wider Willen in einen absurden Wettbewerb hineingezerrt, soll das nicht Auszugleichende ausgleichen, soll einen Bruder überrunden, der mir drei Jahre voraushat. Aber ich bin nicht der Mann, der hier kneift. Da der Handschuh auf dem Boden liegt, hebe ich ihn auf und ziehe ruckzuck meinen Degen aus der Scheide wie Sigurd, der Freund von Bodo und Kasimir, um aller Welt zu zeigen, dass ich ein Mann von Ehre bin und die Herausforderung nicht scheue. Nein, nicht wie sie, denn diese Helden mit den blonden Haaren habe ich erst später kennen gelernt, als wir zurückkamen, um uns hier in Differdingen niederzulassen, fern von Cardabello, dem schönsten Viertel von San Demetrio, wie es der Name sagt, neben Cardamone und dem Waschhaus von La Villa. Dort unten war ich also nicht Sigurd, Akim oder Tibor, sondern Maciste, Herkules oder Fausto Coppi mit den Zügen von Steve Reeves, mit geölten, von Schweiß glänzenden Schultern, mit gewölbtem Oberkörper voller Muskeln.

Aber über all dem habe ich ein wenig den Faden meiner Geschichte verloren. War nicht ganz am Anfang von Einsamkeit die Rede? Am Anfang? Wo ist der Anfang? Sobald ich anfange, mich an etwas zu erinnern, stoßen sich die Ereignisse in meinem Gedächtnis, wie die Boccia-Kugeln, mit denen Großvater Claudio und die anderen Italiener spielen, ob aus den Abruzzen oder nicht, in Cardabello oder anderswo. Und selbst in Differdingen oder, genauer gesagt, auf dem Bocciaplatz von Oberkorn, der allerdings nicht so lang ist wie der am Mahnmal von San Demetrio.

Wenn ich nur alles gleichzeitig erzählen könnte. Wenn ich versuche, ein wenig Ordnung in die Dinge zu bringen, bin ich gleich ein Nervenbündel. Als ob ich dabei riskieren würde, das Wesentliche zu vergessen. Was ist denn aber das Wesentliche? Wählt das Gedächtnis nicht von selber das Wichtigste aus, lässt das Unnötige oder Unangenehme in Vergessenheit sinken und drängt das, was noch warten kann, in den Hintergrund? In diesen Tagen spielt mir mein Gedächtnis böse Streiche. Dinge, die ich für immer vergessen glaubte, kommen plötzlich an die Oberfläche, springen hervor wie ein Wasserstrahl, wie die riesige weiße Säule, die aus dem Spritzloch eines Wales entweicht. Sie werden, ich weiß nicht durch welches Klicken, durch welchen Auslösemechanismus hervorgerufen und hopp stehen sie vor mir, als hätten sie sich gerade eben ereignet. Wenn der Wal noch fähig ist, einen solchen Strahl auszustoßen – Mrs. Haroy jedenfalls, die ganz allein auf ihrem langen Waggon liegt, hat dazu nicht mehr die Kraft. Das ist das höchste Stadium der Einsamkeit. Sie liegt da wie ein abgebrochenes Gedächtnis. Erinnert sie sich noch an die lange Reise, die sie bis zum Bahnhof der Stadt geführt hat? Eine Reise, die sehr früh begonnen hat, viel früher als alle anderen Reisen, denen sie ihr Überleben verdankt. Und wozu nützt ihr jetzt dieses Überleben, wo sie ausgestreckt vor unseren ungläubigen und bewundernden Blicken liegt. Ihr Blick ist mit Wasser gefüllt. Nicht mit salzigem, bewegtem blauem Wasser, das sie Tausende von Jahren begleitet hat, sondern mit trübem, stehendem Wasser. Ein erinnerungsloses Wasser ist es, während meine Erinnerung die unglaublichsten Kunststücke vollbringt.

So gehörte Onkel Dino bisher nicht zu meinen Erinnerungen an diese Zeit. Vielleicht hat sich die Geschichte mit dem anderen Meer zu einem anderen Zeitpunkt abgespielt. Es ist sogar möglich, dass es nicht Onkel Dino war, der wie ein Baby im Sand strampelte und so tat, als könnte er schwimmen. Nein, wenn ich es mir genauer vergegenwärtige, war es Mathias, der sich so benahm, ein Kumpel, den Papa eines Tages mit nach Italien gebracht hatte. Der kam ganz verändert nach Luxemburg zurück, auch wenn er nicht schwimmen gelernt hatte. Aber bei der Arbeit hat er plötzlich aufgehört, Papa einen Spaghettifresser zu nennen und ist sogar böse geworden, wenn andere das taten. Und er, der bis dahin nicht wusste, was pastasciutta war, wollte nur noch Spaghetti, Fettuccine, Gnocchi und Makkaroni essen, während Papa seltsamerweise plötzlich keinen Appetit mehr darauf hatte.

Aber was macht es schon, ob Onkel Dino oder Mathias diesen Trick erfunden haben, um allen vorzutäuschen, sie könnten schwimmen. Als ich das Foto von Pescara betrachtete, habe ich plötzlich Onkel Dino vor mir gesehen. Onkel Dino, wie er leibt und lebt, mit seinem überaus feinen Schnurrbart, seiner fortgeschrittenen Glatze und allem anderen. Seine Umrisse haben für einen Augenblick die anderen schon so lange unterschwellig wirkenden Erinnerungen verdeckt, und zwar die ganze Geschichte der Einsamkeit. Kurz, ich lasse Dino, Mathias und alle anderen im Augenblick links liegen und komme auf das zurück, was der Anfang meiner Erinnerungen an dort unten sein könnte. An San Demetrio. Ich bin also fünf oder sechs Jahre alt, vielleicht jünger, vielleicht älter. Die Einsamkeit liegt noch in mir im Schlummer. Es tut nirgends weh.

Nein, Papa ist nicht da. Er ist nach Differdingen zurückgekehrt, weil er San Demetrio und Cardabello nicht mehr ausstehen kann, das hängt ihm zum Hals heraus und geht ihm auf die Eier, sagt er und begleitet seine Worte mit einer Geste, die meiner Mutter zutiefst zuwider ist. Nicht nur wegen der Nachbarn will er wieder weg oder wegen Rinaldos Esel, der vom frühen Morgen bis zum späten Abend schreit, sondern, weil er nach Differdingen gehört, weil seine wahre Heimat da ist, wo er geboren ist, hat er gesagt. Siehst du, hat er öfter zu Mama gesagt, ich bin vielleicht Italiener, aber in Differdingen bin ich geboren und da habe ich alles gemacht. Vor dem Krieg war ich Frisör, während hier... Was leider stimmt. Vor dem Krieg ist Papa wirklich Frisör gewesen. Und damit wir nicht vergessen, dass er Frisör war, müssen wir regelmäßig die schreckliche Haarschneidemaschine über uns ergehen lassen, die er behalten hat und die sich manchmal in meinen Haaren verfängt und ganze Haarbüschel ausreißt. Papa hat einen Schuhkarton mit all den Geräten, die er braucht, um uns den Kopf zu scheren. Für ihn ist das ein richtiges Fest und er freut sich schon im voraus darauf, während ich diese Tortur zutiefst hasse. Auch wenn ich gern in Papas Schachtel herumkrame, wegen dem Geruch, der darin eingeschlossen ist, und auch wegen der seltsamen Formen der beiden Haarschneidemaschinen, die darin liegen. Und dann ist da auch die Effilierschere, die Löcher macht, wenn ich damit Papier schneide. Papa wird jedes Mal böse, wenn er sie benutzt. Wer war das, wer hat mit der Effilierschere Papier geschnitten, wütet er, jetzt schneidet sie keine Haare mehr. Nein, er tut nicht nur so, als ob er wütend ist, er ist es wirklich, denn was ihm von seinem Frisörberuf bleibt, verbindet ihn mit der Vorkriegszeit, als er noch ganz jung war und mit den Red-Boys Fußball spielte. Und außerdem, fügt er hinzu, um meine Mutter zum Auswandern zu überreden, ein Lebensmittelladen kann nicht vier Münder ernähren. In der Fabrik Hadir oder Arbed aber werde ich mit etwas Glück Wagenankoppler oder sogar Maschinist mit einem Gehalt, das jeden Monat pünktlich ausgezahlt wird.

Deshalb ist Papa nicht bei uns, und auch, weil seine Mutter, Großmutter Maddalena, ebenfalls in Differdingen lebt, in der Spitalstraße, wie Tante Clara, Papas Schwester, ihr Sohn Ernesto, mein Vetter und zukünftiger Pate und alle italienischen Kumpel, die wie er nach Italien gekommen sind, um in den Krieg zu ziehen, aber dann gleich wieder zurückgegangen sind. Der Krieg. Nein, er wird doch nicht wieder vom Krieg anfangen! Ich weiß nicht, wie Papa das anstellt, aber alles, was er sagt, endet beim Krieg. Bei seinem Krieg natürlich, der sich unterscheidet von Großvater Claudios Krieg, von dem ich alle Einzelheiten kenne, seitdem meine Ohren zu funktionieren begonnen haben.

Papas Krieg ist ganz lieb. Da gibt es keinen einzigen Toten, und das Ganze besteht darin, dass sie den Vorgesetzten böse Streiche gespielt haben, zum Beispiel in den Kaffee pinkeln oder ihnen Schuhwachs aufs Gesicht schmieren, während sie schlafen. Und wenn sie dann aufwachen, glauben sie, da wäre ein anderer an ihrer Stelle, und sie sagen, woher kommt denn der Neger da gegenüber im Spiegel. Großvater Claudios Krieg dagegen ist häßlich und voll von Toten, mit richtigen Feinden, die sich gegenseitig wirklich umbringen, selbst wenn es verfeindete Brüder sind. Auf der einen Seite Mussolini und seine verdammten Schwarzhemden, auf der anderen die Männer vom Widerstand, die im Gefängnis sitzen und jeden Tag Rizinusöl schlucken müssen. Großvater Claudio erzählt viel vom Rizinusöl, weil er mehrmals davon hat schlucken müssen. Es ist überhaupt nicht schön, wenn man Rizinusöl geschluckt hat. Magen und Darm können nichts mehr halten. Man wird wieder wie ein Baby, das seinen Drang nicht kontrollieren kann. Die Schwarzhemden machen das absichtlich, denn es gibt nichts Demütigenderes als jemand, der seine Ausscheidungen nicht mehr kontrolliert. So ist der Krieg, sagt Großvater Claudio, eine einzige Scheiße, sagt er, aber diese ganze Scheiße hat sie nicht daran gehindert, zuletzt die Oberhand zu gewinnen und mit Mussolini, den Schwarzhemden, ihrem Spießgesellen Hitler, den Nazis und tutti quanti aufzuräumen.

Papa ist also wieder abgereist und hat seinen Krieg nach Differdingen mitgenommen. Er wird uns so bald wie möglich nachholen, er muss nur Arbeit finden und ein Dach überm Kopf. Mama hofft, wie ich übrigens auch wegen Rita (mein Bruder Nando nicht, er sieht sich schon in den Straßen von Differdingen mit lauter neuen Freunden und Freundinnen, die das r nicht rollen), Mama hofft also, dass das lange dauert und dass es schwer ist, dort Arbeit zu finden. Und wenn sie das hofft, so nicht, weil sie von Papa getrennt sein will, sondern weil ihre Mutter und Großvater Claudio und Batista und alle Freunde, Verwandte und Nächsten noch in Cardabello wohnen.

Und wenn du nichts findest, kannst du ja immer hierher zurückkommen, hat sie hinzugefügt. Papa hat nicht gleich geantwortet, er ist in den Linienbus gestiegen und gerade bevor der losfuhr, hat er geschrien, er würde gleich nach seiner Ankunft schreiben und hat uns eine Kusshand durch die Busscheibe zugeworfen. Mama, mein Bruder Nando und ich haben uns alle drei die Tränen getrocknet, die uns über das Gesicht liefen und trotz meiner Traurigkeit habe ich in meinem Herzen ein ganz klein wenig Glück verspürt. Nicht wegen Papas Abreise, sondern weil Nando zum ersten Mal dasselbe getan hat wie ich: er hat wie ein Schlosshund geheult, auch wenn er das später, vom nächsten Tag an, alles total abgestritten hat.

Papa ist abgereist, und Mama steht jetzt im Geschäft, unserem Lebensmittelladen mit Salz- und Tabakverkauf, hinter dem zu hohen Ladentisch, umgeben von Gläsern, Konservendosen und Flaschen. Ganz klein wirkt sie, so eingezwängt zwischen der weißen Waage und der metallenen Mortadella-Schneidemaschine. Ich komme gerade in dem Moment herein, wo sie Batista drei Zigaretten reicht.

Batista nimmt immer drei Zigaretten, nicht vier oder fünf. Drei. Wer weiß warum. Wie die Dreieinigkeit, hat Don Rocco, der Pfarrer von Cardabello zu ihm gesagt, um sich über ihn lustig zu machen, ein Beweis dafür, dass auch die Kommunisten nicht ohne den lieben Gott auskommen. Denn Batista ist Kommunist, ganz wie Großvater Claudio und wer weiß, vielleicht auch Don Rocco, auch wenn alle ihn Pfaffenknecht nennen, wenn er nicht da ist oder wenn er beim Kartenspielen gewinnt. Und Batista hat, auch wenn er Kommunist ist, nicht protestiert, wenigstens nicht öffentlich, als sein Sohn Mario ihm sagte, dass er nach Amerika gehen wolle, weil er diese dummen nutzlosen Berge und die Abruzzen satt habe und es leid sei, im Dorf herumzulungern, ohne etwas zu tun. All das würde ein böses Ende nehmen, hatte er gesagt, wenn man nichts täte. Eine Prophezeiung, die übrigens bald Wirklichkeit wurde, wie wir später sehen werden. Dabei kommt mir wieder in den

Sinn, dass er am Vorabend seiner Abreise, als wir alle bei Batista eingeladen waren, etwas über die Frauen von San Demetrio und Giustina, Rinaldos Tochter, gesagt hat, was ich nicht gut verstanden habe. Er jedenfalls wolle in Amerika im Kohlenbergbau arbeiten und eine richtige blonde Amerikanerin heiraten mit solchen Brüsten, und hundertprozentig amerikanische Kinder wollte er haben, die ein für allemal dieses gottverlassene Nest vergessen würden, wo es nur nach Hühnermist und Kuhfladen röche.

Drei Zigaretten, die Batista wie immer nicht bezahlen wird, und Mama greift nach dem großen, schlecht angespitzten Bleistift, legt ihn zwischen den Daumen, den Zeigefinger und den Mittelfinger ihrer rechten Hand, hebt zierlich den kleinen Finger, streift mit der linken Hand die mittleren Blätter des in der Mitte leicht gewölbten Schuldenheftes glatt und tut so, als schreibe sie drei senkrechte Striche hinein, als wolle sie damit Batistas drei Zigaretten verewigen. Oder Don Roccos heilige Dreieinigkeit.

Bei Batista täuscht sie es immer vor, weil sie weiß, dass Batista eines Tages, so hat er ihr gesagt, wenn Mario mit seiner Frau und seinen amerikanischen Kindern aus Amerika zurückkommen wird, die Taschen brechend voll mit Dollar, weil man im Kohlenbergbau schaufelweise Geld macht, ihr ein Bündel Geldscheine über den Ladentisch und vor die Nase werfen und ihr sagen wird: Schluss mit dem Kredit, mein kleiner Mario ist zurück, und im Weinkeller hinter dem Laden schläft und schnarcht Don Rocco, der letzte Kartenspieler, wie ein Schuljunge mit dem Kopf auf der Tischplatte. Und dieses Schnarchen erinnert sonderbarerweise an die immer gleichen Sätze, die er bei der Abendmesse in der Kirche Santa Nunziata spricht, welche etwas höher als unser Laden mit Weinkeller liegt, hinter dem Brunnen, ganz nah bei Batistas Haus und dem der unsterblichen Tante Nunziata, die die mit weißem Zucker umgebenen Mandeln so gut röstet. Nach ihr ist nicht, wie man meinen könnte, Don Roccos Kirche benannt worden, noch bekam sie den Namen der Kirche. Selbst wenn mein Bruder, der alles zu wissen glaubt, weil er drei Jahre älter ist als ich, das behauptet.

Die heikle Stunde der Siesta ist da. Alle im Dorf schlafen außer meiner Mutter, die schweigend die lange Liste der Schulden unserer großenteils abgebrannten Kunden durchgeht, außer meinem Vater, der schon nicht mehr in San Demetrio und Italien ist, sondern abgereist, um den Boden für unsere Übersiedelung nach Differdingen vorzubereiten, wo es keine Siesta gibt, weil es immer kalt ist und nieselt, hat meine Mutter gesagt, und außer Batista und außer mir, denn ich träume nur von dem einen: ein riesiges Feuer auf dem Balkon vor meinem Zimmer anzuzünden. Ich bin fünf oder sechs Jahre alt und hasse die Siesta wie Lola, unsere kleine Lola, die schwarzweiße Katze, die sich an Don Roccos schwarzen Talar schmiegt. Don Rocco hat nicht die Kraft oder den Mut oder den Willen gehabt, nach Hause zu gehen, obgleich seine Köchin mindestens dreimal vor der Abendmesse in der Santa Nunziata gekommen ist, ihn abzuholen. Aber Don Rocco wartet das Läuten der Glocke ab, bevor er aufwacht, denn er weiß, dass er immer mit dem Verständnis von Küster Rodolfo rechnen kann, der sich länger als üblich ans Seil hängt, wenn der Pfarrer seinen Rausch in unserem Keller ausschläft. Das Dumme ist, dass die Glocken der Madonnenkirche, die im unteren Teil von San Demetrio hinter unserem großen Garten, dem Gemeindezentrum und neben dem Palazzo Cappelli liegt, wo jetzt die Rogationistenbrüder leben und wo ich mir beinahe die Nase gebrochen hätte, genauso läuten wie die von Santa Nunziata, und mehr als einmal habe ich Don Rocco Flüche ausstoßen hören und wenig christliche Gebärden machen sehen, weil er umsonst aufgewacht war.

Ich hasse die Siesta so, weil es in meinem Alter noch so viel zu entdecken gibt. Die Welt wimmelt noch von kleinen und großen Geheimnissen, in die mein Bruder mich noch nicht einweihen will. Ich bin der Urenkel von Marco Polo oder von Kolumbus oder von beiden, weil in Italien alle einer einzigen großen Familie angehören, hat Großvater Claudio gesagt, und der Urenkel von Reisenden dieses Schlags hat noch nicht das Recht zu schlafen, wenn die anderen um ihn herum schlummern und ihre Zeit verlieren. Die Welt erwartet ihn, und er hat alles von ihr zu erwarten. Schlafen, das würde bedeuten, den Traum gegen die

Wirklichkeit eintauschen, sich wie ein Feigling dem ewigen, zähflüssigen Alltäglichen hingeben, den Niedergang des Römischen Reiches hinnehmen, den Dolch des Brutus in Caesars Rücken stechen. Julius Caesar, dieser andere Urgroßvater, der, von Verrätern umgeben, bestimmt auch die Siesta hasste, wie Galilei übrigens, der Grundpfeiler unseres Stammbaumes, oder Fausto Coppi und Gino Bartali.

Und Benito, was sagst du zu dem? hat Ernesto eines Tages mit einem schwerfälligen amerikanischen Akzent gefragt, denn Ernesto, das ist nicht Ernesto aus Differdingen, mein Vetter und Pate, der mir bald eine Uhr zu meiner ersten Kommunion schenken wird, sondern einer von Großvater Claudios beiden Brüdern, der Onkel aus Amerika, der – im Gegensatz zu Onkel Alfredo, der in Luxemburg lebt – jetzt in L'Aquila, der Provinzhauptstadt, wohnt, und, obwohl er geizig ist, einen Luxuswagen besitzt und einen Koffer voller Dollar, der sich immer mit Tante Giuseppina, seiner Frau, streitet und Kohle spuckt, seitdem er aus den Vereinigten Staaten zurück ist. Na, welchen Platz kriegt Benito in dieser ganzen heiligen Familie zugewiesen? Großvater Claudio hat sich von den sarkastischen und reaktionären Attacken seines älteren Bruders nicht provozieren lassen und mit einem Blick auf Großmutter Lucia, die ihn anflehte, nicht wieder wie früher mit politischen Streitereien anzufangen, hat er sich damit begnügt zu antworten, wobei er den lächerlichen amerikanischen Akzent seines Bruders nachahmte, na, Benito ist mit dem Kopf nach unten aufgehängt worden, damit er an dem Blut schnuppern kann, mit dem er die Erde getränkt hat. Du meinst wohl Josef Dschugaschwili, hat Ernesto erwidert, aber beim Anblick von Großmutter Lucias hochgezogenen Augenbrauen sind alle still gewesen. Mit dem Satz, entweder es wird gegessen oder es wird geredet, hat sie die Diskussion vorläufig abgebrochen und jeder hat sich auf seinen Teller Minestrone konzentriert. Und wenn in Großvater Claudios Kopf zweifellos die Antwort herumgeisterte, die er auf diesen Tiefschlag seines Bruders geben wollte, so hat sich in meinem Kopf für immer ein seltsamer Name festgesetzt: Josef Dschugaschwili.

Was Benito anging, wusste ich Bescheid. Das war ein Name, den man nicht aussprechen durfte, weder bei den Mahlzeiten noch sonst. Großvater Claudio hatte mir an dem Tag, wo ich im Bett bleiben musste, weil ich mir die Nase bei dem Sturz von der Treppe des Palazzo Cappelli kaputtgestoßen hatte, alles erklärt, Benito und die Schwarzhemden. Benito und das Rizinusöl, das die Schwarzhemden Großvater und vielen anderen Partisanen vor einigen Jahren zu schlucken gegeben hatten. Benito und sein Freund Hitler. Benito und die Deutschen, die junge unbewaffnete Partisanen, schwangere Frauen und selbst unschuldige Kinder gnadenlos mordeten. All das weiß ich auswendig, denn eine der Aufgaben, die mein Großvater übernimmt, während meine Eltern den Kartenspielern im Keller literweise Rotwein bringen, ist, mich – widerwillig allerdings – abends ins Bett zu bringen, wenn ich wie bei der Siesta überhaupt nicht müde bin und mich lieber hinter Batista stellen möchte, um ihm wie ein Matrose auf dem Ausguckposten aus der Höhe eines Mastkorbs in die Karten zu schauen, die er in seinen riesigen schwieligen Händen hält. Nicht dass Karten mich besonders interessieren, überhaupt nicht. Ich warte nur ungeduldig auf den Schwall der Flüche, auf porco Dio, porca madonna, Dio cane oder vaffanculo, die jedes Mal sorglos aus den Kehlen von Don Rocco, Batista und den anderen Spielern kommen, denn wenn einer von ihnen Briscola oder Scopa ruft, blicken sie sich wie Cowboys vor dem entscheidenden Duell lange ins Gesicht, geben sich verbotene Zeichen, um in den Augen des anderen zu lesen, wer die schöne Sieben oder den schönen König oder die verdammten Trümpfe in der Hand hat. Dann bricht ein Wort- und Gebärdenstreit los, bei dem sich erweisen soll, wer cazzo am lautesten die schlimmsten Beleidigungen ausstoßen kann, in die sich rätselhafte Fragen mischen: warum zum Teufel hast du nicht das Stöcke-As, oder den Kelch-König oder die Schwert-Sieben ausgespielt?

Ich kenne Benito also sehr gut, viel besser als mein Bruder, der, um nicht das Gesicht zu verlieren, sagt, er habe irgendwie von ihm gehört. Und Dschugaschwili? Das werfe ich ihm eines Tages an den Kopf, als er mich fragt, ob ich von einem gewissen Robinson Crusoe wüsste, dessen Freund Freitag heiße, weil sie sich an einem Freitag auf einer verlassenen

Insel getroffen hätten. Weißt du, wer das ist, Josef Dschugaschwili? Einige Sekunden Zögern, Sekunden, die ihn zu entthronen, seine doch so gut verankerte Überlegenheit zu erschüttern drohen, und die den Vorsprung von gut drei Jahren, den er mir gegenüber hat und den er ständig stolz betont, als handle es sich um eine Ewigkeit, auszulöschen drohen. Psst, antwortet er mir plötzlich, als hätte ich eine verbotene Formel ausgesprochen, und erklärt mir, den Zeigefinger feierlich an die Lippen gepresst, um seinen Worten besser Nachdruck zu verleihen: verdammt sei, wer diesen viersilbigen Namen ausspricht, auf ihn wird bis ans Ende aller Zeiten das Unglück herabkommen, Amen. Und ohne mir Zeit zu lassen, wie und warum zu fragen, beginnt er mit eintöniger Stimme, gleich der von Rocco während der Messe, tiefe, dunkle orientalische Höhlen heraufzubeschwören, in denen es von noch schlafenden Geistern wimmelt, die nur darauf warten, dass ein Ungeschickter wie ich eben diese vier Silben ausspricht, Dschu-gasch-wi-li, was in einer orientalischen Sprache folgendem gleichkommt: Schlangen des Bösen, kommt aus der Höhle, und alle unbekannten Übel der Welt, Geißeln der Menschheit wie Pest, Cholera und Syphilis, würden umgehend auf Männer, Frauen und Kinder niedersausen, denn diese Höhle sei das negative Gegenstück zu Ali Babas Höhle und die orientalische Entsprechung der berühmten Büchse der Pandora, die ebenfalls einst von einer ungeschickten Hand auf hoher See geöffnet wurde, einzig und allein aus kindlicher Neugierde. Aber Vorsicht, die orientalischen Übel seien tausendmal gefährlicher und fürchterlicher und raffinierter als die der Büchse der Pandora oder selbst als die Plagen aus der Bibel, denn die Orientalen, die, wie ich wissen müsste, Turbane trügen und mit ihren Zauberflöten giftige Schlangen tanzen ließen, seien unübertreffliche Experten, wenn es um Schrecken und Gräuel gehe.

An dem Tag wollte ich nichts mehr davon hören, und am Abend habe ich freiwillig auf die weiteren Erklärungen Großvaters über die Zeit von Benito und den Schwarzhemden verzichtet, ein Kinderspiel verglichen mit den Gräueln, die aus der Höhle von Dschugaschwili hervorquellen könnten. So wie Papas Krieg ein Kinderspiel war verglichen mit Großvater Claudios Krieg. Und zum ersten Mal habe ich gedacht, dass es wirklich ziemlich viele schreckliche Dinge um mich herum in der Welt gab. Ich habe sogar eine Aufstellung vorgenommen, eine Einstufung nach Punkten, und die Höhle von Dschugaschwili stand unbestritten an der Spitze dieser Stufenleiter. Nicht nur wegen dem, was mein Bruder erzählt hatte, sondern auch, weil dieser von Onkel Ernesto ausgesprochene Name Großvater Claudio überrumpelt hatte, er hatte ja keine Antwort gewusst. Er war doch sonst immer schlagfertig, wenn es um Politik ging, aber hier hatte er kein Wort gesagt. Diesmal hatte er auf Großmutter Lucias Verwünschungen reagiert, die politischen Streit nicht ausstehen konnte und nicht begriff, warum Großvater Claudio das Parteibuch der Kommunistischen Partei hatte. Auch wenn alle oder fast alle Männer in Cardabello das Parteibuch hatten. Wie dem auch sei, Dschugaschwili war mit oder ohne Großvater Claudios Antwort in meinen Augen der größte Schrecken der Welt.

Aber wenn ich ohne äußere Hilfe eingeschlafen bin und das trotz der Furcht, am nächsten Morgen nicht wieder aufzuwachen, und trotz der Schreie und Flüche, die aus dem Keller heraufschallten, so vor allem, weil ich mich wieder einmal ganz klein gegenüber meinem Bruder Nando gefühlt habe und es mein einziger Wunsch war, die Sache zu überschlafen, denn kommt Zeit, kommt Rat, wie Großmutter Lucia gern sagte, und vor allem verkürzt die Nacht diesen unüberwindlichen Abstand, den, ich weiß nicht wer, zwischen die Welt meines Bruders und die meine gelegt hatte.

Aber am nächsten Morgen, an dem ich früher aufwache als gewöhnlich, bin ich immer noch fünf oder sechs Jahre alt und mein Bruder drei Jahre und eine Spur älter und, nachdem ich den schrecklichen Traum von den mit dem Schlüssel verschlossenen Augen, den ich ganz sicher in jener Nacht geträumt hatte, vergessen habe, durchquere ich jetzt wie ein Dieb unseren Keller, wie ein Geist oder wie ein Übel ähnlich denen in der orientalischen Höhle, unempfindlich für den in der Luft stehenden üblen Rotweingeruch, denn der unwiderstehliche Geruch der Mortadella zieht mich an, dient mir als Führung, zeigt mir die Richtung an.

Undenkbar ist unser Lebensmittelladen mit Salz- und Tabakverkauf ohne den Geruch der Mortadella Galbani. Es riecht auch nach Anchovis, Salami, Oliven, Provolone Galbani, nach frischem Brot, Kaffee Segafredo, nach losem Zigarettentabak, nach Bonbons oder Ferrero-Schokolade, aber all diese Düfte lassen das Aroma der Mortadella nur noch deutlicher hervortreten, den unvergesslichen Duft der Mortadella. Als seien es nur Nebendüfte, sozusagen Ehrendamen und -herren, unschuldige, vor dem Altar der Gerüche kniende Messdiener, kurz, bloße Stützpfeiler, die die Festung der Düfte tragen.

Ich bin fünf oder sechs Jahre alt, und wenn es etwas gibt, was ich besser kann als irgendwer, so ist es, die Hauptgerüche von denen zweiter Ordnung zu unterscheiden, die wichtigen von den belanglosen. Und darin bin ich so toll, dass alle Spielkameraden, wenigstens im Traum, denn in Wirklichkeit sind es die Freunde meines Bruders, Paolo, Rita, Piero, Rodolfo (nicht Don Roccos Kaplan, sondern der Sohn von Rinaldo, dem Vater von Giustina und Besitzer des Esels, der den ganzen Tag schreit, und der zugleich Tankwart der Tankstelle an der Landstraße am Ausgang von San Demetrio ist), Nino und Anna, mich als Aufklärer in alle Küchen von Cardabello schicken, um auszuspionieren, was in den Kochtöpfen schmort. Ich habe also ein Spiel erfunden. Nein, ich habe es nicht erfunden. Ich habe ihnen gesagt, ich hätte ein Spiel erfunden. In Wirklichkeit hat mein Bruder es erfunden. Oder er sagt, dass er es erfunden hat. Auf jeden Fall, ich habe ihnen in meinem Traum gesagt, ich hätte ein Spiel erfunden, um ihnen beizubringen, wie man die Stoffe durch den Geruchssinn erkennt. Sie haben verbundene Augen. Ein ganz einfaches schwarzes Tuch. Ohne Schloss und Schlüssel, nichts. Ich halte ihnen einen Löffel unter die Nase. Leer. Nun? Ich rieche nichts, sagt Anna. Du musst dich konzentrieren, sage ich. Aber der Löffel ist doch leer, ruft Piero plötzlich. Piero ist der Sohn von Lehrer Bergonzi, der auch am Ortseingang von Cardabello wohnt, direkt neben unserem Lebensmittelladen. Er ist also ganz stolz und glaubt, die Lösung gefunden zu haben. Du schummelst, sagt er, wie soll sie etwas riechen, wenn nichts da ist? Ich sage noch nichts. Die anderen, Lehrersöhne oder nicht, werden ungeduldig. Wollen wir nicht etwas anderes spielen? fragt mein Vetter Paolo, dessen Vater Caesar heißt, aber nichts mit Julius zu tun hat, obgleich Großvater Claudio sagt, dass wir in Italien alle eine einzige große Familie sind, von den Römern bis heute. Anna, Pieros Schwester, und eine der heimlichen Lieben meines Bruders, heimlich, weil Rita das nicht wissen darf, Rita ist auch meine heimliche Liebe, aber das weiß sie noch nicht, Anna aber bindet sich enttäuscht das Tuch ab. Seht ihr, sage ich, ihr wollt nicht lernen. Auf dem Löffel ist nichts, aber in der Luft ist ein deutlicher Geruch, es riecht nach Zwiebeln, und das kommt von Tante Nunziata.

Wie soll man ihnen nur begreiflich machen, dass jeder Ort einen eigentümlichen dominierenden und charakteristischen Geruch an sich hat, dass ein Ort ohne Geruch kein richtiger Ort ist, so wie ein Junge ohne Pimmel kein richtiger Junge und ein Film ohne Farbe kein richtiger Film ist. Wie soll man ihnen erklären, dass jedes Aroma eine bestimmte Farbe hat und dass es genügt, die Augen zuzumachen, um sie zu sehen, dass der Zwiebelgeruch heftig und gelb ist, der des Weins violett und beschwingt, während die Mortadella Galbani einen vollen, geschmeidigen, schlanken Duft von grauem Amber ausströmt?

Ich kann es ihnen nicht begreiflich machen, weil das Ganze leider nur im Traum geschehen ist. Und außerdem bin ich jetzt nicht mehr fünf oder sechs Jahre alt und werde nur noch im Traum oder in der Fantasie in unseren Lebensmittelladen mit Salz- und Tabakverkauf treten, ganz zu schweigen von unserem Weinkeller. Nachdem Mama einen Brief von Papa erhalten hatte, hat sie alles an unsere Nachbarn, die Marchettis, verkauft, die aus dem Keller ein Lebensmittellager gemacht haben, ohne dass es ihnen gelungen wäre, den Rotwein- und Zigarettendunst daraus zu vertreiben, und Batista und Don Rocco haben geschworen, sie würden weder Keller noch Laden je wieder betreten. Denn die Marchettis haben allen mitgeteilt, dass bei ihnen mit der Ära der leeren Taschen und des Anschreibens Schluss sei.

Ein Versprechen, das für Batista nicht schwer zu halten war, denn der Arme überlebte nicht lange die Inhaftierung seines Sohnes, den er in Amerika glaubte, die Taschen voller Dollars. Von diesen Dollars hat er aus offensichtlichen Gründen nie den kleinsten Cent in Händen gehabt, denn von Amerika hat Mario im Gegensatz zu dem hochnäsigen Onkel Ernesto mit dem amerikanischen Akzent auch nicht einen Quadratzentimeter gesehen. Statt mit dem Schiff in die neue Welt zu fahren, hat er es vorgezogen, das ihm von seinem Vater anvertraute wenige Geld in die Eisenbahnfahrt zu investieren. Der Zug hat ihn also zuerst nach Frankreich, dann nach Luxemburg und zuletzt nach Belgien gebracht, bevor er wegen einer undurchsichtigen Geld- oder Frauengeschichte, oder wegen beiden, im Gefängnis landete. Und wenn ich sage, nach Frankreich, Luxemburg, Belgien, spreche ich von einem Umkreis von höchstens zehn Kilometern, da sein Bermuda-Dreieck, hat Papa in einem Brief geschrieben, sich auf die Städte Differdingen, Longwy und Arthus beschränkte.

Was uns betrifft, das heißt Mama, meinen Bruder Nando und mich, so hat der Linienbus uns von San Demetrio nach L'Aquila gebracht, wobei er, ohne anzuhalten, an der AGIP-Tankstelle vorbeifuhr, von der Rinaldo uns zuwinkte. Dann ließ der mit Reisenden überfüllte Zug Rom, Florenz, Bologna, Parma und Mailand hinter sich. Er überquerte die Grenze, Como, Chiasso, Bellinzona und fuhr in den langen Sankt-Gotthard-Tunnel ein. Dahinter wohnt Wilhelm Tell, und dort wird eine andere Sprache gesprochen. Aber im Augenblick kümmert mich das nicht, denn ich bin beschäftigt. Ich bin schon eine Weile dabei zu versuchen, die dominierende Geruchsnuance im Abteil zu isolieren.

Ich sage isolieren, denn darum geht es. Ich verrichte nach allen Regeln der Kunst die Arbeit eines Wissenschaftlers oder Handwerkers – um nicht zu sagen eines Römers –, wie ein Forscher des Max-Planck-Instituts einen Virus isoliert oder ein Elektriker ein Kabel. Es ist nicht der zitronengelbe Schweiß der Mitreisenden, noch ihr säuerlich-grüner Atem oder der schimmelige, brenzliche Geruch des Tunnels. Ich schnuppere wie ein Hund, schniefe, schnüffele, schnaube. Ich schließe die Augen, halte mir die Ohren zu. Ich wage nicht mehr, durch den Mund zu atmen. Die Luft dringt in meinen ganzen Körper, durch meine Nase filtriert, die sich nach allen Seiten hin dreht. Aber die Nebengerüche sind zu stark, als würden sie pausenlos entstehen und vergehen, während der Zug in die Tunnelnacht eindringt. Auf keinen Fall die Tür aufmachen, in den Gang hinaustreten und wieder ins Abteil kommen: der Schweiß, der Atem und das Brenzliche würden mir folgen, würden durch die Tür entweichen, sich mit den Gerüchen des Ganges mischen. Meine Augen, meine Stirn und mein Mund sind zusammengekniffen, mein Gesicht ist eine riesige Nase, ein Trichter, eine Parabolantenne. Nichts zu machen. Die Düfte lassen mich im Stich. Zwischen sie und mich ist ein Schleier geglitten, ein Wandschirm, hinter dem Italien, die Abruzzen, L'Aquila, San Demetrio, Cardabello sich entfernen, verschwimmen, ganz klein werden, geruchlos wie diese nutzlose Nase, die ich mir auf der Treppe des Palazzo Cappelli beinahe gebrochen hätte, diese Gurke, dieses Sieb, dieses in die Mitte meines Gesichts gepflanzte Geschwür.

Heute, das heißt, wenn ich mich an all das erinnere, weiß ich, es waren die in der Tasche meiner Mutter nachreifenden Äpfel, die diesen undefinierbaren Geruch ausströmten, der sich wie ein Chamäleon all der anderen Gerüche bemächtigte, als da waren der zitronengelbe Schweiß, der säuerlich-grüne Atem, das Schimmelig-Brenzliche, sie veränderte, sich mit ihnen vermengte und unser Abteil ohne mein Wissen in ein Paradies mit einzigartigem Duft verwandelte. Einzigartig und nicht zu definieren, einzigartig und erschreckend, einzigartig und unerträglich damals, je mehr meine Nase und ich uns vom wirklichen Paradies entfernten, der Hauptstadt der Düfte, diesem irgendwo in der Zeit angesiedelten Lebensmittelladen mit Salz- und Tabakverkauf in Cardabello, dem schönsten Teil von San Demetrio, mit seinen stückweise verkauften Zigaretten, seinen Ferreri-Schokoladen und diesem ambergrauen und samtigen Duft der Mortadella Galbani, dem großartigsten von allen, der vor dem Gang wacht, der den Laden vom Keller trennt, und den um den Kopf des schlafenden und schnarchenden Don Rocco schwebenden Alkoholdünsten den Weg versperrt, während nicht weit davon die Glocken von Santa Annunziata oder der Madonna läuten, ein doppelter Ruf, der verkündet, dass die Stunde der Siesta und der

Feuer auf dem Balkon endgültig vorbei ist, dass der Keller, wenn er noch existiert, sich allmählich mit Kartenspielern füllen wird, dass das Flüstern und die Flüche bald zur Piazza Garibaldi hindringen werden, wo sich die Männer des Dorfes zu versammeln pflegen, wenn sie nicht, Junge wie Alte, in der Nähe des Mahnmals herumschlendern und warten, dass die Frauen sie bei allen Namen rufen, um ihnen zu bedeuten, dass das Abendessen fertig ist, dass sie sich beeilen sollen, weil sonst die Pasta kalt wird.

Und heute weiß ich auch, dass die Gerüche keine Farbe haben, dass man sie nicht beschreiben kann, dass nur die Nase sie entziffern kann, und vor allem, dass man sie nicht vergleichen kann. Wenn ich in ein Lebensmittelgeschäft trete, das von Charlys Vater zum Beispiel, kann ich höchstens sagen: nein, so roch die Mortadella nicht. Meine Beziehung zu den Gerüchen ist negativ geworden. Ich bin nicht mehr fünf oder sechs Jahre alt, aber ich finde Gefallen an der Siesta, daran, mich zurückzuziehen, sie bis in den späten Nachmittag zu verlängern, um den kritischen Stunden auszuweichen, die sich immer weiter ausgedehnt haben. Wie mein Vorfahre, der alte Kolumbus, der endgültig von der Reise zurückgekehrt war, habe ich den Mastkorb, den Beobachterposten, verlassen und verliere gern Zeit mit Schlafen, vielmehr mit Dösen, verzweifelt an meine beiden Seelen gekrallt, die ihren Kampf wieder aufnehmen, sich gegenseitig zerreißen, töten, indem sie das Haus dort unten mit dem hiesigen verbinden, Ritas Sprache mit der von Charly. Ich verliere gern meine Zeit, weil die Zeit es erlaubt, dass ich mich verliere.

Das ist die wahre Einsamkeit. Sich in der Zeit verlieren, als sei sie ein dichter Wald, in dem sich alle Bäume gleichen. Dann macht man es wie der kleine Däumling, man wirft Brotstücke auf den Boden, um eine Spur zu schaffen. Aber die Zeit hinter einem verschlingt sie. Die Bäume können noch so freundlich sein, sie kommen einem trotzdem drohend vor. Besonders nachts, wenn man nur noch riesige schwarze Umrisse sieht. Das Gebot ist, die Augen offen zu halten. Jeder Baum ist ein Schlüsselloch ohne Schlüssel. Man kann um Hilfe rufen, aber die Zeit ist taub.

Am Anfang in der neuen Welt, ich meine in der alten neuen Welt, denn in Wirklichkeit sind die Dinge komplizierter, ich meine... Aber nein, warum jetzt davon reden. Vielleicht später. In der neuen Welt also, in Differdingen genauer gesagt, in der vom Staub der Hochöfen und Schornsteine der Hadir-Fabrik immer noch zerfressenen, verrauchten und verrußten Metropole des Eisens, habe ich trotz meiner vorübergehenden Schwäche im Zug nicht bemerkt oder wenigstens in der ersten Zeit nicht bemerken können, dass sich die Einsamkeit in meiner Seele einrichtete.

Ich erinnere mich zum Beispiel daran: ich bin fünf oder sechs Jahre alt, sieben oder acht vielleicht, und bin bei meiner Großmutter Maddalena. Papas Mutter wohlgemerkt, denn Lucia, die andere Großmutter, ist dort unten geblieben, ganz in der Nähe oder vielmehr unter dem Lebensmittelladen mit Salz- und Tabakverkauf, den die Marchettis immer noch betreiben, im Keller, eben dort, wo wir zusammen mit Großvater Claudio, unsere nackten Füße in Stiefeln, in den Wannen die Trauben stampften, um die Flüssigkeit herauszupressen, die sich dann wie durch Zauberhand literweise in Rot- oder Weißwein verwandelte, den meine Mutter, mein Bruder oder ich mehrere Male am Tag aus den im anderen Keller aufgereihten Fässern zapften. In dem Keller hingen an Haken und Bändern die Schinken und Würste vom bedauernswerten Schwein, das jedes Jahr im Hof geschlachtet wurde, und ich legte jedes Jahr den Schwur ab, dass ich kein Gramm Wurst oder Schinken von diesem armen Tier anrühren würde, das vor meinen Augen abgestochen und, in Stücke geschnitten, in kochendes Wasser geworfen wurde.

In diesen Keller ist Großmutter Lucia nach unserer Abreise gezogen. Oder war das nach Großvater Claudios Tod? Nicht, dass die Marchettis nach der Umwandlung des Kellers in ein Warenlager das übrige Haus in Beschlag genommen hätten. Nein, das Haus wartet, hat Lucia geschrieben, dass Mama und die ganze Familie zurückkehrt und es wieder bezieht. Alles ist bereit. Um Platz für alle zu schaffen – unsere Familie hat sich in der Zwischenzeit durch die Geburt meiner kleinen

Schwester Josette, die sieben Jahre jünger ist als ich, vergrößert – sei sie vorläufig in den Keller gezogen, auch weil in ihrem Alter das Treppensteigen usw..

Es ist Kaffeezeit und ich erwarte ungeduldig den Augenblick, wo Großmutter Maddalena, in Schwarz gekleidet, in dem Zimmer hinter dem Küchenschrank, dem mysteriösen Raum, ihrer Ali-Baba-Höhle, verschwindet, mit einem Pappkarton zurückkehrt, ihre beiden Hände mit den unglaublich knochigen Fingern hineintaucht und die unvergänglichen De-Beukelaer-Butterkekse hervorholt, die sie oder ihre Tochter, unsere Tante Clara, denn Großmutter verlässt selten die Wohnung, bei Quazzotti oder bei Ciatti gekauft haben. Extra für uns, für mich und meinen Bruder. Auch wenn Papa die meisten davon isst, was uns ärgert. Nicht, weil wir nicht auch ebenso viel davon essen könnten, sondern weil der Besuch länger wird, wenn Papa anfängt, sich mit De-Beukelaer-Butterkeksen vollzustopfen.

In dem Augenblick, wo Großmutter Maddalena mit ihrem roten Karton ankommt, beginnt meine Nase zu arbeiten. In der Küche schweben noch alle Arten von Gerüchen, die sich in einem zusammenfassen lassen: es riecht nach alten Sachen, fast nach Schimmelig-Brenzlichem wie im Tunnel. Sicher wegen des Herdes, der in dem Raum steht. Aber da handelt es sich um einen eher vergänglichen, vorläufigen Geruch, denn jetzt angesichts dieser noch geschlossenen Büchse der Pandora aus Pappe löst er sich in Wohlgefallen auf, angesichts dieser orientalischen Höhle, die seit dem Tag, wo mein Bruder, um seine damalige Ignoranz zu verbergen, mir die schnöde Geschichte von der Schlange von Dschugaschwili erzählt hat, von den vier Silben der Zauberformel, die die Plagen entfesselt.

Der Geruch im Raum löst sich also in Wohlgefallen auf, zieht sich, ohne zu protestieren in dem Bewusstsein seiner Unterlegenheit würdevoll zurück. Dann folgt der Triumph. Der Kartondeckel springt auf und die Farben verschwinden für einen Augenblick, denn ich habe die Augen geschlossen, um meine Nase nicht bei der Arbeit zu stören. Mein Glücksbegriff lässt sich so fassen: die Welt, die aus dieser Zauberschachtel hervorkommt, einatmen und sie mir so lange wie möglich zu bewahren, als wollte ich die Ewigkeit einatmen.

Die in eine Keksschachtel eingeschlossene Ewigkeit. Eine Ewigkeit, die sich allmählich bevölkert und Farbe bekommt. So erhält die wahre große Geschichte Konturen, wie sie uns jeden Tag Herr Schmietz, unser Volksschullehrer, lehrt: zuerst humpelt das herbe und unbedeutende Weiß des Steinzeitalters heran, macht dann dem lebhaften alten Rot der römischen Kaiser, das heißt, gemäß Großvater Claudio, unserer Familie, Platz und lässt unter ihren Umhang den wilden, wunden, zum Untergang verurteilten bläulichen Glanz des Mittelalters eindringen. Dann wird es wieder hell, und die Medici, Strozzi und Farnese sind an der Reihe, das hat mir die Lehrerin in San Demetrio erzählt, sie bringen Leonardo da Vinci, Galilei, Raffael mit, Michelangelo, Dante und Kolumbus nicht zu vergessen. Unser gesamter Stammbaum ist versammelt, worauf plötzlich ein makabres und lächerliches Konzert folgt, in dem die Grautöne mit den düsteren wetteifern, ein Aufmarsch von Benitos und Schwarzhemden in Großvater Claudios Version, eine Kakophonie von kotbedeckten Gestalten, von durch Rizinusöl gelb gewordenen Gesichtern, von karikaturhaft unbesiegbaren Soldaten, die unter ihren Stahlhelmen stinken. In diesem Augenblick mache ich die Augen wieder auf. Eine Ewigkeit verschwindet, die der von unserem Lebensmittelladen mit Salz- und Tabakverkauf in Cardabello aufs Haar gleicht. Der Traum endet und ich bin ganz allein.

Aber heute weiß ich, dass es nicht zwei Ewigkeiten gibt. Die Zeit vergeht ganz einfach, das Vergessen wächst, die Erinnerung schrumpft und überlässt der Vernunft das Feld. Die ambergraue Mortadella und die Kekse sind nur zwei Helden im Krieg der Zeit, der in mir abläuft. Feinde und Komplizen, Vorwände. Bloße Vorwände, die mir verbergen, ohne es wirklich zu verheimlichen, was ich seit langem weiß: die einzig mögliche Erinnerung ist eben die mögliche Erinnerung.

Diese Erfahrung habe ich kürzlich in einer Differdingschen Kneipe, dem Kiosk am Marktplatz gegenüber, gemacht, eben dort, wo ich, als es das Café Vitali noch gab, Großvater Claudio holen ging, der jeden

Tag später nach Haus kam. In der letzten Zeit bin ich oft in dieser Kneipe gewesen. Auf der Suche nach Augenzeugen der fünfziger Jahre habe ich dort mehrere Leute über einen Wal ausgefragt, der möglicherweise auf einem Bahnwaggon am Bahnhof von Differdingen oder Luxemburg ausgestellt war. Alle erinnerten sich daran. Lehrer Schmietz erläuterte sogar durch den Mund seines Sohnes Nico, der ebenfalls Lehrer geworden ist, dass die ganze Schule hingegangen sei, ihn zu bewundern und dass alle einen Aufsatz darüber hätten schreiben müssen: Der Wal ist da.

Ja, der Wal ist überall in Europa und Luxemburg gezeigt worden. Eine Attraktion sondergleichen damals. Mehr noch als die Seiltänzertruppe Bügler, die Tausende Zuschauer in Atem hielt, als sie auf einem parallel zur neuen Brücke über das Petrusse-Tal gespannten Seil die ganze Strecke zu Fuß, mit dem Fahrrad und sogar mit dem Motorrad zurücklegte.

Aber da hört die wahrscheinliche Erinnerung an den Wal auf (manche erwähnten noch eine eventuelle Postkarte) und macht der möglichen Erinnerung Platz. Hier endet die Realität und es beginnt die Erfindung. In welchem Jahr ist der Wal gezeigt worden? Schweigen. Roch es am Bahnhof nach Fisch? Niemand kann sich erinnern. Lebte der Wal oder war er tot? Niemand weiß es. War er aus Fleisch und Blut oder ausgestopft? Hatte er einen bestimmten Namen? Kein Zeuge, der darauf eine Antwort wüsste. Die Erfindung freut sich darüber, auch wenn die Realität an Boden verliert. Das Wesentliche wird vor dem Vergessen gerettet: der Wal hat tatsächlich existiert, denn eine kollektive Lüge ist ausgeschlossen. Alles Übrige ist Literatur, gehört zum Bereich des Eventuellen. Bestenfalls des Möglichen. Eines Möglichen, das im Augenblick, wo man es am wenigsten erwartet, wieder real wird, und ich frage mich, ob die Geschichte vom Wal, wie übrigens meine Nachforschungen im Differdingschen Café dem Kiosk am Marktplatz gegenüber, nicht einfach die Frucht meiner Einbildung sind, eines weiteren Traums, aus dem ich ganz verwirrt erwache, aber der trotzdem ein Traum ist und eine weitere Einsamkeit schafft, wenn er aufhört.

Und während ich mir eines schönen Tages das alles sage, finde ich einen Brief im Briefkasten. Ich stecke den Zeigefinger unter die Lasche, um ihn aufzumachen, und da habe ich das Bild vor mir, ganz wie ich es mir vorgestellt hatte, und der Traum und seine Möglichkeiten werden zu Asche. Er heißt Mrs. Haroy, dieser Wal, der in Luxemburg herumgereist ist, und auch ein Foto ist beigelegt, da liegt er auf dem riesigen Waggon mit weit aufgerissenem Maul, hingestreckt wie ein Schwein, das geschlachtet werden soll, den ungläubigen Blicken der in Kapuzenmäntel eingemummten Schüler ausgesetzt. Plötzlich also finden alle Fragen, die ich seit Jahren unablässig stelle, eine Antwort und ich müsste mich freuen. Den Wal meiner Träume gibt es wirklich. Eine Welt bricht zusammen.

Der Traum ist nun schreckliche Wahrheit. Die Erinnerung ist darüber ärmer geworden, denn die realisierbare Wirklichkeit ist bei weitem fruchtbarer als die realisierte Wirklichkeit. Diese letztere ist bestenfalls Anekdote, während die andere Legenden, Mythen und Utopie Tür und Tor öffnet. Und wenn ich es mir recht überlege, so ist das Ambergrau meiner Mortadella Galbani von früher nicht zufällig aufgetaucht, so wie auch die in der Tasche meiner Mutter reifenden Äpfel, als wir den Gotthard-Tunnel durchfuhren, nicht zufällig aufgetaucht sind. Alles gehört zu ein und derselben Verknüpfung der Ereignisse: grauer Amber ist, wie es das Lexikon bestätigt, ein Duftstoff, eine Darmabsonderung der Wale, die nach den Worten des Lexikons nach langem Treiben im Meer graue poröse Blöcke bildet, einen Moschusgeruch ausströmt und Bestandteil teurer Parfums wird. Die Äpfel im Zugabteil dagegen haben sich – wie konnte es anders sein – in dem Augenblick durchgesetzt, als ich den Namen Wilhelm Tell ausgesprochen habe. Ob es sich um Mortadella oder den Wal, um den Apfelgeruch oder um Wilhelm Tell handelt, die Geschichte ist also dieselbe. Unter einer Bedingung: man muss wie die Spinne ein Netz weben und wie sie die klebrigen Fäden von den nicht klebrigen unterscheiden können, um sich den Weg, den einzig möglichen Weg von einer Realität zur anderen zu bahnen. Es gibt da zwei Punkte. Ich muss nur noch eine Brücke schlagen. Oder ein Seil spannen, wie die Seiltänzer Bügler.

Neulich habe ich in einem Wochenmagazin gelesen, dass eine größere Anzahl von Walen in Argentinien gestrandet sei. Das war vor der Entdeckung von Mrs. Haroy. Da ich nicht allzu weit von dem Ort lebte, war ich zunächst versucht, das zu überprüfen, und sei es auch nur, um bestimmte Erinnerungen wieder aufzufrischen oder um eine unerklärliche Neugierde zu befriedigen. Ich habe jedoch darauf verzichtet. Diese Wale waren so lächerlich real, während der meine auf dieser Seite der Brücke und des Tals, auch wenn alle ihn gesehen hatten, damals wenigstens auf der anderen Seite der Brücke nur in seiner vorgestellten Form existierte. Ich habe also mit meinen Nachforschungen in den Zeitungen vorläufig aufgehört, aus Angst, auf einen Artikel, ein Bild zu stoßen, die einen der beiden Ausgangspunkte zunichte machen. Zwar wollte ich aus dem Wal das Zentrum meiner Geschichte machen, aber dann merkte ich, dass er in dem Stadium, in dem ich mich befand, die Geschichte verhindern würde.

Um der Versuchung nicht zu erliegen, habe ich ganz einfach begonnen, noch einmal Moby Dick zu lesen. Und als ich die Widmung für den Schriftsteller Nathaniel Hawthorne, den Verfasser der zweimal erzählten Erzählungen, auf der ersten Seite las, hat mich die Etymologie gefesselt, die er den Auszügen voranstellt, mit denen er von einem armen Teufel von Bibliotheksratte, wie er ihn in der französischen Übersetzung nennt, versorgt worden war. Das Wort Wal stammt aus dem Schwedischen, Dänischen, Holländischen oder Deutschen. Es bezeichnet ursprünglich eine Form, etwas Rundes, denn im Dänischen bedeutet das Wort hvalt, von dem Wal abstammt, gebogen, gewölbt. Oder galbanisiert würde ich hinzufügen, wie die Mortadella Galbani. Dann ist eine Bewegung hinzugekommen, denn im Deutschen bedeutet das Wort wallen soviel wie rollen, sich wälzen. Oder kriechen, wie Onkel Dino oder Mathias, die schwimmen vortäuschen und sich dabei mit den von der Brandung zu kleinen Stücken zerriebenen Muscheln den Bauch und die Brust aufritzen. Schließlich ein Wort: whoel, whale, hvalt, wal. Ein Wort, das in der Sprache von Cardabello (balena ist nach vielen sprachlichen Umwegen zu weit entfernt von seinem nordischen Ursprung) und von unserem

Lebensmittelladen mit Salz- und Tabakverkauf nicht viel sagt. Es ist also ein Wort, das ganz in der neuen Realität spricht, der Realität Charlys, des Sohnes von Lebensmittelhändler Meyer mit dem geruchlosen Geschäft oder Nicos, des Sohnes von Herrn Schmietz, Volksschullehrer, der mit der Lehrerin von San Demetrio, deren Namen ich vergessen habe, gemein hat, dass er mir gleich am ersten Schultag, als ich in der neuen Schule von vorn wieder anfangen musste, gesagt hat, du bist doch der kleine Bruder von Fernand, oder? Und zum zweiten Mal – war ich fünf oder sechs? – habe ich schüchtern ja gesagt in einem Kauderwelsch, das ich kaum verstand und noch nicht sprechen konnte, enttäuscht darüber, dass weder die räumliche noch die zeitliche Veränderung die Lösung für mein Handikap gebracht hatte, das an mir klebte wie der schwarze Talar am vom Schlaf übermannten Körper Don Roccos oder der unerträgliche Zwiebel-, Knoblauch- und Olivenölgeruch an der Wohnung der Chiaramontes, die etwas höher als unsere in der Hussigny-Straße lag.

Aus allen diesen Gründen war also für den Wal die Reise vorläufig ausgeschlossen. Vor mir liegen die beiden Bände von Moby Dick. Aber ob ich es will oder nicht, während mein Kopf zwischen meinen Händen liegt, öffnen sich die großen Schleusen der Erinnerung wie die Höhle von Dschugaschwili, und als ich die verbotene Zauberformel ausspreche, strömen endlose Zweierzüge von namenlosen Walen in die Erinnerung ein, mitten darunter groß und schemenhaft einer von ihnen, eingezwängt hinter dem zu hohen Ladentisch zwischen Waage und metallener Mortadella-Schneidemaschine wie ein verschneiter, in den Himmel ragender Hügel. Ein Hügel nahe dem großen Horn des Gran Sasso, nahe dem ewigen blauen Schnee des großen Horns des Gran Sasso mit der weißen Wolke, die den Kamm des großen Horns vom Gran Sasso treu verhüllt, viele Kilometer weit in der Runde sichtbar. Auch wenn sich meine Augen damit begnügen, vom Balkon, wo es noch wegen der kleinen und großen Feuer, die ich dort angezündet habe, nach Versengtem riecht, über dem Stall, wo Rinaldos Esel unermüdlich schreit, die weißen Stationen des Kreuzweges zu verfolgen und sich an das große schmiedeeiserne Kreuz auf dem Berggipfel heften.

Das ist Santa Croce, das hinter Cardabello über dem Dorf aufragt. Auf halbem Weg sieht man die Umrisse zweier Personen, eine klein, die andere groß. Man würde sagen, dass sie einen Wettlauf machen. Die kleine Silhouette führt. Das bin ich. Die andere folgt atemlos. Später auf dem Gipfel, als es darum geht, an der Mauer der Kapelle ohne Dach zu pinkeln, wird sie sagen: du bist ja stärker als Fausto Coppi. Das ist Papa. *Seit einiger Zeit hatte der Weiße Wal, wenn auch mit langen Unterbrechungen, diese wilden Meere durchpflügt…*

... der Herr verschaffte einen großen Fisch, Jona zu verschlingen. Und Jona war im Leibe des Fisches drei Tage und drei Nächte. Und Jona betete zu dem Herrn, seinem Gott, im Leibe des Fisches... Und der Herr sprach zum Fische, und der spie Jona ans Land...

Paris ist hässlich. Hässlich und schmutzig. Wenigstens das, was Nando und Tina davon gesehen haben, nämlich das Viertel um den Bahnhof herum. Den Gare de l'Est. Vorher war Paris ihr Traum gewesen. Eines Tages werden wir nach Paris fahren, hatte Nando Tina versprochen. Und sie waren hingefahren, schneller, als sie zu denken gewagt hatten. Wenn er gewusst hätte, dass die Repatriierung für ihn mit all diesen Umwegen verbunden war, hätte er in San Demetrio ein wenig gewartet. Was war bloß mit ihm los gewesen? Woher diese Ungeduld, nach Hause zu kommen?

Nach Hause kommen. Der Ausdruck ist sonderbar. Differdingen ist sein Zuhause und zugleich nicht sein Zuhause. Aber er ist dort geboren. Was Italien betrifft, so ist es noch schlimmer. Er ist nur einmal hingefahren und das reicht ihm. Auch wenn er es wie seine Westentasche kennt. Wenigstens Barisciano am Fuße des Gran Sasso. Seine Eltern hatten viel davon geredet, als er noch ganz klein war. Bis zum Jahr 1932. Elf Jahre war er 1932 alt, und er ging in die fünfte Schulklasse. Schule; konnte man das Schule nennen? Das war schlimmer als beim Militär. Er weiß, wovon er redet. Als ob man in der Schule kleine Soldaten ausbilden würde. Kleine fügsame Soldaten. Kein Wunder, wenn danach alle ja sagen. Und was hatte er denn gelernt in der Schule? Nicht viel. Jedenfalls nicht das Neinsagen. Den ersten wahren Lernprozess hatte er, er war elf Jahre, an einem Montag durchgemacht, als er von der Schule nach Hause kam. Seine Mutter war nicht da. Das war fast normal. Sie war sicher einkaufen gegangen. Montags ging seine Mutter immer einkaufen. Und dann nahm sie die Gelegenheit wahr, ihn von der Schule abzuholen. Aber an diesem Montag war sie nicht gekommen, und sie war auch nicht zu Haus. Und er hatte auch nicht auf das Hin und Her der Krankenwagen geachtet. Einer stand etwas oberhalb von ihrem

Haus am Eingang vom Thillenberg. Auch das war fast normal. Unfälle gab es jede Woche in der Grube. Seitdem er zum ersten Mal die Augen und vor allem die Ohren aufgemacht hatte, und zwar seit dem 14. April 1921, hatte er sich an zwei Heultöne gewöhnt, abgesehen von dem eigenen und dem seiner Schwester Clara: das Heulen der Grubensirenen am Anfang oder Ende der Arbeitszeit und das der Krankenwagen. Ehrlich gesagt, hatte er diese beiden Sirenen nie richtig unterscheiden können. (Gab es damals überhaupt Sirenen? und Krankenwagen?) Und wenn er genau überlegt, war ihm ihr Heulen immer angenehm vorgekommen. Angenehmer jedenfalls als das schrille Geschrei seiner Schwester Clara. So angenehm, dass er es in den Pausen besser nachahmen konnte als irgendwer. All das hat sich jetzt geändert. Niemals wird er die ohrenbetäubenden Sirenen vergessen, die er in diesen letzten beiden Jahren gehört hat. Schlimmer noch war der darauf folgende Bombenangriff. Manchmal begann das Pfeifen der Bomben noch bevor die Sirenen verstummten. Unglaublich, dass Rom bombardiert werden musste, damit Marschall Badoglio den Staatsstreich gegen Mussolini durchführte.

Aber als er klein war, bis zum Alter von elf Jahren, war die Sirene der Augenblick, wo Maddalena, seine Mutter, oder Clara, seine Schwester, die Nudeln in das kochende Wasser schütteten, das auf dem Herd bereit stand, denn wenige Minuten später kam sein Vater von der Arbeit nach Haus, rot vom Kopf bis zu den Fußspitzen. Ohne ein Wort zu sagen, ging er durch die Küche und verschwand im Hof. Dort wusch er sich immer den Staub ab, der sich während seines Arbeitstages auf ihm abgesetzt hatte. Manchmal brachte er auch seine Grubenlampe mit und stellte sie in die Ecke hinter dem Küchenschrank. Wenn es kalt war, führten seine ersten Schritte zum Herd. Er nahm den Feuerhaken von der Wand, hob damit einen Ring nach dem anderen heraus, und rieb sich die Hände über der Glut, ohne Maddalenas Vorwürfe zu beachten, die ihn bis auf den Hof verfolgten, wo er sich den Dreck abwusch. Das Feuer blieb unbedeckt, und es war Nandos Aufgabe, die Ringe wieder einzusetzen. Und wenn sein Vater dann wieder erschien, war er ein anderer

Mensch – saubergewaschen, rasiert und gekämmt, mit Brillantine in den Haaren, den buschigen Schnurrbart gut sichtbar unter der Nase. Sobald er sich Nando gegenüber an den Tisch setzte, löste sich seine Zunge. Maddalena nahm Clara gegenüber Platz, und die Unruhe in ihrem Gesicht verschwand bei den ersten Worten, die sie wechselten. Die Unruhe, Nando erinnert sich sehr gut daran, lag immer auf dem Gesicht seiner Mutter. Immer wenn sein Vater in der Tiefe der Grube arbeiten ging. Aber wenn sie sich am Tisch zusammenfanden, zeichnete die Linie ihrer Blicke ein Kreuz über den Tellern, und diese Symmetrie beruhigte. Die vier Pfeiler der Familie waren versammelt, solide wie die vier Tischbeine aus massivem Holz.

Niemals wirst du den Fuß da hineinsetzen, hatte sein Vater immer wieder gesagt, du sollst in der Schule einen Beruf lernen. Das war alles, was er über die Grube sagte. Nie nannte er sie beim Namen. Er sagte: da drin. Jetzt arbeite ich schon acht Jahre da drin. Oder auch: unsere pastasciutta wächst da drin, aber du sollst da nie hinein, das garantiere ich dir. Du wirst Frisör oder Tischler.

Nando blickt durch das Zugfenster. Es ist dunkel draußen. Der Nachmittag hat gerade erst angefangen, und es ist schon dunkel. Wir nähern uns Luxemburg, denkt er und lächelt, denn das erinnert ihn an das, was sein Vater über das Wetter sagte. In Luxemburg, sagte er und glättete sich den Bart, ist vier Monate schlechtes Wetter und acht Monate Regen. Tina, die neben ihm sitzt, ist eingeschlafen, den Kopf an seiner Schulter. Paris ist schon weit, aber der Eindruck bleibt. Paris ist schmutzig.

Der Zug hat angehalten. Nando ist schon so an dieses Anhalten gewöhnt, dass er es fast nicht mehr bemerkt. Alle fünf Minuten passiert das auf offenem Feld ohne ersichtlichen Grund. Als ob etwas Seltsames seine Heimkehr verzögern wollte. Das hatte er sich im römischen Lazarett gesagt, und auch in San Remo, als er geglaubt hatte, dass sie nie ans Ziel gelangen würden. Und er hatte es auch seiner Frau Tina gesagt, der einzigen Frau unter all den Männern im Flüchtlingslager: es gibt da etwas Seltsames, was mich hindert, nach Hause zu fahren. Es ist wie eine unsichtbare Hand.

Schon mehrere Male hatte diese unsichtbare Hand die Heimkehr beinahe verhindert. Von San Demetrio nach Rom hatte es nur wenige Komplikationen gegeben. Sein Schwiegervater Claudio hatte sie in einem maultiergezogenen zweirädrigen Karren bis zum Bahnhof gebracht. Das war vier oder fünf Tage nach ihrer Hochzeit. Signori, hatte Tinas Vater gesagt, das ist die Kutsche für eure Flitterwochen. Steigt bitte ein. Nando muss wieder lächeln. Richtige Flitterwochen! Wie man sie erträumt. Aber das hatte er nicht voraussehen können, als er in den Zug stieg. Deshalb hatte er in das allgemeine Gelächter eingestimmt, das sie bis zur Pfarrkirche am Ortsrand von San Demetrio begleitet hatte. Er hatte sich vorgestellt, dass die Reise sie geradewegs nach Luxemburg führen würde, ganz ohne Unterbrechung. Rom, Mailand, die Schweiz, Straßburg, Metz und hopp, Luxemburg. Stattdessen waren sie im Zickzack gefahren mit als wichtigsten Stationen Pisa, San Remo, Genua und Paris. Ohne die zahllosen Zwischenstationen zu zählen. Wahrhaftig regelrechte Flitterwochen! Ein Flitterwochenmarathon! Und das hätte angenehm sein können, wenn der Krieg nicht gewesen wäre. Denn im Zickzack waren sie wegen des Krieges gefahren, oder vielmehr wegen der Kriegsfolgen. Die amerikanischen Bombenangriffe waren so systematisch gewesen, dass die meisten Bahnschienen aus der Landschaft verschwunden waren. Die Eisenbahn war ein strategisches Ziel. Auch der Bahnhof von San Demetrio war getroffen worden, aber hier waren die Schienen bis L'Aquila unversehrt geblieben. Das hatte ihm Mut gemacht, und er hatte sich schon vorgestellt, was wohl seine Mutter sagen würde, wenn sie ihn jungverheiratet mit Tina würde ankommen sehen.

Über den Scherz mit der Kutsche und den Flitterwochen hatte Tina überhaupt nicht lachen können. Sie hatte schließlich die Abreise hingenommen, und seit einigen Tagen war nur selten ein Lächeln auf ihren Lippen zu sehen gewesen. Denn sie wäre lieber in Italien geblieben. Ihr Studium war durch den Krieg unterbrochen worden, und sie hätte es wieder aufnehmen können. Um Lehrerin zu werden. Ein Traum. Wie ihr Onkel Cesare. Nando hätte als Dolmetscher arbeiten können, das hatte ihm Studienrat Bergonzi vorgeschlagen. In L'Aquila, der Provinzhauptstadt, oder sogar in Rom, wer weiß.

Rom. Bis dahin war die Reise ohne größere Probleme verlaufen. Der Zug hatte zwar oft gehalten, und das Warten war jedes Mal endlos lang gewesen, aber sie waren in Rom angekommen. Dann waren Probleme aufgetaucht. Sie hatten keinen Pfennig, und im Lazarett war die Lage unhaltbar. Tagsüber war es zu warm, nachts zu kalt und zu feucht. Mit dem Essen, das ihnen zugeteilt wurde, konnten sie kaum ihren Hunger stillen, und sie hatten zu zweit nur eine einzige Decke. Es gab zwar den schwarzen Markt, wo man alles Mögliche zu unerschwinglichen Preisen kaufen konnte. Aber ihre Taschen waren leer. Da hatte er angefangen, sich zu sagen, dass eine unsichtbare Hand ihn daran hinderte, nach Luxemburg zurückzukehren. Eine Hand, die ihn Tag für Tag, Stunde um Stunde immer schwächer machte. In dem Moment hatte er auch begonnen, an seiner Entscheidung zu zweifeln. In Italien hätte er eine schöne Stelle haben können. Und in Differdingen? Was erwartete ihn in Differdingen? Vielleicht war ihr Haus in der Spitalstraße jetzt schon zerstört. Oder geplündert. Als sie nach ihrer Evakuierung nach Wiltz zurückgekehrt waren, hatten sie ihre Möbel vom Fußballplatz zurückholen müssen. Dorthin hatten die Deutschen sie geschleppt, frag mich nicht warum. Würden sie in Differdingen wenigstens ein Dach über dem Kopf haben? Und Arbeit? Was damals den Ausschlag gegeben hatte, war seine Familie. Die ganze Kraft für die Reise hatte er einzig und allein aus dem Wunsch geschöpft, seine Familie wiederzusehen, zu erfahren, wie sie den Krieg überlebt hatte. Seine jetzt unsymmetrische Familie, von der nur noch seine Mutter und seine Schwester Clara übrig waren. Mit einem leeren Stuhl am Tisch.

Nando sieht zum Fenster hinaus, aber vor seinen Augen hat er nichts als seine Augen, und jetzt auch wieder die Küche, die Küche in der Spitalstraße. Der Zug ist wieder losgefahren. Für wie lange? Das ist ihm ganz gleich. Jeder Halt bringt ihn dem Zielort näher. In der Küche glättet sein Vater, der im gegenüber sitzt, seinen Schnurrbart. Nando greift mit seiner Hand automatisch an die Stelle über den Lippen. Sein Vater glättete sich immer den Schnurrbart. Das war eine typische Geste von ihm. Vor allem, wenn er von Italien sprach. Das Land am Fuß des Gran Sasso, in das du eines Tages zurückkehren wirst, hatte er zu ihm gesagt, aber dazu musst du einen Beruf lernen. Nando hatte nicht gewagt, ihm zu widersprechen, um ihn nicht zu verletzen. Und jetzt war er nach Italien zurückgekommen. Nicht so, wie es sein Vater gewollt hätte, nämlich die Taschen voller Geld, um dort einen kleinen Laden aufzumachen, einen Frisörsalon oder etwas anderes, sondern gezwungenermaßen wegen des Krieges. Er, der sich überhaupt nicht als Italiener fühlte, hatte trotzdem die Uniform von dort unten anziehen müssen. Wie alle seine Bekannten. Alle, außer einem. Claudio Bellaria. Ich geh da nicht hin, hatte der gesagt und das Schreiben, das ihn zu den Waffen rief, zerrissen. Mussolini kann mich mal. Das wird eine Schlächterei da unten, die Afrika-Front und eine Schlächterei. Kapiert ihr denn nicht, dass sie nicht mehr genug Kanonenfutter im Land haben, wenn sie die Auslands-Italiener einziehen. Claudio Bellaria war also verschwunden, ohne jemandem zu sagen wohin, um keinen in Schwierigkeiten zu bringen. Wahrscheinlich hatte er sich irgendwo im Niederkorner Wald versteckt, wie manche Luxemburger, die nicht in die Wehrmacht eingezogen werden wollten. Sie warteten auf die Gelegenheit, über die französische Grenze zu gehen. Und sie, sie waren nach Italien gegangen. Ihr Land, sagte der Einberufungsbefehl. Ein Land, das sie nur vom Hörensagen kannten, denn sie hatten es vorher nie betreten. Sie waren hingefahren, denn sie hatten nicht den Mut gehabt abzulehnen. Nein zu sagen. Ihrer Ansicht nach, und das hatte er seinem Kumpel Bellaria gesagt, bevor der in der Natur verschwand, bedeutete es das Exekutionskommando, wenn man sich nicht meldete, während sie dort unten bei etwas Glück glimpflich davonkommen könnten.

Und er ist davongekommen. Das Leben ist wirklich seltsam, denkt er und streicht Tina, die die Augen aufgemacht hat und wissen möchte, ob sie bald am Bestimmungsort ankommen würden, übers Gesicht. Das ist das Wort, denkt Nando und lächelt seiner Frau zu. Bestimmung. Nein, das uns Bestimmte, das Schicksal. Ich war im Krieg mit Millionen

Toten um mich herum, und ich lebe, und Papa ist auch ohne Krieg nicht mehr. Als ob immer Krieg wäre. Ein verborgener unablässiger Krieg. Arbeiten, in den Schacht einfahren, auch das ist Krieg. Mit einem unsichtbaren Feind zwar, aber umso furchterregender. Das Dynamit verzieht die Stollenwände, und es genügt fast ein Niesen, dass das Ganze einstürzt.

Nein, an jenem Montag, als er von der Schule nach Hause kam, war seine Mutter nicht einkaufen gegangen. Und die Krankenwagen, die mit oder ohne Sirene die Spitalstraße hinauf- und hinabfuhren, waren nicht, wie so oft, für einen Unbekannten gekommen. Aber sein Vater hatte nicht einmal einen Krankenwagen gebraucht, denn als man ihn aus dem Stollen herausgezogen hatte, war sein Körper schon leblos gewesen. Der Wind spielte in seinem Schnurrbart, und sein Körper war leblos.

Das hatte er im Alter von elf Jahren erfahren, als in der Schule nur von Subtraktionen, Dreisatzregeln und Neunerproben die Rede war. Wozu brauchte er die Neunerprobe angesichts des leblosen Körpers seines Vaters? Über Nacht war er fünf Jahre älter geworden. Seine Kindheit hatte auf unerwartete Weise ein Ende gefunden. Plötzlich wusste er mehr über das Leben als die gesamte fünfte Klasse zusammengenommen, den Lehrer und die Nonne inbegriffen. Und jetzt? In diesen letzten beiden Jahren hat er so viele Tote gesehen. Tote jeden Alters und Ranges. Aber das hat ihn gar nicht größer werden lassen. Im Gegenteil, er hat sich vor dem Schicksal, das tötet, ganz klein gefühlt. Außer mit dem englischen Leutnant.

Da Nando mehrere Sprachen sprach, hatte man ihn im Dolmetscherdienst eingesetzt. Das Deutsche kannte er von der Schule her, wo er trotz allem etwas gelernt hatte, das Italienische, oder die Mundart von Barisciano, was macht das schon, hatte er von zu Hause mitbekommen. Dazu kam das Luxemburgische von der Straße, das ihm beim Militär nichts nützte, und Grundkenntnisse im Französischen. All das hatte genügt, um ihm eine Stelle bei den Dolmetschern zu verschaffen, weit entfernt von der Schusslinie. Er hatte also Intensivkurse besucht, sich Englischbrocken angeeignet und war so der Front entronnen. Deutschkenntnisse waren beim italienischen Militär sehr wichtig. So konnten Mussolinis Offiziere verstehen, was ihre Nazikollegen sagten und umgekehrt. Und sie hatten sich wahrhaftig viele Dinge zu sagen, Italiener und Deutsche. Da man aber zu ihm doch kein rechtes Vertrauen hatte, weil er kein richtiger Italiener aus Italien war, erhielt er den Auftrag, den letzten Willen der sterbenden Kriegsgefangenen aufzuzeichnen, was ihn sehr erleichtert hatte, denn die offiziellen Dolmetscher, die an den wichtigen Zusammenkünften der Stäbe teilnahmen, wussten zuviel, um mit dem Leben davonzukommen, wenn die Sache schlecht ausging. Er hatte den englischen Leutnant also in seiner Funktion als Krankenpfleger und Übersetzer kennen gelernt. Wie sein Vater hatte dieser einen dichten Schnurrbart unter der Nase, und auch er machte die typische Bewegung all derer, die einen Schnurrbart unter der Nase haben. Aber nicht deshalb hatten sie am Ende Freundschaft geschlossen. Am Kopfende des Krankenbettes sitzend, notierte Nando so gut es ging auf Italienisch, was der andere, sich den roten Schnurrbart glättend, ihm auf Englisch erzählte. Hin und wieder gab ihm der Leutnant ein Zeichen, mit dem Aufschreiben aufzuhören. Er wollte nicht, dass das, was er sagen wollte, in die Hände seiner Familie gelangte. Denn – und deshalb musste er das, was die Verwundeten sagten, aufschreiben – die letzten Worte der Offiziere sollten nach ihrem Tod an ihre Familien geschickt werden. Auf diese Weise schlossen Nando und der englische Leutnant Freundschaft, eine echte Freundschaft, und erzählten sich gegenseitig ihr vergangenes Leben, als wären sie nie Feinde gewesen. Das war wirklich seltsam. Nie hätte er einem Engländer, der ihm sein Leben erzählte, zugehört. Das Leben der anderen war ihm piepegal. Sein eigenes war schon so verzwickt. Wenn er zum Beispiel jemand im Zugabteil träfe, würde es ihm doch nicht im Traum einfallen, eine noch so kurze Unterhaltung mit ihm zu beginnen. Und er hatte ja auch keinerlei Unterhaltung mit einem der sechs anderen Reisenden angefangen, die sich auf den beiden Sitzbänken des Abteils drängten, vier ihnen gegenüber und zwei neben Tina, die jetzt alle schliefen. Es musste Krieg kommen, dass er Freund eines Engländers wurde. Ein Krieg, in dem sein Gesprächspartner als sein Feind angesehen war. Ein Feind, den er unter anderen Umständen, an der Front zum Beispiel, ohne Zögern niedergeschossen hätte, denn an der Front, hatten die gesagt, die zurückgekommen waren, heißt es schießen oder erschossen werden. Würde er jemals jemanden umbringen können? Sein Vater hatte sich immer über ihn lustig gemacht, weil er es nicht übers Herz gebracht hatte, auch nur einen lächerlichen Käfer in der Küche totzutreten. Wenn er nur daran dachte, wurde ihm schon übel. Und dann einen Menschen töten. Gott sei Dank hatte er das nicht tun müssen. Dafür war er aber gezwungen, beim Tod der anderen dabei zu sein. Und auch bei dem des englischen Leutnants. Am Abend davor hatte Peter, so hieß er, ihm sogar seine Adresse in Bristol gegeben. Er lud ihn dahin ein, wenn alles vorbei sein würde. Ja, und am nächsten Tag war es vorbei für ihn. In seinem Bett lag ein australischer Offizier, dem ein Bein abgenommen worden war. Nando hatte Blumen gekauft und andächtig an Peters Grab gestanden. Was ihm übrigens Ärger eingetragen hatte. Du machst gemeinsame Sache mit dem Feind, hatte ihm ein Feldwebel vorgeworfen, das kann dich den Kopf kosten.

Nando hatte mit niemandem gemeinsame Sache gemacht. Für ihn gab es keine richtigen Feinde. All das war absurd. Peter war der erste Mensch, mit dem er wirklich hatte sprechen können. Ein echter Freund, den er schätzte und der es ihm vergalt. Trotz der Rangunterschiede zwischen ihnen. Peter hatte immerhin an der Universität studiert. Ja, er war der erste gebildete Mensch, mit dem Nando Freundschaft geschlossen hatte. Und doch fühlte er sich Nando nicht überlegen. Er bewunderte ihn sogar, weil er so viele Sprachen konnte. Die anderen Soldaten, selbst die Luxemburger, die Italiener von draußen, wie sie genannt wurden, redeten viel und sagten wenig. Für sie kam es nur darauf an, die Zeit totzuschlagen. Und zum größten Teil waren sie in andere Einheiten verlegt worden oder sogar an die Front, wer weiß. An die Front, wo die Zeit tötete. Auf jeden Fall traf Nando während der langen Odyssee, die in Kürze zu Ende gehen sollte, keinen von denen, die 1942 mit ihm eingezogen worden waren. Vielleicht wurden sie auf anderen Wegen repatriiert. Vielleicht hatten sie mehr Glück als er und seine Frau, und ihre Reise war nur kurz.

Wenn er zurückdenkt, so war der schlimmste Augenblick auf dieser langen Odyssee San Remo gewesen. Dort waren sie nach dem Aufenthalt in Pisa, wie Vieh auf einen Lastwagen gepfercht, gelandet. In Pisa hatten sie nicht einmal den schiefen Turm gesehen. Ebenso wenig hatten sie in Rom das Kolosseum, den Vatikan oder sonst etwas gesehen. Die endlose Strecke zwischen Rom und Pisa hatten sie auch unter furchtbaren Bedingungen zurückgelegt. Es gab keine Personenwagen mehr. Sie wurden also in Lastwagen gesteckt, die für den Geflügeltransport vorgesehen waren. Für Hühner und Hähne. Trennwände und Stangen des Geflügelkäfigs waren abmontiert, und da hinein hatte man sie gestopft. Ohne Bänke oder Ähnliches. Am Boden sollte Stroh liegen. Aber das war eher Mist und stank entsetzlich. Trotz der Fenster, Löcher ohne Scheiben, durch die eine schneidende Kälte hereinkam, die den Körper durchdrang vom Kopf bis in die Fußspitzen. Und was er in Rom für eine vorübergehende Schwäche gehalten hatte, diese Hand, von der er geglaubt hatte, sie wolle seine Reise behindern, das hatte sich plötzlich in eine gefährliche Krankheit verwandelt. Er hatte gespürt, wie sie Stück für Stück seinen Körper erobert hatte. Zuerst die Brust, der sie einen furchtbaren Husten entriss, dann den Hals, die Ohren, die Augen und den ganzen Kopf. Es hämmerte unbarmherzig in seinem Schädel, während der Schweiß auf seiner Stirn perlte. Tina neben ihm wusste nicht mehr aus noch ein, und Nando hörte nicht auf, die durch die Ritzen des Waggons hereinströmende Kälte zu verfluchen, eine Kälte, die seinen Körper paradoxerweise unerträglich erhitzte, ihn immer fiebriger werden ließ, so dass er wie Espenlaub zitterte. Es ist zu dumm, nach dem Krieg so zu sterben, hatte er sich immer wieder gesagt. Glücklicherweise war im Lazarett von San Remo ein Krankenpfleger gewesen, der auf seine Repatriierung nach Longwy wartete. Das ist eine Lungenentzündung, hatte er ohne zu zögern diagnostiziert, und Tina war ganz blass geworden, noch blasser als Nando. Eine Lungenentzündung unter diesen Bedingungen, das war fatal. Was Tina danach gemacht hatte, wusste er nicht, denn kurze Zeit später hatte er im Lager angefangen, wirres Zeug zu reden, glühend vor Hitze, schweißgebadet, wie ein Neugeborenes in vier Decken gewickelt, die Tina von anderen Flüchtlingen zusammengebettelt hatte.

Dort in San Remo an der Riviera hatte er, während der Frühling die Orangen- und Zitronenbäume zum Erblühen brachte, diesen entsetzlichen Alptraum gehabt. Normalerweise erinnert sich Nando nicht an seine Träume. Er fragt sich sogar, ob er nachts überhaupt träumt. Ja, soweit er sich erinnert, hat er nur zweimal in seinem Leben geträumt, und das reicht ihm, denn beide Male war es ein furchtbarer Alptraum. Schon wenn er daran denkt, bekommt er eine Gänsehaut. Den ersten hatte er vor dreizehn Jahren, als sein Vater starb. Er hatte geträumt, dass ein riesiger Erzblock, schwerer als ein Haus, breiter als sein Bett, in seinem Zimmer an einem ganz dünnen Faden über ihm hing. Provisorisch anstelle der Lampe von der Decke hängend. Nein, die Lampe hat er später dazu gedichtet, denn in seinem Zimmer, wo auch seine Schwester schlief, brannte eine Öl- oder Gaslampe, das weiß er nicht mehr genau, die auf dem Nachttisch stand. Aber der Erzblock hing wirklich da über seinem Kopf, kam seinem Gesicht immer näher und drohte, ihn jeden Augenblick zu zerquetschen. Dann schwang er wenige Millimeter über seinem Körper hin und her, massiv wie der größte aller Grabsteine. Er wollte schreien, konnte aber nicht den leisesten Ton hervorbringen. Die riesige schwarze Masse erstickte ihn, und er spürte, wie sie allmählich seine Glieder zerbrach. Er blieb jedoch am Leben, und das war das Schlimmste. Sein Körper war zermalmt, aber er lebte und ließ ohnmächtig seinen Tod über sich ergehen.

Der Alptraum, der ihn in San Remo heimgesucht hatte, war noch schrecklicher. Noch absurder. Der Krieg ging zu Ende, ein letzter Schuss war noch abzufeuern, ein letzter Mensch musste fallen. Der Hauptmann, der sich für einen Streich, der ihm gespielt worden war, rächen wollte – Witzbolde hatten ihm in den Kaffee gepinkelt – schickte ihn als Aufklärer genau an den Ort, wo der letzte Schuss in diesem Krieg, der endlich zu Ende ging, fallen sollte. Der letzte Schuss ist für dich bestimmt, sagten ihm seine Vorgesetzten, wenn du nicht hingehst, kann der Krieg nicht enden, und es wird weitere Tausende von Opfern geben. Auf jeden Fall hatte er keine Wahl: entweder er ging hin oder er wurde vor ein Exekutionskommando gestellt. Da schritt er zitternd vor Angst voran auf einem Feld voller Krater, wüst und leer wie eine Mondlandschaft ohne den kleinsten Grashalm. Nur gelblicher Staub und Bombenkrater. Das Schlimmste war, er wusste, in welchem Augenblick der Schuss fallen würde. Er hätte sich gern wie ein Held gefühlt. Er setzte den Schlusspunkt unter diesen Krieg, alles hing von ihm ab. In den Zeitungen, überall von New York bis Moskau würde man seinen Namen nennen: Fernando Nardelli, der letzte Tote des Zweiten Weltkriegs. Etwas störte ihn jedoch, als er der ihm bestimmten Kugel entgegenging. Er wollte wissen, wer diesen letzten Schuss abgeben würde und schrie: Zeig dich, zeig dich. Vor ihm war Rauch, viel Rauch und mittendrin ein Schatten, der sich bewegte. Dann war der Schatten kein Schatten mehr, sondern der Umriss eines Menschen. Er bemühte sich, das Gesicht zu sehen, aber die Züge des Mannes waren unter einem schwarzen Schleier verborgen. Plötzlich wurde der Schleier durch einen heftigen Windstoß weggetragen, aber Nando hatte keine Zeit, den Töter zu erkennen, den letzten Töter des Krieges. Oder doch, aber aus dem Rauch tauchten verschiedene Gesichter auf. Das von Claudio, seinem Schwiegervater, auch das von Peter, dem englischen Leutnant, und von Bernabei, sowie andere Köpfe, die er wiedererkannte und die alle dasselbe sagten: es tut uns leid, Nando, aber du stehst auf der anderen Seite, die letzte Kugel ist für dich bestimmt. Auf welcher Seite? schrie Nando, ich stehe auf keiner Seite. Auf welcher Seite?

Das hast du geschrien, hatte ihm Tina gesagt, die ihn aus seinen Alpträumen geholt hatte. Er hatte so laut geschrien, dass sich viele Flüchtlinge um ihn herum gesammelt hatten. Als er die Augen aufschlug, hatte er zuallererst eine Menge Köpfe gesehen, die sich über ihn beugten, und er hatte geglaubt, der Traum ginge weiter. Aber Tina hatte ihn beruhigt. Und der Krankenpfleger von Longwy, der, weiß der Himmel wie, im Lazarett einen Kräutertee aufgetrieben hatte, hatte ihm gesagt, er habe gut daran getan, sich in all diese Decken einzumummen. Das Fieber war immer höher gestiegen. Ganz allmählich war er dann wieder zu Kräften gekommen. Selbst die Hand in seinem Innern war verschwunden. Der Heimweg schien endlich frei zu sein und ohne Hindernisse. Tatsächlich hatte man ihm zwei Tage später angekündigt, dass sie mit einem Zug mindestens bis Ventimiglia kommen könnten. Mit einem normalen Zug. Mit Sitzplätzen und allem Drum und Dran. Und obwohl der betreffende Zug brechend voll war, hatte man ihnen zwei Sitzplätze in einem Abteil reserviert, einen für ihn, weil er krank gewesen war und einen für Tina, die einzige Frau im ganzen Zug. Auf der Fahrt nach Ventimiglia hatte er Tina seinen Alptraum erzählt. Und auch den aus seiner Kindheit.

Tina war während der ganzen Reise wirklich großartig gewesen. Sie, die vor der Abreise so viele Bedenken gehabt hatte, hatte alles stoisch in die Hand genommen. Sie war erst siebzehn, aber sie hatte wie eine Erwachsene alles in die Hand genommen. Allein wäre er auf der Strecke geblieben, spätestens in San Remo. Paradoxerweise sollte er sie beschützen. Er war älter, und außerdem war er der Mann. Don Rocco, der Pfarrer, der sie verheiratet hatte, hatte das betont. Du musst auf sie aufpassen, hatte er gesagt, bis dass der Tod euch scheidet. Und schon hatte der Tod sie beinahe getrennt, aber sie hatte auf ihn aufgepasst. Die Arme. Allen hungrigen Blicken in den verschiedenen Lazaretts ausgesetzt. In den Augen der Flüchtlinge war ein seltsames Verlangen gewesen. Wahrscheinlich hatten sie seit einer Ewigkeit keine Frau mehr berührt. Und dieses Verlangen war so stark, dass er es nicht gewagt hatte, seine Frau vor aller Augen zu berühren, das heißt während ihrer ganzen Irrfahrt, denn sie waren ja nie allein gewesen. Aus Furcht, das Verlangen derer zu schüren, die sie umgaben, hatte er es nicht gewagt, sie zu streicheln oder ihr ein unschuldiges Küsschen auf die Wange zu geben. Und sie hatte das alles klaglos erduldet. Auch sein Delirium hatte sie ertragen. Vorher hatte er immer gewartet, bis sie als erste einschlief. Aber in San Remo hatte der Schlaf ihn übermannt, ohne dass er hätte widerstehen können. Es war, als hätte man einen Sargdeckel über ihm zugeschlagen. Achtzehn Stunden hatte er geschlafen, ohne Unterbrechung. Und während dieser achtzehn endlosen Stunden, die vom schrecklichsten aller Alpträume beherrscht waren, hatte sie, den Blicken all dieser Männer ausgesetzt, gewacht.

Claudio, seinem Schwiegervater, hatte er versprechen müssen, sich gut um sie zu kümmern. Und Claudio hatte ihm vom ersten Tag an aus einem ihm unbekannten Grund sein Vertrauen geschenkt. Der Krieg war noch nicht zu Ende. Aber seine Einheit war aufgelöst worden, nachdem Badoglio die Kapitulation Italiens unterzeichnet hatte, und Nando, der nicht recht wusste wohin, hatte sich zu Fuß auf den Weg gemacht mit Schuhen, die allem Möglichen glichen, außer Schuhen. Er hatte die Absicht, sich bis Barisciano in den Abruzzen durchzuschlagen. Dort wollte er bei seinen Verwandten Zuflucht suchen, bevor er nach Differdingen zurückkehren konnte. Aber da er, als seine Einheit aufgelöst wurde, in Apulien, nicht weit von Lecce, stationiert war, war er wochenlang herumgeirrt, um die Hunderte von Kilometern lange Strecke, die ihn von seinem Ziel trennte, zurückzulegen. In jenen Tagen hatte er das Ausmaß der Katastrophe, die der Krieg verursacht hatte, erst wirklich begriffen. Die meisten Städte und Dörfer lagen in Trümmern, es gab keinerlei Organisation und die Menschen litten überall Hunger. Nie hatte er sich ein solches Elend vorstellen können. Aber trotz der Verzweiflung auf den vorzeitig gealterten Gesichtern all derer, denen er begegnet war, all derer, die das Glück gehabt hatten, die Bombenangriffe zu überleben, war in ihren Blicken nicht alles erloschen. Irgendwo war da noch ein letztes Leuchten, ein Quäntchen Kraft, ein ganz kleines Stück Hoffnung, das die Tonnen von Bomben und die Jahre des Elends nicht hatten zerstören können. Er hatte alles, was er mitnehmen konnte, in seinen Rucksack gestopft: Decken, Kaffee, Konservendosen, Zigaretten. Er wollte es seiner Familie in Barisciano schenken. Aber schon bei den ersten Begegnungen waren durch die Hungersnot seine Vorräte fast gänzlich aufgezehrt. Er erinnert sich sehr wohl an die Halbwüchsige, auch wenn er ihren Namen vergessen hat, die ihm für einige Gramm Kaffee ihren Körper anbot. Das war in der Nähe von Foggia. Sie war noch jünger als Tina. Er hatte ihre kleinen schmutzigen Hände genommen, die hohlen Handflächen zusammengehalten und Kaffeebohnen hineingeschüttet, so viel sie halten konnten. Bevor er weiterging, hatte er ihr ebenfalls zwei oder drei Dosen Konserven geschenkt und war ganz traurig weggegangen, wobei er sich sagte, dass der nächste nicht zögern würde, sich an diesem durch drei Jahre Hunger abgemagerten Körper zu vergreifen. Das Schlimmste war, dass er verstehen konnte, dass man so seine sexuellen Bedürfnisse befriedigte. Der Krieg hatte ganz einfach die Voraussetzungen verändert. Der Tod durchzog das Land. Um ein wenig Liebe betteln oder sie stehlen, gehörte zu seinem System.

Tina, die neben ihm sitzt, fährt zusammen. Nando streichelt ihr Gesicht, trotz der sechs Männer im Abteil. Jetzt sind sie sich ganz nah. Warum geht es nicht weiter, sagt Tina ängstlich. Sie hat Recht, denkt Nando, der Zug steht schon eine ganz Weile. Fragend sieht er die anderen Reisenden an. Die wissen auch nicht mehr. Einer von ihnen scheint ihn geringschätzig anzusehen. Vielleicht, weil Tina italienisch gesprochen hat? Er hätte ihr raten können, so kurz vor der Ankunft kein Italienisch zu sprechen. Vielleicht hat der Krieg diese Regeln auch verändert, und in Luxemburg ist es verboten, deutsch oder italienisch zu sprechen. Schließlich hatten 1940 die Deutschen den Gebrauch des Französischen und sogar des Luxemburgischen verboten. War das jetzt nicht eine gerechte Umkehr der Dinge? Italien hatte den Krieg verloren und somit das Recht auf seine Sprache, wenigstens im Ausland. Nein, das ist unmöglich. So kann man nicht mit dem Frieden anfangen.

Und außerdem, wenn Tina nicht mehr italienisch sprechen darf, wie soll sie dann reden? Sie kann doch nicht die ganze Zeit stumm sein, nur weil es verboten ist, ihre Sprache zu sprechen. Im Krieg, das kann er verstehen. Im Krieg ist nichts logisch. Alles ist anders als man denkt. Ja, die Logik ist im Krieg auf den Kopf gestellt. Man darf nicht nur, man soll sogar seinen Nächsten töten. Wer die meisten umbringt, ist der größte Held. Dessen Brust ist voller Medaillen und Verdienstkreuze. Auch Stehlen ist nicht verboten. Wenn er in diesem schmutzigen Krieg etwas gelernt hat, dann, dass es keine festen Regeln gibt. Alles hängt vom guten Willen derer ab, die Befehle erteilen. Und wer, wer erteilt denn zur Zeit Befehle in Luxemburg? Die Großherzogin? Ist sie überhaupt zurückgekommen, die Großherzogin? Und Prinz Jean, der ebenso alt ist wie er, ist der zurückgekommen? Vielleicht hat sogar die kommunistische Partei die Macht. Wie in Italien.

Der Krieg hat Nando tatsächlich die Augen geöffnet. Vorher begriff er nur, was alle begreifen: man kommt zur Welt, man wächst heran, gründet eine Familie, man schuftet wie ein Ochse und segnet das Zeitliche. Aber jetzt weiß er, dass das nicht so sein muss. Dieses Schicksal fällt nicht vom Himmel. Es gehört zu den Spielregeln, die jemand aufgestellt hat und die sich jederzeit ändern können. Und dieses Wissen verdankt er dem Krieg und vor allem seinem Schwiegervater Claudio. In Wirklichkeit hat ihm Claudio die Augen geöffnet, gleich am ersten Tag bei ihrer Begegnung zwischen Barisciano und San Demetrio.

Bis vor Sulmona, wo er nach mehreren Wochen Fußmarsch einige Tage Halt gemacht hatte, hatte er geglaubt, er würde nie bis Barisciano kommen. Auf den Stufen einer Kirchentreppe sitzend, war er dabei, sich Stoffenden seiner letzten Decke um die Füße zu wickeln. Seine Schuhe, das heißt die Lederstücke, die davon übrig waren, hatte er irgendwo südlich von Chieti ins Meer geworfen. Und dort, mitten in Sulmona massierte er sich auf den Stufen dieser Kirche die Füße und wollte am Brunnen vor ihm auf dem Platz frisches Wasser trinken. Seine Uniform, die wegen der Dreckverkrustungen fast unkenntlich geworden war, war immerhin noch die Uniform der italienischen Armee. Was sollte er anderes tun? Er konnte doch nicht nackt herumlaufen. Mehrmals hatten Passanten ihm geraten, sie auszuziehen. Die Partisanen hätten die Finger locker am Abzug, aber er hatte lieber das Risiko auf sich genommen, als ganz ohne Kleidung dazustehen. Wahrscheinlich hatte er deshalb, während er auf den Kirchenstufen saß, plötzlich diese Traube Menschen um sich. Männer und schwarzgekleidete Frauen und Männer, die ihn ansahen, als wäre er vom Mond. Nicht ein einziger junger Mensch war unter ihnen. Alle schienen weit über sechzig zu sein. Und während sie ihn von oben bis unten in Augenschein nahmen, hatten sie begonnen, miteinander zu salbadern. Anfangs hatte er nichts von ihrem Kauderwelsch verstanden. Als Dolmetscher in seiner Einheit hatte er sich daran gewöhnt, ein reines dialektfreies Italienisch zu sprechen. Aber nach einigen Minuten war ihm klar geworden, dass diese alten Leute dieselbe Sprache sprachen wie seine Eltern. Und spontan, ohne dass ihn jemand darum gebeten hatte, hatte er begonnen, ihnen seine Geschichte zu erzählen. Aber niemand kannte die Nardellis aus Barisciano. Dafür wussten alle, dass er nicht mehr weit von seinem Ziel war. Er brauche nur die Landstraße Nummer siebzehn entlangzugehen. Bis L'Aquila seien es vierundzwanzig Kilometer. Und Barisciano liege auf halber Strecke. An jenem Tag war er sogar zum Abendessen eingeladen worden und hatte in einem richtigen Bett schlafen können. Das alte Ehepaar, das ihn aufgenommen hatte, war ihm gegenüber fast übertrieben zuvorkommend gewesen. Das Essen war trotz der Lebensmittelknappheit reichlich und die Bettlaken rochen nach Stärke. Am nächsten Morgen wollten sie nicht, dass er die Uniform der italienischen Armee wieder anzog. Sie ist ganz schmutzig, hatte die alte Frau gesagt, man könnte dich für einen Faschisten halten, hatte der Alte hinzugefügt. Warte, hatte die alte Frau dann gesagt, und wenige Augenblicke später war sie mit Hose und Hemd wieder erschienen, ganz neu, wie frisch gebügelt. Der Alte hatte inzwischen ein Paar Schuhe und einen dicken dunkelblauen Pullover geholt. Einen Mantel haben wir nicht mehr, hatte er gesagt und ihm alles hingereicht, der ist uns weggenommen worden. Aber das hier haben wir retten können. Das gehört Nino. Da, wo er ist, hatte seine Frau hinzugefügt, braucht er es nicht mehr.

So gekleidet wie dieser Nino, den er niemals gekannt hatte, war er auf eine Partisanenpatrouille gestoßen. Sie waren zu viert, und ihre genagelten Schuhe hallten auf dem Boden, als ob sie keine Angst hätten, entdeckt zu werden. Auf ihren Rücken schlenkerten ein Maschinengewehr und ein Kasten Munition. Nando war ein Schauer über den Rücken gelaufen, als er sie sah. Aber er erinnerte sich sogleich, dass er nicht mehr die italienische Uniform trug und hatte sich beruhigt. Aus ihren Blicken kam ihm Wärme entgegen, und ohne ihre Waffen hätte man sie für friedliche Wanderer halten können. Einer von ihnen, der Älteste der vier, hatte das Eis gebrochen und ihn um eine Zigarette gebeten. Da hatte er Glück. Nando rauchte nicht, aber er hatte trotzdem immer seine tägliche Ration Zigaretten in der Armee genommen, und nach einem Jahr hatte er mehrere Hundert zusammen. Und wenn er sie auch unterwegs bei jeder Gelegenheit verteilt hatte, so blieben ihm noch genug, um Claudios Wunsch zu erfüllen. So hieß der Älteste der vier Partisanen. Und der sollte sein Schwiegervater werden.

Einer der Mitreisenden im Abteil, der Nando gegenübersitzt, macht das Fenster auf. Auf dem Bahnsteig ist Betrieb. Ein Bahnhofsvorsteher ohne Uniform, aber mit einer Dienstmütze, geht am Zug entlang und ruft Thionville, Thionville, 45 Minuten Aufenthalt. 45 Minuten, denkt Nando, in der Zeit ist man fast zu Fuß zu Hause. Aber er bleibt sitzen. Das ist der letzte Halt vor der Grenze, sagt er zu Tina. Sie lächelt. Er möchte ihr Lächeln erwidern, aber beim Wort Grenze läuft ihm ein Schauer über den Rücken. Als ob er sich schuldig fühlte. Obwohl er niemand etwas Böses angetan hat. Vielleicht ist er sogar der einzige Soldat im ganzen Krieg, der auch nicht einen Schuss abgegeben hat. Doch, ein paar hat er abgegeben. Bei den Schießübungen. Sie sollten ja schließlich an die Afrika-Front, die Auslandsitaliener. Er hatte sogar einen Kanonenschuss abgeben müssen. Einen einzigen, der hatte ihn beinahe taub gemacht, denn er hatte vergessen, sich bei der Detonation die Ohren zuzuhalten. Könnte man ihm das vielleicht an der Grenze vorwerfen? Sich im Krieg nicht wie alle anderen verhalten zu haben. Er hätte sich gern wie alle anderen verhalten. Das hätte ihm allerhand Ärger erspart. Aber das war nicht möglich gewesen, und das hatte ihm sicher das Leben gerettet. Und wenn gerade das seine Schuld war, mit dem Leben davongekommen zu sein? Er könnte den Zöllnern nicht eine einzige Verwundung vorweisen, falls sie von ihm eine Rechtfertigung verlangen. Nicht den kleinsten Kratzer. Nichts. Selbst seine Füße, die doch auf seinem Marsch von Lecce nach San Demetrio allerhand Schlimmes durchgemacht hatten, waren wieder völlig ausgeheilt. Und die anderen im Abteil? Hatten sie eine verborgene Verwundung unter ihrer Kleidung? Eine Verwundung, mit der sie ohne Probleme über die Grenze kämen? Aber brauchten sie einen solchen Pass? Alle sprachen Luxemburgisch. Er hatte bei einer ihrer wenigen Unterhaltungen zugehört. Das war reines Luxemburgisch, die Sprache der Stadt. Während er die Sprache des Bergbaugebietes sprach. Es war natürlich dieselbe Sprache und zugleich eine andere. Darüber musste er lächeln. Denn er denkt an die Evakuierung. In Wiltz war das Kauderwelsch der dort Ansässigen fast unverständlich. Und doch war das im selben Land, etwa fünfzig Kilometer von Differdingen. Sie im Süden sprachen, als hätten sie immer einen vollen Mund. Die Wörter, die herauskamen, hatten etwas Solides. Wie Minetteblöcke. Während das Luxemburgische der Stadt vorn im Mund gesprochen wurde, wobei sich die Lippen kaum bewegten. Beim Militär hatte er einen ähnlichen Unterschied bemerkt. Die Mundart der Abruzzen und selbst die in Süditalien ähnelten der Differdingschen Art, das Luxemburgische auszusprechen, während die Soldaten aus dem Norden die Konsonanten weicher aussprachen. In ihrem Mund wurden die Wörter leichter, eleganter.

Warum habe ich nicht früher daran gedacht, denkt er jetzt, während der Zug noch immer nicht weiterfährt, das ist ja mein Pass. Dem Zöllner werde ich ganz einfach auf Luxemburgisch sagen, ich fahre nach Haus und das ist meine Frau. Die anderen Passagiere werden Augen machen, wenn sie ihn luxemburgisch sprechen hören. Was bilden die sich ein? Ich verstehe, was sie sagen, während sie überhaupt nichts von dem Abruzzischen mitkriegen, das wir, meine Frau und ich, sprechen. Schließlich war ich Dolmetscher. Dies letzte Wort bringt seine Gedanken zum Stillstand. In seinem Kopf ist eine kleine Leere. Und dahin strömt Unruhe, denn anstatt daran zu denken, was sie tun werden, sobald sie in Differdingen gelandet sind, spukt jetzt, zwei Schritte von zu Haus, nur die Vergangenheit in seinem Kopf herum.

Die ganze endlose Strecke zwischen Paris und Luxemburg entlang. Kein Millimeter Zukunft. Nur Erinnerungen. Tonnen von Erinnerungen. Als ob sein Leben zu Ende wäre und er endgültig Bilanz ziehen müsste. Und dabei ist es ganz das Gegenteil: er ist vierundzwanzig und hat eine Frau, die siebzehn ist. Das ganze Leben liegt vor ihm. Das da war nur eine Episode, eine kleine Unterbrechung des normalen Laufs der Dinge. Jetzt wird er eine eigene Familie gründen. Das wahre Leben beginnt. Er ist für eine Familie verantwortlich. Und, warum nicht, für mehrere Familien, denn man darf ja nicht vergessen, dass er sich auch um seine Mutter und seine Schwester kümmern muss. Außerdem hat er seinem Schwiegervater versprochen, den Boden für ihn vorzubereiten, denn Claudio hat auch vor, wieder in Luxemburg zu arbeiten. Wohin haben wir die Adresse von deinem Onkel Alfredo gelegt? sagt er plötzlich zu Tina. *Und der Fisch spie Jona ans Land…*

... ich habe drei Fälle erlebt, wo ein Wal nach einem Treffer mit der Harpune entwischt war und nach einer Unterbrechung von drei Jahren, von derselben Hand getroffen, getötet wurde ...

Da sieht man sie auf dem Foto, genau vor der Blumenuhr des Gerlach Parks, die schon seit Monaten unverändert halb elf anzeigt, und ihr zu Füßen, mitten in den in die rote Erde gepflanzten Blumen, der Zwerg mit den übertrieben aufgerissenen Augen, der an die Glocke schlägt, als stünde die Zeit nicht still, oder als bemühte er sich vergeblich, allein durch die Bewegung seiner kleinen Hände, allein durch das In-Betrieb-Setzen der beiden kleinen Hämmer die beiden riesigen Metallzeiger auch nur um einen Zentimeter zu verrücken, zwei Zeiger, so unbeweglich wie auf dem Foto in meinen Händen, durch das Foto zum Stillstand gebrachte Zeit, durch die Zeit heute zum Stillstand gebrachte Zeit, zwei Zeiger, die, wie alles, was in Differdingen aus Metall ist, unstreitig aus der Fabrik kommen, der Hadir, von der man im Hintergrund, hinter den kahlen Bäumen, die Schornsteine und Hochöfen sieht, da sieht man sie aber auf der Schwarz-Weiß-Aufnahme, Mama und meinen Bruder Fernand, denn in den fünfziger Jahren gab es noch keine Farbe, wenigstens nicht bei uns, ich meine auf den Fotos, die Papa mit seinem Apparat mit Balgen machte, den er nie so richtig vor sein rechtes Auge bekam, während zu Hause, daran kann ich mich sehr gut erinnern, keiner braucht es mir zu erzählen, Farben im Überfluss vorhanden waren, in den schmackhaften Gerichten, die Mama zubereitete, in den blumigen Diskussionen zwischen Papa und all denen, die uns besuchten, in den italienischen Liedern von den auf einen Stift gestapelten 78er Platten, die alle drei Minuten auf den grünen Teller unseres Blaupunkt-Plattenspielers fielen, in den endlosen Streitigkeiten zwischen meinem Bruder Fernand und mir, er, der alles wusste, wie er sagte, ich, der nur die klägliche Kopie war, wie er immer wiederholte, auch in den Geschichten von Herrn Schmietz, unserem Lehrer, wie von Großvater Claudio, aber das kommt später oder früher, ich weiß es nicht mehr genau, und vielleicht hat mir Großvater Claudio all diese Geschichten nicht einmal in

Differdingen erzählt, ebenso wie es wahrscheinlich ist, dass zur Zeit von Herrn Schmietz die Farben schon begonnen hatten, unser Haus zu meiden, wie die aus Italien mitgebrachte Sprache nach und nach hinschwand, mitgebracht im Koffer und in Mamas Kopf und in geringerem Maß in Papas Kopf, ja, da stehen sie auf dem Foto, meine Mutter und mein Bruder Fernand, der damals vielleicht noch Nando hieß, meine Mutter, die ausnahmsweise einen Pullover mit V-Ausschnitt trägt, ein dunkles V, dessen Schrägen von beiden Schultern ausgehen, und dort zusammentreffen, wo der lange dunkle Rock anfängt, der fast ganz die dunklen Beine bedeckt, und mein Bruder mit Brillantine in den Haaren wie Mario, Batistas Sohn, der uns schon seit langem nicht mehr besucht, oder wie Theo Lingen oder Toto oder Rodolfo Guglielmi alias Rudolph alias Valentino, Scheitel in der Mitte oder links, wie ich selber übrigens auf anderen Fotos desselben Albums, Scheitel links, den Tod dir brings, würden Großvater Claudio oder Großmutter Lucia oder Tante Nunziata sicher sagen, wenn sie heute noch lebten, wie sie es damals oft gesagt haben, als wir zum ersten Mal in Cardabello ankamen und die Brillantine auf unseren noch ganz kleinen Köpfen sahen, die noch ganz leer waren, denn weder die Sprachen noch die Erinnerungen hatten Zeit gehabt, sich darin nacheinander anzuhäufen, sich zu stapeln wie man Teller in den Schrank stapelt, übereinander, wenigstens denke ich das, weil ich von der Zeit vor unserer Abreise nach Italien nur die Farbe behalten habe, eine Abreise, die sich Mama als endgültige wünschte, die aber nur vorläufig sein konnte, da in Papas Kopf neben der italienischen Sprache die andere von Kindheit an erlernte Sprache existierte, das Luxemburgische, die Sprache gegen Mama, und ein anderer Grund, warum unsere Abreise nach Italien nur vorläufig sein konnte, war, dass alles in unserer Familie den Anschein des Vorläufigen hatte, auch wenn, und das musste man damals spüren, die Grenze zwischen dem Vorläufigen und dem Endgültigen sich immer mehr verwischte, aber auch daran kann ich mich nicht gut erinnern, als habe all das, was vor der Rückkehr nach Italien geschah, vielleicht nicht wirklich existiert, und indem ich das sage, muss ich an die Erde denken, von der man so wenig weiß, und an die Vor-Erde, von der man fast nichts weiß und der Grund, warum ich mich an so wenige Dinge vor unserer Rückkehr nach Italien erinnere – genauer gesagt, abgesehen von den Farben, an eine einzige Sache, nämlich an das Eintreffen des Wals in Differdingen oder in Esch oder in Luxemburg, ich weiß es nicht mehr und auch Großvater Claudio kann mir das nicht sagen – ist, dass ich wie die Vor-Erde den Eindruck hatte, vor der Rückkehr nach Italien noch nicht zu existieren, als ob der Anfang, der wahre Anfang meiner Erinnerung, meines Lebens dort unten in San Demetrio und Cardabello läge; an der Seite von Großvater Claudio, dem ewigen Claudio mit seiner ewigen, bis zu den Augen herabgezogenen grauen Schirmmütze, oder hatte er keine Schirmmütze, sondern nur eine Baskenmütze oder gar nichts, eine Nazionale oder eine F6 im Mund, je nach Land, wie immer mit dem Mund und den Händen eine Trompete nachahmend, um die Dinge zu sagen, die ihm gefielen, wobei er eine Melodie aus dem Rigoletto oder das Ave Maria von Gounod oder Romagna Mia oder Avanti popolo spielte oder, um meiner Mutter eine Freude zu machen, Mamma, mit Robertino oder Ti voglio come sei, Großvater Claudio, ohnegleichen in der Familie nicht nur wegen seiner imaginären Trompete, sondern auch wegen seiner Laster, sagt Großmutter Lucia immer, aller in diesem knochigen Körper versammelten Laster, Wein, Karten, Tabak, sagt Großmutter Lucia, in den Lokalen von Differdingen oder San Demetrio aufgesammelte Laster, denn in den Lokalen entfernen sich die Männer von den Frauen und der Familie, ohne deshalb sich selber näher zu kommen, sagt Großmutter Lucia, die in der spärlich erleuchteten Küche von San Demetrio oder Differdingen immer allein war, spärlich erleuchtet, weil man das Geld nicht aus dem Fenster werfen darf, während Großvater Claudio es in den Weinkellern in Flüssigkeit umwandelt oder als Rauch einzieht, denn er gewinnt nie beim Kartenspiel, weil nämlich ein echter Kartenspieler nur aus Vergnügen spielt, aus Vergnügen oder aus Laster, nie um Geld, sagt Großvater Claudio, denn Geld verdient man woanders, nicht spielend sondern schwitzend, tief im Stollen oder neben einem Hochofen, wie es Großvater Claudio ganz zu Anfang getan hat, wie es alle Italiener, die allein nach Luxemburg gekommen sind, getan haben, allein, denn am Anfang erlaubte das Paradies nicht, dass man sich zu Gruppen zusammentat, deshalb, sagte Don Rocco, oder war es Schwester Lamberta, deshalb hat Gott nur einen einzigen Menschen für das Paradies geschaffen, denn zu zweit nistet sich das Laster ein, Laster und Ungehorsam wie 1912, Ungehorsam und Strafe, hat Großvater Claudio erzählt, aber als er zum ersten Mal nach Differdingen kam, war er mit einem seiner Brüder, mit Onkel Fredy, zusammen, denn ihr anderer Bruder, der Ernesto heißt, ist weiter weg gereist, über den Ozean, und arbeitet in einem amerikanischen Kohlebergwerk, wo man schaufelweise Dollar verdient, hat ihnen ihr Bruder Ernesto geschrieben, aber nach Differdingen hat Alfredo Großvater Claudio Ende der zwanziger Jahre gebracht, als in Italien die Schwarzhemden das Sagen hatten und als Großvater Claudio die Wahl hatte zwischen dem fernen, traurigen Paradies und der nahen und ebenso traurigen Hölle, Alfredo, den wir nicht Alfredo nennen, wir sagen Onkel Fredy, mein Bruder und ich, während die anderen, Mama, Papa, Großvater, Großmutter, meine Tanten und meine anderen Onkel und alle, die von ihm reden, Maddalena, die andere Großmutter, nicht zu vergessen, die trotz allem Differdingen nie verlassen hat, alle haben sich damit begnügt, ihn Alfredo zu nennen, wenigstens in der ersten Zeit, dann ist wieder Einmütigkeit eingekehrt, ich meine, dass wir uns alle für denselben Vornamen entschieden haben, Fredy, Onkel Fredy, und die ganze Familie war durch diese Anpassung erleichtert, vor allem Onkel Fredy selber, der, ich weiß nicht aus welchem geheimnisvollen Grund, nicht mehr ertragen konnte, Alfredo genannt zu werden, als ob er wegen der Maryland, die er rauchte, in Atemnot käme, oder als ob es ihm schwer falle, alle diese gewundenen, schon fremden Silben Al-fre-do auszusprechen, oder als ob er mit dem Namen zugleich seine Haut wechselte, sein Fell, sagt er, zwischen zwei Zügen aus der Maryland ohne Filter, denn Onkel Fredy raucht immer ohne Filter wegen der Tabakkrümel, die so auf seine Zunge kommen, ein so dickes Fell, sagt er und macht mit Daumen und Zeigefinger seiner beiden schwieligen Hände diese Geste, die Mama mir nachzuahmen verboten hat, so dick, wiederholt er, in diesem Land, wo es ständig regnet, so dick, sagt er zum dritten Mal und schreit es fast, aus Angst, dass niemand ihn hört und macht erneut die verbotene Geste, damit jeder sie sieht, so dick, um in der Welt der Geschäftsleute zu überleben, denn er ist Geschäftsmann geworden, Onkel Fredy, kurz vor dem Krieg, Gärtner-Geschäftsmann vielmehr, Blumenhändler, sagen die gelben Lettern, die auf das kleine Schaufenster des Ladens gemalt sind, gegenüber von dem, was noch nicht die Klinik von Eich ist, neben dem Kloster, genau vor der Kreuzung, die Dommeldingen wie eine Gabel in der Form eines V's teilt und es der übrigen Stadt ermöglicht, rechts Weimerskirch zu werden, links Beggen und zwischen den beiden Armen des V's Dommeldingen verbunden mit Eich und dem Rest der Stadt, und unter dem Wort Blumenhändler an der Schaufensterscheibe steht ein Name, Fredys Laden, mit Auf- und Abstrichen, wie in meinem Schönschreibheft, in dem ich angefangen habe, in einer Sprache, die weder zu Hause, noch auf der Straße gesprochen wird, sondern nur in der Schule und auch da kaum, alle Arten von Dummheiten zu schreiben. Fredys Laden steht an Onkel Fredys Schaufenster, Fredys Laden, weil das heimischer klingt, hat ihm seine Frau geraten, die wie meine Großmutter Lucia heißt, aber in der luxemburgischen Übersetzung Lucie, unsere Tante Lucie, die luxemburgische Tochter eines luxemburgischen Gärtners, die dadurch, dass sie Onkel Fredy geheiratet hat, weil der der erste Mann war, dem sie begegnet ist, die erste echte Luxemburgerin in unserer Familie geworden ist, aber nicht für lange Zeit, denn durch die Heirat mit Onkel Fredy, der Alfredo hieß, hat sie ihre luxemburgische Staatsangehörigkeit, die sie immer hatte, verloren und sie erst wiederbekommen, als ihr Mann durch Naturalisierung die seine gewechselt hat, und all das noch vor dem Krieg, als Papa noch nicht an Naturalisierung dachte, und auch nicht an den Krieg, erzählt Großvater Claudio, wenn er mich ins Bett bringt, der erste Mann, den Tante Lucie richtig kennen gelernt hat, in den durchsichtigen und warmen Treibhäusern ihres Vaters, des Gärtners Ludwig, der seit mehreren Generationen diesem Beruf nachging und seine Tochter wie eine Blume aufgezogen hat, ich meine, ohne ihr etwas von der wirklichen Welt und vom wirklichen Leben beizubringen, fährt Großvater Claudio fort, so dass es für meinen Onkel, der kaum mehr als drei oder vier Wörter in der neuen Sprache sprach und sich immer am Adamsapfel kratzte, der unter dem Rollkragen seines grauen Pullovers versteckt war, ein Kinderspiel war, ihr, Lucie, der Tochter des Blumenhändlers Ludwig, den Hof zu machen, er, Ausbund der Schürzenjäger des Dorfes, ich meine, unseres Dorfes, auf der anderen Seite des Sankt-Gotthard-Tunnels, am Fuße des Gran Sasso, der ganz allein im neuen Land angekommen war, ich meine, ohne Frau, fährt Großvater Claudio fort, denn die Reise haben sie zusammen gemacht, er und Onkel Fredy, vor langer Zeit, Ende der zwanziger Jahre, als die Sirene der Fabrik in Differdingen Arbeitskräfte zu sich rief, wie die Glocken der im Sinizzo-See versunkenen Kirche die unvorsichtigen Schwimmer zu sich rufen, ohne Frau, sagt Großvater Claudio, mit einer Verlobten natürlich, die da unten geblieben ist, denn im letzten Moment fehlte ihr nach all den Vorbereitungen und Behördengängen der Mut, oder der Wille oder die Kraft, erzählt Großvater Claudio weiter, während für Onkel Fredy unsere zukünftige Tante sich als leichte Beute erwies, als Blüte, die so schnell wie möglich gepflückt werden musste, vor allem, weil auch sie ihre Tage in dem großen durchsichtigen und warmen Treibhaus verbrachte, wo sie junge Stecklinge setzte, Geranien umtopfte und Gladiolen begoss, eine Aufgabe, der sie mit der größten Koketterie nachkam, das rechte Bein hebend, immer wenn sie sich vorbeugte, um die Gießkanne mit dem Sprühkopf voran in das Wasserbassin zu tauchen, das wenige Meter vom Treibhaus entfernt steht, nah genug jedenfalls, um es Alfredo zu gestatten, durch die durchsichtige Wand des Pflanzenhauses einen begehrlichen Blick zu werfen, der auf Lucies rechter Wade landete, dann auf der Haut das Bein hinaufglitt, um den Schenkel zu inspizieren, im selben Augenblick, wo der kleine dickliche Körper unserer zukünftigen Tante, die mit beiden Händen den Henkel der Gießkanne hielt, sich über die zu hohe Wand des Bassins beugte, als wolle Alfredo in diesem Augenblick prüfen, wohin ein so weißes nacktes, reifes Bein, wie das von Ludwigs Tochter führen kann, die doch genau weiß, dass das Treibhaus durchsichtig ist und dass auf der anderen Seite der hungrige Blick des italienischen Blumenhändlerlehrlings Alfredo lauert, ein Lehrling, der gerade frisch aus Differdingen gekommen ist, nachdem er bei der Arbeit in der Thillenberger Grube dem Tod ins Auge geblickt, am Hochofen der Hadir-Fabrik geschwitzt und sich bei einem anderen Oberkorner Blumenhändler als Lehrling bewährt hatte, deshalb lässt sie sich soviel Zeit dabei, die Gießkanne aus dem Bassin herauszuziehen, unsere künftige Tante Lucie, erklärt Großvater Claudio, während ich mir Zeit beim Einschlafen lasse, denn Großvaters Geschichte ist die interessanteste, die er mir je erzählt hat, er, der normalerweise nur vom Krieg, von Partisanen, Schwarzhemden und Rizinusöl erzählt, beschreibt doch tatsächlich Lucie, wie sie sich etwas weiter über das Bassin beugt und dabei, ohne sich umzuwenden, die Wirkung dieses Blicks auskostet, Alfredos unsichtbare Liebkosung, die unter ihrem Rock hinaufgleitet, wobei sie ihren intakten und hässlichen Körper, mehr Brennnessel als Blume, übertrieben lange zur Schau stellt, witzelt Großvater mit gedämpfter Stimme, und meine Lider werden schwer, als ich die Vorwürfe von Mama höre, die lautlos ins Zimmer getreten ist, wie kannst du dem Kleinen solche Dinge erzählen, grollt sie ihm manchmal, wenn ich ihr Fragen über Tante Lucie und Onkel Fredy stelle, und die Worte „diese Dinge“ klingen wie Honig in meinen Ohren, wie Nektar und Ambrosia, durch sie werde ich groß wie die einäugigen Riesen in den Geschichten meines Bruders Fernand, sie lassen mich in wenigen Sekunden um Jahre altern, wie unser armer Nachbar in der Rooseveltstraße, dessen Namen ich nicht mehr weiß und der plötzlich, als er gesehen hatte, wie seine Frau von einem in voller Fahrt den nassen Fahrdamm herunterkommenden blauen Renault genau vor seinem Haus überfahren wurde, schneeweiße Haare bekam, und während Mama Großvater Claudio sanft ausschilt, denke ich mit geschlossenen Augen an die Fortsetzung der Geschichte, an Tante Lucie, die Onkel Fredy geraten hat, sich nicht mehr Alfredo zu nennen, nicht wegen der Nachbarn, hat sie erklärt, weil die Nachbarn ihre Nase in ihre eigenen Angelegenheiten stecken sollen, sondern wegen des Geschäfts, das nicht Alfredos Laden heißen kann, eine banale Überlebensfrage, denn etwas höher in der Straße, der Stadt etwas näher, gibt es diesen anderen Blumenhändler, der einen ganz heimisch wirkenden Namen hat, Müller heißt er, sagte sie, ein grundsolider Name, hat Onkel Fredy gesagt, und es wäre schade, wenn man die ausgezeichnete Lage ihres Geschäftes, das genau an der Stelle liegt, wo die beiden großen Straßen, eine von Echternach, die andere von Ettelbrück kommend, aufeinander treffen und am Ortseingang ein V bilden, der späteren Klinik von Eich gegenüber neben dem Kloster und der Straßenbahnhaltestelle, wenn man diese Lage zugunsten dieses Neulings, dieses Eindringlings, dieses Holzfällers ohne Blumenhändlertradition aufgeben wollte, der plötzlich aufgetaucht ist, keiner weiß genau woher, und der sein Geschäft mit einem riesigen Schaufenster versehen hat mit farbigen Stores, Markisen und allem Drum und Dran, in dessen Auslage nicht nur Blumen und Pflanzen zu sehen sind, sondern auch Obst, Gemüse und Süßigkeiten aller Art, was ihm einen sicheren Vorteil verschaffen würde, hat Tante Lucie weiter erklärt, wenn ihr eigenes Geschäft trotz des kleinen Schaufensters und des Fehlens von Stores und Markisen nicht gerade da läge, wo es liegt, nämlich, hat sie wiederholt, der Klinik gegenüber, die zwar noch nicht richtig existiert, aber in Kürze gebaut wird, neben dem Kloster und vor allem gleich neben der Haltestelle der Straßenbahnlinie Zehn, einem Warteunterstand unter den Fenstern der Nonnen, denn damals fuhr dort eine Straßenbahn, eine richtige gelb-blaue Straßenbahn mit Triebwagen und Anhänger, und mit einem einzigen Scheinwerfer unter der wie ein dreiteiliges Altarbild geformten Windschutzscheibe, ein einziges Auge wie das des Zyklopen in den merkwürdigen Geschichten meines Bruders, eine Straßenbahn, wie sie nur noch auf Fotos, in Museen oder in bestimmten Städten wie Mailand, Wien oder Amsterdam zum Beispiel zu sehen sind, aber meine, die Nummer sechsundzwanzig der Linie Zehn, hat überlebt, zweifellos, weil ich bei ihrer letzten Fahrt vielleicht dabei war, allerdings viel später, 1964, am 5. September genauer gesagt, überlebt hat sie, trotz der Feier, die eher einem Begräbnis ähnelte, einem richtigen Begräbnis mit Kränzen, Musik und Trauer in den Augen der Neugierigen, und vor allem in denen der im Triebwagen sich drängenden Straßenbahnführer und Schaffner, die ihr ein letztes Mal bis zum Depot von Limpertsberg das Geleit gaben, wo der Leichenwagen, ein Lastwagen des Transportbetriebs Schiltz-Feinen schon wartete, bereit, sie nach Brüssel ins Exil zu verfrachten, in ein Museum, aus dem sie erst sechzehn Jahre später zurückkommen sollte, leer, verstaubt und unfähig, sich mit eigenen Mitteln fortzubewegen, nicht nur wegen ihres Alters, sondern auch, weil in der Zwischenzeit die Schienen von den Straßen der Stadt verschwunden waren, und das erinnert mich daran, dass heute, wo die Verkehrsprobleme fast unlösbar geworden sind, die Straßenbahn sich vorläufig in den Depots von Gasperich im Schatten der Busse ausruht, als wüsste sie, dass in Bezug auf sie das letzte Wort noch nicht gesprochen ist, während ich jedes Mal, wenn ich eine Straßenbahn sehe, nicht umhin kann einzusteigen, obwohl ich ein Auto habe, als führe mich eine unsichtbare Hand, zweifellos die Hand der Nostalgie, zu diesem Kindertraum zurück, der an einem Septembersonntag plötzlich abbrach, als wäre mir mein Lieblingsspielzeug gestohlen worden, und es ist also kein Zufall, wenn ich noch heute die Städte am liebsten habe, deren Straßen voller elektrischer Triebwagen sind und die von Schienen durchzogen sind, einem Labyrinth von Schienen, die den Eindruck erwecken, die Zeit sei hier weniger schnell verstrichen als anderswo, die farbenprächtige Zeit meiner Kindheit habe sich trotz ihrer Ängste, Frustrationen, Gedächtnislücken, ohne plötzlich abzubrechen, in diese ungewisse Gegenwart ohne Farben, Legenden, ohne Ängste verlängert, wo die vorläufige Reise, von der meine Mutter sprach, entsetzlich endgültig geworden ist, und während andere Einsamkeiten in meinem Gedächtnis Wurzeln geschlagen haben, empfinde ich bisweilen ein gewisses Gefallen daran, mich blindlings in eine unbekannte, magisch unbekannte Stadt zu stürzen, eine aufs Geratewohl ausgesuchte Stadt, damit alles, wirklich alles nur von dem Vorhandensein oder Nichtvorhandensein der Straßenbahn abhängt, ihren so lieblich parallel verlaufenden Schienen, verdoppelt durch die Linien der schwarzen Kabel, durch die der Himmel zerstückelt ist, zerstückelt und geschützt, als ob zwischen ihm und der Erde ein Schutznetz gespannt wäre, ähnlich dem, das die Akrobaten von Zirkus Williams benutzen, und dann die schön stiebenden Funken, die die Arme des Scherenstromabnehmers jedes Mal erzeugen, wenn sich ihrem lautlosen Gleiten ein Widerstand entgegenstellt, vor allem bei Nacht, wenn jede Fahrt das reizendste aller Feuerwerke entstehen lässt, und während ich hin und wieder in Mailand, Wien oder Amsterdam auf der Holzbank gleich hinter dem Straßenbahnführer sitze, der wie ein graues Standbild am Fahrerpult steht, Lenkräder aller Art mit den Händen umklammernd, sage ich mir, dass selbst meine Sucht nach Menschenmengen in jenem September entstanden sein muss, und zwar auf dem Theaterplatz bei der Abschiedsfeier für die letzte Straßenbahn, und wenn ich am Anfang nur Hosenbeine, Rock- oder Mantelbahnen sah und mich damit vergnügte, die Füße der Neugierigen zu vergleichen, die in Schuhen aller Farben aus Leder, Wildleder oder Stoff steckten, mit oder ohne Schnalle, mit oder ohne Schnürsenkel, mit hohen oder niedrigen Absätzen, Mokassins, Stiefel, Sandalen oder Halbstiefel, schob mein Vater, mein Ausgeschlossensein bemerkend, plötzlich seine Hände unter meine Arme, zog mich an sich und setzte mich trotz meines Gewichts und meines Alters auf seine Schulter und ermöglichte es mir, bevor mein Blick auf die mit roten und weißen Nelken geschmückte und unter dieser Dekoration kaum wieder zu erkennende Straßenbahn fiel, in die Runde zu blicken und Hunderte von in die gleiche Richtung gedrehten Köpfen zu sehen, die mit Hüten, Mützen oder nichts bedeckt, der Abendsonne des Spätsommers ausgesetzt waren, und auf den verschiedenen und zugleich identischen, alten oder jungen Gesichtern mit oder ohne Brille war diese eigentümliche Traurigkeit zu lesen, die zwischen Betrübtsein und Pose liegt und der ich schon verschiedene Male begegnet bin, bei der Beerdigung von Großmutter Lucia zum Beispiel oder auf der zeitlich näher liegenden meines Vetters und Paten Ernesto, alias Erny, bei der die Leute darin wetteiferten, am traurigsten auszusehen, am meisten betroffen durch den Tod dieses zweifellos so entfernten Verwandten, während es mir nicht gelang, auch nur die kleinste Träne über mein Gesicht niederrinnen zu lassen, jedenfalls nicht im Beisein der anderen, denn im stillen Kämmerlein kamen die Tränen ganz von selbst, auch wenn im Umkreis keiner starb, wie sie in der Dunkelheit eben kommen, bei einem Film zum Beispiel, auch wenn er nicht traurig ist, es genügt, dass er schön ist, schön und wahr, aber das Schauspiel auf dem Theaterplatz war nicht wahr und die Trauer auf den Gesichtern derer, die Reden hielten, war nicht echt, was mich veranlasste, mich von ihnen abzuwenden und meinen Blick auf die Hauptperson der Feier zu konzentrieren, den Triebwagen Nummer sechsundzwanzig der Straßenbahnlinie Zehn, der fröhlich in all dieser falschen Trauer stand und sich ein letztes Mal vor seinen Totengräbern zeigte, die – und ich hörte wider Willen, was sie in ihren Reden sagten – sich bemühten, die Verschwundene zu beklagen, während sie tausend Gründe dafür anführten, weshalb die Straßenbahnen durch Busse ersetzt werden müssten, und verschwiegen, dass, ehrlich gesagt, das Sterben der Straßenbahn lange vor jenem traurigen Samstag angefangen hatte, und zwar am Ende der zwanziger Jahre, genau zu der Zeit, wo Großvater Claudio und derjenige, der mein späterer Onkel Fredy werden sollte, in Luxemburg ankamen, als nämlich nach und nach Busse die Straßenbahn ersetzten und die Stadt mit ihren Abgasen zu verseuchen begannen, Fortschritt, wurde gesagt, und das stimmte, fügte Onkel Fredy hinzu, denn in San Demetrio gab es in den engen Gassen für die Fortbewegung nichts als Karren und Maultiere, aber dort auf dem Theaterplatz gaben die Stadtväter der Straßenbahn nur noch den Gnadenstoß, der unvermeidlich sei, bemühten sie sich zu erklären, als wollten sie eine Schuld von sich abwälzen, denke ich heute, während ich mich hin und wieder in Städte flüchte, von denen ich absolut nichts weiß, kürzlich nach Lissabon, Städte, die plötzlich während irgendeiner Unterhaltung aufgetaucht sind, bei der Pizza bei Giorgio, der seinen Namen nicht geändert hat, wegen seines Geschäfts wahrscheinlich, denn was sich geändert hat, sind die Zeiten, und es macht sich gut, eine Pizzeria zu haben mit dem schönen Leuchtschriftnamen Giorgio oder Pino mit Auf-

und Abstrich, ganz wie es unvorstellbar geworden ist, ein chinesisches, arabisches oder griechisches Restaurant aufzumachen und Müller oder Ludwig ans Fenster zu schreiben, was bedeutet, dass die Zeiten sich geändert haben seit der Zeit, wo Tante Lucie Alfredo geraten hat, sich nicht mehr Alfredo zu nennen und wer weiß, vielleicht wäre sie heute glücklich, wenn sie mit dreifarbigen roten, weißen und grünen Lettern Alfredo an das kleine Schaufenster des kleinen Geschäfts der Klinik gegenüber schreiben könnte, neben der Straßenbahnhaltestelle, die eine Haltestelle für einen prosaischen Bus ohne Schienen geworden ist, ohne Kabel noch Funken oder sonst etwas, aber leider gibt es das Geschäft nicht mehr, oder anders gesagt, das Blumengeschäft ist einem großen sechsstöckigen Wohnhaus mit zwölf Wohnungen gewichen, und in einer dieser Wohnungen lebt, wenn er nicht im Sanatorium von Vianden ist, oder im Kegelcafé an der Ecke oder auch in den verfallenen Treibhäusern, unser Onkel Fredy, alias Alfredo, früher Gärtner und Raucher, der zu einem Rauchergreis geworden ist, nachdem er eine ganze Reihe von Raucherberufen ausprobiert hat, als seine Kunden, man weiß nicht warum, anfingen, das große Schaufenster bei Müller vorzuziehen mit seinen Stores und Markisen, die in jedem Frühling die Farbe wechseln, und das voller Regale ist, auf denen nicht nur Blumen stehen, die Onkel Fredy und Tante Lucie, um zu überleben, weiterhin in den verfallenen Treibhäusern züchten, gegenüber dem, was man heute chinesisches Schloss von Dommeldingen nennt, Blumen, die sie auf dem Markt verkaufen, oder, wenn sie sie nicht loswerden, diesem Holzfäller mit dem grundsoliden Namen, der in seinem Geschäft weiterhin alle Arten von Artikeln führt und sogar mehr als damals, wie in einem Supermarkt, denn auch das, aber diesmal hat das nicht Onkel Fredy gesagt, ist Fortschritt, Einkäufe nur einmal pro Woche außerhalb der Stadt machen, mit Verkäuferinnen, die nicht mehr Guten Tag sagen, mit dem unerlässlich gewordenen Auto, das den Bus tötet, wie der Bus die Straßenbahn getötet hat, das ist Fortschritt, ein nutzloses Massaker, Zeit, die sich voranbewegt wie eine Walze und mit den Gegenständen, die verschwinden, ganze Erinnerungsstücke mit sich fortträgt, und deshalb zählt diese Epoche der Straßenbahn für mich, ja, sie zählt doppelt, denn genau da, in Eich, in dem kleinen Haus von Onkel Fredy und Tante Lucie, in diesem Geschäft gleich neben dem Straßenbahnhäuschen habe ich angefangen, der Schicksalhaftigkeit einer Zukunft zu entgehen, die durch das Dasein meines um drei Jahre älteren Bruders Fernand, drei Jahre und eine Spur, vorgeprägt war, eines Bruders, in dessen Fußstapfen ich treten sollte, aber denen ich zum ersten Mal eben dank der am kleinen Schaufenster von Onkel Fredys Geschäft vorbeilaufenden Schienen ausgewichen bin, Schienen, über denen ich meine eigenen vergaß, wie ich da mitten auf der Straße stand und bemerkte, dass zu beiden Seiten hin diese Schienen nicht so schrecklich parallel waren und sich nicht im Unendlichen trafen, wie später unser Mathematiklehrer zu sagen pflegte, sondern ganz in der Nähe, wenige Häuserblöcke weiter, was plötzlich dort in Eich die Farbe meiner Zukunft veränderte, das Grau in Grau in Pastellfarben, nein sogar in grelle Farbtöne verwandelte, denn zum ersten Mal war ich irgendwo der Erste, und dies Irgendwo war nicht ein beliebiger Ort, sondern befand sich im Herzen des Landes, eines Landes, das auf dem Globus der Nachttischlampe meines Bruders vielleicht nicht existierte, das aber dermaßen real war, dass die Gewohnheit beibehalten wurde, seine Hauptstadt ganz einfach die Stadt zu nennen, la Ville mit einem großen V, gleich dem von Mamas Pullover auf dem Foto, als ob das V von Ville alles daran gesetzt hätte, sich in ihren Körper einzugraben, gleich und doch nicht gleich, denn kurze Zeit nach diesem Foto kehrte Mama dem großen V von Ville den Rücken, oder war das, bevor ich mich in mein Paradies von Eich geflüchtet habe, während Fernand halb aus Stolz, halb aus Gleichgültigkeit und sogar aus Groll, weil Onkel Fredy sich erlaubt hatte, ihm ein Fahrrad zu kaufen, auf dessen Rahmen ein italienischer Name, nämlich Raphael Geminiani, stand, Onkel Fredys Geschäft nie betreten wollte, denn er träumte nur von dem einen, ein echter Luxemburger zu werden, wie sein Freund Marco oder seine Freundin Josiane, und so verurteilte er sich selber dazu, in diesem kümmerlichen, ganz kleinen grauen Dorf voller Staub und Traurigkeit zu bleiben, das Differdingen verglichen mit der Stadt mit einem großen V war, meiner Stadt, die ich ohne sein Zutun erobert hatte und die mir ganz gehörte, von der Raquette an, dieser heute nicht mehr existierenden Verkehrsinsel vor dem Bahnhof, von wo mein Triebwagen Nummer sechsundzwanzig abfuhr bis zur Haltestelle von Eich, unter den Fenstern des Klosters, eine Strecke, die ich einmal wöchentlich hin und zurück fuhr, wodurch ich mich ganz allmählich von dem mir als Jüngerem vorher bestimmten geraden Weg entfernte und mit stolzem Blick und geschwellter Brust am Sonntag Abend immer in die Rooseveltstraße zurückkehrte, zufrieden lächelnd, die Phantasie angeregt durch den Besuch in der Stadt, den Kopf zum Bersten voll mit neuen Geschichten über Charly zum Beispiel, nicht über den Sohn des Lebensmittelhändlers Meyer, sondern über den sonderbaren Zug, der mit Volldampf durch die Straßen der Stadt fuhr, als gehöre ihm die gesamte Hauptstadt, stolz darauf, anders als auf banalen Schienensträngen – trauriges Los aller anderen Züge – Autos, Radfahrer und Fußgänger kreuzen zu können, der Straßenbahn auf den Fersen, ohne es mit ihr aufnehmen zu können, wenigstens in meinen Gedanken, denn – das hatte mir der Schaffner meiner Linie erzählt, als er sich nach einigen Monaten an meine wöchentliche Fahrt auf der hinteren Plattform des Triebwagens gewöhnt hatte – während des Krieges war Charly bei einem Bombenangriff beschädigt worden und hatte einen Straßenbahntriebwagen zu Hilfe nehmen müssen, und die Erinnerung an diese Solidarität macht mir Freude, das Wissen, dass es eine Zeit gab, wo Zug und Straßenbahn einander gern hatten, aber die inhaltsreichsten Geschichten habe ich in Onkel Fredys Treibhäusern in Dommeldingen entdeckt, die dem Schloss genau gegenüber lagen, das noch nicht das chinesische Schloss war, doch nie aufgehört hat, meine Einbildungskraft anzustacheln, in der es bald von Generationen von Prinzen und Prinzessinnen bewohnt, bald wie das unheimlichste Herrenhaus in den Comics, die ich gerade entdeckt hatte, von Spukgestalten heimgesucht war, aus mir einen unbesiegbaren Sigurd, einen furchtbaren Falk, einen Ivanhoe im Dienst aller blonden Prinzessinnen mit und ohne Busen machend, ein den Reichen gegenüber unnachgiebiger Robin Hood, begleitet von meinen treuen Freunden Bodo und Kasimir zum Beispiel, die immer da waren, wenn es darum ging, Gerechtigkeit walten zu lassen, und die bei der Verfolgung der bösen schwarzen Ritter, die sich gerade in diesem Schloss Onkel Fredys Treibhäusern gegenüber verschanzt hatten, ihre glänzenden Schwerter schwangen, und wenn mein Bruder Fernand auch das Spiel vom belagerten Schloss erfunden hatte, diese kümmerlichen Aufbauten aus Schuhkartons und allerlei geschickt ausgeschnittenen Pappstücken, die eine mehr oder weniger solide Festung voller zylindrischer Türmchen darstellen sollten, die wir aus den Pappröhrchen im Toilettenpapier herstellten, und mit dem uneinnehmbaren rechteckigen Schlossturm in der Mitte, dessen Wächter auf der Plattform hinter der mit Schießscharten versehenen Schutzmauer versteckt war, auch die Zugbrücke und eine Menge hinter der Mauer verteilter Soldaten, kaum zu sehen und doch den mörderischen Wurfgeschossen der Belagerer ausgesetzt, gefaltete Papierstückchen, die durch ein höchst primitives Katapult geschossen wurden, und zwar durch die mit rotem oder blauem Gummi zusammengehaltenen Daumen und Zeigefinger unserer linken Hand, während wir, bald Belagerte, bald Belagerer, nie müde wurden, uns die Umstände richtiger Comics-Schlachten vorzustellen, bis zu dem Tag, wo mir klar wurde, dass ich mir in Wirklichkeit überhaupt nichts vorstellte, sondern nur die Bewegungen, Schreie und Geräusche meines Bruders nachäffte, der überdies kleine Papierkügelchen an meine nackten Beine schleuderte, aber dort in Dommeldingen war das Schloss nicht aus Pappe, und um nichts in der Welt hätte ich es eingetauscht, selbst nicht gegen das, welches mein Bruder beim Nikolaus bestellt hatte, ein richtiges Spielzeug diesmal, wie es Nico oder Charly, Marco oder alle anderen Kinder von Differdingen hatten, ein richtiges Spielzeug aber trotz allem ein Spielzeug, während das Schloss Onkel Fredys Treibhäusern gegenüber so groß war wie fast alle Häuser der Rooseveltstraße zusammen, mit einem Park rings herum, und richtigen Soldaten, die ich mir hinter jedem richtigen Fenster vorstellte mit einer richtigen metallenen Rüstung wie Turnierritter, einem Helm für das Lanzenbrechen mit einem Federbusch darauf, einem langen Schild mit einem roten Kreuz und einer sehr langen Lanze, fast so lang wie die, die ich in meinen Händen hielt, und zwar eine von Onkel Fredys Hacken oder Jäthauen mit einem ganz langen Griff, bereit, mich allen Untaten des Sheriffs von Nottingham entgegenzustellen, ich, der Robin Hood der Neuzeit, neu benannt Treibhaus-Robin, die zahllosen Gartenwege durchforstend, dabei den einen oder anderen jungen Pflanzling niedertretend, mich für meine Ungeschicklichkeit entschuldigend und mir den Anschein gebend, den Boden zu hacken, um das Unkraut zu vertilgen, das konnte ich meinem Bruder erzählen, der, über seine Bücher und Hefte gebeugt, in Differdingen geblieben war, und während ich auf dem Heimweg in der Straßenbahn Bilanz zog, bemerkte ich nicht, dass auch die Zeit gegen die Straßenbahn arbeitete, dass in einem dunklen Büro irgendjemand dabei war, dunkle Berechnungen anzustellen, die zum Verschwinden der Straßenbahn führten und meine Kindheitsträume unter seinen Füßen zertraten, ganz wie ich in Onkel Fredys Treibhäusern die jungen Pflanzlinge niedergetreten hatte, aber das denke ich, während ich in einer anderen Straßenbahn sitze, fern von der, welche die Raquette mit dem Blumengeschäft gegenüber der Klinik von Eich verband, in Wien vielleicht, oder wie vor kurzem in Lissabon, und da muss ich lächeln, denn ich hätte wetten können, dass es in Lissabon keine Straßenbahn geben könnte, ich hätte wetten können, und ich habe es getan und mir dabei gesagt, bestimmt gibt es in Lissabon keine Straßenbahn, bestimmt hat es dort nie eine gegeben, denn, und da hielt ich inne, denn ich konnte keinerlei Grund für meine Behauptung finden, aber ich war sicher, dass es in Lissabon keine Straßenbahn geben konnte, vielleicht ganz einfach, wenn ich jetzt darüber nachdenke, während ich gerade in einer Straßenbahn sitze, auch wenn es nicht in Lissabon ist, sondern in Luxemburg, natürlich nicht in der Stadt, sondern im Depot von Gasperich im Straßenbahnmuseum, in einer Straßenbahn, die nicht fährt, noch nicht, hat der Museumswärter gesagt, wenn ich also jetzt darüber nachdenke, konnte es in Lissabon keine Straßenbahn geben, ganz einfach, weil keiner der Portugiesen, die ich im Lauf der Zeit kennen lernte, je davon erzählt hat oder weil im kleinen portugiesischen Café in Esch, das Theatercafé genannt wurde, nicht nur, weil es in der Nähe des Theaters liegt, sondern auch weil die Zeiten sich wirklich geändert haben, es nur Plakate mit Stränden, weißen Häuschen und blauem Himmel gibt, auf jeden Fall nicht mit einer Straßenbahn, als ob in Portugal noch die Stille von einst herrschte, die Stille vor dem Auftreten der Geräusche, auch wenn meine Straßenbahn, die der Stadt, ziemlich leise war, wenn sie auf ihren Schienen vorbeikam und dort gleich neben der Blumenhandlung Fredy gegenüber der Klinik hielt und all die, die später zum Krankenbesuch gekommen waren, aus- und einstiegen, und diese Geschichte erfinde ich selbst, denn die Klinik war damals noch nicht da, glaube ich, aber in meiner Geschichte kamen die Leute, um einen ihrer Lieben im Krankenhaus zu besuchen, und das Geschäft meines Onkel und meiner Tante, oder vielmehr meiner Tante und meines Onkels lastete wie ein schlechtes Gewissen auf ihnen und hinderte sie daran, mit leeren Händen ins Krankenzimmer zu treten, denn diese Falle funktionierte immer, und wenn ich Falle sage, dann deshalb, weil ich mich heute frage, wozu wohl die Tulpen-, Rosen- oder Nelkensträuße gut waren, wenn nicht zur Besänftigung von Gewissensbissen, die die Besucher jedes Mal anfielen, wenn sie am kleinen Schaufenster meines Onkels vorbeigingen, als würden sie sich plötzlich an ein Versprechen erinnern, von dem sie nicht mehr wussten, wann, wie und warum sie es gemacht hatten, ein Versprechen, das in einer schuldbeladenen Erinnerung seine Wurzeln hatte und das jetzt einzulösen war, während sie sich anschickten, einen der Ihren, der in einem weißen Bett lag, zu besuchen; ihre Schuld war es, wenn er dort lag, weil sie es nicht vermocht hatten, die Krankheit rechtzeitig zu erkennen, und selbst, wenn damals, als ich oft bei meinem Onkel war, dem Geschäft gegenüber noch keine Klinik war, amüsiert es mich noch heute, über die Zeiten hinweg, da das Geschäft nicht mehr existiert, auf der anderen Seite des Schaufensters diese grauen unruhigen Silhouetten zu beobachten, die sich schüchtern, vom Reiz der Farben angezogen, nähern, und wenn sie eintreten und meine Tante oder meinen Onkel fragen, welche Blume wohl in dieser oder jener Situation am passendsten wäre, sind ihre Stimmen fast unhörbar, schüchtern unhörbar, als ob dieser Austausch im Verborgenen stattfinden müsste, fern von den Blicken und Ohren der anderen, da für sie das Geschäft ein Ort geworden ist, wo sie mit ihrem Gewissen allein sind, ein Beichtstuhl, vor dem die Kunden niederknien und meine Tante und meinen Onkel um Verzeihung bitten, während diese meistens mitleidig lächeln und Blumen überreichen, so wie man voll Verständnis und Strenge von den Sünden freispricht oder seinen Segen erteilt, und alles geht vor sich, als verstünden die Käufer diese Geste, denn ihre Zungen lösen sich, sobald sie die magischen Sträuße in Händen halten und wenn sie hinausgehen, erscheinen sie mir von hinten gesehen, weniger grau und zögernd, und manchmal erinnern sie sich sogar, wenn sie vom Krankenhaus zurückkommen, dass ein Geburtstag, oder eine Hochzeit oder eine erste Kommunion zu feiern sind, als ob sie in der Klinik wieder ein schlechtes Gewissen bekommen hätten, oder ganz einfach, weil ihre Frau, ihre Verlobte oder ihre Geliebte es so gern haben, wenn ihnen hin und wieder ein Blumenstrauß geschenkt wird, denn Blumen, sagte Tante Lucie, verschönern das Leben, der Beweis sei, dass sie in der Blüte ihrer Jugend zwischen Blumen meinem Onkel begegnet sei, der damals noch nicht mein Onkel war, sondern der Onkel meiner Mutter, während Tante Lucie von niemand die Tante war, wenigstens nicht in meiner Familie, denn sie war, wie sie sagte, hundertprozentig von hier, das heißt aus Luxemburg und konnte folglich nicht unsere Tante sein, auch aus dem einfachen Grund, weil meine Eltern, ganz wie mein Onkel Fredy übrigens, aus Italien stammten und in dieses Land gekommen waren, weil man dort unten, sagte Papa immer wieder mit leiser Stimme, um nicht von den Nachbarn gehört zu werden, nur Brot und Zwiebeln zu essen bekam, wie alle Leute im kleinen Dorf, sagte Mama, und sie sagte tatsächlich kleines Dorf, und ich sah es klein vor mir, ganz ganz klein, unvorstellbar klein, so dass ich, als ich es dann eine ganz kurze Zeit darauf im Alter von fünf oder sechs Jahren wirklich sah, enttäuscht war, als ich feststellen musste, dass es ein Dorf wie jedes andere war, voller Kirchen natürlich wie alle italienischen Dörfer, eine am Eingang, eine auf dem Hügel, eine genau im Zentrum, noch eine, ich weiß nicht mehr genau wo, voller Kirchen, weil es in San Demetrio so viele Priester gibt, klagte Großvater Claudio und enge Straßen, die keinen Fortschritt zulassen, erklärte Onkel Fredy und sogar ein Kino, nein, zwei Kinos, ein richtiges mit richtigen Filmen, Wildwest- und Liebesfilmen und so, und ein anderes hinter Großvaters Garten, wo nur am Sonntag Filme gezeigt wurden, weil es Mönchen, Dominikanern, glaube ich, gehörte oder Franziskanern, nein, es waren Rogationisten, weil in der Pfarrkirche die Statue des heiligen Rogatius stand, die einmal im Jahr auf der Prozession herumgetragen wurde, die Rogationisten also, die jeden Sonntag in dem, was man Gemeindezentrum zu nennen pflegte, von drei bis sechs Uhr die Kinder mit Filmen von Toto und anderen Geschichten zum Lachen anlockten, und das war natürlich kostenlos unter der Bedingung, dass man morgens in die Messe gegangen war, nicht wie das andere Kino, das Kino Aurora, das richtige Kino, aber Vorsicht, für das Gemeindezentrum musste man einen Sonderausweis haben, den Bruder Marcellino pane e vino persönlich am Ende der großen Morgenmesse gestempelt und unterschrieben übergab, ein Pass, ohne den sich die Pforten des Paradieses nicht öffneten, was uns mit der Zeit lästig geworden war, uns, das heißt meinem Bruder Nando, Paolo, Piero, Rodolfo, Rita, Anna und den anderen, allen außer mir, denn ich war noch nicht alt genug, um ins richtige Kino gehen zu können, wir verloren endgültig das Interesse, weil mein Bruder und seine Freunde statt der Filme zum Lachen bei den Rogationisten weit lieber die Filme sahen, die in der Hölle gezeigt wurden, wie Marcellino pane e vino sagte, richtige Filme für Erwachsene, und außerdem war es im Kino Aurora nicht verboten zu rauchen und die kleinen Brüste von Rita, Anna oder Piera anzufassen, und am Anfang der Vorstellung ging wirklich das Licht aus, alle also, hatte meine Mutter gesagt, waren weggezogen, alle, das heißt alle jungen Leute und die vor ihnen jung gewesen waren wie unser Onkel Alfredo oder unser Großvater Claudio, alle außer Nunziata, Alfredos Verlobter, die im letzten Augenblick gezögert hatte und schließlich kurze Zeit darauf unsere Tante Nunziata geworden war, nicht weil sie in die Familie hineingeheiratet hatte, sondern weil in San Demetrio und mehr noch in Cardabello fast alle Tante oder Onkel, Patin oder Pate, Cousine oder Cousin aller waren, ganz wie Großvater Claudio, der Großmutter Lucia geheiratet hatte, bevor er in den Zug nach Luxemburg gestiegen war, und er hatte sogar die Zeit gehabt, dafür zu sorgen, dass Mama geboren wurde, Großvater Claudio, der erste Musiker der Familie, und andere, viele andere sind weggegangen, vorher und nachher, aber fast jedes Mal lehnte Großmutter Lucia ganz wie Tante Nunziata es ab, in den Zug zu steigen trotz der Vorbereitungen, der Behördengänge und allem, und wenn dann Claudio allein in der neuen Welt, den Daumen in den Mund steckte und die Lippen zusammenpresste, dann war es, als sollte eine Serenade herauskommen, imstande, die Berge zu durchbohren, sich auf die diesmal schrecklich parallelen Schienen zu schwingen und zum Ursprung seiner Trauer zurückzugleiten, einem kleinen saft- und kraftlosen Dorf, einem kleinen Dorf, das gar nicht so klein war trotz dem Berg Santa Croce, der sich mit seinen Kreuzwegstationen darüber erhob, und irgendwo auf dem Weg, der in Serpentinen zum Gipfel hinaufführte, Großmutter Lucia, die nicht darum betete, dass er zurückkam, sondern die nur an den Oliven-, Mandel- und Nussbäumen entlangging, um nachzusehen, ob ihre Früchte, für den Fall, dass Claudio zurückkäme, reif würden, Claudio, der mit der ganzen Familie wegen der Hochzeit meines Cousins Ernesto oder weil es Weihnachten oder Ostern war, um den ausgezogenen Tisch saß und sich anschickte, die unsichtbare Trompete an den Mund zu setzen, die aus ihm den unsichtbaren Ehemann in zweitausend Kilometer Entfernung von der gemacht hatte, der er die Serenade widmete, Parlami d'amore, Mariù oder Santa Lucia oder beide Lieder wie ein unzertrennliches Paar vereint, wie die Trauer, die nicht von den nachgeahmten Klängen zu trennen war und die im Rauch der Maryland oder der F6 verborgen war und in den reihenweise geschluckten Gläsern Grappa oder Amaretto oder Rotwein am Vorabend der Ankunft von Mrs. Haroy in Differdingen oder in Esch oder in Luxemburg, oder war es am Tag danach, oder noch viel später *und die durch dieselbe Hand nach einer Unterbrechung von drei Jahren getötet wurde…*

...je mehr die jungen Leute von den Beschwerlichkeiten und Gefahren dieser Expeditionen hörten, um so mehr hatten sie Lust zu beweisen, dass sie sie bestehen konnten, ohne sich unterkriegen zu lassen. Und diese Mutprobe hatte umso größere Bedeutung, als zahllose Mädchen auf der Insel ihren Liebhabern hochmütig sagten, sie würden niemals einen Mann heiraten, der nicht mindestens einen Wal getötet hätte. Und so zogen die Jungen, die noch mitten im Stimmbruch waren, blutjung hinaus...

Meine erste Liebe heißt Rita. Jedes Mal, wenn ich an Rita zurückdenke, läuft mir unwillkürlich ein Schauer über den Rücken und dringt mir wie ein Zaubertrank durch den ganzen Körper. Und wenn ich meine erste Liebe sage, so meine ich die erste wahre Liebe meines Lebens, eine Liebe, für die ich alles opfern, alles aufgeben, alles hinnehmen würde. Eine Liebe, die mich fast lähmt und mich grundlos rot werden lässt, sogar noch heute, wenn jemand den Namen Rita ausspricht, und Gott weiß, wie oft täglich bei uns von Rita die Rede ist, denn es muss in unserer Familie mindestens ein Dutzend Frauen geben, die so heißen, Cousinen oder Tanten wie zum Beispiel Onkel Dinos Frau, die nicht mehr in San Demetrio sondern in Pescara lebt, ganz nah am Meer, ohne Rita Pavone zu vergessen, die den ganzen Tag über vom Blaupunkt-Plattenspieler im Esszimmer brüllt, es ist nicht leicht, achtzehn Jahre alt zu sein, was mich völlig kalt lässt, da ich ja nicht einmal halb so alt bin und weil achtzehn Jahre eine Ewigkeit sind, wenn nicht zwei.

In San Demetrio hat meine Rita ganz allmählich meine Gedanken in Besitz genommen, und jetzt habe ich – ob in der Schule oder zu Hause – nur noch sie im Kopf, sie und ihr himmelblaues Kleid, sie und ihre kleinen, fast immer nackten Füße, sie und ihre leicht auseinander stehenden Vorderzähne, die sie einem kleinen Kaninchen ähnlich machen. Ein Kaninchen, das ich anbete und um nichts in der Welt verlieren möchte. Deshalb esse ich plötzlich bei uns zu Haus kein Kaninchenfleisch mehr trotz der guten Rotweinsoße mit Rosmarin und Salbei, ohne Grund, sagt meine Mutter, die sich diese Wandlung nicht erklären kann. Natürlich kann ich ihnen nicht sagen, dass ich wegen Ritas Zähnen kein

Kaninchenfleisch mehr esse, denn bevor ich mich irgendwem anvertraue, möchte ich ihr meine Leidenschaft erklären, auch wenn jetzt, wo ich fern von ihr bin, diese Aufgabe ans Unmögliche grenzt. Also denke ich mir etwas aus. Ich sage ihnen, die Kaninchenschenkel und -knochen würden mich an Lola, unsere neue schwarzweiße Katze erinnern, die genauso schnurrt wie unsere Lola von San Demetrio und dass es mich ganz traurig macht, wenn ich sie da im Topf oder auf meinem Teller sähe. Ehrlich gesagt bin ich durch meinen Bruder Nando auf diese Lüge gekommen. Vorher begann er jedes Mal, wenn wir Kaninchen aßen, wie das traurigste aller Kätzchen zu miauen, womit er ausdrücken wollte, dass das, was auf meinem Teller lag, in Wirklichkeit nichts anderes war als einer der zahlreichen Sprösslinge unserer Lolita, ein schlechter Scherz, den er übrigens von Großvater Claudio übernommen hatte, der uns eines Tages, als wir gerade ein köstliches Kaninchen in köstlicher Rotweinsoße mit Rosmarin und Salbei aßen, erzählt hatte, dass auf seinem Hochzeitsfest, auf dem unter anderen Gerichten, von denen eins schmackhafter war als das andere, auch ein schmackhaftes Kaninchen serviert wurde, jemand begonnen hatte, das herzzerreißende Miauen der Hauskatze nachzuahmen, die nicht Lola hieß, sondern einfach Katze, denn damals gab man den Tieren noch keine Namen, und am Ende des Mahles wusste keiner, was er in Wirklichkeit gegessen hatte, denn die Katze war tatsächlich an jenem Tag verschwunden, als habe die Erde sie verschluckt, die Erde oder der große kupferne Kochtopf von Großmutter Lucias Mutter.

Leider ist meine Liebe zu Rita ein Geheimnis geblieben. Selbst in diesem Augenblick weiß sie noch nichts von meinen Gefühlen. Gewiss, ich habe ihr schon verstohlen das eine oder andere glühende Küsschen geben können, und ich habe sogar mehrfach ganz zart, ohne je zu weit zu gehen, ihr kleines hellblaues Kleid oder ihre braunen Locken, die ihr bis auf die Schultern fallen, streicheln können. Nicht zu vergessen, was im Augenblick einer der Höhepunkte meiner Berührungen bleibt, nämlich diese kleine, eiskalte und feuchte Hand, die ich die Ehre hatte, mit meiner ebenfalls ganz feuchten, aber heißen zu umfassen, mit einem nicht kontrollierbaren Herzpochen im Daumen und in den anderen Fingern, das, wie ich hoffe, Rita, meine Rita, meine ewige Rita, nicht bemerkt hat, weil sie das, was nur die normale Reaktion eines durch Leidenschaft, durch Leidenschaft und Eifersucht geschüttelten Körpers war, für das jämmerliche Zittern aus wer weiß welcher unerklärlichen dummen Angst hätte halten können.

Denn ich erinnere mich sehr wohl an diesen endlosen Augenblick, wo ihre kleine rosige, nicht nur am Ringfinger, sondern auch am Zeigefinger, Mittelfinger und kleinen Finger mit Ringen verzierte Hand sich endlich in meine schmiegte, die auch ganz klein war, ganz ringlos allerdings, aber feucht und zitternd wie ein Fisch.

Es war am Vorabend unserer Abreise. Papa, der schon einige Monate in Differdingen war, hatte endlich, wie er in seinem Brief schrieb, diesem schrecklichen Brief, den ich hasste, noch bevor meine Mutter ihn aufmachte, Arbeit in der Fabrik Hadir und eine Wohnung für uns vier gefunden, etwas weiter als unsere erste Wohnung, die Wohnung, wo ich geboren bin in der Rooseveltstraße, und zwar in der Spitalstraße, Nummer zehn, eben dort, wo Großmutter Maddalena wohnte, die uns vorübergehend im letzten oder vorletzten Haus der Spitalstraße den ersten Stock überließ, in diesem Haus mit seiner grünen Fassade und seinen schwarzen Fliesen gleich neben der Thillenberg-Grube und dem Fußballfeld der Red-boys. Ein Haus, in dem es alt und schimmelig roch und das ich nur allzu gut kannte, weil Großmutter Maddalena dort schon vor unserer Rückkehr nach Italien wohnte und wo auch Großvater Nando, Papas Vater, gewohnt hatte, der lange vor meiner Geburt durch einen Einsturz in der verfluchten Thillenberg-Grube ums Leben gekommen war, aber das wusste ich nur vom Hörensagen.

Papa schrieb also in seinem so abscheulichen Brief, dass die Fabrik viele Arbeitskräfte brauchte, dass er dank der Fürsprache eines seiner früheren Kumpel, der zugleich Sekretär des Arbeiterverbandes war, keine große Mühe gehabt hatte, sich wieder als Wagenankoppler einstellen zu lassen, dass wir in Cardabello alles verkaufen sollten und dass wir mit dem Geld und den Ersparnissen so bald wie möglich drei einfache Hinfahrkarten kaufen könnten, und sogar vier oder fünf hatte er hinzugefügt, falls Großvater Claudio und Großmutter Lucia sich endlich entschließen würden mitzukommen, und während ich beobachtete, wie Mamas Lippen zitterten, als sie die Worte meines Vaters vorlas, betete ich zu Gott, der roten Madonna und den Engeln und allen Heiligen, einschließlich San Demetrio natürlich, dem tapferen Soldaten und Märtyrer, dem Schutzheiligen, nach dem das Dorf benannt war und dessen Reiterstandbild majestätisch in der Pfarrkirche am Ortseingang von San Demetrio thronte, gleich neben Rinaldos AGIP-Tankstelle, ich betete also zu diesem Ritter, der mindestens so stark und mutig ist wie der heilige Georg, der Drachentöter, der eines der Kirchenfenster von Differdingen schmückt, dass dieses So bald wie möglich, von dem im Brief die Rede war, niemals einträfe oder wenigstens, ruhmreicher Märtyrer und geliebter Schutzpatron heiliger Demetrius, nicht sofort, auf jeden Fall nicht bevor ich Gelegenheit hätte, endlich meine Liebe, meine überquellende Liebe derjenigen zu erklären, die ich unter allen anderen wie Anna, Grazia, Piera auserwählt hatte, von denen ich auch ganz zart, ohne je zu weit zu gehen, die kleinen rosa, weißen oder hellblauen Kleider gestreichelt hatte, mit hier und da zum Abschied oder zur Begrüßung einem unschuldigen Kuss, den ich ihnen genau zwischen der Wange und der Nasenwurzel in diese so einladende Vertiefung drückte, wie es mein Bruder Nando und seine Freunde getan hatten, die etwas älter waren als ich, ein ganz klein wenig, drei Jahre und eine Spur.

Und ich flehte den heiligen Demetrius an, mir doch wenigstens, falls ich eventuell auf diese offene Erklärung verzichten müsste, wie du, o höchst ruhmreicher und mächtiger Schutzheiliger, auf die Reichtümer dieser Welt zu verzichten gewusst hast, falls es mir im letzten Moment an Mut fehlen sollte und mein Mund nicht imstande wäre, auch nur ein einziges Wort hervorzubringen, ich flehte also meinen Heiligen an, mir zu erlauben, und sei es auch nur einmal, und sei es auch nur einen winzigen Augenblick, meine Hand auf das Oberteil von Ritas hellblauem Kleid in Höhe meiner Augen zu legen, auf die beiden ganz kleinen Hügelchen, die sich unter dem Stoff kaum wahrnehmbar verbargen, nur sichtbar, wenn Rita sich ganz gerade hielt, was sie oft tat, vor allem, wenn sie mit meinem Bruder Nando und seinen Freunden zusammen war, denn mit mir, wenn sie mit mir sprach, musste sie sich niederbeugen, o, nur ein wenig, aber sie musste sich niederbeugen, und die beiden kleinen Hügelchen verschwanden hinter den Falten ihres Kleides, das genau an der Stelle, wo ich sie erahnte, nicht mehr hell-, sondern dunkelblau war wegen des Schattens, der sich dort bildete.

Schon seit Wochen träumte ich also nur von dem einem, nämlich davon, Ritas kleine Hügelchen mit den Fingern zu berühren, sie anzufassen wie Mario, Batistas Sohn – der zugleich Ritas Onkel ist, denn Rita ist die Tochter von Remo, Marios Bruder – die melonengroßen von Giustina, Rinaldos Tochter, angefasst hatte, wie mein Bruder und seine Freunde sagten. Denn jedes Mal, wenn Rinaldo an der AGIP-Tankstelle an der Landstraße der Pfarrkirche gegenüber war und Benzin in die Tanks füllte, und wenn Giustinas Mutter im Waschhaus von Villa Grande Wäsche waschen ging, schlich sich Mario durch die von Giustina halb offen gelassene Tür in Rinaldos Haus und hatte, ohne es zu wissen, eine Horde Neugieriger auf den Fersen, zu denen unter anderen mein Bruder Nando, unsere Freunde und Cousins Paolo, Piero, Rodolfo, Antonio und ich weiß nicht, wer noch alles, gehörten, und ich, der kleinste von allen, den sie nie loswurden, so klein, dass ich der einzige war, der durch das zu hohe Fenster, hinter dem abwechselnd mein Bruder und die anderen Posten bezogen, nichts sah. So dass ich im Unterschied zu allen anderen Marios und Giustinas Tun nur vom Hörensagen kannte, durch das, was mein Bruder Nando und seine Freunde auf dem Heimweg mir zu erzählen geruhten, was dieses Tun noch geheimnisvoller machte; sie blieben dagegen dicht am Fenster stehen, während Mario an Giustinas großen Brüsten herummachte, wie sie sagten, und mit seinen Erkundungen von Giustinas dicklichem Körper nicht bei ihrer atemberaubenden Brust Halt machte, standen stumm wie die Fische, wagten kaum zu atmen und versuchten verzweifelt, die kleine Ausbeulung zu verdecken, die sich in ihren Hosen bildete, an derselben Stelle, von wo mein kleiner Pimmel kleine Schauer in die Wirbelsäule und meine kleinen Arme hinaufsandte, je ausführlicher mein Bruder und die anderen auf dem Rückweg Kommentare über Marios Heldentaten austauschten und sie aufzählten: sein Mund, der Giustinas Lippen ansaugte, seine Zunge, die zwischen Giustinas beiden vorspringenden Zahnreihen eintauchte, seine Hände, die sich in Giustinas volle braune Haarpracht eingruben, um gleich darauf auf ihren Schultern wieder aufzutauchen, das Kleid entlang hinunterglitten bis zu Giustinas Hüften, dann langsam an ihrem großblumigen grellfarbenen Kleid wieder hinauffuhren, um plötzlich nach Giustinas Brust zu greifen, und die Schwere von Giustinas atemberaubenden Brüsten auszukosten, dann, den Zwischenraum zwischen den noch geschlossenen Knöpfen an Giustinas Kleid nutzend, hineinschlüpften bis zum schneeweißen und engsitzenden BH, den man plötzlich sah, weil die Knöpfe dieser Hand, die sich zwischen Giustinas beiden riesigen Kugeln einen Weg bahnten, nicht widerstanden.

Wenn sie dann ihrerseits versuchten, die Maße der Brust zu schätzen, die sie gerade gesehen hatten, begannen ihre Meinungen auseinander zu gehen, einer verglich sie mit Melonen, ein anderer mit Fußbällen und Basketbällen, einer mit der Weltkugel oder mit dem Mond, einer mit dem enormen Euter der Milchkuh, die in Rinaldos Stall neben dem Esel wiederkäute, und ich gab mal dem einen, mal dem anderen Recht, allerdings in Gedanken, weil ich mich nicht in ihre Erzählungen einmischen durfte, und stellte mir ganz weiche Melonen und Fußbälle vor, die eine harte Brustwarze hatten, wie mein Bruder und seine Freunde sagten, denn ich hatte nie Brüste gesehen, weder ganz kleine, noch so große, wie die, von denen sie sprachen, außer, aber die habe ich nicht wirklich gesehen, die meiner Mutter, als sie mich stillte, sie sagte mir, dass ich, wenn auch noch zahnlos, die Brustwarzen, die sie mir bot, mit meinen schon so harten Kiefern traktierte, während ich wie ein Verdurstender trank, fügte sie hinzu. Das ist Großvater Claudio, wie er im Buche steht, sagte sie, den Gedanken weiterspinnend, der nuckelt doch ständig an den Rotweinflaschen, ganz anders als mein Bruder Nando, schloss sie, der nie die Neigung zum Trinken hatte.

Aber wenn die anderen dann weiter ihre schmutzigen Geschichten erzählten, blieb ich zurück, nicht, weil es mir nicht gefiel, ihnen zuzuhören, ihren schmutzigen Geschichten zu lauschen, sondern weil die Rede davon war, dass bei der nächsten Gelegenheit versucht werden sollte, es diesem Mordskerl von Mario gleichzutun, der so gut mit den Mädchen umzugehen wusste, dasselbe zu erforschen zu versuchen, den Körper von Graziella, Anna oder Piera zu betatschen und – aber da bin ich nicht mehr sicher, das gehört zu haben, weil der Abstand zu den anderen schon sehr groß war, auch den von Rita, meiner Rita, meiner Traum-Rita. Deshalb habe ich alle Engel im Himmel, einschließlich die rote Madonna und den heiligen Demetrius persönlich gebeten, mir vor meiner Abreise, bevor es zu spät war, Zeit zu lassen, Rita meine Liebe zu erklären, sie ihr zu erklären und ihr nur eine Minute, nur eine Sekunde oder den noch so kleinen Bruchteil einer Sekunde eine meiner Hände auf einen ihrer kleinen Hügelchen zu legen, wofür ich – und auch das habe ich dem heiligen Demetrius feierlich versprochen, meiner Rita ewige und unbedingte Treue schwören und ihr sogar erlauben würde, mit ihren feuchten kalten, mit unzähligen Ringen geschmückten Händen diesen kostbaren Gegenstand da hinter meinem Hosenschlitz zu berühren, den außer mir zum Pinkeln noch niemand hatte berühren dürfen, und wenn ich niemand sage, so stimmt das nicht ganz, denn ein von meinem Bruder Nando und seinen Freunden erfundenes schmutziges Spiel bestand eben darin, uns kleine Schläge auf den Pipi zu geben, wobei derjenige, das heißt ich, verlor, der den letzten Schlag bekommen hatte und ihn nicht den anderen, die älter und behänder waren, wenn es darum ging, ein so kostbares Gut zu schützen, weiterzugeben vermochte.

Und während Mama fieberhaft jemanden suchte, dem sie unsere Laden-Weinstube mit Salz und Tabakverkauf abtreten konnte und einen großen Teil unserer Möbel, unserer von Großmutter Lucia bestickten Wäsche und unser Porzellan, sowie den Satz Kupfertöpfe verkaufte, während unser Haus, das schon nicht mehr ganz unser Haus war, sich ganz allmählich leerte, füllten sich meine Nächte mit Träumen, mit Liebesträumen, die zum Alptraum wurden, einem Alptraum, in dem nicht nur mein Bruder Nando, sondern auch Piero, Paolo, Rodolfo, Antonio und alle Jungen von Cardabello, die älter waren als ich, und von ganz San Demetrio sich zu schaffen machten, um Tausende und Abertausende von Brüsten unter Kleidern aller Farben zu betasten, und unter all diesen Kleidern war eins, das bald hell-, bald dunkelblau war, das Rita gehörte, von der ich deutlich die Kaninchenzähne erkannte, denn sie machte den Mund weit auf und fuhr sich jedes Mal mit der Zunge über die Lippen, wenn eine Hand sich genau dorthin, auf einen der beiden kleinen Hügelchen legte, die ich für mich haben wollte.

Natürlich habe ich auch darüber mit niemand gesprochen, und da ich den Augenblick meiner Liebeserklärung unablässig hinausschob, war ich an dem Tag, an dem es Mama gelang, unseren Laden an die Marchettis zu verkaufen, und wo unserer Abreise nichts mehr im Wege stand, völlig baff vor Erstaunen, als mein Bruder zu mir kam, um mir zu sagen – und es war, soweit ich mich erinnere, das erste und letzte Mal, dass er sich mir so anvertraute – dass man ihm Hörner aufgesetzt hatte und wohin das noch führen solle, wenn einen die engsten Freunde betrügen. Ich habe nichts von dem begriffen, was er mir sagte, und während ich auf seine rechte Hand blickte mit der er eine komische Geste machte, um Hörner darzustellen führte er sie an den Kopf und bewegte sie dann in meiner Richtung, den Zeigefinger und den kleinen Finger gestreckt, den Mittel- und Ringfinger, sowie den Daumen gebogen, als wollte er sagen, ich sei der Verräter, von dem er sprach, fühlte ich mich sofort schuldig, ohne zu wissen warum. Ich konnte ihm noch so eindringlich schwören, dass ich nichts getan hatte, er hörte mir nicht zu, begann auf diesen Schurken von Betrüger zu fluchen, der ihm seine Liebste weggeschnappt hatte, und dann noch mehr auf dieses Luder, das sich von Paolo hatte einwickeln lassen und da habe ich ihm nicht mehr zugehört, denn dieses Luder, von dem er sprach, war niemand anders als Rita, meine Rita, die Rita meiner Träume und Alpträume, die nichts von meiner Liebe, von meiner ersten

Liebe wusste, die durch Nandos schmutzige Hände gegangen war, und jetzt den riesigen Klauen meines Cousins Paolo ausgeliefert war und vielleicht schon durch alle Pfoten von San Demetrio gegangen war, durch alle, außer durch meine. Ich habe also geschworen, ohne dass es jemand gehört hätte, mich zu rächen und alle Hügel aller Mädchen von Cardabello anzufassen, auch, warum eigentlich nicht, Giustinas beide Riesenkugeln, und bin, meinen Bruder mit seinem Liebeskummer, seinem ersten Liebeskummer, ganz allein lassend, weggelaufen, habe mich mit nassen Augen zitternd in die Schürze meiner Mutter geflüchtet und sie angefleht, so bald wie möglich einfache Hinfahrkarten zu kaufen, weil ich nicht eine Minute länger in diesem vermaledeiten Dorf bleiben wollte, mit einem Schutzheiligen, der zwar vielleicht ein Soldat und Märtyrer war, aber sicher taub wie eine Nuss, taub und ungerecht, ein Urteil, das ich alsbald korrigierte, als nämlich am Abend vor unserer Abreise alle unsere Verwandten und Freunde der Familie sich in der Weinstube, die uns schon nicht mehr gehörte, drängten, um uns auf Wiedersehen zu sagen.

Batista und Don Rocco waren da, Rinaldo, seine Frau und Giustina, Onkel Cesare mit seinen zahllosen Kindern, darunter Paolo, der, obgleich er meinem Bruder Rita weggeschnappt hatte, keineswegs fröhlich war, als ob man ihm sein schönstes Spielzeug weggenommen hätte. Übrigens war keiner fröhlich, und es sah so aus, als würden alle gleich in Tränen ausbrechen, alle, das heißt auch ich, bis die Trauer auf einen Schlag aus meinen Augen wich und auch, wie ich sofort bemerkte, aus Nandos und Paolos Augen, weil am Eingang wie eine unerwartete Erscheinung, ein Wunder der letzten Minute, wie eine Fata Morgana mitten in der Wüste, Rita stand, meine Rita, die Rita meiner Träume und Alpträume, die linke Hand in der Hand ihres Vaters Remo vergraben, und mindestens drei Augenpaare haben sich auf Ritas ewig hellblaues Kleid geheftet, drei Augenpaare, von denen eins, das meine, Rita gemustert hat, beginnend bei ihren nackten Füßen, ihren nackten, ganz dünnen Beinen mit den Knien voller Schrammen, blauen Flecken und Narben, einen kurzen Augenblick hinaufgewandert ist zu den kleinen Hügelchen, die nicht mehr so klein wirkten, weil Rita sich ganz gerade hielt, dann, an ihrem auf den Schultern liegenden Haar in die Höhe gleitend, fiel mein Blick zuerst auf ihre geschlossenen Lippen, die ihre Kaninchenzähne verdeckten und die ein schüchternes Lächeln versuchten, dann auf ihre Nase und links davon gleich neben den hochroten Wangenknochen auf diese kleine Vertiefung, wo ich schon den einen oder anderen Kuss hingesetzt hatte, und gelangte schließlich zu Ritas braunen Augen, zwei tieftraurigen, ganz unschuldigen und herausfordernden Augen, als wollten sie mir etwas sagen, denn kaum hatte ich in die Richtung meines Bruders Nando geblickt, da merkte ich auch schon, dass er nicht mehr an seinem Platz war, sondern zu Rita, seiner Rita, meiner Rita, unserer Rita gelaufen war, die ich in diesem Augenblick mit ihm zu teilen bereit war, wenn nur mein Wunsch, ihre kleinen Brüste anzufassen, erfüllt würde, dort, kurz vor meiner Abreise, zum ersten und letzten Mal, aber auch Paolo war zu ihr gelaufen und Antonio und zwei oder drei andere Freunde meines Bruders, die sich jetzt um sie drängten und eine richtige Traube bildeten. Die Erwachsenen achteten nicht allzu sehr auf diese Vorgänge. Sie gestikulierten, sprachen laut und ihre Hände bewegten sich in alle Richtungen, je reichlicher der Rotwein floss, je mehr die letzten großen Rotweinflaschen weitergereicht wurden vom einen zum anderen, die stehend diese kostbare, mit Hilfe meiner Füße aus den Trauben der Weinstöcke unseres Gartens gewonnene Flüssigkeit in ihren Schlund rinnen ließen, der unablässig mehr davon verlangte. Und in ihren Stimmen lag paradoxerweise ebenso viel Freude wie Trauer, denn man freute sich, sagte Don Rocco, dass unsere Familie endlich dort oben wiedervereint sein würde, wie es für eine echte christliche Familie nötig war, während Batista nicht verstehen konnte, warum Großvater Claudio es ablehnte mitzugehen und Onkel Cesare meine Mutter freundlich schalt und ihr vorwarf, ihre Ausbildung nach dem Krieg nicht abgeschlossen zu haben, sie hätte Volksschullehrerin werden können, sagte er, oder noch mehr als er, und sie hätte eine große Zukunft vor sich gehabt. Giustina dagegen, die in ihrem Kleid mit den grellfarbenen Blumen dicht an der Wand saß, sagte nichts. Sicher dachte sie an ihren Mario, der auch weggegangen war, aber nach Amerika, hatte er gesagt (was, nebenbei gesagt, nicht stimmte, denn ich habe ihn später in Differdingen getroffen) und der wahrscheinlich andere reichere Brüste als ihre betastete, hundertprozentig amerikanische Brüste in Nu York oder in Schikago, wo es nicht wie in San Demetrio nach Hühnerdreck und Kuhdung roch.

Und während ich an Giustina dachte, die sicher an ihren Mario dachte, sagte ich mir, dass ich noch keine Brust angefasst hatte, ob hier oder woanders, ob arm oder reich, groß oder ganz klein, und dass es Zeit war, die unmögliche Mission zu versuchen, die darin bestand, mir durch die um Rita klebende Traube einen Weg zu bahnen, wie Maciste oder Herkules alias Steve Reeves auf sie zuzugehen, mit entschlossener Bewegung alle anderen beiseite zu stoßen, die, bevor sie begriffen, wie ihnen geschah, auf dem Rücken lagen, vor Rita, ein Knie am Boden, Position zu beziehen, die Augen auf das Paar kleiner Hügelchen gerichtet, und ihr meine Liebe zu erklären.

Dann dachte ich, dass all das keinen Sinn hätte, dass ein echter Mann niemals und nirgends der zweite sein dürfte, wie Großvater Claudio es mir erklärt hatte, weder bei der Entdeckung Amerikas noch im Giro d'Italia, noch bei der Erkundung von Ritas Brüsten. Keiner hätte Kolumbus auch nur mit einem Wort erwähnt, wenn er, statt Amerika zu entdecken, in China gelandet wäre, einem Land, dessen Boden Marco Polo lange vor ihm betreten hatte und aus dem er das Pulver mitgebracht hatte, mit dem man beim Sankt Johannes-Fest am 24. Juni das Feuerwerk machte, genauso wie keiner den Namen Fausto Coppi kennen würde, wenn er beim Giro d'Italia Zweiter geworden wäre. Also Ritas Brüste anfassen oder nicht, das war egal, denn meine Hände würden nur anfassen, was andere Hände, unzählige andere Hände schon früher betatscht hatten.

Was hätte ich nicht darum gegeben zu wissen, ob es in Cardabello noch unberührte Brüste gab! Nando und seine Freunde konnten doch mit ihren schmutzigen Pfoten nicht überall hingelangt haben. Und während ich in Gedanken die Dorfmädchen aufzählte und mir unter ihren Kleidern auf der Höhe meiner Augen ihre kleinen Brüste vorstellte, sah ich nicht, dass Rita schon nicht mehr bei der Traube ihrer wechselnden Bewunderer stand, noch bei ihrem Vater Remo, und ich sah auch nicht, dass die Ex-Bewerber des Ex-Mädchens meiner Träume sich im Keller verstreut hatten und zu ihren jeweiligen Verwandten gegangen waren, weil Rita, meine Rita plötzlich genau vor mir stand, ihre kleinen Kaninchenzähne zeigte wie noch nie und mir ihre kleine rechte Hand reichte, an der fast alle Finger voller Ringe waren. Ich habe mir automatisch diese kleine feuchtkalte Pfote geschnappt und sie in meiner ebenso kleinen, aber feuchtheißen Hand vergraben, und während ich fühlte, wie mein Herz mir in den Schläfen pochte, in den Knien, im Pimmel und in der Hand, in der ich die von Rita hielt, und als ein Schauer von meiner Wirbelsäule aus in alle meine Glieder fuhr, habe ich den heiligen Demetrius um Entschuldigung dafür gebeten, an ihm gezweifelt zu haben, wie der heilige Thomas nach Don Roccos Worten an Jesus gezweifelt hatte, und ich habe ein letztes Mal meinen Lieblingsheiligen, meinen edlen Ritter, gebeten, mir zu Hilfe zu kommen und dafür zu sorgen, dass Rita nichts von meinen Herzschlägen, die in meinen Fingern und überall klopften, merkte, ein Trommeln, das sie für Angst halten konnte, und der heilige Demetrius schien mich erhört zu haben, denn Rita, meine Rita, die Rita meiner Träume zog mich an sich, und hier bin ich mir nicht mehr ganz sicher, ob das, was ich sage, wirklich geschehen ist oder ob es sich in einem meiner unzähligen Träume zugetragen hat, denn, als sie mich an sich zog, ob im Traum oder nicht, wurde mein Gesicht genau dorthin gedrückt, zwischen die beiden Hügel meiner ewigen Liebe, während ihr Gesicht, gegen meinen Kopf gedrückt, mir in meine schwarzen Haare einen ganz kleinen Kuss gab und mir auf Wiedersehen sagte. Da habe ich mich frei gemacht, im Traum oder in Wirklichkeit, und, die Augen voller Tränen, habe ich mich in die Schürze meiner Mutter geflüchtet und sie angefleht, zusammen mit dem, was noch an Möbeln übrig blieb, auch meine Zugfahrkarte zu verkaufen, aber ich hatte keine Zeit, ihre Antwort zu hören, weil Giustina zu uns kam und mit meiner Mutter zu reden anfing, sie zu der mutigen Entscheidung, die sie getroffen hatte, beglückwünschte und ihr versicherte, auch sie wolle nicht ewig in diesem elenden, sterbenslangweiligen Nest sitzen bleiben. Und während sie ganz nervös von ihrer bevorstehenden Abreise sprach, tanzten beim Atmen ihre beiden unter ihrem Blumenkleid verborgenen riesigen Brüste, die aus dem zu engen Büstenhalter hervorquollen und deren fleischigen Ansatz ich sah, denn Giustina hatte wegen der Hitze den oberen Teil ihres Kleides ein ganz klein wenig aufgeknöpft. Und ich wollte mich schon wieder an meinen Schutzheiligen Demetrius und auch an die rote Madonna wenden, sie sollten auch Giustina die Idee eingeben, mich im Traum oder in Wirklichkeit beim Aufwiedersehensagen an sich zu ziehen, aber ich habe das nicht getan, weil meine ganze Aufmerksamkeit sich auf das andere Ende des Kellers konzentrierte, wo durch den Vorhang der immer fieberhafter gestikulierenden Körper Rita, meine Rita, bald lächelnd, bald traurig, mit meinem Bruder Nando sprach, der überhaupt nicht zufrieden aussah, denn er hatte weit aufgerissene Augen, die fast aus ihren Höhlen sprangen, wobei er Toto ähnelte, wenn der einen seiner typischen Zornesausbrüche hatte. Sicher las er seiner Ex-Freundin, die sich erlaubt hatte, ihm, Nando, dem einzigen, der das vermaledeite Dorf diesmal endgültig verlassen durfte, Hörner aufzusetzen, gerade die Leviten, diesmal endgültig, weil sein bester Freund ihn mit seiner besten Freundin betrogen hatte, das sagte er wahrscheinlich gerade zu Rita, während ich auf mich selber böse war, weil ich ihr, als sie im Traum oder in Wirklichkeit vor mir stand, nicht alles gesagt hatte, denn auch ich hatte ihr, meiner potentiellen Ex-Liebe Dinge zu sagen, dass ich sie liebte, zum Beispiel, trotz ihres mehrfachen Betrugs, und dass ich auch fern von ihr nie aufhören würde, an sie zu denken, von ihr zu träumen, von ihr und ihren beiden kleinen Hügeln, die bald wachsen und die Ausmaße von Giustinas Busen erreichen sollten, Giustina, die jetzt Mama umarmte und sich von uns entfernte, als ob ich nicht existierte, während andere nahe Bekannte, Tante Nunziata, Onkel Cesare, Batista, Remo, Rinaldo und Don Rocco mit einem Glas in der Hand Schlange standen vor meiner Mutter, der es bis dahin gelungen war, ihre Tränen zurückzuhalten. Aber als sie am Kellereingang

Großmutter Lucia und Großvater Claudio sah, die ihr einen feuchten Blick zuwarfen, konnte sie sich nicht halten und lief hinaus, verständnisvolle und traurige Blicke all derer nach sich ziehend, die uns zum letzten Mal besuchten und die gemeinsam mit einem einzigen Schluck den in ihren Gläsern verbliebenen Wein austranken, als hätte einer das Signal dazu gegeben, und sich nach noch vollen Krügen umsahen, die im Keller herumgereicht wurden.

Nando seinerseits, der wieder bei seinen Freunden stand, schien jemand mit den Augen zu suchen, während er mit Paolo und den anderen redete, wahrscheinlich über Differdingen, eine Stadt, die er mit sieben oder acht Jahren hatte verlassen müssen, als er Fernand und nicht Nando hieß, und in der er viele Freunde hatte, die wegen seiner Abreise sehr traurig waren, wie es übrigens bei jeder Abreise der Fall ist, und so habe ich an Papas Abreise ein Jahr zuvor denken müssen. Und sicher genau in dem Augenblick, als unsere Verwandten und nahen Bekannten melancholische Lieder anstimmten, Romagna mia mit Akkordeonbegleitung von Rodolfo, dem Küster von Don Rocco, fühlte ich mich zum ersten Mal in der Zange eines philosophischen Dilemmas, wie mein Bruder, der sehr komplizierte Wörter kannte, sicher gesagt hätte.

Unsere Abreise war nicht nur eine simple Abreise. Sie war weiß Gott komplizierter und mit keiner Abreise, von der ich bis dahin gehört hatte, zu vergleichen, denn wir, und es war mindestens das zweite Mal für uns, verließen Menschen, die uns lieb waren, um zu anderen zu fahren, die uns ebenso lieb waren, wenn nicht noch lieber. Und während bei unserer Abreise aus Differdingen das erste uns wohl mit Trauer erfüllte, hätte das zweite uns Freude bereiten müssen, weil wir beim Verlassen von San Demetrio zwar einen nicht zu unterschätzenden Teil unserer Familie zurückließen, aber uns in Differdingen wieder mit dem Teil vereinigten, der uns am meisten hätte fehlen müssen, und zwar in meinem Fall mein Vater. Aber auf der anderen Seite gab es Rita, meine Ex-Rita, die ich wahrscheinlich nie wiedersehen würde, und da mir diese Rita potentielle Hörner aufgesetzt hatte, noch bevor ich ihr meine Liebe erklärte, schmolzen Freude und Trauer in einem bis dahin mir unbekannten Gefühl zusammen. Es war, als schwömme ich in einem Meer von freudigen und traurigen Wellen, die mir bald Tränen, bald Lachen entlockten, oder beides gleichzeitig, was noch schwieriger war.

Das passierte uns nun zum zweiten Mal. Beim ersten Mal, als wir Differdingen verließen, um nach Italien zurückzukehren, war mein Vater das Hauptopfer dieses Hin-und-Her-Gezerres, denn er ließ in Differdingen nicht nur seine Mutter, meine Großmutter Maddalena, zurück, sondern auch das Grab seines Vaters, sowie die Jahre seiner Kindheit und Jugend, während er in Italien in San Demetrio zwar etwas besser leben konnte wegen des Lebensmittelladens und des Weinkellers und weil er außerdem mit derjenigen dorthin ging, die er unter vielen anderen eines Tages auserwählt hatte, als der Krieg zu Ende ging, der Krieg mit allen seinen Gräueln, aber dort unten zwischen Rinaldos Stall und den Glocken von Santa Nunziata war nicht der richtige Ort für ihn, ebenso wie Differdingen kein Ort war, der zu meiner Mutter passte. Ehrlich gesagt, die Dinge lagen noch komplizierter, denn bei ihrer Ankunft in Luxemburg nach dem Krieg wären meine Eltern beinahe in Frankreich gelandet, aus dem einfachen Grund, weil die einzige Arbeit, die mein Vater in dem Augenblick hatte finden können, in Longwy war, nicht sehr weit von Differdingen, aber in Frankreich, und wenn das Schicksal es gewollt hätte, würde ich heute nicht die Sprache von Charly, dem Sohn von Lebensmittelhändler Meyer sprechen, sondern die Sprache, die durch die Macht der Umstände ebenfalls Eingang in unsere Familie gefunden hat, und zwar das Französische. All das erzähle ich, um deutlich zu machen, dass unser Hin und Her von einem Ort zum anderen eng mit unserer Familie zusammenhing, von Anfang an von ihr nicht zu trennen war, von dem Tag an, wo mein Vater – und das stelle ich mir vor oder erfinde es, denn Papa hat es mir nie erzählt – von einer militärischen Aktion gegen die restlichen Schwarzhemden zurückkommend, Onkel Cesare traf, der eine Gruppe Partisanen kommandierte, zu der auch Großvater Claudio, der Vater meiner Mutter, gehörte, und wie eins das andere nach sich zieht, haben sich die Dinge so überstürzt entwickelt, dass mein Vater mit dem letzten Schuss im Krieg sich endlich entschloss, bei Großvater Claudio um die Hand meiner Mutter anzuhalten, und dieser gab ihm diese Hand gern, denn mein Vater war ihm nicht nur sympathisch, er erinnerte ihn auch an die Stadt Differdingen, nach der er Ende der zwanziger Jahre zusammen mit seinem Bruder Alfredo, meinem Onkel Fredy, ausgewandert war, als in Italien Mussolini und die Schwarzhemden schon seit geraumer Zeit an der Macht waren.

Es ist also nicht erstaunlich, dass mein Vater nach einem in San Demetrio verbrachten Jahr nach Differdingen zurückkehren wollte, durch diese zusätzliche Ortsveränderung eine unkontrollierbare Abreiselawine auslösend, ebenso wie der Entschluss vom Jahr zuvor, nach Cardabello zurückzukehren, eine unkontrollierbare Abreiselawine ausgelöst hatte. Ehrlich gesagt geht der Ursprung dieses Kommens und Gehens auf viel frühere Zeiten zurück, denn die ersten in unserer Familie, die mit dieser Pendelbewegung begonnen haben, waren weder mein Vater noch meine Mutter, sondern zuerst meine Großeltern, Großvater Nando und Großmutter Maddalena, kurz vor dem Ersten Weltkrieg, dann am Ende der zwanziger Jahre Großvater Claudio und Onkel Fredy. Sie waren es, die den Anstoß zu unserer Reisemanie gaben, als sie, getrieben durch die Armut des Abruzzen-Landes, beschlossen, den Exodus zu wagen nach dem Land des großen Versprechens, das Differdingen wegen des Eisens war, das dort im Boden vorhanden war. Nachdem sie sich einmal in dieses Meer gestürzt hatten, wurden sie Opfer des Anbrandens und Zurückfließens der Wellen wie jeder Fisch.

Ein bisschen wie Mrs. Haroy, sage ich mir heute, weil in der Schule in der Biologiestunde Lehrer Schmietz uns erzählt hat, dass die Wale eine tragische Geschichte haben. Bevor sie ins Meer kamen, entwickelten sie sich auf dem Land, wie die Dinosaurier oder wie jedes andere Säugetier. Sie hatten vier Beine, atmeten wie ich, und in ihren Adern floss warmes Blut. Aber wie die Dinosaurier waren sie zu schwer und konnten nicht länger in ihrer natürlichen Umgebung leben, wenn sie nicht riskieren wollten, unter ihrem Gewicht zu ersticken. Da begann ihr Exodus nach dem Land der großen Verheißung. Diese letzten Worte habe ich hinzugefügt, denn die Geschichte, die unser Lehrer uns erzählt hat, interessierte mich mehr als jede andere. Von Anfang an habe ich die Ohren gespitzt, als wüsste ich schon vorher, was Herr Schmietz sagen würde, und die Wale, allen voran Mrs. Haroy, sind mir trotz ihrer kolossalen Hässlichkeit sofort sehr sympathisch gewesen. Wie die Israeliten mit Moses, die aus Ägypten ausgezogenen Vorfahren meines Freundes Charly, des Sohnes von Lebensmittelhändler Meyer, von denen Schwester Lamberta uns allerlei erzählt hatte, denn der Ursprung von Mrs. Haroy wie der von Moses ähnelte verblüffend meiner eigenen Familiengeschichte. Deshalb wollte ich mir kein Wort von dem, was Herr Schmietz über Wale sagte, entgehen lassen, und als unser Lehrer weiter erklärte, dass die Wale beim Überwechseln ins Meer leider Säugetiere geblieben und daher dazu verdammt waren, wie wir Menschen zu atmen, was nicht sehr bequem war in den Ozeanen, wo sie sich nicht wie Fische im Wasser fühlten, lief mir ein Schauer über den Rücken wie der, durch den ich ins Zittern kam, wenn ich an Rita zurückdachte. Zudem hatten sich ihre vier Beine mit der Zeit in Schwimmflossen verwandelt, und das hinderte sie daran, auf das Festland zurückzukehren. Da sie also weder im Meer noch auf dem Festland zu Hause waren, hatten die Wale nach der Darstellung unseres Lehrers ein tragisches Leben. Deshalb waren sie immer traurig, bliesen einen auf mehrere Kilometer sichtbaren Wasserstrahl in die Luft und ließen ihren melancholischen Gesang durch das Wasser hallen. Deshalb und auch, weil die Menschen auf sie losgingen, weil sie voll von einem gehaltreichen Fett waren, das kostbares Öl ergab, und wenn eine Harpune in ihren Rücken eindrang, wurde die von ihnen in die Luft geblasene Wassersäule ganz rot.

Als ich diese Worte hörte, musste ich an Mrs. Haroy zurückdenken, wie sie majestätisch und traurig mit weit offenem Maul ohne Wasserstrahl auf dem Waggon vor dem Bahnhof ausgestreckt lag, neugierigen Blicken ausgesetzt, und unter diesen auf den Koloss von sechzig Tonnen und dreiundzwanzig Meter Länge gerichteten Augen waren an diesem regnerischen Februartag 1953 vielleicht auch die meinen, geschützt durch eine Kapuze oder Mütze. Ich war damals erst zwei oder drei Jahre und folglich unfähig, diese Erinnerung bewusst in dem jetzt so vollen Reservoir meines Gedächtnisses zu speichern. Und während ich an Mrs. Haroy zurückdachte, ist mir mein eigener Werdegang plötzlich bewusst geworden, denn er gleicht auf merkwürdige Weise dem von Lehrer Schmietz erzählten, nämlich ich und meine Familie, außer vielleicht mein Bruder Nando, der wieder Fernand heißt und sich in Differdingen wie ein Fisch im Wasser fühlt, wir sind schon nicht mehr in Cardabello zu Hause, selbst wenn wir noch die Sprache von da unten sprechen, gehören aber auch nicht ganz zu Differdingen und seinen Einwohnern, die uns schief ansehen und uns Boccia oder Spaghettifresser und Itaker nennen, wenn wir nicht dabei sind.

All das weiß ich jetzt, wo wir wieder hier in Differdingen sind, und nachdem mir in der Schule von Herrn Schmietz und Schwester Lamberta allerhand Geschichten erzählt worden sind, die mir geholfen haben, das zu verstehen. Aber dort unten in San Demetrio spürte ich schon undeutlich, lange vor unserer Abreise, auch wenn es mir nicht voll bewusst war, dieses tragische Los, das an meiner Haut klebte, wie ein vermaledeites Kleidungsstück.

Was damals in meinem Kopf vorging, war paradox und verwirrte meinen Sinn, ebenso wie das, was meine Mutter damals verspürte, paradox und höchst verwirrend sein musste. Ihr verzweifeltes Bemühen zu verhindern, dass weder Trauer noch Freude die Oberhand bekamen, war heroisch, ein berechtigtes Bemühen, dessen Ziel es war, das Gleichgewicht herzustellen zwischen dem, was sie verlor und dem, was sie gewinnen sollte. Auf der rechten Waagschale lag die Vergangenheit, ihre Eltern Großmutter Lucia und Großvater Claudio, sowie Onkel, Cousins, Bekannte und Freunde aller Art, während auf der linken Waagschale die Zukunft lag, ihr Mann, der, den sie von allen Männern auserwählt hatte, um mit ihm ihr Leben zu verbringen, im Bösen wie im Guten, hatte Don Rocco bei der Trauung gesagt, bis dass der Tod euch scheidet. Normalerweise hätte die Waage sich zu dieser letzteren Seite neigen müssen, und das hat sie auch getan, wenigstens eine Zeit lang. Daraus hat sie die Kraft zum Verkauf unserer Salz-Tabak-Lebensmittelhandlung geschöpft, mit einem Mal wie ein Unkraut die Wurzel ausreißend, die sie wirtschaftlich noch in San Demetrio zurückhielt, wobei sie sich sagte, dass ihre Eltern sich früher oder später entschließen würden, zu ihr nach Differdingen zu kommen. Dann hat sich die Waage plötzlich mehr zur rechten Seite geneigt, und zwar als sie sich vorstellte, dass sie in Differdingen ganz allein sein würde, weil sie die Sprache nicht konnte, weil sie nur die Leute kannte, die Papa kannte, und sich noch fremder fühlen würde als in Cardabello – bei der Rückkehr nach Italien kam sie, anders als sie in dem Moment gedacht hatte, als sie die Reise unternahm, (wie Mrs. Haroy) an einen Ort, der schon nicht mehr ihr wahres Zuhause war, ebenso wie Differdingen, wo sie immerhin zehn Jahre lang gewohnt hatte, bevor sie an die Rückkehr dachte, es nie gewesen war – sie würde ganz allein sein, abhängig von ihrem Mann, ohne Arbeit und ohne wirklich eigene Zukunft, und sie träumte zweifellos von einem neutralen Ort, einem Niemandsland, wo Trauer Trauer wäre und Freude Freude, Longwy in Frankreich vielleicht, auf halbem Weg zwischen Differdingen und Cardabello, wenn auch nicht geographisch, denn Longwy lag etwa zehn Kilometer von Differdingen entfernt, so doch wenigstens hinsichtlich der Sprache, des Französischen, das doch irgendwie, wenn auch sehr entfernt, mit ihrer Muttersprache verwandt war.

Leider hat niemand auf meine Waage Rücksicht genommen, denn im Gegensatz zu meiner Mutter handelte es sich nicht um eine Waage mit zwei Waagschalen, auf denen ich das Für und Wider meiner Abreise hatte abwägen können. Nein, meine Waage hatte nur eine einzige riesige Waagschale, auf der nur ein einziger Name lag, Rita, meine Rita, meine erste Liebe, eine gewichtige Rita wegen ihres mehrfachen Betrugs, den ich ihr ebenso oft verzieh, denn eine erste Liebe, und daran merkt man, dass es sich wirklich um die erste Liebe handelt, vergisst man nie. Man trägt sie wie einen Sonntagsanzug und ist ganz stolz, sich den anderen überlegen zu fühlen, man ist erfüllt von einem nicht mitteilbaren und schwerwiegenden Geheimnis, es ist, als ob irgendwo drinnen im Kopf ein großes Stück fehlte, ein Stück, das zwar da ist, aber sich zugleich anderswo befindet.

Natürlich ist auch Rita nicht ewig in Cardabello geblieben. Eines schönen Tages teilte meine Mutter uns mit, dass auch Remo nach Differdingen kommen würde, um zu arbeiten, jetzt nach dem Tod seines Vaters Batista, den, wie meine Mutter erklärte, dieser elende Mario, der ihm soviel angetan hatte, auf dem Gewissen hatte, und dass er Frau und Tochter mitbringen würde, da das Gesetz ja nun den Zuzug der Familien erlaubte, während vorher die meisten von denen, die die Reise unternahmen, ganz allein kamen und am Ende des Jahres nach Hause zurückkehren mussten, ein ungerechtes Hin- und Her-Gezerre, das sie zwang, jedes Mal von neuem mit den Formalitäten anzufangen, um in das Land der großen Verheißung zu gelangen. Der Ton, in dem meine Mutter uns das alles beim Essen sagte, erregte meine Aufmerksamkeit nicht besonders, noch die Tatsache, dass mein Vater zwischen zwei Löffeln Minestrone hinzufügte, dass den Immigranten dieses Recht nicht aus Barmherzigkeit zugebilligt worden sei, sondern einfach, weil die Italiener die Manie hätten, einen großen Teil ihres geringen Lohns in ihr Land zu schicken und es also nicht in Luxemburg ausgäben, worauf meine Mutter erwiderte, dass man doch da unten auch leben müsse, und außerdem wollte sie nicht, dass wieder über Politik geredet würde, sie habe das bis hier, sagte sie und führte ihre linke Hand an den Hals, und dann wechselte sie entgegen ihrer Gewohnheit das Thema, denn jedes Mal, wenn sie sagte, sie habe die Politik bis hier, das mit ihrer üblichen Geste betonend, erzählte sie von ihrem ersten Eintreffen in Differdingen gleich nach Ende des Zweiten Weltkriegs, als ein Zug sie nach vielen Stationen, Genua, San Remo, Paris und der Teufel wisse wo noch, endlich zum Luxemburger Bahnhof gebracht und somit repatriiert hatte, was sich, statt ein friedliches Leben einzuleiten, wovon Papa ihr soviel erzählt hatte, als der schrecklichste Alptraum erwiesen habe. Sie habe ganz am Anfang nicht begriffen, warum nur wenige Monate nach ihrer Ankunft die Polizei gekommen war und alle ihre neu angeschafften Möbel beschlagnahmt hatte, bis zum letzten Löffel, fügte sie immer hinzu, aber sehr schnell sei ihr klar geworden, dass damals ein Italiener schon allein aufgrund seiner Staatsangehörigkeit verdächtig war, und das alles wegen diesem blöden Mussolini, der die dumme Idee gehabt habe, einen Pakt mit Hitler zu schließen und damit alle Italiener, ob sie nun mit dem Duce einverstanden waren oder nicht – und Gott weiß, dass in ihrer Familie keiner jemals die Ideen der Schwarzhemden geteilt habe – unter die Bösen eingereiht habe, die der Welt, Europa und Differdingen soviel Leid zugefügt hätten. Sie sei noch trauriger geworden, als sie erfahren habe, dass all dieser Wirrwarr durch das Gerede von böswilligen, angeblich patriotischen Nachbarn ausgelöst worden war, die nur neidisch waren auf den wirtschaftlichen Erfolg bestimmter Italiener und die vorgaben, nicht begriffen zu haben, dass Papa, den sie doch gut kannten, da sie in derselben Straße wohnten, nur in den Krieg gezogen war, weil er zum italienischen Militär zwangseingezogen wurde, und nicht freiwillig, wie böse Zungen behaupteten, auch wenn es sein einziger Fehler gewesen sei, sich nicht zu verstecken, sich nicht zu weigern, nicht zu desertieren, wie andere, die jetzt antifaschistische Helden waren, es vielleicht getan hatten, während mein Vater, dem damals die Politik, Mussolini und die Faschisten egal, aber auch piepegal waren, um ein Haar an die Afrika-Front geschickt worden wäre, von der keiner oder fast keiner zurückgekommen sei. Und während die von den Deutschen zwangseingezogenen Einheimischen als Helden gefeiert wurden, wenn sie das Glück gehabt hatten, vom Russlandfeldzug nach Hause zurückzukommen, wurden die italienischen Zwangseingezogenen durch die Bank als schmutzige Kollaborateure und Verbrecher betrachtet, was furchtbar war, erzählte Mama, weil mehr als ein Angehöriger ihrer Familie von den Schwarzhemden misshandelt worden war, und darüber hinaus fast alle aktiv oder passiv auf der Seite der Partisanen gekämpft hatten, und das habe die Behandlung, die ihnen bei Kriegsende in Differdingen zuteil wurde, noch demütigender gemacht, dabei hätten sie nur eins im Sinn gehabt, nämlich endlich ein friedliches Leben zu führen und Kinder in die Welt zu setzen, die niemals einen Krieg erleben sollten, denn Politik war ein schmutziges Geschäft und beschmutzte auch die, die nichts damit zu tun hatten, aber das ignorierten die Nachbarn aus der Spitalstraße, für sie war ein Italiener ein Mussolini-Anhänger, so wie jeder Deutsche ein verdammter Nazi-Preuße war, wobei sie vergaßen, dass viele Italiener, die in Luxemburg geblieben waren, mitgeholfen hatten, junge Luxemburger zu verstecken, und dass ausgerechnet ein Deutscher 1941 in der Hadir-Fabrik das Signal zum Streik gegen die Nazi-Besatzer gegeben hatte, hatte mein Vater erzählt, was zur Folge hatte, dass er um einen Kopf kürzer gemacht worden war.

Aber an diesem Tag fing meine Mutter also entgegen ihrer Gewohnheit nicht wieder mit ihrer Litanei an. Sie wechselte sofort das Thema und wurde ganz fröhlich, während sie wieder von Remo sprach, der in zwei Tagen ankommen würde und den man vom Bahnhof der Stadt abholen müsse. Und da habe ich meinen Löffel in den Teller fallen lassen, denn meine Mutter fügte hinzu, sie sei neugierig darauf, zu sehen, wie sich seine Tochter Rita entwickelt hätte. Auch Nando hörte mit starrem Blick zu kauen auf, nur einen winzigen Augenblick allerdings, dann fuhr er fort, sehr geräuschvoll seine Suppe zu schlürfen, wobei er verzweifelt versuchte, seine Nervosität zu verbergen, während ich mit offenem Mund Ritas nackte Füße und ihr himmelblaues Kleid vor mir sah, ihre Kaninchenzähne und ihre kleinen Hände mit den beringten Fingern, ein Bild, das für immer unter den kostbarsten Schätzen meiner Erinnerung begraben lag, nicht zu vergessen die beiden begehrenswerten Hügelchen, die ich im Traum oder nicht, mit meinem Gesicht berühren durfte, während Nando, Paolo und alle anderen nur ihre schmutzigen Pfoten darauf gelegt hatten.

Ich weiß nicht mehr, was an den folgenden beiden Tagen endlosen Wartens, die unabwendbar zum endgültigen Wiederfinden derjenigen führen sollten, die immer meine erste Liebe blieb, Lehrer Schmietz oder Schwester Lamberta in der Schule erzählt haben. Tatsache ist, dass am zweiten Tag Onkel Fredy uns nach dem Unterricht mit seiner großen amerikanischen Luxuslimousine abholte, und während wir Differdingen hinter uns ließen und uns der Stadt näherten, begann mein Herz wie die Trommel zu schlagen, die am Tag der Maikirmes den Hammelzug ankündigt, wobei das Pochen bis in die letzten Teile meines Körpers drang.

Während der Fahrt habe ich wohl tausendmal den Film unserer schönen Liebesgeschichte vor meinen Augen abrollen lassen, eine völlig ungetrübte Geschichte, eine reine Liebe, wie es sich für eine erste Liebe gehört, eine Liebe wie die von Romeo und Julia, denn, auch wenn beim Durchfahren von Niederkorn die Version mit den potentiellen Hörnern noch vorherrschte, löste sie sich, sobald wir in Niederkerschen einfuhren, wie Morgennebel auf, und die Sonne brach durch, eine Sonne mit himmelblauem Kleid und dem Gesicht meiner Rita mitten drin, die freudestrahlend aus dem Zug steigt, eingehüllt in die weißgraue Dampfwolke der Lokomotive, ein Gesicht, das auf der Höhe von Dippach nur noch ein Mund war, in dem ich die Kaninchenzähne wiedererkannte und der mir sagte, dass Claudio und Rita im Guten und im Bösen wiedervereint sein sollten, bis dass der Tod uns scheidet. Bei diesen letzten Worten drohte der Film zu reißen, denn ich erinnerte mich wohl, wenigstens hatte mir mein Bruder Nando das erzählt, dass die Geschichte von Romeo und Julia eben mit dem Tod endet, der diese beiden reinen Wesen für immer scheidet, aber dieser Zweifel verflüchtigte sich sofort, denn da beide gleichzeitig gestorben waren, hatte sie der Tod, anstatt sie zu trennen, in einem ewig schönen Leben vereint, einem Leben, wie es uns Schwester Lamberta versprach, sobald wir bei unserer Erstkommunion die Hostie mit dem Körper Jesu hinuntergeschluckt hätten, ein Augenblick, der mit Riesenschritten näher kam.

Auf jeden Fall waren Leben und Tod in meinem Kopf ungefähr dasselbe. Großvater Nando zum Beispiel, der durch einen Stolleneinbruch in der Thillenberger Grube ums Leben gekommen war, war in unseren täglichen Unterhaltungen fast ebenso gegenwärtig wie der in San Demetrio gebliebene Großvater Claudio, und da ich in der Schule gelernt hatte, dass jede Abreise ein kleiner Tod ist, hatte ich meinen kleinen Tod mit der Zeit gut überwunden, auch wenn jetzt, je mehr sich Onkel Fredys Wagen der Stadt näherte, die Traurigkeit mir beinahe einige Tränen entlockte, und auch drohte, Nando welche zu entlocken, der schweigend neben Onkel Fredy auf dem Vordersitz saß, schweigend und wahrscheinlich voller Gewissensbisse wegen Josiane, seiner neuen Freundin, der Tochter des Metzgers am Marktplatz, die er in Gedanken betrog, während ich niemanden betrog, denn ich hatte schon vor Wochen mit Michèle, Charlys Schwester, gebrochen. Es blieben also in meinem Film nur noch Rita und Claudio, der jetzt Clodi hieß, während Rita ihren Namen behalten hatte, ohne Hindernis, ohne Hinterhältigkeit, ohne Trauer, ein Stummfilm von Anfang bis Ende, denn keiner im Wagen redete, was sicher bedeutete, dass alle tief in Gedanken versunken waren, alle außer Papa natürlich, der nicht mitgekommen war, weil er in der Fabrik Waggons an- und abkoppelte.

Für meine Mutter, das hat sie uns später erzählt, war diese Reise von Differdingen zur Stadt eine der schönsten ihres Lebens. Die Nachricht, dass Remo kommen würde, hatte sie völlig verwandelt. Sie war von früh bis spät frohgestimmt und trällerte ununterbrochen Opernarien oder italienische Lieder, Santa Lucia zum Beispiel oder Arrivederci Roma, als ob die Nabelschnur bei ihrer Abreise von San Demetrio nur halb abgeschnitten worden war und sie jetzt von neuem mit dem verband, was sie verlassen hatte. Die Verkörperung all dessen war Remo. Remos Ankunft, sagte sie sich wahrscheinlich, bedeutete, dass sich San Demetrio immer mehr leerte und das zur Folge haben würde, dass in Kürze auch ihr Vater und ihre Mutter ihr Kommen ankündigen würden, auch wenn die Briefe, die sie von dort unten erhielt, diese Möglichkeit nicht erwähnten. Aber vielleicht würde Remo in seinem Koffer voller Pecorino und Abruzzen-Salami ihr endlich den Brief bringen, den sie erwartete, einen mit Großmutter Lucias zittriger Hand geschriebenen Brief mit der Nachricht, dass sie sich endlich auf die Reise vorbereiteten und dass sie nur auf das Geld warteten, um die Zugfahrkarte einfache Hinfahrt kaufen zu können.

Daran dachte bestimmt meine Mutter, als unser Wagen durch die Straßen der Stadt fuhr, neben der blaugelben Straßenbahn her, die majestätisch auf ihren Schienen dahinglitt, während ich ebenso schweigend wie sie die Stücke einer gegen meinen Willen unterbrochenen, nahen Vergangenheit wieder zusammenklebte, die jetzt weiterging, als hätte sie nie einen Stillstand gehabt. Mehr noch: die Vergangenheit zählte nicht mehr. Es gab nur noch die Zukunft, und diese Zukunft hatte einen Namen: Rita. Ein Name, den ich in Gedanken dreimal wiederholte, als wollte ich einen Zauber ausüben, während Onkel Fredy den Wagen in der Nähe der Verkehrsinsel Raquette vor dem Bahnhof, dem Kino Eldorado gegenüber, parkte und ein Reigen von Straßenbahnen, die die Verkehrsinsel umkreisten, den Wagen erschütterte.

Dann ist alles sehr schnell gegangen. Nando wollte nicht aussteigen und nannte als Vorwand plötzliche Bauchschmerzen, die ihm das Aufstehen unmöglich machten, Mama hat mich geschnappt, mich aus dem Wagen gehoben und mich in die riesige Bahnhofshalle geschleppt, Onkel Fredy hat sich eine Zigarette angezündet, ist uns keuchend gefolgt, während er sich die Schweißtropfen von der Stirn wischte, dann hat Mama einen sehr großen Herrn begrüßt, der mir vage bekannt vorkam und der begleitet war von einer ziemlich rundlichen Frau und einem großen Mädchen mit kurzen rotbraunen Haaren und einem dunkelblauen, fast schwarzen Rock, Personen, die mir irgendwie vertraut waren, ohne dass ich begriff warum, was mich nicht übermäßig störte, weil meine Gedanken ganz woanders waren. Die drei Unbekannten stellten ihre mit Bindfäden verschnürten Koffer ab, und es wurden Küsse ausgetauscht, denen ich in Erwartung derjenigen, die jetzt nicht mehr weit sein konnte, und die meine nächste Zukunft mit Leben oder Tod erfüllen sollte, wie ein neutraler Beobachter beiwohnte. Und ich war noch ganz in meinen Film versunken, in dem nur eine Haaresbreite mich von dem glücklichen Ende trennte, als Mama mich wieder bei der Hand nahm, mich zu sich hinzog und mich mit sanfter Schelte vor diese drei Unbekannten schubste, die im Bahnhofsgetöse, zwischen ihren Koffern stehend, gestikulierten: Na, Clodi, was stehst du da wie angewurzelt, sag doch deinem Onkel Remo Guten Tag; willst du Tante Nina und deiner Kusine Rita keinen Kuss geben? *Und auf der*

Insel gab es zahllose Mädchen, die ihren Liebhabern hochmütig sagten, dass sie nie einen Mann heiraten würden, der nicht wenigstens einen Wal getötet hatte…

...Erinnerungstrümmer. Ich frage mich manchmal, ob es überhaupt meine sind. Unbestimmtes Aufscheinen in der Nacht. Einige Inseln tauchen auf aus dem unendlichen Ozean des Nichts. Bereit, wiederum zu versinken. Letzte Überlebensreste.

Ist das Alter von Bedeutung? Und ist es wichtiger als die Erinnerung? Mit diesen Fragen will ich nicht irgendwelche philosophischen Betrachtungen über das Verrinnen der Zeit oder über das plötzliche Aufblitzen von Erinnerungen anstellen. Der große Philosoph der Familie ist mein Bruder Nando, während ich nur der bin, der sich Dinge vorstellt, der Erfinder, oder nach der Version meines Bruders der Lügner der Familie. Was für ein schönes Paar könnten wir sein! Wenn er nur akzeptieren würde, was ich sage. Aber da ich nur der Lügner bin, gilt nur das, was er meint. Als ob das Alter von Bedeutung wäre. Ich sage all das, weil damals, als ich noch klein war und wir in San Demetrio wohnten und selbst noch später in Differdingen, als der schicksalhafte Augenblick der Erstkommunion näherrückte – diese Wasserscheide der Zeit, dieses Vorzimmer der Pubertät, diese so sehnlich erwartete Schwelle, die Traum und Wirklichkeit voneinander trennt, dieser entscheidende Augenblick, nach dem nichts mehr ist wie es vorher war – weil ich damals eine lückenlose Theorie über Erinnerungen aufgestellt hatte. Ich glaubte, und sowohl die Geschichten von Großvater Claudio oder von meinem Bruder Nando als auch meine eigene Einbildungskraft nährten diese Überzeugung, dass das Gehirn unter der Schädeldecke und das Haar darauf eine Einheit bilden. Als wäre die auf meinem Kopf sprießende schwarze Wolle nur die logische Verlängerung der Gehirnmasse, die sich im Innern befand. Eine wesentliche Verlängerung, denn wenn das Gehirn die Funktion hatte, Kraftwerk des Körpers zu sein (etwa wie die Zentrale von Arbed-Terre-Rouge, wo mein Vater arbeitete, nachdem er Ankoppler bei der Hadir gewesen war, Herz und Hirn der ganzen Fabrik, sagte er, was mich mit Stolz erfüllte, denn mein Papa arbeitete ja im wichtigsten Teil des ganzen Stahlwerks von Esch-Belval, in einem Teil, ohne den kein Zentimeter Stahl hergestellt werden kann, während die Väter meiner Freunde nur Lehrer, Lebensmittelhändler, Gendarm, Bankangestellter oder Schneider waren), oder wenn es die Funktion hatte, alle Gefühle, zu denen ich fähig war, zu verteilen (das hat mir Nando erklärt), dann spielten die Haare die Rolle eines Gedächtnisspeichers. Und das bedeutet, dass jede meiner Haarsträhnen auf dem Kopf und sogar jedes einzelne Haar, wie fein auch immer es sein mag, in seinem winzigen Umfang alle Erinnerungen, die sich in meinem Gedächtnis tummeln, speichert (das habe ich ganz allein herausgefunden).

Das beruhigt mich. Nichts von dem, was ich gesehen, gehört, geschmeckt, angefasst und gefühlt habe, ist verloren: alles ist automatisch auf meinem Kopf gelandet und wird dort landen, gefangen in der welligen, geschmeidigen, dichten Masse dieses vollen schwarzen Haares, das von Tag zu Tag auf meinem Schädel dichter wird, meine Hemdkragen schmutzig macht, meine Ohren bedeckt und mir in die Augen fällt. Ja, alles was mir passiert ist, mir passiert und passieren wird, ist und wird da sein, absolut alles, von meiner Geburt in Differdingen bis zur Rückkehr nach San Demetrio, von der Abfahrt von San Demetrio bis zur Rückkehr nach Differdingen, ein Wald symmetrischer Erinnerungen, mit auf beiden Seiten des Scheitels, der sich auf der linken Seite meines Kopfes befindet, zwei Häusern, zwei Schulen, zwei Großmüttern, zwei Großvätern, zwei Ritas, auch wenn die zweite Rita nicht Rita heißt sondern Josiane oder Michèle oder Brigitte, kurz zwei Teilkomplexe von Erinnerungen, säuberlich getrennt durch diese magische Linie, die mein Leben endgültig in zwei Teile von ungleicher Länge geteilt hat.

Vor dem Spiegel stehend, streiche ich mit meinen Händen durch diese seidige Mähne, die sich ständig meinen Fingern entzieht, nehme ein dichtes Büschel auf Augenhöhe in die Hand, aus dem ich irgendein Haar heraussuche, ein einziges Haar, das fast durchsichtig ist, so allein, schwarz und durchsichtig. Aufmerksam und mit Bedacht drehe ich es zwischen Daumen und Zeigefinger hin und her, als handle es sich um den kostbarsten und zugleich empfindlichsten Schatz. Es gelingt mir zwar nicht, die Erinnerung genau zu erkennen, die es enthält, aber ich sage mir, eine andere ebenso glatte Strähne hervorziehend, dass mein Leben, mein ganzes Leben, mein kurzes, bis dahin gelebtes Leben schon sehr reich ist, ebenso reich wie das von meinem Bruder Nando jedenfalls, auf dessen Kopf nicht viel mehr Haare sind, obgleich er drei Jahre und eine Spur älter ist als ich. Und auch nicht auf den Köpfen der Freunde in Cardabello übrigens, die alle älter sind als ich. Das bedeutet, denke ich, während ich mir die Haare um die Finger wickle wie Spaghetti um eine Gabel, dass der Zeitabstand, der mich von ihnen trennt, mit der Elle der Erinnerung gemessen sozusagen, unbedeutend, ja, fast null ist.

Und der Grund, warum ich an all das zurückdenke, ist das nicht gerade diese Bewegung, die Haare um die Finger zu wickeln, wie man Spaghetti um eine Gabel wickelt? Eine Geste, in der wahre Kunst liegt. Nico, zum Beispiel, der Sohn von Lehrer Schmietz, hat einen Bürstenschnitt und sieht aus wie ein Igel. Armer Igel! Seine Haare sind richtige Stoppeln. Davon abgesehen, mag ich ihn gern, den Nico. Und nicht nur, weil er der Sohn vom Lehrer ist. Nein, Mama ist sehr zufrieden mit mir. Sie sagt mir immer, wie auch ihre Mutter ihr immer gesagt hat, aber sie hat diesen Rat nicht befolgt, dass ich mit Freunden umgehen soll, die besser sind als ich, ich sei ja nur der Sohn eines Arbeiters. Aber Nico ist nicht besser als ich. Auch wenn sein Vater Lehrer ist – ich bin der Klassenbeste. Zusammen mit ihm. Trotzdem mag ich ihn gern, den Nico, denn er hat mir eine Menge Sachen beigebracht. Messdiener zu spielen, zum Beispiel, bei ihm in ihrem Haus in Belair, denn ich darf noch kein richtiger Messdiener sein. Er auch nicht. Um richtiger Messdiener zu sein, muss man Chorknabe sein, und um Chorknabe sein zu können, muss man die Erstkommunion hinter sich haben. Dennoch gleichen die Haare auf Nicos Kopf Tannennadeln. Ausgeschlossen, dass er sie um den Finger rollt. Es ist daher auch nicht verwunderlich, dass er Spaghetti auch nicht so essen kann, wie es sich gehört, das heißt, indem man sie um die Gabel rollt, ohne einen Löffel oder was es auch sei zu Hilfe zu nehmen. Und ohne dass Enden aus dem Mund heraushängen, die man dann einsaugen muss. Es ist schrecklich, wenn Nico Spaghetti isst. Vielleicht ist das Grund, warum Mama, auch wenn er, wie sie sagt, besser ist als wir, ihn nicht mehr zu uns einlädt, und zwar seitdem zuerst Fernand, dann ich, angefangen haben, ihn nachzuahmen. Denn vor diesem roten Berg, der sich vor ihm erhebt, zögert er nicht einen Augenblick, ergreift das Messer, das Mama, ich weiß nicht warum, trotzdem an die rechte Seite des Tellers gelegt hat, und beginnt die Nudeln durchzuschneiden, als handle es sich um ein Schweinesteak, bevor er dann die wenige Zentimeter langen Stücke mit Hilfe eines Löffels, der auch wie zufällig neben dem Messer liegt, in sich hineinschaufelt. Er isst das, als wäre es Suppe, dieser Nico. Und wir, das heißt mein Bruder Fernand und ich, werfen neidische Blicke auf ihn. Besonders Fernand, der schon seit geraumer Zeit keine Lust mehr hat, Spaghetti zu essen, wie es diese Spaghettifresser von Italienern tun. Obgleich er es noch nicht gewagt hat, die langen al dente Fäden, die er auf dem Teller hat, so zu zerschneiden. Diesmal verstehe ich ihn, meinen Bruder. Ebenso wie ich verstanden habe, auch wenn das eine Weile gedauert hat, dass er nicht mehr Nando genannt werden wollte. Aber für Mama sind die Spaghetti heilig. Vielleicht sind sie die letzte Verbindung zu dem Land, das sie jetzt endgültig verlassen hat, auch wenn sie weiterhin sagt, dass unsere Rückkehr nach Differdingen nur vorläufig ist.

Es ist wirklich schwer, ein richtiger Luxemburger zu werden, wie Nico und Charly es zum Beispiel sind, oder die anderen Mitschüler. Je mehr man seine Nationalität verleugnet, um so mehr verfolgt sie einen und bricht hervor, wenn man am wenigsten darauf gefasst ist. Nehmen wir Papa. Er kann noch so laut ausposaunen, dass er in Differdingen geboren ist und 1952 naturalisiert wurde – nach meiner Geburt natürlich, was zur Folge hat, dass er Luxemburger ist, während ich, mindestens bis ich achtzehn bin, Italiener bleibe. Alles gut und schön, aber wie sehr Papa auch Luxemburger ist, seine wahre Natur bricht jedes Mal hervor, wenn bei einem Fußballspiel irgendeine Mannschaft gegen die italienische Elf spielt. Solange das Spiel dauert, vergisst er dann seine Naturalisierung und alles und brüllt wie ein Bär für die Spaghettifresser, und das mitten unter seinen Luxemburger Freunden. Denn Fernsehen guckt er bei Dipp, dem verräucherten Café in der Rooseveltstraße Nummer vier gleich neben unserem Haus. Manchmal – nicht sehr oft, denn Mama hat es nicht gern, wenn meine Sachen und meine Haare nach Rauch riechen – nimmt er mich mit zu Dipp, auch wenn es kein Fußballspiel im Fernsehen gibt. Dort redet er mit seinen Kumpels von früher, von der Zeit, als er noch bei den Red-boys spielte, von den schönen Jahren vor dem Krieg, als die Red-boys noch eine gute Mannschaft waren. Schöne Jahre, die gar nicht mehr so schön sind, wenn Papa sich plötzlich an diesen verdammten Sonntag erinnert, als er, wie alle anderen Sonntage, das nicht sehr grüne Spielfeld betritt, denn im Thillenberger Stadion ist fast gar kein Rasen. Zuerst klappt alles gut: Papa schießt ein Tor, spielt den Ball zu, dribbelt, stoppt den Ball, täuscht, fängt ab, bald vorn, bald hinten, abwechselnd linker und rechter Außenstürmer, Verteidiger, Stopper und sogar Torwart, wenn der richtige Torwart verletzt ist. Die Zuschauer sind aus dem Häuschen und schreien sich heiser wie noch nie, denn es steht schon zwei zu null, und alles deutet darauf hin, dass die Red-boys einmal mehr gegen Niederkorn, den Todfeind, gewinnen werden. Dann das unerwartete Drama. Papa holt hinten den Ball, überquert die Hälfte des Spielfelds ohne große Schwierigkeiten, nähert sich gefährlich dem gegnerischen Strafraum, als wäre er allein auf dem Platz, da kommt ein Fuß ihm zwischen die Beine, und er überschlägt sich in vollem Lauf. Die Menge verlangt brüllend Elfmeter, der Schiedsrichter zeigt auf den Punkt für den Elfmeter, das wird drei zu null geben, aber Papa steht nicht wieder auf. Die Geschichte mit dem Betreuer, der Trage, dem Gips und dem Ende von Papas Fußballkarriere höre ich mir nicht mehr an, denn ich habe sie schon hundertmal gehört. Und danach redet er bestimmt mit seinen Kumpels vom Krieg, seinem Thema Nummer eins, denn wie alle Italiener hat er ein bisschen ein schlechtes Gewissen wegen des Kriegs. Der habe ihn daran gehindert, nach seiner Genesung seinen Platz in der Mannschaft der Red-boys wieder einzunehmen, nicht nur wegen der Evakuierung aus Differdingen, sondern auch, weil er gezwungen wurde, in der italienischen Armee zu dienen, die er jedoch bald verlassen habe, fährt er fort, um sich den Partisanen anzuschließen, und dabei habe er Mama kennen gelernt, usw. Und nun mit sechsunddreißig Jahren kann Papa nicht mehr Fußball spielen, und außerdem hat er ganz viele Krampfadern, die seine Waden durchziehen. Deshalb begnügt er sich mit dem Zuschauen. Ja, er habe natürlich nach dem Krieg kurz vor meiner Geburt Basketball versucht, aber das sei nicht dasselbe, auch wenn er mit den Roten Teufeln gestandene Mannschaften im In- und Ausland zum Zittern gebracht habe. Ich höre ihm nicht mehr zu, denn immer reden sie von denselben Dingen, er und seine Kumpels, wenn sie sich bei Dipp treffen und ein Battin-Bier nach dem anderen runterspülen, und ich warte auf den Augenblick, wo wir schließlich aufstehen, nicht um nach Hause zu gehen, sondern um die traditionelle Partie Kickern zu spielen. Denn was mich bei Dipp anzieht, ist, abgesehen von der Sinalco, die ich wahnsinnig gern trinke und die es zu Haus nie gibt, das Kickern, wo wir zu viert, Papa und ich gegen zwei Kumpels von ihm, die großartigsten Augenblicke der wichtigsten Spiele der Wettkämpfe aller Zeiten durchleben, er vorn, ich hinten, wenn wir gewinnen, er hinten und ich vorn, wenn wir verlieren, denn mit seinen Hintermännern, besonders mit dem rechten Verteidiger, vollführt er furchtbare Schläge, die immer im gegnerischen Tor landen und die manchmal so mächtig sind, dass die Kugel wieder herausspringt, was endlose Diskussionen darüber auslöst, ob der Punkt gezählt wird oder nicht.

Meine Vorliebe für Cafés hat zweifellos zum Teil mit dem Kickern zu tun. Allerdings hatten wir in San Demetrio eine Weinstube, wo Karten gespielt wurde. Aber abgesehen vom Kickern gibt es noch ein Café-Spiel, das ich unheimlich gern mag, das Kegeln. Beim Kickern bilde ich immer eine Mannschaft mit Papa, und wir sind so gut aufeinander eingespielt, dass wir bei Dipp im Ruf stehen, unschlagbar zu sein, was ein Vorteil ist, denn wir haben viele Herausforderer, und wer verliert, muss zahlen. Das Kegeln hat mir Onkel Fredy beigebracht, und zwar im Café neben seinem Blumenladen in Dommeldingen, gegenüber der späteren Klinik von Eich. Da sind die Mannschaften größer, es gibt Mannschaftskapitäne wie bei einem richtigen Fußballspiel. Onkel Fredy, der ein As im Kegeln ist, ist immer Kapitän, was bedeutet, dass er sich seine Mitspieler aussuchen kann. Er nimmt mich immer in seine Mannschaft hinein, nicht, weil er mich besser findet als einen anderen, sondern weil die andere Mannschaft, wenn die Spielerzahl nicht gleich ist, lieber mit einem Blinden spielt als mit mir. Dann tue ich den ersten Wurf. Onkel Fredy sucht eine Kugel für mich aus. Er wartet auf die gute Kugel, wenn sie in der Rücklaufrinne noch nicht angekommen ist, weil der Kegeljunge getrödelt hat. Manchmal bin ich Kegeljunge, weil die Mannschaften komplett sind, wie Onkel Fredy sagt, und ich trödele nie und lege die Kegelkugeln sofort auf die Kugelschiene, auch wenn ich immer aufpasse, wenn der dicke Robert, einer von Onkel Fredys Freunden, spielt. Der dicke Robert holt wahnsinnig weit aus, dann rast die Kugel auf der glänzenden Bahn entlang und mindestens sieben Kegel fliegen in alle Richtungen und prallen gegen die Schutzwand oder auch gegen meine Beine. Aber wenn ich in Onkel Fredys Mannschaft bin, tue ich immer den ersten Wurf. Ich fasse die Kugel, die er mir hinreicht, stecke meine Finger nicht in die Löcher, weil das verboten ist, nehme etwas Schwung und die Kugel gerät immer auf den rechten Streifen. Wenn sie einmal auf der Bahn bleibt, bekommt sie doch einen Rechtsdrall, wirft den Eckkegel um, was eine besondere Leistung ist, aber der Junge stellt ihn sofort wieder auf, denn man muss zuerst – warum bleibt ein Rätsel – den Vorderkegel umwerfen.

Um auf Papa zurückzukommen – jedes Mal, wenn er von einem Fußballspiel nach Hause kommt und wie ein Bär für die Italiener gebrüllt hat, schämt er sich ein bisschen, auch wenn die Itaker gewonnen haben. Er schämt sich, denn es ist ihm klar, dass er sich öffentlich verraten hat, dass er seine nagelneue Staatsangehörigkeit verleugnet hat, und er schwört sich, dass er das nächste Mal auch schreien wird, wenn Deutschland ein Tor schießt, Deutschland, denn die luxemburgische Mannschaft sieht man nie im Fernsehen.

Sehr oft habe ich mich gefragt, woran man erkennt, dass man ein echter Luxemburger ist? Ist es die Art sich zu kleiden? Zu sprechen? Auf der Straße zu gehen? Hört ein Luxemburger ein Lied anders als ein

Italiener? Spielt er anders Karten, kegelt er anders, kickert er anders? Was das Kegeln angeht, weiß ich es. In Italien spielt man lieber mit den großen Boccia-Kugeln aus Holz, die man auf einer sehr langen und sehr staubigen Bahn auswirft, nach Regeln, die ich nie begriffen habe. In Oberkorn gibt es übrigens einen Platz zum Boccia-Spielen, und nie habe ich dort auch nur den Schatten eines Luxemburgers gesehen, auch nicht unter den Zuschauern hinter dem Drahtzaun. Und dann gibt es noch einen anderen eindeutigen Unterschied: ein Luxemburger rollt seine Spaghetti nicht um die Gabel, und ein Italiener – wer weiß warum – sollte es eine Frage der Ehre sein? – schneidet sie niemals mit einem Messer in Stücke. Und ein Luxemburger hat außerdem weniger Haare auf dem Kopf. Und die sind ganz kurz, die Haare eines Luxemburgers, so kurz, dass er sie nicht einmal um seine Finger rollen kann. Schon deswegen werde ich nie, ganz wie Papa wegen des Fußballs, ein echter Luxemburger werden. Meine Haare sind mir heilig. Es tut mir leid, aber ich werde mich nie soweit erniedrigen, dass ich mir einen Bürstenschnitt zulege, auch wenn ein ganzer Trupp von Käseköpfen hinter mir her wäre und mich für immer Itaker oder Spaghettifresser nennen würde. Oder auch Bär, denn so werden wir in Luxemburg genannt, verdammte Bären. Was ich nicht verstehe, weil erstens der Bär das Symbol von Berlin ist, hat Papa gesagt, und dann sehen wir wirklich nicht wie Bären aus, auch wenn unser Kopfhaar und unsere Körperhaare (ich meine die von Papa und von Großvater Claudio) ziemlich dick sind. Nichts wird mich jedoch dazu bringen, meine Ansichten über das Haar zu ändern. Am liebsten stehe ich vor dem Spiegel und bearbeite meinen Kopf, ich tauche meine Finger in diese seidige Masse und bin ganz stolz, wenn eine Locke sich um meinen Finger legt, eine mit ihren tausend und einer Erinnerung beladene Locke.

Diese Geste machte ich schon in der Schule, wenn ich bei der Frage der Lehrerin von San Demetrio, deren Name mir entfallen ist, ob ich nicht Nandos Bruder sei, so tat, als dächte ich nach, oder wenn Lehrer Schmietz von Differdingen, dessen Namen ich nicht vergessen habe, weil Nico, mein späterer bester Freund, der Sohn von Herrn Schmietz ist, selbst wenn auch der mich immer fragt, ob ich nicht der Bruder von Fernand bin, oder wenn die Lehrer des Knabengymnasiums oder wer auch immer mich fragt, ob ich nicht Fernands Bruder bin. Ich sage ausdrücklich, ich tat so, als dächte ich nach, denn in Wirklichkeit verließen meine Gedanken für einen Augenblick den Klassenraum, flogen aus dem Fenster, während ich meine immer länger und dichter werdende Mähne befingerte, und gelangten, die Zeit durchquerend, zu den denkwürdigsten Augenblicken meines kurzen Lebens, das schon von Erinnerungen überquoll. Bisweilen trat wohl Trauer in meinen Blick, denn die Lehrerin von San Demetrio, Lehrer Schmietz und alle anderen, die mir Fragen stellten, auf die ich nicht antworten wollte, schienen Mitleid für mich zu empfinden. Als begriffen sie, dass meine Stunde noch nicht gekommen war und dass es besser sei, mich in diesen kritischen Momenten in Ruhe zu lassen. Andere Male, wenn eine dicke Strähne um meine Finger gewickelt war, lasen sie zweifellos Freude auf meinem Gesicht. Und dann war es furchtbar. Als wären sie eifersüchtig auf die Erinnerungen, denen ich nachhing, drangen sie in mich und ließen nicht ab von mir, bis ich die erwartete Antwort ausspuckte. Später, viel später, als ich selbst Lehrer geworden war und niemand mich mehr fragte, ob ich von irgendwem der Bruder sei, zogen immer diejenigen Schüler meine Aufmerksamkeit auf sich, und Gott weiß, dass heutzutage viele Schüler in einer Klasse sind, die sich mit der Hand durch die Haare fahren und mit ihren Haarsträhnen spielen. Oft fehlt nicht viel, und ich frage sie, welche Erinnerung ihnen gerade durch den Kopf geht, aber ich besinne mich sofort eines Besseren. Anstatt mich um das Gedächtnis anderer zu kümmern, vertiefe ich mich wieder in mein eigenes, und so entsteht im Klassenraum eine Art Graben zwischen den Schülern und ihrem Lehrer. Ein kurzes Schweigen, das jeder – ich fühle es – auf seine Weise ausfüllt, um dann wieder bereitwillig am Unterricht teilzunehmen.

Aber damals, als ich meine Haartheorie ausarbeitete und beruhigt war, dass Nando und ich in dieser Hinsicht gleich waren, ergriff die Angst wieder Besitz von mir, besonders am Morgen, wenn ich auf meinem Kopfkissen meine in der Nacht ausgefallenen Haare zählte. Vorsichtig sammelte ich sie einzeln ein, legte sie in die hohle Hand und betrachtete sie lange mit unbestimmter Trauer, bevor ich sie in einen weißen Umschlag tat, auf den ich gern geschrieben hätte, während der Träume verlorene Erinnerungen. Aber da ich so komplizierte Wörter noch nicht schreiben konnte, begnügte ich mich damit, einfach meinen Vornamen Claudio darauf zu schreiben, bevor ich Nandos Kopfkissen inspizierte. Der hatte seine Erinnerungen nicht einmal eingesammelt, was normal war, denn er glaubte nicht an die Torheiten, die ich ihm erzählte.

Und außerdem bin ich der große Sammler der Familie, nach meinem Vater. Aber im Gegensatz zu Papa ist es nicht irgendein materieller Wert, der mich dazu treibt, die ungewöhnlichsten Gegenstände anzuhäufen, die dann das Zimmer füllen, das ich mit Nando teile. Meine Gegenstände: Holz- oder Wachsstreichhölzer mit Köpfen in allen Farben, Steine jeder Größe, Nüsse, die reif, noch unreif oder schon verdorben sind, Mandeln mit ihrer grünen Schale, Kirsch- oder Olivenkerne, Pfirsichkerne und selbst Zigarettenstummel, oder was auch immer ich am Wegrand, sei es in San Demetrio oder später in Differdingen, aufsammelte – der Wert von all dem lässt sich schwer schätzen. Eines Tages bin ich sogar mit vertrocknetem Hundedreck, den ich nicht als solchen erkannt hatte, nach Hause gekommen. Hatte ich ihn mit einer Zigarre verwechselt? Ich komme darauf, weil ein Vetter von mir, kein richtiger Vetter sondern ein adoptierter, und zwar der Adoptivsohn von Papas Schwester, immer Hundedreck aufsammelte und ihn in den Mund steckte, um Onkel Eduard, seinen Adoptivvater nachzumachen, der die Wohnung meiner Tante und auch unsere mit seinen Zigarren verpestete. Meinen Hundedreck habe ich aber nicht in den Mund genommen, denn Mama hat gesagt, man könnte eine Menge Krankheiten davon bekommen, wenn man sich unbekannte Dinge in den Mund steckt. Und außerdem hatte ich auch Angst, etwas zu verschlucken, denn darin bin ich anscheinend Spezialist. Mein Bruder Nando hat mich sogar Geldschlucker genannt, weil eines Abends ein Geldstück, das Großvater Claudio mir geschenkt hatte, damit ich schneller einschlafe, in meinen Mund geraten war, dann in meinen Magen und schließlich in meinen Darm. Und da ist es steckengeblieben und hat sich quergestellt. Und wenn ich dann auf die Toilette musste, stocherte die ganze Familie in meiner Kacke herum, um zu sehen, ob das vermaledeite Stück nicht zu finden war. Vergebens. Nach vier Tagen genauer Inspektion meiner Exkremente, die häufiger als sonst kamen, beschloss Papa, mich ins Krankenhaus zu bringen. Schluss mit dem Stochern in der Scheiße, hat er gesagt, wir greifen zu den großen Mitteln. Ich wagte nicht, mir die großen Mittel vorzustellen, die er erwähnte. Und es war schlimmer als gedacht. Man brachte mich splitternackt in einen Raum zwischen den Klos und dem Duschraum. Dann musste ich mich umdrehen, und ein Krankenpfleger richtete mit einem Schlauch, wie man ihn zum Bewässern des Gartens benutzt, einen enormen Wasserstrahl auf das Loch in meinem Hintern. Um die Münze drinnen zu drehen, hat er gesagt. Aber die verdammte Münze wollte sich nicht gleich drehen. Das Begießen hat also noch einmal und noch schlimmer angefangen. Drei Tage später und nach mehrmaligem Stochern in den Exkrementen konnte Papa endlich Heureka rufen: das Geldstück, das eine andere Farbe angenommen hatte, lag mitten in der Schüssel unseres Klosetts, umgeben von einem Kötelkranz. Er hat es mit seinen Gummihandschuhen herausgenommen und unter dem Wasserhahn abgespült. Aber es wollte seine ursprüngliche Farbe nicht wieder annehmen. Dann hat er es in einen kleinen Plastikbeutel getan und, indem er es in die Höhe hielt, wie der Priester das heilige Sakrament während der Messe, in feierlichem Ton gesagt: das werden wir als Andenken aufbewahren. Damit du nichts mehr in den Mund steckst, hat Mama hinzugefügt. Jetzt ruht das Geldstück im Fotoalbum zwischen einem Bild, das Papa zeigt, wie er sich am Eiffelturm festhält mit einem Kopf, der größer ist als die Pfeiler des Turms, und einem Bild, auf dem Mama zu sehen ist, die uns an der Hand hält, Nando links, ich rechts und dahinter die Grotte mit der Jungfrau Maria und der heiligen Bernadette hinter einigen brennenden Kerzen ganz in der Nähe der französischen Grenze.

Von Papa habe ich die Manie zu sammeln. Aber meine Objekte

sind in keinem Katalog zu finden, sie sind nicht klassifizierbar. Papa dagegen sammelt nicht nur Briefmarken und Münzen, sondern auch Gebührenmarken von Streichholzschachteln, die er nicht von den Schachteln, die bei uns im Gebrauch sind, ablöst, sondern die er nagelneu in einem Spezialgeschäft kauft. Und außerdem Zigarrenbändchen, die er sich, ich weiß nicht wo, beschafft, denn er raucht nicht, weil Mama nicht will, dass er raucht, ganz wie Papa nicht will, dass wir später rauchen, weder Zigarren, noch Zigaretten, noch irgendwas sonst. Bierdeckel aus Pappmaché nicht zu vergessen, die er von Dipp mitbringt, und die wie Löschpapier das übergelaufene Bier aufsaugen. Mit all seinen Sammlungen, die nicht mehr in die Kartons hineinpassen, sagt er, und das sagt er, weil er glaubt, dass eine Sammlung, die man nicht sieht, die irgendwo tief in einem Karton oder Album versteckt ist, keine richtige Sammlung ist, hat er die Wände in fast allen Zimmern unserer Wohnung tapeziert. Überall, sei es nun im Schlafzimmer meiner Eltern oder in unserem Wohnzimmer sind die Spuren dessen zu finden, was meine Mutter Papas einziges Laster nennt, weil sie ja nicht sieht, wenn er bei Dipp sich mit Bier volllaufen lässt. Vielleicht raucht Papa auch heimlich, aber ich habe ihn noch nicht dabei ertappt, und auch mich wird er nie ertappen, wenn ich eines Tages heimlich rauchen werde. Über dem Kanapee hat er sogar, ohne Mamas Protest zu beachten, die Reproduktion der Mona Lisa abgenommen und sie durch eine ganze Serie von Geldstücken ersetzt und zwar von jedem zwei, Kopf- und Schriftseite, voller Köpfe, die ich nur vage kenne, Napoleon, den Papst, Großherzogin Charlotte oder General Franco, Stücke mit und ohne Loch in der Mitte, und dazu die römischen Münzen, das Herzstück der ganzen Sammlung.

Eines Tages ist das ein Vermögen wert, sagt er immer, und ich werde sie nicht mitnehmen, fügt er hinzu, als wollte er uns sagen, für euch tue ich das alles. Ich dagegen setze die Sachen, die ich sammle, nicht gern den Augen anderer aus, und niemals werde ich sie irgendwem vermachen. Was sie in meinen Augen kostbar macht, und einzig und allein in meinen, ist das Geheimnis, das sich darin verbirgt. Ein Geheimnis pro

Gegenstand, ein wahres Geheimnis, das ich nicht lüften kann, und das ist normal, denn ein gelüftetes Geheimnis ist ja keins mehr. So verbringe ich meine Tage damit, diese rätselhafte Welt, die mich umgibt, zu betrachten und freue mich, jeden Morgen auf meinem Kopfkissen die Erinnerungen einzusammeln und aufzubewahren, allerdings ist dann immer auch die Traurigkeit nicht weit, oder wenigstens das, was ich für Traurigkeit halte, weil ich sicher bin, dass ein beträchtlicher Teil meiner Haare nicht im Umschlag der in der Nacht verlorenen Erinnerungen landet, sondern beim leisesten Windstoß wegfliegt und sich mit denen von Nando vermischt, der nicht einmal merkt, dass bestimmte Erinnerungen von uns sich jeden Morgen auf seinem Kopfkissen verfilzen, und ich wage gar nicht zu denken, dass es unter den Haaren, die in meinen Umschlag gleiten, auch nur die kleinste Erinnerung geben könnte, die nicht meine ist.

Wenn ich vor dem Spiegel jedoch die Locken um meine Finger wickle, werde ich wieder fröhlich, denn trotz der Verluste der Nacht hat sich mein Haarschopf nicht gelichtet. Manchmal frage ich mich sogar, ob ein langes Haar eine längere Erinnerung beherbergen kann als ein kurzes, was mich wider Willen in eine verworrene philosophische Betrachtung über die Länge der Erinnerungen hineingezogen und gegen die Einstellung der Familie einen fanatischen Anhänger langer Haare aus mir gemacht hat. Wie Jesus, der am Kreuz aller Kirchen von Cardabello leidet, ein Jesus mit einer dichten langen braunen Haarpracht, die ihm auf die Schultern fällt, bin ich unbedingter Fan langer Haare geworden, und das unabhängig von jeder Mode (vergessen wir nicht, dass wir uns in den fünfziger Jahren befinden und dass die Beatles und andere Nachahmer erst sehr viel später auftauchen).

Wie dem auch sei, meine Begeisterung für lange Haare gefällt Papa überhaupt nicht. Einmal im Monat schärft er die Schere und die Haarschneidemaschine und verwandelt unsere Küche in einen Herrenfrisörsalon, was mich, nebenbei gesagt, eine wertvolle Erinnerung kostet. Denn bis weit über meine Pubertät hinaus wird es mir verwehrt sein, einen richtigen Frisörsalon zu betreten mit einem Sessel mit Kopfstütze wie beim Zahnarzt. Auch wenn ich mehr als einmal, auf der Türschwelle stehend, durch den bunten Vorhang aus Plastikstreifen das Kommen und Gehen beim Barbier von San Demetrio beobachtet habe, wie er energisch das Rasiermesser am Streichleder rieb. Er reibt das Rasiermesser so lange, als wollte er ein Schwein damit schlachten, dann bedeckt er Großvater Claudios Gesicht mit einem weißen Schaum und beginnt, mit dieser Klinge auf seinen Backen herumzufahren, wobei jedes Mal, wenn sie Großvaters Haut berührt, ein unerträglicher Schauer über meinen Rücken läuft. Auch Papa besitzt so ein Lederband von etwa zwanzig Zentimeter Länge. Sobald die Haarschneidemaschine aufgehört hat, sich an meinem Nacken aufwärts zu bewegen und die Schere nichts mehr um meine Ohren herum oder auf meinem Schädel stutzt oder ausschneidet, schwenkt er dieses Lederband, öffnet wie so mancher Frisör in einem Western mit verdächtiger Bewegung das Rasiermesser und reibt die Klinge lange an dem Leder, als wollte er die Spannung erhöhen. Es fehlt nur noch die Musik, dass ich mich in einem richtigen Film befinde mit einem richtigen Barbier, der drauf und dran ist, mir die Kehle durchzuschneiden. Aber es ist keine Musik zu hören, und ich bin nicht in einem Frisörsalon. Und während Papa mit dem Rasiermesser an mein Gesicht herankommt, und zwar dicht unter dem Haarflaum an den Ohren, blicke ich, nachdem er meine Haut mit einem angefeuchteten Wattebausch benetzt hat, verstohlen auf den Boden und fühle mich ganz bedrückt, wenn ich diesen Teppich von Haaren sehe, die nicht in meinem Umschlag landen sondern im Abfalleimer. Und da kommt mir Samson in den Sinn, eine Geschichte, die Don Rocco vor gar nicht so langer Zeit in der Kirche erzählt hat und die später von Schwester Lamberta im Religionsunterricht in Differdingen nacherzählt wurde. Eine Geschichte, die mich übrigens nicht allzu sehr verwundert hat, denn ich weiß wohl, was diesem armen Samson passiert ist, als er geschoren wurde wie ein Schaf. Nicht seine Kraft ist damit verflogen, wie Don Rocco und Schwester Lamberta behaupten, sondern seine Vergangenheit. Ein Mensch ohne Vergangenheit hat nicht mehr den

Mut, jemand zu sein. Deshalb ist er von seinen Angreifern niedergeschlagen und gefangen genommen worden. Ganz wie ein Mandelbaum ohne Blätter nicht mehr den Mut hat, ein richtiger Baum zu sein und bald von einem Holzfäller abgehauen oder von einem Sturm entwurzelt wird.

Seitdem hat sich die Menschheit in meinem Kopf ganz plötzlich in zwei Teile geteilt. Auf der einen Seite die Welt derer mit vollem Haar, auf der anderen die der Kahlen oder halbwegs Kahlen. Die ersten gehören zur Fraktion derer, die auf ihrem Kopf eine richtige, durch einen Haufen Erinnerungen illustrierte Vergangenheit haben, während die anderen in meinen Augen bloß armes Lumpengesindel sind, das unweigerlich, ganz wie der bewusste Samson oder ein blattloser Mandelbaum bald auf sein Ende zugeht. Das erinnerungslose Leben hat keinen Sinn mehr für sie, und der Lauf der Zeit wird daran nichts ändern. Was meine Theorie betrifft, so hat sie sich mit der Zeit und parallel zu meiner Neigung zur Beobachtung immer weiterentwickelt zu einer Rangordnung mit immer feinerer Unterscheidung.

Für jene mit großer Haarfülle habe ich eine Hierarchie aufgestellt, die sich hinsichtlich des Haares auf mindestens vier Merkmale gründet: Farbe, Form, Dicke und Länge. Somit steigt die Pyramide von den pechschwarzen Haaren, wie ich sie habe, abwärts zu den Haaren, die wie bei Don Rocco weiß sind wie eine Hostie, über alle möglichen Zwischentöne und Nuancen, die ich um mich herum entdeckt habe, das Rabenflügelschwarz bei meinem Bruder Nando und das Ebenholzschwarz meines Vetters Paolo zum Beispiel, das noch weniger schwarze Schwarz von Mama und Papa, das fast braune Schwarz von Mario, Batistas Sohn, das fast schwarze Braun bei seinem Bruder Remo, Ritas Vater, das Kakaobraun von Piero, einem Freund meines Bruders, etwas brauner als das Braun wie von nasser Erde seiner Schwester Anna, der offiziellen Verlobten meines Bruders usw. Und irgendwo in der Mitte liegt Rita mit ihrem eher roten Haar, auf halbem Weg zwischen den schwarzbraunen Haaren ihres Vaters und den goldblonden Locken ihrer Mutter, und Giustina mit ihren riesigen karottenfarbenen Locken. Und ganz am Ende am Fundament der Pyramide die graumelierten Haare von Großvater Claudio oder von Batista, die graumelierten Haare von Rinaldo, Giustinas Vater, der ergraute Haarschopf von Onkel Dino, der sich schon lichtet, aber durch einen ebenso ergrauten Schnurrbart ausgeglichen wird, und zu guter Letzt der spärlich bedeckte hostienweiße Kopf von Don Rocco.

Diese Rangordnung, so beruhigend sie auch ist, weil ich wie Fausto Coppi im Giro d'Italia an der Spitze stehe, befriedigt mich doch nicht ganz, da Rita, die erste Liebe meines Lebens, nur in der Mitte der Gruppe liegt, während mein Bruder Nando zweiter ist und um ein Haar noch vor mir liegen würde.

Ich habe also das Beurteilungssystem dadurch verfeinert, dass ich die Farbe mit anderen Eigenschaften der Haare, vor allem der Form, verbunden habe, was mir ermöglicht, an der Spitze zu bleiben, denn die glatten, geschmeidigen Haare stehen über den lockigen, gekräuselten und gewellten, oder sogar ganz krausen oder wolligen, aber das entthront meinen Bruder nicht, der sie genauso hat wie ich, zwar etwas weniger schwarz, aber ebenso geschmeidig mit demselben Scheitel auf der linken Seite an derselben Stelle. Ich bin also gezwungen, auf ein drittes Kriterium zurückzugreifen, und zwar auf die allgemeine Beschaffenheit, um Rita auf den zweiten Platz zu hieven, ex aequo mit meinem Bruder, denn Ritas Haar ist zwar wesentlich heller als Nandos, was sie bei der Abschluss-Platzierung benachteiligt, aber es ist dafür viel weniger fettig als das von meinem Bruder, auf dessen Kopf man Eier mit Räucherspeck braten könnte. Paolos Haare dagegen glänzen immer, weil er sie, wie übrigens sein Vater Cesare und auch Mario, der immer den Frauen gefallen will, und vor allem Giustina, Rinaldos Tochter, mit einem öligen Mittel einreibt, das gemeinhin Brillantine genannt wird. Und diese Brillantine (die sich alle ins Haar reiben, um die Mädchen anzulocken, die anscheinend glänzende Köpfe ganz toll finden) vermischt mit dem natürlichen Fett, schafft, wenigstens in meiner Rangordnung, einen Abstand zwischen meinem Bruder und seiner so sehr begehrten Rita, die wie durch ein Wunder mir näher kommt und auf den zweiten Platz auf dem Podium vorrückt. Umso mehr als ich, um bei den Konkurrenten endgültig den Ausschlag zu geben, die Haarlänge ins Feld führe, und da holt Rita auch mich beinahe ein. Aber sie bleibt trotzdem auf dem zweiten Platz, und zwar aufgrund der Zusatzkriterien, die die Rangordnung jedes Mal erweitern, wenn mein Vater, Haarschneidemaschine und Effilierschere in der Hand, droht, meine großartige Haarpracht zu stutzen.

Aber wenn ich so stolz und glücklich bin, in diesem Wettbewerb zu siegen, dann nicht, weil ich, abgesehen von der Nähe Ritas, irgendeinen materiellen Vorteil davon hätte. Nicht im Geringsten. Mein Bruder Nando hält mich weiterhin von allem fern, was er mit seinen Freunden unternimmt und wird ärgerlich, wenn ich ihnen im Wege stehe. Besonders wenn sie auf Expedition gehen, das heißt, wenn sie hinter dem Fenster auf der Lauer stehen, um Marios Hände zu beobachten, während sie Giustinas dicke Brüste betasten. Und Rita achtet nach wie vor nicht auf mich und liefert sich mit Leib und Seele den schmutzigen Pfoten von Nando, Paolo, Piero und von allen Freunden aus, die meinen Bruder bei seinen Bemühungen unterstützen, mich zu verjagen.

Nein, was mich mit Freude erfüllt, und es handelt sich fast um eine Revanche, eine Revanche, in die ich niemanden einweihe, nicht einmal Rita, das ist die Gewissheit, dass ich die größte Menge von Erinnerungen von ganz Cardabello angehäuft habe, und wer weiß, vielleicht von ganz San Demetrio und von der ganzen Provinz L'Aquila. Ein Gefühl, das mich so freut, dass ich fast nicht reagiere, als mein Bruder Nando in einer Diskussion, auf die ich mich selbstsicher einlasse, die jedoch immer zu seinen Gunsten ausgeht, behauptet, dass die Haare nicht das Reservoir von Erinnerungen sein können, weil sie in Wirklichkeit Sorgen speichern, die uns plagen. Das müsstest du eigentlich wissen, hat er eines Tages hinzugefügt, einzig und allein um der Lust willen, meine mühsam ausgearbeiteten Theorien zu zerstören und um mir zu beweisen, dass er der wahre Philosoph der Familie ist. All das würde mich nicht allzu sehr beeindrucken, hätte ich nicht ein oder zwei Jahre zuvor, als wir noch in Differdingen in der Rooseveltstraße wohnten, und als der Gedanke, nach Cardabello zurückzukehren schon in der Luft lag, aber noch weit davon entfernt war Wirklichkeit zu werden, mit eigenen Augen gesehen, wie die Haare unseres Nachbarn im Augenblick, als seine Frau vor ihrer Haustür von einer himmelblauen Dauphine, die in voller Geschwindigkeit die Rooseveltstraße herunterkam, überfahren wurde, plötzlich weiß geworden waren. Was ist da auf seinem Kopf vor sich gegangen? Was hat seine Haare so entfärbt? Alle diese Fragen finden nur in der Theorie meines Bruders ihre Antwort, denn die Haare unseres Nachbarn sind noch da, und mit ihnen seine Erinnerungen. Kurz, der plötzliche Übergang von einer Farbe zur anderen bedeutet vielleicht, dass auf unserem Kopf noch ganz andere Dinge passieren.

Da hatte ich eine geniale Idee. So wie es alle Arten von Haaren gibt, habe ich mir gesagt, gibt es auch unterschiedliche Arten von Erinnerungen, die unterteilt sind in zwei große Unterkategorien: die guten und die schlechten Erinnerungen. Die ersten bewegen sich auf einer Stufenleiter von den sehr guten zu den akzeptablen Erinnerungen, entsprechend der abnehmenden Farbe der Haare, während weiße Haare ganz einfach bedeuten, dass die Gesamtheit der Erinnerungen schlecht ist. Das kann herrühren von einem plötzlichen unerwarteten Ereignis, das all das, was man bis dahin erinnert, in Unordnung bringt, oder von einer mehr oder weniger langen Folge von negativen Tatsachen, die im Leben von irgendjemand aufgetreten sind. Es ist also nicht erstaunlich, dass alle diejenigen (mit Ausnahme vielleicht von Papa, dessen Haare noch schwarz, wenn auch weniger schwarz sind als meine), die den Krieg erlebt haben mit Schwarzhemden, Rizinusöl, Sabotage der Partisanen, denunzierenden Nachbarn, Nazi-Gräueln, Deportationen, Evakuierungen und Tausenden von Toten, vermischt mit schöneren Erinnerungen, die in Haaren aller Farben gespeichert sind, ihre Hochzeit zum Beispiel oder die Geburt eines Kindes, oder in unserem Weinkeller beim Kartenspielen gewinnen oder beim Kickern bei Dipp oder beim Kegeln, eine ganze Reihe von weißen Haaren haben. Damit sie nicht vergessen, dass nicht alles im Leben rosarot ist.

Während ich nun dieses neue System entwerfe, stelle ich mich vor den Spiegel oder bitte meinen Bruder, auf meinem Kopf nach irgendwelchen entfärbten Haaren zu suchen. Seltsamerweise sind keine darunter. Auch bei ihm übrigens nicht. Und doch bin ich sicher, dass meine Erinnerungen nicht alle gut sind. Eine wenigstens müsste zu einem weißen Haar führen. Ich habe nämlich nicht vergessen, auch wenn ich so getan habe, dass diejenige, die von allen Mädchen in Cardabello das Mädchen meiner Träume ist, wegen ihrer Brust zugleich auch in den Träumen meines Bruders und in denen von Paolo, Piero und allen Jungen von Cardabello herumspukt. Was mich an sich nicht allzu sehr quälen würde, wenn die anderen nicht schon vom Traum zur Wirklichkeit übergegangen wären, während ich, da ich noch zu klein bin, mich mit imaginärem Betasten begnügen muss.

Das alles habe ich nicht vergessen, und zwar wegen Nando. Ich würde eine solch unangenehme Erinnerung, die weiße Haare erzeugt, lieber spurlos verschwinden lassen. Allerdings ohne sie auszureißen. Denn, hat Mama zu Papa gesagt, wenn du ein weißes Haar ausreißt, wachsen zehn an derselben Stelle nach. Aber Nando ist richtig sadistisch. Er macht es extra und freut sich, wenn ich traurig bin. Als ich ihm eines Tages von dem Umschlag mit meinem Namen drauf erzählt habe, ein Geheimnis, das ich nicht mehr bei mir behalten konnte, hat er gewitzelt und auch einen Umschlag gezeigt, auf dem nichts stand. Du hast das Pulver nicht erfunden, hat er zu mir gesagt, und die Finger in den Umschlag gesteckt. Ohne mich länger mit dem Gedanken zu befassen, was wohl das Schießpulver damit zu tun hat, steh ich da mit offenem Mund. Sollte er meine Idee vor mir gehabt haben? Unmöglich. Er hätte mir davon erzählt. Selbst wenn er mich nicht gern an seinem Leben teilhaben lässt, kann er am Ende doch nicht an sich halten, wenn er wichtige Dinge mit sich herumträgt. Wie an dem Tag, wo er mir gesagt hat, dass Rita ihm Hörner aufsetzt. Und während ich mir den Kopf zerbreche, um des Rätsels Lösung zu finden, kommt Nandos Hand wieder aus dem Umschlag hervor und schwenkt vor meinen Augen eine dicke lange Haarlocke, die mit einem roten Gummiband zusammengehalten wird, damit sie nicht auseinander fällt.

Aber als ich bemerke, dass die Locke nicht rabenflügelschwarz ist, kann ich mir nicht verbeißen auszurufen: aber das sind keine Haare von dir! Dann sage ich nichts mehr, denn Nando hat mit seinen Fingern noch einmal in den Umschlag gegriffen und eine zweite Locke hervorgeholt, eine dritte und eine vierte, und breitet das alles sorgfältig auf seinem Kopfkissen aus. Alle Farben sind vertreten, außer Rabenflügelschwarz. Ohne mir Zeit zum Raten zu lassen, zeigt er auf eine eher rote Locke: das ist Rita. Und das, fährt er fort und zeigt mit seinem Zeigefinger auf ein Büschel, das schwarz wie nasse Erde ist, das ist Anna. Ich falle ihm ins Wort. Wie hast du das tun können? schreie ich, wie hast du ihnen ihre Erinnerungen stehlen können? Aber ich habe überhaupt nichts gestohlen, erwidert er, sie haben mir selbst ihre Locken gegeben. Sie haben sie abgeschnitten und sie mir geschenkt. Das tut man immer, wenn man jemanden liebt. Ich habe ihnen auch ein Büschel von meinen Haaren gegeben, da, siehst du, da ist ein kleines Loch. Die Haare sind das Symbol der Liebe.

Bei der Bemerkung wäre beinahe mein ganzes System endgültig ins Wanken geraten. Vor allem, weil ich keinerlei Liebesandenken erhalten habe. Warum er, und nicht ich? Gottseidank hatte ich niemand etwas von meinem Umschlag erzählt. Niemand, außer Nando. Und auch da hätte ich besser geschwiegen. Man hätte in mir einen, wie nennt man noch einen, der nur sich selbst liebt und sonst keinen. Nein. Unmöglich. Gerade ich, der bereit bin, meiner Rita alles zu geben, alle meine Haare abzuschneiden und sie ihr als Liebespfand zu schicken. Auf die Gefahr hin, mein ganzes Leben mit einem kahlen Kopf herumzulaufen. Ist das nicht das schönste der Geschenke, das man jemand machen kann, den man wirklich liebt? Ein Umschlag voller Erinnerungen. Ja, Nando hat recht. Das ist wahre Liebe. Dem anderen seine Erinnerungen schenken. Nicht nur eine Haarlocke. Alle Erinnerungen.

Mit einem Mal sind mir die Kahlköpfigen wie Yul Brunner zum Beispiel sehr sympathisch geworden. Wenn sie keine Erinnerungen mehr haben, dann, weil sie sie der großen Liebe ihres Lebens geschenkt haben. Welch grandiose Geste! Welche Großzügigkeit! Was Papa angeht, der hat solche Augen gemacht, als ich ihn bat, mir die Haare ganz kurz zu schneiden, weil er sonst stundenlang braucht, um mich zu überzeugen, die Strafe Samsons zu erdulden. Aber er hat es getan, und zur Belohnung durfte ich die Haare nach dem Massaker selbst zusammenkehren. Mit dem Strohbesen habe ich einen großen Haufen gemacht, der in einer großen spitz zulaufenden Tüte verschwand, hergestellt von mir aus Packpapier, das ich mir zuvor aus unserem Lebensmittelladen mit Salz- und Tabakverkauf geholt hatte. Ich fragte mich dabei, wie ich wohl die Gummis und die Umschläge besorgen könnte, um die Haare zu Büscheln zusammenzubinden und sie meiner Rita zu schicken. Und das ohne es irgendwem zu sagen, wobei ich mir nicht vorzustellen wagte, wie viele Locken meine potentielle Geliebte schon an alle Welt verteilt hatte.

Aus dem Grund habe ich sie lange fixiert, sobald ich sie wiedersah. Zuerst hat sie laut aufgelacht, als sie meinen fast kahlgeschorenen Kopf sah. Alle haben übrigens laut gelacht, als sie mich sahen. Dann wurde sie böse. Was starrst du mich so an, hat sie ausgerufen, siehst du mich zum erstenmal? Ich habe mich nicht um ihren Protest gekümmert und die Augen nicht von ihrem so roten Haarschopf gelassen, von dem sie mir eines Tages, da bin ich sicher, auch etwas schenken wird. Dann bin ich mehrmals um sie herumgegangen, bevor ich befriedigt beiseite gegangen bin. Nein. Sie scheint noch alle Haare zu haben. Und wenn Nando mir etwas vorgelogen hat? Klar. Er will sich nur interessant machen, deshalb prahlt er mit solchen Sachen. Rita hat ihm überhaupt nichts geschenkt. Weder ihm noch irgendjemand sonst. Verdammter Nando! Und er wagt noch zu behaupten, dass ich der Lügner der Familie bin. Aber woher hat er nur diese rote Haarlocke, die Ritas Haaren zum Verwechseln ähnlich ist?

Eines Tages, als ich so tue, als hätte ich die verschiedenen Locken in Nandos Umschlag vergessen und traurig die große spitz zulaufende, mit meinen Haaren gefüllte Tüte betrachte, ist Nando ins Zimmer getreten. Er sieht, dass ich plötzlich irgendetwas verstecke, sagt aber nichts. Plötzlich stellt er sich vor mich hin, macht ein Gesicht wie immer, wenn er mir etwas verraten will, was er nicht mehr für sich behalten kann, und zieht mit einem Ruck sein Hemd aus. Dann hebt er die Arme und sagt zu mir: guck dir das an, hast du das gesehen?

Ja, ich habe das gesehen. Und zwar sechs oder sieben feine knapp zwei Zentimeter lange Haare, die auf beiden Seiten unter seinen Armen hervorsprießen. Ich bin wie vom Donner gerührt. Das sind die wahren Haare, fährt er fort, alles andere ist nur Kinderkram. Ich will protestieren, aber er lässt mich gar nicht zu Wort kommen und erklärt mir, wobei er das wiederholt, was Schwester Lamberta und Don Rocco schon gesagt haben, dass nämlich diese Haare das Zeichen für die zukünftige Kraft sind, die bald in die Muskeln dringen wird. Diese Haare zusammen mit denen, die sich in seinem Gesicht ankündigen, da, wie ich sehe, unter der Nase und auf den Backen, und außerdem wird in Kürze seine Brust sowie sein ganzer Körper mit Haaren bedeckt sein. Und besonders der wichtigste Teil des ganzen Körpers, der Pimmel. Der wird auch bald von einem dichten Wald umgeben sein, bestes Zeichen, dass man kein Kind mehr ist, wie ich zum Beispiel. Da muss ich an Onkel Dino zurückdenken, der, von hinten gesehen, einem richtigen Gorilla ähnelt, so sehr ist sein Körper zu beiden Seiten des Badeanzugs schwarz von Haaren, und sogar seine Schultern sind es.

Wie soll ich all das in meiner Theorie unterbringen? Ich kann mich noch so genau im Spiegel untersuchen. Keine Spur von Haaren auf dem Körper. Weder unter meinen Achseln, noch auf dem Gesicht, noch um den Pimmel, der völlig kahl ist, als hätte ich meine ganze Pracht schon der geschenkt, die irgendwann meine wirkliche erste Liebe sein wird. Wen soll ich in einem solchen Fall um Rat fragen? Mit Mama kann ich darüber nicht reden, denn das ist Männersache. Papa ist schon nicht mehr in San Demetrio. Da bleibt nur Großvater Claudio. Aber wie soll ich ein so heikles Thema angehen, ohne rot zu werden und vor allem ohne mich dem Spott dessen auszusetzen, der bis dahin mein bester Verbündeter war. Ein Plan ist nötig, ein überlegtes Vorgehen.

Ich warte den Augenblick der Siesta ab, normalerweise der schlimmste Augenblick des Tages. Großvater ist wie immer in mein Zimmer heraufgekommen und beginnt, mir die Innenfläche der Hand zu kitzeln, damit ich einschlafe. Neben mir schnarcht schon Nando mit seinen Haaren unter den Achseln. Für ihn scheint die Siesta eine wahre Belohnung nach dem späten Mittagessen zu sein. Im Gegensatz zu den Abenden hat Großvater Claudio es am frühen Nachmittag nie eilig, weil noch niemand in unserer Weinstube ist außer Don Rocco mit seinem hostienweißen Haar, der darauf wartet, dass Rodolfo, der Küster von Santa Annunziata, die Glocken für die Sechs-Uhr-Messe läutet. Und die Bars von San Demetrio machen erst gegen fünf Uhr auf. Großvater Claudio hat mir also eine Geschichte erzählt, die Geschichte von der Trompete. Aber die kenne ich auswendig, die Geschichte von der Trompete, die kein richtiges Instrument ist, sondern seine Trompete, das heißt sein Mund und seine beiden Hände, die den Klang einer richtigen Trompete perfekt nachahmen. Ich bitte ihn also, mir von seiner Kindheit zu erzählen. Da er begriffen hat, dass ich nicht so schnell einschlafen werde, wenn er das nicht tut, überlegt er ein wenig, dann fährt er mit den von den Zigaretten gelb gewordenen Fingern seiner linken Hand durch sein Haar, ohne aufzuhören, mich mit der rechten Hand, deren Finger ebenfalls durch die Zigaretten gelb geworden sind, zu kitzeln. Und was sehe ich durch den kurzen Ärmel seines Hemds? Ein Büschel Haare unter seiner Achsel. Hast du überall Haare? Wieso? Ja, ob du überall Haare hast wie unter den Achseln.

Großvater Claudio beginnt zu husten und zu hüsteln, er schließt lange die Augen, dann hüstelt er wieder und beginnt endlich von seiner Kindheit zu erzählen. Hattest du schon Haare unter den Achseln, als du klein warst wie ich? Er ist gereizt wegen meiner Unterbrechung und tut so, als wäre er böse. Er ist nie wirklich böse, nie, außer wenn Mama in den Kellern von San Demetrio erscheint und ihn von der Tür her ruft. Er stolpert dann auf sie zu, ohne etwas zu sagen, dreht sich ein letztes Mal um, um sich von seinen Kumpeln mit einem Trompetenstoß zu verabschieden, blickt meiner Mutter gerade in die Augen, wie um ihr zu sagen, dass man das nicht tut, was sie gemacht hat, und vor allem im Beisein der anderen, die vor ihren Weinflaschen so lange sitzen bleiben können, wie sie wollen.

Zuerst soll ich dir von meiner Kindheit erzählen, sagt jetzt Großvater Claudio zu mir, dann willst du wissen, ob ich überall Haare habe, wie passt das zusammen? Natürlich habe ich Haare. Das ist doch normal.

Das ist nun ein Wort, das er nicht hätte sagen sollen. Bedeutet das, dass ich vielleicht nicht normal bin? Großvater Claudio hat zweifellos gemerkt, dass ich mit seiner Antwort nicht zufrieden bin. Diese Haare, erklärt er, ohne zu wissen, dass er damit etwas tut, was für mich die erste Stunde Sexualerziehung wird, wachsen, wenn man aufhört, Kind zu sein. Damit wird man allmählich ein Mann, damit und mit dem Stimmbruch. Du brauchst dir deshalb keine Sorgen zu machen.

Mir keine Sorgen machen, keine Sorgen machen. Doch, natürlich mache ich mir Sorgen. Ich bin sogar ganz niedergeschlagen. Nicht, weil ich noch keine Haare unter den Achseln oder wo auch immer habe. Sondern wegen meiner blöden Theorie, die nicht mehr funktioniert. Alle scheinen Nando recht zu geben: in den Haaren steckt Kraft, da sind keine Erinnerungen drin. Alle, das heißt Don Rocco mit seiner Samson-Geschichte und jetzt sogar Großvater Claudio. Alle außer mir, ich bleibe das einzige Kind in Cardabello, denn ich bin sicher, wenn mein Bruder Nando schon Haare unter den Armen hat, haben Paolo, Piero und warum nicht Rita garantiert auch welche. Nando ist ein Mann, Paolo ist ein Mann, Piero ist ein Mann, nur ich bleibe ein Kind. Ein kleines Kind, das sich wie ein kleines Kind damit vergnügt, alle Arten von Kleinkindertheorien zu entwerfen, um mir zu verbergen, was doch offensichtlich ist.

Aber Rita? Rita ist doch kein Mann? Und trotzdem hat sie Haare unter den Achseln. Das ist typisch Großvater. Mir Lügengeschichten zu erzählen. Ja, er hat mir was vorgelogen, ganz klar, er hat gelogen. Um mich loszuwerden. Damit ich einschlafe. Aber selbst wenn das Geschichten sind, bei denen man im Stehen einschläft, werde ich heute kein Auge zutun, nicht, bevor ich nicht alles weiß, jedenfalls nicht, bevor ich nicht das Geheimnis der Körperhaare aufgeklärt habe; nicht, bevor ich nicht meine Haartheorie der neuen Gegebenheit angepasst habe; nicht, bevor ich nicht begriffen habe, wo all diese zusätzlichen Haare herkommen, mit denen mein Körper bald bedeckt sein wird. Denn letzten Endes ist mein Bruder Nando nicht so sehr viel älter als ich.

Bei den Kopfhaaren ist es leicht. Die wachsen aus dem Gehirn, der Energiezentrale, heraus. Aber da hab' ich's ja, das ist es! Aber ja, das ist ja klar! Warum habe ich nur nicht früher daran gedacht? Auch die Körperhaare kommen aus dem Gehirn. Weil das doch die Zentrale ist! Natürlich. Die Körperhaare sind die Wurzeln der Erinnerungen. Das ist wie mit dem Mandelbaum. Die Blätter sind die Haare, der Stamm und die Äste das Gehirn, die Wurzeln in der Erde die Körperhaare. Nur dass man sie bei mir nicht sieht, die Wurzeln (wie man übrigens das Gehirn nicht sieht), weil sie noch im Innern des Körpers sind. In den Schultern vielleicht, wer weiß, oder im Magen. Man müsste eine Röntgenaufnahme machen, um sie zu sehen. Mit einer Röntgenaufnahme sieht man alles. Sogar ein Geldstück, das man aus Versehen verschluckt.

Das ist es: das Gehirn hat die Kopfhaare oben und die Körperhaare unten. Da es sich direkt unter der Schädeldecke befindet (das hat uns die Lehrerin erklärt) kommen die Kopfhaare zuerst heraus, sobald man sich an etwas erinnert. Dann verlängert sich jede Erinnerung mit einer Wurzel, die im unteren Teil des Gehirns entsteht. Jede Erinnerung hat damit eine eigene Wurzel. Und auch wenn ich es noch nicht beweisen kann, bin ich fast sicher, dass es ebenso viele Körperhaare im und am Körper geben muss, wie es Kopfhaare gibt. Beim Mandelbaum ist es dasselbe: es sind ebenso viele Wurzeln unter der Erde, wie es Blätter an den Zweigen gibt. In Kürze werden meine Wurzeln überall herauskommen, sogar aus der Nase, wie bei Großvater Claudio, und ich werde ein richtiger Mann mit ganz vielen Erinnerungen sein. Das alles ist nur eine Frage der Zeit. *Erinnerungstrümmer. Ich frage mich manchmal, ob es überhaupt meine sind.*

... unsere Nähe schien die Walmutter nicht zu erschrecken; sie tummelte sich ausgelassen, drehte sich um sich selbst und hob mit ihrer Flosse das Junge empor, das Mühe hatte, ihr zu folgen ...

Gut, ich versuch's mal. Eins zwei, eins zwei, eins zwei, eins zwei. Sie legt das Mikrofon wieder auf den Tisch, drückt auf die Stoptaste, spult zurück, hört: eins zwei, eins zwei, eins zwei. Es ist ihre Stimme und auch wieder nicht. Schüchterner als gewöhnlich. Nein, schüchtern ist nicht das richtige Wort. Weniger entschlossen. Ja, das ist es, weniger entschlossen. Ist das normal? Man braucht doch schließlich nicht viel Entschlossenheit, um bis zwei zu zählen. Sie findet das komisch, lächelt nervös, stellt lauter und leiser, lässt ihre Stimme in der Küche an- und abschwellen, ohne die Pfanne aus den Augen zu lassen, in der die panierten Schweinekoteletts brutzeln.

Jetzt gibt es diese Dinger schon jahrzehntelang, denkt sie, und sie probiert sie erst heute aus. Vorher war ihre Beziehung dazu passiv. Sie hörte, das war alles. Es wäre ihr nie in den Sinn gekommen, irgendetwas aufzunehmen. Das Kofferradio stand da, silbrig, voller Tasten, Knöpfe und Rillen, mit einer Menge Zahlen und Länder- oder Städtenamen auf der Skala mit den Wellenlängen, zwar ohne magisches Auge, dieses blinkende Licht, wenn man die Sender suchte, aber mit einem Kassettentonband, das noch nie benutzt worden war. Ihre Domäne war von jeher die Küche gewesen, der Staub, die Betten. Nie das Tonband oder das Mikrofon. Was sollte man auch hineinsprechen? Wenn sie im Radio sprechen hörte, stellte sie es leiser und wurde böse, ohne ein Wort zu sagen. Zuallererst wegen der Sprache. Aber auch, weil das Radio dazu da war, Musik zu hören. Der Koreakrieg, die Überschwemmungen in Holland, die Demonstrationen in Berlin oder in Budapest, Fußball und Basketball, vom Wetterbericht ganz zu schweigen, was scherte sie das. Und immer wenn Pol Leucks schrille Stimme die Küche mit seinen anmaßenden Kommentaren füllte, fühlte sie sich unbehaglich, schuldig, feindselig, als seien die Vorwürfe des Sprechers gegen sie gerichtet. Dann sagte mein Vater zu ihr, sie übertreibe nun wirklich: der Krieg sei doch zu Ende, basta, und auf jeden Fall hätten wir mit alledem nichts mehr zu tun, weil er doch in Kürze die luxemburgische Staatsangehörigkeit annehmen würde und sie sich nicht mehr zu schämen brauchte, wenn sie in ein Geschäft ging. Aber sie müsse, fuhr mein Vater fort, sich auch ein klein wenig anstrengen und die Sprache lernen. Das war, als würde er ein Messer in einer Wunde herumdrehen. Davon wollte sie nichts hören. Eine Sprache, die wie zerbrochene Flaschen klingt, wozu? Verstehen ja, sprechen, niemals. Im Allgemeinen brach die Diskussion an dieser Stelle ab und unsere Küche wurde zur Essenszeit zu einem kleinen Babel, wo die beiden Sprachen des Augenblicks, das Italienische und das Luxemburgische aufeinander stießen, während vom Esszimmer her der Blaupunkt-Plattenspieler, ein riesiges Möbelstück mit Vitrine und allem Drum und Dran, bisweilen unsere Stimmen übertönte. In diesen köstlichen Sprachcocktail getaucht, angereichert durch die Schallplatten mit 78 Umdrehungen, trällerten wir am Ende unserer Mahlzeiten Oh mein Papa, Arrivederci Roma oder Plaisir d'amour, als ob in den von der Musik getragenen Liedern die Worte, ungehindert durch Grenzen, von einer Sprache in die andere übergingen. Aber unser kleines Paradies war immer nur von kurzer Dauer und verflüchtigte sich, sobald wir den Fuß vor die Tür setzten. In den Gesichtern der Passanten glaubten wir Unverständnis, Vorwürfe, Beleidigung zu lesen, und auch wenn die Lippen sich nicht immer bewegten, die Verachtung war da, dem Hass ganz nahe, wie Unkraut in den Augen, die uns fragten, was wir hier eigentlich wollten, wir, die Spaghettifresser.

Der Plattenspieler rettete vorläufig die Situation. Vor allem am Abend, wenn wir nach dem Essen zu viert, meine Mutter und ich gegen meinen Bruder und meinen Vater, mit dem traditionellen Karten- oder Mensch-ärgere-dich-nicht-Spielen anfingen, unsere Art, sprachliche Scharmützel in der Familie mit Würfeln oder Trümpfen auszutragen. Von Zeit zu Zeit stand meine Mutter auf, ging ins Esszimmer und kam mit Nurzia-Torrone zurück, das uns ein entfernter Verwandter, auch er durch die lockenden Sirenen der Fabrik oder der Grube nach Differdingen gerufen, von dort unten mitgebracht hatte. Sobald sie sich dann hinsetzte, die Würfel oder Karten in die Hand nahm, sich wieder ins Spiel vertiefte, wobei sie mir zuzwinkerte, um mir zu bedeuten, dass sie ein Ass oder einen Trumpf in den Händen hatte, drang vom Radio-Plattenspieler im Esszimmer ein Stimmenreigen in die Küche. Stimmen, die alle drei oder vier Minuten durch das gedämpfte Geräusch der auf einem Metallstift gestapelten und einzeln auf den Teller hinabfallenden Platten unterbrochen wurden: Maria Callas als Violetta in La Traviata, aufgenommen in der Mailänder Scala, Gigliola Cinquetti mit Non ho l'età, Rocco Granata, der Marina oder Manuela rief, Nilla Pizzi, die Arrivederci Roma weinte und Robertino, der mit seiner vom Stimmbruch noch nicht betroffenen Stimme Mama schrie.

Sie hat im Radio Robertino wieder gehört. Der Sprecher hat auf Nostalgie gemacht und gesagt: und jetzt, liebe Hörer, hören Sie die Stimme von jemand, an den Sie sich sicher erinnern, eine Stimme, die einst so manche Mutter zu Tränen gerührt hat. Ich sage bewusst: so manche Mutter. Und dann kam die Stimme und niemand erkannte sie wieder. Nun? fragte der Sprecher, als das Lied zu Ende war. Nun gar nichts, dachte meine Mutter. Eine Kreuzfahrt im Mittelmeer für zwei Personen, alles inklusive für denjenigen oder diejenige, die herausfindet, welcher Name hinter der Stimme steckt, die Sie gerade gehört haben, wiederholte der Sprecher. Erraten Sie ihn nicht? Dann sagte er eine Telefonnummer an, die man so bald wie möglich anrufen sollte, und eine Adresse, an die man um jeden Preis die Antwort vor Donnerstag zwölf Uhr Mitternacht absenden sollte, der Poststempel sollte entscheiden, und das Radio machte mit Werbung weiter, die irgendein Waschpulver pries, Dash, Omo oder Persil, das weißer wasche als das jeweils andere.

Meine Mutter nahm mechanisch ein Stück Papier, die dreieckige Lasche eines Briefumschlags, sie schreibt immer auf Umschlagstücke, dann einen Kugelschreiber, den sie zwischen Daumen, Zeigefinger und Mittelfinger ihrer rechten Hand klemmte. Sie spreizte ein wenig den kleinen Finger ab und notierte die Adresse. Dabei dachte sie fortwährend an die Kreuzfahrt und das Mittelmeer, das alle italienischen Küsten umspült, die Adria bei Pescara, das Tyrrhenische Meer auf der anderen Seite, das Ionische weiter unten am Fuß des Stiefels. Eine Kreuzfahrt im Mittelmeer, das wäre nicht schlecht, träumte sie, so wie sie an den Abenden davor von einer vollautomatischen Waschmaschine geträumt hatte oder von einem Farbfernseher Telefunken.

Das ist wenigstens nicht so kompliziert wie Nandos Zahlen, dachte sie, als sie den Zettel neben den Radio-Kassettenrecorder legte. Nando ist ihr Mann und also mein Vater, und in der Fabrik haben sie zu viert unter Kumpels jahrelang Lotto und Toto gespielt, immer mit denselben Zahlen, und zwar mit dem Datum vom Tode des anderen Nando, meines Großvaters, der denselben Namen hat wie mein Bruder und 1932 im Alter von vierunddreißig Jahren bei einem Einsturz in der Thillenberger Grube verschüttet wurde. Jahrelang haben sie dieselbe Zahlenverbindung gespielt, ohne etwas zu gewinnen, nicht einmal den Einsatz, aber alle mit dem Traum, eines Tages, das war ganz sicher, den großen Wurf zu machen, wenn sie ihn am wenigsten erwarten würden.

Meine Mutter legte also das kleine dreieckige Stück Papier neben das Kofferradio und stellte sich das Gesicht vor, das ihr Nandino machen würde, wenn sie ihm bei seiner Rückkehr von der Arbeit verkünden würde, dass sie auf Kreuzfahrt gehen würden, ja, du hast ganz richtig gehört, auf Kreuzfahrt. Dann wurde sie traurig, weil sie an die Worte dachte, die ihr Nando immer wieder sagte, wenn sie ihm sonntags auch nur die allerkleinste Tour vorschlug. Jetzt bin ich schon Jahrzehnte hier und habe noch nicht einmal das Viandener Schloss gesehen oder den Staudamm der Sauer, und ich bin noch kein einziges Mal auf der Marie-Astrid gewesen, sagte sie ihm auf Italienisch, aber mein Vater antwortete auf Luxemburgisch, was er auf der Welt am liebsten habe nach acht Stunden Schufterei und mehr, das sei unser ruhiges kleines Zuhause, eine Partie Scopa, ein gutes Fußballspiel oder einen komischen Film mit Toto, Fernandel oder Dick und Doof im Fernsehen und basta. Und um es nicht zum Streit kommen zu lassen, sagte sich meine Mutter ganz leise, dass er sicher Recht habe. Hatten sie nicht wie Ochsen malocht, um endlich dieses kleine eigene Häuschen zu haben, was wollte sie mehr? Hatten die Kinder nicht beide, außer der letzten, eine gute

Schulbildung? Wir haben mehr als genug, um glücklich und zufrieden zu sein, sagte sie sich ganz leise. Dann suchte sie Vorwände: die Kreuzfahrt sei ihr egal, aber die Stimme, wenn du die Stimme gehört hättest.

Ich kenne sie und auch wieder nicht, murmelte sie eine ganze Woche lang, während sie in der Polenta rührte, die Spaghetti abtropfen ließ oder die panierten Schweinekoteletts in der Pfanne wendete. Und sie ließ alle, die sie kannte, Revue passieren: Bobby Solo, nein, Gianni Morandi, nein, Claudio Villa, unmöglich, Benjamino Gigli, unmöglich, Domenico Modugno, auch nicht. Mal sehen, wen hatte sie vergessen? Mario Lanza? Nein, das war nicht Mario Lanza, Marino Marini? Also das nun wirklich nicht. Was für eine Enttäuschung. Und während sie in der Polenta rührte, die Spaghetti abtropfen ließ oder die panierten Schweinekoteletts in der Pfanne wendete, gelang es ihr nicht, sich gegen die Trauer zu wehren, die nach jedem Namen, den sie sich langsam vorsagte, in ihr aufstieg.

Trauer und Enttäuschung. Und sogar ein wenig Gereiztheit. Nicht wegen diesem cazzo von Sänger, auf dessen Namen sie nicht kam, sondern weil ihr Gedächtnis nach so vielen Jahren im Ausland allmählich leer wurde, wie die Reifen des Fahrrads, das unbenutzt im Keller hing. Früher kannte sie sie alle und konnte alle Refrains trällern. Una lacrima sul viso oder Quando si fa sera oder Nel blù dipinto di blù oder Volare oh oh. Dann mit dem Aufkommen des Fernsehens (nein, nicht das Fernsehen ist schuld, sondern ihr Nandino, der nur die Deutschen sehen will, ZDF und ARD, weil er das Deutsche besser versteht als das Französische, hat er erklärt, wie alle Arbeiter, hat er hinzugefügt, denn wir sind Arbeiter, hat er gerufen, und dann gibt es im deutschen Fernsehen viel mehr Sportsendungen als im belgischen, von dem französischen ganz zu schweigen) mit dem Aufkommen des Fernsehens wurde es anders. Allerdings hat sie das nicht sofort bemerkt, denn am Anfang war die Tatsache, dass wir eigene Schwarz-Weiß-Bilder, die unser eigenes Esszimmer füllten, sahen, wie das Wahrwerden eines bis dahin für unmöglich gehaltenen Traumes.

Vorher fuhren wir hin und wieder mit dem Zug und der Straßenbahn zu Onkel Fredy und Tante Lucie, um dort die Sonntagnachmittage zu verbringen. Sie wohnten in der Stadt gegenüber dem, was die Klinik von Eich werden sollte oder schon war, und bei ihnen war der Hauptanziehungspunkt das deutsche Fernsehprogramm, das von Anfang bis Ende eingeschaltet blieb. Es ist also nicht verwunderlich, dass der Kauf unseres eigenen Fernsehers unsere sonntäglichen Gewohnheiten umstieß und meine Eltern endgültig in den vier Wänden ihrer unter so großen Opfern erworbenen Wohnung festhielt. Aber ganz allmählich, als die erste Euphorie sich in Rauch aufgelöst hatte, kehrte sich der so heiß begehrte Fernseher gegen meine Mutter. Jedes Mal, wenn mein Vater auf den vermaledeiten Knopf drückte, um die Tagesschau oder die Drehscheibe oder Deutschland gegen Ungarn einzuschalten, hatte meine Mutter das Gefühl, dass eine Leere in ihr entstand. Und diese zu Anfang unerklärliche Leere war, das wusste sie jetzt, ganz einfach die Erinnerung, die Stück für Stück entwich. Deshalb erkannte sie die Stimme nicht wieder. Deshalb war sie traurig, enttäuscht und gereizt.

Und wenn mein Vater sie zu beruhigen oder zu überzeugen versuchte, dass sie gut daran getan hatten, alles in Cardabello zu verkaufen, wenn er die zahlreichen Träume aufzählte, die sich erfüllt hatten, nicht wahr? in so kurzer Zeit, nicht wahr? die Wohnung, die Schulbildung der Kinder, der Fernseher und sogar der Ford Taunus, oder? wenn er sich bemühte zu beweisen, dass sie dort unten auf die Dauer nicht einmal genug zu essen gehabt hätten für ihre fünf Münder, dann spürte meine Mutter, obgleich sie fühlte, dass er Recht hatte, einen winzigen Vorwurf in sich. Nein, keinen Hass, aber einen ganz kleinen Vorwurf gegen den, der sie ihrem heimatlichen Paradies entrissen hatte und der seine Bemühungen zu verdoppeln schien, um bei ihr, wie man ein Herz verpflanzt, die Erinnerung an dort unten zu verdrängen und sie durch die von hier, die fremd, unzugänglich und voller grauer Wolken war, zu ersetzen.

Eine Erinnerung, wo nicht mehr viel Platz ist für die Stimmen von einst. Aus diesem Grund konnte weder sie noch sonst jemand die

Stimme von Robertino wieder erkennen. Deshalb und weil Robertino nicht mehr der Robertino aus Mamas Zeiten war, sondern ein anderer, ein Sänger wie andere, ein Sänger mit einer beliebigen, uninteressanten, eher rauen Stimme. Dieses klägliche Comeback hatte nichts mehr zu tun mit der Reinheit, dem Schmelz von einst, als er aufrichtig sagte, mamma mi sento felice.

Aber nicht nur die Stimme hat einen Bruch erlitten. Das ist normal, Robertino ist erwachsen geworden, mit einer für einen Erwachsenen typischen Stimme, auch wenn man damals hoffte, die Pubertät möchte diesem engelhaften Gesang niemals ein Ende setzen. Mit dieser Stimme zerbrach die Welt, die darin ihren Ausdruck fand. Alles stimmte in diesem neuen, nach der Kriegskatastrophe wieder erbauten Universum. Die Kinder liebten ihre Eltern, die Liebe war intakt, die Sonne ließ sich nicht durch Schatten oder Regen besiegen. Zwar war die Vergangenheit hart gewesen, Mussolini, die Schwarzhemden, das Rizinusöl, das sein Vater hatte schlucken müssen und nicht nur er, aber die Zukunft und sogar die Gegenwart versprachen Wunderdinge. Meine Mutter könnte endlich ihre durch den Krieg unterbrochenen Studien fortsetzen und Volksschullehrerin werden, ja Volksschullehrerin, wie Onkel Cesare oder Lehrer Bergonzi, die auch als Volksschullehrer angefangen hatten. Sie, die erste studierte Frau in der Familie. Sie, die erste Volksschullehrerin in Cardabello.

Aber was für ein Idiot bin ich doch, denkt sie jetzt. Statt ins Mikrofon zu sprechen, fange ich wieder an, mich in Gedanken zu beklagen. Nein, ich werd' es nie schaffen. Erstens ist das nicht wirklich meine Stimme. Sie hört noch einmal, was sie aufgenommen hat: eins zwei, eins zwei, eins zwei, eins zwei. Und dann mit diesem Mikrofon, das vor meinem Mund zittert. Wie machen es die Sänger und Sprecher im Radio bloß, ins Mikrofon zu sprechen. Nein, nicht die Sänger, für die ist es leicht: sie singen und ihre Stimme wird voller, kommt viel stärker heraus, füllt den Saal und die Ohren der Zuhörer. Aber ich habe keine Zuhörer. Nur ein Mikrofon und so ein Ding da. Und außerdem verstärkt das nicht. Wie soll man sich konzentrieren, wenn das nicht verstärkt?

Mit oder ohne Mikrofon, meine Stimme ist ganz dieselbe. Eins zwei, eins zwei, eins zwei. Wenn ich vor dem Herd stehe oder sogar wenn ich die Betten mache oder Staub wische, kommt das ganz von allein. Ich trällere und erinnere mich an alles. Aber so, vor diesem cazzo von Mikrofon bin ich stumm wie ein Fisch.

All diese Fragen. Nie hat man mir Fragen gestellt. Nie hat man sich für mich interessiert. Ich war da, das war alles. Da für die anderen. Das ist normal. Ich bin die Mutter.

Und wenn ich das Mikrofon auf dem Tisch ablegen würde, sagt sie sich plötzlich. Meine Hände wären frei und ich könnte freier sprechen.

Ein Lächeln tritt auf die Lippen meiner Mutter, dann kann sie nicht mehr an sich halten und prustet heraus. Die Hände frei, das hat sie an die Geschichte mit dem Telefon erinnert, die ihr Vater Claudio gern erzählte, um die Familie aufzuheitern. Natürlich passiert das, ratet mal wo? in San Demetrio, hatte Claudio klargestellt. Bei unseren Nachbarn, den Nardini, wird das Telefon gelegt, und der Postangestellte erklärt der ganzen Familie, die bei der Gelegenheit ums Telefon versammelt ist, wie es funktioniert. Also mit der linken Hand nehmen Sie den Hörer ab, so, hatte Claudio gesagt und dabei Daumen und Zeigefinger der linken Hand weit gespreizt und sie ans Ohr gehalten, um jemanden, der telefoniert, nachzuahmen, und mit der rechten wählen Sie die Nummer. Und er steckte den Zeigefinger seiner rechten Hand in die imaginäre Nummernscheibe. Verstanden. Ja, antworten die Nardinis im Chor. Nur die Großmutter ist ungläubig und nicht überzeugt. Sagen Sie mal, Herr Postangestellter, irgendwas stört mich an dieser Sache, gibt sie endlich von sich, wenn ich den Hörer in meine linke Hand nehme und mit der rechten die Nummer wähle, mit welcher Hand soll ich dann reden?

Das Mikrofon liegt also auf dem Tisch und meine Mutter drückt die Starttaste mit dem Zeigefinger. Eins zwei, eins zwei. Aber was soll das, immer nur bis zwei zählen. Also gut, sehen wir mal. Ich heiße Tina, ja, Tina Nardelli. Nardelli, wie mein Mann. Nando und Tina Nardelli. Nein, Fernando und Concettina Nardelli. Verheiratet am Ende des Krieges, und wir haben drei Kinder, Fernand, Claude und Josette. Vorher hieß ich anders. Vorher war ich Tina Simonetti, Tochter von Claudio Simonetti und von Lucia Bonanni. Ich hatte keinen Bruder, aber eine Schwester, eine jüngere Schwester, Anna, aber ich kann mich nicht an sie erinnern, weil sie mit zwei oder drei Jahren gestorben ist.

Anna war die erste Tote im Leben meiner Mutter. Sie war acht oder neun Jahre alt und erinnert sich an nichts. An keine Einzelheit. Nichts. Als ob Anna nie existiert hätte.

Habe ich geweint? Sicher. Alle haben sicher geweint. In Italien weint man leichter als hier. Im Süden gibt es sogar berufsmäßige Klageweiber, die bezahlt werden, um an Stelle der Familie die Toten zu beweinen. Aber ich habe, ohne bezahlt zu werden, vielleicht mehr als irgendein anderer geweint. Schließlich war Anna meine Schwester. Schade, dass Papa und Mama nicht mehr da sind. Sie könnten mir sagen, ob ich mehr als irgendein anderer geweint habe oder nicht, und mir von meiner jüngeren Schwester erzählen. Wenn sie uns nur zusammen fotografiert hätten. Nur ein einziges Foto. Aber wozu all diese wenn und aber, schließlich konnten sie nicht ahnen, dass sie sterben würde, oder dass ich eines Tages dieses Foto brauchen würde.

Auch ich konnte mir nicht vorstellen, dass du mir all diese Fragen über mein Leben stellen würdest. Sag mal, welchen Sinn hat das, so in der Vergangenheit herumzuwühlen? Es war schon schwer genug, alles zu vergessen.

Deshalb hab' ich zu Anfang nein gesagt. Keiner hat mir jemals Fragen gestellt. Ich war da, und basta. Das ist das Los aller Mütter. Wenn alles klappt, bemerkt uns keiner, wenn wir dann eines Tages das Zeitliche segnen, entsteht eine riesige Lücke, die keiner zu füllen vermag. Und erst dann wird einem klar, dass eine Mutter unersetzlich ist.

Sie macht eine Pause und betrachtet die Kassette. Mein Gott, ich hab' geredet wie ein Wasserfall.

Du hattest recht, Claudio, am Anfang denkt man, dass es unmöglich ist, dass man nichts zu sagen hat, aber sobald man angefangen hat, kommt es heraus und will nicht wieder aufhören. Du hast ja so viel gelernt, vielleicht kannst du erklären, warum das plötzlich nicht mehr aufhören will.

Jetzt ist sie ganz nervös, meine Mutter. Und wenn es nicht aufgenommen ist? Ihre Lippen zittern. Besser so, sagt sie plötzlich, bei all den Dummheiten, die ich wahrscheinlich gesagt habe. Wen interessiert dieses Zeug schon, wie ich heiße, wie viele Kinder ich habe oder ob meine Schwester Anna noch lebt? Wen denn?

Ich weiß, mach dir keine Sorgen, dass man mit dem Anfang anfangen muss, wie du es in deinem Brief verlangst. Und vor allem keine Einzelheit auslassen. Jede Einzelheit, so minimal sie auch ist, kann von Bedeutung sein, hast du geschrieben. Ist Annas Tod eine Einzelheit? Ich weiß nicht einmal, woran sie gestorben ist.

Oh, weißt du, Tote hat es genug in meinem Leben gegeben. Schließlich war Krieg, und ein Krieg ohne Tote ist wie ein Wald ohne Bäume. Ich war dreizehn, als der Krieg ausbrach, sechzehn, als ich deinen Vater kennen lernte, siebzehn, als er aus war und wir geheiratet haben. Und mit siebzehn, wo man heute noch ein Kind ist, wusste ich schon, was das Leben ist, denn ich war nicht nur zur Schule gegangen, sondern hatte geschuftet, auf dem Feld und am Herd. Und es war Krieg.

An den Tod gewöhnt man sich sehr schnell. Wenn zum ersten Mal die Nachricht eintrifft, dass der oder der unter den feindlichen Kugeln gefallen ist, schockiert das. Man kann sich nicht damit abfinden. Die Welt um einen herum droht zusammenzubrechen und man beginnt vor Angst zu zittern, als ob man entdeckt, dass man für die wahre Welt zu zerbrechlich ist. Dann wird man härter. Wie die Hände, die sich nach und nach an die Arbeit gewöhnen und Schwielen bekommen. Die schlechten Nachrichten von der Front regnen nur so herein. Man ist darauf gefasst. All das gehört zum alltäglichen Leben wie das Aufstehen, das Schlafengehen oder das Essen, wenn zu essen da ist, denn im Krieg fingen die Sachen an, knapp zu werden und wer weiß, ob wir ohne deinen Vater auch nur einen Tropfen Kaffee bei uns zu Hause getrunken hätten.

Ist es im Fernsehen ebenso? Hindert dich das am Schlafen, wenn in den Nachrichten Bilder vom Krieg mit Blut und überall Leichen gezeigt werden? In Filmen kann ich es noch verstehen. Das Blut ist Tomatensoße. Und am Ende stehen die Toten wieder auf, amüsieren sich und gehen im Eckcafé einen trinken. In den Fernsehnachrichten dagegen. Als ich dann mit sechzehn Jahren deinen Vater getroffen habe, ist alles wieder umgeschlagen. Ich verstand nicht viel von diesem politischen Zeug und auch warum wir nicht mehr an der Seite der Deutschen kämpften, aber ich kannte die Deutschen. Ach, das erinnert mich an eine Geschichte. Die Deutschen hatten bei uns Zimmer requiriert und wohnten zu Dutzenden zusammen, während draußen der Winter furchtbar war. Sie haben wirklich kein Glück mit dem Winter, diese Deutschen. Aus Russland sind sie alle mit Erfrierungen zurückgekommen. Aber bei uns war ihnen seltsamerweise nie kalt. Siste kalt, siste kalt sagten sie den ganzen Tag, und wir begriffen nicht, warum sie unsere Decken wollten, wenn ihnen so caldo caldo (warm, warm) war. Ach, die Sprachen.

Siehst du, jetzt fang' ich auch an, vom Krieg zu reden. Wie dein Vater. Erinnerst du dich? Sobald er einmal loslegt, hält ihn keiner mehr auf. Aber ich rede und rede und habe das Tonband gar nicht angestellt. Das ist typisch für mich.

Sie spult die Kassette ein ganz klein wenig zurück. Ich war da und basta. Sie spult vorwärts. Ein riesiges Loch. Noch ein wenig. Ist unersetzlich. Das Band bleibt stumm.

Hör mal Claude, ich habe eine Menge Dinge gesagt, die nicht aufgenommen worden sind. Weil ich eben noch nicht an diesen Apparat gewöhnt bin. Gott sei Dank muss ich das Mikrofon nicht anfassen. Es ruht wie ein Baby auf dem Tisch und wartet ganz allein.

Warum ich weggegangen bin? Was soll ich dir erzählen? Ich war jung, ich bin weggegangen. Das ist alles. Nein, dein Vater war auch da. Er kam von weither, wir haben geheiratet, ich bin mit ihm weggegangen. Es war das erste Mal, dass ich wegfuhr. Die einzige Reise, die ich vorher kannte, war die Strecke San Demetrio – L'Aquila, L'Aquila – San Demetrio mit dem Bus und manchmal sogar zu Fuß bis zum Bahnhof, jeden Tag dasselbe. Ich war jung. Und es war auch Krieg. Da hat dein Vater gesagt: bei mir da oben gibt es Arbeit, ich kann in der Fabrik arbeiten oder wieder Frisör werden. Warum wollte er nur so schnell nach Differdingen zurück? Irgendetwas trieb ihn, und ich wusste nicht, was es war. In Italien hätte er mit all den Sprachen, die er kannte – er konnte Italienisch, Deutsch und einige Brocken Französisch und hatte mit den englischen Kriegsgefangenen sogar die Grundbegriffe des Englischen gelernt – Dolmetscher werden können. In Rom. Und wir hätten in Rom gewohnt und dort wärest du geboren, als richtiger kleiner Römer.

Denn im Krieg war er Dolmetscher, dein Vater, das weißt du doch, nicht? Als er eingezogen wurde, haben er und seine Kameraden, kurz all die aus Luxemburg kamen, die ganze Geschichte nicht allzu ernst genommen. Sie wussten nicht, was sie erwartete, und in Differdingen langweilte man sich außerdem nicht wenig vor dem Krieg von neununddreißig. Da haben sie alles Mögliche getan, um ihre Vorgesetzten zum Besten zu halten. Alles, um nicht an die Front in Afrika zu müssen. Denk mal, sie sind sogar ins Kittchen gekommen. Andere hackten sich einen Finger ab oder brachen sich absichtlich ein Bein, um nicht in die ersten Linien geschickt zu werden, von wo keiner zurückkommt. Dein Vater hat vor den Feldwebeln den Clown gespielt. Das lag in seinem Wesen. Du hast ihn so nicht kennen gelernt. Am Anfang war dein Vater ganz fröhlich, nichts konnte ihm seine gute Laune verderben. Deshalb hat er übrigens gleich die Herzen meiner Eltern erobert, von meinem ganz zu schweigen. Weil er also die Vorgesetzten immer neckte, ist er hinter Gitter gekommen. Das hat ihn gerettet. Danach haben die Offiziere gemerkt, dass er Deutsch konnte und haben sich gesagt, dass er in der Armee nützlich sein könnte. Und plötzlich war er zum Dolmetscher für die Deutschen aufgestiegen. Aber da hat er es mit der Angst zu tun bekommen, denn mit den Italienern konnte man scherzen, aber die Deutschen waren Eisklötze. Und außerdem war ihm gesagt worden, wenn es schlecht ausgeht, macht man die Dolmetscher einen Kopf kürzer. Die Dolmetscher wissen zuviel, weißt du.

Aber warum spreche ich von Nando? Du willst doch etwas über mich wissen, nicht? Es ist komisch. Wenn ich auch mit mir selber anfange.

Ich komme immer auf die anderen zu sprechen, auf Nando. Ich bin es wirklich nicht gewohnt. Wahrhaftig. Und dann war damals mein Nandino alles für mich. Er war der erste Mann, dem ich begegnet bin. Der erste und der letzte. Deshalb bin ich ihm fast blind gefolgt, als er mir vorschlug wegzugehen. Und ich bereue es und bereue es auch nicht. *Unsere Nähe scheint die Walmutter nicht zu erschrecken…*

...Der Wal schwamm ruhig, hob bald seinen riesigen Kopf über das Wasser, schwenkte bald seinen breiten Schwanz in der Luft und schien nichts von der Gefahr zu ahnen, die ihm drohte...

Während sie sich von Nando auf den Wagen heben lässt, der sie zum Bahnhof bringen soll, sie und ihren Mann, hat Tina das Gefühl, dass etwas in ihr zerbricht. Sie ist ganz verwirrt. Es ist wie das Ei, das zerbrechen muss, um dem Küken das Leben zu geben. Das treibt ihr Tränen in die Augen. Nun kämpft sie schon Stunden gegen das Weinen an. Ganz wie ihre Mutter hat sie bis zum letzten Augenblick gegen die Tränen gekämpft. Denn beide wissen, dass es nicht mehr aufhört, wenn sie einmal anfangen, als wäre ein Feuer zu löschen. Nur Tante Nunziata und Tante Bettina haben nicht widerstanden. Mit siebzehn weint man nicht mehr, hat sie sich unablässig gesagt, um die in ihren Augen gestauten Tränen zurückzuhalten. Sie ist doch kein Kind mehr. Nando hat eine Frau aus ihr gemacht. Nein, durch den Krieg ist sie gereift. Die Heranwachsenden verschwinden im Krieg von der Bildfläche. Es gibt nur noch kleine Kinder und Erwachsene. In der Mitte nichts. Nando hat die Sache nur besiegelt, indem er sie geheiratet hat.

Aber warum hatte er es so eilig? Was das Heiraten betraf, da war sie einverstanden, das sollte so schnell wie möglich über die Bühne gehen. Er liebte sie, sie liebte ihn, warten hatte da keinen Sinn. Das Übrige wusste sie auch. Nando würde nicht ewig in Cardabello bleiben. Und sie würde die Hände nicht in den Schoß legen und auf ihn warten, wie ihre Mutter vor dem Krieg auf ihren Vater gewartet hatte. Sie kannte nur allzu gut die schädliche Wirkung des Wartens. Ihre Mutter war nach Claudios Weggehen ein richtiges Gespenst geworden, das in den Zimmern des Hauses umgeht und auf Nachrichten aus der Ferne wartet. Das Geld, das Claudio ihr schickte, drehte sie unablässig in ihren verkrampften Händen, als wäre es das Manna, das Gott Moses geschickt hatte, und jedes Mal versprach sie der heiligen Jungfrau Maria Mutter Gottes, dass sie es erst ausgeben würde, wenn ihr Claudio zurück wäre. Sie brauchte nichts. Sie würde nur das Nötige für Tina ausgeben, und zwar nichts und wieder nichts. Und sie begann wieder wie ein Gespenst von einem Zimmer zum anderen zu irren, ohne wirklich da zu sein, denn ihre Gedanken waren bei Claudio, im Bergwerk bei ihrem Claudio, ein Bergwerk, das nicht gefährlich war, hatte ihr Mann geschrieben, weil er nicht in einen Stollen hinunter musste, nein, er brauchte sich nur zu bücken und das Eisenerz zu schaufeln. Aber Lucia glaubte nicht, was er sagte, denn andere Briefe, die nach Cardabello kamen, waren ganz anders. In ihrer Vorstellung war das Bergwerk, wo Claudio arbeitete, ein gefräßiges Ungeheuer, das Leib und Seele derer, die sich in den Schlund hinab ließen, verschlang. Wie der Wal, der mit einem einzigen Biss Geppetto verschlungen hatte. Auch wenn ihr Mann, um sie zu beruhigen, gesagt hatte, sie seien durch eine Schutzheilige, Santa Barbara, geschützt, die niemals zulassen würde, dass ihm irgendetwas passiert. Weder ihm noch seinem Bruder Alfredo, der in einem viel gefährlicheren Bergwerk arbeitete als er. Gewöhnlich glaubte Lucia fast nichts von dem, was Claudio ihr erzählte, aber mit der heiligen Barbara übertrieb er nun wirklich. Es war ein Sakrileg, Gott so zu lästern. Sie wusste sehr wohl, dass Claudio die Heiligen nicht einmal gemalt ertrug. Den ganzen Tag fluchte und schimpfte er gegen die Pfaffen. Deshalb wagte sie nicht das Geld auszugeben, das er ihr schickte und das sich plötzlich aus dem Manna in ein Geschenk des Teufels verwandelte.

Nein, sie sind jetzt verheiratet, und Tina ist bereit, ihrem Mann überall hin zu folgen. Sogar wenn er sie nach Amerika mitnähme. Nando hat ihr nur versprechen müssen, nicht im Bergwerk zu arbeiten. Aber ihr Mann hat es zu eilig, er lebt zu sehr in der Zukunft, denkt Tina. Als hätte er Angst, Zeit zu verlieren. Natürlich hat sie Verständnis für Nandos Lage aufgebracht. Er ist eingezogen worden und hat seine Mutter seit zweiundvierzig nicht gesehen. Es ist normal, dass er unruhig ist. Der Krieg hat auch dort oben in Luxemburg gewütet. Differdingen musste sogar evakuiert werden, hat er ihr erklärt. Sie würde es auch so machen. In Friedenszeiten wäre alles sicher anders. Zu anders, denkt sie, und ein flüchtiges Lächeln entspannt ihre Lippen. Ohne den Krieg wäre sie ihrem Nando nie begegnet.

Die Regel hat sich wieder einmal bestätigt: das Glück entsteht mitten im Unglück. Diese Regel fasst die Philosophie zusammen, die Tina sich für das Leben geschaffen hat, nachdem sie vor drei Jahren Die Verlobten von Manzoni gelesen hat. Die Liebe zwischen Renzo und Lucia, den beiden Hauptfiguren des Romans, nährt sich von den Schwierigkeiten, die sich ihr entgegenstellen, sie an ihrer Entfaltung hindern, aber am Ende triumphiert sie trotz allem. Durch diese Art, die Dinge zu sehen, ist es Tina gelungen, den Krieg zu ertragen und die Not, die er verursacht hat. Als sei sie sicher, dass so viel Trostlosigkeit, Kummer und Verwüstung unvermeidlich in eine mindestens ebenso intensive Schönwetterperiode einmünden müsse. Verstärkt wurde ihr Vertrauen durch die Gräser, die auf dem Haupt des Engels wachsen, der die Mauer vor der Freitreppe der Kirche der Madonna schmückt. Im Winter wie im Sommer drängt die Natur trotz des Zementes rastlos durch den leblosen Stein, der sich nicht davon befreien kann. Wie oft hat sie sich auf die Mauer gegenüber gesetzt, nur um diesen entstellten Engel mit seinen geöffneten Flügeln zu betrachten, Gefangener der Mauer, die voller Kugeleinschläge ist. Gefangener aber Herrscher aufgrund dieses kleinen eigensinnigen Zweiges, der aus dem Stein hervordringt, im Winter fast tot, im Frühling wieder voller Leben, Opfer, wie Renzo und Lucia im Ereigniswirbel des Jahrhunderts.

Und die Schönwetterperiode ist gekommen und hat ihr die Liebe gebracht. Die wahre Liebe. Vorher war Tina schon dem einen oder anderen Jungen begegnet. Zum Beispiel Franco, als sie in L'Aquila im Park der spanischen Festung spazieren ging. Sie hatte sich auf Anraten ihres Biologielehrers das Dinosaurierskelett, das sich im Schloss befindet, angesehen. Als sie in Gedanken versunken herauskam, damit beschäftigt, wieder Ordnung in die Chronologie zu bringen, die das eben von ihr entdeckte riesige Wirbeltier umgeworfen hatte, hatte sie unabsichtlich einen Jungen angestoßen. Anstatt böse zu sein, hatte sie dieser zu einem Spaziergang eingeladen. Er hieß Franco. In zwei Tagen musste er zum Militär. Das Vaterland rief ihn. Natürlich wäre er lieber dageblieben und hätte geheiratet, aber was half das? Sie hatten über fünfzig Mal im kleinen Park die Runde gemacht, dann wollte Franco sie vor einer Zypresse küssen. Aber sie war zurückgewichen. Sie war erst fünfzehn und noch nie auf den Mund geküsst worden. Später hatte sie es bedauert, den armen Franco zurückgestoßen zu haben. Vielleicht war das das letzte Mal gewesen, dass er versuchte, ein Mädchen zu küssen. Und wenn er nicht von der Front zurückkäme, würde seine letzte Erinnerung an die Liebe enttäuschend sein. Aber so war sie nun einmal. Den ersten Kuss auf den Mund wollte sie für den Mann ihres Lebens aufbewahren. So wie Lucia ihren für Renzo bewahrt hatte. Auch wenn es noch lange dauern sollte. Und jetzt ist der Mann ihres Lebens dicht neben ihr, und sie kann nichts weiter tun, als gegen die Tränen ankämpfen.

Tina ist traurig, während sie auf den Leiterwagen steigt, vor den ihr Vater ihren Maulesel gespannt hat, der sie zum Bahnhof von San Demetrio bringen soll. Diesen Weg hat sie vorher Hunderte von Malen zu Fuß zurückgelegt, um in L'Aquila zur Schule zu gehen. Sie kennt ihn auswendig. Um den Gang abzukürzen, hatte sie sich sogar bestimmte Anhaltspunkte geschaffen. Auf halbem Weg zwischen dem Bahnhof und dem Dorf war eine Stelle, von wo die Pfarrkirche und die Kirche der Madonna sich auf einer Linie befanden, die die beiden Kirchtürme verband. Die Augen auf ein imaginäres Band gerichtet, das sie von einem Kirchturm zum anderen spannte, stellte sie sich gern als Seiltänzerin vor, die hoch über den Dächern das Dorf überquerte, mit den Köpfen der Neugierigen unter sich, die neidisch waren, weil sie der erste weibliche Volksschullehrer von San Demetrio sein würde. Aber jetzt ist sie traurig und lässt etwas Zeit vergehen, bevor sie sich endgültig auf das als Kutschbock dienende Brett neben ihren Vater und ihren Mann setzt. Sie sieht wohl durch den Baumvorhang hindurch den Turm der Kirche der Madonna, aber kein Band verbindet ihn mit einem anderen Kirchturm. Und sie lässt etwas Zeit vergehen, weil sie ein letztes Mal nachdenken möchte, bevor sie dieses Dorf und ihre Angehörigen verlässt. Bevor sie dies andere Band zerschneidet, das sie selbst an diesen Ort bindet. Alles ist wirklich zu schnell gegangen, und sie möchte dies unkontrollierbare Räderwerk, das seit ihrer Hochzeit vor einigen Tagen in Gang gesetzt wurde, einen Augenblick anhalten.

Um sie herum lachen alle aus vollem Halse. Bettina und Nunziata haben ihre Tränen vergessen, Battista, Onkel Cesare und Lehrer Bergonzi prusten heraus, und selbst Don Rocco lacht sich halb tot. Das Gewitter ist bei dem in andächtiger Stille eingenommenen Mahl aufgezogen. Jetzt bricht es los. Wegen der Späße ihres Vaters. Als sie beim Essen waren, hatte Claudio schon versucht, die Stimmung aufzuheitern. Aber Lucia hatte dafür gesorgt, dass er beinahe die Trompete verschluckte, die er nachahmen wollte. Und dabei hätte Claudios Trompete allen gut getan. Der Kummer hätte sich in den Liedern aufgelöst und hätte sich in diese köstliche Melancholie verwandelt, auf halbem Weg zwischen Freude und Traurigkeit. So etwa wie in der Darstellung des Abendmahls, das sie im Schlossmuseum von L'Aquila gesehen hatte. Während die anderen gesungen hätten, hätte Tina sich von ihren Gedanken lösen können, an etwas anderes denken, einen Augenblick ihren Kopf frei machen und einen ganz kleinen Abstand zwischen sich und dem, was um sie herum vorging, schaffen können. Die drückende Atmosphäre, die herrschte, war wie ein Mantel, der sie daran hinderte, richtig nachzudenken. War es nicht genau das, was sie auf dem Bild in Jesus Augen, der von seinen Jüngern umgeben war, gelesen hatte? Auch er war dabei, sich seine Lage klarzumachen. Sein Weg war ihm vorbestimmt, da gab es kein Entrinnen, aber er fragte sich trotzdem ein letztes Mal, ob es nicht besser wäre, das Räderwerk anzuhalten.

Beim Hochzeitsmahl vor einigen Tagen war es anders gewesen. Tina hatte nicht an die Zukunft gedacht. Allein die Gegenwart zählte. Sie war im Handumdrehen Nandos Frau geworden. Und die Trompete ihres Vaters hatte sie den Riss vergessen lassen, der durch ihren Körper ging. Claudio hatte nach Herzenslust sein ganzes Repertoire zum besten gegeben: Bella ciao, Bandiera rossa, Fischia il vento, aber auch O sole mio, Santa Lucia und zur Krönung des Ganzen den Gefangenenchor aus Nabucco. Alle und vor allem Tina hatten ihm nach Kräften assistiert.

Selbst Don Rocco hatte aus vollem Halse den Refrain von Bandiera rossa gebrüllt, während Nando anschließend ein Lied auf Luxemburgisch anstimmte, das keiner, weder Tina noch die anderen, im Chor nachsingen konnte. Ihr Vater hatte versucht, ihn auf seiner Trompete zu begleiten, aber das klang falsch, auch wenn Claudio einige Brocken Luxemburgisch konnte, mit denen er von Zeit zu Zeit Nando anredete. Dieser verstand nicht sehr gut, was sein Schwiegervater ihm sagte, aber er tat so, als sei Claudios Sprache perfekt, so perfekt wie die Trompete, die er alsbald wieder lauter als zuvor ertönen ließ, alle in eine Nostalgie tauchend, die nur die italienischen Lieder zu wecken vermögen. Auch Lucia hatte sich von diesen Melodien anstecken lassen und sang, allerdings leise, mit. Sie hatte sogar den Refrain von Bella ciao mitgesungen. Claudio, der ganz baff war zu sehen, wie seine Frau ein Partisanenlied trällerte, hatte plötzlich mit dem Spielen aufgehört und alle waren gleichzeitig verstummt. Alle außer Lucia, deren Lippen fast unbeweglich weiter sangen e questo è il fiore, e questo è il fiore. Als sie dann sah, dass alle Blicke auf sie gerichtet waren, war sie ganz rot geworden, bevor sie in Tränen ausbrach. Sie sei so glücklich, hatte sie schluchzend gesagt, und Claudio hatte zu ihren Ehren mit Santa Lucia angefangen, um ihr zu zeigen, dass auch er sehr glücklich war. Der Frieden fing erfreulich an.

Natürlich hätten sie Anweisung erhalten, die Waffen niederzulegen, was nichts anderes bedeutete, als Italien den Pfaffen und Amerikanern auszuliefern, sagte er, aber der Anfang war erfreulich. Das Leben, das bis dahin durch den Krieg unterbrochen gewesen sei, ging wieder seinen Gang, so hatte er die Rede, die alle von ihm gefordert hatten, abgeschlossen. Dann hatte er sein Glas erhoben, um auf die Gesundheit der beiden jungen Brautleute zu trinken, die in seinen Augen das erste echte Zeichen dafür waren, dass alles wieder wie früher werden würde. Lucia hatte ihn bewegt unterbrochen. Und die Trompete ist das zweite Zeichen, hatte sie gesagt. Denn im Krieg war Claudios Trompete nie erklungen. An ihre Stelle war das Knattern der Maschinengewehre getreten und die Befehle, die es von allen Seiten regnete.

Bevor Tinas Vater sich dem Widerstand anschloss, hatte sie ihn oft gebeten, Trompete zu spielen. Sie war erst dreizehn oder vierzehn, und das erinnerte sie an ihre Kindheit, als ihr Vater, der wegen der Arbeit nach Differdingen gegangen war, gerade zurückgekommen war. Sie waren vier bei Tisch, und Anna, Tinas jüngerer Schwester, die fast noch nicht Papa und Mama sagen konnte, gelang es schon, etwas zu artikulieren, was dem Wort Trompete ähnelte. Dann steckte ihr Vater flugs den Daumen der rechten Hand zwischen die Lippen, spreizte die Finger so weit wie möglich, drückte den Daumen der linken Hand gegen den Ringfinger und begann wie eine Biene zu summen, wobei er mit seinen Fingern imaginäre Pistons betätigte. Das nahm dann Form an, und das Summen verwandelte sich in eine Melodie, die Anna wieder erkannte und mit einem freudigen Lächeln begrüßte. Das war Claudios Trompete, das billigste Instrument der Welt. Andere in Cardabello hatten ein Akkordeon, eine Geige oder eine richtige Trompete, aber keins dieser Instrumente war so berühmt in ganz San Demetrio wie Claudios imaginäre Trompete. Manchmal wagte er es sogar, kommunistische Lieder anzustimmen wie Fischia il vento oder Bandiera rossa, natürlich ganz leise, aber Lucia wurde dann böse. Das brauchst du den Kindern nicht beizubringen, schalt sie, die singen das dann auf der Straße und wir bekommen Ärger. Draußen will man Giovinezza hören. Aber jetzt war alles anders. Deshalb hatte Lucia zum ersten und zum letzten Mal Bella ciao gesungen. Um die Rückkehr von Claudios Trompete zu feiern. Das Zeichen, dass der Krieg wirklich vorbei war, und dass das Leben wieder seinen Gang gehen konnte. Und es begann gut. Mit seinen normalen Augenblicken der Freude und der Traurigkeit.

Aber diesmal lasse sich die Traurigkeit besser ertragen, hatte sie Tina am Tag nach der Hochzeit gestanden. Du tust gut daran, mit deinem Mann nach dort zu gehen, hatte sie zu ihr gesagt. Hier wird es noch lange dauern, bis alles wieder richtig in Ordnung ist. Und außerdem ist dein Platz bei deinem Mann, daran gab es für sie keinen Zweifel. Die Fehler dürfen nur einmal in einer Familie gemacht werden. Wenn mein Claudio jetzt gehen würde, würde ich mitgehen, ohne zu zögern.

Wie weit liegt das schon zurück. Sie sind kaum fünf Tage verheiratet, und es ist wie eine Ewigkeit. Und wenn der Krieg, der doch fünf Jahre gedauert hat, ihr weniger lang vorkommt als die gerade vergangenen fünf Tage, dann vor allem deshalb, weil sie in diesen fünf Tagen gezwungen war, die wichtigste Entscheidung ihres Lebens zu treffen. Hundertmal hat sie das Für und Wider abgewogen, und sie hat sich entschieden, ohne wirklich sicher zu sein, die richtige Wahl getroffen zu haben. Natürlich ist sie erleichtert, der Unentschlossenheit ein Ende gesetzt zu haben, aber irgendwo in ihr nagt ein Zweifel, eine Art von Bedauern, das sie nicht zu identifizieren vermag. Sollte es wegen der Bemerkungen von Lehrer Bergonzi sein, zu dem sie gestern gegangen sind, um sich zu verabschieden. Lehrer Bergonzi und ihr Onkel Cesare, der Volksschullehrer ist, sind die beiden Stützen Tinas. Und auch ihre Berater. Sobald sie von der Volksschule in die höhere Schule kam, sah sie ihren Weg klar vorbestimmt vor sich. Sie würde Volksschullehrerin werden wie ihr Onkel Cesare und später Lehrerin an der höheren Schule nach Lehrer Bergonzis Vorbild. Deshalb hat sie auch angefangen, Latein zu lernen, die Pfaffensprache, hat ihr Vater gesagt. Und auch, weil Lehrer Bergonzi ihr gesagt hat, dass Latein überall nützlich ist. Mit Latein würde sie alles verstehen. Es sei die Quelle des Wissens. Und er hatte seinen Lieblingssatz hinzugefügt, scio me nihil scire, die Maxime seines Lebens. Was ihre zweite Stütze, Onkel Cesare, betraf, so hatte er ihr Die Verlobten von Manzoni, den Unschuldigen von D'Annunzio, die Aeneis von Vergil und die Göttliche Komödie geliehen, sowie die Gedichte von Pascoli und sogar die Übersetzungen von manchen französischen Dichtern des 19. Jahrhunderts. Sie solle sich eine eigene Bibliothek im Kopf zusammenstellen, hatte er ihr geraten, die Lektüren seien Hefe für das Denken. Und wenn es einem schlecht gehe, hatte er hinzugefügt, könne man sich immer in das Paradies der Bücher flüchten. Und während Tina sich schon vorstellte, wie sie ihr in den Lektüren und bei Onkel Cesare und Lehrer Bergonzi gesammeltes Wissen Schülern, die mit geweiteten Augen vor ihr saßen, weitergab, war dieser Traum brutal durch die Wirklichkeit des Krieges beendet worden.

Nach L'Aquila zur Schule zu fahren war nicht mehr sicher wegen der Luftangriffe. Und dann hatte sich ihr Vater, nachdem er zum dritten Mal hatte Rizinusöl schlucken müssen, endgültig dem Widerstand angeschlossen, zusammen mit Cesare und Don Bergonzi. Aber nach der Befreiung San Demetrios war Lehrer Bergonzi, während ihr Vater weiter mit der Reinigung der Provinz, wie er sagte, beschäftigt war, auf seine früheren Ratschläge zurückgekommen. Tina sollte um jeden Preis ihre Schulbildung erweitern, Sprachen studieren, lernen noch und noch, denn jetzt würden kluge Köpfe gebraucht.

Scio me nihil scire, sagt sie sich jetzt, während ihr Vater hü ruft, um seinen Maulesel zum Traben zu bringen. Sokrates hat Recht: Trotz all dem, was sie gelesen hat, ist sie fast ebenso unwissend wie zuvor. Das wenige, was sie weiß, hat sie vom Leben gelernt, nicht durch die Bücher. Wenige Jahre haben ausgereicht. In den Verlobten zum Beispiel ist der Tod allgegenwärtig. Aber solange er auf der Buchseite ruht, erscheint er ungefährlich. Nichts weiter als ein Wort, das sie nicht berührt, wie sie der Tod in der Wirklichkeit berührt hat. Während des Krieges hat es in etwa so funktioniert wie im Buch. Jede Stunde brachte Dutzende von Toten. Sie hatte sich daran gewöhnt. Wenn eine böse Nachricht eintraf, waren es nur Worte, die sie hörte: Amputiert, zerfetzt, sofort tot, usw. Nur ein einziger Tod auf der Welt hätte sie wirklich zum Zittern gebracht. Der ihres Vaters, der sich irgendwo in den Bergen befand und riskierte, jeden Augenblick niedergeschossen zu werden. Wenn er nur nicht von Differdingen zurückgekommen wäre! Dort arbeitete er in aller Ruhe. Und er war doch gerade aus Hass auf die Schwarzhemden weggegangen und hatte sie ganz allein gelassen, als sie noch ein Baby war. Aber er war wiedergekommen. Die Familie war wieder vereint. Und sie war alsbald durch Annas Geburt sogar größer geworden. Die Lage in Italien hatte sich jedoch verschlechtert. Die Regierung war aggressiver geworden. Albanien, Abessinien und die Achse Rom-Berlin verhießen nichts Gutes. Trotz allem war ihr Vater da geblieben, war mehrere Male verhaftet und wieder freigelassen worden, nachdem er Rizinusöl hatte schlucken müssen. Aber als die Deutschen die Zügel in die Hand genommen hatten, kam fast keiner der Verhafteten zurück. Deshalb hatte Claudio sich dem Widerstand angeschlossen, zusammen mit vielen anderen, die zu allem bereit waren, um den ausländischen Feind loszuwerden. Der Krieg hatte die Familie erneut getrennt. Eine Familie, die wieder ganz klein geworden war, denn in der Zwischenzeit hatte auch Tinas jüngere Schwester Anna im Alter von zwei Jahren sie endgültig verlassen, dahingerafft durch eine seltsame Krankheit. Und wenn ihre Mutter darüber fast vor Schmerz gestorben wäre, so hätte sie vor Unruhe sterben müssen, als ihr Claudio beschlossen hatte, in den Untergrund zu gehen. Wie zu der Zeit, als er in Differdingen sich im Bauch des gefräßigen Ungeheuers befand. Aber zu Tinas großem Erstaunen war sie, als ihr Mann zum zweiten Mal wegging, unerhört kaltblütig gewesen, als wisse sie, dass das, was er tun wollte, richtig war. Und außerdem, ob Widerstand oder nicht, Claudios Leben war ständig in Gefahr, weil er keine Gelegenheit ausließ, um laut zu sagen, was er vom Faschismus und von Hitler hielt.

Tina macht einen Hüpfer auf dem Wagen. Gleichzeitig mit ihrem Mann und ihrem Vater. Es ist komisch. Jedes Mal, wenn die mit einem Eisenring verstärkten Holzräder an den kleinsten Stein stoßen, schwankt der Wagen wie ein Schiff auf den Wellen. Die Körper der drei Insassen beschreiben dann eine seltsame Bewegung. Das Schütteln der Bank übertragen sie als Zittern nach oben, das in einem unfreiwilligen Kopfheben endet, bevor es wieder zur Bank absteigt. Dann fängt es wieder an, endlos, denn an Steinen fehlt es Gott weiß nicht auf dem schlammigen Weg, der am Gemeindezentrum nach unten führt. Es ist komisch, aber Tina beobachtet das Schauspiel nur unfreiwillig. Sie hat keine Lust zu lachen. So wie sie beim Scherz ihres Vaters nicht gelacht hat. Die Gedanken jagen sich in ihrem Kopf. Kaum taucht einer auf, drängt schon ein anderer an dessen Platz. Sie wagt nicht einmal mehr, um sich zu blicken. Jedes Staubkorn, das sie sehen könnte, würde sie an etwas erinnern. Vor dem Gemeindezentrum gleich hinter ihrem Garten kommen ihr deutsche Militärlastwagen in den Sinn, von denen tonnenweise Fleisch abgeladen wird, ganze Hälften vom Schwein und Rind, die sie den Einwohnern von Cardabello gestohlen haben. Rinaldo und sein Onkel Dino tragen sie auf dem Rücken, während das Blut der frisch geschlachteten Tiere auf ihre Kleider tropft. Wie oft war ihr das Wasser im Munde zusammengelaufen, wenn sie sah, wie sich die seltenen Nahrungsmittel, von der deutschen Armee beschlagnahmt, im Saal des Gemeindezentrums und im Palazzo Cappelli anhäuften. An Frechheit fehlte es den Nazis nicht. Sie stahlen nicht nur alles, sie zwangen auch die Einwohner, ihnen als Lasttiere zu dienen. Entweder das oder Stöße mit dem Gewehrkolben in den Rücken. Aber heute stehen keine Lastwagen vor dem Gemeindezentrum. Das Gitter ist geschlossen. Am nächsten Sonntag ist die Wiedereröffnung. Ein großes Fest mit, als Clou, einem Film von Toto und dann ein Dorfball.

Wo wird sie am nächsten Sonntag sein? Und dabei könnte sie jetzt eine Ewigkeit vor sich haben, um ihre Nase in die Bücher zu stecken. Dort, wo ihr Mann sie mit hinnehmen will, ist sie nicht einmal sicher, das tun zu können. Sie ist ganz und gar sicher, dass die Antwort nein ist. Wie soll sie in einem Land, von dem sie nicht einmal die Sprache kennt, wieder in die Schule gehen? Und außerdem ist sie verheiratet. Ihr Mann muss doch etwas auf dem Teller haben, wenn er von der Arbeit kommt. Danach werden Kinder kommen. Lehrer Bergonzi hat gestern ein letztes Mal versucht, ihre Abreise zu verzögern. Überleg es gut, Nando, hat er gesagt, du bist Italiener, alle Türen stehen dir hier offen. Mit all den Sprachen, die du kannst, könntest du in Italien Karriere machen. Vor allem jetzt. Es gibt ganz wenig Leute, die so viele Sprachen können wie du. Und Tina, fuhr er fort, könnte weiter zur Schule gehen. Und alle Leute würden vor euch den Hut ziehen und sagen: Guten Tag, Don Fernando, guten Tag, Donna Concettina. Aber für Nando war schon alles klar. Zunächst wollte er nach Luxemburg, um sich um seine Mutter zu kümmern. Dann würde man sehen. Und wenn Tina bleiben würde, schlug Onkel Cesare vor, du fährst hin, regelst alles und kommst zurück. Sag mal, du könntest doch auch deine Mutter mitbringen, schließlich ist sie doch von hier, oder? Was hält sie noch in Differdingen? Hast du nicht gesagt, dass dein Vater tot ist? Wir werden sehen, hat er unweigerlich auf alle Ratschläge geantwortet.

Das kleine Grasbüschel ist noch immer da, denkt Tina, als der Wagen am Engel der Madonnakirche vorbeikommt. Sie will ihn nicht sehen, sieht ihn aber doch. Sie hat nicht einmal gemerkt, dass sie schon den Hang hinuntergefahren sind und dass die große Kurve vor der Kirche auch schon hinter ihnen liegt. Das Lachen aller klingt ihr noch in den Ohren. Ihr Vater wusste nicht recht, wie er die Stimmung entspannen sollte und hat kurz vor der Abfahrt einen Scherz gemacht: hier ist die Kutsche für eure Flitterwochen, hat er feierlich gesagt und sie aufgefordert, auf den von ihrem Maulesel gezogenen Wagen zu steigen. Bitte, steigen Sie ein, meine Herrschaften. Fast alle haben Tränen gelacht. Tränen der Erleichterung. Sie dagegen hat sich nicht gerührt. Mit einem Schlag haben sich die Tränen aus den Augenwinkeln zurückgezogen und sind in einen anderen Teil des Körpers geflüchtet. Deshalb hat sie nicht bemerkt, dass der Wagen schon mehr als hundert Meter zurückgelegt hatte. Jetzt sieht man ihr Haus und ihren Garten mit den Feigenbäumen und dem Weinberg nicht mehr, noch das Gemeindezentrum, wo Sonntag der Film mit Toto gezeigt wird. Zu ihrer Linken liegt die Kirche der Madonna und weiter die hintere Fassade des Palazzo Capelli mit seinen verrosteten Balkons und den geschlossenen Fenstern. Und dann, genau daneben der Engel mit geöffnetem Mund, der ihr zum letzten Mal Auf Wiedersehen sagt. Das Grasbüschel auf seinem Kopf ist noch gelb, aber es ist da, und das genügt, dass endlich die Tränen aus Tinas Augen quellen. Wie dumm ich bin, denkt sie, es ist schön geworden nach dem Unwetter und ich heule wie ein Schlosshund. Der Wagen hält. Ihr Vater dreht sich um, während Nando sie an sich drückt. Hinter ihnen, unten an der Treppe, die die Kurve für Fußgänger abkürzt, sind alle da: Batista mit seiner Weste und Mütze, Don Rocco mit seinem Käppchen, Cesare im grauen Pullover mit Rollkragen, Lehrer Bergonzi im Anzug, Rinaldo mit seiner Frau und seiner kleinen Tochter Giustina, Bettina und Nunziata, Mario und Remo, die beiden Söhne von Batista, Onkel Dino, Cesares

Bruder, alle außer ihrer Mutter. Tina stellt sie sich vor, wie sie vor dem Kamin sitzt und ihren Tränen endlich freien Lauf lässt. Aber ihr Vater ruft wieder Hü, und der Maulesel trabt wieder langsam los, während dreißig Meter dahinter zum Geleit alles Gute und viel Glück geschrien wird.

Der Grund, warum Tina sich ihre Mutter vor dem Kamin sitzend vorstellt, wo sie ihren Tränen freien Lauf lässt, ist, dass Lucia sich nicht zum ersten Mal dorthin ganz nah ans Feuer geflüchtet hat. Als könnten die Flammen ihr helfen oder doch ein wenig ihren Schmerz lindern. Dort hatte Tina sie am Abend nach Annas plötzlichem Tod gefunden, den Blick auf die Mitte des Feuers gerichtet. Als wollte sie die Glut bitten, das soeben Geschehene rückgängig zu machen. Am Abend zuvor war Anna noch ganz fröhlich gewesen. Ihr Vater hatte ihr ein Wiegenlied auf der Trompete gespielt, und sie war mit einem freudigen engelhaften Lächeln auf den Lippen eingeschlafen. Aber in der Nacht hatte sie zu schreien begonnen, wie sie noch nie geschrien hatte. Ihr Gesicht war völlig verändert, violett, fast blau, ganz verzerrt. Sie glühte im Fieber vom Kopf bis zu den Füßen. Ihre Mutter hatte, die heilige Jungfrau und alle Heiligen anrufend, versucht, ihr mit einem in kaltes Wasser getauchten Tuch Linderung zu verschaffen, das Tina trotz der Dunkelheit eilig vom Brunnen geholt hatte. Claudio war gerade von einer seiner endlosen, ausgiebig begossenen Kartenpartien zurückgekommen. Anna wurde von Minute zu Minute schwächer, und keiner wusste, was da zu tun sei. Hol Doktor Paoletti, hatte Lucia plötzlich geschrien, schnell, hol Doktor Paoletti. Ihr Mann hatte einen Augenblick gezögert. Paoletti war Faschist. Niemals hatte er daran gedacht, dem das Betreten seines Hauses zu erlauben. Bist du taub oder was, hatte Lucia sich weiter erregt, sie stirbt, wenn du Doktor Paoletti nicht holst. Da hatte Claudio für einige Augenblicke seinen Hass auf die Schwarzhemden begraben und war nach Villa Grande gejagt, wo der Arzt wohnte. Aber Anna hatte nicht auf sie gewartet. Kurz nachdem ihr Vater das Haus verlassen hatte, hatte sie endgültig die Augen geschlossen. Ihre Temperatur hatte zu sinken begonnen, ohne je wieder anzusteigen. Anna war zwei Jahre, nachdem sie gekommen war, wieder abgetreten. Tina war zehn, und in ihrer Vorstellung starben die ganz Alten und nicht die Kleinkinder. Sie hatte also eine ganze Weile gebraucht, um das Entschwinden ihrer kleinen Schwester zu begreifen. Als sie sich am Abend zu ihrer Mutter an den Kamin setzte, begriff sie schließlich, was geschehen war. Dort hatte sie zusammen mit ihrer Mutter geweint und geglaubt, dass die Tränen nicht aufhören würden zu fließen und dass sie drohten, das Feuer zu löschen, das doch ihren Schmerz lindern sollte.

Renzo und Lucia, Manzonis Romanfiguren, sind endlich vereint, denkt jetzt Tina. Trotz allem will die Traurigkeit nicht weichen. Der Wagen fährt am Barbier vorbei, und es beginnt die Reihe der Kurven, die zur Pfarrkirche führen. Darin befindet sich die Statue des heiligen Demetrius, des Schutzheiligen des Dorfes. San Demetrio nei Vestini. Die Vestiner, beginnt sie sich selber herzusagen, als müsse sie vor einem unsichtbaren Lehrer eine Prüfung bestehen, die Vestiner sind ein Volk, das sich lange vor den Römern in den Abruzzen angesiedelt hat. Weiter westlich waren die Sabiner. Alle wurden von den Römern unterworfen. Das Volk der Vestiner hat aufgehört zu existieren, um ein anderes Volk entstehen zu lassen. So vollzieht sich Geschichte. Sie schreitet vorwärts wie das Schicksal. Wer ihr den Weg versperrt, wird zermalmt. Aber es gibt Spuren. Die Vestiner haben etwas hinterlassen, denn das Dorf hat ihren Namen angenommen. Das hätte sie auch ihren künftigen Schülern erklären können. Aber zu beiden Seiten der Straße gibt es nur Bäume und am Ende, in etwa zwei Kilometer Entfernung, ist der Bahnhof. Und hinter ihnen die Familie und die Freunde, die gestikulieren und sich heiser schreien, aber dem Wagen nicht mehr folgen. Tina dreht sich nicht um. Sie muss an die Geschichte von Sodom und Gomorrha denken, zerstört durch die Hand Gottes. Zwar geht San Demetrio nicht im Feuer unter, aber in ihrem Herzen zerbricht das Dorf. Wenn sie sich umwendet, zerbricht auch sie. Sie zieht es also vor, sich an Nando zu schmiegen, der sie ein wenig fester an sich drückt. Bald, einen Kilometer weiter, wird sie sich umdrehen, um zu sehen, ob ihr Band, das die Kirchtürme der Madonna und der Pfarre verbindet, noch da ist.

Nando war vom Himmel geschickt worden. Welch furchtbarer Tag. Tinas Vater, nach der Befreiung von San Demetrio aus dem Untergrund zurückgekehrt, war mit einer Partisanengruppe ausgezogen, weil, so sein Vorwand, ein Feuerwechsel in der Nähe von San Pio gemeldet worden war. Der Krieg war zu Ende, und alle Dörfer waren von Faschisten geräumt worden, aber hin und wieder kam es noch zu Feuergefechten. Bisweilen schossen selbst zwei Partisanengruppen aufeinander. Jetzt nach dem endgültigen Abzug der Faschisten wollten alle kommandieren. San Demetrio war voller roter Fahnen, auch wenn hier und da jemand die Nationalflagge gehisst hatte. In den Straßen sangen die Leute Fischia il vento, Bella ciao und Fratelli d'Italia. Selbst die, die an nichts teilgenommen oder kollaboriert hatten. Alle waren zu Befreiern geworden. Manchen Frauen waren jedoch die Haare geschoren worden, weil sie sich mit Deutschen eingelassen hatten, um ausreichend zu essen zu haben. Und mehrere hochgestellte Faschisten, die keine Zeit gehabt hatten, rechtzeitig zu fliehen, waren erschossen worden. Man hatte kurzen Prozess mit ihnen gemacht, denn in den Köpfen spukte noch Mussolinis Flucht, der auf dem Gran Sasso gefangen gehalten und von einem Nazi-Kommando befreit worden war.

Als ihr Vater weg war, hatte Tina die Wanderung machen wollen, die sie sich schon lange vorgenommen hatte. Sie wollte nach Fontecchio gehen, einem Dorf, einige Kilometer von San Demetrio entfernt. Zu Fuß würde sie einen Tag brauchen, hatte sie sich gesagt. Aber immerhin besser, etwas Nützliches zu tun, als nur auf die Rückkehr ihres Vaters zu warten und nichts zu tun. Denn Fontecchio, hatte ihr Lehrer Bergonzi erklärt, sei voller gut erhaltener historischer Reste aus dem 14. Jahrhundert. Damals sei es ein sehr schöner und volkreicher Ort gewesen. Auf Anregung des Lehrers und ihres Onkels Cesare hatte Tina, sobald sie mit der höheren Schule begonnen hatte, die gesamte Gegend um San Demetrio und um L'Aquila herum zu Fuß erkundet. Sie hatte deren Geographie und Geschichte auswendig gelernt. Beeindruckt durch soviel Größe, vor allem durch das, was die Römer hinterlassen hatten, aber auch von den Überresten der Vestiner in Peltuinum, hatte Tina nie begreifen können, warum die ganze Gegend, die so reich gewesen war, mit der Zeit so hatte verarmen können, so dass ein großer Teil der Bevölkerung gezwungen war auszuwandern. Die Ruinen zahlreicher Burgen, wie die von San Pio delle Camere, Castel Camponeschi, Rocca Calascio oder d'Ocre zeugten von der großen Bedeutung der Abruzzen. Auch wenn da, wo so viele Seiten Geschichte geschrieben worden waren, jetzt nur noch Steine waren. Und wenn sie eine Kirche betrat, erfasste sie ein Schwindelgefühl. Besonders in Santa Maria, der Kirche von Fossa mit ihren Fresken aus dem 11. Jahrhundert, die Dante so sehr inspiriert hatten. In Fontecchio, wo sie an diesem Tag hingehen wollte, zog sie am meisten der Turm mit der Uhr an, ein architektonisches Meisterwerk aus dem Mittelalter, das intakt geblieben war. Jetzt war sie schon zwei Jahre nicht mehr hingegangen. Wegen der Luftangriffe, die jeglichen nicht unbedingt notwendigen Verkehr verhinderten.

An diesem Tag hatte sie sich also sehr früh auf den Weg gemacht, fast so früh wie ihr Vater. Aber während Claudio mit dem Maschinengewehr quer über Brust und Schulter feldeinwärts in Richtung Barisciano ging, war Tina die Straße entlanggegangen, die zwischen dem Sinizzo-See und dem durch seine Zypressenhecke gekennzeichneten Friedhof von San Demetrio verläuft. Alle möglichen Gedanken gingen ihr durch den Kopf. Einer war ihr auf der Höhe der Abzweigung nach Stiffe gekommen. Sie erinnert sich daran, als wäre es heute. Nächste Woche, hatte sie gedacht, gehe ich nach L'Aquila, wo jetzt Lehrer Bergonzi unterrichtet. Er wird mir sagen, was ich tun muss, um Volksschullehrerin zu werden. Sie wollte sich nicht mehr damit begnügen, privat mit ihm zu sprechen. Ihr Vorgehen sollte offiziell sein. Ohne die Möglichkeit einer Umkehr. Bis sie ihr Diplom in der Tasche hatte. Und plötzlich weitete sich der Horizont in ihrem Innern. Und selbst nach dem Diplom wollte sie weitermachen. Sie würde eine Spezialistin für Lokalgeschichte werden und Bücher schreiben. Wie Gennaro Finamore, der große Historiker und Philologe, von dem ihr Onkel Cesare ihr die Volkstraditionen in den Abruzzen geliehen hatte. Die Leute wussten dermaßen wenig über die Gegend. Sie würde alles schwarz auf weiß festhalten, ohne eine Einzelheit auszulassen. Noch heute werde ich mit meiner Arbeit anfangen, hatte sie sich gesagt und im selben Augenblick die wahre Bedeutung ihres Besuchs in Fontecchio begriffen. Nirgendwo anders im begrenzten Gebiet, wo sie herumgekommen war, hatte sie zum Beispiel so gut erhaltene mittelalterliche Läden gesehen, ganz zu schweigen von diesem fast gotischen Brunnen mitten im Dorf. Ein Schauer war ihr jedoch über den Rücken gelaufen, als sie an die Monumente dachte. Und wenn von den Luftangriffen alles zerstört worden war? Und wenn der Krieg in Fontecchio und überall keinen Stein auf dem anderen gelassen hatte? Wenn das römische Amphitheater von Amiternum durch Bombenkrater wieder unter der Erde verschwunden war? Das wäre entsetzlich. Amiternum, von dem schon Vergil in der Aeneis erzählte! Da hatte sie ihren Schritt beschleunigt und war um Punkt zwölf Uhr in Fontecchio angekommen, begrüßt von der kleinen Glocke auf dem Dach des Uhrenturmes.

Alles sah unversehrt aus. Als hätte der Krieg einen Umweg gemacht, um diese historischen Reichtümer zu verschonen. Das hatte sie beruhigt, konnte aber ihre Angst nicht restlos bannen. Sie hatte den ganzen Vormittag gebraucht, um anzukommen. Und wenn sie auf dem Weg von einem bestimmten Augenblick an nur noch Gedanken für das Los der archäologischen Stätten gehabt hatte, so hatte sich gegen zwei Uhr, als sie mehrmals durch Fontecchio gegangen war und alles, was ihr für ihre zukünftigen Studien von Bedeutung schien, in ihr Heft geschrieben hatte, die Art ihrer Unruhe geändert. Die historische Vergangenheit und ihre berufliche Zukunft waren in den Hintergrund getreten. Die Gegenwart hatte die Oberhand gewonnen. Und diese Gegenwart, das war ihr Vater, der mit drei weiteren Partisanen aufgebrochen war, um mögliche, in der Gegend versteckte Faschisten zu suchen. Sie wusste, dass die Gegend ziemlich sicher war, aber hin und wieder berichtete der eine oder andere Dorfbewohner furchtbare Dinge von Übergriffen durch die Faschisten. Sie sind wie der Löwe in der Falle, sagten sie, bevor sie krepieren, begehen sie unbeschreibliche Gräueltaten. Und wenn auch niemand gesagt hatte, worin denn diese Gräuel bestanden, so wurde nie ganz in Zweifel gezogen, dass es in der Gegend Faschisten gab. Solches Gerede hatte auch die Expeditionen von Tinas Vater ausgelöst. Aber ob es nun bloßes Gerede war oder nicht, ein Zusammenstoß war immer möglich.

Tina hatte sich also unruhiger denn je auf den Rückweg gemacht und sich das Schlimmste vorgestellt. Jetzt, wo der Krieg zu Ende war, bekamen die Wörter Amputation, zerfetzt oder sofort tot ihren vollen Sinn wieder. Es war absurd zu sterben, wo der Krieg doch vorbei war. Deshalb war sie übrigens auf der Straße geblieben. Auf den Feldern hätte sie auf eine Mine treten können wie der arme Renato, der Sohn des Barbiers. Die Zypressen der Friedhofsallee beruhigten sie ein wenig, umso mehr als Rinaldo, der zur Arbeit auf seine Äcker gefahren war, genau hier mit seinem Wagen entlangfuhr. Er hatte sie aufsteigen lassen und sie waren zusammen in San Demetrio hineingefahren, waren an der Pfarrkirche vorbeigekommen, hatten das Dorfzentrum durchquert bis zur Kurve, die nach Cardabello führt. Rinaldo wohnte ihnen fast gegenüber, und Tina hatte nichts Ungewöhnliches bemerkt, als sie die Straße am Gemeindezentrum hinauffuhren. Die Leute grüßten sie wie immer. Aber kaum hatte sie den Fuß auf ihre Haustreppe gesetzt, als ihre Mutter ihr entgegengelaufen kam. Er hat jemand mitgebracht, hatte sie ganz nervös geflüstert, einen hübschen Jungen. Schnell, zieh dich um. In diesen Lumpen kannst du ihm nicht unter die Augen treten.

Er war wirklich schön, dieser junge Mann, den ihr Vater mit nach Hause gebracht hatte. Etwas zu schüchtern vielleicht. Claudio, der schon ein oder zwei Gläser Rotwein intus hatte, versuchte, in einer seltsamen Sprache mit ihm zu sprechen, worauf der junge Mann höflich antwortete, ohne zu zeigen, dass er von dem Kauderwelsch seines Gesprächspartners nichts verstand. Jedes Mal, wenn er auf Italienisch sprechen wollte, kam Claudio mit einem Wort aus dieser seltsamen Sprache dazwischen: Humpen, Vachclift, jo, ne, zinn Frang. Siehst du, ich hab' das Luxemburgische nicht vergessen, sagte er zu seiner Frau. Moin, wie gedeut Fernand? Fernand, der Nando hieß, antwortete etwas in derselben

Sprache, gud, merci, dann schwieg er und wartete darauf, dem jungen Mädchen, eben Tina, vorgestellt zu werden. Das ist meine Tochter, die einzige, die mir geblieben ist, hatte Claudio gesagt. Mädchen, hatte er auf Deutsch, sich überbietend, hinzugefügt.

Was für eine seltsame Sprache, dieses Luxemburgische. Wenn ich bedenke, dass ich es in Kürze den ganzen Tag über hören werde, denkt Tina bei sich. Werde ich das je lernen? Ach, wenn ich so viele Sprachen wie Nando sprechen könnte. Er kann sogar Französisch. Zur großen Freude von Lehrer Bergonzi, der voller Bewunderung die Gelegenheit ergriffen hatte, einige Brocken in der Sprache von Voltaire und Rousseau mit ihm auszutauschen. Aber Nando wusste nicht, wer Voltaire und Rousseau waren. Das war eigenartig. Er sprach perfekt Italienisch und Deutsch, konnte ziemlich gut Englisch und Französisch, konnte sich in diesem komischen Luxemburgisch ausdrücken und wusste nicht, wer Voltaire und Rousseau waren. In der Schule haben wir nichts gelernt, hatte er geantwortet, nur gehorchen. Und außerdem geht ein Sohn von Immigranten in die Schule, um einen Beruf zu lernen. Nach Papas Tod musste ich unbedingt für meine Schwester und meine Mutter Geld verdienen. Tina hätte gern mehr über das Land erfahren, denn sie fühlte, dass in Nandos Denken Differdingen und Luxemburg allgegenwärtig waren. Und als Nando gerade vier Tage, nachdem er sie zum ersten Mal gesehen hatte, versucht hatte, sie auf den Mund zu küssen, hatte sie es sich gefallen lassen. Sie hatte sich nicht gerührt, war wie angenagelt stehengeblieben, wie unter einem Bann. Dann hatte sie ihre Arme um Nandos Hals gelegt, und der Kuss, der erste Kuss auf den Mund, hatte eine Ewigkeit gedauert. Unmerklich hatte die Liebe begonnen, von Kuss zu Kuss ein immer festeres Band zwischen ihnen zu spinnen und plötzlich zu Nandos schüchterner Frage geführt: willst du mich heiraten? Das Übrige hatte sich mit Schwindel erregender Schnelligkeit ereignet. Schwindel erregend und unkontrollierbar. Aber die Liebe, die wie ein Feuerwerk zum Himmel gestiegen war, war kurz vor der Hochzeit einen kleinen Augenblick zum Stillstand gekommen. Ich muss unbedingt dorthin zurück, hatte Nando gesagt, wärst du bereit mitzukommen?

Tina war auf diesen Vorschlag gefasst. In ihrem Innersten verspürte sie den Trieb, ja zu sagen, wie sie ja zum Heiraten gesagt hatte, aber sie hatte gezögert. Papa ist schon da gewesen, hatte sie geantwortet, er sagt, es ist kein Vergnügen da oben, es regnet die ganze Zeit. An diesem Tag wäre es beinahe zu ihrem ersten Streit gekommen. Nando, der doch schüchtern war, hatte einen kleinen Wutausbruch bekommen, und Tina hatte begriffen, dass er sich stark mit Differdingen verbunden fühlte, so wie sie mit San Demetrio verwurzelt war. Ein Graben hatte sich plötzlich zwischen ihnen aufgetan. Ein riesiges Loch, das die ganze in ihr angestaute Liebe wieder in Frage stellte. Deshalb hatte sie um jeden Preis Nando Lehrer Bergonzi vorstellen wollen. Der wusste so viele Dinge, auch wenn er gern immer wieder scio me nihil scire sagte, und er könnte vielleicht auch ihren zukünftigen Mann überzeugen. Oder wenigstens eine Lösung in ihrem Dilemma finden. Aber Nandos Eigensinn war stärker als Don Bergonzis Ratschläge. Der Erste sprach vom Leben mit einer Vergangenheit, einer Gegenwart und einer Zukunft, während der Zweite zwar wohlerwogene Argumente anführte, die in Tinas Augen jedoch zu theoretisch waren. Alles, was der Lehrer sagte, hatte Sinn, so wie auch jede Antwort Nandos Sinn hatte. Ohne zur Schule gegangen zu sein, entkräftete dieser Don Bergonzis Argumente eins nach dem anderen. Am Schluss musste der Lehrer zugeben, dass das, was Nando sagte, logisch war, auch wenn es ihm schwer fiel zu begreifen, wie das Vaterland dort oben im Herzen seines Gesprächspartners das hiesige hatte ersetzen können. Ich bin dort geboren, hatte Nando erklärt, alles was ich bis zum Krieg gemacht habe, ist dort oben passiert. Und mein Vater ist auf dem Friedhof von Differdingen begraben. Und das Blut, ist das Blut in deinen Adern nicht italienisch, hatte Bergonzi eingewendet. Das Blut hat keine Macht mehr, wenn man zwanzig Jahre an einem Ort ist, hatte Nando erwidert. Mein Blut ist rot wie bei allen, aber mein Kopf hat keine Farbe. Der ist ganz einfach voll von Sachen von dort oben. Von Italien kenne ich nur den Krieg. Du vergisst Tina, hatte der Lehrer hinzugefügt. Sie ist auch ein Teil von Italien. In ihrem Kopf ist ein anderes Land. Was wird die denn dort oben machen?

Mit dieser Frage waren sie wieder am Anfang. Der Graben war nicht zugeschüttet, sondern breiter geworden, ein Abgrund war er geworden. Das Schlimmste war, dass Tina und Nando einander verstanden, beide hatten sie Recht. Reichte das aus, um ihre gemeinsame Zukunft zu gefährden. Seltsamerweise gab es dieselbe Trennungslinie in der Familie und unter den Verwandten. Während die Intellektuellen wie Cesare, Don Rocco oder Lehrer Bergonzi nach dem Versuch, Nando zu überreden, in Italien zu bleiben, für eine vorläufige Trennung nach der Hochzeit waren, sprachen sich die Proletarier, Tinas Vater an der Spitze, unterstützt von Batista und Rinaldo, für eine gemeinsame Reise in die neue Welt aus. Selbst Lucia neigte zu dieser Lösung. In Tinas Kopf war allerdings eine Sache klar: wenn sie heirateten, war eine Trennung ausgeschlossen.

Alles hat sich an jenem Tag entschieden, denkt Tina. Die Hochzeit hat den Faden abgeschnitten. Sie dreht sich um. Die Türme der Pfarrkirche und der Kirche der Madonna befinden sich auf derselben Linie. Schau mal, sagt sie zu Nando. Nando dreht sich auch um. San Demetrio ist von der Sonne angestrahlt. Dahinter unterscheidet man deutlich die weißen Stationen des Kreuzweges, die schräg nach Santa Croce hin aufsteigen. Da ist das Haus, ruft nun Claudio aus. Tina läuft ein Schauer über den Rücken. Auch Nando fährt auf.

Wenn Claudio das Haus sagt, kann es sich nur um ein Haus handeln. Es liegt zu ihrer Rechten, mitten in den Feldern, kaum sichtbar hinter den Bäumen. In Wirklichkeit ist es nur noch ein Steinhaufen. Ein Steinhaufen, den man immer unberührt lassen wird. Wegen der zehn Kreuze, die in der Runde aufgepflanzt stehen. Tina kennt die Geschichte. Mit diesem Haus da ist die dunkelste Episode des ganzen Krieges verbunden. Es war kurz nach dem Einzug der Deutschen in San Demetrio. Die italienische Armee, in der wegen der Kapitulation von Badoglio und der Flucht von Mussolini alles drunter und drüber ging, war durch Hitlers Soldaten, kräftige, gut genährte und gekleidete Kerle, ersetzt worden. Nicht wie die armen italienischen Soldaten, die nicht einmal Schuhe an den Füßen hatten. Aber die Situation der Achse war ja sehr prekär, und die Deutschen waren sehr aufgeregt. Der ständige Kleinkrieg mit den Partisanen war nicht dazu angetan, die Gemüter zu beruhigen und Übergriffe waren an der Tagesordnung. Aber das Fass war erst an dem Tag wirklich zum Überlaufen gekommen, wo ein unkontrolliertes Kommando dieses abscheuliche Attentat begangen hatte, bei dem zwei deutsche Offiziere getötet wurden. Abscheulich, hatte Tinas Vater gesagt. Nicht, weil zwei Nazis niedergeschossen worden waren, sondern weil die Deutschen zweifellos Vergeltung üben würden. Und er hatte sich nicht geirrt, es war schlimmer als man hätte voraussehen können. Das Kommando der Nazis hatte in der ganzen Gegend bekannt geben lassen, dass die Attentäter sich innerhalb vierundzwanzig Stunden ergeben sollten, andernfalls würden zehn Personen auf der Stelle hingerichtet, fünf für jeden getöteten Offizier. Die Deutschen hatten ihr Ultimatum noch einmal um vierundzwanzig Stunden verlängert und San Demetrio und andere Dörfer währenddessen kontrolliert, dass niemand entkam. Nachdem die zweite Frist abgelaufen war, ging alles sehr schnell. Zehn Personen waren durch das Los bestimmt worden, zwei aus San Demetrio, zwei aus Poggio, zwei aus Fontecchio, zwei aus San Pio und eine jeweils aus Prata und aus Bominaco. Die Geiseln waren auf der Staatsstraße nach L'Aquila gesammelt worden, kurz vor dem Bahnhof von San Demetrio. In ein Haus eingeschlossen, mussten sie auf ihre Hinrichtung warten. Aber die Nazis hatten einen noch arglistigeren Plan ausgeklügelt, um die Verantwortlichen zu ködern. Sie hatten bekannt gemacht, dass Fenster und Türen des Hauses zugemauert und das Haus mit Dynamit in die Luft gesprengt würde, falls sich die Mörder nicht melden würden. Gegen sechs Uhr abends an diesem Tag, dem kürzesten vom ganzen Krieg, hatte Tina die Explosion gehört. Sie war an Explosionen gewöhnt, aber bei dieser da, wenn sie auch weit von ihrem Haus stattfand, stockte ihr das Herz. Die zehn Leute hatten nicht einmal Recht auf einen Geistlichen gehabt. Was das Attentat betrifft, so hat keiner je erfahren, wer es angestiftet hatte. Das ist besser so, hatte Claudio die Diskussion beendet, wer es gemacht hat, muss allein mit seinem Gewissen fertig werden. Und du, hättest du dich gemeldet? hatte ihn Nando gefragt. Weiß nicht, hatte Tinas Vater geantwortet, vielleicht ja, vielleicht auch nicht.

Werden die Ruinen des Hauses in tausend Jahren noch da sein? fragt sich Tina jetzt. Der Bahnhof von San Demetrio ist einige hundert Meter weiter. Wie auch immer. Geschichte entsteht jeden Tag. Man weiß nicht viel von der Vergangenheit, wenn man sich auf Ruinen beschränkt. Waren die Vestiner und Sabiner weniger grausam als die Nazis? Und die Römer, die die ganze Welt unterworfen hatten? Hatten die vielleicht Samthandschuhe angehabt? Wie dumm sie nur ist. Wenn ein Krieg aus ist, hat es wenig Sinn, sich an die Vergangenheit zu klammern. Die Römer schütteten Salz auf die Städte, die sie zerstörten. Das war ihre Art, die Vergangenheit auszulöschen. Das ist es, was sie tun muss. Salz schütten. Neu anfangen. Die Schönwetterperiode ausnutzen. Wie das Grasbüschel auf dem Kopf des Engels, wenn der Winter vergangen ist.

Und außerdem muss Luxemburg gar nicht so schlecht sein. Sonst wäre Onkel Alfredo nicht dort geblieben, sagt sich Tina weiter und spannt ein imaginäres Band, das viel länger ist als das, das die Türme der Pfarrkirche und der Kirche der Madonna verband, zwischen Onkel Alfredo und ihrem Vater, der Erste dort oben, der Zweite hier unten. Ein schönes dickes Seil, auf dem sie sich bewegt und den Abstand, der die beiden trennt, hoch über den Dächern überwindet. Wie eine Seiltänzerin. *Der ruhig schwimmende Wal schien nichts von der Gefahr zu ahnen, die ihm drohte ...*

...Jonas musste im Gerippe eines im Wasser treibenden toten Wals Zuflucht suchen... Außerdem wurde er, als er von Joppes Schiff über Bord geworfen wurde, gleich von einem anderen, ganz in der Nähe kreuzenden Schiff aufgenommen, dessen Galionsfigur ein Wal war und das wahrscheinlich den Namen „Wal" trug...

Wahrscheinlich ist mein Bruder allein mit meiner Mutter hingefahren, um Mrs. Haroy zu sehen. Jedenfalls hat er sich, als wolle er den Bruch, den Graben, der uns trennt, den Abgrund, der unaufhörlich von Tag zu Tag tiefer zwischen uns wird, zu betonen, sogar mit ihr fotografieren lassen, ich weiß nicht von wem, denn Papa schwört, dass auch er an dem Tag zu Hause geblieben ist. Das ist übrigens ganz unwichtig, da der einzige Fotoapparat der Familie damals Onkel Fredy gehörte, ein Apparat mit Balg, Blitzlicht und einem hinter einem Verschluss versteckten Objektiv, das sich plötzlich wie ein Akkordeon öffnete. Das Signal, sagte dann Onkel Fredy, das Signal dafür, dass man bitte lächeln, auf den Vogel Acht geben sollte, den man nie sah, und dafür, dass man den Kopf nicht bewegen sollte, was immer furchtbar schwierig war, weil nach dem Signal immer noch endlose Sekunden vergingen, in denen Onkel Fredy nicht aufhörte einzustellen, die Belichtung, sagte er, und die Fokaldistanz und die Blende (das sagte er nicht), während wir reglos wie Statuen, verkrampft wie zum Tode Verurteilte vor dem Exekutionskommando, starr wie Stockfische, dastanden, überzeugt, dass wir uns um keinen Millimeter bewegt hätten, wenn nur Onkel Fredy nichts gesagt hätte. Aber so war es schwierig, furchtbar schwierig, unerträglich schwierig. Dann kam das befreiende Aufleuchten des Blitzlichtes, gefolgt von unserem automatischen Augenblinzeln und es war vorbei, wirklich vorbei, dermaßen vorbei, dass ich jedes Mal glaubte, ich würde blind werden, weil ich, um mich nicht zu bewegen, starr auf das Blitzlicht geblickt hatte, statt auf den Vogel, von dem Onkel Fredy sprach.

Papa ist also auch zu Hause geblieben, denn am Vorabend hatte er, ich weiß nicht mehr wegen welchem Fest, zusammen mit Onkel Fredy, Großvater Claudio, und anderen männlichen Mitgliedern unserer Familie, die damals, zweifellos war es vor unserer vorläufigen Rückkehr nach San Demetrio, noch groß war, weit bis spät in die Nacht Grappa, Fernet-Branca und auch Sambuca mit der Kaffeebohne drin getrunken. Und sie hatten wieder mit dem Trinken angefangen, nachdem die Frauen, meine Mutter voran, sich, wie es die italienischen Frauen immer nach dem Essen tun, in die Küche zurückgezogen hatten, um abzuwaschen, zu schwatzen und um das gemeinsame Heimweh gleichmäßig untereinander zu verteilen, damit es weniger schwer zu ertragen war.

Wenn ich schwatzen sage, nehme ich an, dass Tante Lucie, die luxemburgische Frau unseres Onkels Fredy, sich wohl nicht allzu lebhaft daran beteiligte, und das nicht nur, weil sie die Sprache, die den ganzen Abend um den Tisch dominiert hatte, nicht sprach, obgleich Onkel Fredy hin und wieder ins Luxemburgische verfiel, das er auf eine seltsame Weise sprach. Ganz anders als mein Bruder Fernand. Der artikulierte die Worte wie jeder beliebige Mann auf der Straße und antwortete nie Italienisch auf die Fragen, die jeder in der Familie ihm auf Italienisch stellte. Er genierte sich sogar, wenn er diese Sprache benutzte, um sich an Mama oder Großvater Claudio oder an Großmutter Maddalena zu wenden, die doch die andere nicht verstanden. Sein Mund sträubte sich dann, ganze Sätze hervorzubringen. Er sprach in Fragmenten und war paradoxerweise Onkel Fredy ganz ähnlich, wenn der das Luxemburgische gebrauchte. Wenn er gekonnt hätte, hätte er sicher mit einem Schlag die Sprache der Makkaronifresser vergessen. Denn in der Schule hießen alle Hausemer oder Müller oder Soisson oder Meyer. Und Tante Lucie hatte Ludwig geheißen, bevor sie Fredys Frau wurde. Niemand oder fast niemand hatte einen Namen, der auf i endete wie Nardelli. Namen auf i klangen wie Makkaroni, Spaghetti und Chianti.

Deshalb liebte er es vor allem, auch wenn es bei den Mahlzeiten fast unmöglich war, weil die Großen in der Diskussion den Ton angaben, sich mit Tante Lucie zu unterhalten, die die einfachsten Dinge so schön mit einer vollendeten Aussprache sagen konnte, denn sie war fast aus der Hauptstadt. Aus Weimerskirch, einem der Vororte der Stadt, der wahren. Alle in ihrer Familie hatten von Generation zu Generation diese Aussprache der Hauptstadt gehabt. Alle außer Fredy, alias Alfredo, der gekommen war, den Zweifel in die sprachliche Transparenz von Vater und Tochter Ludwig einzuschleusen, eine noch durchsichtigere Transparenz als das Treibhaus, wo alles angefangen hatte, und zwar mit einem Blick in Richtung auf das nackte, reife weiße Bein von Tante Lucie. Und diesen Zweifel hatte er nur dank seiner großen, langen Hände zerstreuen können, die voller Narben und Schwielen waren, weil sie von jeher an Arbeit gewöhnt und in der Zeit, als er in der Tiefe des Stollens der Thillenberg-Grube große Blöcke Eisenerz aufgeladen hatte, hart geworden waren.

Wir sind also zu Haus geblieben, Papa und ich, genauer gesagt im Bett, weil Papa einen schlimmen Kater hatte, und mein Bruder ist allein mit meiner Mutter zum Bahnhof gegangen, war es der Differdinger oder der Luxemburger? weil er drei Jahre und eine Spur älter war als ich, ein Abstand, der drohte, noch größer zu werden. Das hat mir natürlich nicht sehr gefallen. Der Bahnhof, das war meine Domäne. Der Nomade in der Familie, das war, abgesehen von meiner Mutter, ich. Wir beide wollten die Reise nach Italien machen, während mein Vater und Fernand (ich weiß gar nicht, ob er damals schon Fernand genannt wurde) lieber in Differdingen bleiben wollten. Was hatte er also auf dem Bahnhof zu suchen? Aber wenn Mama ihn an dem Tag mitgenommen hat, was gar nicht ganz sicher ist, trotz der Aufnahme, (die vielleicht zu einem anderen Zeitpunkt gemacht worden ist, denn hinter ihnen sieht man nur einige Waggons, keine Spur von Mrs. Haroy jedenfalls), dann deshalb, weil sie den Geschmack am Reisen in ihm wecken wollte. Vielleicht dachte sie, dass ihr älterer Sohn erwachsen würde, dass es Zeit war, ihn mit dem Fieber der Abreise bekannt zu machen. Vor allem wegen seiner Erstkommunion, auch wenn ihn noch über ein Jahr von dieser entscheidenden Etappe trennte. Später, als ich an der Reihe war, ich meine, als ich den dreiteiligen Anzug bei meiner eigenen Erstkommunion anziehen sollte, habe ich die Einstellung meines Bruders verstanden. Aber das war nach der Rückkehr.

Alles ist nach der Rückkehr anders geworden. Selbst Mama ist vorläufig sesshaft geworden, ganz wie Papa vorher vorläufig Nomade geworden war. Sie hatte sich, wie man so sagt, damit abgefunden.

Mit seiner Erstkommunion kam mein Bruder nämlich in das Alter, wo man anfangen muss, die Erwachsenen nachzuahmen. Als ob Pubertät und Jugend nur vorbereitende Phasen wären, Lehrjahre, durch die alle hindurch müssen, bevor sie wie alle andern sind, überhaupt erst sind, eine Art Fegefeuer, ein Wartesaal vor dem wahren Leben. Der Kommunionsanzug würde der Startschuss für das Leben sein. Es ging schon jetzt darum, sich darauf vorzubereiten, dass man der Kindheit Ade sagte. Ade sagen und aufbrechen. Jeder Teil des Anzugs würde einen Schritt weiter auf dem Weg ins Erwachsenenalter bedeuten. Deshalb waren drei nötig, denn drei ist eine vollkommene Zahl. Wie Gott mit seinen drei Personen. Das Übrige, das weiße Hemd, die vergoldeten Manschettenknöpfe, die Fliege würden die Belohnung sein, die jedem zusteht, der das Vorzimmer verlässt und nun die Zeit überblicken kann, die seine Reife bringt.

Murir (reifen). Ein Wort, das meine Mutter, die es aus einem mir unerfindlichen Grund ablehnte, die Sprache von Tante Lucie zu sprechen, und die angefangen hatte, Französisch zu lernen, immer mit einem u nach italienischer Manier aussprach: mourir (sterben), sagte sie zu Tante Lucie, die Trauben brauchen viel Sonne, um gut zu sterben, und die Oliven auch, deshalb ist es unnütz, fügte sie auf Papa gemünzt hinzu, sie um jeden Preis hier in unserem Garten anpflanzen zu wollen, es ist besser, Kartoffeln, Tomaten und Erbsen zu pflanzen. Auch Blumen, hatte Tante Lucie hinzugefügt, die mehr schlecht als recht Französisch verstand, diese dritte Sprache, die aus praktischen Gründen in unsere Familie Eingang gefunden hatte.

Was nebenbei gesagt, zu den drolligsten sprachlichen Situationen und zu Neuprägungen von Wörtern führte, die nur für die verständlich waren, die in den vier Wänden unseres Hauses Nummer acht der Rooseveltstraße lebten oder dort eine Zeitlang zu Gast waren. Dort und auch im Haus der Großmutter Maddalena, der ersten Witwe in unserer Familie, denn ihr Mann, der wie mein Bruder und Papa hieß, war eines Tages aus den unzähligen Stollen, die den Bauch der Thillenberghügel durchzogen, nicht wieder herausgekommen, obgleich die Sirene wie gewöhnlich heulte und die Minestrone auf dem Küchentisch wartete. In diesen Häusern am Ende des Ortes wurden also diese neuen Wörter gebildet, die später jahrelang in meinem Kopf nachklangen, als hänge eine ganze Epoche an ihnen. Es waren jedoch Wörter, die zu keiner Sprache gehörten, oder die die drei, die bei uns im Gebrauch waren, gemeinsam hatten: das Italienische, nicht nur, weil meine Mutter es nicht aufgeben wollte, sondern auch wegen der Neuankömmlinge, die, wie Mario oder Remo, Ritas Vater oder all die, die nicht den Mut gehabt hatten, das Schiff nach Amerika zu besteigen, in ihrem Gepäck, das oft nur aus einem kleinen Koffer mit hineingepresstem Pecorinokäse oder Landsalami oder Torrone bestand, den wertvollsten aller Schätze mitbrachten, wie Mama sagte, nämlich die Sprache der Heimat, die für meine Ohren zunehmend seltsam klang; dann das Luxemburgische, weil im Unterschied zu meiner Mutter, die nur zum Einkaufen aus dem Haus ging, Papa, der nicht mehr wie am Anfang in Onkel Fredys Treibhäusern arbeitete sondern in der Hadir-Fabrik, wo er Waggons ankoppelte und abhängte, sowie mein Bruder und ich, wir alle angefangen hatten, mit vielen Arbeitskollegen, Schul- und Spielfreunden umzugehen, die mit unserer Geschichte und unserer Vergangenheit nichts zu tun hatten. Freunde, deren Gedanken auf die Zukunft gerichtet waren, die eine Sprache der Zukunft sprachen, und die die Tore zu dem öffneten, was als unser eigenstes Paradies galt, wie meine Mutter oft in Briefen an Großmutter Lucia schrieb, die nicht aufhörte zu warten, dass Claudio und auch meine Mutter mit ihren beiden Kindern endlich zurückkämen, um sich in San Demetrio niederzulassen; endlich das Französische, das Symbol für Mamas Widerstand, ihren Widerstand und ihr Hängen am Minimum des Möglichen, da ja das Maximum schon nicht mehr in Reichweite war.

Das Haus in der Rooseveltstraße ist auf diese Weise allmählich unser Turm zu Babel geworden, und das habe ich eines Tages stolz zu Schwester Lamberta gesagt. Aber das war später, als sie uns von der Bibel erzählte, von Jonas, der von Hiobs Schiff über Bord geworfen worden war und von Ninive am Tigris, und sie hat uns erklärt, dass die Söhne Noahs in Babylon einen riesigen Turm errichten wollten, um ohne große Mühe ins Paradies zu kommen. Als ob einige Maurer oder ein Wolkenkratzer – und hierbei hat sie sicher in meine Richtung geblickt – genügen würden, um zu Gott zu gelangen, kommentierte sie. Aber Gott, der unantastbar, allmächtig, ewig und sehr klug sei, habe ihre sinnlosen Bemühungen zunichte gemacht und die verschiedensten Sprachen erfunden, wie Arabisch, Chinesisch, Afrikanisch und Italienisch und alle anderen Sprachen der Welt, damit die Maurer – noch einmal schien es mir, als gelte ihr Blick mir – und nicht nur sie, sich gegenseitig nicht mehr verstehen könnten. Da hat Charly, Kaufmann Meyers Sohn, immer auf dem Quivive, sobald Schwester Lamberta die Bibel erwähnte, gefragt, ob Gott auch das Luxemburgische erfunden hat, und da habe ich dazwischen gesprochen, ohne Schwester Lambertas Antwort abzuwarten. Ich habe in einem ganz reinen Luxemburgisch gesagt, dass es bei uns Nummer acht der Rooseveltstraße wie im Turm zu Babel zugehe, aber niemand hätte uns bestraft, im Gegenteil, denn die ganze Familie oder fast sei mit dem Zug in das Paradies gefahren, wo wir uns jetzt befänden. Und obgleich es drei Sprachen bei uns gäbe, würde jeder jeden verstehen, und ich habe etwas auf Italienisch und auf Französisch hinzugefügt, um in der Praxis zu zeigen, was ich gerade gesagt hatte. Schwester Lamberta, die von Kopf bis Fuß schwarz gekleidet war und Haare und Ohren unter einer steifen Haube verbarg, hat ihre linke Hand auf das an einem riesigen Rosenkranz mit nussgroßen Perlen hängende Kruzifix gelegt und gesagt, mein Sohn, wovon du sprichst, ist Pfingsten, und sie hat uns erzählt, wie kleine Flammen vom Himmel gekommen seien, wie man sie dort, auf dem Bild über den Köpfen der Apostel sehen könnte, kleine Feuerzungen voller Klugheit, Güte und Keuschheit, und in einer kleinen Ecke, auch wenn wir es auf dem Bild nicht sehen könnten, eine verschiedene Sprache für jeden, damit die Apostel in alle Welt gehen könnten, um den heidnischen und unzivilisierten Eingeborenen Gottes Wort zu vermitteln. Da wollte ich fragen, warum Gott noch einmal die Sprachen auf die Erde geschickt hatte, wenn er es schon einmal beim Turmbau zu Babel getan hatte, aber ich habe nichts gesagt, weil Charly vor mir in etwa dasselbe gesagt hat. Schwester Lamberta drückte das Kruzifix ein wenig fester, bevor sie erklärte, dass das, das heißt der Turmbau zu Babel, im Alten Testament gewesen sei, während die Feuerzungen, mein Sohn, im Neuen heruntergekommen seien. Das hat mir gefallen, denn das entsprach mehr oder weniger der Geschichte unserer Familie. Hatte sie sich nicht zuerst in einem alten Dorf eines alten Landes befunden und war dann in ein neues gekommen? Und außerdem wurden jetzt in unserer Familie drei Sprachen gesprochen, auch wenn ich keinerlei Feuerzunge über unseren Köpfen gesehen hatte.

Unter den interessantesten Sprachschöpfungen meiner Mutter sind mir zwei Wörter in Erinnerung geblieben, wie zwei Krücken, die ich nicht abzuwerfen gewagt habe. Gattone und plafone, was so viel heißt wie Kuchen und Decke, zwei Wörter, die direkt aus dem Französischen stammen, und zwar gateau (Kuchen) und plafond (Decke), und durch meine Mutter in unser hausgemachtes Italienisch eingeführt wurden. Ich weiß nicht, ob diese Schöpfungen später ihren akademischen Weg gemacht haben und in den offiziellen Wortschatz der italienischen Sprache aufgenommen wurden, aber ich weiß, dass Rita und Paolo und alle anderen Vettern und Freunde von San Demetrio die Augen weit aufrissen, wenn ich sie fragte, ob sie den gattone gern hätten oder ob sie die riesige schwarze Spinne am plafone gesehen hätten. Später haben sie diese seltsamen Wörter mit zu sich nach Hause genommen, und ihre Eltern haben sie mit zu ihren Freunden genommen oder sogar wieder nach Differdingen exportiert, denn Remo, einer von Batistas Söhnen, hat meine Mutter bei einem seiner seltenen Besuche gefragt, ob er noch ein Stück gattone haben könnte, als wir schon nicht mehr in der Rooseveltstraße wohnten, weil mein Vater nicht mehr in der Hadir-Fabrik Waggons ankoppelte und abhängte, la lusina adir, war die Aussprache meiner Mutter, sondern Maschinist in der lusina Arbed war und jeden Tag die Straßenbahn nehmen musste, wie er sagte, und ich fragte mich, warum er wohl Straßenbahn sagte, da es doch einfach ein Bus war. *Er wurde sofort von einem anderen ganz nah kreuzenden Schiff aufgenommen, das einen Wal als Galionsfigur hatte.*

... er bläst ... er bläst. Diese Sprache kennen die Wale ...

Meinen ersten lebenden Wal habe ich bei Charly gesehen. Genauer gesagt, im Fernsehen, an einem der zahlreichen Nachmittage, die ich nach der Geschichte mit dem Turm zu Babel bei ihm verbrachte, eine aus einem zufälligen Einverständnis entstandene, unbeständige Freundschaft, eine unabsichtlich sich ergebende Solidarität gegenüber dem, was er Schwester Lambertas Lügen nannte. Er hatte Lügen gesagt, weil sein Vater Lügen gesagt hatte, sein Vater, der reiche Kaufmann, der weder Nonnen noch Priester mochte, und das den ganzen Tag über aus allen Ecken seines Ladens sagte, bald versteckt hinter der automatischen Waage, bald an der Kasse, bald vor der elektrischen Kaffeemühle oder an der Wurstschneidemaschine beschäftigt, bald auf den Ladentisch gestützt, um die Schulden seiner Kunden mit einem dicken Bleistift anzumerken, den er nur mühsam zwischen Daumen und Zeigefinger seiner linken Hand klemmen konnte.

Charlys Vater schrieb mit der linken Hand, ganz wie sein Sohn übrigens, was mich überhaupt nicht störte, im Gegenteil, denn so hatte ich mehr Platz auf der Bank, die wir uns in der Klasse teilten, während ich die anderen Schüler um einige Zentimeter streiten sah, wobei sie mit dem Zeigefinger eine imaginäre Grenzlinie zogen, die nicht überschritten werden durfte, sonst würde der Krieg von neuem beginnen.

...jetzt ist der Wal nur wenige Meter vor dem Schiffsbug. Der Schütze zielt auf seinen Rücken. Die Harpune dringt ins Fleisch und zieht die schwere Leine mit sich. Einige Sekunden später explodiert das Sprenggeschoß, das am Harpunenkopf sitzt...

Bei ihnen zu Haus waren nämlich alle Juden, hat mir Charly mehrmals erklärt, das heißt Israeliten, das heißt Hebräer wie Noah und Moses und Abraham, das heißt im Alten Testament, alle außer ihm, denn nach dem Krieg hatte sein Vater nicht mehr den Mut, diese Tradition in der Familie fortzusetzen. Wegen all dem, was den Juden in den Konzentrationslagern angetan worden war, wegen dem Holocaust, sagte er und ich habe ihn mit großen Augen angesehen, denn das Wort Holocaust erinnerte mich an die Sprachschöpfungen meiner Mutter: alles kostete zu viel, costait, sagte sie und italienisierte damit das französische coûtait, und ich glaubte einen Augenblick, Charly spräche von seinem Vater, vom Laden und vom Heft mit dem schwarzen Deckel, wo er unsere Schulden mit seinem dicken Kaufmannsbleistift anschrieb.

Ich begriff also nicht, was meine Familie mit dem Unglück von Charlys Familie zu tun hatte, und wollte es ihm sagen, aber Charly hat mir wie immer keine Zeit dazu gelassen, und das hat mich geärgert, dass er immer erriet, was ich sagen, fragen oder antworten wollte, und ich wollte es schon wie mein Großvater machen und ihn anschreien, dass er mir auf die Nerven falle mit seinem Überlegenheitsgetue hinter seinen Brillengläsern, denn Charly trug eine Brille wie sein Vater und seine Schwester Michèle, aber ich habe ihm nichts gesagt, denn er hat angefangen, vom Holocaust zu reden, und hat geredet und geredet und zwischen seinen endlosen Sätzen fast zu atmen vergessen. Es war von Leuten die Rede, die über die ganze Welt verstreut waren und die niemand liebte, weil sie eine riesige Nase hatten, Brillen trugen und viel Geld hatten, von Nazis, die beschlossen hatten, alle Juden auf der Welt zu vernichten, und auch seine Tante Rebecca und seinen Onkel und seine anderen Onkel, die in Deutschland, Österreich und Polen gelebt hatten, von großen Lastwagen und Zügen, auf die man Freunde seincr Familie geladen hatte, um sie, man wisse nicht wohin, zu bringen, Freunde, die nie zurückgekommen seien, auch nicht nach dem Krieg, als alle zurückgekommen seien, die Zwangseingezogenen, die Kommunisten und Sozialisten und selbst die Großherzogin Charlotte und ihr Sohn Jean, alle, außer den Freunden seiner Familie und Tante Rebecca und all die, die ihm zur Erstkommunion etwas hätten schenken können. Denn er sei jetzt kein Jude mehr, sondern katholisch wie ich, und es ärgere ihn, dass Schwester Lamberta nicht einmal wüsste, dass die Erde sich um die Sonne dreht, dass sie Lügen erzählte, nichts als Lügen. Jetzt wolle er nichts lieber als wieder Jude sein, denn jetzt gebe es ja keinen Holocaust mehr und auch keine Versprengung in alle Welt, denn die Israeliten hatten jetzt ihr eigenes Land, weit von hier, am Rande der Wüste Negev und am Jordanfluss auf der anderen Seite des Sinai-Gebirges, dort, wo sie zu Anfang gelebt hätten, zur Zeit des Alten Testaments, bevor die Römer – da wurde ich rot, denn ich dachte an meine Vorfahren – sie zur Auswanderung gezwungen und über die Welt verstreut hätten.

... der tote Fisch ist an der Längsseite des Rumpfes festgebunden, der Schwanz zum Bug hin, Druckluft wird hinein geblasen, damit er nicht sinkt...

An jenem Abend habe ich im Bett kein Auge zutun können, aber glücklicherweise war Großvater Claudio da, er ist in mein Zimmer gekommen, hat meine Hand genommen und sie gekitzelt, und ich habe ihm erzählt, was Charly gesagt hatte. Das ist nicht so einfach, hat da Großvater Claudio mit ruhiger Stimme gesagt, nicht so einfach, eines Tages wirst du es verstehen. Und er hat hinzugesetzt, ja, das Unglück der Juden sei im Krieg enorm gewesen, schlimmer als das der Partisanen und der anderen Leute, aber nach dem Krieg sei alles kompliziert geworden, denn die Alliierten hatten ihnen ein Land geschenkt, aber darin waren Leute, die Palästinenser, und Juden und Palästinenser seien wie Katz und Maus, weil in Palästina nicht genug Platz für alle sei und die jüdischen Katzen hätten die palästinensischen Mäuse schließlich aus ihrem Land vertrieben, was die Rollen vertauscht hätte, denn jetzt würden die Palästinenser herumirren und nicht die Juden und man müsse den Schwächeren helfen, ihr Land wiederzubekommen, denn sie seien sehr unglücklich. Ganz wie Charly oder deine Mutter, hat Großvater hinzugefügt, und ich weiß nicht, wer sonst noch alles, denn da bin ich eingeschlafen.

Von all dem habe ich Charly natürlich nichts gesagt, und diesmal hat er nicht erraten, was in meinem Kopf vorging, als wir wieder bei ihm zu Hause vor dem eingeschalteten Fernseher zusammenkamen, wo ein Dokumentarfilm über Walfang in der Polarregion gezeigt wurde. Die Wale, sagte die Stimme des Kommentators, die keine Fische wie die anderen sind, sondern Säugetiere wie die Menschen, sind vor sehr langer Zeit ins Wasser übergewechselt, weil aufgrund ihrer Größe und ihres Gewichts das Leben auf dem Festland unmöglich war. Mit der Zeit zogen sie sich ins Eismeer zurück, um den Fischern, die sie mit Harpunen und Speckmessern verfolgten, zu entgehen. Aber da sie keine richtigen Fische waren, fühlten sie sich unbehaglich im Wasser und wussten nicht mehr wohin, denn leider hatten sie keine Flügel zum Fliegen und mussten zum

Atmen an die Oberfläche kommen, und das wurde ihnen zum Schicksal, denn die Fischer konnten von weitem die Dampfsäule sehen, die sie ausbliesen, und das bedeutete ihr Todesurteil, und das sagte nicht der Fernsehkommentator, sondern Charly und mein Großvater und meine Begegnung mit Moby Dick, dem vierten Wal meines Lebens nach dem im Fernsehen, dem bei Pinocchio und Mrs. Haroy auf ihrem Waggon.

...man befestigt auf dem Rücken des toten Wals eine Nummer und einen kleinen Radiosender, dann lässt man ihn auf hoher See unter Wasser treiben. Ein kleines Boot holt ihn dann heran und schleppt ihn zum Fabrik-Schiff...

Das war eine Zeit, wo ich zu begreifen begann, dass es unter den mich umgebenden Dingen unsichtbare Verbindungen gab, wie an einem Spinnengewebe, dass man nur einen einzigen Faden zu berühren brauchte, um das Ganze zum Vibrieren zu bringen und ein Ungeheuer zu wecken, das sich im Mittelpunkt befand, ein Ungeheuer mit einem weißen Kreuz auf dem Rücken und schwarzen Fühlern, das bald in einer Soldatenuniform erschien, von der ich nur den Helm erkannte, den entsetzlichen Stahlhelm der deutschen Soldaten, wie ich ihn im Kino gesehen hatte, bald mit den Zügen einer kurzhalsigen Nonne wie Schwester Lamberta mit einem Brustschleier, eine Nonne ohne Ohren und Haare, die in unserer Familie Sprachen verteilte, für jeden von uns eine andere, mit dem Ergebnis, dass ich nicht mehr verstand, was meine Mutter und mein Vater sagten, oder Großvater Claudio, der auf seine Trompete zurückgreifen musste, um sich mit uns zu verständigen, bald als riesige Fischer, die auf einem Walfangschiff standen, der Speckbrücke, wie der Kommentator des Dokumentarfilms gesagt hatte, eine Hand fest an der Walwinde, die ganz allmählich die harpunierte Beute an Bord hievt, Nummer drei stand auf der kleinen Flagge, die im Rücken des vaterlandslosen Säugetieres steckte, das durch die Zugöffnung heraufkam und auf der Zerlegebrücke im vorderen Teil des Walfangschiffes im Todeskampf lag.

All das ist mehrmals in meinen Träumen wiedergekehrt, mit gewissen Varianten, denn die Szene spielte sich entweder im Eismeer voller riesiger Eisberge ab, ähnlich denen, die die Titanic zum Sinken gebracht haben, oder in der Negev-Wüste oder dem, was ich für die Negev-Wüste hielt, denn damals war die einzige Wüste, die ich kannte, die aus einem Film mit Dick und Doof, die sich von der Fremdenlegion hatten anwerben lassen und tonnenweise Sand aus ihren Schuhen schütteten, oder aber auf dem Berg Santa Croce, der hinter Cardabello und ganz San Demetrio aufragte, mit dem Weg, der bis zum oben aufgestellten Kreuz führte, als ob es von dort oben besser die Dinge und die Welt dominieren könnte, die anfingen, allmählich in mein Bewusstsein zu treten.

... der Wal wird über eine Rampe, eine schräge Ebene am Heck, an Bord gezogen. Sobald der Leib auf der Brücke liegt, trennen mächtige Winden den Speck von den Knochen. Die Abdecker schneiden den Speck und das Fleisch und zersägen die Knochen ...

Es war auch eine Zeit, wo ich es satt hatte, immer den Spuren meines Bruders zu folgen, nicht nur, weil er mich mehrere Male betrogen hatte, zunächst mit Rita, dann mit Josiane, der Tochter des Metzgers, der zugleich Besitzer unseres Hauses in der Rooseveltstraße war, sondern auch, weil es nichts mehr gab, was er mir hätte beibringen können, aus dem einfachen Grund, weil auch ich Donald Duck und seine drei Neffen beiseite gelegt hatte und meine Nächte mit einer Taschenlampe unter der Decke natürlich in Gesellschaft von Winnetou und mit seinen unzertrennlichen Freunden Old Shatterhand und Old Surehand verbrachte, sowie mit den Fünf Freunden, die die kompliziertesten Rätsel lösten und sogar auch mit Nick oder Sigurd oder Tibor, während Fernand, als ahne er, dass ich gefährlich an ihn herankam, nur noch auf Jerry Cotton schwor, ohne mir jedoch jemals Näheres zu sagen, wegen all dem, so erklärte er, was Jerry Cotton in Bars, Autos und Hotelzimmern tat.

Und war mein wahrer Bruder nicht Charly? Er teilte alles mit mir, das Fernsehen, seine Bücher, sein Spielzeug und vor allem seine riesige elektrische Eisenbahn, die sein Vater für ihn auf dem Dachboden aufgebaut hatte: eine Märklin-Eisenbahn mit vielen Schienen, Lokomotiven, Wagen, Bahnhöfen, Tunneln, Bergen, Dörfern, ein richtiger Zug in einer richtigen Landschaft, wo jeden Monat ein neues Stück hinzukam, vorausgesetzt Charly brachte gute Zensuren von der Schule mit nach Haus. Da fuhren wir in achtzig Minuten um die Welt, über die Schaltzentrale mit ihren zahllosen Knöpfen gebeugt, mit denen man Weichen stellen, Signale aller Art geben und Schranken an Bahnübergängen bedienen konnte. Ja, man konnte sogar eine riesige sich drehende Scheibe mit einer Rotunde bedienen, auf der die Lokomotiven, die richtigen Rauch ausstießen, ins Depot fuhren oder es verließen. Weitere Knöpfe schalteten Lichter in den Häusern, von denen die Landschaft übersät war, ein und aus, stoppten den Zug, der in den Bahnhof einfahren wollte, setzten den in Bewegung, der vor einem Tunnel wartete. Ich freute mich zu sehen, dass die Welt vor mir in Wirklichkeit ganz klein war, in Reichweite, mit bloßem Auge zu sehen. Das beruhigte mich und setzte meinen wirren Träumen vorläufig ein Ende, als ich nämlich merkte, dass alles von mir und von Charly abhing, der so jeden Nachmittag ans Jordanufer zurückkehrte, während ich nicht wusste, wohin ich zurückkehren sollte, denn bei uns waren die Meinungen geteilt zwischen meinem Vater und meinem Bruder, die in der neuen Welt Wurzeln geschlagen hatten, und meiner Mutter und meinem Großvater, die immer nur von der anderen Welt redeten, weil sich dort die Dinge mit der Zeit sicher verändern würden.

… das so gewonnene Öl wird in großen Behältern gesammelt; das Fleisch wird in Kühlräumen gelagert. Nur die Walfischbarten, die im achtzehnten Jahrhundert so gefragt waren, werden ins Meer zurückgeworfen …

Unsere Wohnung verwandelte sich allmählich in ein großes Aquarium, in dem nur noch ein Wal schwamm, und zwar meine Mutter, da die anderen Familienmitglieder, außer Großvater Claudio, der, wie er schon erklärt hatte, lieber seinen Lebensabend zusammen mit seiner Lucia dort unten verbringen wollte, durch das neue Land, seine Sprache und sogar durch seine Essgewohnheiten bezwungen worden waren, was dazu beitrug, dass unser Turm zu Babel zusammenbrach, ohne dass Gott oder Schwester Lamberta eingriffen.

Der Todesstoß war jedoch seit wesentlich längerer Zeit in Vorbereitung, als nämlich meine Mutter es nicht mehr aushielt, sich dem Heimweh überließ und es ihr gelang, alle zu überreden, inklusive meinen Vater, der sich zu diesem Zeitpunkt zwischen zwei Fabriken befand, und meinen Bruder, nach Hause zurückzukehren, das heißt nach San Demetrio, in dieses kleine Dorf, das überhaupt nicht klein war und in dem ich mich glücklich gefühlt habe, nicht nur, glaube ich, weil ich dort Rita begegnet bin, der ersten großen Liebe meines Lebens, sondern auch, weil bei uns eine Atmosphäre der Einhelligkeit, oder eher der Einstimmigkeit herrschte, eine Familie in ein und demselben Haus, in ein und demselben Dorf, die eine einzige Sprache sprach, aus der ein tiefes Einverständnis entstanden war, vor allem durch diese kleinen, von meiner Mutter erfundenen Wörter genährt, die wir untereinander benutzten, ein Sondercode, der nur um unseren Tisch herum zu entschlüsseln war, wenigstens am Anfang, denn später wurde fast das ganze Dorf davon angesteckt, und man hörte nicht selten hier und da von der lusina adir oder vom gattone oder vom plafone reden, es war eine Epidemie, die deshalb so Unheil bringend war, weil sie die eigenste Grundlage für das Glück unserer Familie zu unterhöhlen begann.

Es handelt sich hier um eine Episode, die ich lange vor meinen Schulkameraden geheim gehalten habe, vor allem in der Zeit, wo ich zu bemerken begann, dass nicht nur ich mich in der Klasse oder woanders von den anderen verschieden fühlte, sondern dass auch die anderen sich von mir verschieden fühlten, und dass sie begannen, es zu zeigen und zu sagen, und die Art, wie sie es zeigten und sagten, gefiel mir überhaupt nicht. Aber das ist eine andere Geschichte, die ich erst später erzählen werde, denn ich möchte zunächst die von einem anderen Wal erzählen, von Mrs. Haroy, die eines Tages nach Luxemburg kam. *Er bläst... er bläst... diese Sprache kennen die Wale...*

…ich glaubte zuerst, mein Kapitän hätte nicht gut gezielt, aber ich begriff bald, dass er vorsichtig und geschickt war. Er wusste genau, wenn der erste Schuss die Mutter nicht tötete, würde sie das Weite suchen und für uns verloren sein, aber der Tod des Jungen würde bedeuten, dass die Mutter sich nicht von der Stelle rühren und wie gelähmt sein würde. Sie würde sich eher umbringen lassen, als ihr Junges allein zu lassen…

Ja, ich bin auch hingefahren, um Mrs. Haroy vor dem Bahnhof zu sehen. Nein, ich bin nicht hingefahren. Aber mein Bruder Fernand, ja. Klar, Fernand ist hingefahren. Mit Mama. Und Marco auch. Und Josiane, die Metzgerstochter auch. Und alle Jungen, die in Fernands Klasse sind und alle Mädchen, die in Josianes Klasse sind. Alle sind hingefahren. Sie sind hingefahren, weil sie drei Jahre und eine Spur älter sind als ich. Drei Jahre, die ich nicht genug verfluchen kann. Drei unauslöschliche Jahre. Die Fußstapfen, in die ich treten soll, die unausweichliche Spur vor meinen Schritten, die unausweichliche vorgeprägte Form, die mir auflauert und mich zu schnappen droht, wie eine Fleisch fressende Pflanze. Ich muss es akzeptieren: meine Zukunft ist schon festgelegt, zwei fürchterlich parallele Schienen, an deren Ende das Modell auf mich wartet, um mich zu verschlingen.

Bei dieser Vorstellung fühle ich, besonders am Morgen nach den Träumen, einen Kloß in der Kehle, als hätte ich eine ganze Zitrone verschluckt. Nach den Träumen, denn solange ich träume, bin ich ganz groß und mache einen Haufen Dinge, die nur die Großen machen können. Dann entdecke ich Amerika wie Kolumbus, hebe ganze Felsen wie Maciste alias Steve Reeves in die Höhe, reite auf einem weißen Pferd durch den ganzen Mittelmeerraum, mit Julius Cäsar in Person an meiner Seite und spucke den Schwarzhemden das Rizinusöl, das sie mir mit einem Trichter in den Mund laufen lassen, ins Gesicht.

In einem meiner Träume habe ich sogar in der Fabrik gearbeitet, im Walzwerk, genauer gesagt. Ich habe mit einer riesigen Zange Stahlkabel, die noch glühten, sortiert. Da kommen sie ganz rot und weißglühend aus dem Grubenofen. Eine falsche Bewegung, eine Sekunde Unaufmerksamkeit, und die Katastrophe ist da, wie mir Papa erklärt hat. Natürlich habe ich am Morgen keinem was davon gesagt. Meine Kinder werden niemals eine Fabrik betreten, hat Papa ein für allemal entschieden, sie bekommen eine gute Schulbildung. Ein Arbeiter in der Familie, das reicht voll aus. Ab jetzt gibt es nur noch Anzüge, weißes Hemd und Krawatte. Nur noch Büroangestellte und warum nicht Lehrer, hat Mama hinzugefügt.

Ich habe diesen Eigensinn nie verstanden. Vielleicht habe ich gerade deshalb von der Fabrik geträumt. Die Fabrik, die ich nie betreten werde. Die verbotene Fabrik. Die Fabrik der Großen. Das erinnert mich an das Paradies, von dem Schwester Lamberta im Religionsunterricht erzählt hat, das Paradies mit dem Baum in der Mitte, den keiner anrühren darf. Der Apfel ist für mich die Hadir-Fabrik, die mich jeden Tag gegenüber der Schule mit ihrem weit geöffneten Tor lockt. Ich schwöre es bei – ja, bei wem eigentlich? – bei Michèle, Charlys Schwester, oder bei Josiane, der Tochter des Metzgers Seiler, der am Marktplatz wohnt. Ich werde später Arbeiter, wie Papa, mit einem blauen Arbeitsanzug und der Dreimal-Acht-Schichtarbeit. Arbeiter oder gar nichts.

Mein Vater müsste doch wissen, dass die Kinder immer das Gegenteil von dem tun, was die Eltern wollen. Man verbietet ihnen, in die Kirche zu gehen, und schwups werden sie Messdiener. Das nennt man Widerspruchsgeist. Je mehr zum Beispiel mit meinem Bruder auf Italienisch gesprochen wird, umso hartnäckiger antwortet er auf Luxemburgisch. Sein Apfel ist für ihn das Luxemburgische. Mir ist die Sprache ganz egal. Ich hab's gern, wenn Papa zu Hause von der einen in die andere fällt. Meinen Bruder macht das wütend. Er will noch luxemburgischer sein als sein Freund Marco. Und das ist wirklich nicht möglich, denn Marco, das hat er selbst gesagt, ist hundertprozentiger Luxemburger. Trotzdem ist er ganz wild auf Spaghetti, wenn er zum Abendessen bei uns bleibt. Seine Mutter kocht niemals Pastasciutta für ihn. Sie weiß nicht einmal, was das ist, hat Marco gesagt. Wenn Mama Marco also ankündigt, dass es bei uns Nudeln gibt und ihn zum Abendessen einlädt, kocht Fernand vor Wut. Sein bester Freund wird noch ein richtiger Boccia, wenn er so weitermacht mit dem Spaghettifressen. Will er nicht gerade deshalb keine mehr essen, weil er davon träumt, Luxemburger zu werden? Aber was muss man denn essen, um ein richtiger Luxemburger zu werden? Eisbein, Sülze, Schweinedarm, Blutwurst und vor allem Kochkäse hat Fernand erklärt. Wenn man das in sich hineinstopft, verändert sich drinnen alles, hat er hinzugefügt. Da findet eine Verwandlung statt. Aber das Problem ist, Mama mag solche Schweinereien nicht kochen. Ganz sicher weiß sie, dass mein Bruder schon beim ersten Bissen alles wieder ausspuckt.

Ich bin in dieser Zeit am Morgen immer traurig, wenn ich aus meinen Träumen aufwache, statt mich über meine nächtlichen Erlebnisse in der Fabrik oder an der Seite Cäsars zu freuen, weil ich, wenn ich die Augen aufmache, plötzlich fühle, dass ich schrumpfe wie ein Chagrinleder und mir klar wird, dass die Würfel endgültig gefallen sind. Gefallen und gefälscht, wie die von Fernand, dem es nicht gelingt, in seinem Innern die Verwandlung auszulösen. Ich habe also keine andere Wahl, als auf dieser Seite des Rubikons mein Lager aufzuschlagen. Nimm das Los hin, das das Schicksal für dich ausersehen hat, quält mich ohne Unterlass eine Kassandrastimme in meinem Innern. Und wenn ich den Ausdruck Kassandrastimme benutze, dann, weil ich jetzt weiß, was das bedeutet. Man lernt doch allerhand in der Schule. Bei Herrn Schmietz. Wenn er keine Lust hat, uns mit Zusammenrechnen und Abziehen zu traktieren, oder uns beizubringen Mutti ist lieb zu lesen, oder uns Häuser mit Bäumen und einer Sonne oben am Blattrand zeichnen zu lassen, erzählt er uns schöne Geschichten. Keine Märchen, nein, schöne Geschichten für große Jungen, die wir ja sind. Daher habe ich die Episode von Cäsar am Rubikon. Und auch die von Kassandra, auf die keiner hören will, als sie das Schlimmste für die Stadt Troja voraussagt. Es ist übrigens genauso bei Herrn Schmietz. Wenn er Geschichten erzählt, geben sich fast alle Mühe, ihm nicht ins Gesicht zu gähnen. Bei Nico, seinem Sohn, kann ich das verstehen. Der hört diese Geschichten wahrscheinlich den ganzen Tag lang zu Hause. Aber alle anderen haben zwar weit aufgerissene Augen, jedoch nicht, weil sie interessiert sind, sondern weil sie Angst haben, sie könnten zufallen, so sehr drückt ihnen Herrn

Schmietz' Stimme auf die Lider. Allen anderen außer mir. Mir entgeht nicht ein Wort von dem, was der Lehrer sagt, weil ich weiß, dass jede neue Geschichte den Abstand verringert, der mich von meinem großen Bruder trennt. Und von seiner großen Freundin Josiane. Wenn ich dann nach Hause komme, reibe ich ihm die frisch gehörten Geschichten unter die Nase. Nicht auf dem Heimweg, denn da will mein Bruder nicht, dass ich neben ihm gehe wegen Josiane, der Tochter des Metzgers, die jetzt seine Freundin ist. Vorher war sie Marcos Freundin. Aber sie haben gebrochen, weil Marco ihre Schultasche nicht mehr tragen wollte. Fernand ist anders. Er trägt Josianes Schultasche gern. Und das macht mich wütend. Er könnte meine tragen, die ist so schwer. Ich könnte dafür die von Josiane tragen, die wie mein Bruder schon elf ist, auch wenn sich auf ihrem Kleid in Höhe meiner Augen noch keine richtigen kleinen Hügel abzeichnen. Vielleicht kommen sie gerade heraus. Auf jeden Fall sieht man im Gegensatz zu Rita überhaupt nichts. Aber wenn ich nach Hause komme und ihm Geschichten von unserem Lehrer unter die Nase reibe, lässt er mich nicht einmal meinen ersten Satz zu Ende sprechen. Ach nein, du wirst mir doch wohl nicht die Geschichte von Kassandra erzählen wollen, seufzt er. Vergiss nicht, dass auch ich Schmietz als Lehrer gehabt habe. Viel früher als du. Aber weißt du, warum Kassandra für die Zukunft Trojas so schwarz sieht, fährt er sogleich fort und würgt mir meine Geschichte ab? He, weißt du das? Natürlich weiß ich das nicht, denn davon hat Herr Schmietz nichts gesagt. Das ist kein Thema für die Kleinen. Aber mein Bruder weiß warum. Weil der schöne Paris einem Griechen aus Athen die schöne Helena weggenommen hat, und dieser Hahnrei sich das nicht hat gefallen lassen. Er hat Odysseus engagiert, und der hat sich in einem hölzernen Pferd versteckt und die Stadt Troja zerstört. Und Kassandra, der das nicht recht gefällt, dass man jemandem die Freundin abspenstig macht, hat alles in ihrem Innern vorhergesehen und hat alle gewarnt, dass diese Entführungsgeschichte schlimm ausgeht. Nicht wie bei den Sabinern, fährt mein Bruder fort, der nicht zu bremsen ist, wenn er einmal losgelegt hat, und er kommt vom Hundertsten ins Tausendste mit all den Geschichten, die er kennt. Dabei merkt er gar nicht, dass ich ihm nicht mehr zuhöre. Denn ich habe noch die Geschichte von Kassandra im Sinn, die mir einhämmert, dass der wahre Urenkel von Cäsar, Maciste, Marco Polo, Kolumbus und den übrigen mein Bruder Fernand ist, daran ist nicht zu rütteln. Auch wenn er den lieben langen Tag schwört, dass er mit diesen Makkaronifressern nichts zu tun hat. Und du, wenn du weiter zu dieser großartigen Familie gehören willst, droht die Stimme weiter, musst du dich gut benehmen und dich mit der unbedeutenden Rolle des kleinen Bruders zufrieden geben und nicht entdecken wollen, was schon entdeckt ist, noch erzählen wollen, was schon erzählt ist. Einfach ein Jammerlappen sozusagen. Reglos und harmlos. Ferngehalten von der Welt. Und ganz allein.

Allein und ohne wahre Freunde. Denn Paolo, Anna, Piero, Nino, Rodolfo, Cinzia, um nur einige zu nennen, alle früheren Freunde von Fernand, die nicht wollten, dass ich zu ihrer Gruppe gehörte, sind dort unten geblieben. Alle außer Rita, deren Vater beschlossen hat, sich in Düdelingen niederzulassen. Sie sind natürlich nicht in Cardabello geblieben, diesem Loch, wo es nach Jauche und Kuhmist riecht, wie Mario, Ritas Onkel, sagte; und auch nicht in San Demetrio, diesem Dorf, aus dem alle geflüchtet sind, um nach Rom, Turin oder Mailand zu gehen, und das langsam ausstirbt, außer im Sommer, wenn die Flüchtlinge zurückkehren, um ihren Urlaub dort zu verbringen. Übrigens, es ist ja gerade Sommer, und in diesem Augenblick spielen sie sicher ohne mich das Spiel der Gerüche, das auch von meinem Bruder erfunden worden ist. Jedenfalls hat er das behauptet. Ohne mich, denn wir, hat Mama gesagt, können nicht jedes Jahr dorthin zurück. Unser Portemonnaie erlaubt das nicht, hat sie erklärt. Wir seien schließlich Arbeiter, und wir müssten am Anfang jeden Monats die Miete bezahlen. Am Anfang fiel es mir schwer, Mamas Erklärung zu verstehen. Welchen Zusammenhang gibt es denn zwischen einer Miete, einem Arbeiter und San Demetrio? Dann habe ich verstanden, und das hat mich traurig gemacht. Es gibt also eine Trennwand zwischen der Fabrik und San Demetrio. Das hat mich in große Verwirrung gestürzt. Ich hatte doch so oft davon geträumt, an einem Hochofen zu arbeiten! Und jetzt stellt man mich vor die Wahl: entweder der Hochofen oder die Rückkehr nach San Demetrio. Ich habe also heldenhaft auf meinen größten Wunsch verzichtet, wie die Cowboys, die am Ende des Films auf ihre Freundin verzichten, denn mein noch größerer Wunsch ist, im Sommer nach dort unten zurückzukommen, auch wenn Rita schon nicht mehr da ist.

Aber leider lassen sich Mamas Worte nicht wirklich auf mich anwenden. Ich kann noch so lange auf die Fabrik meiner Träume verzichten, das ändert nichts. San Demetrio bleibt für unser Portemonnaie außer Reichweite. In Wirklichkeit richtet sich Mamas Vorwurf gegen Papa. Er arbeitet ja jeden Tag in der Fabrik. Er ist es, der uns hindert, dorthin zurückzukehren, und sei es auch nur in den Ferien. Ebenso wie er auch damals nicht dort bleiben wollte, als wir noch dort wohnten vor zwei Jahren. Und auch vorher, als er Mama am Ende des Krieges nach Differdingen mitnahm. So ist das nun mal. Ich tröste mich mit meinem Lieblingssport, den ich gerade erfunden habe, um den Sommer würdig zu verbringen. Ich stelle mich an das Esszimmerfenster hinter die Gardinen und sehe mir die Autos an, die die Rooseveltstraße hinunter- und hinauffahren. Na, viele verirren sich nicht hierher, denn oben ist die Hussignystraße und da endet die Stadt und das Land. Hinter dem Wald liegt schon Frankreich. Aber das reicht völlig aus für meinen Sport. Der Anfang der Wettkämpfe lässt nicht auf sich warten: Ford gegen Fiat zuerst. Jedes Mal, wenn ein Fiat vorbeikommt, erhält er einen Punkt. Und ich spreche die Kommentare wie Pilo Fonck oder Pierre Kellner im Radio. Wir unterhalten uns. Pilo? Ja, Pierre? Ich habe ein interessantes Ergebnis. Die Dauphine haben gerade die Käfer gründlich überrundet, fünfzehn zu fünf. Ich habe natürlich meine Lieblingsautomarken, aber ich bevorzuge niemand. Ich bin unparteiisch. Nicht wie Pilo Fonck. Was macht es schon aus, wenn die Fiats verlieren. Warum gibt es bloß so wenig davon in Differdingen? Alles ist voll von Ford, Dauphine und Käfern. Aber mogeln ist verboten. Eines Tages werden sie schon gewinnen, die Fiats.

Da unten in San Demetrio gibt es Massen von Fiats. Es gibt übrigens praktisch nur die. Fiat 500. Wie der von Onkel Dino, mit dem wir nach Pescara fuhren. Ganz kleine weiße Mäuse, die durch die Gassen von Cardabello schlüpfen. Vor allem im Sommer. Es ist ja gerade Sommer, und wer weiß, ob meine Freunde nicht gerade Mario, Batistas Sohn, nachgehen wollen, der zu Giustina geschlichen ist, solange ihr Vater nicht da ist, und er wird bald damit anfangen, Giustinas Brüste zu erforschen, die so groß sind wie der Mond. Oder schlagen sie gerade eine ihrer unvergesslichen Schlachten zwischen Cowboys und Rothäuten? Paolo und Piero, die tapferen Weißen, stürmen Rinaldos Stall, wo der traurige graue Esel den ganzen Tag über schreit und die ganze Nachbarschaft daran hindert, nachts ein Auge zuzumachen, ganz zu schweigen von der Stunde der Siesta. Rodolfo und Nino, die Rothäute mit ihren mit Erde und Mist verschmierten Gesichtern, im Heu versteckt sind sie, um ihre letzte Untat zu verteidigen, nämlich die Entführung von zwei bleichgesichtigen Squaws mit Namen Anna und Cinzia, die sich an ein in einer Stallecke liegendes Heubund gekauert haben, aus dem dieser typische Geruch aller Ställe hervordringt, eine Mischung aus Leben und Verwesung, Frieden und Angst, Frische und Tod. Da sind sie nun den schmutzigen Flossen von Rodolfo und Nino ausgeliefert. Aber selbst wenn im Augenblick die Bleichgesichter Schwierigkeiten haben, sich der stinkenden roten Festung zu bemächtigen, gibt es keinen Zweifel, dass am Ende des Ansturms, ganz wie im Kino die Wilden am Schluss bekommen, was sie verdienen, weil sie zwei unschuldige weiße Mädchen geraubt, misshandelt und betatscht haben. Und vor allem, weil sie den Stall von Rinaldo eingenommen haben, der genau in dem Augenblick auftaucht, als die Schlacht ihren Höhepunkt erreicht. So wie er eines Tages, wie Nando erzählt hat, nach Hause zurückgekommen ist und Mario mit den Händen in Giustinas Büstenhalter ertappt hat. Alle verziehen sich also auf den alten Fußballplatz hinter der Gemeindeschule, wo Büsche aller Art wuchern und wohin sich hin und wieder Kühe verirren. Dort zwischen Dornen und Kuhfladen wird die entscheidende Schlacht ausgetragen. Und während alle Kämpfer nach der beschämenden Niederlage der Rothäute nach Hause gehen, mit gesenkten

Köpfen wegen ihrer zerkratzten Arme und zerrissenen Hosenbeine oder anderer Kriegsfolgen, sitze ich, fern vom Feld der Ehre, ganz allein auf dem Bettrand und warte, dass mein Bruder geruht, ins Zimmer zu kommen, um wenigstens mit unserer eintönigen Kissenschlacht anzufangen.

Oh, natürlich gibt es Charly. Den habe ich fast vergessen, Charly, der Sohn von Lebensmittelhändler Meyer, dessen Geschäft die Ecke zwischen der Großen Straße und der Frankreichstraße bildet und das auf der Gartenseite zum Millchen Platz hingeht. Dort, wo an jedem ersten Sonntag im Mai die Kirmes mit Karussells stattfindet und mit Ständen und Tischen, von denen der unvergessliche Geruch von Grillwürsten mit Senf, Pommes frites, die in hundertmal erhitztem Schmalz gebraten sind, und von Erdnüssen in karamellisiertem Zucker ausgeht. Dann kommt die Kapelle der Bergleute mit Schafen an der Spitze des Zuges an unserem Haus immer wieder vorbei und spielt unablässig diese Melodie, die durch vier oder fünf Trommelschläge angekündigt wird, eins, zwei, eins, zwei, drei. Der Hammelzug und der Klang der Geige lockt alle Kinder an, lockt sie weg vom Kaffeetisch, treibt sie auf die Straße, wo sie sich dem ungewöhnlichen Zug anschließen, der sich allmählich entfernt und mit seiner Musik, die in der Ferne verhallt, dort oben in der Spitalstraße oder der Lasauvagestraße oder der Hussignystraße verschwindet.

Aber trotz Charly, trotz dem Fernsehen bei ihm, trotz seiner elektrischen Eisenbahn fühle ich mich ganz allein. Denn im Lebensmittelladen seines Vaters schwebt im Gegensatz zu unserem dort unten in Cardabello kein alles übertäubender Geruch. Es gibt dort nicht die Mortadella Galbani, noch den Provolone, noch die Ferrero-Schokoladenstücke. Nur eine Überlagerung von Gerüchen aller Art, blass und steril. Wie Charlys leicht nasale Stimme, die auch seine Schwester und sein Vater, der auch Charly heißt, haben. Was seine Mutter angeht, so weiß ich das nicht, denn Charly hat keine Mutter mehr. Sie ist gestorben, als er noch ganz klein war, als ich ihn noch nicht kannte. Aber er spricht nie von ihr. Für mich ist es, als ob es sie nie gegeben hätte, die Mutter von Charly. Aber er, fühlt er sich auch ganz allein? Ich habe ihn noch nicht gefragt. Auf jeden Fall hat er keinen anderen Freund außer mir, und in der Schule sitzen wir auf derselben Bank. Und da er in unserer Nähe wohnt, gehen wir auch zusammen nach der Schule nach Haus. Manchmal kommt seine Schwester Michèle mit, auch wenn er das nicht so gern hat. Michèle ist ein Jahr älter als er, also auch als ich. Sie unterbricht unsere Gespräche nie. Manchmal will sie meine Schultasche tragen, und dann werde ich rot. Müsste ich nicht eigentlich ihre tragen? Ich bin doch der Mann, oder? Ach, wenn sie ein oder zwei Jahre älter wäre und auch kleine Hügelchen unter ihrem Kleid hätte!

Ich bleibe also allein und nehme meine Einsamkeit hin. Mama tut während dieser Zeit nichts, um mich abzulenken. Im Gegenteil. Auch wenn sie es sehr gut vertuscht, ist sie nicht ganz da. Sie ist auch nicht ganz abwesend, wie Charlys und Michèles Mutter. Er ist, ja das hat er mir gesagt, eine Halbwaise. Und ich, was bin ich dann? Eine Viertelwaise? Seit den ersten Augenblicken unserer Ankunft in Differdingen hört Mama nicht auf zu sagen, dass unsere Auswanderung vorläufig ist. Dann beginnt sie zu träumen. Und ist weggetreten. Nächstes Jahr, ja nächstes Jahr fahren wir endgültig nach Haus zurück, sagt sie. Sie ist nicht mehr eingezwängt zwischen der weißen Waage und der Mortadellaschneidemaschine aus Metall, sondern Gefangene des alten Gasherdes und des großen Bosch-Kühlschranks und von morgens bis abends beschäftigt; ein Staubtuch in der Hand, achtet sie auf das kleinste Staubkorn, das sich auf die Möbel zu setzen wagt, und sei es auch nur für einen Moment.

Sie macht die Betten, kocht das Essen, stopft mit einem großen Holzei die Löcher an den Ellbogen meines Pullovers oder meine Strümpfe. Ich bin so daran gewöhnt, sie zu sehen, dass ich sie gar nicht mehr wahrnehme. Gewohnheit stumpft ab. Das habe ich vor kurzem gelernt. Es genügte, dass ich mir den Zeigefinger in der Zimmertür einklemmte. Vorher habe ich meinen Zeigefinger gar nicht gefühlt. Er war da und basta. Ich benutzte ihn, als ob es normal wäre, dass er da war, um ihn in die Nase zu stecken oder um ihn in der Klasse in die Luft zu strecken. Aber als er anfing, mir weh zu tun und ich nichts mehr mit ihm anfassen konnte, wurde mir klar, wie wichtig er war. Mit Mama ist es fast dasselbe. Wenn ich in der Schule zum Beispiel gefragt würde: wie ist sie, deine Mutter? wüsste ich nicht, was ich sagen sollte.

Denn sehen und sehen, das ist nicht dasselbe. Als ich ganz klein war, genügte die Feststellung, dass sie vor mir stand, wie mein Zeigefinger, bevor er in die Tür eingeklemmt war. Und wenn sie in dem Moment aus irgendeinem Grund verschwunden wäre, hätte ich es sicher wie Charly gemacht. Ich hätte mich daran gewöhnt, dass sie weg war. Ich wäre eine Halbwaise geworden. Ich sah sie nicht mit meinen Augen, sondern in Gedanken. Sie war kein Körper, sondern eine Idee.

Heute, vor allem während der seltenen gemeinsamen Mahlzeiten ertappe ich mich dabei, dass ich sie lange ansehe, ohne etwas zu sagen. Sie ist überzeugt, dass ich wie üblich mit den Gedanken ganz woanders bin und erhebt sich langsam, um unsere Teller vom Tisch zu nehmen, unsere Gläser zu füllen oder den Nachtisch zu bringen. Dann tut sie, als wolle sie etwas im Ausguss abspülen, und bittet mich mit abgewendetem Rücken leise, ihr zu erzählen, was ich mache; ob ich mich wohl fühle, du bist so schweigsam, sagt sie, so verschlossen.

Aber kein Wort entschlüpft meinen Lippen, höchstens ein Lächeln, das sie nicht sieht, und das sie mir trotz allem, als sie sich umdreht, zurückgibt, als errate sie, dass sie es ist, mit der ich mich innerlich beschäftige. Ich blicke ihr dann gerade in die geweiteten Augen, um ihr ohne Worte zu sagen, dass sie sich nicht geirrt hat, dass ich allerdings an sie denke, und dass es an mir selbst liegt, wenn ich schweigsam und verschlossen geworden bin. Und zwar wegen des Labyrinths, das mich umgibt und mich mehr und mehr in Beschlag nimmt. Ein Labyrinth mit einem großen Loch in der Mitte. Dieses Loch entfernt mich von allem. Es entfernt mich von denen, die mich umgeben, als wäre es durch Glaswände eingefriedet. Ich kann hindurch sehen, aber nichts anfassen. Das alles sage ich meiner Mutter, ohne den Mund aufzumachen, und meine Gedanken fallen in ihre Augen, die meinen genau gleichen.

Sie sind gleich, aber viel tiefliegender, als habe die Zeit einen Tunnel in die Augenhöhlen gegraben. Und ich muss an diesen Satz denken, den sie jedes Mal sagte, wenn es in der Familie Probleme gab: nächstes Jahr gehen wir nach Haus zurück. Ein Zuhause, das immer mythischer, religiöser und inhaltsleerer wurde. Eine leere Muschelschale. Aber für meine Mutter war diese Muschelschale, ob leer oder nicht, eine Art letzter Rettungsring geworden, an den sie sich klammerte, um im Ozean der neuen Welt nicht unterzugehen.

Wie lange ist das her? Einerlei. Ihre Worte haben mit Ablauf der Tage, Monate, Jahre nichts von dem ergreifenden Starrsinn des Anfangs eingebüßt und bald den fast rituellen Nimbus des Magischen bekommen. Sie haben sich in meinem Kopf mit Reisen verbunden. So sehr, dass damals der Differdinger Bahnhof an der Ortsgrenze Niederkorn ein beliebtes Ziel unserer sonntäglichen Spaziergänge wurde. Auch wenn es nur ein kleiner Bahnhof war. Was hatte das schon zu sagen. Das verlorene Paradies befand sich ganz am Ende dieser Schienen, die durch ihn hindurch liefen und auf andere Schienen trafen.

Während mein Vater, auf die Hochöfen zeigend, den genauen Ort, wo er arbeitet, durch den Wald von Baracken und Alteisen zu bestimmen versucht, hält meine Mutter ihre Augen auf die Schienenstränge geheftet. Angst ist in ihrem Blick. Sie fragt sich sicher, welche Schienen die richtigen sind, als fürchte sie, dass ihre Hoffnung sich an falsche Schienen heftet, die sie vom Paradies entfernen, anstatt sie ihm näher zu bringen. Sie sucht den Horizont nach Zügen ab und entdeckt sie, sobald sie in der Ferne sichtbar werden. Hin und wieder blickt sie mich an, wie um mir zu sagen, dass wir in einem Eisenbahnwagen wie dem, der jetzt vor uns steht, gereist sind. Erinnerst du dich? Ja, ich erinnere mich.

Es ist sicher auch kein Zufall, dass später, als wir von Differdingen nach Esch umzogen, unsere Wohnung im Boulevard Kennedy nur wenige Schritte vom Bahnhof entfernt genau an den Schienen lag. Die Züge, die auf das Viadukt fuhren, konnte man von unserem Küchenfenster fast mit Händen greifen. Fühlte sich meine Mutter ein ganz klein wenig dem Paradies näher? Einige Kilometer näher?

Die Zeit ist vergangen. Abfahrt und Ankunft, die beiden Pole der

Reise sind am Ende übereinander liegende Punkte geworden, und unsere Wohnung hat sich in einen Eisenbahnwagen verwandelt. Unser persönlicher Wagen. Unverrückbar wie die Sonne am Himmel. Eine Art Verteilerzentrum. Ein Ort ohne Rückkehr, durch den alle Eisenbahnlinien laufen.

Ich glaube, das fühlte ich, wenn ich sie als Kind ansah, ohne sie wirklich anzusehen. Auch wenn ich es damals nicht ausdrücken konnte. Denn je weiter wir in das neue Leben hineinwuchsen, in die neue Art zu sprechen, sich anzuziehen und zu essen, erstarrte die Reise im imaginären Hin und Zurück, genau am selben Ort anfangend und endend. Es war ein Auf-der-Stelle-Treten, das bei uns in der Küche seine Wurzeln hatte, und zwar um einen grauen Tisch herum, ähnlich dem, um den wir noch heute zusammenkommen, als habe die Zeit trotz allem Mitleid mit uns gehabt und diesen einzigen Zeugen unserer Reisen ohne Fortbewegung verschont.

Indem ich dem Blick meiner Mutter standhalte, der immer tiefer in mich dringt, muss ich an den Tag zurückdenken – ich war schon etwas älter – wo mein Vater mich zur Niederkorner Radrennbahn mitnahm. Und auch wenn ich mich nicht mehr sehr gut an die Namen der Fahrer oder die Bedeutung des Rennens erinnere, so hat sich mir doch ein Bild ins Gedächtnis eingegraben. In einem bestimmten Augenblick sind die beiden Fahrer genau vor uns plötzlich langsamer gefahren, als ob keiner von ihnen gewinnen wollte. Zuletzt standen sie ganz unbeweglich und brachten damit alles, was ich bis dahin gedacht hatte, in Unordnung.

Manchmal hat man eine feste Meinung über die eine oder andere Sache. Nichts kann sie erschüttern, denkt man. Dann erweist sich eines Tages alles, was unveränderlich erschien, als entsetzlich brüchig, wie auf Sand gebaut. Die Meinung versinkt wie eine Titanic. Das tut weh, aber aus diesem Schmerz entsteht paradoxerweise ein Glücksgefühl. Das ist mir auf der Niederkorner Radrennbahn passiert.

In einem Wettkampf versucht man der Erste zu sein. Das wurde mir in der Schule beigebracht. Aber diese beiden Radfahrer, die vor meinen Augen erstarrt sind, bemühen sich akrobatisch, sich nicht zu überholen. Ist ein Fahrrad nicht ein Mittel der Fortbewegung? Vor meinen Augen wird um die Wette jongliert, wer am besten auf der Stelle tritt. Die Welt steht Kopf. Dann habe ich mir gesagt, viel später natürlich, dass es überhaupt keinen Grund gibt, es wie alle zu machen. Originalität heißt ja gerade, sich von den anderen unterscheiden, und das hat mich in einer ersten Phase dazu gebracht, dass ich alle Sportarten hasste, und vor allem, zur großen Enttäuschung meines Vaters, den Fußball, wo zweiundzwanzig Leutchen hinter einem einzigen Ball herlaufen, als hätten sie nichts Besseres zu tun.

Noch später habe ich sogar das Bedürfnis verspürt, etwas zu finden, was mich von denen, die mich umgaben, unterschied. Bei dieser Suche bin ich auf die Tatsache gestoßen, dass ich in Wirklichkeit von woanders kam und dass mein Verhalten, das bis dahin darin bestand, meine Herkunft zu verbergen, unerhört war. Wie hatte ich in all diesen Jahren wegen der Spöttereien und schlechten Scherze der meisten meiner Klassenkameraden vergessen können, dass es eher ein Segen als ein Handikap war, kein richtiger Differdinger zu sein? Dass ich das Original war und nicht dieser Haufen Käseköpfe mit Brillen und vorstehenden Zähnen?

Die beiden Radrennfahrer von der Niederkorner Radrennbahn, die alle List anwandten, damit der andere überholte, öffneten mir plötzlich die Augen. Die Banalität war auf Seiten derer, die sich bei einem Radrennen abmühten, als erste die Ziellinie zu erreichen. Meine Rennfahrer, stoisch auf ihren Sätteln sitzend, die Zehen unbewegt in den Pedalhaken, durchbrachen die Logik der Dinge und pfiffen auf alle Nachahmer, ob ihre Namen nun Charly Gaul, Jacques Anquetil, Fausto Coppi oder Gino Bartali waren oder nicht.

Aber während ich mir all das wieder in Erinnerung rufe, während die Zeit wieder auflebt, habe ich den Eindruck, dass die Dauer in meinen Händen zerrinnt, so etwa wie die Uhr von Dali, die wie ein Tuch über einen Tischrand hängt. Und ich kann mich noch so deutlich auf meinem Bettrand wieder sitzen sehen, so etwa wie man am Rand eines Abgrunds sitzt, auf meinen Bruder wartend, ich könnte die Szene zeitlich nicht einordnen. War das vor oder nach unserer vorübergehenden Rückkehr nach Italien? Glücklicherweise passiert es uns oft, dass wir uns, wenn wir den Eindruck haben, dass wir uns im Labyrinth der Chronologie verirren, dass die Zeit zu schnell oder zu langsam, aber nie normal vergeht, dass wir uns an Dinge klammern, die uns unveränderlich vorkommen. Das ist der Fall bei diesem grauen Tisch in der Ecke der Küche vor dem Ausguss, dem Gasherd und dem Kühlschrank. Alles um ihn herum hat sich gewandelt, die Wände sind nicht mehr gelblich, sondern mit glänzenden Kacheln bedeckt; der riesige Bosch-Kühlschrank mit der gewölbten Tür hat einem eleganten zweiteiligen Kühlschrank mit Gefrierfach und allem Drum und Dran Platz gemacht; der weiße Ausguss von einst mit einem Abtropfbord darüber, wie man es in Italien kennt, hat sich völlig verwandelt und ist durch eine Inox-Spüle mit zwei glänzenden Wasserhähnen ersetzt, und darunter ist die letzte Anschaffung des Hauses eingefügt: ein nagelneuer Geschirrspüler, bei dem es genügt, die schmutzigen Teller hineinzustellen. Aber Vorsicht, man kann nicht alles hineinstellen, hat meine Mutter gleich am ersten Tag erklärt.

Der graue Tisch aber ist in der Küche stehen geblieben. Ich sehe ihn vor mir, ganz allein und anachronistisch mitten im Aufgebot der kaum angekratzten Elektrogeräte. Als letzter Gedächtnisfetzen, dem Jahrzehnte nichts anhaben konnten. Treuer Begleiter der Litanei meiner Mutter: nächstes Jahr fahren wir wieder nach Hause. Ein nicht rückgängig zu machendes Gedächtnisfragment.

Umso mehr, als gerade er für die Narbe an meiner Stirn direkt über dem linken Auge verantwortlich ist. Da er zu allem gebraucht wurde – meine Mutter bügelte oder rollte Nudeln darauf aus – verwandelten wir ihn nach dem Abendessen, wenn der Abend zu langweilig zu werden drohte und keiner Lust hatte, Karten oder Mensch-ärgere-dich-nicht zu spielen, in eine Tischtennisplatte.

Papa zieht die beiden Verlängerungen heraus. Mit Hilfe einer komplizierten Vorrichtung, bei der Stricknadeln, Gummis, Gabeln und wer weiß was für Utensilien sonst, zur Verwendung kommen, spannt er in der Mitte an Stelle des Netzes ein Band. Dann beginnen wir, mit Frühstücksbrettchen aus Holz ohne Griff, einfachen dünnen Brettchen, das Spiel. Mit einem richtigen weißen, bei Sternberg gekauften Pingpongball. Wir springen wie richtige Profis auf beiden Seiten des Netzes hin und her, und der graue Tisch verwandelt sich in unserer Vorstellung und wird abwechselnd ein grüner Pingpongtisch wie alle Pingpongtische oder ein richtiger Tennisplatz mit rotem Boden und allem, was dazu gehört, wie der neben dem Fußballplatz der Red-boys. Wir überbieten uns in akrobatischen Leistungen und verfeinern von Spiel zu Spiel unsere Technik. In kurzer Zeit gelingen uns schon Schläge, bei denen der Ball sich um die eigene Achse dreht, fast in der Luft stehen bleibt und für den Gegner unparierbar wird. Natürlich hat sich meine Mutter, ihres Bereichs beraubt, keineswegs zufrieden in das Esszimmer zurückgezogen und erscheint nur selten in der Türöffnung, um uns sanft zu schelten: der Ball ruiniere den Kühlschrank, der Tisch könnte Schrammen abbekommen, und wann würde sie die Sachen bügeln können, die wir für morgen brauchten? Von der Euphorie des Wettkampfs gepackt, hören wir sie kaum, sammeln Punkte und diskutieren lauthals mit dem Schiedsrichter, den wir abwechselnd spielen und der nicht mit der Zählerei fertig wird. Bis zu dem Tag, wo ich mitten im Fieber des Spiels, die Beine ein wenig zu sehr spreize, um einen nicht zu parierenden Schlag abzuwehren, den mein Bruder hinterlistig auf die linke Tischecke gezielt hat. Das Übrige kann ich mir nur denken. Mein Kopf gegen den Türrahmen, Blut auf meiner Stirn, genau über dem linken Auge genäht, die Schreie meiner Mutter. Natürlich ist die Wunde wieder zugewachsen, wie alle Wunden. Aber sie ist deshalb nicht verschwunden. An ihrer Stelle hat sich die Narbe gebildet.

Wie sie hat der Tisch dem Ansturm der Zeit standgehalten. Er war auf der Hut und hat Wache gehalten. Wie der Mann auf dem Ausguck in seinem Mastkorb. Oder wie ein Engel mit zwei Köpfen, der eine in Richtung Vergangenheit, der andere in Richtung Zukunft blickend. Dadurch, dass meine Mutter den Tisch behalten hat, hat sie ihm eine entscheidende Rolle übertragen. Der Tisch ist die letzte Alarmglocke geworden, die Nabelschnur, die man nur zurückzuverfolgen braucht, wenn die Dinge eine schlimme Wendung nehmen und das Heimweh unerträglich wird. Deshalb hat sie wild gegen den Plan protestiert, ihn wie den Kühlschrank, den Herd und den Ausguss zu ersetzen.

Vielleicht rührt mein Bedürfnis, die Dauer in Stücke zu zerteilen, die Zeit in Scheiben zu schneiden, daher, von diesem Eigensinn meiner Mutter. Einen bestimmten Augenblick zu verewigen ist auch für mich zu einer fast automatischen Gewohnheit geworden. Deshalb lege ich zum Beispiel einem Foto soviel Bedeutung bei. Ein Foto ist ein Stückchen Leben. Oder vielmehr das Bild dieses Stückchens von Leben. Ich lächle. Vielleicht bin ich vorher und nachher ganz traurig. Und selbst während der Aufnahme. Aber da ist das Bild des Lächelns zu sehen. Was einem nicht vorsätzlichen Verhalten ähneln könnte, wird in Wirklichkeit ein verzweifelter Versuch, diesen Augenblick, so kurz er sei, vor der alles niederwalzenden Zeit zu retten.

Mit der Zeit hat sich eine weitere vorgefasste Idee verflüchtigt. Und zwar ist es nicht die Dauer, die uns vor dem Vergessen rettet, sondern es sind die kleinen, der Ewigkeit geduldig entrissenen Zeitinseln. Alles, was von den Höhlenmalereien bis zu den raffiniertesten Erfindungen geschaffen wurde, ist nichts anderes als dieser verzweifelte Versuch, einen bestimmten Augenblick zu verewigen. Das Stückchen. Die Nabelschnur. Als sei jeder Schritt in die Leere der Zukunft nur eine Rückkehr auf dem Weg, der zu den Ursprüngen führt.

In der Zeit vor der Narbe, als ich Beobachtung und Gedanken noch nicht gut koordinieren konnte, hätte ich sicher gestottert, wenn ich in der Schule aufgefordert worden wäre, meine Mutter zu beschreiben. Ich war einfach nicht fähig, aus ihrem Blick ihre Geschichte herauszulesen. Die Geschichte der Abreise ohne Rückkehr. Ein Auf-der-Stelle-Treten. Der offene, dann passive, später gebrochene Widerstand, der sich in ihren Augen spiegelte, die meinen genau gleichen. Eine Mischung aus Trauer, Heimweh und Vorwurf, die dieses Gesicht für immer gezeichnet hat auf dem Foto, das, wie mein Vater erklärte, wenige Tage vor meiner Geburt aufgenommen wurde.

All das sage ich ihr heute, während ich ihr gerade in die Augen blicke. Sie entzieht sich nicht. Im Gegenteil, wir führen ein Gespräch ohne Worte. Ihre Augen scheinen mir zu antworten. Sie werfen mir mein langes Ausbleiben vor, sie bitten um Entschuldigung für all die Schwierigkeiten, die wir seinerzeit durchgemacht haben. Aber da ist auch ein Anflug von Stolz in ihrer Art mich anzusehen, ein bitterer Stolz, als wollte sie mir sagen, ja, ich habe durchgehalten, ich bin gebrochen worden, aber du, du hast dadurch gewonnen, du bist jetzt jemand, und auch dein Bruder, der ist jemand. Und dann, sieh dir deine Schwester an. Sie hat Zeit gebraucht, aber sie ist heute auch jemand. Ich bin gebrochen worden, aber ich habe gesiegt. Da geht alles noch einmal in meinen Gedanken durcheinander. Was heißt gewinnen? Was heißt verlieren? Schließt sich beides wirklich aus? Kann man gewinnen, ohne zu verlieren?

Damals war natürlich meine erste Sorge ganz anderer Natur. Wie konnte ich den eisernen Reifen der Einsamkeit, der sich nach der Fahrt durch den Sankt-Gotthardt-Tunnel allmählich um mich gelegt hatte, aufbrechen? Eine Einsamkeit, die über mich kam, wie das Dunkel der Nacht. Nicht plötzlich, sondern nach und nach. Auch das ist paradox. Im Grunde hätte die Rückkehr nach Luxemburg einen krassen Einschnitt, eine endgültige Trennung von San Demetrio bedeuten müssen. Aber am Anfang gab es in Differdingen viele Dinge zu entdecken, und ausgerüstet mit dem Mut meines Vorfahren Christoph Kolumbus, hatte ich keine Zeit, in der Einsamkeit zu versinken. Oder, um es genauer zu sagen, ich habe nicht gemerkt, dass sie sich allmählich wie ein Nager in mich hineinfraß. Vor allem auch, weil wir im ersten Jahr noch einmal den Sommer dort unten verbrachten. Meine Mutter hatte die ihre, Großmutter Lucia, dort gelassen, was ihr als Alibi diente. Bis zu dem Tag, wo mein Vater die verführerische Idee hatte, auch sie nach Luxemburg kommen zu lassen. Sie und Großvater Claudio. Ihre Tochter war schon einige Jahre dort. Nichts war also logischer, als auch ihre Eltern kommen zu lassen. Aber was alle hätte erfreuen sollen, weil unsere Familie endlich vollständig wieder vereint war, forderte, abgesehen von Mama, wenigstens ein Opfer. Da die Reisen nach Cardabello gefährdet waren, wusste Christoph Kolumbus, der die neue Welt wie seine Westentasche kannte, nicht mehr, was er entdecken sollte. Das nutzte der Nager aus und machte es sich als Mittelpunkt meiner Gedanken bequem. Eines schönen Tages, als ich aufwachte, erinnerte ich mich nicht an den Traum, den ich mit Sicherheit gehabt hatte. Und seitdem habe ich vielleicht überhaupt nicht mehr geträumt. Stattdessen stellte ich sofort fest, dass ich seit langer Zeit ganz allein war. Die Menschen, die ich um mich hatte, zählten jetzt nicht mehr.

Mein Vater zum Beispiel, der dreimal acht Stunden in der Fabrik arbeitet und jedes dritte Wochenende sechzehn Stunden, den langen Törn, sagt er, spielt nicht mehr Fußball oder Basket wie vor dem Krieg oder gleich danach. Er kommt müde nach Hause und macht keine Reisen mehr mit mir in die Hauptstädte der ganzen Welt, die er in allen Einzelheiten mit mir durchgenommen hat. Auch wenn er mich alle drei Wochen am Sonntag, wenn wir nicht in der Nähe des Bahnhofs spazieren gehen, noch zu einem Spiel mitnimmt, Red-boys gegen Jeunesse, Union oder Progrès auf dem Platz jenseits der Spitalstraße, hinter der Brücke, die zur Thillenberg-Grube führt.

Da drin, sagt er, wenn wir unter der Brücke durchgehen, da drin hat dein Großvater sein Leben gelassen. Und er zeigt mit der rechten Hand auf den Hügel, ein richtiger Schweizer Käse, erklärt er, voller Löcher unter der Oberfläche. Dann bleiben wir stehen, denn die Brücke über uns wirft seine Worte zurück, und wir beginnen zu schreien wie Verrückte und zu lachen, während das Echo unserer Stimmen sich im Himmel verliert, sich in den Wolken verfängt oder im Fabrikrauch, der sich darin verbirgt.

Da stehen wir auf den Stufen, in unsere Mäntel eingemummt, die Hände tief in den Taschen, die Kehlen heiser vom Schreien. Was würde ich nicht darum geben, dort drüben auf der Holztribüne zu sitzen, und sei es auch nur einmal, mit den Bänken, die so rot sind wie die Trikots von May und den anderen Spielern der Red-boys außer dem von Kemp, dem Torwart mit den blonden Haaren. Heute spielen sie gegen Progrès Niederkorn, ein Lokalspiel, und die Atmosphäre ist wie geladen. Ich muss dazu sagen, dass sich die vier Differdinger Mannschaften wie Todfeinde hassen, ich weiß nicht warum.

Ohne dass man es sich erklären könnte, gibt es seit eh und je eine unversöhnliche Rivalität zwischen den verschiedenen Stadtvierteln. Der tiefste Abgrund ist der, der Oberkorn von dem eigentlichen Differdingen trennt. Seitdem die Förderkörbe der Seilbahn französisches Erz zu den Hochöfen der Hadir-Fabrik transportieren, ist die Welt in zwei Teile geteilt. Auf beiden Seiten der Kabel, die den Himmel und den Hügel in zwei feindliche Reiche teilen, hat man nie aufgehört, sich zum Krieg zu rüsten. Und weh dem, der sich auf das Gebiet des anderen vorwagt. Sehr früh hat es auch Kämpfe nach allen Regeln der Kunst gegeben und mehrmals habe auch ich, der doch mit diesem internen Streit nichts zu tun hatte, mich von der Welle hinreißen lassen und bin mit blutenden Knien, zerrissenen Kleidern oder geschwollener Nase nach Hause gekommen.

Aber heute wird die Schlacht diesseits und jenseits vom weißen Punkt in der Mitte des Stadions der Red-boys losgehen, einem weißen Punkt, auf dem noch der Lederball liegt, während der Schiedsrichter mit den Kapitänen der beiden Parteien, rechts die Roten, links die Gelben, verhandelt. Seltsamerweise hat man ein bisschen mehr Respekt, wenn die Union oder die Spora aus der Hauptstadt kommen. Mit den Mannschaften des Ortes gibt es keinen Pardon. Alle Mittel sind erlaubt und in Kürze wird es Schläge unter die Gürtellinie hageln.

Eines Tages hat es einen handfesten Skandal gegeben, die Geschichte eines Korruptionsversuchs. Ein Oberkorner Bäcker wollte unseren Torhüter Kemp kaufen. Da hat der eine richtige Farce inszeniert, hat den Bäcker ganz diskret zu sich eingeladen, um über die Summe zu verhandeln und die Presse informiert. Ich kann mir gut vorstellen, welches Gesicht der Bäcker gemacht hat, und während des Spiels, einer richtigen Schlacht, den Raufereien unter den Förderkörben der Oberkorner Seilbahn würdig, mussten die Spieler für ihn herhalten. Ich habe leider nicht sehen können, wie es ausgegangen ist, denn in der Euphorie des Geschreis bin ich, als May unser erstes Tor schoss, gehüpft wie alle anderen und habe nicht darauf geachtet, wohin ich trat. Und da begann sich alles zu drehen, weil ich, mit der Nase nach vorn, alle Stufen hinunterpurzelte.

Wäre meine Großmutter Maddalena nicht gewesen – dieser Fall hätte mich fürs Leben gezeichnet und die eine oder andere Narbe mehr meinem schon ziemlich mitgenommenem Gesicht zugefügt. Eine zusätzliche Narbe als Zeuge gegen das Vergessen. Deshalb bin ich nicht so ganz zufrieden mit der Entscheidung meines Vaters. Zu Großmutter Maddalena hat er mich gebracht, denn deren Haus, das vorletzte der Spitalstraße befindet sich nur hundert Meter vom Fußballplatz entfernt, am Fuß der Thillenberg-Grube. Und während ich wie am Spieße schrie, bereitete Großmutter das Wunderheilmittel vor: in Milch eingeweichtes Weißbrot. Ein Heilmittel, das jede Spur des Vorgefallenen aus meinem Gesicht tilgte. Und damit jede Spur einer genaueren Erinnerung.

Keine Narbe. In Milch eingeweichtes Weißbrot. Das ist das Bild, das von meinem Sturz von den Stufen des Red-boy-Platzes übrig bleibt. Waren meine Lippen vom Abscheu verzerrt? Schließlich hasste ich damals schon die Milch, die nur die kleinen Kinder noch tranken. So wie ich Eigelb mit Honig und Milch hasste, das Mama uns im Winter zu trinken zwang. Aber ich erinnere mich nicht mehr an die Wirkung dieses Breis, den Großmutter Maddalena auf meinem Gesicht verteilte. Was ich noch sehe, ist ihre Adlernase ganz nah vor meiner eigenen. Und ihr nach Knoblauch riechender Atem. Und dass sie schwarz gekleidet ist. Aber das ist normal.

Sie zog sich immer nur schwarz an. So hatte ich den Eindruck, dass sie nie ihre Kleider wechselte. Auf diese Weise trat sie aus der Zeit heraus. Und diese Zeitlosigkeit trug dazu bei, dass in meiner Erinnerung die Anhaltspunkte fehlen. Wir gingen oft zu ihr. Aber war das vor oder nach unserem Aufenthalt in Italien? Die Schachtel mit den De Beukelaer-Butterkeksen, die sie aus dem Zimmer hinter dem Küchenschrank holte, ist noch da. Und der Herd mit dem schwarzen Rohr, das aus der Wand hervorkam. Und dann das in Milch eingeweichte Weißbrot. Ich blicke in die Runde. Auf Großmutter Maddalenas Küchentisch liegt ein gelbliches Wachstuch. Und darum herum Papa und Mama, die reden. Vor allem Papa. Großmutter sitzt in ihrem Korbstuhl und sagt nichts. Und Fernand? Wo ist Fernand? Sollte es das erste Mal sein, dass ich etwas tue, was er nicht vor mir getan hat?

Da taucht wieder das Modell auf, und das in einem Augenblick, wo ich am wenigsten darauf gefasst bin. Denn zum Fußball wollte Fernand nie gehen. Nicht zum Fußball noch woandershin. Das ist dein Vater, wie er leibt und lebt, sagte meine Mutter. Um den aus dem Haus zu bringen, muss schon der dritte Weltkrieg ausbrechen. Haus und Schule. Das ist schon seit geraumer Zeit Fernands Welt, weil er Ernst machen will.

Und aus dieser Welt schöpft er Geschichten aller Art, die er mir abends in unserem gemeinsamen Zimmer nach unserer Kissenschlacht erzählt, gleich nachdem wir das Licht ausgemacht haben. Zum Beispiel die von dieser seltsamen grässlichen Frau, die ganz in unserer Nähe hinter dem Wald, in den die Hussignystraße mündet, gewohnt hat. Eine Wilde mit so langen Haaren, dass sie bis zum Boden reichen und die ihr Kleid sind, weil sie darunter ganz nackt ist, diese Wilde. Denn ihr Körper ist unbeschreiblich hässlich, erzählt Fernand, und außerdem ist ihr Gesicht mit einem dichtem Bart bedeckt, ihre Augen sind rot wie glühende Kohlen, Finger- und Fußnägel lang und scharf wie spitze Haken, und ihre Stimme ähnelt mehr dem Brüllen eines Bären als einer menschlichen Stimme. Nach ihr ist das Dorf La Sauvage an der französischen Grenze benannt.

Wie oft habe ich von diesem immer grässlicher werdenden Ungeheuer geträumt, das in einer Höhle wohnt, der Grotte von Dschugaschwili gleich, die ebenfalls der Phantasie meines Bruders entsprungen ist. Ein hässliches Ungeheuer in einem hässlichen Körper und splitternackt, eingehüllt in fettiges Haar. Nachts verbringt es seine Zeit damit, alle Arten geheimnisvoller Zaubertränke zu brauen, die den Männern helfen, ihre Frauen zu vergiften, und den großen Brüdern, ihre kleinen loszuwerden.

In Wirklichkeit träume ich nicht. Meine Augen sind weit geöffnet und starren in die Dunkelheit. Und in dieser Dunkelheit zeichnen sich die schrecklichen unförmigen Gestalten ab, von denen mein Bruder spricht. Was würde ich nicht darum geben, wenn ich Fernands Platz hätte, dicht an der Nachttischlampe. Ich als absoluter Herr über das Licht, der die Befürchtungen und Ängste eines kleinen armseligen Bruders, der ein Angsthase ist, in der Hand hat, ein Bruder, der drei Jahre jünger ist als er, drei Jahre und eine Spur, eine Null, ein einsames Minus, der kaum lesen und schreiben kann und fast unfähig ist, sich in unserer neuen Sprache auszudrücken, so zu näseln wie unsere Nachbarn, diese saftigen Vokale auszusprechen, deutliches Zeichen für die Annahme der sprachlichen Normen aller Differdinger, wenn man guar und guat wie alle Leute sagen kann.

Leider sind die Rollen umgekehrt, der Kleine bin ich, der Große er mit seinem Finger auf dem Schalter der Nachttischlampe, der vielfarbigen Erdkugel voller Kontinente und Ozeane, mit allen Ländern auch und ihren Hauptstädten, die ich auswendig weiß. Alle Länder außer unserem, das so klein ist, dermaßen klein, sagt mein Bruder, dass es nicht einmal auf die Erdkugel ging, was mir keineswegs Angst macht, sondern mich beruhigt. Mit ihm fühle ich mich nicht mehr ganz allein. Wie unser neues Land bin ich klein, während Fernand, lass mal sehen, höchstens Belgien ist, denn schließlich ist er nur drei Jahre älter als ich. Belgien und nicht Amerika zum Beispiel oder das ungeheuer große China. All das denke ich abends. Um den Worten meines Bruders zu entgehen, der sich ein Vergnügen daraus macht, mich so zu quälen.

Aber morgens schlägt wieder das Unglück über mir zusammen, denn, auch wenn Fernand nicht größer ist als Belgien, bleiben trotz allem seine drei Jahre uneinholbar, wie die Karotte vor dem Maul des Esels, und meine Mutter kann mir noch so oft sagen, um mir Angst zu machen, dass ich diese drei Jahre einholen werde, wenn ich so weitermache, und zwar wenn ich Fragen stelle, auf die es keine Antworten gibt, wenigstens im Augenblick nicht, später wirst du es begreifen.

Ja, ganz plötzlich habe ich angefangen, Fragen zu stellen. Warum dies? Warum das? Was bedeutet dies? Was bedeutet das? Ein richtiger Philosoph, beklagt sich Mama. Dann sagt sie, ach, die Philosophie, die

Wissenschaft vom Warum, als ob sie an etwas Bestimmtes dächte. Und ich weiß, woran sie denkt. Denn sie hat uns erzählt, dass sie vor dem Krieg in San Demetrio Lehrerin werden wollte, und das Fach, das sie am meisten interessierte, war eben Philosophie. Sokrates und Plato. Philosophie und Geschichte. Dann hat sie uns die Geschichte von der Höhle erzählt, die ich vergessen habe, denn beim Wort Höhle habe ich automatisch weggehört. Aber meine eigenen Fragen scheinen sie zu ärgern. Später wirst du alles verstehen, sagt sie. Du wirst Lehrer und du wirst alles verstehen.

Später, später. Nein später ist es zu spät, das ist später plus drei Jahre, später plus ein Loch von drei Jahren, ein Abgrund von drei Jahren, in dem schon alles erfunden, entdeckt, geschmiedet wurde: Spiel und Reise, Lüge und Wahrheit, Leben und Tod.

Es ist besser, ein Jahr wie ein Löwe zu leben als hundert Jahre wie eine Katze, sagte Großvater Claudio immer. Oder: es ist besser, der erste in San Demetrio zu sein als der zweite in Rom. Aber ich bin der zweite bei uns, das ist es nämlich. Und ich will nicht wie eine Katze leben, das erinnert mich an Lola, unsere neue Lola, schwarzweiß wie die erste, die sich an die Soutane von Don Rocco schmiegt, während der, mit dem Kopf auf dem Tisch wie ein Schüler, in der Weinstube schläft.

Tu, was der Priester sagt, nicht, was er macht, pflegte Großmutter Lucia zu sagen, wenn Don Rocco, sobald er beim Kartenspiel gegen Batista, Großvater Claudio und Rinaldo, Giustinas Vater, verlor, solche Flüche ausstieß, dass meine Mutter mir befahl, den Weinkeller zu verlassen, was meinem Großvater Claudio ganz und gar nicht gefiel, denn ich machte ihm, hinter Don Roccos Rücken stehend, Zeichen, dass er Gold oder Kelche, Asse oder Könige, Trümpfe oder die schöne Sieben ausspielen sollte, wodurch ich zu der endgültigen Niederlage der Pfaffen beitrug, wie Großvater sagte, dieser Barrieren für das Streben der gesamten Menschheit. Unser schweigender Pakt war unerschütterlich. Ich diente ihm als Spion gegen die Priester, er erzählte mir allerlei Geschichten abends am Bett, damit ich einschlief, erzählte mir vom Krieg und der Zeit lange davor, von Benito, der mit dem Kopf nach unten aufgehängt wurde und vom Rizinusöl, das man den Gefangenen zu schlucken gab, von seiner ersten Reise nach Luxemburg, von seiner Arbeit in der Rollesberger Zeche, während sein Bruder Alfredo im Thillenberg eine Stelle gefunden hatte, genau dort, wo viele seiner Landsleute, der Vater meines Vaters zum Beispiel, den Tod gefunden haben, denn die Besitzer kümmern sich mehr um die Menge an Erzblöcken, die jeden Tag aus der Tiefe des Bodens aus engen, mit Hacken und Dynamit gegrabenen Stollen herausgeholt werden, als um die Sicherheit der Arbeiter. Wenn er dann sah, dass ich nicht so schnell einschlief – seine Geschichten weckten mehr und mehr meine Neugier, statt mich in den Schlaf zu lullen – schwieg er plötzlich, nahm eine Hand von mir und begann die Handfläche mit seinen von den Zigaretten gelb gewordenen Fingern zu kitzeln, während er leise sagte: besser ist arm sein bei sich zu Hause, statt anonym und ein bisschen weniger arm im Ausland.

Aber ich bin weder arm noch reich. Und das Ausland, ich weiß nicht mehr so recht, wo das ist. Papa sagt, es sei dort unten, Mama, dass es hier ist. Weil sich Papa inzwischen hat naturalisieren lassen und also in Differdingen kein Ausländer mehr ist. Er ist hundertprozentiger Luxemburger. Mama, Fernand und ich, wir sind Ausländer geblieben, Mama endgültig, während wir mit achtzehn Jahren auch Luxemburger werden. Dann wird es nur noch eine Ausländerin in der Familie geben. Nicht aber, wenn wir alle nach dort unten gehen. In San Demetrio ist Papa der Ausländer. Er ist noch immer er selbst, aber er ist Ausländer. Ganz wie wir in einigen Jahren noch immer wir selbst, aber nicht mehr Ausländer sein werden. All das ist kompliziert. Werden wir wirklich noch dieselben sein? Nein, irgendetwas ändert sich bestimmt im Innern. Es passiert wahrscheinlich das, was Fernand Metamorphose nennt. Der hat gut reden. Der wird vor mir aufhören, Ausländer zu sein. Drei Jahre vor mir. Drei Jahre und eine Spur.

Selbst die Kleidung, die er anhat, werde ich eines Tages tragen. Fernand ist mein Verhängnis, wie in den Geschichten, die Herr Schmietz uns nur halb erzählt. Wenn ich eines Tages meinen Vater umbringe, meine Mutter heirate und mir die Augen aussteche, dann wird nicht das dumme Rätsel der Sphinx schuld daran sein, sondern mein Bruder. Und während ich blind und entehrt in einem entsetzlichen Kerker schmachte, wird er frech, unverschämt und frei in den Differdinger Straßen herumgehen und mit jedem Schritt den alles verschlingenden Graben, den nicht zu überbrückenden Abgrund vergrößern, den der Zufall oder das Schicksal oder das Verhängnis zwischen ihm und mir aufgerissen haben. Er die Karotte, ich der Esel, er der Löwe, ich die Katze, er das glänzende Vorbild, ich der jämmerliche Nachahmer.

Daher freue ich mich, wenn Mama, um mir Angst einzujagen, zu mir sagt, dass ich ihn noch einholen werde, wenn ich so weitermache. Ebenso wie ich mich später über die Geburt von Josette, unserer kleinen Schwester, gefreut habe. Mit ihr hat sich der Lauf der Welt verändert, und ich habe mir gesagt, dass es besser ist, in Differdingen der zweite zu sein, als der dritte in Rom. Ich hätte mir so gewünscht, dass meine Mutter einen ganzen Reigen zusätzlicher kleiner Schwestern und kleiner Brüder zur Welt bringt. Ein Zug voller Wagen, und ich weder Esel noch Karotte, sondern der erste Wagen. Gleich hinter der Lokomotive.

Aber das kommt später. Im Augenblick stecke ich nicht in der Haut der Katze, noch in einem Kerker, noch im ersten Wagen, sondern auf dem Grunde des Loches, das mich von der Lokomotive trennt. Ich kann noch so lange darum herumreden. Wenn ich es recht bedenke, bin ich jetzt ganz sicher, dass mein Bruder hingefahren ist, um Mrs. Haroy zu sehen. Auf jeden Fall nicht ich. Er ist mit Mama hingefahren. Dessen bin ich sicher. Sie hält ihn an der Hand, wie sie uns immer, ihn links, mich rechts, angefasst hat, sie in der Mitte, durch unser ungeduldiges Gezerre hin und her gerissen. Gekreuzigt. *Sie würde sich an Ort und Stelle eher umbringen lassen, als ihr Junges allein zu lassen...*

... wer würde denken, dass schöne Damen und schöne Herren sich mit einer Essenz Genuss verschaffen, die aus den stinkenden, unappetitlichen Eingeweiden eines kranken Wals stammt? Wundert es Sie nicht, dass das nicht verderbliche, so wohlduftende graue Amber mitten in der Verwesung zu finden ist?

(Gerüche. Wie soll man sich an Gerüche erinnern? Ohne sie jedoch bleibt die Erinnerung zerstückelt, abgeschnitten, verquollen, zerquetscht. Geruchlose Ereignisse sind nicht greifbar. Sie schwinden dahin, sobald sie sich anschicken, in den Kopf zu steigen, flüchten auf der Suche nach ihrem besonderen Aroma, kehren aus der Hauptstadt der Düfte mit leeren Händen zurück, beginnen erneut mit ihrem Kommen und Gehen, arm, schutzlos, unschuldig, allein.)

Ich bin ein Fanatiker des Geruchssinns. Oder vielmehr, ich war ein Fanatiker des Geruchssinns. Meine Nase hat mir überall als Führer gedient. Fast mehr als meine Augen und Ohren. Eine äußerlich ganz kleine Nase aber innen ohnegleichen. Ganz anders als die Adlernase meines Bruders Nando oder die riesige Stülpnase von Paolo oder die unförmige Kartoffel mitten im Gesicht von Piero. Die beiden, an meinen Wangen abwärts führenden Nasenflügel sind vollkommen symmetrisch und bilden ein vollendetes gleichseitiges Dreieck mit zwei ebenso vollkommenen Nasenlöchern am Ende. Es ist also kein Wunder, dass ich ein Experte für Düfte aller Art war, selbst derer, die am wenigsten wahrnehmbar sind. Wie ein Radar. Es genügte, dass irgendetwas Geruch ausströmendes in meinem Umkreis geschah, da begann auch schon mit geschlossenen Augen und gerunzelter Stirn das Aufspüren. Wenigstens damals.

In Wirklichkeit funktionierte das nicht wie ein normaler Radar. Es handelte sich eher um einen umgekehrten Radar. Für einen normalen Radar gibt es keinen Rauch ohne Feuer. Er muss zuerst ein Objekt ausmachen oder wenigstens glauben, dass es in der Nähe eins gibt. Dann sendet er Wellen aus, und wenn sie etwas berühren, beginnt ein grüner Punkt auf dem Bildschirm zu blinken, und es ist ein Piepton zu hören. Meine Nase dagegen erfand nichts. San Demetrio ohne Geruch, das gibt es nicht. Ob im Winter oder im Sommer, da riecht es immer. Selbst der Schnee hat in San Demetrio einen Duft. Was den Radar betrifft, so ist das im Grunde nichts anderes als die Kopie eines ähnlichen Instruments, des Sonars. Nicht das elektrische Sonar, das ich bei Charly im Fernsehen in einem Film mit U-Booten gesehen habe und das erst 1950, sieben Jahre nach dem Radar erfunden wurde, wie mir Charly erklärt hat. Der ist ebenso alt wie ich, während das, woran ich denke, das älteste Schallsuchgerät der Welt ist. Es ist das lebende Sonar. Es befindet sich im Kopf von Mocha alias Moby Dick und seiner vielleicht mehrere Jahrtausende alten Vorfahren. Oder seiner Nachfahren wie Mrs. Haroy, der es leider nicht viel genützt hat, da sie, mit oder ohne Sonar, direkt in die Harpunen des Walfangschiffes Torgny hineingeschwommen ist.

Natürlich hat sie vor ihrem Tod gekämpft. Wie alle zu Tode gehetzten Tiere kämpfen. Die Harpune im Rücken, hat sie die Torgny und ihre ganze Mannschaft stundenlang in unerhörtem Tempo hinter sich hergezogen, als sei sie ein kleines Papierschiff, wie ich es in der Schule falten gelernt habe. Man nimmt ein Blatt und faltet es einmal. Dann faltet man es noch einmal, um die Mitte zu finden und macht es wieder auf. Danach muss man die Seiten so umschlagen, dass sie oben eine Spitze bilden. Bis dahin weiß man noch nicht, ob es ein Flugzeug wird oder ein Schiff. Dann macht man zuerst einen Hut, wie ihn die Maurer aufsetzen, um zu verhindern, dass der Staub kleine Knoten in ihren Haaren bildet. Denn für einen Italiener, das heißt für einen Maurer, sind die Haare heilig. Habt ihr schon einen Italiener mit schlecht frisierten oder schmutzigen Haaren gesehen? Nein. Ob Maurer oder nicht, einen Italiener mit hässlichen Haaren gibt es nicht. Den wahren Italiener erkennt man auf der Straße übrigens an den Haaren, hat Mama gesagt. Und wenn seine Haare immer gepflegt sind, dann liegt das daran, dass er bei der Arbeit eine Papiermütze trägt, die aus einer Seite des Tageblatts oder des Luxemburger Worts gemacht ist. Jetzt kommt der schwierigste Teil. Man muss die Daumen in den Hut stecken, ihn öffnen und das ergibt eine Rautenform. Man knickt die unteren Ränder um, bis sie an die obere Spitze reichen und hat wieder einen dreieckigen Hut. Stil Napoleon. Noch einmal: die Daumen, man öffnet, eine weitere Raute, kleiner als die erste. Dann kommt die Verwandlung. Man zieht an den beweglichen Seiten und das Schiff ist fertig.

Aber was Mrs. Haroy hinter sich her zieht, ist ein richtiges Schiff mit Motor, Harpunenkanone und allem Drum und Dran. Selbst wenn der Kapitän Carl Kirchheiss auf der Brücke wie Espenlaub zittert, weil er schon vor Augen hat, wie er auf hoher See vor Finnland Schiffbruch erleidet, wie George Pollard, sein Kollege von der Essex am Kap Horn, nicht weit vom Archipel der Marquesas Inseln. Pollards Bericht kennt Carl auswendig, so oft hat er ihn gelesen. Mit Sicherheit könnte er die Geschichte der Essex und von Moby Dick besser erzählen als Melville. Besser als irgendwer. Aber er hat keine Zeit für solche Dummheiten, das Leben schreibt die Chronik der Wale viel besser als er. Da treibt er nun verloren im Ozean, bereit, seine Kompagnons einen nach dem anderen zu verschlingen, um zu überleben, denn so ist einer der Seeleute aus der Mannschaft der Essex nach hundertundzwei Tagen unerträglichen Herumirrens durchgekommen.

Aber Mrs. Haroy hatte viel weniger Glück als Moby Dick. Der Wasserstrahl über ihr färbte sich rot, und nach einigen Stunden wurde sie, erschöpft und nach starkem Blutverlust, von einer zweiten Harpune getroffen. Offensichtlich hat Mrs. Haroy nicht Moby Dicks Rat befolgt, der trotz der Harpune das Boot der Harpunierer mit einem gewaltigen Schwanzschlag in Stücke geschlagen hat, bevor er die Essex zum Kentern gebracht und das Weite gesucht hat. Mrs. Haroy hat auf ihre Kraft vertraut. Das Walfangschiff wog dreihundert Tonnen. Ein Kinderspiel für sie. Aber sie vergisst die Hartnäckigkeit des Harpunierers. Wir zählen nicht mehr das Jahr 1820. Der Kapitän Sved Foyn hat schon seit geraumer Zeit die Sprengstoffharpune, die mit einer Kanone geschleudert wird, erfunden. Sobald sie in den Leib des Tieres eingedrungen ist, entzündet ein kleines Fläschchen mit Schwefelsäure einen Pulvervorrat und das explodiert und verursacht ein richtiges Blutbad. Trotzdem hat Mrs. Haroy in ihrem großen Unglück doch ein klein wenig Glück gehabt.

Kapitän Carl Kirchheiss hat demjenigen eine Sonderprämie versprochen, der Mrs. Haroy so harpunieren würde, wie es vor der infernalischen Erfindung von Sved Foyn gemacht wurde, und zwar mit der Hand. Nicht, um Mrs. Haroy unnötiges Leiden zu ersparen hat er das gemacht, sondern weil ein Kaufmann ihm zwanzigtausend Franken bezahlt, wenn er ihm einen unversehrten Wal mitbringt. Tot aber unversehrt. Ohne eine Schramme außer dem Einschussloch der Harpune. Zwanzigtausend Franken. Drei- oder viermal so viel wie Papa in der Fabrik in einem Monat verdient. Soviel ist Mrs. Haroy in Kapitän Kirchheiss' Augen wert. Das ist der vom Kaufmann S gebotene Preis, der die Idee hatte, einen Wal fangen zu lassen, ihn sanft zu töten und ihn durch ganz Europa zu schicken. Er hat sogar vor, ihn nach Luxemburg kommen zu lassen, und, warum nicht, nach Differdingen. Keiner in Differdingen hat jemals einen Wal gesehen. Kürzlich war der Zirkus Williams da. Aber im Zirkus bringen lebende Akrobaten und lebende Tiere das Geld ein. Als Tote sind ein Akrobat wie Roger Quaino oder ein Elefant mit oder ohne Stoßzähne keinen roten Heller mehr wert. Mrs. Haroys Los ist also besiegelt.

Und der Tod war nicht besonders sanft. Wenn sie sich nicht gewehrt hätte, wenn sie nicht trotz des acht Zentimeter dicken Seils am Ende der Harpune, das in ihrem Rücken stak, die Flucht ergriffen hätte, wäre sie ohne große Probleme verschieden. Sie hat sich an Moby Dick erinnert und hätte beinahe die Torgny zum Kentern gebracht mit Kapitän Carl Kirchheiss an Bord, dessen Kopf voll war von Pollards Bericht. Da ließ der Harpunierer, der seine Prämie sich in Rauch auflösen sah, eine zweite Harpune losgehen. Dieser Pfeil hat Mrs. Haroy, die von der Anstrengung außer Atem war, den Rest gegeben. Sie hat zum letzten Mal ihr Spritzloch aufgemacht und eine Blutsäule in die Luft geblasen. Aber das hat niemandem Angst gemacht. Im Gegenteil, das Gesicht des Harpunierers hat sich entspannt. Und während Mrs. Haroy so ihren letzten roten Atemzug tat, hat sie ihre Niederlage überdacht.

Das Sonar hat sie verraten. Aber jetzt würde sie niemanden mehr vor der Gefahr warnen können. Sie ist stumm geworden. Normalerweise sandte sie Töne aus, um ihren Weg wieder zu finden oder um mit ihren Angehörigen zu sprechen. In diesem Fall hatte sie auf einen Ruf antworten wollen. Aber die lockende Stimme kam nicht aus dem Maul eines anderen Wals. Listig wie er ist, hat der Kapitän der Torgny sein Walfangschiff mit einem kürzlich erfundenen Gerät ausgerüstet, dem elektrischen Sonar. Damit hat er den genauen Ort ausfindig machen können, wo Mrs. Haroy sich bewegt, ganz wie Mrs. Haroy mit ihrem Sonar genau hat feststellen können, woher der Ruf kam. Und da Solidarität etwas Wichtiges für die Wale ist, ist Mrs. Haroy direkt auf das Schiff zu geschwommen. Hätte sie die Geschichte von Odysseus gekannt, die Herr Schmietz uns erzählt hat, oder die von der Lorelei, oder wenigstens die Legende vom Sinizzo-See, die ich von Großmutter Lucia habe, von der versunkenen Kirche und ihren Glocken, die die Schwimmer auf den Grund des Sees locken, wäre sie misstrauisch gewesen. Aber ihre Großzügigkeit hat sie blind gemacht. Sie hat auf den Gesang geantwortet, indem sie selbst gesungen hat.

Mrs. Haroy war nämlich verliebt, wie immer in dieser Jahreszeit. Und sie wusste, dass auch die Männchen in dieser Jahreszeit verliebt waren. Glücklich darüber, auserwählt zu sein, improvisierte sie eine originelle Melodie für ihren neuen Partner mit engelgleichen hohen Tönen und verführerischen tiefen Tönen, während sie mit hoher Geschwindigkeit angeschwommen kam, bereit, mit dem Unbekannten Bekanntschaft zu schließen und eventuell in seinen Harem einzutreten. Sie stieg sogar an die Oberfläche, um eine riesige Fontäne von über zehn Metern in die Luft zu blasen. Während sie wieder ins Wasser hinabtauchte, verspürte sie diesen unerträglichen Schmerz, gleich neben dem Spritzloch. Und auch wenn sie vorher noch nie die Wirkung einer Harpune gespürt hatte, wusste sie sofort, dass sie in Lebensgefahr war. Vor Wut und Schmerz brüllend, kehrte sie um und suchte das Weite, ohne zu wissen, dass sich hinter ihr am anderen Ende des Harpunenseils dieses riesige Walfangschiff von dreihundert Tonnen befand und auf der Brücke ein Harpunierer, bereit zu einem zweiten Angriff. Die Töne waren inzwischen verstummt. Weder das lebende Sonar noch seine jämmerliche elektrische Kopie sandten welche aus. Nur das Wasser rauschte noch. Für die Tötung war keine Musik nötig.

Aber meine Nase war in San Demetrio vollkommener als der beste Radar und das Sonar zusammengenommen. Und niemand war bisher auf den Gedanken gekommen, einen so zerstörerischen Apparat wie das elektrische Sonar zu erfinden, das sich an Bord der Torgny befand. Nein, der elektrische Nadar, der imstande war, es mit dem lebenden vollkommenen Nadar, der sich über meinem Mund befand, aufzunehmen, existierte noch nicht. Auch wenn es um mich herum fast ebenso Furcht erregende Feinde gab wie die Kapitäne Pollard, Foyn und Kirchheiss, und zwar die immer möglichen Faustschläge meines Bruders Fernand zum Beispiel. Oder die Treppe des Palazzo Cappelli bei den Rogationisten.

Die Rogationisten sind Pfaffen. Das sagt Großvater Claudio. Pfaffen gegen den Fortschritt und die Freiheit. Solange es Pfaffen gebe, werde die Welt rückständig bleiben. Sie hätten Giordano Bruno verbrannt und auch Galilei wäre das beinahe passiert. Sie würden überhaupt nichts begreifen, diese Pfaffen. Sie glauben, dass die Sonne sich um die Erde dreht und dass der Regen daher kommt, dass die Engel Pipi machen. Sie hätten auch die Schwarzen von Afrika und die Rothäute von Amerika niedergemetzelt. Der Papst habe sogar die Waffen der Nazis gesegnet. Und sie würden mit den Kapitalisten an einem Strang ziehen. Das hat mir Großvater Claudio über die Rogationisten gesagt. Ich wollte ihm antworten, dass der heilige Rogatius, der erste Rogationist, zusammen mit seinem Bruder Donatius gemartert wurde, ganz wie die Partisanen von den Schwarzhemden und den Nazis gemartert wurden, aber ich habe nichts gesagt, denn Großvater Claudio ist unschlagbar in diesen Dingen.

Die Geschichte vom heiligen Rogatius habe ich vom Bruder Marcello, dem jüngsten Rogationisten in San Demetrio. Der, den wir nach dem Film Marcellino pane e vino nennen, weil Bruder Marcello uns gesagt hat, sein größter Wunsch wäre, dass Jesus leibhaftig vom Kreuz herab zu ihm spräche. Deshalb ist er Marcellino pane e vino geworden. Denn die Legende vom wahren Marcellino kenne ich schon seit langer Zeit. Sehr oft habe auch ich gespielt, Marcellino zu sein, während ich vor dem Altar der Kirche der Madonna genau unter der ewigen Flamme kniete, die Augen auf das große Bild hinter dem Tabernakel und den sechs Kerzen geheftet, dachte ich, wenn Jesus zu mir spricht, wenn er mich fragt, was bekümmert dich, Claudio? dann werde ich ihn bitten, mir einen sehr wichtigen Wunsch zu erfüllen. Das Wunder wird umso kostbarer sein, weil Jesus nicht auf dem Bild drauf ist. Die Jungfrau Maria ist darauf und Engel und Personen, von denen ich nicht weiß, wer sie sind, aber nicht Jesus. Nur ein leeres Kreuz über dem Giebel, der das Bild krönt. Ein Kreuz mit einem unsichtbaren Jesus. Dann beginnt er mit mir zu sprechen und wenn er auf das leere Kreuz steigt, dann wird das Wunder doppelt sein, und ich kann zwei Wünsche aussprechen statt einen. Und dann, wenn er mir nicht antworten will, kann es die heilige Jungfrau an seiner Stelle tun, wie in Lourdes mit Bernadette, die schöne Jungfrau mit ihrem himmelblauen Mantel, den blonden Haaren und der Krone auf dem Kopf. Die Jungfrau Maria hat sogar Brüste. Man sieht sie nicht, aber das rosa Kleid unter dem himmelblauen Mantel wölbt sich dort, wo normalerweise die Brust ist. Wie bei Giustina, Rinaldos Tochter. Aber im Gegensatz zu Giustina braucht die heilige Jungfrau diese Brust nicht. Eben weil sie die Jungfrau ist. Niemand darf ihre Brüste anfassen. Also wozu sind sie eigentlich gut, wenn keiner sie anfassen darf. Höchstens um Jesus zu stillen. Aber Jesus isst und trinkt nie. Außer beim letzten Abendmahl, das über Großmutter Lucias Bett hängt und das eigentlich das erste Abendmahl genannt werden müsste, da Jesus vorher noch nie etwas gegessen hat. Das erste und letzte, weil auch Pontius Pilatus ihm nachher nichts mehr zu essen gegeben hat. Das ist furchtbar kompliziert. Ich müsste Marcellino pane e vino danach fragen. Der weiß auf alles eine Antwort. Das ist ein sehr bewanderter Pfaffe, hat Großvater Claudio zugegeben.

Das ging mir durch den Kopf, als ich vor dem Altar der Kirche der Madonna kniete, und ich habe es sofort bereut. Jetzt waren die Jungfrau, die Engel und selbst der unsichtbare Jesus böse auf mich. Sie würden nicht einmal meinen Wunsch mehr hören, so böse waren sie. Und dabei ist mein Wunsch gar nicht so groß. Übrigens müssten Jesus und die Jungfrau Maria, die doch alles wissen, noch bevor man es gesagt hat, ihn schon längst kennen. Es ist ein ganz kleiner Wunsch. Ein Nichts von Wunsch. Ich bitte nicht, Wasser in Wein zu verwandeln, denn wir haben literweise Wein im Keller. Und außerdem mag ich gern auf den Trauben herumtreten und mit Großvater Claudio die Weinstöcke schwefeln. Wenn Jesus Wasser in Wein verwandelt, kann ich nicht mehr auf den saftigen Trauben herumtanzen. Und Don Rocco kann während der Messe kein Wasser mehr in seinen Wein gießen. Und Cardabello wird noch langweiliger als es schon ist. Gerade darauf bezieht sich mein Wunsch. Ich möchte, ich möchte. Wie schwierig ist es doch, einen Wunsch zu formulieren, wenn man nur einen frei hat, oder höchstens zwei. Man läuft Gefahr, sich zu irren, und dann ist man traurig. In Wirklichkeit möchte ich so alt sein wie mein Bruder und seine Freunde. Denn die haben schon einige Haare unter den Achseln. Nando hat sie mir vor einigen Tagen gezeigt. Und er hat auch noch tiefer welche, hat er gesagt, auch wenn er mir die nicht gezeigt hat. Aber es wäre dumm, den einzigen Wunsch, den mir der unsichtbare Jesus vom Kreuz herab gewährt, zu verschwenden. Man müsste einen Wunsch finden, der alle anderen Wünsche in sich enthält. Wenn ich vorher mit ihm sprechen könnte, würde ich ihn fragen, worum ich ihn bitten soll. Aber aufgepasst, er errät alles. Also darf im Augenblick überhaupt kein Wunsch in meinem Kopf sein. Er muss so leer sein wie das Kreuz über dem Altargiebel. Wenn ich zum Beispiel denke, was ich zu Mittag essen will, ist mein erster Wunsch schon dahin. Wie kompliziert ist das nur! Es ist besser, alles auf morgen zu verschieben.

Wenn du nur einen Wunsch hättest, habe ich am Abend zu Großvater Claudio gesagt, was würdest du dir wünschen? Aber man hat doch mehrere Wünsche, war seine Antwort, so viele man will. Ja, aber ich habe nur einen frei. Wer sagt, dass du nur einen frei hast, na, die Pfaffen? Also ich werde dir sagen, was mein größter Wunsch ist, dass die

Pfaffen alle in der Hölle schmoren, wo sie uns hinhaben möchten. Das ist mein einziger Wunsch.

Das habe ich Marcellino pane e vino nicht zu sagen gewagt, und auch nicht zu Haus. Nach Großvater Claudios Meinung, und oft wurde er von Batista unterstützt, waren Bruder Marcello und alle anderen Brüder des Rogationistenordens oder der Zisterzienser oder der Salesianer oder von keinem Orden wie Don Rocco, der nur der Priester von Cardabello war, Scheißpfaffen, die in der Hölle schmoren sollten. Großmutter Lucia, die nicht die Bohne kommunistisch war, wie fast alle Frauen von San Demetrio es nicht waren, begann immer zur Jungfrau Maria zu beten, wenn ihr Mann auf diese Weise gegen die Priester fluchte. Das war eine Gotteslästerung. Gott würde ihn strafen. Jungfrau Maria, Mutter Gottes. Mea culpa, mea culpa. Don Rocco dagegen löste jedes Mal, wenn er zum Kartenspielen in den Keller kam, allein durch seine Gegenwart den Klassenkampf um den Tisch aus. Aber wenn er seine Flüche ausstieß, die denen der anderen Spieler, Pfaffen oder Kommunisten, in nichts nachstanden, trug er nie seine Priestermütze. Die lag friedlich wie ein Stillleben auf einem Nachbartisch neben einem Aschenbecher voller Kippen und einer leeren Karaffe. Und wenn es spät wurde und immer mehr Literflaschen Rotwein geleert waren, stieß er wie alle anderen auf die Gesundheit Stalins und auf den Endkampf an. Während des Kriegs hätte man Don Rocco beinahe erschossen, weil er den Untergrundkämpfern Nachrichten und Essen brachte. Da wurde zwischen Priestern und Kommunisten kein Unterschied gemacht. Alle waren gegen die Faschisten. Und vor allem später gegen die Deutschen.

Aber der Krieg ist vorbei, und die Kommunisten sind reingelegt worden, hat mir Großvater Claudio mehrmals erklärt. Von den Pfaffen und den Amerikanern. Dann rächen sie sich also beim Kartenspiel, dachte ich, und fand Don Rocco eigentlich ganz sympathisch und fröhlich, wenn man bedenkt, dass er ein möglicher ehemaliger Erschossener war. Vielleicht war er gerade deshalb immer fröhlich. Schließlich hatte er wie Jesus eine Art Wiederauferstehung erlebt. Nicht am dritten Tag, sondern sofort, als der deutsche Kommandant beschlossen hatte, ihm das Leben zu schenken. Als ich hinter seinem Rücken stand und Großvater Claudio zu verstehen gab, welche Karten der Priester in Händen hielt, habe ich mehrfach versucht, mir vorzustellen, was wohl ein potentieller Erschossener vor einem Exekutionskommando empfinden mochte. Ich habe meine Augen zugemacht, weil, hat mir Großvater Claudio gesagt, man den Todeskandidaten immer die Augen zubindet und habe gewartet. Manchmal habe ich es noch weiter getrieben. Ich habe drei oder vier Minuten gewartet, bis der Trommelwirbel vorbei war, und habe Peng, ratata! geschrien. Ins Herz getroffen bin ich zu Boden gefallen, gestorben für die Freiheit. Die anderen mit ihren Nasen in den Karten bemerkten nie etwas. Dann bin ich wieder aufgestanden, weil das Ratata in Wirklichkeit von den Maschinengewehren der Partisanen kam, die mich im letzten Augenblick befreit haben, genau bevor der feindliche Hauptmann hatte Feuer befehlen können. Eines Tages, als ich vor dem Schrankspiegel in unserem Zimmer mit einer Binde vor den Augen das Spiel des Erschossenen spielen wollte, wäre ich beinahe umgekippt und nicht mehr aufgestanden, denn als ich nach dem Trommelwirbel mein Peng ratata schreien wollte, ertönte ein anderes Peng aus einem anderen Mund, und zwar aus dem meines Bruders Nando. Danach habe ich nie wieder den potentiellen Erschossenen gespielt. Ich habe mich dagegen in die schwarzen Kleiderfalten von Großmutter Lucia geflüchtet, die statt Nando auszuschimpfen, auf Großvater Claudio böse war. Wie konnte er so furchtbare Geschichten erzählen. Gott würde ihn strafen. Heilige Maria, Mutter Gottes usw. Mama hat von dieser Episode nie etwas erfahren. So wie sie nie erfahren hat, dass Großmutter heimlich an dem Tag meine Unterhose gewaschen hat. Nein, so etwas, Claudio, wie kann dir das noch mit fünfeinhalb Jahren passieren! Als hätte man dir Rizinusöl gegeben.

Aber Pfaffen oder nicht, für den Kleinen, der ich war, wäre San Demetrio ohne die Rogationisten langweiliger als ein Friedhof gewesen. Sie kümmerten sich um das Kino im Gemeindezentrum, organisierten die Weihnachtstombola, und sie boten alle Arten von Vergnügungen nach der Schule, ohne Unterschied zwischen Groß und Klein, im Palazzo Cappelli. Nur die Mädchen durften nicht in den Palazzo Cappelli. In San Demetrio wie übrigens hier in Differdingen trennte man immer Jungen und Mädchen. Sicher wegen dem Apfel, den das erste Mädchen im Paradies gegessen hatte. Seitdem war es eine Sünde, Jungen und Mädchen zusammenzutun. Die Schule bestand zum Beispiel aus nur einem Gebäude, hatte aber zwei getrennte Eingänge. Die Mädchen gingen durch die linke Tür ins Erdgeschoss, die Jungen mussten die rechte auf der anderen Seite des Gebäudes nehmen und in den ersten Stock steigen. Bei den Rogationisten war es noch schlimmer. Theoretisch gingen die Jungen zu den Mönchen, während die Mädchen von den Nonnen aufgenommen werden sollten. Theoretisch. Denn in San Demetrio gab es keine Nonnen. So gingen die Mädchen nirgendwohin und langweilten sich zu Tode. Und da das den großen Jungen, meinem Bruder Nando zum Beispiel oder seinen Freunden, überhaupt nicht gefiel, sah man sie fast nicht mehr bei den Rogationisten. Auch nicht bei den Fußballspielen, bei denen sich die Mönche mit ihren im Wind flatternden Soutanen tüchtig amüsierten.

Die Rogationistenbrüder mochten noch so wenig zwischen Großen und Kleinen unterscheiden, meistens waren überhaupt nur Kleine wie ich im Palazzo Cappelli. Oder noch Kleinere. Während der Zeit, die ich dort verbrachte, befand sich Nando, der meiner Mutter gesagt hatte, dass er auch dorthin ging, um auf mich zu achten, sicher am Ufer des Sinizzo-Sees unter einem Baum oder hinter einem Busch mit Rita oder Anna, während Paolo, der seiner Mutter auch gesagt hatte, er gehe zu den Rogationisten, ebenfalls zweifellos am Ufer des Sinizzo-Sees hinter einem Busch oder unter einem Baum mit Anna oder Rita war. Wir, das heißt alle Kleinen von San Demetrio, spielten auf dem Platz hinter der Gemeindeschule mit einem steinharten Ball Fußball, und wenn ich nach Hause kam, schimpfte meine Mutter mich wegen meiner blutigen Knie und meiner verformten Schuhe aus. Sieh dir deinen Bruder an, sagte sie immer, der gibt Acht auf seine Schuhe. Und wenn meine Mutter nicht an mir herumkrittelte, dann war es Nando, weil ich vergessen hatte, am Gemeindezentrum auf ihn zu warten, so dass er angeschnauzt wurde, weil er mich allein gelassen hatte.

Am schlimmsten war es, wenn es regnete. Kein Fußball, nichts. Sogar die Großen wussten nicht, was sie tun sollten. Dann verwandelte sich San Demetrio in einen riesigen Friedhof. Überall herrschte Langeweile.

In einer dieser Langeweilephasen hatte Paolo die geniale Idee mit dem Treppengeländer des Palazzo Cappelli. Die Stufen hinauf zum ersten Stock sind aus Marmor. Aus grünem weißgesprenkelten Marmor. Wie im Esszimmer von Onkel Ernesto in L'Aquila. Da gibt es zuerst eine Treppe, dann einen Absatz mit Fenstern und dann eine zweite Treppe. Von dieser zweiten Treppe nach unten vollbrachten die Großen ihre Heldentaten. Paolo setzte sich rittlings auf das Geländer und ließ sich bis zum Absatz hinuntergleiten, wo er wie ein von seinem Pferd springender Cowboy landete. Dann kamen Piero, mein Bruder und andere Große, deren Namen ich vergessen habe. Aber es war nicht interessant, die ganze Zeit auf dieselbe Art und Weise rittlings das Geländer hinunterzurutschen. Die Cowboys begannen sich wieder zu langweilen. Da hatte Nando die Idee, rückwärts hinunterzurutschen, und alle machten es ihm nach. Alle außer uns, den Kleinen, die vergeblich darauf warteten, an die Reihe zu kommen, aber die Großen waren nicht bereit, uns heranzulassen. Mit jedem Rutschen wurden sie kühner, während wir, die Kleinen, nur zwei Dinge hofften, dass sie vom Geländer herunterfielen oder dass sich das Wetter besserte. Unser zweiter Wunsch erfüllte sich immer vor dem ersten. Und wir nutzten die Sonne, die die Großen aus dem Palazzo Cappelli vertrieb, um uns zu Herren der Treppe zu machen, hochzufrieden bei der Feststellung, dass wir auch als Kleine keinerlei Schwierigkeit hatten, rittlings dieses Geländer hinunterzurutschen, das durch die Hosen unserer älteren Brüder poliert worden war.

Bis zu dem Tag, an dem ich Paolo nachahmen wollte. Er hatte gesagt, und jetzt, die Attraktion des Jahrhunderts, bevor er sich mit dem

Kopf nach unten auf das Geländer legte und in dieser Lage zu rutschen begann. Keiner ahmte ihn nach. Selbst Nando nicht, der doch wusste, dass er im Verhältnis zu seinem Rivalen einen Punkt verlor, denn Paolo würde seine Heldentaten Rita oder Anna oder Piera erzählen. Für mich war es die erträumte Gelegenheit. Am nächsten Tag, als die Treppe uns gehörte, habe ich zu den anderen, die mit offenem Mund rund herum standen, gesagt, und jetzt die Attraktion des Jahrtausends und habe mich, die Nase nach vorn, auf das Geländer gelegt. Meine Hände dienten mir als Bremse und ich habe die ersten Millimeter, dann die ersten Zentimeter der Rutschpartie hinter mich gebracht. Aber meine Hände waren feucht und der Körper rutschte nicht gut, weil ich kurze Hosen anhatte und meine Knie auch feucht waren. Bewegungslos auf dem Geländer liegend wie ein Fisch, der nicht mehr schwimmen kann, habe ich mich gefragt, ob es nicht besser wäre, meine Tat auf einen anderen Tag zu verschieben. Schließlich hatte auch mein Bruder diese Akrobatik nicht gewagt. Aber war es nicht gerade der Moment, wo ich allen zeigen konnte, ich, jüngerer Bruder von Nando, war unvergleichlicher Taten fähig? Ich sah schon, wie die Neuigkeit durch die Straßen von Cardabello lief. Claudio ist ein richtiger Weltmeister. Er ist an einem einzigen Tag groß geworden. Er hat gewagt, was sein Bruder nicht gewagt hat. Da habe ich losgelassen. Ohne mir klar zu machen, dass mein Körper vorn sehr viel schwerer war als hinten. Meine Hände, die sich einen Augenblick vom Geländer gelöst hatten, haben es nicht wieder zu fassen bekommen, und im Nu war meine Rutschpartie mit der Nase nach vorn auf dem Absatz zu Ende. Das alles war kein schöner Anblick. Erstens war überall Blut. Der grünweiße Marmor, zu dem das Rot hinzukam, glich der italienischen Fahne sagte Franco, Paolos kleiner Bruder. Dann habe ich mir an die Nase gefasst und habe geschrien. Die Spitze war nicht da, wo sie hätte sein sollen. Sie war nach oben gebogen und die Nasenlöcher zeigten zum Himmel.

Der Knochen hat nicht gelitten, stellte der Arzt fest, der meine Nase mit einigen Stichen wieder an der Stelle angenäht hatte, wo sie abgegangen war. Mein Bruder hat lange Zeit kein Wort mit mir geredet. Warum brichst du sie dir nicht, wenn ich dabei bin, hat er endlich von sich gegeben, man kann dich nicht einen Augenblick allein lassen. Ich war trotz der Schmerzen ziemlich stolz. Denn wenn ich mir auch nicht das Recht erworben hatte, unter die Großen aufgenommen zu werden, so mussten sie mich doch um sich dulden. Nando wollte nicht meinetwegen zu Hause bleiben müssen.

Aber mein Glück hatte eine andere Quelle. Bis dahin, das heißt bis zu diesem Unfall, der beinahe mein Gesicht für immer verschandelt hätte, war es mir nie in den Sinn gekommen, dass mein Körper so wenig widerstandsfähig sein könnte. Gewiss gab es da die unvermeidlichen Wunden an den Knien. Unvermeidlich und unheilbar, da das Blut nie Zeit zum Gerinnen hatte. Kaum hatte sich eine erste Kruste an der Stelle, wo ich mich verletzt hatte, gebildet, da hatte ich schon einen Rückfall. Das tat sehr weh, aber es war schon zu einer Gewohnheit geworden, dass ich auf dem Boden lag, alle viere von mir gestreckt. Dort nach meinem Sturz vom Geländer, als meine Nase sich nicht mehr an der ihr zustehenden Stelle befand, fuhr mir plötzlich ein schrecklicher Gedanke blitzartig durchs Gehirn. Und wenn ich einschlafe, dachte ich, und nicht wieder aufwache? Dieser selbe Gedanke hat mich dann die beiden Tage nach dem Unfall beherrscht. Ich darf nicht schlafen, dachte ich, ich darf nicht schlafen. Plötzlich ist mir die Geschichte von Mamas Schwester wieder in Erinnerung gekommen.

Zwei Wochen vorher waren wir zum Friedhof gegangen, um Blumen auf ein Grab zu legen. Zum Friedhof von San Demetrio zu gehen, ist eine richtige Expedition, denn man muss zum Dorf hinaus, meistens mit Großvater Claudios Karren, gezogen von dem immer müden Maultier, dann muss man die Straße nach Fontecchio nehmen, die Allee mit den Zypressen hinauffahren, den Bäumen des Todes, sagte Nando, um mir Angst zu machen, und sich zwischen den Gräbern durchschlängeln, die alle in erbarmungswürdigem Zustand sind, sagte Mama. Den Toten das antun, sagte sie. Auf einigen standen Blumen, aber sie waren vertrocknet. Es ist nicht schön, die Toten zu vergessen, kommentierte Mama. Die vergessen nicht. Dann sind wir vor einem alten, etwas weniger verkommenen Grab stehen geblieben, und als Mama die Blätter, die darauf lagen, beiseite strich, habe ich gesehen, dass ein Name in einen moosbedeckten Stein eingraviert war: Anna Simonetti. Darunter standen die Daten. 1936-1938. Das war Mamas Schwester. Sie wäre heute zwanzig Jahre geworden, sagte Mama und wischte sich mit dem Taschentuch eine Träne ab. Stell die Blumen neben ihren Namen. Ist sie da drin? habe ich sie etwas bestürzt gefragt. Großmutter Lucia hatte mir doch gesagt, sie sei im Himmel, bei den Engeln. Mama hat nicht geantwortet. Wie immer, wenn es um ihre kleine Schwester geht. Alles, was ich wusste, war, dass sie Anna hieß und dass Jesus sie zu sich gerufen hatte. Aber die Jahreszahlen erschreckten mich. In meinem Alter hätte Jesus mich schon dreimal zu sich rufen können. Warum hatte er das nicht getan?

Nach meinem Sturz von der Treppe des Palazzo Cappelli habe ich, als ich gegen den Schlaf ankämpfte, schließlich die Antwort auf diese Frage gefunden. Alles wurde mit einem Schlag klar. Zwar hatte Jesus mich nicht zu sich gerufen wie Mamas Schwester, aber er hatte mir eine Botschaft zukommen lassen. Meine Bitten am Fuße des leeren Kreuzes über dem Altar in der Kirche der Madonna waren erhört worden. Der Dialog war zwischen uns hergestellt. Natürlich sprach er nicht zu mir wie zum richtigen Marcellino mit richtigen Worten. Vielleicht konnte er nicht einmal Italienisch, aber er schickte Botschaften. Botschaften, die für mich bestimmt waren, ganz allein für mich. In Cardabello war ich der von Jesus Auserwählte. Er hatte mich Bruder Marcellino pane e vino und selbst Don Rocco vorgezogen, der doch sein treuer Diener war, wie er selbst sagte.

Deshalb war ich so glücklich. Die Zerbrechlichkeit meines Körpers, die mir zunächst kalten Schweiß auf die Stirn getrieben hatte, war in Wirklichkeit nichts anderes als eine göttliche Gabe. Mein Leben hatte endlich einen Sinn erhalten. Ich war die Kontaktperson von Jesus auf der Erde. Natürlich habe ich niemandem etwas von meiner neuen Berufung erzählt. Aber heimlich sandte ich unsichtbare Signale an Großvater Claudio, wenn er zuviel fluchte. Zu meinem Bruder Nando sagte ich, er dürfe nicht mehr lügen und vor allem nicht mehr zum Sinizzo-See gehen, weder mit Anna noch mit Rita oder mit sonst wem, was mir zu anderen Zeiten mit Sicherheit einen Faustschlag auf die Nase eingebracht hätte, wenn diese nicht wunderbarerweise tabu geworden wäre, wenigstens eine Zeitlang.

Plötzlich war San Demetrio überhaupt nicht mehr langweilig. In einen Schutzengel aller und für alles verwandelt, verbrachte ich meine Zeit damit, Leute und Dinge um mich herum zu segnen. Natürlich brauchte ich dabei keinen Weihwedel. Meinen Weihwedel trug ich im Kopf. Manchmal bat ich Jesus, mir noch eine Botschaft zu schicken, zum Beispiel Rinaldos Esel schreien zu lassen, um mir zu zeigen, dass wir in Verbindung blieben. Wenn der Esel zu schreien begann, war ich beruhigt. Wenn er dagegen still war, sagte ich mir, dass ich nicht das Recht hätte, wie der ungläubige Thomas an meiner Vorzugsverbindung zu Jesus zu zweifeln. Meine Mission wurde dadurch nur noch wichtiger. Ganz allein gelassen, wie Gottvater seinen Sohn auf Erden ganz allein gelassen hatte, musste ich ohne äußere Hilfe zwischen Gut und Böse unterscheiden. Nach und nach begann sich die Welt um mich herum in zwei Spalten zu teilen. So etwa wie die von Großvater Claudio, wo auf der einen Seite die Pfaffen und auf der anderen die Kommunisten standen. Aber meine Teilung war unparteiischer und hielt sich an das Jüngste Gericht, von dem uns Marcellino pane e vino erzählt hatte. In meiner ersten Spalte, der rechten waren die positiven Leute und Dinge, die ein ewiges Leben im Paradies erwartete, in der anderen, der linken, alles Negative und die zu den Flammen der Hölle Verdammten.

Natürlich segnete ich nur das, was in der rechten Spalte war. Manchmal war es jedoch schwierig zu entscheiden. Wo sollte ich zum Beispiel Rita einordnen? Da sie sich die Brust und nicht nur die von allen außer von mir betatschen ließ, verdiente sie es zweifellos, von den Höllenflammen verschlungen zu werden. Auf der anderen Seite war sie vielleicht nicht ganz verantwortlich für ihr Tun und konnte noch durch eine gute Tat erlöst werden. Zum Beispiel mit mir allein spazieren zu gehen. Der Fall von Großvater war ebenso kompliziert. Er hatte mit den Partisanen gekämpft, hatte vorher im Bergwerk von Differdingen gearbeitet und hatte Mamas Geburt und folglich auch die meine möglich gemacht. All das setzte ihn in die gute Spalte. Aber zugleich sagte er den lieben langen Tag Schreckliches über die Pfaffen und außerdem waren bestimmte Wörter, die aus seinem Mund kamen, beim Kartenspielen oder bei anderer Gelegenheit, ganz einfach nicht wiederholbar. Die Welt war viel komplizierter, als ich gedacht hatte. Es genügte nicht, einen Strich zu ziehen, um das Gute vom Bösen zu unterscheiden. Man brauchte eine Waage. Eine Waage mit zwei Schalen, um das Für und Wider in jedem einzelnen Fall abzuwägen.

In dieser ganzen Zeit vernachlässigte ich meine Nase ein wenig, die, obgleich genäht, wieder wie vorher geworden war. Gerüche segnen war ausgeschlossen. Sie gehörten nicht in die Liste von Gut und Böse. Gewiss, es gab welche, die gut rochen und andere, die die Umgebung verpesteten. Aber konnte man Dinge segnen, die man nicht sah? Musste man nicht das Ding suchen oder sogar den Menschen, von dem der Duft oder der Gestank ausging? Aber konnte ein Huhn für den Dreck verantwortlich gemacht werden, mit dem es den Boden bedeckte? Da hatte ich eine Erleuchtung. Und wenn Jesus in den Gerüchen bestimmte Botschaften für mich versteckte? Da er wusste, denn er weiß ja alles, dass meine Nase die feinste in San Demetrio war, wählte er diesen Weg, um mir seine Absichten mitzuteilen. Es genügte, sie zu enträtseln. Es war eine irgendwie verschlüsselte Botschaft. Wie die, die im Krieg übermittelt wurden, hat Papa erzählt, um zu verhindern, dass der Feind sie versteht. Ich hatte ja auch Feinde. Eine normale Botschaft von Jesus konnte ihnen in die Hände fallen. Aber was bedeutete in diesem Fall der Duft, der in unserem Laden schwebte? Und der Geruch der Zigaretten, der an Großvater Claudios Fingern haftete? Von dem manchmal unerträglichen Aroma zu schweigen, das aus meinem Pyjama drang, wenn ich glaubte, ich hätte nur geträumt, dass ich Aa machte. Nein, mein Nadar war mir in meiner Mission nicht sehr nützlich. Es gab zweifellos verschlüsselte Botschaften, aber sie waren nicht für meine Nase bestimmt. Jesus persönlich hatte es mir zu verstehen gegeben. Es war kein Zufall, dass ich, von ihm geführt, auf der Treppe des Palazzo Cappelli auf die Nase gefallen war.

Es ist selbstverständlich, dass die Menschen um mich herum nichts mehr begriffen. Warum siehst du mich so an, warum reißt du die Augen so auf? wurde mir immer gesagt. Großmutter Lucia glaubte sogar, ich sei krank, ich hätte Fieber und müsste im Bett bleiben. Ich ließ mich nicht von meiner Mission abbringen, schwenkte vor ihnen meinen imaginären Weihwedel, um die Dämonen aus ihrer Seele zu vertreiben und um ihnen so den Einzug in die rechte Spalte zu ermöglichen, allerdings nur, wenn sie ihn verdienten. Die Armen. Sie wussten nicht einmal, dass all das, was ich tat, zu ihrem Besten war.

Aber alles in allem glaube ich, dass meine religiöse Berufung weit früher entstanden ist. Meine Besuche vor dem leeren Kreuz in der Kirche der Madonna, mein Eifer für die Rogationisten und Marcellino pane e vino, meine Sympathie für Don Rocco, den Fast-Erschossenen, alles gehörte zu derselben Berufung. Es gab seit unserer Ankunft in San Demetrio eine gerade Linie ohne Abweichungen, die in Bezug auf Gott jemand Außergewöhnlichen aus mir machte. Auch wenn ich das am Anfang nicht merkte und unbewusst handelte. Das war normal. Man braucht sich nur Jesus anzusehen. Wusste der etwa, als er klein war, dass er der Messias war? Er spielte allen Streiche und seine Eltern schalten ihn, wie alle Eltern das tun. Vielleicht machte er sich sogar in die Hose, wie alle Kinder. Und eine Tracht Prügel, verdiente er nicht von Zeit zu Zeit eine Tracht Prügel? Glücklicherweise hatte er keinen Bruder, der ihn die ganze Zeit ärgerte. Als ich ganz klein war, so klein, dass ich fast noch gar nichts wusste, wohnte ich nicht in San Demetrio. So wenig wie ich heute dort wohne. In Differdingen waren meine Eltern vielleicht ein oder zweimal in eine Kirche gegangen, zur Taufe meines Bruders und zu meiner Taufe drei Jahre später. In San Demetrio war es dann ebenso. Bei uns brauchte man nicht in die Kirche zu gehen, weil Don Rocco fast die ganze Zeit in unserem Weinkeller verbrachte. In Wirklichkeit war unser Weinkeller, wenn man nach der Häufigkeit von Don Roccos Besuchen urteilt, das wahre Haus Gottes. In die Santa Nunziata-Kirche ging er nur einmal am Tag, entweder für die Morgen- oder für die Abendmesse, aber er blieb höchstens eine Stunde dort, während das Kartenspielen bei uns eine Ewigkeit dauerte. Manchmal schlief er zur Siestastunde sogar mit dem Kopf auf dem Tisch ein, und niemand wagte ihn zu wecken.

Heute kann ich mich des Gedankens nicht erwehren, dass die fast pausenlose Gegenwart dieses Gottesdieners bei uns nicht ganz ohne Einfluss auf meine erste Bekehrung war. Eine Bekehrung, nebenbei gesagt, zu der es unter einer Flut ungünstiger Umstände gekommen ist, angesichts der Tatsache, dass Großvater Claudio oder Batista oder Rinaldo kein Blatt vor den Mund nahmen, wenn sie die Kirche und die Priester kritisierten. Außerdem fluchten sie die ganze Zeit. Ganz unsägliche Dinge: Dio cane, porca madonna usw. Dermaßen unsäglich, dass alle sie sagten. Sogar Papa. Sogar ich, wenn das Verhalten meines Bruders mich reizte. Aber waren diese Ausdrücke wirklich so schlimm? Waren es nicht einfach Ausdrücke wie andere auch? Und wenn der Katechismus sie verbot, dann verbot er in Wirklichkeit die bösen Gedanken dahinter. Aber wenn Großmutter Lucia Großvater Claudio ausschimpfte, indem sie sagte: che cazzo hast du in Linas Bar zu suchen? dann kam der Fluch automatisch aus ihrem Mund. Ich bin sicher, dass sie nie an den Pipi von irgendwem dachte, wenn sie das sagte. Alle sagen che cazzo in Cardabello. Das ist eine Gewohnheit. Sogar Don Rocco, der sich doch für das Zölibat entschieden hat.

Wie dem auch sei, das Milieu, in dem ich aufwuchs, war trotz Don Roccos Gegenwart für die Ausbreitung des Glaubens nicht sehr günstig. Mit den Rogationisten änderte sich alles. Zunächst musste man jeden Sonntag zur Messe gehen, um im Gemeindezentrum ins Kino zu dürfen. Man hatte ein kleines Heft, eine Art Mitgliedskarte, das die Brüder jedes Mal abstempelten, wenn wir in die Kirche der Madonna eintraten. Ohne den Stempel kein Kino. Eine leere Karte, das war wie ein Schandfleck. Die Großen hatten eine ganz einfache Strategie entwickelt, um ins Kino zu kommen. Sie kamen wie alle in die Kirche, zeigten ihr Heft vor und stahlen sich wieder davon, sobald es abgestempelt war.

Die Rogationistenbrüder, gar nicht dumm, hatten diese List bald entdeckt und vereitelten sie prompt. Sie stempelten bald am Anfang bald am Ende der Messe, und manchmal mittendrin eben vor der Predigt oder während der Kollekte. Marcellino pane e vino ging wie ein Inspektor durch die Reihen und verschönerte unser Heft mit einem hübschen Stempel. Paolo, dessen Vater während des Kriegs in den Widerstand gegangen war, hatte jedoch eine Methode gefunden, wie er den Pfaffen diese Niederträchtigkeit vergelten konnte. Jemand musste Wache stehen, und sobald Bruder Marcello mit seiner Runde begann, um das Anrecht aufs Kino zu verteilen, gab der Wächter einen durchdringenden Pfiff von sich, der von einem zweiten, etwas weiter entfernten Wächter aufgenommen wurde und alle dazu aufrief, die außerkatholischen Tätigkeiten aufzugeben und sich schnell in die in der Kirche der Madonna zelebrierte heilige Messe zu begeben. Die Rogationisten, die auf eine solche Hartnäckigkeit nicht eingestellt waren, wunderten sich, dass das Kino des Gemeindezentrums immer brechend voll war, während die Bänke in der Kirche eher schwach besetzt waren. Was mich betrifft, ich verstand nicht sehr gut, warum mein Bruder und seine Freunde soviel riskierten, um nicht in die Messe zu müssen, da doch gerade in der Kirche der Madonna das erste richtige Wunder meines Lebens stattgefunden hatte.

Es war die große Messe des Ostermorgens. Die Glocken hatten machtvoll geläutet. Ich muss dazu sagen, dass sie vorher, seit Donnerstag, so stumm wie Fische gewesen waren. Sie sind nach Rom gegangen, hatte Marcellino pane e vino erklärt. Der Papst segnet sie, und dann kommen sie zurück. Ich als Skeptiker wusste, dass das nicht stimmte. Und außerdem wollte ich nicht, dass der Papst sie segnete. Das war ein schlechtes Zeichen. Hatte er nicht auch die Waffen der Nazis gesegnet? Nein, die Glocken waren noch da. Man sah sie im Glockenturm. Aber sie läuteten nicht. Don Roccos Version war plausibler. Sie sind traurig, sagte er, wegen Jesus' Tod. Alle waren traurig. Sogar Großvater Claudio. Nicht wegen Christus oder der stummen Glocken, sondern weil unsere Weinstube und alle Bars von San Demetrio in der Karwoche geschlossen waren. Man durfte nicht feiern, während Jesus gekreuzigt wurde. Auch die Jungfrau Maria war traurig. Sie befand sich mitten im Chor, vor dem Altar und trug einen Mantel, der schwarz war wie der Tod. Dieser Mantel machte mir Angst, und um ihn nicht zu sehen, versuchte ich, der Jungfrau gerade in die Augen zu blicken, um ihren Schmerz darin zu lesen. Ich kniete zusammen mit den anderen Jungen von San Demetrio ganz nah am Altar an der rechten Seite, während die Mädchen links waren und wie Engel beteten, auch wenn sie uns von Zeit zu Zeit Blicke zuwarfen, weil Marcellino pane e vino noch nicht mit dem Stempel vorbeigekommen war. Die drei Priester, die uns den Rücken zuwandten, um die Messe zu zelebrieren, begannen Gloria in excelsis Deo zu singen und ich traute meinen Augen nicht. Der schwarze Mantel der Madonna vor uns begann zu flattern, als fahre ein Windstoß durch die Kirche. Alle Blicke waren auf die Jungfrau Maria gerichtet, die Leute erwarteten etwas Bestimmtes. Der schwarze Mantel bewegte sich wieder, und dann fiel er mit einem Mal zu Boden. Darunter trug die Jungfrau Maria jetzt ein tiefrotes Kleid. Ein Seufzer des Staunens lief durch das Kirchenschiff. Aber niemand wagte zu applaudieren. Und es war noch nicht zu Ende. Während ich mich von meiner Verwunderung erholte, kamen zwei Engel, die am Chorgesims angebracht waren, von der Decke herab an die beiden Seiten der Jungfrau Maria, wo sie reglos und freudig in der Luft schwebten und die Botschaft von der Wiederauferstehung Jesu verkündeten. Gleichzeitig begannen die Glocken wieder mit aller Macht zu läuten. Hochzufrieden, aus ihrem Schweigen herauszutreten, verkündeten sie, dass die Traurigkeit ein Ende hatte. In der Kirche war eine Art Erleichterung zu spüren, als es auf die Mittagszeit zuging. Als Spürhund, der ich mit meiner noch intakten Nase war, denn das Wunder der roten Madonna fand lange vor dem Unfall auf der Treppe von Palazzo Cappelli statt, roch ich durch das offen stehende Portal der Kirche den Duft der Tomatensauce, der ankündigte, dass das Wohlleben bei uns wie bei allen anderen wieder eingekehrt war, denn nach den Entbehrungen der Karwoche, in der niemand Fleisch zu essen gewagt hatte, wollte San Demetrio endlich das Versäumte nachholen.

Während der ganzen Mahlzeit, die bis zum Abend dauerte und bei der Großvater Claudio mehrmals seine imaginäre Trompete ansetzte, war ich mit mir selbst beschäftigt. Ich dachte nach. So sehr, dass ich zum großen Erstaunen aller als letzter mit der Gnocchettisuppe fertig wurde, ein Gericht, das Mama doch extra für mich gekocht hatte. Und am Ende hatte ich sogar vergessen, den Torrone zu essen. Nein, vergessen ist nicht das richtige Wort. Ich wusste, dass er da war, der Torrone Nurzia. Ich wusste sogar, dass es der mit Schokolade war, den ich am liebsten mochte. Nichts hinderte mich also, mich darauf zu stürzen und nebenbei auch das Stück von Großmutter Lucia mitzunehmen, die wegen ihrer Zähne nie davon aß, aber trotzdem davon nahm, damit ich und mein Bruder es ihr wegnehmen konnten. Essen Engel Torrone? fragte ich mich in diesem Augenblick. So wie ich mich vorher gefragt hatte, ob sie Auberginen oder Gnocchetti oder Hase in Rotweinsoße aßen. Weil auch ich in Kürze, spätestens am nächsten Sonntag, ein Engel sein würde.

Natürlich wusste ich seit langem, dass ich mich zu Nandos Kommunion als Engel kleiden sollte. Aber das begeisterte mich nicht besonders. Ich hatte sogar schon mein schneeweißes durchsichtiges Georgettekleid anprobieren müssen, das bis auf meine ebenfalls weißen Schuhe hinunterreichte. Auf dem Kopf sollte ich eine Art weißes Diadem mit einem Stern in der Mitte tragen. Außerdem waren zwei weiße Flügel an meinem Rücken befestigt. Das erste Mal, als ich vor dem Spiegel und unter dem spöttischen Blick meines Bruders das Kleid über meine normalen Sachen gezogen hatte, war ich nicht sehr zufrieden. Er hatte seinen hellgrauen Anzug, sein weißes Hemd mit dem gestärkten, mit Fischbein durchzogenen Kragen und vorn mit einer kleinen hellgrauen Fliege geschmückt, angezogen. Und seine Schuhe waren schwarz wie die der Großen. Du bist jetzt ein richtiger Mann, hatte Großmutter Lucia zu ihm gesagt. Deshalb wollte er um jeden Preis jeden Tag mit mir dreimal vor dem Spiegel stehen. Aber wenn er in seinem Anzug ein richtiger Mann war, wie sah ich dann aus in meinem weißen Kleid? Wie so ciner, sagte er mir immer, indem er mit dem Zeigefinger auf sein linkes Ohrläppchen tippte. Ich wusste nicht recht, was diese Geste bedeuten sollte. Im Spiegel sahen wir wie ein Paar aus, das kurz vor der Hochzeit steht. Ich in meinem weißen Kleid, er in seinem grauen Anzug. Warum brauchte er nur einen Engel für seine Erstkommunion? Schließlich betrug sich Nando wie ein regelrechter Teufel. Am Donnerstag darauf sollte er zum ersten Mal beichten gehen. Der hatte Don Rocco vielleicht Dinge zu sagen!

Aber als ich am Ostersonntag von der Messe, der ersten Ostermesse meines Lebens, nach Hause kam, hatte das Wunder der roten Madonna mit ihren kleinen Engeln alles in meinem Kopf durcheinander gebracht. Und während der ganzen Mahlzeit drängte ich, anstatt zu essen, Nando, in unser Zimmer hinaufzugehen und unsere Festkleidung anzuziehen. Ich bin der Engel, sagte ich zu ihm, dein Schutzengel. Ganz allein könntest du deine Erstkommunion nicht machen. Du brauchst einen Engel. Jetzt musst du mich überallhin mitnehmen, denn ein Schutzengel darf sich nicht von dem Menschen entfernen, den er beschützt. Er machte wieder seine Geste mit dem Ohr, wenn keiner hinsah. Aber ich wusste, dass mich das nicht betraf, denn die Engel, hatte Marcellino pane e vino gesagt, sind weder Jungen noch Mädchen, sondern einfach nur Engel. Engel wie ich.

Aber mein Bruder zog trotzdem seinen hellgrauen Anzug an. Denn es war der erste Anzug seines Lebens. Und ich sah Nando dabei zu, während ich in das Kleid schlüpfte, das mich in einen Engel verwandelte. Er war ganz stolz, als er die Fliege am gestärkten und mit Fischbein durchzogenen Kragen befestigte. Das sah man an seinen Augen, die nur so blitzten, als er die Jacke zuknöpfte. Diesen Blick kannte ich zur Genüge. Er wollte mich klein, einen Floh aus mir machen. Aber das konnte ihm an dem Tag nicht gelingen, denn er hatte nicht seinen kleinen Bruder Claudio neben sich, sondern seinen Schutzengel mit ebenso blitzenden Augen. Er konnte sich noch so oft mit dem Zeigefinger an sein linkes Ohrläppchen tippen, ich blieb ganz ruhig, wie es sich für einen Engel schickt, der sich respektiert und der an so manches gewöhnt ist.

Das wirst du auch Don Rocco beichten müssen, sagte ich ihm jedes Mal, wenn er an sein Ohrläppchen tippte. Da griff er zu anderen Mitteln. Onkel Alfredo wird mir eine Uhr schenken, sagte er, ich werde immer die Uhrzeit wissen. Ich wollte ihm erwidern, dass mir die Kirchenglocken immer sagten, wie spät es war, aber obgleich ich ein Engel war, ärgerte mich diese Geschichte mit der Uhr. Und um ehrlich zu sein, auch der Anzug ärgerte mich. Nando glich wirklich den Großen mit seinem Anzug. Und jetzt machte er sogar die Geste, als kontrolliere er seine imaginäre Uhr über seinem linken Handgelenk.

Wie ein Großer streckte er seinen Arm unter der Weste hervor, dann beugte er ihn und hielt ihn vor seine Augen. Beschäftigt wie ich war, diese Gestik zu verfolgen, hatte ich das Wichtigste nicht einmal bemerkt: in seinen Mund hatte Nando eine Zigarette gesteckt, eine richtige Zigarette, die er sicher aus Großvater Claudios Tasche stibitzt hatte. Sie war natürlich nicht angesteckt, aber er sah damit wie ein Erwachsener aus. Da musste ich laut lachen. Das passiert sogar den Engeln, in so ein Gelächter auszubrechen. Was ich da sah, war wirklich komisch. Alles in seiner Ausstaffierung machte aus Nando einen Erwachsenen, aber sein Gesicht, trotz dem Blitzen der Augen und der Zigarette, war das eines kleinen Jungen von neun Jahren. Was lachst du wie ein Dummkopf, sagte er zornig. Nicht wie ein Dummkopf, habe ich geantwortet und konnte mich nicht halten vor Lachen, wie ein Engel, wie dein Schutzengel. Komm, mach mir die Flügel am Rücken fest. Ja, mein kleines Engelchen, sagte er, und als er sich damit zu schaffen machte, die weißen Flügel an meinem Kleid zu befestigen, gestand ich ihm, was ich so umwerfend komisch gefunden hatte. Da wurde er ernsthaft wütend. Er hat sich vor mich gestellt, hat plötzlich eine Schachtel Streichhölzer aus der Tasche seiner grauen Weste gezogen und sich die Zigarette zwischen seinen Lippen angezündet. Du bist verrückt, habe ich zu ihm gesagt. Ach, hat er erwidert, du denkst vielleicht, das ist das erste Mal, das ich das tue, wir ... Das Ende des Satzes verstand ich nicht, denn er begann zu husten, als hätte er eine Lungenentzündung. Der Rauch kam ihm aus der Nase, und er konnte gar nicht aufhören zu husten. Dann wurde sein vom Husten rotes Gesicht leichenblass und grün wie das Grün der italienischen Flagge und ich hatte nicht die Zeit, mich in Sicherheit zu bringen. In Sekundenschnelle landete das endlose Mittagsmahl auf meinem weißen Kleid und seinem grauen Anzug. Was für ein ekelhafter Geruch! Meine Nase, die doch an alle Sorten Ausdünstungen gewöhnt ist, konnte dieses Aroma nicht ertragen, und ich musste mich auch übergeben, unsere schon arg mitgenommene Kleidung noch einmal beschmutzend. Sollte meine Laufbahn als Engel ihr Ende finden, noch bevor sie zu voller Entfaltung gekommen war? Genauso wie die Laufbahn Nandos als Erwachsener? Glücklicherweise gab es Großmutter Lucia. Ich hatte ja die Gewohnheit, in peinlichen Situationen ihre Dienste in Anspruch zu nehmen und rief sie oben von der Treppe. Aber bevor sie in unser Zimmer trat, musste sie uns schwören, dass sie niemand etwas von dem sagen würde, was sie sehen würde. Heilige Maria, rief sie aus, als sie uns so bekleckert sah. Aber sie hat Wort gehalten. Und am Sonntag darauf sind mein Bruder und ich in die Kirche Santa Nunziata getreten, er in seinem hellgrauen Anzug, ich in meinem Engelkleid aus Georgette, Hand in Hand, als verbinde uns eine unerschütterliche Solidarität. Alle beide hatten wir die Botschaft verstanden. Nando war trotz seiner Uhr noch nicht imstande, ein richtiger Erwachsener zu sein. Und ich musste noch viel lernen, bevor ich ein richtiger Engel war. Die Glocken von Santa Nunziata begannen genau in dem Augenblick zu läuten, als wir die Kirche betraten. Das war kein Wunder. Sondern Rodolfo, der Küster, der an den Seilen hing. Seile, die den unsichtbaren Eisendrähten ähnelten, die ich am Ostersonntag beim Wunder der roten Madonna nicht gesehen hatte oder nicht hatte sehen wollen. *Wundert es euch nicht, dass die Unverderblichkeit dieses so duftreichen grauen Ambers sich mitten in solcher Verwesung befindet…*

... unterdessen kann man im Innern des Wals, ganz hinten in seinem riesigen leeren Magen Geppetto sehen, der ganz melancholisch fischt. Man hat den Eindruck, unter dem Gewölbe einer Kathedrale zu stehen. Aber ihr Dach hebt und senkt sich bei jedem Atemzug des Tieres ...

Im Grunde frage ich mich ständig, je mehr ich erzähle, ob all die Dinge, von denen ich spreche, sich wirklich so zugetragen haben, wie ich sie beschreibe. In dem Augenblick und an dem Ort, die ich heraufbeschwöre. Oder ist es ganz einfach ein natürlich unbewusster, aber ganz realer schlechter Streich des Gedächtnisses, der sie so hervortreten lässt, lügenhaft vielleicht, unvollständig auf jeden Fall und zeitlich und räumlich verschoben?

In der Tat, wenn ich in Differdingen vor dem stehe, was nach meiner Ansicht mein Geburtshaus Rooseveltstraße Nummer acht ist oder wenn ich um den Fußballplatz der Red-boys herumgehe, um den Passionsplatz, wo sich die Thillenberg-Grube befindet, deren Zugänge kürzlich zugemauert wurden, als müsse das, was das größte Massengrab Differdingens war und bleiben wird, endgültig versiegelt werden; oder wenn ich mir die zwei vorletzten Häuser in der Spitalstraße ansehe, das von Großmutter Maddalena mit seiner grünen Fassade oder das von Tante Clara, der Schwester meines Vaters, grau und leicht rötlich und ausdruckslos aufgrund des Fabrikstaubs, wie die meisten Häuser der Straße und in der ganzen Stadt und aller anderen Straßen und Städte der Bergbauregion; oder wenn ich zu Fuß im Viertel herumlaufe von der Rooseveltstraße bis zur Lasauvagestraße, wobei ich auch den kleinen runden Park mit seinen roten Geranien und seinen grünen Hecken nicht auslasse, in dessen Mitte das Krankenhaus steht, um anschließend, einer beliebig gewählten Route folgend, die Spitalstraße hinauf- oder hinunterzugehen bis zur Kreuzung mit der Großen Straße mit dem Lebensmittelladen Meyer oder bis zur Brücke auf der Höhe des Fußballplatzes; oder sogar, wenn ich mich in die Mitte des Frankreichplatzes stelle, von der die Hussignystraße, die Bergstraße, und die Lasauvagestraße ausgehen oder in die sie vielmehr hineinmünden wie in ein Delta;

jedes Mal also, wenn ich durch dieses Viertel gehe, das in den fünfziger Jahren mein Viertel war, ein Viertel am Rande der Stadt und des Landes, denn jenseits des Waldes und der Felder liegt schon Frankreich oder Belgien, spüre ich, wie die Angst sich ganz allmählich in mich einschleicht.

Angst und Trauer. Nicht wegen der Zeit, die seither vergangen ist. Sondern weil ich bei jedem Schritt, den ich auf diesem Boden tue, zögere. Als würde ich in Wirklichkeit diesen Boden, der mir zugleich vertraut und fremd ist, von dem ich die Eigenheiten wiedererkenne und doch nicht wiedererkenne, zum ersten Mal betreten.

Und obwohl die Häuser, an denen ich vorbeigehe und die ich ansehe, zu mir sprechen und mir jedes einzelne die Geheimnisse offenbart, die darin verborgen sind, obwohl Gesichter wieder auftauchen, die ich kenne und nicht kenne, die an Geschichten erinnern, die mir erzählt wurden oder die ich erfunden habe, ertappe ich mich bei Fragen, wie ich sie am Anfang dieses Kapitels gestellt habe. Denn ich kann noch so lange in meinem Gedächtnis herumforschen, die Ungewissheit lässt sich nicht vertreiben. Alles geht vor sich, als ob die Erinnerung ein großes Fass voller Flüssigkeiten aller Art wäre. Eine ungeordnete Mischung von Flüssigkeiten, ein Durcheinander von Flüssigkeiten. Und je mehr Zeit vergeht, desto mehr vermischt sich alles, so dass am Ende, das heißt heute, im Augenblick, wo ich schreibe, nur noch ein riesiger nicht erkennbarer Brei übrig bleibt. Eine Suppe voller Zutaten aller Art, die ich unmöglich auseinander halten kann.

Es heißt, dass wenn der Tod naht, alles plötzlich klar wird. Die Ereignisse gewinnen ihren Platz in der Chronologie zurück. Ganz von selbst. Als hätten sie schon immer seit dem Beginn der Unordnung auf diesen Moment gewartet, und würden jetzt kurz vor ihrem endgültigen Erlöschen ein letztes Mal klar, durchsichtig, endlich erzählbar auftauchen. Das habe ich bei Großmutter Maddalena vor einigen Jahren nachprüfen können, und zwar auf ihrem achtundneunzigsten oder neunundneunzigsten Geburtstag wenige Monate vor ihrem Tod.

Nein, Großmutter Maddalena ist nicht hundert Jahre alt geworden.

Das wäre vielleicht schöner gewesen, auf jeden Fall spektakulärer, und die Zeitungen hätten darüber berichtet. Mit hundert Jahren wird man berühmt, während neunundneunzig Jahre zur Anonymität verurteilen. Die Kaufleute kennen das: ein Artikel, der nur neunundneunzig Franken kostet, lässt sich leichter verkaufen, als einer zu hundert Franken, denn wenn die Zahl rund ist, tritt der Gegenstand aus der Anonymität heraus und wird etwas Teures, unerschwinglich für die kleinen Portemonnaies. Ein ganz kleiner Franken kann Wunder wirken. Selbst wenn er zwischen neunhundertneunundneunzig und tausend Franken liegt oder zwischen neuntausendneunhundertneunundneunzig und zehntausend Franken. Bei Großmutter Maddalena ist es fast genauso. Sie hat wie eine nicht abgerundete Zahl gelebt, anonym unter anderen Zahlen, und ist kurz vor ihrem hundertsten Geburtstag gestorben, bevor sie aus der Anonymität herausgetreten wäre. Eine Anonymität, die sie ihr ganzes Leben lang behalten und genährt hat, als habe sie Angst, an die Öffentlichkeit zu treten. Tatsächlich habe ich sie nie ihr Haus in der Spitalstraße mit der ewig grünen Fassade verlassen sehen, außer um in das Nachbarhaus zu treten, in dem Tante Clara wohnte und noch wohnt, oder um zu uns zu kommen. Nie habe ich sie gesehen, die Ellbogen auf das Fensterbrett gestützt, um sich die vom letzten Fußballballspiel zurückkehrenden, je nach Ergebnis fröhlichen oder enttäuschten Zuschauer anzusehen oder die aus der Grube kommenden Bergleute mit ihren von der Dunkelheit gezeichneten Gesichtern. Ihre Welt war seit eh und je, das heißt seitdem ich sie kenne, auf die folgenden Wege reduziert: im Mittelpunkt ihre Wohnung, die düster und stumm war wie ein Grab, ohne Radio noch irgendetwas, was Geräusch machen konnte, aber voller kleiner Ecken, in die ich mich nicht hineinwagte. Und dann die beiden indirekten Verbindungen mit der Welt, ihrer Welt, Tante Claras Haus und unseres. Ein Minimum an Außenwelt, zweifellos um ein Maximum in ihrem Innern zu bewahren.

Ich habe diese Hartnäckigkeit, sich so zu isolieren, nie verstanden. Vielleicht war das ihre Art, Ade zu sagen, ohne sich untreu zu werden, weder dem Land, das sie seit langem endgültig verlassen hatte, noch ihrem Mann, meinem Großvater Nando, der sie seit langem auch ebenso endgültig verlassen hatte. Und so hat sie auch nicht den kleinsten Brocken der neuen Sprache, des Luxemburgischen, sprechen wollen, die trotz allem überall um sie herum Eingang fand und aus ihr eine Fremde machte unter den Fremden, die wir waren. Eine Sprache, die sie zweifellos verstand und im Stillen verabscheute, wenn sie uns, eingeschoben in die Unterhaltung, die noch im Abruzzendialekt vor sich ging und in der sie wenig sagte, Sätze auf Luxemburgisch austauschen hörte. Vielleicht erinnerte sie sie an diese andere Sprache, die ihnen, ihrem Nando und ihr selbst, sowie den anderen Italienern, die zum Arbeiten nach Luxemburg gekommen waren, im Ersten Weltkrieg aufgedrängt worden war.

Alle hatten im Augenblick der Abreise gedacht, dass sie in diesem Eisenhüttenparadies, das der Süden des Landes mit der Zeit geworden war, mit offenen Armen empfangen werden würden. Und in den ersten Monaten klappte alles ziemlich gut. Aber die Zufälle des Krieges wollten, dass Italien 1914 nicht auf der richtigen Seite stand, nämlich auf der Seite der Deutschen, die Differdingen damals besetzten. Ebenso wie diese selben Zufälle dazu führten, dass Italien im Zweiten Weltkrieg, obwohl es mit den Deutschen verbündet war, sich wieder nicht auf der richtigen Seite befand. Wie dem auch sei, 1914 stand in Differdingen alles und vor allem die Fabrik, d.h. die Lungen der Stadt, unter deutscher Kontrolle. Die Begeisterung der Neuankömmlinge, die wie Großmutter Maddalena und Großvater Nando endlich ihr Glück zu machen glaubten, wurde also kurz nach ihrer Ankunft gebremst, und viele von ihnen, das war auch im Fall meiner Großeltern, landeten vorläufig wegen ihrer Nationalität in einem Internierungslager.

Und während die Differdinger Fabrik auf Hochtouren lief und Stahl für die deutsche Kriegsmaschine produzierte, was die Neutralität des Landes ernsthaft in Frage stellte, fragten sich Großvater Nando und Großmutter Maddalena, warum sie der Armut des Abruzzenbodens entflohen waren, wenn sie jetzt mit allen anderen in einer noch viel tieferen Armut landeten, wo es fast eine Großtat war, Brot zu ergattern, da ja alles rationiert war. Von der Angst ganz zu schweigen.

Dort unten in Barisciano fürchtete man vor allem die Trockenheit, die das Land verödete, oder die Nachtfröste, die die Olivenplantagen, die Weinstöcke und Weinberge verbrannten, und bisweilen hatte man auch Angst vor ausgehungerten Wölfen und vor Gewittern. Differdingen lief als strategischer Ort 1914 jedoch Gefahr, durch Artillerie und später durch Fliegerangriffe dem Erdboden gleichgemacht zu werden. Die Franzosen hatten sich ganz in der Nähe in Longwy, einer von Vauban befestigten Stadt mit für diesen neuen Krieg allerdings veralteten Verteidigungsanlagen, verschanzt, während die deutschen Bataillone auf den Höhen rund um Differdingen Stellung bezogen hatten und die Gegend, von den den Thillenberg und den Titelberg durchziehenden Schützengräben aus, mit Maschinengewehren und Bomben überzogen. Hussigny, das sich zwei oder drei Kilometer weiter befand, stand schon in Flammen, und alles deutete darauf hin, dass Differdingen dasselbe Los nicht erspart blieb. Glücklicherweise war die Armee auf der anderen Seite der Grenze nicht so schlagkräftig, und der Krieg verlagerte sich bald ins französische Gebiet, bevor er bei Verdun und an der Marne im Schlamm stecken blieb.

Differdingen war also wie durch ein Wunder verschont geblieben. Aber die Angst ist 1916 verstärkt wiedergekehrt, als der Wind sich drehte und die deutschen Truppen in Schwierigkeiten brachte. Welch jämmerliches Los für die kleinen Länder, die von den Großen in die Zange genommen werden. Das zwischen Frankreich und Deutschland eingeklemmte Großherzogtum ist auf diese Weise trotz seiner erklärten Neutralität einmal mehr Spielball in entscheidenden Schlachten geworden. Die Bomben, die man in Differdingen für immer für verbannt hielt, regneten diesmal, von französischen Fliegern abgeworfen, regelrecht vom Himmel und verwandelten die Nächte in Alpträume, die in den meisten Fällen in der Tiefe der Keller erlebt wurden.

Großmutter Maddalena, die sehr wenig sprach, hat diesen Krieg auch nicht mit einem Wort erwähnt, so wie sie auch nicht vom folgenden geredet hat, trotz der Evakuierung und allem. Alles, was ich davon weiß, habe ich also nicht aus erster Hand. Ich erinnere trotzdem daran, weil ich denke, dass diese Zeit nicht nur meine Großeltern, sondern alle die tiefgreifend gezeichnet hat, die mit der Illusion weggegangen waren, endlich die Hölle mit dem Paradies einzutauschen, so wie ihre Verwandten, die ihnen ermutigende Briefe aus Amerika schrieben und sich plötzlich in einer hundertmal schlimmeren Hölle wiederfanden.

Wenn ich manchmal fernsehe oder Zeitung lese, frage ich mich, was wohl einem in einem Keller von Bagdad oder Sarajewo versteckten kleinen Mädchen oder Jungen durch den Kopf geht, wenn draußen die Stadt in Ruinen liegt. Droht das Herz nicht jedes Mal stehen zu bleiben, wenn eine Granate einschlägt und alles im Keller erzittert? Vielleicht sind dieses kleine Mädchen oder dieser Junge schon so sehr daran gewöhnt, dass der Einschlag einer Bombe sie gleichgültig lässt. Das Einzige, wovon sie träumen, ist aus diesem Loch herauszukommen und ihre Freunde dort oben wieder zu finden, um endlich Verstecken oder Blindekuh spielen zu können. Vielleicht finden sie, wenn sie den Keller verlassen, niemand mehr dort oben, weil eine Granate gerade dort ins Haus ihrer Freunde eingeschlagen ist. Und wenn eine Bombe von ihrem Weg abkäme und gerade in ihren Keller einschlüge und sie lebendigen Leibes unter den Trümmern ihres eigenen Hauses begrübe? Dieses selbe Gefühl hatten zweifellos auch Großmutter Maddalena und Großvater Nando, die ebenfalls in einem Keller vergraben sich fragten, wo sie Wasser und Brot zum Überleben finden könnten, und die sich nach den Äckern am Fuß des Gran Sasso, dem Läuten der Kirchenglocken von Barisciano, und den Wanderungen bis zu den Burgruinen von Rocca Calascio sehnten. Glücklicherweise waren die Bombenangriffe in Differdingen zunächst vorhersehbar. Am Anfang fanden sie nur nachts statt. Und außerdem musste es eine klare Nacht sein. Bei Regenwetter konnte man ruhig sein. Die Artillerie blieb stumm. Da es noch kein Frühling war, regnete es viel, und ich bin sicher, dass Großmutter Maddalena und Großvater Nando jede Nacht den Himmel baten, einen Regenschauer nach dem anderen zu schicken, so wie sie es bei sich zu Hause getan hatten, um die Trockenheit zu beenden. Und außerdem war die Sirene da. Nachts war es leichter. Alle waren zu Haus, weil die

Deutschen die Ausgangssperre verhängt hatten. Wenn die Sirene ertönte, flüchtete man in die Keller. Aber tagsüber, wenn man seinen täglichen Aufgaben nachging, verursachte die Sirene Panik, und um das zu vermeiden, hatten die Behörden alle Arten von Regelungen erlassen. Kinder durften nicht mehr draußen spielen, jeder musste die Passanten, die sich zufällig vor seinem Haus befanden, mit in den Keller nehmen, usw. So konnte das Schlimmste verhindert werden, und trotz der Hunderte von Bomben, die auf Differdingen fielen, hat es nur sehr wenige Opfer gegeben, weil das Hauptziel die Fabrik war, die Deutsch-luxemburgische, wie sie genannt wurde.

Es ist also nicht verwunderlich, wenn die meisten Verwundeten und Toten aus der Fabrik waren, wo die Arbeit trotz der Bombenangriffe nicht stillstehen konnte. Großvater Nando hat deshalb sicherlich diese verdammte Deutsch-luxemburgische verflucht, ohne die man sie in Ruhe gelassen hätte, auch wenn sie noch vor einigen Jahren sein Ein und Alles war, denn dort wollte er arbeiten, in der Kokerei oder an den Hochöfen, oder vielleicht sogar in der Hauptwerkstatt wie sein Kollege Pasquale, überall außer in dieser verfluchten Thillenberg-Grube, wo sein Leben ständig in Gefahr war.

Paradoxerweise war das Bergwerk während des Krieges der sicherste Ort Differdingens geworden, während in der Fabrik der Tod in jedem Augenblick zuschlagen konnte. Großvater Nando begriff das erst wirklich an dem Tag, an dem sein Freund Pasquale dran glauben musste. Pasquale hatte die Reise von den Abruzzen her mit ihm zusammen gemacht, und wie er hatte er sofort im Bergwerk Arbeit gefunden. Ihre Wege hatten sich erst getrennt, als Pasquale kurz vor Kriegsausbruch, als sie beide einundzwanzig Jahre alt waren, bei der Deutsch-luxemburgischen Arbeit gefunden hatte, und zwar in der Werkstatt der Metalldrehbänke, wo normalerweise nur Facharbeiter aufgenommen wurden, von denen kaum einer einen italienischen Namen trug. Pasquale war eben immer ein Glückspilz gewesen, pflegte Modestina, seine Witwe, zu erzählen, die uns oft in der Rooseveltstraße Nummer acht besuchte. Weil mein Vater die einzige Verbindung zu ihrem Mann blieb, sagte sie.

Und jedes Mal, wenn sie kam, fing sie nach drei oder vier Minuten, in denen sie einleitende Komplimente machte, was für schöne Kinder ich und mein Bruder Fernand doch seien, während sie nicht die Zeit gehabt hätte, welche zu bekommen, wieder mit dem Thema an, das der einzige Sinn ihres Lebens war. Ein gewisser Dinardo, der auch aus den Abruzzen stammte, hatte ihr erzählt, was in dieser vermaledeiten Nacht 1917 passiert war: um elf Uhr abends hätten die Sirenen wie üblich geheult, und die Arbeiter hätten ihre Arbeitsplätze verlassen und seien in die Luftschutzkeller gegangen. Als dann der Alarm vorbei war, sei man zum Arbeitsplatz zurückgekehrt. Plötzlich habe die Sirene ein zweites Mal geheult, aber diesmal hätten die Bomben sie unterwegs überrascht. Pasquale habe noch, wie Dinardo erzählt hatte, in der Hauptwerkstatt bei seiner Drehbank gestanden, als er von einem Splitter getroffen worden sei. Er, Dinardo, habe mehr Glück gehabt. Er sei in der Kabine seines Krans geblieben, und obwohl auch er durch einen Bombensplitter verletzt worden sei, sei er mit ein paar Schrammen an den Armen und an der Hand davongekommen, erzählte Modestina, um gleich darauf hinzuzufügen, was wir schon wussten, und zwar, dass der Tod ihn nur vorläufig verschont habe, den armen Dinardo, so wie er auch Nando, Papas Vater, nur vorläufig verschont hatte, denn der Erstere hatte im Zweiten Weltkrieg an der Afrikafront sein Leben lassen müssen, während Großvater Nando ein Schlagwetter in der Thillenberg-Grube nicht überlebt hatte. Was ihren armen Mann betreffe, so beendete Modestina immer ihren Bericht, den aus Höflichkeit niemand unterbrach, außer Mama, um zu fragen, ob jemand noch Kaffee oder Milch oder Zucker oder ein Stück Kuchen möchte, so hatte ihm sicher das Flugzeug Unglück gebracht. Und sie hatte ihm doch gesagt, nicht zu diesem vermaledeiten Flugzeug zu gehen.

Wir, das heißt mein Bruder, den Modestina noch Nando nannte, und ich, den sie hartnäckig Claudio nannte, wir liebten die Geschichte mit dem Flugzeug. Nicht nur, weil sie das Ende des Besuches ankündigte, sondern auch, weil sie mehr als andere Geschichten unsere Einbildungskraft anspornte, denn anschließend gingen wir auf den Dachboden, um mit Plastiksoldaten, die wir in den Überraschungstüten gefunden hatten, und Schleudern, die uns zugleich zur Luftabwehr und als Flugzeuggeschütz dienten, unseren eigenen Krieg zu spielen, wobei das Flugzeug pausenlos die Stadt Differdingen oder das Dorf San Demetrio bombardierte, je nachdem, ob ich oder mein Bruder der Pilot war.

Aber das Flugzeug, von dem Modestina sprach, bombardierte niemanden mehr, denn die deutsche Luftabwehr hatte es am 10. Februar 1917 abgeschossen, das heißt einen knappen Monat, bevor ein anderes Flugzeug desselben Typs, ein Doppeldecker mit zwei französischen Piloten an Bord, ihren Mann tödlich verletzte. Sie hatte also ihrem Mann gesagt, er solle sich nicht dieses verfluchte Flugzeug ansehen, oder den Haufen Schrott, der davon übrig blieb. Aber ihr Mann war hingegangen und hatte sogar gelächelt, als ein bis zum Hals in einem langen grauen Mantel steckender deutscher Soldat mit bartgerahmtem Gesicht und Pickelhaube ihm irgendetwas in einer Sprache, die er nicht verstand, zugerufen hatte. Dieses Lächeln, dieses dumme Lächeln war ihm zum Verhängnis geworden. Man lächelt nicht vor todbringenden Apparaten. Dieses Lächeln und auch die Halsstarrigkeit Pasquales, um jeden Preis an dem Begräbnis der beiden französischen Piloten teilnehmen zu wollen, die er als Befreier bezeichnete. So wie er auch an dem Streik teilnehmen wollte, der jeden Augenblick auszubrechen drohte. Glücklicherweise hatte der erst am 28. Mai begonnen, zwei Monate nach dem Tod ihres Pasquale, denn wenn ihr auch sonnenklar war, dass sie mit den zweihundertzwanzig Franken, die ihr Mann in der Fabrik verdiente, nur schwer auskommen konnten, so hatte sie die blanke Angst vor den Deportationen, die die deutschen Behörden den italienischen Arbeitern angedroht hatten, falls sie an der Aktion teilnahmen. Und außerdem, wie konnte sie denen auf diese Weise trotzen, die mit ihren großen Kanonen Differdingen das Schlimmste ersparten. Denn damals, erklärte Modestina, sei sie noch ganz jung gewesen und habe nichts von Politik verstanden, und da sie weder Luxemburgerin, noch Französin noch Deutsche war, fühlte sie sich weder neutral noch sonst etwas. Die Feindseligkeiten betrafen sie nicht. Der Feind war derjenige, der die schlimmsten Leiden verursachte. Und eben die französischen Flugzeuge verursachten die schlimmsten Leiden mit ihren Geschossen, die in ihrem Garten am vorderen Ende der Hussignystraße sogar einen riesigen Krater aufgerissen hatten. Wenn nur die Deutschen nicht dieses Flugzeug abgeschossen hätten, seufzte sie, bevor sie ein Schnupftuch aus ihrer Tasche zog, sondern das andere, dieses vermaledeite andere Flugzeug, das ihr ihren Pasquale genommen hatte und sie ganz allein in dieser scheußlichen Welt zurückließ, deren Regeln sie noch nicht kannte.

Aber im Gegensatz zu Modestina, für die die Einsamkeit immer schwerer erträglich wurde und die keine Gelegenheit ausließ, uns die Geschichte ihres Mannes zu erzählen, wobei das Wort Tod für uns etwas ganz Alltägliches wurde, so wie auch der Krieg ein Spiel wurde, gleichbedeutend mit Großtaten und Helden, erwähnte Großmutter Maddalena, die doch Opfer derselben Einsamkeit war, nie, wenigstens nicht in unserer Gegenwart, den Unfall, der ihren Nando das Leben gekostet hatte, noch dass Papa in den anderen Krieg gezogen war noch sonst etwas.

Und doch besuchten wir sie ziemlich oft damals. Ich sehe noch diese abgetretene Treppe vor mir, die man schon von der Eingangstür sah, mit ihren für meine Beine fast zu hohen Stufen, die ich so viele Male in den ersten Stock hinaufgestiegen bin, weil nicht nur wir, sondern auch Großmutter Lucia, die Mutter meiner Mutter, dort eine Zeitlang gewohnt hat. Großmutter Maddalena dagegen ist immer im Erdgeschoss geblieben. Und der Besuch bei ihr war eine richtige Zeremonie. Die Tür war nie verschlossen, was uns nicht davon entband anzuklopfen. Wir warteten einen Moment, dann traten wir ein. Ein Hausflur war nicht da. Das Zimmer vor uns war düster und – das erriet man, wenn sich das Auge an die Dunkelheit gewöhnt hatte – als Esszimmer eingerichtet, das, soweit ich mich erinnere, nie benutzt wurde: ein Tisch mit vier oder sechs Stühlen, eine Vitrine, gefüllt mit Gläsern und Tassen und allem, was sonst in einer Vitrine steht, ein

Sofa, dessen Farbe ich nie erraten habe, und einige Sessel, auf die sich nie jemand setzte. Dann entdeckte das Auge, das zunehmend fähig war, sich in dieser Welt abseits der Welt einen Weg zu bahnen, die schwachen Lichtstrahlen, die durch die geschlossenen Fensterläden drangen, und ließ sich von ihnen führen. Nach einigen Schritten, unter denen das Parkett knackte, gelangten die Füße auf einen Teppich, und man ging am Tisch entlang. Einer der Stühle, die ich mit meiner rechten Hand streifte, kündigte mir an, dass ich mich der Tür zu einem zweiten Zimmer näherte, der Wohnküche, wo neben dem Herd und seinem riesigen schwarzen Rohr, das wie eine Schlange in die Wand hineinging, ein Korbstuhl voller handgehäkelter Decken und Kissen aller Farben stand. Dort, an diesem einzigen künstlich beleuchteten Ort des Hauses war Großmutter Maddalenas Platz, dort in der Nähe des Feuers, winters wie sommers, denn der Herd diente auch als Kochgelegenheit. Und dann war da dieser einzigartige undefinierbare Geruch, auf halbem Weg zwischen Leben und Tod, der in der Luft schwebte. Ein durch Dunkelheit und Eingeschlossensein geschützter Geruch, der Großmutters Reich noch mehr von der übrigen Welt isolierte.

Aber wenn wir ins Zimmer traten, saß Großmutter nie in ihrem Korbsessel. Die Stimme, die uns aufforderte Platz zu nehmen, kam hinter dem Schrank hervor, der den Eingang zu einem anderen Zimmer verdeckte, das ich noch nie betreten hatte, ein magisches Zimmer, aus dem sie oder mein Vater abwechselnd Briketts für den Herd, eine rote Schachtel voller De Beukelaer-Butterkekse und alles mögliche andere herausholte, um unseren Besuch in diesem Schlupfwinkel, in den die Zeit noch nicht eingedrungen war, in die Länge zu ziehen. So wie ich noch nicht gewagt hatte, in das Zimmer hinter dem Schrank zu treten, das mir die vielen unheimlichen Geschichten, die mir mein Bruder erzählte, in Erinnerung brachte. So stellte ich mir die unvergessliche Höhle von Dschugaschwili oder die Grotte von Ali Baba vor, die von gefährlichen exotischen Dingen überquollen, und in die man erst nach der Überwindung von tausend Gefahren hineingelangte. Was machte bloß Großmutter Maddalena so lange in diesem Raum? Sogar ihre

Stimme veränderte sich, wenn sie drin war. Und sie war jedes Mal drin, wenn wir sie besuchten, als schöpfe sie dort neue Kräfte, bevor sie uns empfing. Ich stellte sie mir vor, wie sie sich in der Dunkelheit tastend vorwärts bewegte, um jedes Mal genau auf das zu stoßen, was sie gesucht hatte. Auch Papa hat mir nie sagen wollen, was er darin machte. Ich weiß nur, dass er Staub und Spinnweben in den Haaren hatte, wenn er wieder herauskam, und ganz schwarze Hände. Das belebte meine Nächte mit neuen Träumen und verwandelte diesen Raum, der zugleich als Keller, Abstell- und Rumpelkammer und ich weiß nicht, was sonst noch, dienen musste, in einen geheimnisvollen Ort, den man im Gedächtnis behalten musste, wie alle anderen geheimnisvollen Orte, die sich schon darin befanden. Vorm Einschlafen, wenn mein Bruder das Licht nicht ausmachen wollte, weil er, wie er sagte, noch ein wichtiges Kapitel eines wichtigen Buches zu Ende lesen musste, legte ich meine Sigurd, Akim und meine illustrierten Klassiker beiseite und ließ in meinem Kopf eine richtige Landkarte geheimnisvoller Orte entstehen, denen ich bis dahin begegnet war, mit der Thillenberg-Grube und ihren Hunderten Stollen, einer tiefer und dunkler als der andere, in der Mitte. Weiter am Rand Rinaldos Stall in Cardabello, das Zimmer hinter dem Fenster, wo Mario Giustinas große Brüste betastete, die Höhle von Dschugaschwili und Ali Baba, der Dachboden voller Spielzeug von Onkel Fredy in Eich, Papas Fabrik der Schule gegenüber, die Sakristei der Kirche von Differdingen, aus der die Messdiener mit einem Silbertablett mit zwei Fläschchen herauskamen, der Beichtstuhl derselben Kirche, wo Hochwürden Blanche mit ganz leiser Stimme zu den Leuten sprach, die sich dort hinknieten, der Felsbrocken von Lasauvage, der unter seinem Gewicht die Hexen gleichen Namens erdrückt, der Waggon mit Mrs. Haroy und ihrem weit geöffneten Maul, dann Amerika mit seinen Indianern, die den Bleichgesichtern den Skalp abnehmen, Afrika und seine Neger, die Menschenfleisch essen. Asien voller Giftschlangen, die nach dem Klang der Flöten tanzen, und schließlich der Raum hinter dem Küchenschrank bei Großmutter Maddalena. Alle diese Orte, bei denen einer geheimnisvoller ist als der andere, hatten nur eins gemein, und zwar dass ich noch nie da gewesen war und auch nicht so bald dorthin kommen würde.

Was meinen Blick angeht, so fiel er unweigerlich auf den Herd, der zu unserer Linken stand. Von allen Dingen, die Großmutter Maddalenas Küche zierten, erinnere ich mich am besten an diesen Herd, und während sich alle um den Tisch mit einem von der Zeit vergilbten alten Wachstuch, das an mehreren Stellen Einschnitte aufwies, setzten, um einen unserer endlos lange dauernden Besuche bei Großmutter Maddalena zu eröffnen, stellte ich mich vor die Herdplatte mit ihren Ringen, durch deren Ritzen ich wie Dämone tanzende Flammen sehen konnte. Ab und zu vergnügte ich mich damit, die Herdtür aufzumachen und, ohne dass mich jemand daran gehindert hätte, mit der an der Wand hängenden Feuerzange in den Kohlen zu stochern. Manchmal durfte ich auch am Aschenrost rütteln oder, und das war der Augenblick, den ich am ungeduldigsten erwartete, die Ringe einzeln mit der Spitze des Feuerhakens, der ebenfalls an der Wand hing, herausnehmen, bevor ich ein Brikett, das mein Vater aus dem Raum hinter dem Schrank holte, hineinversenkte.

So sind die Briketts ein Mittel geworden, die Zeit zu messen. Und wenn man mich damals gefragt hätte, wie lange bist du bei Großmutter Maddalena gewesen, hätte ich sicherlich geantwortet: zwei Briketts, wenn unser Besuch nicht das erträgliche Maß überschritt, zehn Briketts, wenn er mir ewig vorgekommen war. Das hätte ich gesagt, weil im Gegensatz zu Nando, der zu seiner Erstkommunion von unserem Onkel Fred, der zugleich sein Pate war, eine schöne Uhr bekommen hatte, ich, der ich meine Erstkommunion noch vor mir hatte, ein solches Instrument zum Zeitmessen noch nicht besaß. Ich hatte nur die Briketts, wenn wir bei Großmutter waren. Und die Autos, wenn ich mich zu Hause langweilte. Die Autos, die die Rooseveltstraße hinauf- und hinabfuhren. Ich stand also drei Dauphine oder fünf Ford Taunus lang am Fenster, oder wenn ich mich wirklich sehr langweilte, weil Mama mir nicht erlaubte, jeden Nachmittag bei Charly vor dem Fernseher zu sitzen oder den Messdiener bei Nico zu spielen, zehn oder zwölf Fiat 500 oder 650 lang.

Aber all dies hat mich ganz von Großmutter Maddalena abgebracht. Nicht von der, wie sie im Ersten Weltkrieg oder in meiner Kindheit war, sondern von meiner Großmutter Maddalena, wie sie in dem Augenblick vor mir stand, als ich mich an ihren neunundneunzigsten Geburtstag erinnerte. Wieder einmal geriet im Fass meiner Erinnerung alles durcheinander. Großmutter Maddalena, die auf ihrem Geburtstagsfest zum Greifen nahe war, hat sich plötzlich entfernt, ist durch die Zeit entschlüpft, ist flüssig geworden wie die Erinnerungen. So wie ich selbst mich mit der Zeit von ihr und von der übrigen Familie entfernt habe. Nicht dass ich irgendjemanden hätte meiden wollen. Plötzlich, ohne dass ich wüsste weshalb, ist der Abstand notwendig geworden, um die Erinnerung zu fördern. Ein Abstand, der, indem er mich von meinen Angehörigen entfernt, mich mir selbst näher bringt, und damit auch wieder meinen Angehörigen. Als ob es in einer bestimmten Lebensphase wichtig wäre, einen großen Umweg zu machen, bevor man den Ort erreicht, zu dem man gelangen will. In dieser Hinsicht treffen Großmutter Maddalenas Aufbruch und meiner wieder zusammen. Sie ist in die Vergangenheit aufgebrochen, ich in die Zukunft. Und heute, während ich diese Zeilen schreibe, finden wir uns wieder. So wie ich auch meine Eltern, meinen Bruder, meine Schwester, von der ich noch nicht gesprochen habe, wiederfinde und alle, mit denen ich in einem bestimmten Augenblick meines Weges in Berührung war.

Denn die Zeit ist in Wirklichkeit nur ein Kreis. So wie die Erde rund ist. Man kann in verschiedene Richtungen aufbrechen, ohne dass man Gefahr läuft, sich endgültig zu verirren. Deshalb bin ich nie wirklich traurig, wenn ein Freund oder ein Angehöriger aus meinem Gesichtskreis verschwindet. Wie ich verändert er seinen Standort, geht zurück, rückt vor auf der Kreislinie. Die Begegnung wird unweigerlich früher oder später stattfinden.

Für Großmutter Maddalena liegt die Begegnung trotz unserer häufigen Besuche, trotz des Raumes hinter dem Küchenschrank, trotz des

Herdes, in den ich Briketts legte, nicht in den fünfziger Jahren. Sondern als ich sie fast hundertjährig zum letzten Mal gesehen habe, bin ich ihr zum ersten Mal begegnet. Und, um ehrlich zu sein, ich hatte gezögert, bevor ich die Einladung meiner Mutter annahm, weil ich nicht einsah, was meine Anwesenheit auf dem neunundneunzigsten Geburtstag einer Großmutter, die ich über zehn Jahre nicht mehr gesehen hatte, für einen Sinn haben sollte. Aber dann habe ich, als spürte ich, dass sie ihren Tod herannahen fühlte, plötzlich meine Meinung geändert und bin ins erste Flugzeug nach Luxemburg gestiegen.

Schon beim Kuss, den ich auf ihre durchfurchte, knochige, blasse Wange drückte, wusste ich, dass ich das Richtige getan hatte. Wir waren an derselben Stelle auf dem Kreis angekommen. Ich habe also während des endlosen Essens, bei dem wie bei unseren Mahlzeiten der fünfziger Jahre nacheinander Dinge aufgetragen wurden wie Vorspeisen mit Salami, Schinken und Sülze, Brühe mit Gnocchetti, Nudeln mit Ragout und Pecorino, Hase in Rotweinsoße mit Salbei und Rosmarin, Obst, Zabaione mit Marsala, Kaffee und Grappa, während dieses Mahls also, das sich wie unsere großen Festmahle der fünfziger Jahre, sei es bei Nandos oder meiner Erstkommunion, bei der Taufe meiner Schwester Josette oder der Hochzeit meines Paten Erny mit seiner Kusine Marta, bei der Beerdigung von Onkel Eduard, Tante Claras Mann, oder der von Großmutter Lucia, bis in den späten Nachmittag hinzog und ohne Pause überging in ein ebenso langes und reichliches Abendessen, habe ich auch die kleinsten Gesten von Großmutter Maddalena genau beobachtet. Und alles, was sie sagte. Sie, die, so wie ich sie zu kennen glaubte, sehr wenig redete, beginnt plötzlich Episoden aus ihrer Jugend und Kindheit zu erzählen. Und sogar Verse und Sprichwörter herzusagen, die sie zu Haus in der Familie vor ihrem Weggehen aus Italien gelernt hatte.

Man muss dazu sagen, dass ihr Fass mit Erinnerungen aus einem ganzen Jahrhundert, vom Ersten bis zum Zweiten Weltkrieg, und dazwischen dieser Schreckenstag von zweiunddreißig, als ihr Nando nicht aus der Mine zurückkam, zum Bersten voll war. Vielleicht war es gerade diese Überfülle, die sie bis zu diesem Zeitpunkt daran gehindert hatte, von sich zu erzählen. Oder sollte es die Sprache gewesen sein? Denn sie hat wie meine Mutter und anders als alle übrigen Familienmitglieder nicht die Sprache des Landes lernen wollen, und dabei hat sie doch achtzig Jahre ihres Lebens in Differdingen verbracht. Als wollte sie nicht, und das kommt zu allen anderen Gründen für diese Weigerung hinzu, zuviel Unordnung in ihrem Kopf schaffen, der schon wegen der Auswanderung und der Dramen des Jahrhunderts so mitgenommen war.

Aber an ihrem letzten Geburtstag, schon krank und mit einem blassen, wie Leintuch zerknitterten Gesicht, mit tief in den Höhlen liegenden Augen, hat sich ihre Zunge plötzlich gelöst, und sie hat zu erzählen angefangen, zunächst wie eine Quelle, dann wie ein Wasserfall. Auf Italienisch oder vielmehr im Abruzzendialekt mit Wörtern, die ich bis dahin nie gehört hatte, oder hatte vergessen wollen. Und statt von ihrer Ankunft am Vorabend des Ersten Weltkriegs zu sprechen, als Differdingen noch keine richtige Stadt war, sondern ein kleines Dorf im Umbruch wegen des in seinem Boden entdeckten Eisenerzes, oder von der Internierung in einem deutschen Gefangenenlager bei Kriegsbeginn oder von dem Bombenangriff auf Differdingen, oder von den dunklen Jahren zwischen den beiden Kriegen, die in so unmittelbarer Nähe des Bergwerks, aus dem man fast jeden Tag einen von einem Erzblock erdrückten Bergmann herausholte, von Angst beherrscht waren, oder von den materiellen Schwierigkeiten nach Großvater Nandos Tod, oder von der Schlacht von Differdingen und der Evakuierung nach Wiltz und von den Gräueln der Deutschen während der Besatzung, statt all das zu erzählen, hat ihr Gedächtnis zunächst nur die Jahre vor dem großen Umsturz geliefert. Jahre, wo sie als ganz kleines Kind noch in den hügeligen friedlichen Gegenden am Fuß des Gran Sasso lebte. Gegenden, wo das Auge sich auf den ruhigen Blättern der Mandel- und Olivenbäume erholen kann und wo die Welt damals noch durch die verfallenen Türme von drei Burgen, die deren Geschichte erzählten, begrenzt war, Santo Stefano, San Pio und Rocca Calascio. Drei eindrucksvolle Zeugen einer Epoche, in der das Dorf Barisciano, weit entfernt davon, seine Einwohner zum Exodus zu zwingen, im Osten durch prächtige Burgen, im Westen durch ein riesiges Gebirge geschützt, in Ruhe und Frieden lebte, inmitten von Korn-, Safran- und Maisfeldern, Weinbergen mit ihren hellen und dunklen Trauben, von breiten Tälern voller Feigen-, Mandel-, Oliven-, Pflaumen- und Nussbäumen, ohne die Pinienwälder und die endlosen Grasflächen zu vergessen, wo Kühe, Schafe und Ziegen weideten.

Von all dem spricht Großmutter Maddalena auf ihrem letzten Geburtstag, als ob ihre Kindheit Jahrhunderte gedauert hätte. Und während sie spricht, ist es nicht mehr sie, die vor uns sitzt, sondern die kleine Maddalena, das Kind Maddalena mit einer endlos langen fröhlichen Kindheit. Dann erinnert sie an konkretere Episoden: Die Werkstatt, in der ihr Vater Leder gerbt, um Pferdesättel daraus zu machen, das Wasser, das sie am Brunnen direkt vor der Kirche holt, das aufgerollte Tuch, das sie sich auf den Kopf legt, um den Kupferkrug besser tragen zu können, die Gitarre, die kein Musikinstrument ist, sondern dazu dient, Spaghetti, Makkaroni und Bandnudeln herzustellen, die Streiche, die die Jungen Don Rodolfo, dem Priester von Barisciano, spielen, der ihnen eine Menge Geschichten erzählt, welche ihnen Angst einflößen.

Die Legende vom Nagel zum Beispiel, nach der Papst Bonifatius seinem Vorgänger Cölestin einen Nagel in die Stirn getrieben haben soll, damit er schneller stirbt. Oder die verschiedenen Legenden über die Träne des Sterbenden, von denen mein Gedächtnis, ich weiß nicht warum, heute nur noch zwei bewahrt hat, auch wenn Großmutter Maddalena mindestens zwanzig erzählt hat: wenn eine schwarze Seele, das heißt ein böser Geist sich der letzten Tränen eines Sterbenden bemächtigt und sich die Augen damit benetzt, so läuft der Sterbende Gefahr, als Blinder ins Jenseits zu kommen. Wenn dagegen ein reiner Mensch sich der Träne bemächtigt und seine Schläfen damit benetzt, wird er für immer alle kommenden Kopfschmerzen los sein. Ich habe bei der Beerdigung Großmutter Maddalenas oder bei der von Großmutter Lucia, bei der meines Paten Erny oder von Onkel Eduard mich keiner Träne bemächtigen können, weil ihre Körper schon in einem Sarg lagen. Ich hatte also nur meine eigenen Tränen, die ich egoistisch aufgespart hatte, solange die anderen da waren, ganz wie mein Bruder die seinen aufsparte, als wir klein waren, um mir zu zeigen, dass er der Hartgesottene in der Familie war.

Aber wenn auch alles, was Großmutter Maddalena erzählte, ihre frühe Kindheit und nicht den übrigen Teil ihres Lebens betraf, eine ewige Kindheit, so waren doch die Worte, die sie benutzte, während sie dem Tod entgegenging, die eines Menschen, der weiß und sich damit abgefunden hat, dass alles, was angefangen hat, auch eines Tages enden muss. Wie der Regen und das schöne Wetter, sagt sie, der Sommer und der Winter, die Nacht und der Tag. Dieser Zyklus bringt die Körper zum Erblühen und Verwelken und lässt, während die Zeit fortschreitet, neue Generationen erstehen, die ebenfalls Gefangene desselben Schicksals sind. Deshalb hat in der Abruzzengegend, über der eine heitere Ruhe liegt, die Drohung des Endes immer zur Landschaft gehört, wie auch das große Horn des Gran Sasso, der Kirchturm von Barisciano oder die Türme der Burg Rocca Calascio dazu gehören. Ob in Legende oder Wirklichkeit, Großmutter Maddalena scheint von Anfang an keine Angst vor dem Tod gehabt zu haben, weil in ihrer Kindheit in den Geschichten, die man sich um den Tisch herum oder an den nicht enden wollenden Winterabenden vor dem Feuer erzählte, der Tod um das Leben herumstrich, wie die Blätter um einen Mandelbaumzweig. So erinnert sich Großmutter Maddalena an ihrem Geburtstag plötzlich an den Tod eines ihrer Onkel, des alten Giuseppe, der mit zweien seiner Kühe auf der ersten Bahnlinie des Tales von einem Zug erfasst wurde. Dann, als wäre es dieselbe Geschichte, beginnt sie vom Zauberhahn zu sprechen, der ein Ei legt, aus dem die Schlange mit den drei Köpfen hervorkriechen wird. Ein Hahn, dem die Dorfbewohner um jeden Preis den Hals umdrehen müssen, wenn sie den Teufel – sie bekreuzigt sich – und den Tod von ihren Familien fernhalten wollen.

Was mich aber am meisten in Großmutter Maddalenas Bericht verwundert hat, war weniger das, was sie erzählt hat, als die klare und systematische Weise, wie sie davon sprach. Alles geschah, und darin ist sie nicht mehr das Kind Maddalena, das vor uns saß, als wären die Erinnerungen in ihrem Kopf geordnet, klassifiziert und als ob sie in chronologischer Reihenfolge abliefen. Mit einer Genauigkeit, die dem eifrigsten Chronisten den Atem verschlagen hätte. Was bis dahin nur ein nicht zu erzählender und nicht erzählter gestaltloser Brei gewesen war, für immer im tiefsten Grund ihres Gedächtnisses begraben, belebte sich plötzlich, als ob Großmutter Maddalena durch das Erzählen die Dinge, an die sie sich erinnerte, in ihrem Innern sah und wieder erlebte. So stürzte in ihren weder geschlossenen noch geöffneten Augen die Kindheit ins Alter, und das Alter nährte sich direkt ohne Zwischenphasen von der Kindheit. Und ich bin sicher, dass sie irgendwo in ihrem Innern einen wunderbaren Augenblick erlebte, den schönsten Tag ihres Lebens vielleicht, wo Anfang und Ende endlich zusammenfielen und sich erlaubten, sich gegenseitig aufzuhellen. Dessen bin ich sicher, weil Großmutters Gesicht, das fast leblos war, als mein Vater sie in Differdingen abholte, um sie im Auto zu uns nach Esch zu bringen, plötzlich strahlte, und in ihren verbrauchten Augen war Klarheit und Ruhe, Frische und Resignation, Freude und Schalkhaftigkeit. Als ob sie mit einem Schlag kein Alter mehr hätte oder alle Alter gleichzeitig trotz des fast unmerklichen Zögerns ihrer Lippen, die mich daran erinnerten und mich vergessen ließen, dass sie wahrscheinlich zum letzten Mal bebten, jetzt, wo sie vom Stein des heiligen Bernhard sprach, auf dem man noch heute den Abdruck der Knie des Heiligen sehen konnte, der dort nicht weit von Barisciano gekniet hatte, oder vom Holzschuh des Jean de Capestrano, dessen Spur auch für immer in den Felsen gegraben war. Und da, als sie uns das erzählte, draußen ein Gewitter losgebrochen war und der Donner wie eine Drohung oder wie ein Ruf am Himmel rollte, griff Großmutter Maddalena plötzlich zum Messer neben ihrem Teller, das sie nicht benutzt hatte, weil sie nicht mehr die Kraft besaß, irgendetwas zu zerschneiden, und bat meine Mutter, es mit der Schneide nach oben auf das Fensterbrett zu legen, wie man es in ihrem Dorf tat, um sich vor Unwetter zu schützen.

Ich habe seitdem lange über das Phänomen nachgedacht, dass man kurz vor dem Tod plötzlich zu den Anfängen seines Lebens zurückkehrt, und das hat mich beruhigt, weil ich fühle, dass es trotz allem eine gewisse Gerechtigkeit gibt, eine gerechte Wiederkehr der Dinge im Zyklus des Lebens. Am Ende kehrt man zum Anfangsstadium zurück, als brauchten wir einen Rahmen für die Zeit, die uns gegeben ist. Das sich unablässig füllende Fass der Erinnerung entwirrt, bevor es sich endgültig leert, am Ende immer das Labyrinth von Episoden, die sich darin stoßen und verkeilen.

Mein Fass gleicht allerdings im Augenblick, wo der Tod noch in der Ferne zu sein scheint, eher einem Ameisenhaufen als einem alphabetischen Inhaltsverzeichnis, und die Erinnerungen fliegen davon, sobald ich ihre Umrisse erkannt zu haben glaube. Unter diesen Bedingungen von meiner Kindheit zu erzählen, wie ich es vorhabe, ist eine schwierige Aufgabe. Aber, um mit einer weiteren Frage auf die Frage zu antworten, die ich mir am Anfang des Kapitels gestellt habe, ist es so wichtig zu wissen, ob das, was ich schreibe, sich genauso zugetragen hat, wie ich es beschreibe? Wenn sich die Ereignisse, von denen ich berichte, zu einem anderen Zeitpunkt und woanders abgespielt hätten, würde das nichts an ihrer Bedeutung ändern. Auch nicht, wenn nicht ich sie so erlebt hätte, sondern jemand anders, mein Bruder Nando zum Beispiel oder jeder andere, der von demselben Wirbel der Auswanderung erfasst worden wäre wie wir. Als gebe es eine kollektive Erinnerung, die uns wie ein dichter Nebel einhüllt, ein riesiges, von Ereignissen aller Art überquellendes Fass, dessen einziger gemeinsamer Nenner, um es arithmetisch auszudrücken, die kollektive Ortsveränderung vom Punkt a zum Punkt b wäre, mit dem Verlust des Orientierungssinnes, wie es bei allen Ortsveränderungen der Fall ist. Ein Verlust, der einer seltsamen Krankheit gleichkommt, bei der es einem nicht gelingen würde, die Ursache des Schmerzes zu bestimmen.

Aber handelt es sich wirklich um einen Schmerz? Ist es nicht noch undefinierbarer? Gewiss, es gibt den gemeinsamen Nenner mit seinen Punkten a und b, einen Rahmen, eine Abreise und eine Ankunft, eine Quelle und eine Mündung, eine Geburt und einen Tod, kurz, einen Anfang und ein Ende. Aber wenn ich versuche, die beiden Pole dieses gemeinsamen Nenners zu erfassen und sie wiederzuerleben, wie es Großmutter Maddalena im Augenblick ihres letzten Geburtstags getan hat, weichen sie zurück, streben auseinander, verlieren sich in der Dauer. Und während meine Großmutter, als sie ihr Leben erzählte, zugleich Punkt a und Punkt b ihres Weges war, versinkt mein Punkt a in einer Vergangenheit, von der ich nur wenig weiß, während mein Punkt b auf eine Zukunft losjagt, von der ich noch weniger weiß, und so in jedem Augenblick den Abstand zwischen Quelle und Mündung vergrößert. So dass ich, in diese beiden Richtungen gezogen, auf meinem Kreis wie in Stücke gerissen den Ursprung sich wie einen Zug entfernen sehe, der am Horizont entschwindet, während allmählich das Gefühl sich verliert, irgendwo hinzugehören. Dadurch entsteht dieser Schmerz, der kein richtiger Schmerz ist, sondern eher ein Mangel, eine immer schrecklichere Abwesenheit, je mehr sich der Abstand zwischen den Punkten a und b vergrößert.

Deshalb verstehe ich die Seelenruhe in den alten, weder offenen noch geschlossenen Augen von Großmutter Maddalena an ihrem letzten Geburtstag. Sicherlich hatte auch sie in der mittleren Phase ihres Lebens gefühlt, wie ihre Punkte a und b in entgegengesetzten Richtungen flüchteten, wobei die Erinnerung an die Quelle zugunsten der Mündung umgefüllt wurde. Aber am Ende angekommen, sind die beiden Pole ihres Weges plötzlich zusammengefallen. Der Abstand, der ihr nur eine Substanz entzogen hatte, um sie mit einer anderen zu füllen, hat sich im Angesicht des Todes in Rauch aufgelöst. Deshalb sahen alle in meiner Umgebung ziemlich traurig aus, während sie ihrer Erzählung lauschten. Es war eine fröhliche Traurigkeit allerdings, denn die Art, wie Großmutter Maddalena die Dinge sagte, war sehr komisch, trotzdem war es Trauer, denn uns war bewusst, dass es sich um ihren letzten Geburtstag handelte. Alle, außer mir, ich war eher zufrieden, weil mir klar war, dass letztlich und endlich alles im Fass der Erinnerung wieder in Ordnung kommt, wenn der Lebensweg zu Ende geht. Die Geistesklarheit, die man unterwegs verloren hat, kehrt zurück, ohne dass man sie rufen müsste, als gehe es darum, bevor man alles endgültig verlässt, eine Schlussbilanz zu ziehen, einen vollständigen Lebenslauf zu schreiben in chronologischer Reihenfolge, wie es sich für einen richtigen Lebenslauf gehört. *Indessen kann man im ungeheuren leeren Innern des Wals ganz auf dem Grund Geppetto sehen, der melancholisch fischt…*

... die berühmte Geschichte vom heiligen Georg und dem Drachen, wobei dieser Drachen ein Wal war, behaupte ich ...

Habe ich schon von der Kommunion meines Bruders in San Demetrio erzählt? Er in seinem schönen dreiteiligen Anzug, ich als Engel verkleidet? Ob Kommunion oder nicht, in Wirklichkeit war ich, der Engel, der wahre Star dieses Tages. Und das spätestens beim Festessen. Oder war das bei meiner eigenen Kommunion? Nein, es war wirklich die seine, dessen bin ich jetzt sicher, und er hätte folglich im Mittelpunkt der Aufmerksamkeit aller stehen müssen, aber war das Wesentliche nicht diese Art Taufe, die dazu gehörte? Eine Taufe für alle beide, ich meine für meinen Bruder und mich, wo unsere Lebenswege auseinandergingen, er zur einen Seite hin, ich zur anderen, eine Taufe, bei der mir bewusst wurde, dass meine Mutter letzten Endes Recht hatte, dass ich ihn einholen würde, wenn ich so weitermachte, und ich glaube, dass ich ihn wirklich beinahe eingeholt hätte an diesem Abend.

Am Ende des Festessens, das sich über Stunden hinzog, erhob sich Großvater Claudio plötzlich feierlich, als wollte er ein Lied anstimmen oder seine imaginäre Trompete ansetzen, aber er nahm eine Gabel oder ein Messer oder einen Löffel, schlug damit gegen sein Glas und sagte, ohne das durchdringende Klimpern zu unterbrechen, das seine Worte begleitete, dass die Kommunionen auch Taufen seien, dass man gründlich sein müsse, um dem Herrn zu gefallen, kurz, wenn mein Bruder groß genug sei, den Leib Christi bei der Messe zu schlucken, so müsse er jetzt auch sein Blut kosten. Dann ergriff er, ohne Großmutter Lucia, oder Don Rocco noch sonst wem die Zeit zu lassen, gegen seine gotteslästerlichen Sätze zu protestieren, den grünen Hals der vor ihm stehenden Strohflasche, umspannte mit der einen Hand deren Bauch und goss die rote Flüssigkeit, die sie enthielt, in ein Glas mit Fuß, das leer hinter dem Teller meines Bruders stand, denn die süße Brause, die weiße Limonade, sagten wir später, im Gegensatz zur gelben und orangefarbenen, die nicht wirklich Limonade sind, kurz, die süße Brause trinkt man aus langen Gläsern ohne Fuß noch Griff noch sonst etwas.

Trink! ordnete er sogleich an, dies ist mein Blut. Mein Bruder, der etwas Ähnliches bei der Zeremonie in der Kirche der Nunziata gehört hatte, warf einen zögernden Blick um sich, von meiner Mutter, die gerade wegen Großvaters Gotteslästerungen mit dem Kreuzzeichen fertig war, zu meinem Vater, der mit der Taufe ganz einverstanden zu sein schien, aber ihn nicht zu ermuntern wagte. Da haben wir also, das heißt mein Bruder und ich, zu Onkel Fredy hinübergeblickt, der hinter den Blumen, die meine Mutter mitten auf den Tisch gestellt hatte, versteckt und in eine aus seinem Mund kommende Rauchwolke gehüllt war, die sich über seinem Kopf wie ein Heiligenschein sammelte. Ein richtiges Onkel Fredy Standbild mit einem lang gezogenen, knochigen Gesicht, ähnlich dem des leidenden Jesus über dem Kirchenaltar bei dieser berühmten Messe, wo mein Bruder am selben Morgen das große Privileg gehabt hatte, ganz neue Sachen zu tragen: einen dreiteiligen Anzug mit weißem Hemd, vergoldeten Manschettenknöpfen, Fliege und allem, was dazu gehört, ein Anzug, den er jetzt nicht mehr trägt, weil er noch einmal gebraucht wird, hat ihm Mama gesagt, von deinem Bruder, wobei ich die Ohren spitzte, um nichts von der Unterhaltung zu verpassen. Aber meine Mutter sprach nur von Suppen-, Soßen- und Eisflecken, und ich dachte, dass sie im Grunde Unrecht hatte, wenn sie sagte, dass ich meinen Bruder einholen würde. Der Beweis, wenn überhaupt einer nötig war, war dieser Anzug, den ich sobald nicht würde tragen können, weil die Hosen auf der Erde schleiften, als ich ihn heimlich anprobierte, und weil die Westenärmel über meine Hände hinabfielen und mich der schrecklichen Vogelscheuche ähnlich machten, die Onkel Fredy mitten unter seinen Blumen aufgestellt hatte, um Spatzen und Raben vom Herauspicken der Samen abzuhalten.

Da habe ich es ausgenutzt, dass alle mit dem, was mein Bruder tun oder nicht tun sollte beschäftigt waren, während Großvater Claudio sagte, er würde tausend Lire wetten, nein, die tausend Lire hier gehören dir, wenn du diesen Sirup schluckst, ja, hat mein Onkel hinzugefügt, der zugleich der Pate meines Bruders war, und ihm eine Uhr geschenkt hatte, wie sich das für einen richtigen Paten gehört, denn alle Freunde, hatte mein Bruder erklärt, würden von ihrem Paten eine Uhr bekommen, ein zusätzlicher Beweis dafür, dass die erste Kommunion wirklich eine Wende darstellt, eine Grenze, auf der einen Seite die unmerklich vorübergehenden Jahre und auf der anderen Seite die durch die Uhr symbolisierte Zeit, die man jetzt messen kann, und es stimmt, dass er seit dem Morgen immer nur das Zifferblatt mit den grünen Punkten betrachtete, die, wie er sagte, nachts leuchteten, und jetzt hielt er ständig seinen linken Arm ans Ohr, um zu hören, ob die Zeit nicht plötzlich stehen geblieben war, aber nein, sie war nicht stehen geblieben, im Gegenteil, die Zeit raste und trug meinen Bruder mit sich fort, entfernte ihn von mir und strafte noch einmal meine Mutter und ihre Behauptungen Lügen.

Mit seiner Uhr war mein Bruder uneinholbar geworden. Er trat in ein neues Zeitalter ein und ließ mich auf dieser Seite der Zeit ganz allein zurück. Wahrscheinlich war das der Grund, dass ich nicht einen Augenblick gezögert habe, als Papa und Mario, Batistas Sohn, der den Tag seiner Abreise von San Demetrio verschoben hatte, nur wegen der Erstkommunion meines Bruders, hatte er gesagt, aber der dann beschlossen hatte, hier zu bleiben, wo man sich so wohl fühlte, eine Entscheidung, die schon vorm Ende des Festessens wieder in Frage gestellt wurde, als mein Vater und Mario also und alle die anderen Männer, die auf dem Fest um den Tisch versammelt saßen, jeder einen Tausendlireschein hervorzog, und als ich anfing auszurechnen, dass tausend und tausend und tausend sicher genug zusammenbrächten, um eine Uhr oder einen dreiteiligen Anzug mit weißem Hemd und vergoldeten Manschettenknöpfen und Fliege zu kaufen, wahrscheinlich habe ich deshalb keinen Augenblick gezögert. Ich habe das mit Wein gefüllte Glas meines Bruders ergriffen und als ich es wieder auf den Tisch stellte, war es völlig leer. Alle haben die Blicke von Nando abgewandt, aber keiner hat etwas gesagt, dann haben sich alle Blicke wieder auf meinen Bruder geheftet, dessen Finger den Stiel des erneut gefüllten Glases umklammerten, und ich habe den Weg der Tausendlirescheine verfolgt, die auf seinem Teller landeten, als er das leere Glas neben sich niedersetzte, souverän und befriedigt, dass er den Drachen hatte töten können, wie der heilige Georg vor dem Altar der anderen Kirche, der Kirche von Differdingen, ein heiliger Georg mit strahlendem Gesicht, siegessicher, überzeugt, dass er unangreifbar ist, was auch immer geschieht. *Von diesem Drachen behaupte ich, dass es ein Wal war...*

...begehen die Wale Selbstmord?.... Die Annahme eines „Todestriebes" bei den Walen ist nicht gänzlich auszuschließen, wenigstens nicht bei unserem gegenwärtigen Kenntnisstand...

Und jetzt bin ich fast sicher, dass ich Mrs. Haroy nicht gesehen habe. Weder in Differdingen noch sonst wo. Erstens, weil ich nicht einmal weiß, ob er nach Differdingen gekommen ist, der Wal, das hat mir niemand sagen können. Auch die Zeitung nicht. Und zweitens war ich 1953 wirklich zu klein, um nach Luxemburg zu fahren, in einer Zeit, wo meine Eltern nur ein- oder zweimal im Jahr hinfuhren, nicht wegen der Octave, sondern um Onkel Fredy in seinen Treibhäusern zu helfen, wenn die Arbeit nicht zu schaffen war, oder kurz vor Allerheiligen, wenn Tante Lucie auf dem Markt Unterstützung brauchte. Onkel Fredy kam am Samstagmorgen in seinem dicken amerikanischen Auto, und holte uns in der Rooseveltstraße ab, uns, das heißt Mama, Papa und mich, denn Fernand ging schon zur Schule, und ich war hochzufrieden, dass Onkel Fredys beigefarbene Limousine genau vor unserer Eingangstür parkte. Und als wir dann hinausgingen, tat es mir wohl, die Blicke der Vorübergehenden auf uns zu fühlen, als wir majestätisch in dem Automobil Platz nahmen, das uns in die „Stadt" brachte, wie Onkel Fredy sagte. Aber kaum hatte ich es mir drinnen bequem gemacht, abseits von fremden Blicken, begann die Qual. Von der Stadt sah ich nichts, oder fast nichts, weil Onkel Fredy alles tat, um sie nicht wirklich zu durchqueren, und außerdem, eingekeilt wie ich war auf dem Hintersitz zwischen Papa und Mama, Tante Lucie saß vorn, hatte ich eine Art Mauer um mich. Nicht nur die vier Köpfe sondern auch die übermäßig hohen Rückenlehnen der Sitze. Und außerdem waren die Fenster über den Köpfen von Papa und Mama, ganz zu schweigen von Front- und Heckscheibe mehrere Zentimeter über meiner Augenhöhe, so dass ich, so von Mauern umgeben, nur an das Eine dachte. Oder an alles, außer an das Eine. Und wegen dieser einen Sache, an die ich um keinen Preis denken wollte, war Mama immer verkrampft, wenn ich in ein Auto stieg. Anstatt dic Landschaft zu bewundern, die Onkel Fredy in allen Einzelheiten beschrieb, war ihr Blick ständig auf mein Gesicht geheftet, um rechtzeitig die kleinste farbliche Veränderung zu erkennen. Und wenn meine roten Backen am Ortsrand von Niederkorn blassrot, dann rosa, was auch blass ist, und dann einfach nur blass wurden, und auf meiner Stirn ganz kleine Schweißperlen hervortraten, sagte sie zu Onkel Fredy, er möchte langsamer fahren oder wenigstens das vordere Seitenfenster herunterdrehen, hinten konnte man das nicht, weil der Kleine sich erkälten könnte, und all das, weil sie mein entstehendes Unwohlsein dem Zigarettenrauch zuschrieb, den Onkel Fredy pausenlos im Wageninnern ausblies.

Aber ich habe mich in Onkel Fredys Limousine nie übergeben. Woanders schon, auf den Schmetterlingen des Karussells auf der Maikirmes, die auf dem Millchen Platz genau vor Charlys Garten stattfand zum Beispiel, oder im Zug nach Italien, oder im Zug nach Esch, oder in meinem Bett, das nirgendwo hinfährt, überall, außer in Onkel Fredys Limousine. Und dann mag ich mich im Allgemeinen nicht gern übergeben. Das fühlt sich an wie ein Messer oben in der Kehle und tut schrecklich weh. Ganz zu schweigen vom ekelhaften Geschmack, der schon allein manchmal dazu führt, dass ich alles noch einmal erbrechen möchte. Besonders, wenn nicht verdaute säuerliche Stücke in dem Verbindungsgang zu meiner Nase stecken zu bleiben drohen. Es ist verrückt, wie die Nase und der Mund durch ein und dieselbe Röhre verbunden sind. Einmal, aber das ist später, als Josette, unsere Schwester, schon fünf Jahre alt war, hat sie plötzlich beim Spaghettiessen geniest, und ein Spaghetti ist ihr aus der Nase gekommen. Schlimmer ist es noch in umgekehrter Richtung. Besonders, wenn man erkältet ist. Die etwas schleimige Flüssigkeit, die sich in der Nase gesammelt hat, fließt hin und her von den Nasenlöchern zum Mund und umgekehrt. Dann möchte man ausspucken. Aber Mama will nicht, dass ich spucke. Sie sagt, spucken gehört sich nicht. Dann schlucke ich runter. Obgleich ich weiß, dass auch das Herunterschlucken sich nicht gehört. Das hat Herr Schmietz zu Camille, einem meiner Klassenkameraden, gesagt. Camille steckt sich immer den Finger in die Nase und lässt die Ausbeute im

Mund verschwinden. Auch ich habe das schon versucht, aber ich mag den salzigen Geschmack der kleinen Popelkügelchen nicht besonders. Diese Manie hat Camille von Roger, dem frechsten Schüler in meiner Klasse. Der hat sich vor uns, das heißt vor Charly, Camille, Nico und mich, aufgestellt und gesagt: Guckt mal. Wir haben geguckt. Roger hat sich den Zeigefinger in die Nase gesteckt, hat zwei Minuten lang darin gebohrt, hat ihn wieder herausgezogen und das Zu-Tage-Geförderte ist in seinem Mund verschwunden. Noch einmal, hat Charly zu ihm gesagt, denn er ist immer skeptisch bei solchen Streichen. Roger hat es noch einmal getan. Nicht so schnell, hat Charly gesagt. Und da haben wir den Trick gesehen. Wir, das heißt alle außer Camille. Roger nahm seinen Zeigefinger, um sich in der Nase zu bohren, aber dann steckte er sich einen anderen Finger in den Mund. Das ging so schnell vor sich, dass man es nicht merkte. Seit dem Tag fand Camille, dass die kleinen Kötel, die er sich aus der Nase zog, gar nicht so schlecht schmeckten. Aber Herr Schmietz war entrüstet. Fischst du schon wieder, sagte er, wenn er Camille mit dem Finger in der Nase auf frischer Tat ertappte. Glücklicherweise inspizierte Herr Schmietz nicht allzu oft unsere Bänke! Vor allem nicht die Unterseite. Er hätte das Ergebnis dreimonatigen Fischens entdeckt.

Aber in Onkel Fredys Auto die beigefarbenen Sitze schmutzig machen, das kommt nicht in Frage, hatte Mama gesagt. Auch wenn ich nahe davor war, wenn Onkel Fredy sagte: hier ist die Steige von Dippach und, oben angekommen, die Abfahrt begann. Der Magen folgte der Gestalt des Bodens, aber in umgekehrter Richtung, beim Anstieg setzte sich im Innern alles, der Magen wurde schwer, während er sich bei der Abfahrt hob, und der Brei in den Verbindungsgang zu Mund und Nase zu kommen drohte. Wie in den Schmetterlingen der Kirmes, wo es ständig auf und ab geht. Die Achterbahn auf dem Jahrmarkt habe ich nur von weitem gesehen, die können wir vergessen. Aber das Schlimmste ist dieses furchtbare Karussell, das auf der Maikirmes immer an derselben Stelle, auf dem Marktplatz genau vor dem Kleinen Kasino steht, und dessen Schmetterlinge mit einer nachtblauen Plane bedeckt werden. Um nicht als Schwächling dazustehen, habe ich es einmal mit meinem Bruder zusammen ausprobiert, ein einziges und letztes Mal, denn als ich aus diesem fürchterlichen Karussell ausstieg, hatte ich den Eindruck, die Häuser, die Leute und die anderen Karussells rundherum würden in die Luft gewirbelt und davonfliegen. Hier in Onkel Fredys Auto hatte ich kein Schwindelgefühl, noch nicht, aber mein Magen krampfte sich zusammen. Hinter Dippach wurde es jedoch besser, es kamen fast keine Kurven und die Gegend war ziemlich flach. Mama war nervös, ließ mich nicht aus den Augen und betete bestimmt zu Jesus, dass Onkel Fredy ein für allemal seine Packung Maryland verschlucken möge. Aber dieser rauchte ohne Gefühl für diese Art Gebete fröhlich weiter, was das Zeug hielt, kratzte sich am Adamsapfel, der unter seinem grauen Wollpullover vergraben war, hüstelte ab und zu, drehte das Seitenfenster herunter und katapultierte die große Menge Spucke, die sich in seinem Mund angesammelt hatte, in die Luft. Wenn mein Magen eine kritische Phase erreicht hatte, drehte auch Mama manchmal das Fenster, das sie neben sich hatte, herunter und das, obgleich doch der Kleine einen Schnupfen bekommen konnte. Das war noch schlimmer, denn der Rauch, der vorne hinauszog, kam hinten wieder herein und schlug gegen unsere drei Gesichter und forderte uns gegen unseren Willen zum Rauchen dessen auf, was Onkel Fredy in die Natur blies.

Eines Tages entrannen wir nur mit knapper Not einer Katastrophe. Wir kommen in die Stadt, sagte Onkel Fredy, und Mama drehte ganz erleichtert das Fenster herunter, damit etwas Luft hereinkam. Papa und Onkel Fredy stritten sich gerade, weil Onkel Fredy von Kemp, dem Torwart der Red-boys gesagt hatte, er sei eine Null. In der Stadt fährt Onkel Fredy nicht so schnell, und weder Rauch noch Wind haben Zeit, ins Innere des Wagens zu dringen. Da schrie Papa plötzlich: ich brenne, halt an Fredy, ich brenne! Das sagte er auf Luxemburgisch und Mama verstand nichts. Sie hat über den Fußball geschimpft und ihn gefragt, warum er sich so anstellte, das würde noch dazu führen, dass der Kleine sich übergibt. Aber Papa hüpfte auf seinem Sitz herum und schrie noch lauter, ich brenne, so halte doch, Fredy! Glücklicherweise hat Onkel

Fredy begriffen. Er hielt das Auto an und Papa ist hinausgestürzt. Auf dem Bürgersteig hat er alle möglichen Bewegungen gemacht, dann hat er den Kopf gesenkt, seine Hände auf den Teil der Hose gelegt, wo der Pimmel ist und seinen Finger in ein kleines Loch gesteckt, das normalerweise dort nicht sein dürfte, genau unter dem Hosenschlitz. Inzwischen rümpfte Mama die Nase: hier riecht es angebrannt, sagte sie auf Italienisch. Das verstand nun Tante Lucie nicht, Gott sei Dank, denn die gerät leicht in Panik, wegen nichts und wieder nichts, sagt Papa immer. Onkel Fredy und ich haben auch angefangen, die Nase zu rümpfen. Das hat nun Tante Lucie sofort verstanden. Sie hat sich umgedreht, etwas schwerfällig natürlich, denn sie ist ziemlich dick, rund, sagt Großvater Claudio, und das sieht man umso mehr, weil Onkel Fredy neben ihr so dünn wie eine Bohnenstange ist, sie hat sich also umgedreht, hat ihren Hals so sehr gereckt, wie möglich, und hat zu schreien begonnen: hier ist Rauch, hier ist Rauch! Sechs Augenpaare folgten ihrem Blick und stellten die Schäden im Leder des Sitzes fest. Dort, wo Papa gesessen hatte, sandte ein noch brennender Zigarettenstummel fröhlich eine Rauchfahne in Richtung unserer Nasen. Inzwischen hatte Papa sich beruhigt. Er hat den Kopf durch das offene Fenster gesteckt, verdammte Zigarette gesagt, die Tür aufgemacht und die Kippe genommen. Während der restlichen Fahrt konnte von Erbrechen nicht mehr die Rede sein, so interessant war das Gespräch zwischen Papa und Onkel Fredy.

– Versteh ich nicht, sagte Onkel Fredy auf Italienisch, du rauchst doch gar nicht.

– Aber diese cazzo von Kippe war doch nicht von mir, antwortete Papa auf Italienisch.

– Wieso das, war nicht von dir, du willst mir doch nicht weismachen, dass der Kleine jetzt raucht, oder Tina.

Alles, was ich weiß, sagte Papa, ist, dass die Zigarette mir beinahe die Eier in Brand gesteckt hat.

– Nando! sagte Mama, sag doch nicht solche Wörter, wenn der Kleine dabei ist.

– Ich sag Eier, wann es mir passt, sagte Papa.

– Was ist los? hat Tante Lucie auf Luxemburgisch gefragt, warum schreit ihr so?

– Halt dich da raus, hat ihr Onkel Fredy auf Luxemburgisch geantwortet, wir klären gerade ein Rätsel auf. Wenn sich die Frauen einschalten, versteht man gar nichts mehr.

Die Diskussion dauerte einige Kilometer, bis Eich, wo der Wagen vor Onkel Fredys Geschäft wieder hielt. Was das Rätsel betrifft, so hat es sich erst viel später aufgeklärt, und zwar im selben Auto und auf derselben Route. Ich saß ruhig und zufrieden auf dem Rücksitz, an Papas Platz, der nicht mitgekommen war, weil er seine Dreitagesschicht hatte. Ich hatte das Fenster wegen dem Gemeinschaftsrauch von Onkel Fredys Maryland und Großvater Claudios F6 heruntergedreht, unbekümmert um die Erkältung, die der Kleine, der schon gar nicht mehr so klein war, bekommen könnte. Plötzlich habe ich geschrien, halt an Onkel Fredy, ich stehe in Flammen! Er hat geglaubt, ich mache einen Witz, weil die Geschichte von Papas gegrillten Eiern in der Familie ein sehr beliebter Scherz geworden ist. Auf jedem Fest wurde er erzählt. Aber ich meinte es ernst. Zwischen meinen Beinen, da, wo der Pimmel sitzt, war Rauch. Ein rauchender Pimmel, das ist nicht zum Lachen. Aber es war nicht der Pimmel. Ich hatte alles gesehen: Großvater Claudio hatte das noch brennende Ende seiner Zigarette aus dem Fenster geworfen, und das war, statt auf dem Pflaster zu landen, durch mein Fenster wieder hereingeflogen und war genau da zwischen meinen Beinen gelandet und fraß zwei kleine Löcher um sich herum, eines in den Sitz beinahe an der Stelle des Loches, das Papa in Panik versetzt hatte, und das andere in meine Hose, die wie alles andere nicht wirklich meine Hose war, sondern die von meinem Bruder geerbte, ein kleines schwarzes Loch genau unter dem Hosenschlitz und drohte, auch meine Eier zu rösten.

Übrigens ist aus diesem Abenteuer mein erster großer Streit mit Großvater Claudio entstanden. Nicht wegen der Eier. Inzwischen kann ich von Eiern sprechen, ohne Mama allzu sehr aufzuregen. Es ist üblich, dass bei uns davon die Rede ist. Wie in jeder anderen italienischen Familie. Das Wort schleicht sich überall ein. Ebenso wie das andere Wort, das Mama uns zu sagen verboten hat, mir und meinem Bruder, und zwar cazzo, obgleich sie selbst es mindestens zwanzigmal am Tag sagt, und zwar immer wenn sie nicht zufrieden ist. Die Luxemburger, vor allem die Kleinen, aber auch die anderen, würden nie auf den Gedanken kommen, den ganzen Tag Schwanz (die ungefähre Übersetzung von cazzo) zu sagen oder Eier. Das gehört nicht zur Umgangssprache. Für einen Italiener ist es normal, davon zu sprechen. Manchmal frage ich mich, warum gerade dieser Teil des Körpers ausgesucht wurde. Statt an Stelle von was willst du? welchen Schwanz willst du? zu sagen, könnten sie ebenso gut sagen, welche Hand willst du? oder welchen Kopf willst du? Nein. Sie lassen nicht davon ab. Und damit es vollständig ist, fügen sie hinzu: Du zerbrichst mir die Eier. Oder sogar, und das, das bleibt absolut verboten bei uns: du machst mir so einen Arsch. Aber gewöhnlich reichen die Worte nicht aus. Ein Italiener, der sich respektiert, begleitet im Gegensatz zu einem Luxemburger, der sich respektiert, immer das, was er sagt, mit vielsagenden Gebärden. Wenn er zum Beispiel sagt, welchen Schwanz willst du überhaupt? hält er notwendigerweise die Fingerspitzen der rechten Hand zusammen und schüttelt, ohne den Arm zu bewegen, nur das Handgelenk vor seinem Gesprächspartner auf und nieder, der ihm gegenüber dasselbe tut. Wenn er dagegen sagt, du machst mir so einen Arsch, dann nimmt er beide Hände zu Hilfe und hält sie unten vor den Hosenschlitz oder den Teil des Kleides, der bei den Frauen sich an der Stelle des Hosenschlitzes befindet, dann, Daumen gegen Daumen streckt er beide Zeigefinger in Richtung auf den, mit dem er spricht, während die anderen Finger gebogen bleiben. Manchmal sagt ein Italiener nichts, wenn er verärgert ist. Er macht nur die Gebärde. Die Bewegung des Gehörnten zum Beispiel. Besonders im Rücken der Person, an die er sich wendet. Daran, an den Gebärden, die er macht, erkennt man inmitten einer Gruppe von Luxemburgern den Italiener, und sei es auch ein einziger. Und wenn man von weitem jemand kommen sieht und man noch nicht weiß, wer das ist, verrät wieder die Gebärdensprache den Italiener. Nicht seine Kleidung. Eine Gebärde. Alle zwanzig Schritte berührt er mit seiner rechten oder linken Hand seinen Hosenschlitz, als kitzelten ihn die Eier, aber das kitzelt nicht immer, es ist ein Mechanismus, der ganz von selbst funktioniert. Er merkt nicht einmal, was er da tut. Er tut das, um zu sehen, hat Papa einmal gesagt, – aber das sagte er zum Spaß – ob der Schwanz noch da ist. Na hör mal, hat Mama gesagt, was erzählst du den Kindern bloß!

Aber wenn drei oder vier Italiener unter sich sind, zum Beispiel beim Kartenspielen, achten sie überhaupt nicht auf die Gesten und Worte, die sie von sich geben. Alles fließt ganz natürlich aus ihren Mündern und Händen. Als wäre es angeboren. Deshalb entstand der erste Streit zwischen Großvater Claudio und mir nicht wegen der Eier. Nein. Sondern wegen einer Sache, die er behauptet hat. Normalerweise glaubte ich alles, was Großvater Claudio sagte. Er konnte so gut erzählen. Aber in diesem Fall konnte er ganz offensichtlich nicht Recht haben: Zweimal dasselbe, das passiert nie, hat er eines Tages behauptet, als ich zum xten Mal die Geschichte mit den gerösteten Eiern erzählt habe. War es bei der Taufe meiner Schwester Josette oder bei der Heirat meines Vetters und Paten Ernesto, der nur bis zum Jahr sechsundfünfzig Ernesto hieß und dann plötzlich Erny wurde?

Nein, das war nicht auf Ernys Hochzeit. Damals war Großvater Claudio noch in Italien. Denn er glaubte, was auch Mama glaubte, dass nämlich unsere Rückkehr nach Luxemburg nur vorläufig sein konnte. Da regnet es immer, hatte er gesagt, und das Herz eines Italieners verträgt nicht soviel Regen. Es braucht auch hin und wieder Sonne. Aber ein Jahr war schon herum, und wir waren noch in Differdingen mit einer in zwei Teile gerissenen Familie diesseits und jenseits des Sankt-Gotthard-Tunnels, eine Hälfte im Regen, die andere in der Sonne.

Es stimmt, dass es in Differdingen immer regnete. Wenigstens in meiner Vorstellung. Es gab viel Staub und es regnete. Mama klagte und redete von der Sonne dort unten. Papa wurde böse und redete von der Bezahlung hier. Nando, Fernand geworden, wuchs immer schneller und durfte in der Schule in die dritte Klasse von Herrn Molitor. Und ich langweilte mich, weil wir im Kindergarten nur Papierketten flochten und Löcher in ein buntes Blatt stachen. Aber das hatte ich schon in San Demetrio gemacht, und ich war überhaupt nicht zufrieden, dass die Rückkehr nach Luxemburg neben anderen Nachteilen für mich auch einen Rückschritt in der Zeit mit sich brachte.

In dieser Situation kam die Heirat meines Paten Erny, derselbe, der mir vom heiligen Nikolaus das Dreirad hatte bringen lassen, gerade zur rechten Zeit. Seit dem Tag, an dem Erny und Marta zu uns gekommen waren, um uns die Neuigkeit zu verkünden, gab es nur noch ein Thema bei Tisch, und zwar die Kinder von Erny und Marta. Natürlich hatten sie noch keine, weil sie erst in einigen Wochen heiraten wollten. Es ist verboten, vor der Heirat Kinder zu haben. Keiner hat welche. Das ist eine Todsünde. Aber wenn ich richtig verstand, was Mama sagte, war es für Erny und Marta verboten, auch später welche zu haben. Es würden rachitische Kinder sein, sagte Mama, mit übergroßen Augen und abstehenden Ohren. Zu schweigen von der Wirbelsäule, hat Papa noch hinzugesetzt. Die armen Kinder, beendete Mama das Gespräch. Das machte mich traurig, weil ich meinen Paten Erny gern hatte. Nicht nur wegen dem Roller. Ab und zu nahm er mich auf seiner Lambretta mit. Ach, nicht weit. Nur eben von unserem Haus in der Rooseveltstraße bis zu seinem, wo auch Marta, Tante Claras Tochter wohnte, oben in der Spitalstraße. Er holte mich nach der Arbeit ab, denn er arbeitete als Schneider im Konfektionshaus Heinen in Esch, mein Pate Erny, deshalb hatte er sich auch die Lambretta gekauft, und ich spähte hinter dem Fenster nach ihm aus und freute mich auf die Spazierfahrt auf dem Motorroller. Manchmal, wenn ich protestierte, dass die Strecke zu kurz war, verlängerte er sie über die Spitalstraße hinaus und kehrte hinter dem Fußballplatz der Red-boys auf dem Passionsplatz um. Auf Ernys Motorroller fühlte ich mich richtig wohl. Vor ihm stehend, meine Hände fest auf seinen, die die Griffe des Lenkers umklammert hielten, auf die geringste seiner Bewegungen achtend, ließ ich trotz der beweglichen Windschutzscheibe mein Gesicht vom Wind peitschen. Von Erbrechen oder Sich-Erkälten keine Spur. Ich verschwendete nicht einmal einen

Gedanken daran, so interessant war es zu sehen, wie das Vorderrad so schnell die Asphaltdecke der Spitalstraße fraß.

Eines Tages, als ich rittlings auf dem Sattel des Motorrollers saß und Erny die Birne vom Scheinwerfer ersetzte, habe ich ihn plötzlich gefragt: sag mal Erny, warum kannst du keine Kinder bekommen? Die Glühbirne fiel zu Boden in eine Wasserpfütze, die vom letzten Regen zurückgeblieben war. Wieso? hat er gesagt. Papa sagt, dass die Wirbelsäule eine Zickzackform haben würde, habe ich gesagt. Da hat er laut herausgelacht, und während er sich vor Lachen bog, kam meine Kusine Marta aus dem Haus. Sag's ihm, dem Kleinen, sagte Erny zwischen zwei Lachkrämpfen, warum unsere Kinder eine zickzackförmige Wirbelsäule haben werden. Aber sie hat mir überhaupt nichts gesagt. Und zwei Wochen lang haben weder sie noch Erny sich bei uns sehen lassen. Als sie endlich eine Woche vor ihrer Hochzeit geruhten, uns zu besuchen, wusste ich schon alles. Aus dem Mund meines Bruders. Erny und Marta sind Vetter und Kusine, hat er mir gesagt, sie sind aus derselben Familie, und das ist überhaupt nicht gut. Wenn man heiraten will, hat er weiter gesagt, dürfen sich die beiden Menschen noch nicht kennen. Das gab mir einen kleinen Stich ins Herz. Bedeutete das, dass ich nie Michèle, Charlys Schwester, heiraten dürfte? Oder Rita, meine erste Liebe? Wenn die Leute aus derselben Familie sind, hat er hinzugefügt, würden die Kinder Köpfe wie Marsmenschen haben mit zwei Antennen an Stelle der Ohren und Beine dünner als ein Streichholz. Armer Erny, habe ich gedacht, aber ich sagte ihm nichts davon, als er mit Marta endlich eine Woche vor der Hochzeit zu uns kam. Ich habe nichts gesagt, weil er, ob er nun mein Pate ist oder nicht, die Frechheit haben könnte, mich nicht zu seiner Hochzeit einzuladen, meiner ersten Hochzeit, und die wollte ich auf keinen Fall verpassen. Schließlich passiert es nicht alle Tage, dass jemand aus der Familie heiratet.

Am Anfang war es ziemlich langweilig. Mein Bruder und ich, wir waren die einzigen Kinder auf dem Fest. Kein anderer in der Familie hatte Kinder. Nicht einmal Onkel Fredy und Tante Lucie, die keiner verdächtigen konnte, vor der Heirat zur selben Familie gehört zu haben.

In der Kirche hat es keinen Skandal gegeben. Der Priester, Hochwürden Blanche, hat nichts von Kindern mit Zickzackwirbelsäule und einem Kopf mit Antennen gesagt. Und niemand hat höhnisch gekichert, als er am Ende der Zeremonie mit monotoner Stimme sagte: Ernest Beltrami, willst du die hier anwesende Marta Beltrami zur Frau nehmen?

Auch Papa hat keinen Skandal gemacht. Vor der Messe schon. Und zwar die ganze Woche vor der Hochzeit. Niemals werde ich eine Kirche betreten, hat er geschimpft, die Pfaffen kann ich nicht riechen. Du hast doch auch vor dem Priester gestanden, als wir geheiratet haben, sagte Mama. Das war nicht dasselbe, sagte Papa, damals war Krieg. Krieg oder nicht, hat Mama geantwortet, Priester ist Priester, aber du bist nicht mehr du selbst wegen der politischen Dummheiten von Papa. Damit hat dein Vater nichts zu tun, hat Papa gesagt, ich bin alt genug, um selbst zu sehen, was die Pfaffen anrichten. Hast du den Vatikan gesehen, voller Gold ist der, und wir, was haben wir? Nichts. Nicht einmal einen richtigen dreiteiligen Anzug. Da hat Mama zu Papa gesagt, er solle mit ihr ins Schlafzimmer kommen. Die übrige Diskussion habe ich durch die Wände gehört. Die Kleinen haben auch nichts anzuziehen, hat Mama gesagt. Nando wächst so schnell und Claudio kommt nicht mit. Ein Fest ist ein Fest, hat Papa erwidert, man muss gekleidet sein, wie es sich gehört. Ja, aber wie sollen wir die Schulden bei Di Cato abbezahlen? hat Mama weinerlich geklagt. Vielleicht sollte ich auch arbeiten gehen. Übrigens, Onkel Fredy hat mir vorgeschlagen, ihm öfter auf dem Markt zu helfen. Er bezahlt mir sicher etwas. Kommt nicht in Frage, war Papas Antwort. Das Geld verdiene ich, und damit basta.

Am nächsten Tag sind wir zu Di Cato gegangen. Frau Di Cato freute sich, uns zu sehen. Sicher glaubte sie, meine Eltern wollten einen Teil ihrer Schulden abbezahlen. Aber sie ließ sich nichts anmerken, als sie begriff, dass das Gegenteil der Fall war. Der einzige Unzufriedene war ich, als wir das Bekleidungsgeschäft verließen. Fernand hatte einen neuen Anzug bekommen. Papa auch, einen schwarzen Dreiteiligen mit grauen Streifen. Und ich, nichts. Du ziehst Nandos Erstkommunionsanzug an, hat Mama gesagt. Wenn ich ihn ein bisschen verändere, wird er dir passen. Noch eine Woche vorher, und noch am Abend davor hätte ich mich gefreut, in die Hose zu schlüpfen, in der Fernand seine Erstkommunion vollzogen hatte. Und um ehrlich zu sein, ich hatte es heimlich schon mehrmals getan, Aber diesmal war es anders. In der Diskussion vom Abend davor war ich der einzige Verlierer. Ich habe aber nichts gesagt. Die Aussicht, dass Mama in der Stadt arbeiten und nicht zu Hause sein würde, machte mir ein wenig Angst.

Nach der Messe sind wir wie auf einer Prozession die Charlottenstraße hinuntergegangen, die Jungvermählten vorneweg, Fernand und ich gleich dahinter, wobei wir Reis auf den weißen Schleier unserer Kusine Marta und auf den schwarzen Smoking unseres Vetters Erny warfen, dann hinter uns, alle anderen, immer zu zweit, wie in der Schule, außer Papa und Mama, Großmutter Maddalena in ihrer Mitte, die in dieser Straße sich ein bisschen verloren fühlte. Die Leute auf dem anderen Bürgersteig blieben stehen, um uns zu bewundern, und ich war trotz des alten Anzuges, den ich trug, stolz und fühlte mich wichtig, schließlich waren wir im Umkreis von Kilometern die einzigen, die an einem Samstag so angezogen waren.

Das Essen im Kleinen Kasino am Marktplatz, genau da, wo das fürchterliche Karussell immer steht, dessen Wagen mit einer blauen Plane bedeckt werden und das alle, die sich hineinbegeben und selbst die, die es sich ansehen, dazu bringt, dass sie sich übergeben müssen, war ebenso außergewöhnlich. Nur Sachen, die ich bis dahin noch nie gegessen hatte. Und die ich zum großen Teil nicht probiert habe. Ganz wie Papa übrigens. Besonders die Taube. Selbst gerupft und ohne Kopf hatte ich Mitleid mit ihr, diesem kleinen Vogel, der auf meinem Teller lag. Er sah aus, als würde er vor Angst zittern. Papa, der nichts mag, was auch nur von fern oder nah Geflügel ähnelt, fand ein Mittel, seins loszuwerden. Er täuschte eine ungeschickte Bewegung mit seiner Gabel vor, und der Vogel begann wieder zu fliegen ohne Flügel noch sonst was und landete unter dem Tisch. Papa hat cazzo gesagt, und als die Bedienung kam, um ihm noch eine zu servieren, hat er höflich nein danke gesagt, und die Sache war geritzt. Nun blieb noch meine. Ich hatte schon rundherum Kartoffeln, grüne Bohnen und die beiden Oliven probiert. Aber die Taube war noch ganz. Wie die, die unter dem Tisch lag. Ich konnte es doch nicht wie Papa machen. Da habe ich mich umgeblickt. Erny leckte sich am anderen Tischende die Finger und sagte, man müsse eine Taube wie ein Huhn essen, auf römische Art, das heißt mit den Händen. Marta schnitt ihre mit einem Messer, das stumpf zu sein schien, in Stücke. Großmutter Maddalenas Teller war leer. Sicher hatte sie sich mit ihrem Alter entschuldigt, um den Gang zu überspringen. Fernand sagte Mama etwas ins Ohr, die ihm Zeichen machte, endlich mit dem Vogel anzufangen, während ihrer ebenso unberührt auf ihrem Teller lag. Kurz, um den Tisch herrschte eine seltsame Stimmung. Fast keiner redete. Fast keiner gestikulierte. Die Taube hatte alle verwandelt. Bis zu dem Augenblick, wo Mario aufstand.

Mario ist Batistas Sohn. Er gehört nicht wirklich zur Familie und noch weniger zu der von Erny und Marta. Er war ganz einfach gerade bei uns, als die Verlobten kamen und uns zur Hochzeit einluden. So wurde Mario mit eingeladen. Mario und Josette, die Frau, die mit ihm gekommen war. Mama hatte sich sehr gefreut, als sie Mario eine Woche vor Ernys und Martas Hochzeit auf der Türschwelle erblickte. Sie glaubte, er käme von San Demetrio mit Nachrichten und wer weiß, vielleicht mit Salami und Pecorino für uns. Aber ihre Freude verflog, sobald sie hinter Marios breitem Rücken dieser blonden jungen Frau voller Lippenstift und Make-up ansichtig wurde. Von Anfang an gefiel ihr Josette nicht. Weder die Kleidung, die sie trug, ein rotes sehr enges Kostüm, das die Formen oben wie unten zu sehr betonte. Und dann war der Rock ganz kurz und bedeckte nicht einmal die Knie. Ganz zu schweigen von den schwarzen Strümpfen und den Pfennigabsätzen. Kurz, die Sorte Frau, die Mama lieber nicht unter ihrem Dach gesehen hätte. Auf mich und Fernand hat Josette gleich einen guten Eindruck gemacht, weil sie uns anlächelte und uns einen Kuss auf die Backe gab, worüber wir beide lachen mussten, als wir nämlich im Gesicht des anderen den Abdruck des Lippenstiftes entdeckten.

Papa war in der Fabrik. Als er um zwei zurückkam, riss er die Augen auf, und der Blick, mit dem Josette ihn ansah, gefiel Mama überhaupt nicht. Er war ein bisschen befangen und sagte, man müsse auf jeden Fall eine Flasche Chianti aufmachen, und Mario solle ihm erzählen, was er die ganze Zeit gemacht hätte. Der Chianti wäre nicht nötig gewesen. Mama hatte Josette schon einen Cinzano angeboten und Mario ein Battin. Was die Geschichte betrifft, so hatte Mario sie schon erzählt, und zwar in einem mit französischen Ausdrücken gespickten Italienisch, denn Josette sprach nur Französisch. Sie war Belgierin aus Athus, und Mario kannte sie erst seit kurzer Zeit. Aber sie hatten gleich geheiratet. Sie hatten sogar ein sechsjähriges Kind. Ich habe die Ohren gespitzt. Vor sechs Jahren, und sogar noch vor drei Jahren war Mario noch in Italien. Sie hat, verbesserte sich Mario sofort und zeigte auf Josette, sie hat ein sechsjähriges Kind. Und Amerika? fragte Papa, wie ist Amerika? Josette hat Mario angeschaut. Welches Amerika? sagte sie mit ihrem Blick, du hast mir nicht gesagt, dass du in Amerika warst. Mario wurde rot. Papa fragte nicht weiter. Und Batista? fragte er. Ach, weißt du, der Alte, sagte Mario, aber er redete nicht weiter, denn im Grunde, aber das hat er erst später gesagt, als Josette nicht da war, wusste er nichts von seinem Vater, der ihn noch in Amerika glaubte und der sich in mehr als einem Brief an uns über das Schweigen seines ältesten Sohnes gewundert hatte, während Remo, Ritas Vater, die ganze Zeit mit ihm in Verbindung stand. Von Remo hatte Mama erfahren, dass Batista schwerkrank war. Krank und traurig, wegen Marios Verschwinden. Das hatte sie uns eines Tages bei Tisch gesagt. Es ist wirklich nicht nett von Mario, nicht aus Amerika zu schreiben, hatte sie gesagt, Batista wird sterben, wenn er seinen Sohn nicht wiedersieht.

Deshalb hatte sie sich gefreut, als sie Mario auf unserer Türschwelle erblickte. Sie hatte geglaubt, Mario hätte nun endgültig Amerika aufgegeben, wäre zu seinem Vater zurückgekehrt und würde jetzt in Luxemburg Arbeit suchen. Wie alle. Aber Mario war nicht wie ein Arbeitsuchender gekleidet. Sein dunkler Anzug, sein weißes Hemd, seine rote Krawatte, seine mit Brillantine vollgeschmierten Haare, all das verhieß nichts Gutes. Und dann stand noch diese Josette hinter ihm, mit den Allüren eines leichten Mädchens. Welch ein Paar! In ihren Blicken war etwas Unwahres. Sie waren verheiratet, aber von Liebe keine Spur. Das ärgerte Mama umso mehr, als sie sah, wie dieses liederliche Frauenzimmer Papa schöne Augen machte. Und selbst Erny, als der kam, um uns zu seiner Hochzeit einzuladen. Papa drang darauf, dass auch Mario und seine Frau eingeladen würden. Zwei Personen mehr oder weniger, das macht keinen Unterschied, hat Erny da gesagt. Und er sagte das, weil er noch nicht wusste, was Mama schon wusste und was kein anderer wissen durfte, erklärte Josette Mama auf französisch, als Marios Frau Mama in die Küche folgte, um das Abendessen zuzubereiten.

Mama hat uns am nächsten Tag alles erzählt. Sie hat sogar mit Papa wegen der Einladung gestritten. Mario war überhaupt nicht nach Amerika gegangen. Er war direkt nach Luxemburg gekommen, war ausgewiesen worden, wegen etwas, was sie nicht wusste, hatte sich nach Belgien geflüchtet, war dort wegen einer dunklen Geldgeschichte oder Spielschuld ins Kittchen gekommen, hatte dieses Frauenzimmer in einer Bar getroffen und sie geheiratet, weil sie, wie Josette sagte, vom selben Schlag waren. Es ist eine Sünde, sie auch nur einen Schritt in die Kirche zu lassen, hat Mama gesagt. Schließlich waren sie nicht zum ersten Mal verheiratet, Mario und Josette. Beide hatten es schon vorher probiert. Josettes Kind war nicht von Mario, und auch Mario hatte einen Sohn, der nicht von Josette war und der mit seiner Mutter irgendwo in Belgien lebte. Das alles hat Mama in einem Zug gesagt, ohne auch nur eine Pause zum Atmen zu machen, so sehr hatte sie diese Geschichte aufgeregt. Und jetzt hatte Papa sie zur Hochzeit einladen lassen. Welche Schande! Wenn die anderen all das erfahren würden! Und der arme Batista! Sicher weiß er schon Bescheid, der arme Batista! Wenn ihm das nicht den Gnadenstoß versetzt, dann ist das ein wahres Wunder! Der arme Batista!

Das wusste ich über Mario. Die ganze Geschichte. Wie ein abgefeimter Scharlatan. Er ist wie Peter Voss, hat Papa gesagt. Aber ich wusste nicht, wer Peter Voss war. Für mich war Peter Voss ein Bertelsmann-Buch mit cinem roten Einband, das zwischen anderen

Bertelsmann-Büchern in dem kleinen Bücherbord des Esszimmers neben Brehms Tierleben und Knaurs Jugendlexikon eingeklemmt stand. Aber Mario war mir sympathisch. Von Anfang an. Nicht wegen der zwanzig Franken, die er mir in die Tasche steckte und dabei flüsterte, sag niemandem was davon und kauf dir Schokolade dafür. Ich habe niemandem was davon gesagt. Für Mama käme ich direkt in die Hölle, wenn ich das Geld auch nur anfassen würde.

Was ich an Mario am meisten liebte, war sein Lachen, weil dann sein Gesicht einen Ausdruck bekam, den ich sehr gut kannte, einmal von Batista, aber auch, wenn auch weniger auffällig, von Rita, der Tochter seines Bruders Remo. Und auch Josette war sehr sympathisch in ihrem engen roten Kostüm. Wenn sie mich ansah, durchfuhr ein Stromstoß meine Wirbelsäule von oben bis unten. Ihre Wimpern waren ganz lang und ganz schwarz, und um ihre Augen war ein schwarzer Strich. Das machte sie größer. Nie hatte ich so große Augen gesehen.

Aber ich musste meine Sympathie für Mario und Josette verbergen, so wie ich vor einiger Zeit in San Demetrio meine Liebe für Rita geheim gehalten hatte. Ich ahnte jedoch, was ich schon mit Großvater Claudio angefangen hatte zu begreifen: je mehr Mama von Marios Lastern redete, ebenso wie auch Großmutter Lucia von Großvater Claudios Lastern geredet hatte, umso geheimnisvoller, anziehender, lockender wurden diese in meiner Vorstellung. So etwa wie die Geschichte vom Apfel im Paradies. Es war doch komisch, dass die Leute mit den meisten Lastern die sympathischsten waren. Aber meine Sympathie für Mario nahm ein plötzliches Ende, und zwar an jenem Tag während des Hochzeitsessens von Erny und Marta.

Mario stand plötzlich auf, als es noch fast keiner geschafft hatte, mit seiner Taube fertig zu werden, nahm seine Gabel, schlug damit mehrmals an sein Glas und sagte auf Italienisch: Meine Damen und Herren. Wie gewandt er sich ausdrückte! man sah, dass er es gewohnt war, Reden zu halten. Lasst uns unsere Gläser auf die Jungvermählten erheben, sagte er, tausend Jahre Glück den jungen Eheleuten und tausend Kinder, fügte er hinzu. Ein Schauer durchfuhr erneut meine Wirbelsäule, als ich an die tausend mit Antennen ausgerüsteten Marsmenschen dachte, die Differdingen überrennen würden. Fernand, der an Mamas anderer Seite saß, zwinkerte mir zu und ich musste mich zusammennehmen, um nicht herauszuprusten. Aber Mario setzte seine Rede fort. Und lasst uns auch auf die trinken, die heute nicht bei uns sind, fuhr er mit bewegter, trauriger Stimme fort, an Onkel Claudio und Tante Lucia, die in Cardabello geblieben sind und an meinen Vater Batista.

Kaum hatte er den Namen seines Vaters genannt, als mein Mund von selber zu reden anfing: Batista wird sterben, schrie ich, wegen dir! Eine Sekunde lang blieben die Gläser, die alle zum Mund führten, in der Luft stehen. Als hätte jemand einen Film gestoppt. Absolute Stille herrschte im Speisesaal. Keiner rührte sich. Nur Onkel Eduard, Martas Vater, versuchte diskret, seine Taube in die Papierserviette, die neben seinem Teller lag, einzuwickeln. Da hat mir Mario gerade in die Augen geblickt. Das hat eine Ewigkeit gedauert. Aus seinen drohten Tränen hervorzuquellen. Dann hat er sein Glas abgestellt, mit fast unhörbarer Stimme, entschuldigt bitte, gesagt und ist hinausgelaufen, zwei Minuten später folgte ihm Josette auf ihren Pfennigabsätzen, ganz verwirrt durch das Verhalten ihres Mannes. Das Schweigen dauerte noch einige Minuten. Dann versuchte Onkel Fredy, der wie Tante Lucie seine Taube nicht angerührt hatte, wieder Stimmung aufzubringen. Und wenn du die Geschichte von den gegrillten Eiern erzählen würdest, Nando, hat er zu Papa gesagt.

Seit dem Tag haben sich weder Mario noch Josette bei uns sehen lassen. Nicht einmal Remo, Ritas Vater, wusste, wo er abgeblieben war. Was seinen Vater Batista betrifft, und das hat mir mächtig Angst eingejagt, so ist er tatsächlich einige Wochen nach Ernys und Martas Hochzeit gestorben. Wegen Mario, hat Mama geklagt, und ich habe nichts gesagt, weil ich ein schlechtes Gewissen hatte. Ein schrecklicher Zweifel nagte an mir. Und wenn ich mit meinen Worten Batistas Tod mitverschuldet hatte! Seit dem Tag kam der Verdacht in mir auf, dass es eine enge Verbindung zwischen dem, was ich sagte oder dachte und dem, was um mich herum vorging, geben könnte, ein Verdacht, der später mehrmals erhärtet wurde, zum Beispiel bei der Geburt unserer kleinen Schwester, aber das war sehr viel später.

Aber, um den Faden der Geschichte, die durch Marios kurzes Auftauchen unterbrochen wurde, wiederaufzunehmen, mein erster großer Streit mit Großvater Claudio hat jedenfalls nicht auf Ernys Hochzeit stattfinden können. In dieser Hinsicht kommt der Episode mit Mario wenigstens das Verdienst zu, die Chronologie meines Berichtes zu klären. Es hat den Anschein, dass Ernys Hochzeit einige Monate nach unserer Rückkehr aus Italien stattgefunden hat, während die Geschichte mit Papas gegrillten Eiern nur vor unserer Abfahrt nach Italien gewesen sein kann. Während ich in diesem Buch das erste Jahrzehnt meines Lebens von meiner Geburt bis zu meiner Erstkommunion erzählen will, wird mir klar, dass die Ereignisse, die als Anhaltspunkte dienen, vor und nach einer Reise stattfinden. Der Reise. Der einzige verlässliche Anhaltspunkt. Unser Italienaufenthalt hat ein Jahr gedauert, höchstens anderthalb Jahre, aber diese Zeit, so kurz sie auch ist, stellt den Punkt dar, von dem alles ausgeht und wo alle Linien zusammenlaufen. Italien teilt sozusagen die Zeit in zwei Teile. Es ist der Kompass. Meine Erinnerung orientiert sich daran. Und selbst die Menschen, die seinerzeit meinen Lebensweg gekreuzt haben, finden ihren Bezugspunkt in dieser kurzen, in San Demetrio verbrachten Zeitspanne. Zwischen ihnen steht so etwas wie ein Berg mit einem langen Tunnel, den man nur in der einen oder der anderen Richtung zu durchfahren braucht, damit alles sich klärt. Und das, seitdem der erste Italiener von dort unten vor hundert Jahren die Idee hatte, sich hierher zu verlaufen, um den ersten in Luxemburg geborenen Italiener entstehen zu lassen. Nach ihm vollzog sich alles wie bei den russischen Babuschkapuppen. Dieser erste in Luxemburg geborene Italiener ist nach Italien zurückgekehrt, ist eine Weile dort geblieben und ist wieder nach Luxemburg zurückgekommen. Seine Kinder haben dasselbe gemacht. Jeder hatte das Bedürfnis, zum Ausgangspunkt zurückzukehren. Aber mit der Zeit ist der Tunnel immer länger geworden und der Aufenthalt dort unten immer kürzer. Das neue Land hat über das Blut gesiegt. Es hat den Kopf, den Mund und den gesamten Körper für sich gewonnen. Deshalb fühlt sich Papa in Luxemburg zu Hause. Und doch hat er, vielleicht mehr als sonst jemand, versucht, sich wieder in das Land, das seine Eltern verlassen hatten, einzufügen. Zweimal hat er versucht, sich wieder einzuleben: ganz allein, wenn auch gezwungenermaßen, während des Krieges und 1955 mit uns. Und zweimal hat das andere Land, das frei gewählte, ihn wieder geschnappt. Da hat er also beschlossen, dort endgültig Wurzeln zu schlagen. Aber eine gewisse Angst, eine gewisse Bitterkeit ist geblieben. Weil er weiß, dass er niemals wie die anderen Luxemburger sein wird. Und ebenso ist ihm klar, dass er nie mehr wie die anderen Italiener sein wird. Eine neue Rasse ist mit dem Phänomen der modernen Immigration entstanden, eine Rasse auf halbem Weg zwischen den Nomaden des Altertums und den heutigen Sesshaften. Im Gegensatz zu den wahren Nomaden und den wahren Sesshaften jedoch machen nicht die Beine den Unterschied aus, sondern der Kopf. Alles vollzieht sich im Kopf. In der Erinnerung steckt die Geschichte der Reise, das Bild der Reise, während in Wirklichkeit die Reise notgedrungen schon längst vorbei ist. Und weil Mama Mühe hatte, das zu verstehen, konnte sie in den Jahren meiner Kindheit den Traum von einer vorläufigen Reise und einer unmittelbar bevorstehenden Rückkehr aufrechterhalten, sie, für die die Route in entgegengesetzter Richtung verlief, oder, und das verstärkt noch die Angst und die Bitterkeit, in eine einzige Richtung. Nur Großvater Claudio hat unter diesen Ortsveränderungen diesseits und jenseits des Tunnels nicht allzu sehr gelitten. Deshalb hat er viel hin und her reisen und jedes Mal, wenn seine Beine unter seinem Körper ungeduldig wurden, das Gebirge überqueren können, als wäre nichts dabei.

Seltsamerweise hat er immer ein besonderes Ereignis abgewartet, um einen seiner Kurzbesuche in Luxemburg zu machen, es war immer unweigerlich dasselbe, nämlich die Geburt eines neuen Mitglieds unserer Familie. Als ob er daraus die Kraft für die Reise schöpfte. So fand seine erste Fahrt am Ende der zwanziger Jahre statt, gleich nachdem Lucia Mama zur Welt gebracht hatte. Sechs Jahre hat er durchgehalten und

Eisenerz im Rollesberg geschürft. Der Anlass für seine zweite Reise war meine Geburt im Jahre 1950. Papa gelang es, ihm eine Stelle in der Hadir-Fabrik zu verschaffen, die er fünf Jahre später, als wir alle zusammen nach Italien zurückgingen, aufgab. Und zu seinem dritten und letzten Aufenthalt kam es bei der Taufe meiner Schwester Josette. Er hätte bei der Hadir wieder anfangen können, aber er zog es vor, nicht zu lange in Differdingen zu bleiben. Mit Großmutter Lucie ist er fünfzehn Monate später wieder in den Zug gestiegen und nach Cardabello zurückgekehrt. Um sich um den Garten zu kümmern, war seine Erklärung, aber Mama wusste, dass das nicht stimmte. Was sie aber nicht wusste, war, dass mein Großvater Claudio in seinem Innern plötzlich das Bedürfnis gehabt hatte, ohne weiteren Aufschub dorthin zurückzukehren. Er sagte es niemand, nicht einmal Großmutter Lucia, aber einige Monate später kam das Telegramm und Mama konnte nur mit Mühe ihre Tränen vor uns zurückhalten und Papa auch, und wir haben alle fünf geweint, auch Josette hat sich anstecken lassen, ohne den Inhalt des Telegramms zu kennen. Mama packte noch am gleichen Abend ihren Koffer, und wir brachten sie alle, in Onkel Fredys Auto gezwängt, an den Luxemburger Bahnhof und holten sie alle einige Wochen später an derselben Stelle ab, Papa mit einem schwarzen Knopf am Knopfloch. Großvater Claudio hatte einen mehrfachen Hirnschlag erlitten und ruhte, wie Mama beim Abendessen sagte, auf dem Friedhof von San Demetrio im Grab neben Anna, Mamas Schwester. Sie sagte das mit harter und zugleich sanfter Stimme, neutral und nachdenklich, als sei nicht sie es, die da redete. Dann sprach sie von der Zukunft, und ihre Stimme wurde härter. Ihre Mutter könne nicht allein dort unten bleiben. Sie müsse geholt werden. Sie sei auch krank. In Cardabello müsse alles verkauft werden. Noch einmal. Der Garten und alles andere.

So hat Großvater Claudios Tod Mamas zögernder Haltung ein Ende gesetzt. Und als wolle sie uns begreiflich machen, dass von jetzt an unsere Reise nach Luxemburg endgültig war, begann sie ohne grammatischen Zusammenhang eine Menge luxemburgischer Wörter, die sie in all den in der Fremde verbrachten Jahren angehäuft hatte, aneinander zu reihen. Und ich bin sicher, dass sie ohne größeren Protest den Wechsel der Staatsangehörigkeit akzeptiert hätte, wenn Papa ihr in diesem Augenblick vorgeschlagen hätte, sich naturalisieren zu lassen. Aber Papa sagte nichts, um sie nicht zu verletzen.

Trotz Mamas veränderter Einstellung war Großvater Claudio zu Hause gegenwärtiger denn je. Alle bedeutenden und unbedeutenden, gemeinsam erlebten Augenblicke wurden während der Mahlzeiten immer wieder hervorgeholt. Und wenn Mama anfangs hin und wieder aufstand und hinausging, um ihre Tränen vor uns zu verbergen, wurden mit der Zeit hauptsächlich die lustigen Episoden vor dem Vergessen bewahrt. Deshalb erinnere ich mich sehr gut an meinen ersten großen Streit mit Großvater Claudio. An den, wo er behauptete, etwas könne nicht zweimal auf dieselbe Weise geschehen.

Es war bei der Taufe meiner Schwester Josette. Ich hatte im Beisein Großvater Claudios gerade meine Geschichte mit den gegrillten Eiern erlebt. Und ich hatte nicht vergessen, dass Papa wesentlich früher genau dasselbe Drama erlebt hatte, auch wenn bei der Gelegenheit Onkel Fredys Maryland auf dem Rücksitz des Autos zwischen Papas Beinen gelandet war. An diesem Tag war ich in Form. Zum letzten Mal in meinem Leben hatte man mich gezwungen, einen der Anzüge von meinem Bruder Fernand anzuziehen, und zwar den, den er bei Ernys Hochzeit getragen hatte und der mir bei Di Cato soviel Kummer bereitet hatte. In einigen Monaten ist deine Erstkommunion, sagte Mama, und dazu bekommst du deinen ersten eigenen Anzug. Schade, dass Josette ein Mädchen ist, dachte ich, sonst würde auch sie diese Demütigung kennen lernen, die abgenutzte Kleidung eines älteren Bruders tragen zu müssen. Aber die Aussichten waren ermutigend. Würde meine Erstkommunion nicht in weniger als einem Jahr stattfinden? Und außerdem war Fernands Anzug, auch wenn er abgenutzt und ausgebessert war, gar nicht so übel. Ich sah wie ein richtiger kleiner Erwachsener aus. Deshalb habe ich bei dem Essen nach der Taufe auch soviel geredet.

Josette, die Hauptperson, war nicht da. Mama hatte sie ins Bett gebracht. Die Vorgänge vom Morgen, Kirche und Weihwasser, hatten sie ermüdet. Als wir dabei waren, die Canneloni zu verschlingen, erzählte Papa zum xten Mal seine Geschichte von den gegrillten Eiern, und ich habe meine hinzugefügt. Da stand Großvater Claudio auf und schickte sich an, auf seiner imaginären Trompete zu spielen, aber er hat nicht gespielt. Die Geschichte wiederholt sich nicht, brach er mit dröhnender Stimme meine Erzählung ab. Aber, wollte ich sagen. Großvater Claudio ließ mir nicht die Zeit dazu. Und wenn sie sich wiederholt, fuhr er fort, ist es eine Karikatur, hat Stalin gesagt. Lenin, hat Papa verbessert. Lenin oder Stalin, das ist egal, hat Großvater erwidert. Du meinst, das ist dieselbe Geschichte, hat Onkel Fredy eingeworfen, ich dachte, zweimal dieselbe Geschichte, das gibt es nicht. Was ist das, eine Karikatur, wollte ich wissen. Eine Karikatur ist wenn, sagte Großvater Claudio, wenn, wenn, wiederholte er, wenn es lächerlich ist, schloss mein Bruder Fernand ab. Meine Geschichte von den Eiern ist nicht lächerlich, schrie ich ganz stolz, frag Papa, ob sie lächerlich ist. Papa sagte nichts, denn Mama sah ihn an, als wollte sie sagen, hört mal, ihr nervt mich mit euren Geschichten, ihr solltet lieber eure Canelloni essen, die werden sonst kalt. Aber Großvater Claudio wurde rückfällig. Ich habe von der wahren Geschichte geredet, sagte er, was zum Teufel haben die Eier damit zu tun? Er wollte mit seiner Trompete Bandiera rossa anstimmen, aber Großmutter Lucia fasste ihn am Jackenärmel und zog ihn auf den Stuhl zurück. Die wahre Geschichte, sagte Onkel Fredy höhnisch, du meinst eine wahre Sichel und einen wahren Hammer, um den Leuten die Füße abzuhacken und die Köpfe einzuschlagen, fuhr er fort trotz der Gestik Tante Lucies, die ungeduldig wurde, weil sie nichts von der Diskussion verstand. Was lächerlich ist, habe ich an Großvater Claudio gewendet gesagt, ist, dass du wie ein Schornstein rauchst. Ohne deine Zigarette wären meine Eier nicht in Gefahr gekommen, gegrillt zu werden, nicht wahr, Papa? Und außerdem verräuchert ihr das Haus, du und Onkel Fredy mit euren Maryland und euren F6, nicht wahr, Mama? Ich war wirklich böse. Warum wollte Großvater Claudio, der bis dahin immer mein bester Freund und ein guter Verbündeter gegen Mamas und Großmutter Lucias Vorwürfe gewesen war, warum wollte er mich vor allen lächerlich machen? Schließlich hatte ich doch einen sehr schönen Anzug an, in dem ich wie ein richtiger Erwachsener aussah. Und was hatten Hammer und Sichel mit all dem zu tun? Papa und Mama, an die ich meine Fragen richtete, antworteten nicht. Onkel Fredy drückte seine Zigarette aus und blickte seinen Bruder Claudio an, der dasselbe tat. Sie sagten nichts, aber ihre Augen sprachen Bände. Warum hören wir uns nicht ein Lied an? fragte Tante Lucie auf Luxemburgisch. Tina, leg doch O mein Papa auf, schlug Papa auf Italienisch vor.

Mama ging zum Plattenspieler. Papa begann den Witz von dem Mann zu erzählen, der in einem Zugabteil seltsame Grimassen macht und sagt, das sei eine Kriegsfolge. Großvater Claudio und Onkel Fredy steckten sich gleichzeitig eine Zigarette an. Großmutter Maddalena begann zu lachen, noch bevor Papa die Pointe erzählt hatte. Großmutter Lucia stand auf und begann die Teller zusammenzuräumen. Mein Bruder wetteiferte mit Tante Lucie um zu sehen, wer den besten luxemburgischen Akzent hatte. Und ich war in einen langen Wachtraum versunken, während wie auf ein Signal zwei Stimmen zu schreien begannen, die vom Plattenspieler und die meiner Schwester Josette, die gestillt werden wollte. Aber die Schreie störten mich nicht. In meinem Traum gab es einen riesigen Tisch mit ausziehbaren Teilen und allem, was dazu gehört, mit einem weißen Tischtuch drauf, und Mama servierte die Brühe. Dieser Tisch mit der gesamten Familie um ihn herum, der Großfamilie von damals, ist der rote Faden meiner Kindheit. An diesem Tisch wird diskutiert und gestikuliert, gelacht und geweint, man wird böse und versöhnt sich wieder. Das weiße Tischtuch ist damit Hauptzeuge unserer glücklichen und traurigen Augenblicke geworden und jeder Wein-, Tomatensoßen- oder Fettfleck, den es bekam, hat die Familienbande gestärkt, trotz des immer länger werdenden Tunnels und dem geographischen Bruch, der sie unaufhörlich bedrohte. Auch wenn die Stühle um ihn herum einer nach dem anderen leer wurden. Einer nach dem anderen. *Begehen Wale Selbstmord?...*

...das Waljunge kommt aus dem Bauch seiner Mutter mit dem Schwanz voran, steigt an die Oberfläche, um seinen ersten Atemzug zu tun und taucht wieder unter, um zu saugen. Die Mutterliebe ist bei den Walen stark entwickelt. Früher nutzten die Walfänger das aus und töteten die Jungen, danach brauchten sie nur noch die Mütter und manchmal die Väter, die verzweifelt bis zuletzt um das Schiff herumschwammen, mit der Harpune zu erlegen...

Es ist der zwanzigste Juli 1958. Ein Sonntag. Und es ist sechs Uhr abends. Was für ein bewegter Tag! Ab heute wird nichts mehr wie früher sein. Endlich hat die Zukunft für mich angefangen.

Es ist das erste Mal, dass es mir gelingt, ein Ereignis zeitlich so genau zu bestimmen. Auf die Stunde genau. Aber ist das wirklich das Werk der Erinnerung? In der Hinsicht bleibt alles verschwommen. In meinem Kopf existiert ein unbestimmter Nebel, der Anhäufung von Sternen gleich, die im Weltraum die zahllosen Galaxien bevölkern. Die Erinnerungen gleichen ja auch Sternen. Nicht denen, die in unserer Nähe sind, sondern allen anderen, die sich im Raum verlieren, Lichtjahre von der Erde entfernt, wie Herr Schmietz, unser Lehrer, sagte. Jetzt bin ich schon zwei Jahre bei Herrn Schmietz, weil er sich um zwei Klassen gleichzeitig kümmert, um die erste und um die zweite. In unserer Klasse sind Kleine und Große, und ich gehöre zu den Großen. Man müsste sagen: waren und: ich gehörte, denn die Ferien haben schon angefangen und im September komme ich ins dritte Schuljahr mit einem ganz neuen Lehrer. Das wird das entscheidende Jahr. Das Jahr meiner Erstkommunion.

Aber jetzt haben wir den zwanzigsten Juli 1958. Und diese Erinnerung ist, obgleich sie weit zurückliegt, doch nicht Lichtjahre von mir entfernt. Sie gehört zu meinem Sonnensystem. Es ist mein Mond, der die ganze Zeit über meinem Kopf kreist. Denn am zwanzigsten Juli ist etwas Entscheidendes passiert, wovon noch alle möglichen Spuren da sind. Wenn man mich zum Beispiel fragen würde: was ist am neunzehnten Dezember 1950 geschehen? würde ich unweigerlich, übrigens mühelos und ohne mich an etwas zu erinnern, antworten: an dem Tag war ein entscheidendes Ereignis, und zwar meine eigene Geburt. Ja, und beim zwanzigsten Juli 1958 ist das ähnlich.

Gestern Abend ist Mama in die Entbindungsstation eingeliefert worden. Das Krankenhaus liegt genau hinter unserem Haus, und Papa hat sie zu Fuß begleitet, denn wir haben kein Auto. Nicht einmal einen vom Maultier gezogenen Wagen wie Großvater Claudio in San Demetrio. In Differdingen gibt es keine Maultiere. Das ist der Fortschritt, hat Onkel Fredy gesagt, der in der Stadt wohnt und einen dicken amerikanischen Wagen besitzt. Anfangs wollte Papa zu Dipp gehen und ein Taxi bestellen, aber Mama hat das nicht gewollt. Für zweihundert Meter ein Taxi bemühen. Und außerdem kam Papa gerade von Dipp zurück, denn am Nachmittag hatte er mich mitgenommen, um die Tour de France im Fernsehen zu sehen. Alle in Differdingen saßen gestern vor dem Fernseher oder vor dem Radio. In anderen Zeiten, das heißt einige Monate früher, wäre ich zu Charly nach Haus gegangen. Leider ist er nicht mehr mein bester Freund, und Nico, der Sohn von Herrn Schmietz, der an seine Stelle getreten ist, hat kein Fernsehen zu Hause. Ein Tabernakel schon, aber kein Fernsehen.

Bei Dipp war es gestern brechend voll. Es mussten sogar Stühle dazu geholt werden. Das Battin-Bier floss in Strömen, und die an der Decke hängende Rauchwolke näherte sich gefährlich unseren Köpfen, weil der Ventilator über der Tür nicht an solche Mengen von Leuten gewöhnt war. Papa hatte ein schlechtes Gewissen. Zu Dipp gehen, während Mama einen so dicken Bauch hatte und jeden Augenblick in die Wehen kommen konnte, das belastete ihn. Auch wenn Großmutter Lucia da war und sich um sie kümmerte.

Seit einer Woche wohnt Großmutter Lucia bei uns. Papa hat sie aus Italien kommen lassen. Um die Familie zusammenzuführen, hat er erklärt, die sich in Kürze um eine Einheit vergrößert. Das hat er erklärt, aber in Wirklichkeit hatte er Angst, dass Mama wie so oft sagen würde, dass sie es in Differdingen nicht mehr aushalte und dass sie zurück nach San Demetrio zu ihren Eltern wollte. Eine Familie, die zwischen zwei Orten hin und her gerissen ist, das ist ein Problem. Bei uns verlief diese

Linie genau in der Mitte: es stand unentschieden zwei zu zwei, zwischen denen, die dafür und denen, die dagegen waren. Mama und ich, wir wollten weg – Mama sagte nach Hause zurück – Papa und mein Bruder Fernand wollten lieber in Differdingen bleiben. Als Großmutter Lucia kam, war das Gleichgewicht plötzlich futsch. Die Waage neigte sich vorläufig zur Seite derer, die dagegen waren, weil Mama keinen Grund mehr hatte, nach Italien zurückzukehren. Vorläufig, denn Großvater Claudio ist noch da und kommt erst nächste Woche. Zur Taufe. Vorläufig auch deswegen, weil in Mamas Bauch noch eine Stimme vorhanden ist, die bald ein Wörtchen mitzureden haben wird. Das Spiel ist noch nicht entschieden. So wie gestern Morgen noch nicht entschieden war, was am Nachmittag im Fernsehen passieren sollte: würde Charly Gaul das Unmögliche möglich machen und zum ersten Mal die Tour de France gewinnen?

Allein konnte ich nicht zu Dipp gehen. Man schickt nicht ein Kind von siebeneinhalb Jahren allein in eine Kneipe. In unserer Familie tut man das nicht. Auch in Begleitung gehört sich das nicht, denn in der Kneipe gewöhnt man sich alle möglichen Laster an. Diese Erkenntnis hat Mama von Großmutter Lucia, die sehr wohl weiß, wovon sie redet, denn Großvater Claudio verbrachte und verbringt noch mehr Zeit in der Kneipe als zu Hause. Und außerdem, hat Mama hinzugefügt, riechen dann die Kleider nach Zigarettenrauch. Aber gestern musste ich unbedingt fernsehen, und Papa war auch ganz nervös. Die ganze Woche schon gab es bei Tisch nur ein Thema, außer Mamas Schwangerschaft und Großmutter Lucias Besuch. Nur Papa und ich diskutierten darüber. Fernand stand über den Dingen. Im September sollte er in die sechste Klasse kommen, die auf die Prüfung für die Oberschule in Esch vorbereitete. Er hatte gerade erst die fünfte hinter sich und sah sich schon auf der Schulbank im Gymnasium. In seiner Vorstellung war es schon so weit, während doch das Wesentliche noch zu tun war. Und während er von den schier unüberwindlichen Schwierigkeiten der Zulassungsprüfung redete, die nur Genies seines Schlages zu bestehen imstande waren, tauschten Papa und ich Namen aus: Charly Gaul oder Bahamontes, Charly Gaul oder Anquetil, Charly Gaul oder Darrigade, Charly Gaul oder Nencini, Charly Gaul oder Vito Favero, Charly Gaul oder Louison Bobet, usw. Mama, die unseren Eifer sah, las alles in Papas Augen, und bevor er noch den Mund aufmachte, um zu fragen, ob sie das nicht allzu sehr stören würde, wenn wir zu Dipp gehen würden, um uns die letzte Etappe der Tour de France anzusehen, sagte, warum seht ihr euch nicht den Endspurt bei Dipp an? Papa war überrascht und wollte nein sagen, er könne sie doch nicht allein lassen, wenn das Kind in jedem Augenblick kommen könnte, aber Mama hatte ein gewichtiges Argument: Mama ist doch hier, sagte sie, und Dipp ist ja nur zwei Häuser weiter. Mama holt euch, wenn's nötig ist. Papa hat sich zu meiner großen Freude überzeugen lassen.

Ich muss dazu sagen, es war nicht irgendeine Tour de France. Letztes Jahr zum Beispiel sind wir nicht zu Dipp gegangen. Fast keiner ist hingegangen. Aber diesmal war alles anders wegen Charly Gaul. Der hatte schon seit mehreren Etappen und Rückschlägen aller Art das gelbe Trikot an. Mich ärgerte das ein bisschen, denn mein Favorit war in erster Linie Nencini, oder andernfalls Vito Favero. Charly Gaul hieß wie Charly, mein ehemaliger Freund, und war wie er ein Käsekopf. Aber in den Beinen hat er sicher Stahl, sagte Papa, Stahl und eine Menge Pferdesteaks. Im Gebirge hat er den anderen gezeigt, was eine Harke ist, vor allem am Mont Ventoux. Zuerst habe ich mich gewundert, dass Fernand nicht über meinen Vater hergefallen ist, als der sagte, wir würden zu Dipp gehen, um die Ankunft der letzten Etappe zu sehen. Fernand freut sich zwar über alles, was luxemburgisch ist. Er zählt die Jahre, die ihn davon trennen, Luxemburger zu werden. Aber die Tour de France hat ihn nicht besonders begeistert. Für ihn war es normal, dass Charly Gaul führte. Das war sein Kommentar. Aber niemals würde er sich herablassen, sich unter das Fernsehpublikum bei Dipp zu mischen. Nicht wegen des Rauchs. Er raucht heimlich selber. Sondern weil unter diesen Fernsehzuschauern die meisten wie Papa sind, geteilt zwischen der Freude bei einem luxemburgischen Sieg und dem Bedauern bei einer italienischen Niederlage. Alle haben sie Fausto Coppi oder Gino Bartali im Kopf. So trösten sie sich mit Mario Ottuzzi. Kennt ihr Mario Ottuzzi? Nein, keiner in Luxemburg kennt Mario Ottuzzi. Als ob es ihn nicht gäbe. Und doch würde Charly Gaul ohne ihn nicht die Hälfte von dem schaffen, was er schafft. Weil Mario Ottuzzi der unermüdliche Mechaniker von Charly Gaul ist. Er folgt ihm wie sein Schatten. Sobald Charly einen Platten hat oder irgendwas kaputt geht, ist Mario zur Stelle. Er taucht aus dem Schatten auf und tut Wunder. Aber den Schatten, den sieht man nicht im Fernsehen. Und doch verdankt Charly Gaul Mario Ottuzzi das gelbe Trikot, sagen alle Italo-Luxemburger, die sich bei Dipp vor dem Fernsehen drängen. Das Gespann Ottuzzi-Gaul ist wie das Bild ihrer selbst. Papa war zum Beispiel bis 1952 Italiener, aber jetzt ist er Luxemburger. Er trägt das Gespann, zu einer einzigen Person vereinigt, in sich selbst. Deshalb ist er so ein Fan von Charly Gaul geworden. Für mich ist das anders. Ich bin hundertprozentiger Italiener, so wie der kleine Bruder oder die kleine Schwester, oder beide zusammen, falls es Zwillinge werden, die gerade geboren werden sollen, hundertprozentige Luxemburger sein werden. Papa vergibt die Nationalitäten. Als ich geboren wurde, war er Italiener, und ich bin Italiener geworden, jetzt ist er Luxemburger, und alle, die geboren werden, werden Luxemburger. Mama zählt nicht. Ich verstehe, warum sie sagt, nach dieser Entbindung möchte sie keine mehr. Sie hat Angst, dass die Familie zu luxemburgisch wird. Im Augenblick ist Papa noch in der Minderheit. Aber mit Zwillingen wäre es drei zu drei unentschieden. Die Zeit arbeitet gegen Mama.

In Wirklichkeit ist alles viel komplizierter. Denn selbst Differdingen war nicht einfach Differdingen. Von Anfang an gibt es in Differdingen das Gespann Ottuzzi-Gaul. Nicht weil vor allem die Makkaronifresser tief unten aus endlosen Stollen Minette herausgeholt haben und dabei oft ihr Leben gelassen haben wie Großvater Nando. Unser Lehrer Herr Schmietz persönlich hat mir zu dieser Entdeckung verholfen. Vor einem Monat hat er uns zu Herrn Erpelding in Niederkorn mitgenommen. Herr Erpelding ist sehr sympathisch, und durch das, was ich bei ihm gelernt habe, habe ich meine Meinung über etliche meiner Freunde geändert. Die Luxemburger sind nämlich gar keine richtigen Luxemburger. Das Dumme ist, dass sie es nicht wissen. Sie glauben, dass sie Luxemburger sind, aber das stimmt nicht. Herr Erpelding hat es uns schwarz auf weiß bewiesen. Vor langer Zeit, fünfzig Jahre vor Christi Geburt waren die Leute, die in Differdingen wohnten, keine Luxemburger, hat Herr Erpelding erklärt. Ich habe sofort die Ohren gespitzt. Das betraf mich. In die Fußstapfen meines Bruders tretend, hatte ich allmählich angefangen, meine Zugehörigkeit zur Gruppe der Makkaronifresser in Frage zu stellen. Man musste sich ja doch den neuen Gegebenheiten anpassen. Alles in unserer Familie wies darauf hin, dass mit dem Kommen von Großmutter Lucia und Großvater Claudio, ganz zu schweigen von der Geburt eines neuen Bruders oder einer neuen Schwester, Italien nie wieder unser wahres Zuhause sein würde. Das war hart, aber es war eben so. Selbst Mama schien das hinzunehmen. War das dritte Kind, das sie in die Welt zu setzen beschlossen hatte, nicht ein Beweis dafür? Und außerdem waren wir alle in Differdingen geboren. Alle, außer Mama. Und seit einiger Zeit hatte ich ein gewichtiges Argument in Reserve, wenn die Freunde aus der Schule oder von der Straße mir Boccia oder verdammter Bär nachriefen. Mein Vater ist Luxemburger, sagte ich zu ihnen, ich kann also kein Boccia und kein verdammter Bär sein.

Bei Herrn Erpelding jedoch begann ich, das zu bereuen. Wieso? Die Vorfahren der Luxemburger waren keine Luxemburger? Was für eine komische Nationalität. Wir Makkaronifresser dagegen stammten geradenwegs von den mächtigsten aller Vorfahren ab, und zwar von den Römern. Wir waren die Nachkommen von Julius Caesar und Augustus und von Marc Aurel und Nero. Und die Luxemburger? Von wem waren die die Nachfahren? Herr Erpelding hat noch von den Kelten und anderen Leuten gesprochen, von deren Existenz ich nichts wusste. Dann habe ich plötzlich aufgehorcht. Was? Hatte ich richtig gehört? Hatte er die Römer erwähnt? Unsere Vorfahren? Nicht möglich. Und während all diese Fragen in meinem Kopf herumschwirrten, hat Herr Erpelding weiter erklärt. Schon seit Jahren sei er, mit Hacke und Schaufel bewaffnet, so etwa wie die Bergleute vom Thillen- oder Rollesberg, auf einem Hügel bei Niederkorn herumgestreift. Und was habe er da gefunden? Römische Münzen. Ja, die Römer hätten Differdingen bewohnt, lange bevor Differdingen Differdingen hieß und Niederkorn Niederkorn. Dort, auf diesem Hügel, den man Titelberg nennt, vielleicht nach dem Kaiser Titus, hatten meine Vorfahren eine blühende Stadt mit einer florierenden Industrie errichtet. Es wurde dort Eisen gegossen wie in der Hadir-Fabrik. Ja, meine Vorfahren haben die Differdinger Eisen- und Stahlindustrie gegründet, nicht die Deutschen. Und sie sind fast fünfhundert Jahre in Differdingen geblieben, diese Römer. Und vielleicht haben sie auch Differdingen den Namen gegeben, hat Herr Erpelding erklärt, denn eine der damals gebauten römischen Straßen, um den Titelberg mit Belgien, was noch nicht Belgien war, und Frankreich, das noch nicht Frankreich war, zu verbinden, hieß nämlich Diverticulum auf Lateinisch. Das waren die wirklichen Vorfahren der Differdinger: die Vorfahren von mir, die Römer. Charly und ich, Nico und ich, Josiane und ich, Michèle und ich und sogar Herr Schmietz, Schwester Lamberta, Herr Erpelding und ich, wir waren die Zweige von ein und demselben Baum. Und ich als einziger wusste das.

Sogar mein Bruder Fernand, der gewöhnlich schlagfertig ist, stand mit offenem Mund da, als er meine Erklärungen hörte. Um ihn zu überzeugen, habe ich ihm von den Vasen erzählt, die Herr Erpelding uns gezeigt hatte. Ebenso von den kleinen Statuen, den Krügen und Steinen mit Inschriften in lateinischer Sprache, der Vorform unserer Sprache. Und um ihn wütend zu machen, habe ich hinzugefügt, dass die andere Sprache, das Luxemburgische und selbst das Deutsche, das wir in der Schule lernen mussten, von den Barbaren herkomme, die alles auf dem Titelberg kaputtgemacht hätten. Um meinem Angriff auszuweichen, hat er erwidert, dass auch das Französische vom Lateinischen abstamme und dass man es hier in der Schule lerne, während dort unten in Italien man sich damit begnügte, Italienisch zu lernen, nichts als Italienisch, aber das hat mich nicht überzeugt. Und das konnte mich nicht überzeugen, denn von nun ab wusste ich etwas, was sonst niemand wusste, niemand außer natürlich Herrn Erpelding, der mir ja zu dieser Entdeckung verholfen hat. Was die anderen Schüler betrifft, die mit mir bei Herrn Erpelding waren, so haben sie nichts von all dem behalten. Sie hätten lieber römische Helme gesehen, aber Herr Erpelding hatte keine. Da haben sie sich gelangweilt.

Nach Hause zurückgekehrt, habe ich natürlich Papa meine Entdeckung mitgeteilt. Die luxemburgische Nationalität hast du ganz umsonst angenommen, habe ich zu ihm gesagt, auch als Luxemburger bist du nichts anderes als ein Makkaronifresser. Zuerst hat er nicht begriffen. Dann hat er laut gelacht. Und unter Napoleon waren wir Franzosen, hat er gesagt und sich vor Lachen gebogen. Und unter Hitler Deutsche. Und wir waren sogar Spanier und Niederländer und wer weiß was sonst noch. Vorfahren hat es viele gegeben. Ja, aber die wahren sind die Römer, habe ich erwidert, sieh doch nur, selbst der Kaiser Bonaparte hat einen römischen Namen. Alle Luxemburger sind Italiener und auch alle Franzosen. Da wurde mein Vater sehr ernst und sagte, wir müssten einmal unter vier Augen reden. Er hätte sich naturalisieren lassen, um uns Ärger zu ersparen. Ich könnte mir nicht vorstellen, wie er unter dieser verdammten Nationalität gelitten habe. Er sei in Differdingen geboren, aber von Anfang an habe ihm die italienische Nationalität wie ein Parasit an der Haut geklebt. Deshalb habe er in den Krieg ziehen müssen. Und als er von den Schlachten reden wollte, die er nie aus nächster Nähe gesehen hatte, hat Mama ihn unterbrochen, weil ihr der Bauch wehtat.

Das war komisch. Schon seit Wochen hatte Mama Bauchweh. Nie hatte ich sie klagen hören. Ihr hatte vorher nie etwas wehgetan. Papa schon. Sein Kopf dröhnte wegen des Lärms und der Hitze und der Fabrikabgase. Er sagte, jemand schlage in seinem Kopf auf die Trommel. Wie Hammerschläge im Innern wäre das, hinter den Schläfen und Augen. Aber Mama, keine einzige Klage. Und jetzt hatte sie seit einiger Zeit zu stöhnen angefangen. Sie hatte einen guten Grund zum Stöhnen. Während Papas Kopfschmerzen mit bloßem Auge nicht zu erkennen waren, waren bei Mama eindeutige Symptome ihres Leidens zu sehen. Ganz allmählich war ihr Bauch dick geworden, und alles wies darauf hin, dass dort die Ursache ihrer Schmerzen lag. Als ich eines Tages aus der Schule kam, war sie weder in der Küche, um Essen zu kochen, noch im Schlafzimmer, um Betten zu machen, noch im Wohnzimmer zum Staubwischen. Aber ich wusste, dass sie zu Haus war. Mama geht nie weg, wenn wir aus der Schule kommen. Da habe ich Geräusche von der Toilette her gehört. Dann ging die Tür auf, Mama kam ganz blass heraus, und hinter ihr war der Geruch von Erbrochenem. Es war klar, dass sie krank war. Man erbricht ja nicht ohne Grund. Aber jedes Mal, wenn ich sie fragte, was sie hätte, antwortete sie stets: du bist noch zu klein, Clodi, später wirst du das verstehen. Mein Bruder dagegen grinste spöttisch, wenn ich ihm dieselbe Frage stellte. Bis zu dem Tag, wo Papa dieses Gesicht machte, das er immer macht, wenn er mir etwas Unangenehmes sagen will, und dabei sagte, er müsse mir etwas sehr Wichtiges erklären. Du wirst noch einen Bruder bekommen, Clodi, hat er gesagt. Woher weißt du, dass es ein Bruder ist? war meine Frage. Gut, vielleicht auch eine kleine Schwester, fuhr er fort, ich will dir nur sagen, dass Mama noch ein Baby zur Welt bringt. Es ist in ihrem Bauch. Deshalb ist sie so dick geworden. Bald werdet ihr drei sein.

Ich habe nichts mehr gefragt. Ich war hochzufrieden mit dieser Neuigkeit, denn so würde ich in Kürze nicht mehr der Kleinste in der Familie sein. Und außerdem wusste ich schon ziemlich viel über die Geburt von Babys. Auch wenn ich das Entscheidende nur ahnen konnte.

In der Hinsicht bin ich wirklich frühreif. Schon in Cardabello, als ich erst sechs Jahre alt war, liefen mir bei dem Gedanken, Ritas Brust anzufassen, Schauer über den Rücken. Und dann erregten all die Geschichten der Großen, vor allem von Paolo, Fachmann in diesen Dingen, einen seltsamen Appetit in mir, oder vielmehr einen Durst, weshalb ich jedes Mal die Ohren spitzte, wenn es darum ging, was wohl Jungen und Mädchen zusammen machten. In der Schule lernt man von all dem nichts. Weder die Lehrerin in San Demetrio, deren Namen ich vergessen habe, noch Herr Schmietz haben je irgendetwas von den Geheimnissen der Geburt erwähnt. Von Don Rocco und Schwester Lamberta ganz zu schweigen. Die dürfen das ja nicht. Wegen des Zölibats. Und außerdem war Schwester Lamberta mit Jesus verheiratet, und in dieser Art von Heirat gibt es nie Kinder. Mit einem Engel schon. Das ist der Jungfrau Maria passiert. All das ist seltsam. Maria hat doch einen richtigen leibhaftigen Mann. Aber Jesus ist nicht von ihm. In der Bibel ist das erlaubt. Charly, der von einer anderen Religion herkommt, wo es noch keinen Jesus gibt, ist ganz fanatisch hinter Einzelheiten her und stellt Schwester Lamberta eine Menge Fragen. Er will zum Beispiel wissen, und dabei wird er ein bisschen rot, ob die Engel wie wir gemacht sind, mit einem kleinen Wasserhahn unten. Denn sein Vater hat ihm gesagt, dass damit die Kinder auf die Welt kommen. Wenn Charly solche Fragen stellt, läuft wieder der Schauer über meinen Rücken, aber Schwester Lamberta wird röter als er, antwortet nicht und sagt nur etwas von unbefleckter Empfängnis. Ich finde das Wort komisch, das Charly für den Pimmel braucht. Manchmal sagt er Gießer. Nie Pimmel. Und er wird immer rot. Der muss Sachen wissen. Schließlich hat er eine Schwester. Sicher hat er sie zu Haus schon aus der Nähe untersucht. Auch wenn sie nicht im selben Zimmer schlafen. Aber er redet nicht davon. In der Hinsicht tun wir so, als stünden wir auf derselben Stufe. Damit ist alles gesagt. Aber alles in allem bleiben meine Kenntnisse doch begrenzt. Dass Mädchen und Jungen nicht dieselben Sachen haben, weiß ich zum Beispiel genau. Ich habe keinen Busen und Rita hat keinen Pimmel. Aber was hat sie dann an Stelle des Pimmels? Nichts? So wie ich an der Stelle der Brust nichts habe? Unmöglich. Sie pinkelt doch auch, oder? Ich habe sie in Cardabello sogar pinkeln sehen, und zwar hinter der Treppe, die zu unserem Haus hinaufführt. Aber sie hat das nicht so wie ich gemacht. Sie hat sich hingehockt, und dann ist die Erde nass geworden. Auch Mama muss sich auf den Toilettenrand setzen, um zu pinkeln. Wenn Papa, Fernand und ich uns hinsetzen, dann um Groß zu machen. Also ist es einfach. Bei den Mädchen ist pinkeln und Groß machen gleich. Sie brauchen keinen Pimmel. Aber sie haben etwas anstelle des Pimmels, auch wenn das nicht zum Pinkeln da ist. Ich weiß das von den Jungen in Cardabello, allen voran von Paolo, die damit angeben, dass sie mit der Hand über die kleine Hose von Rita oder Anna oder Piera oder Daniela gefahren sind. Und eben mit dem, was da drin ist, setzen sie Kinder in die Welt. Das ist das Geheimnis. Die Jungen können trotz ihrem Pimmel und allem keine Kinder haben. Die Mädchen allein auch nicht. Aus diesem Grund heiraten alle. Papa und Mama haben so zuerst meinen Bruder zur Welt gebracht und dann mich. Und wenn ich das auch alles verstehe, kann ich ihnen doch nicht verzeihen, dass Fernand zuerst geboren ist. Was ist ihnen bloß eingefallen? Sie hätten daran denken können, mir den Vorrang zu lassen. Alles wäre dann heute anders.

Aber in wenigen Stunden wird sich das ändern. Wahrscheinlich haben Papa und Mama mein Unglück begriffen und haben sich deshalb endlich entschlossen, noch einmal damit anzufangen. Wenn es nur ein Mädchen wäre. Das würde viele Rätsel lösen. Bei einem Baby macht das nichts, wenn man es ganz nackt sieht. Schließlich ist es ein Baby. Daran habe ich gestern gedacht, als die Übertragung der letzten Etappe der Tour de France bevorstand. Bei Dipp wurde geredet und wie wild gestikuliert.

Selbst nach Deutschland gegen Ungarn war es nicht so. Und während ich meine zweite Sinalco trank, was ganz und gar außergewöhnlich war, weil ich sonst nur eine haben durfte, wenn überhaupt, denn Mama sagte zu Papa, wie kannst du ihm solch ungesundes Zeug kaufen, hat eine Sprecherin die bevorstehende Übertragung angekündigt. Wenigstens sagte Papa das, denn ich habe gar nichts verstanden. Der Mund der Sprecherin bewegte sich, aber der Heidenlärm, den Papa und die anderen machten, übertönte ihre Stimme. Und außerdem redete die Sprecherin Französisch, und dieses Französisch ähnelte nur entfernt dem, das ich in der Schule zu lernen angefangen hatte. Die Sprecherin redete und redete, und ich fing an mich zu langweilen. Deshalb trank ich in Rekordzeit meine zweite Sinalco leer. Und auch weil der süße Geschmack der Sinalco, ob die nun ungesundes Zeug ist oder nicht, köstlich ist. Noch köstlicher als der von der Coca-Cola.

Es ist merkwürdig, wie man sich an den Geschmack erinnern kann.

Seit der Zeit von Dipp habe ich keine Sinalco mehr angerührt. Ich weiß nicht einmal, ob das Getränk noch existiert. Hin und wieder tauche ich meine Lippen in ein Glas gelbe Limonade, Spa oder Fanta, und ich habe sogar Orangina probiert. Vergeblich. Das kommt dem Geschmack der Sinalco nah und bleibt ihm doch fern. Manchmal scheint es dasselbe zu sein, aber es fehlt noch ein Millimeter, und das macht mich traurig. Und ich bin fast sicher, selbst wenn ich heute eine richtige Sinalco vor mir hätte, gäbe es einen ganz kleinen Unterschied zwischen der Sinalco und der von damals. Mit den De-Beukelaer-Butterkeksen ist es ebenso. Es gibt noch welche, aber ich esse sie nicht mehr. Ich fürchte die Enttäuschung. Sie haben sich nicht verändert, aber ich. Die kleine Geschmacksverschiebung entspricht der Verwandlung, die in mir vorgegangen ist. Sie ist der unbestechliche Zeuge, der laut verkündet, dass die Zeit weitergegangen ist. Ja, dieser unerklärliche Millimeter zwischen der Sinalco von damals und einer möglichen Sinalco von heute ist ganz einfach die Zeit. Die Zeit, die das Vergessen ermöglicht. Ich kann höchstens sagen: die Sinalco von heute ist nicht wie die von damals. Das Vergessen zwingt mich, mich im Verhältnis zu den Gegenständen der Vergangenheit negativ zu definieren. Paradoxerweise ist das tröstlich. Irgendwo gibt es ein unberührbares kleines Paradies. Unberührbar und intakt. Ein im Gedächtnis vergrabenes Stück Glück. Das sprudelt und ist süß. Die Coca-Cola dagegen ist eine schwarze Linie ohne Geheimnis, eine banale Erinnerung ohne Vergessen, so sehr ist ihr Geschmack sich im Lauf der Jahre gleich geblieben.

Ich weiß, wovon ich rede, denn meine erste Coca-Cola habe ich zwei Wochen vor dem zwanzigsten Juli getrunken. Auf dem Fußballplatz von Oberkorn. Normalerweise geht ein richtiger Differdinger nie nach Oberkorn. Oberkorn, das ist der Feind Nummer eins. Seit eh und je. Unzählige Schlachten unter den Tragkörben der Drahtseilbahn sind ein Beweis dafür. Vor zwei Wochen jedoch haben Hunderte von Schülern aus Differdingen, Fousbann, Niederkorn, Oberkorn und Lasauvage vorübergehend das Kriegsbeil begraben, um sich, von der Firma Coca-Cola zusammengerufen, friedlich in mehreren sportlichen Übungen zu messen. Als Herr Schons, unser Turnlehrer, uns ankündigte, dass wir uns in Oberkorn schlagen sollten, trauten wir unseren Ohren nicht. Alle träumten von einer regelrechten Schlacht. Gewöhnlich unterstützen uns die Großen nicht sehr in unserem Krieg gegen die Oberkorner, selbst wenn auch sie, als sie noch nicht groß waren, manche Schlacht unter den Tragkörben der Drahtseilbahn gewonnen und verloren haben. Aber Herr Schons meinte es ernst. Ihr müsst unbedingt gewinnen, hat er uns ermahnt, als ob etwas Wichtiges von diesem Sieg abhinge. Unser Eifer kühlte ein wenig ab, als er uns erklärte, es handle sich darum, einen Fünfunddreißig-Meter-Lauf zu gewinnen. Und dann übte er wochenlang nur das mit uns, immer schneller mussten wir auf dem zu stark gewachsten Parkett der Turnhalle laufen.

Ehrlich gesagt, mir kam das gelegen. Im Allgemeinen finde ich die Turnstunde furchtbar. Alle anderen freuen sich, aber ich hasse das Turnen. Dann gebe ich vor, meine Sachen, die ich wie fast alles von meinem Bruder Fernand geerbt habe, vergessen zu haben. Besonders wenn man den riesigen Medizinball werfen soll. Ich schaffe es gerade, ihn zu heben. Anscheinend sollte der Medizinball, wenigstens sagt das sein Name, eine medizinische Wirkung haben, aber es ist das genaue Gegenteil. Jedes Mal wenn ich mir die Hüfte verrenke, um ihn vor mich zu werfen, habe ich den Eindruck, dass meine Wirbelsäule einen Knacks bekommt, so sehr strenge ich mich an, dass diese braune Masse mir nicht auf die Füße fällt. Meistens kommt nach dieser Übung eine andere, die ich ebenso hasse, die Sprossenwand. Herr Schons lässt uns bis auf die fünfte Sprosse klettern, dann müssen wir uns umdrehen, uns an der letzten Sprosse festklammern und die Beine hängen lassen. Mein Rückgrat, das schon so unter dem Medizinball gelitten hat, piesackt mich und droht auszurenken. Auf Anordnung von Herrn Schons ziehe ich die Knie an und wage es nicht, an das Seil zu denken, das links neben mir hängt und an dem Camille, der Kräftigste von den Schülern unserer Klasse, sich schon aufwärts zur Decke hangelt, ohne die Beine zur Hilfe zu nehmen. Für uns, das heißt für Charly, Nico und mich, hat Herr Schons ein besonderes Seil voller Knoten vorbereitet. Trotzdem komme ich nie über den ersten Knoten hinaus, weil mir jedes Mal wenn ich keinen Boden mehr unter den Füßen habe, schwindlig wird und ein furchtbares Zittern durch meinen ganzen Körper geht. Aber das ist erst der Anfang des Durchgangs. Da ist noch das Bockspringen, das Pferd, der Balken, der Barren und bisweilen sogar die Ringe. All das würde ich mehr schlecht als recht ertragen können, wenn das alles nicht mit der unerträglichsten Tortur enden würde, und zwar mit der entsetzlichen Rolle. Camille ist verrückt danach. Er macht sie sogar im Klassenzimmer an den Bänken entlang, bevor Herr Schmietz oder Schwester Lamberta hereinkommen. Aber ich habe jedes Mal, wenn Herr Schons mir sagt, ich solle mich hinknien und mir den Kopf in die Hände legen, das Gefühl, unter meinem eigenen Gewicht zu ersticken und ich falle auf die Seite, ohne mich zu überschlagen, oder zu rollen, oder sonst was. Dann lachen mich alle aus. Dadurch wird die Tortur noch schrecklicher.

Deshalb habe ich mich fast gefreut, als Herr Schons uns von dem Lauf in Oberkorn erzählte. Camille, der viel größer ist als ich, weil er schon zwei Jahre in die zweite Klasse geht und auch in der ersten schon sitzen geblieben war, hat ihm erwidert, dass er sich nicht die Blöße geben würde, nach Oberkorn zu gehen. Warum der Wettkampf nicht auf dem Thillenberg auf dem Platz der Red-boys oder wenigstens in Fousbann auf dem von A.S. Differdingen veranstaltet würde? Herr Schons versuchte ihn zu beruhigen, indem er ihm erklärte, dass das Stadion von Oberkorn ein richtiges Olympiastadion sei und dass er, Camille, mit den Großen laufen dürfe, da die Organisatoren verschiedene Altersgruppen vorgesehen hätten. Da trat ein breites Lächeln auf Camilles Gesicht, und er warf einen hochmütigen Blick auf uns alle, die wir über einen Kopf kleiner waren als er. Die Turnstunde ist der einzige Augenblick, wo er in der Klasse glänzen kann. Gewöhnlich bekommt er nur Tadel von Herrn Schmietz und Schwester Lamberta, weil er in seinem Alter noch nicht sechs und fünf zusammenzählen kann und kein einziges deutsches Wort ohne Fehler schreiben kann, ganz zu schweigen vom Französischen. Aber bei Herrn Schons ist er der König. Er turnt nicht nur ohne den geringsten Fehler die vom Lehrer zusammengestellten Übungen, sondern hin und wieder sagt ihm dieser, der auch den Turnverein von Differdingen leitet, in dem Camille dreimal in der Woche trainiert, er solle uns mal eine Probe seines Könnens geben. Wir setzen uns zu meiner großen Befriedigung auf die Bänke an den Wänden der Turnhalle und Camille, stolz, so im Mittelpunkt der Aufmerksamkeit zu stehen, geht zum großen Pferd und beginnt mit seinen akrobatischen Übungen. Die Hände auf den Griffen, vollführt er mit unerhörter Schnelligkeit alle Arten von Figuren vor unseren Augen, die Grätsche, den seitlichen Schwung und schließt mit dem Clou der Vorführung ab, und zwar mit der Hocke vorwärts, bei der er seine Beine zwischen den Armen hindurch führt und schließlich auf den Füßen auf der Matte landet, vor der sich Herr Schons bereit hält, um ihn bei der geringsten Ungeschicklichkeit aufzufangen. Aber beim Turnen begeht Camille nie Ungeschicklichkeiten, und ohne unseren Beifall abzuwarten, kniet er sich, sobald seine Füße die Matte berührt haben, am Boden hin, legt seinen Kopf auf die Matte und hebt seine Beine, während er sich auf seine Hände stützt, dann streckt er sie noch weiter zu einer perfekten Senkrechten, bevor er seine Beine über dem Kopf nach hinten beugt und dann eine Brücke macht. Und während unser Beifall aufbraust, kommt Camille, rot vor Stolz, zur Bank zurück, wobei er so das Rad schlägt, dass er genau auf seinem Platz zwischen Charly und Nico landet.

Aber als Herr Schons zum ersten Mal von dem Coca-Cola-Wettkampf in Oberkorn sprach, hat Camille nur leicht protestiert, denn sei es in Oberkorn oder anderswo, er war sicher, dass er gewinnen würde und damit selbst auf feindlichem Boden, ob der nun olympisch war oder nicht, die endgültige Überlegenheit der Differdinger Sportler über die Oberkorner beweisen würde. Zu seinem Pech war beim Wettkampf in Oberkorn keine richtige Turnübung vorgesehen. Der Wettkampf der Gruppe Nummer eins, das heißt meiner Gruppe, für Kinder von sechs bis acht Jahren bestand in einem Wettlauf von fünfunddreißig Metern, bei dem man einen kleinen Tennisball aufsammeln und am Ziel in einen Korb werfen musste, und die Mädchen derselben Altersstufe sollten dasselbe tun mit dem Unterschied, dass sie mit einer Leine, an deren Ende ein Ring hing, eine auf einem Brett stehende Coca-Cola-Flasche angeln mussten, während die Großen eine schwierigere Aufgabe hatten. Statt der fünfunddreißig Meter mussten sie fünfundvierzig Meter laufen, was für Camille eine bloße Formalität war. Aber am Ziel ging die Sache schief. Es gab nichts zu angeln, nichts in einen Korb zu werfen. Camille hätte gern Rad geschlagen, Kerze gemacht oder einige andere Kunststücke, um zu zeigen, aus welchem Holz er geschnitzt war, aber die Organisatoren hatten ganz einfach vorgesehen, dass nach dem Fünfundvierzig-Meter-Lauf mit einem Stück Kreide das Wort REVUE auf eine Schiefertafel geschrieben werden sollte. In Wirklichkeit war alles noch einfacher: das Wort stand schon auf der Tafel und man brauchte es nur ohne Fehler abzuschreiben. Camille, der in der Klasse Mühe hat, das kleinste Stück Kreide zwischen Daumen und Zeigefinger zu klemmen, so ungeschickt ist er, wenn es zu kritzeln gilt, ist noch schlechter dran, wenn es darum geht, ohne Fehler zu schreiben, so dass sein Wort allem anderen glich nur nicht dem, das er abschreiben sollte. Und obwohl er also als erster an der Tafel anlangte, befand sich sein Name nicht unter den vierzig Gewinnern des Wettlaufs. Seine Niederlage war umso demütigender, als der Sieger ein Oberkorner und dazu noch ein Makkaronifresser war. Nebenbei gesagt und der Vollständigkeit halber war der Sieger in meiner Gruppe auch ein Oberkorner, während bei den Mädchen meiner Altersstufe Brigitte gewann, die Kusine meines Kumpels Nico, ein Mädchen, auf das ich bis dahin nie geachtet hatte, nicht nur, weil sie so alt war wie ich und dementsprechend noch keine Hügelchen unter dem Kleid hatte, sondern auch, weil Nico immer wieder sagte, dass seine Kusine später Nonne werden wollte, so wie er Priester werden wollte. Als wir nach dem Sieg unsere Coca-Cola tranken, die von den Organisatoren großzügig gespendet worden war, bereute ich es ein wenig, sie bis dahin überhaupt nicht beachtet zu haben. Zwar hatte sie keine Brüste, wenigstens sah man keine, aber ob sie nun eine potentielle Nonne war oder nicht, ihre blauen Augen waren so groß, dass der ganze Fußballplatz hineingepasst hätte. Da lief mir ein Schauer über den Rücken und ich hörte auf, meine Coca-Cola zu schlucken, denn Camille, der gar nicht mit seiner Niederlage zufrieden war, näherte sich mit großen Schritten der Siegergruppe, die zusammen mit Herrn Backes, dem Direktor der Coca-Cola, vor den Journalisten posierte. Glücklicherweise war Herr Schons, unser Turnlehrer, da und stellte sich dazwischen, denn Camille war außer sich vor Wut und nahe daran, das hat er uns am nächsten Tag in der Klasse gesagt, diesem verdammten Bär eins in die Fresse zu hauen und allen, die es gewagt hatten, ihm seinen sicheren Sieg wegzuschnappen. Er war wirklich wütend, und keiner von uns hat es gewagt, ihm zu widersprechen, auch nicht als er brüllte und dabei vor unseren Augen das Heft der Revue mit den Photos der Wettkampfsieger zerriss, dass er sich bei der nächsten Gelegenheit den Hintern damit abwischen wollte.

Ich weiß nicht, ob er sein Versprechen gehalten hat. Was ich weiß, ist, dass der Geschmack der Coca-Cola, immergleich und schwarz und neutral wie eine Nonne, mich seit den Oberkorner Wettkämpfen an Brigittes große blaue Augen erinnert, die imstande zu sein scheinen, in nicht sehr züchtiger Weise den ganzen Fußballplatz mit Hunderten von Schülern darauf zu verschlucken. Aber bei Dipp sollte, während der letzte Schluck meiner zweiten Sinalco durch meine Kehle rann, die Zeit der Langeweile ein Ende haben. Ein gemeinsamer lauter Schrei aus den Dutzenden von Mündern, die vor dem Fernseher versammelt waren, riss mich aus meinen Gedanken. Camille und Brigitte verschwanden, und ich starrte wie ein echter Fahrradfan auf den Bildschirm, weil da die Spitzengruppe der letzten Etappe der Tour de France zu sehen war und gleich in den Parc des Princes einfahren würde. Alle waren fröhlich in der Kneipe. Auch Charly Gaul befand sich in der Spitzengruppe, und zwar an dritter Stelle gleich hinter André Darrigade und Vito Favero. Wir haben gewonnen, sagte Papa, stolz, durch dieses wir an der kollektiven Freude um ihn herum teilzunehmen. Aber die Etappe war noch nicht zu Ende, und vielleicht hoffte Papa heimlich, dass, wenn auch Charly Gaul die Tour gewann, die Etappe von Vito Favero gewonnen werden könnte, damit das italo-luxemburgische Gespann, das ihm am Herzen lag, im Sieg endlich vereint wäre. Und wenn Papa das nicht hoffte, so betete ich vor dem Bildschirm zum heiligen Georg, er möge dafür sorgen, dass der Italiener gewann. Das ist seltsam: ich hätte gewollt, dass Vito Favero diese Etappe gewinnt. Ohne einleuchtenden Grund. Es hätte mich gefreut, sonst nichts. Vito Favero war mir ganz einfach sympathisch. Aber ich habe sogleich bedauert, den heiligen Georg um Hilfe angerufen zu haben. Ich hätte wissen müssen, dass dieser Heilige tüchtig zuhaut, wenn man ihn anruft. Auf den Kirchenfenstern der Pfarrkirche hat er den Drachen, der im Todeskampf zu seinen Füßen liegt, mit einem Schlag niedergestreckt. Deshalb fühlte ich mich schuldig, als kurz vor dem Einfahren in das Parc-des-Princes-Stadion ein ungeschickter Zuschauer einen Schritt nach vorn tat, André Darrigades Rad streifte, so dass der französische Rennfahrer in die Luft geschleudert wurde. Chez Dipp haben alle den Atem angehalten. Darrigades spektakulärer Sturz wurde natürlich dadurch abgeschwächt, dass er auf dem Fernsehbildschirm stattfand, aber es war trotzdem ein richtiger, direkt übertragener Sturz. In einem Film zum Beispiel gibt es viele Stürze, aber das tut niemandem weh. Aber in diesem Fall, ob Bildschirm oder nicht, stürzte Darrigade nicht zum Spaß. Der Purzelbaum war real. Deshalb waren bei Dipp alle einen Augenblick lang wie erstarrt. Aber die Freude gewann bald wieder die Oberhand, als Charly Gaul als Sieger im Parc des Princes über die Ziellinie fuhr. Von dem Augenblick an hat keiner mehr ferngesehen. Der Apparat wurde überflüssig. Und wenn Dipp ihn nicht ausschaltete, dann nur, weil er sich keinen Weg durch die Kneipengäste bahnen konnte. Papa und seine Kumpel sind aufgesprungen und haben sich umarmt, wobei sie eine Hand, die ein Glas Battin umklammert hielt, in der Luft schwenkten. Und niemand sah Großmutter Lucias Umrisse im Türrahmen.

Ich durfte gerade noch zwischen den tanzenden Körpern hindurch den Kopf der Ludmilla Tcherina entdecken, die einen Kuss auf Charly Gauls strahlende, schweißgebadete Backe drückte, dann nahm Papa mich an die Hand und zog mich im Laufschritt nach Haus. In dieser ganzen Euphorie hatte er Mama fast vergessen. Die Geburt eines Siegers hatte die bevorstehende Geburt meiner kleinen Schwester oder meines kleinen Bruders in den Hintergrund treten lassen. Wer weiß, wie lange Großmutter Lucia dort auf der Türschwelle des Lokals unter dem Ventilator gestanden hatte, ohnmächtig angesichts des Deliriums der Fernsehzuschauer?

Mama wartete ganz blass auf der Türschwelle unseres Hauses. Neben ihr stand ein kleiner Koffer. Papa packte wortlos den Koffer mit der linken Hand, bot Mama seinen rechten Arm, und sie gingen eilig in Richtung Spitalstraße.

Was für eine Nacht war das doch gestern! An einem Tag sind so viele Dinge passiert, dass ich nicht weiß, wie ich meine Gedanken auf die Reihe bringen soll. Charly Gaul hat die Tour de France gewonnen, und Mama ist auf die Entbindungsstation gekommen. Die Zeit ist ungerecht. Manchmal ist sie monatelang leer, es passiert nichts. Langeweile schleicht sich ein bei uns und ich stelle mich vors Fenster und zähle die Autos, die die Rooseveltstraße hinab- und hinauffahren. Aber heute, wo Mama zum ersten Mal in meinem Leben nicht zu Hause geschlafen hat, möchte ich, dass alles etwas weniger schnell vor sich geht. Wie soll man eine solche Reihe von Ereignissen voll auskosten? Wie soll man die Zukunft planen, während unsere Familie sich bald um eine Einheit vergrößert? Eine Einheit, die acht Jahre jünger sein wird als ich. Nichts wird mehr sein wie vorher. Fernand wird natürlich der Größte bleiben, aber was gilt ein Vorsprung von drei Jahren und einer Spur gegenüber meinem. In der Gesamtwertung bin ich der Sieger. Er hat die erste Etappe gewonnen, gut, aber ich siege in der letzten und triumphiere bei der Tour. Wie Charly Gaul. Michèle und Josiane und, warum nicht, Brigitte, Nicos Kusine, werden mir einen zarten Kuss auf meine Backe geben, wie es sich bei einem Sieger gehört. Mit Josette, so wird das Baby heißen, wenn es ein Mädchen ist, oder mit Fredy, wenn es ein Junge ist, beginnt eine neue Ära in meinem Leben. Vorbei die Zeit, wo ich nur Fernands Abklatsch war. Sobald Josette oder Fredy in die Schule kommen, wird die Lehrerin oder der Lehrer fragen: du bist wohl die kleine Schwester oder der kleine Bruder von Clodi? Keiner wird von Fernand reden. Der ist zu weit entfernt. Sein Rückstand ist zu groß. Er ist schon vergessen worden. Ich werde der große Bruder von Josette oder von Fredy sein. Wenn das Baby überhaupt so heißen wird.

Was für eine Geschichte, einen Namen für das noch nicht geborene Baby zu finden! Besonders, wenn es ein Mädchen würde. Für Mama war es klar: da Fernand und ich die Vornamen unserer Großväter bekommen hatten, sollte das Baby, falls es ein Mädchen würde, Lucie heißen. Wie Großmutter Lucia. Papa war eher für Clara, den Vornamen seiner Schwester, da Maddalena, so heißt die andere Großmutter, für ein Baby zu altmodisch klang. Natürlich hatten sie sich nicht einigen können. Schließlich ist mein Vorschlag angenommen worden, aber nur zum Teil, denn ich hatte Josiane vorgeschlagen, den Namen von Fernands Freundin. Mein Bruder wurde rot wie Tomatensoße, aber diesmal protestierte er nicht. Papa sah so aus, als würde er scharf nachdenken, dann hat er entschieden. Wir nennen sie Josette, hat er gesagt, um alle zufrieden zu stellen, Josette-Lucie-Clara.

Natürlich ist ein Tag ohne Mama zu Haus, besonders wenn es ein Sonntag ist, dermaßen selten, dass etwas Unerwartetes passieren muss. In der Messe war alles normal. Ich war da und war doch nicht da. Nico, der neben mir saß, musste mich mehrmals in den Arm kneifen, wenn ich vergaß mich hinzuknien oder aufzustehen. Ich war mit meinen Gedanken woanders.

Normalerweise setze ich mich mit Nico ganz nach vorn vor den Altar, weil Nico nicht die kleinste Bewegung der Messdiener verpassen will. Sein großer Traum ist es, Priester zu werden wie Hochwürden Blanche. Aber um Priester zu werden, muss man zuerst die Etappe der Messdiener durchlaufen. Deshalb beobachtet Nico genau alle Bewegungen der Messdiener. Zurzeit darf er noch nicht Messdiener sein. Aber er will schon für das nächste Jahr üben. Mich begeistert das nicht besonders. Ein Priester darf keine Mädchen im Kopf haben, und seitdem ich Brigittes riesige Augen gesehen habe, die fast so anziehend sind wie Ritas kleine Brüste, möchte ich nur noch im Ozean ihres Blicks ertrinken. Sie saß heute Morgen auch in der ersten Reihe, aber auf der linken Seite, weil die Mädchen nicht in den Bezirk dürfen, der den Jungen vorbehalten ist. Ebenso wie sie nicht Messdiener sein dürfen. Weil ich also immer zur linken Seite hinspähte, um Brigittes Blick zu treffen, wenn sie zu uns herüberschaute, konnte ich mich nicht auf das konzentrieren, was am Altar vor sich ging, umso mehr als Charly Gauls Sieg und die Geburt von Fredy oder Josette mir nicht aus dem Kopf wollten.

Als ich nach Hause kam, freute ich mich, sobald ich die Eingangstür aufgemacht hatte. Im ganzen Haus schwebte ein außerordentlicher Schmalzgeruch, der ankündigte, dass es zum Mittagessen Pommes frites geben würde. Nach den Spaghetti oder auch allen anderen Nudelsorten schwärme ich, abgesehen vom Risotto, am meisten für Pommes frites. Ein richtiger Festtag. Papa war nicht da. Er war zum Krankenhaus gegangen, um zu sehen, ob alles in Ordnung war. Ich fühlte mich ganz seltsam bei dem Gedanken, dass im selben Augenblick, wo ich die Tür aufmachte, Mama vielleicht gerade das Kind zur Welt brachte. Seit einiger Zeit, oder genauer gesagt, seit der Ankündigung von Mamas Schwangerschaft fühle ich mich stärker als zuvor. Ein regelrechter Goliath. Und ich habe das Gefühl, dass es eine enge Verbindung gibt zwischen dem, was ich tue und dem, was um mich herum vor sich geht. In Oberkorn habe ich am Fünfunddreißig-Meter-Lauf teilgenommen, und Brigitte hat gewonnen. Wie durch Gedankenübertragung. Ja, vielleicht wurden Fredy oder Josette genau in dem Augenblick geboren, in dem ich die Eingangstür aufmachte. Das wollte ich meinem Bruder Fernand sagen, aber er ließ mir nicht die Zeit dazu. Schnell, hat er geschrien, schnell, Großmutter brennt. In seinem Blick war unbeschreibliche Angst. Er machte keinen Spaß. Ich bin ihm also in die Küche gefolgt, und als ich die Szene sah, musste ich laut lachen. Großmutter Lucia stand in einer Ecke beim Ausguss und um sie herum am Boden waren Flammen. Später habe ich erfahren, was passiert war. Das Schmalz vom Pommes-Topf war übergelaufen, hatte sich bei der Berührung mit der Flamme des Gasherdes entzündet und war wie Lava über den Boden gelaufen. Großmutter hatte, um den Brand zu löschen, mit dem großen Suppenlöffel bewaffnet, Wasser auf die am Boden kriechenden Flämmchen gegossen. Aber anstatt zu löschen, hatte das Wasser das Feuer weiter ausgebreitet, das nun Großmutter durch die Küche trieb und sie schließlich vor dem Ausguss einkreiste. Das war komisch und tragisch zugleich. Bei jedem Suppenlöffel voll, den sie auf den Flammenkranz goss, stieß Großmutter Lucia, die nicht begriff, warum das Feuer sich belebte, einen spitzen Schrei aus und rief die nächsten Heiligen an. Kein Wassergießen, schrie Fernand, der sich in solchen Dingen auskennt. Hör auf mit dem Wassergießen. Großmutter Lucia, die von dieser Höllenvision entsetzt war und nicht mehr aus noch ein wusste, gehorchte auf der Stelle. Die Flammen hörten sofort auf, sich auszubreiten. Aber wie sollte man sie da herausholen. Keiner konnte dieses Feuermeer durchqueren, ohne sich die Füße zu verbrennen. Fernand wusste auch als Experte nicht mehr, was zu tun war. Wir müssen warten, bis es von allein ausgeht, schlug er vor. Dann kam Papa ganz atemlos an. Es ist ein M…, rief er, aber weiter ist er nicht gekommen, denn er hat laut herausgelacht, als er dies ungewöhnliche Bild sah. Als er uns die Nachricht von der Geburt unserer kleinen Schwester brachte, befand sich die kleine Gestalt von Großmutter Lucia mitten im Feuer, den großen Suppenlöffel in der Hand, reglos wie eine Statue und warf einen feindseligen Blick auf diese Flammen, die sie noch vom Boden her bedrohten.

Papa vergaß die Geburt und Josette und zeigte, dass er nicht umsonst im Krieg gewesen war. Er ist in den Keller gestürzt, hat die Decke geholt, die Mama zum Bügeln benutzt und hat das Feuer damit erstickt. Nach fünf Minuten war Großmutter Lucia vollkommen aus ihrer Hölle erlöst. Mit Hilfe eines Wischtuchs öffnete ihr Papa einen Weg in dem Fettschlamm. Großmutter Lucia war gerettet, aber die Küche befand sich in einem beklagenswerten Zustand. Die vom Rauch geschwärzten Wände boten keinen erfreulichen Anblick. Und Mama wird morgen nach Hause kommen, rief Papa ganz außer sich aus, wenn sie das sieht, bekommt sie eine Nervenkrise. Ich sagte mir, dass es nicht nett ist, unsere kleine Schwester unter diesen Bedingungen zu empfangen. Deshalb schabte ich mehr als sonst wer, um die Spuren dieses schmierigen Schmutzes, der überall klebte, bis in den letzten Winkel der Küche zu entfernen.

Was für ein Sonntag, dieser zwanzigste Juli 1958! Ich bin jedoch nicht unzufrieden damit. Auch wenn mich noch ein kleiner Gewissensbiss quält. Und wenn ich wirklich die Gabe hätte, Dinge um mich herum zu verursachen? Und wenn ich durch das Öffnen der Tür nicht nur zur Geburt von Josette sondern auch zu Großmutter Lucias Einblick in die Hölle beigetragen hätte. Als ob jedes positive Ereignis durch etwas Negatives ausgeglichen werden müsste. Vielleicht war die Geschichte, die Fernand mir eines Tages erzählt hatte, wahr. Am Abend davor hatte er ein Buch von Stevenson, dem Autor der Schatzinsel, zu Ende gelesen. Es ging darin um eine Flasche, die wie Aladins Lampe alle Wünsche erfüllte. Darin war ein Geist, den man nur zu rufen brauchte. Aber jeder Wunsch hatte einen Unfall zur Folge. Der Reichtum der einen konnte den Tod der anderen bewirken. Für mich war das ebenso. Ich öffnete die Tür, was soviel war wie den Geist zu rufen und Josette wurde geboren. Aber zugleich hätte Großmutter Lucia ihre Augen beinahe für immer geschlossen, wenn Fernand ihr nicht gesagt hätte, sie solle aufhören, Wasser zu gießen. Mein großer Bruder ist doch zu etwas nutze. Wir beide bilden wie Sigurd und Bodo ein unschlagbares Paar. Josettes Geburt hat mir die Augen geöffnet. Jetzt, wo wir drei sind und ich in der Mitte bin, von zwei Leibwachen umgeben, ist Fernand nicht mehr der Fernand von früher. Er hat sich gründlich gewandelt. Mein Mittelplatz lässt ihm keine Wahl. Ich bin der Mittelpunkt der Familie. Links stehen Papa und Fernand, rechts Mama und Josette. Die Linie, die sie verbindet, geht durch mich hindurch. Sogar Großmutter Lucia ist in diesem Punkt mit mir einig: das mittlere Kind ist immer das begabteste, hat sie vor ein paar Tagen gesagt. Bei der Erziehung des ersten sind die unerfahrenen Eltern immer etwas zu streng. Bei dem zweiten korrigieren sie das. Aber in dem Bewusstsein, ihm zuviel Freiheit gegeben zu haben, gleichen sie das bei dem dritten wieder aus. Großmutter Lucia hat Recht, meine große Freiheit macht aus mir einen außergewöhnlichen Menschen. So sehr, dass der Vorsprung von drei Jahren und einer Spur, den Fernand mir gegenüber hat, ausgeglichen wird. Bis zu diesem Augenblick habe ich mich bemüht, ihm gleich zu werden. Heute ist das nicht mehr nötig. Dank Josette bin ich das mittlere Kind.

Es ist sechs Uhr abends. Papa hat das Radio angemacht, um die Nachrichten nicht zu verpassen. Er will noch einmal etwas über Charly Gauls Großtat hören. Diesmal auf Luxemburgisch. Und außerdem hat er Kanal achtzehn angerufen, damit die Nachricht von Josettes Geburt durchgegeben wird. Die Küche weist nur noch wenige Brandspuren auf. Jetzt, wo alles wie vorher aussieht, und unsere kleine Josette ins Haus kommen kann, ohne einen Schock zu erleiden, möchte ich von Großmutter Lucia wissen, was sie wohl empfunden hat, als sie von diesem so gefräßigen Feuer umgeben war. Aber sie will nichts mehr davon hören. Kein Zweifel, Differdingen und Cardabello, das ist nicht dasselbe. Dort unten hat man seit eh und je Feuer mit Wasser gelöscht, während hier das Wasser, das sie gegossen hat, das Feuer nur noch stärker entfacht hat. All das ist ein schlechtes Zeichen. Und dann auch noch am Tag, an dem ihre kleine Enkelin geboren wird, die nicht Lucie heißen wird. Wer hat sie nur so behext? Morgen, wenn Tina mit Josette nach Hause kommt, muss Olivenöl in heißes Wasser gegossen werden. Um den bösen Blick zu vertreiben. *Die Mutterliebe ist bei den Walen stark entwickelt…*

... ob Herkules seinen Platz zwischen uns haben soll? Ich habe lange Zeit in dieser Hinsicht Zweifel gehabt, obgleich dieser kraftvolle Verursacher erfreulicher und wohltätiger Werke von einem Wal verschluckt und wieder ausgespieen wurde. Sicher ist, dass der Wal ihn gepackt hat, wenn nicht er den Wal gepackt hat. Ich fordere, dass er zu unserem Clan zugelassen wird ...

Der heilige Nikolaus wird mir eine elektrische Eisenbahn Marke Fleischmann bringen. Wie die, die ich bei Sternberg im Schaufenster gesehen habe. In dem Karton, den ich schon aufgemacht habe, obgleich ich das nicht vor dem Morgen des 6. Dezember darf, waren Schienen, Weichen, eine Lokomotive mit Waggons, ein Bahnübergang mit Schranken, ein Tunnel und vor allem ein elektrischer Transformator, ohne den der Zug nicht fahren kann. Jetzt brauche ich nicht mehr zu Charly zu gehen. Seine Eisenbahn, eine Märklin, kann er teilen, mit wem er will. Ich brauche Charly nicht mehr, noch seine Eisenbahn, noch seine Schwester. Denn ich bin ein Held, ein richtiger Held.

Das habe nicht ich gesagt, noch Papa, noch irgendjemand sonst aus der Familie. Das würde nicht zählen. Ein Held, der wird nicht per Dekret bestimmt, den verdient man sich. Und in einer Familie ist man nie unparteiisch. Das ist übrigens der Grund, warum eine Familie eine Familie ist, hat Mama gesagt. Aber Sigurd zum Beispiel, der heldenhafte Ritter, hat trotz allen seinen Heldentaten, trotz all dem Verrat, der ihn umgibt, keine Familie und sagt nie von sich, dass er ein Held ist. Dasselbe gilt für Tibor, Akim und Tarzan, die Helden des Dschungels, Nick nicht zu vergessen, den Pionier des Weltraums, Falk, den Ritter ohne Furcht und Tadel, Robin Hood, den Kämpfer gegen die Tyrannei, Brik, den Piraten der sieben Meere oder Ivanhoe, den treuen Ritter des Königs. Alle haben gemeinsam, dass sie unvergleichliche Heldentaten vollbringen, immer für das Wohl der Menschheit, ohne sich dessen zu rühmen.

Nur die falschen Helden rühmen sich. Wie Charly, der sich etwas darauf zugute hält, wie Charly Gaul zu heißen. Oder Nominoé, der den Schwiegersohn von König Arthur tötete und von Lancelot bestraft wurde, oder der englische König Edward, der Mörder des Schotten Wallace, oder, und das ist der Schlimmste von allen, der Sheriff von Nottingham. Sie denken sich eine ganze Sammlung von Großtaten aus, aber in Wirklichkeit sind es nur feige Egoisten, die sich über alles lustig machen und sich zum Schaden der Menschheit die Taschen voll stopfen. Später baut man ihnen Denkmäler und errichtet ihnen Statuen.

Manchmal nimmt man sogar ihren Namen, um eine Straße umzutaufen. Die von meinem Geburtshaus in Differdingen zum Beispiel hieß seit Urzeiten Parkstraße, und eines schönen Tages, hat bei einer Diskussion mit Onkel Fredy Papa, der die Parkstraße gut kannte, weil er als Kind ganz in der Nähe wohnte, und zwar in der Straße, die zur Spitalstraße wurde, dort wo jetzt Großmutter Maddalena wohnt, da hat also die Parkstraße aufgehört, Parkstraße zu heißen und hat den Namen eines gewissen Roosevelt angenommen, eines dieser falschen Helden, die ich vorher erwähnt habe. Schließlich hat Roosevelt, das hat Papa gesagt, den Krieg nur durch die Berichte seiner Generäle kennen gelernt, vor allem durch Patton, und außerdem habe keiner die Idee gehabt, die Spitalstraße oder die Große Straße oder irgendeine andere Straße in Stalinstraße umzubenennen, obgleich der mindestens ebenso viel Anteil am Ausgang des Krieges gehabt habe wie der erste, hat Papa hinzugefügt. Deshalb gebe es übrigens die Stalingradstraße, die Stadt, bei der Hitler die erste Niederlage beigebracht worden ist. Aber eine Stalinstraße gebe es ganz einfach nicht. Da hat Onkel Fredy sich eine Zigarette angezündet und zu protestieren angefangen. Mama war unzufrieden und hat wegen des Rauchs das Fenster aufgemacht. Papa ist, ohne mit dem Reden aufzuhören, aufgestanden und hat das Fenster wegen der Nachbarn wieder zugemacht. Onkel Fredy hat wegen der Diskussion eine zweite Zigarette angezündet.

In unserer Familie gibt es viele Trennungslinien. Wegen der Nationalität, das kann man noch verstehen. Deswegen gibt es keinen Streit. Nur Fernand protestiert lauthals. Was die Zigaretten betrifft, so kommt der Widerstand vor allem von Mama, weil sie befürchtet, dass der Rauch sich für immer in den Gardinen festsetzt. Sie sagt nichts, zeigt aber offen, dass sie die Raucher missbilligt, ob es nun Onkel Fredy mit seinen Maryland oder Großvater Claudio mit seinen F6 ist, indem sie im Winter wie im Sommer die Fenster weit aufmacht. Aber sobald die Politik ins Spiel kommt, erhitzen sich die Gemüter. Selbst Papa, der doch, als ich klein war, nicht gern Partei ergriff, wegen des Kriegs, hat er erklärt, und vor allem wegen der Nachkriegssituation, als in Luxemburg ein Makkaronifresser automatisch in aller Augen ein Gefolgsmann Mussolinis war, selbst Papa hat plötzlich angefangen, die Kommunisten zu verteidigen und von Stalin zu reden, besonders als Unbekannte zur Zeit der Vorfälle in Budapest Steine in die Fenster eines seiner Kumpel geworfen hatten, und diese Wende hat wenigstens eine Person bei uns gefreut, und zwar Großvater Claudio. Zweifellos glaubte er, dass Papas Kehrtwende die Frucht seiner Überzeugungsarbeit war. Onkel Fredy dagegen, der erste in der Familie, der Luxemburger geworden ist, und das wegen Tante Lucie, seiner luxemburgischen Frau, die nicht wollte, dass ihr Blumengeschäft nach Alfredo heißen sollte, ist weder Kommunist noch sonst etwas, sondern neutral, wie er sagt, das heißt gegen Papa und seinen Bruder Claudio. Auch gegen Mama wegen der Zigaretten. Aber er ist für die Amerikaner, hat Papa gesagt, deshalb verteidigt er die Rooseveltstraße. Mit Truman ist er vorsichtiger. Wegen der Atombombe. Aber Roosevelt hat nach seiner Meinung verdient, dass man eine Straße nach ihm benennt.

Papa mag die Amerikaner nicht. Mir ist das normalerweise egal. Aber eines Tages ist er zu weit gegangen. Onkel Fredy besuchte uns mit Tante Lucie, und kaum hatte er unsere Türschwelle überschritten, da rief er meinen Bruder und mich. Kommt, sagte er, und wir sind ihm gefolgt, denn immer, wenn Onkel Fredy kommt sagt, bedeutet das, dass er uns ein größeres Geschenk als gewöhnlich mitgebracht hat. Das letzte Mal war es ein Fahrrad für Fernand. Es war schön blau, aber Fernand hat es nicht gleich gewollt, und zwar wegen des Namens, der auf dem Rahmen stand: Raphael Geminiani. Als Papa ihm dann erklärte, dass Geminiani trotz des Namens Franzose war, hat er schließlich das Geschenk angenommen. Natürlich widerstrebend. Er fragte sich sicher, was ich mich auch fragte: wissen die anderen in Differdingen, dass Raphael Geminiani kein Makkaronifresser war?

Wir haben also einen Blick in Onkel Fredys Auto geworfen, aber es war nichts zu sehen. Das Geschenk wird nicht so groß sein, habe ich mir gedacht, bevor Onkel Fredy den Kofferraum aufmachte. Mein Bruder hat da wie bei dem blauen Fahrrad einen tiefen Seufzer der Enttäuschung ausgestoßen, aber ich habe vor Freude gebebt. Vor meinen Augen lagen zwei echte Hula-Hoops, einer blau und einer rot. In Differdingen hatten fast alle ihren Hula-Hoop. Charly, Nico, Marco, Josiane, Michèle, Brigitte, alle schwangen die Hüften mit dieser neuen Generation von Reifen. Denn so nannte ich ganz zuerst den Hula-Hoop, als ich seinen richtigen Namen noch nicht kannte. In San Demetrio gab es massenhaft Reifen. Oft vergnügten wir uns damit, die Straße des Gemeindezentrums bis zum Palazzo Cappelli hinter diesem Metallrad, das bei jedem kleinen Stein einen Hüpfer machte, hinunterzusausen. Die Differdinger Reifen dagegen waren nicht aus Metall. Und man benutzte sie nicht auf dieselbe Weise. Als ich das erste Mal einen sah, stand ich einen Augenblick vor Verwunderung wie angenagelt da. Camille, ein Klassenkamerad, der älter war als ich, ließ einen gelben Reifen mit atemberaubender Geschwindigkeit um seinen Hals kreisen und brüllte dabei ein Wort, das ich nicht verstand: hula-hoop, hula-hoop. Dann schossen die Hula-Hoops um mich herum wie Pilze aus dem Boden. An jeder beliebigen Straßenecke konnte man Leute aller Altersgruppen sehen, die die unglaublichsten akrobatischen Übungen vollführten. In Differdingen hatten also alle einen Hula-Hoop außer uns. Fernand störte das nicht besonders, aber mich kränkte es zu sehen, wie Charly, Nico und die anderen sich so verrenkten, während ich mich mit der undankbaren Rolle des armen Zuschauers begnügen musste. Deshalb habe ich zu Hause protestiert. Da erklärte Mama, dass wir das Geld nicht zum Fenster hinauswerfen könnten. Und Papa pflichtete ihr bei. Nie kommt mir so ein amerikanisches Ding ins Haus, sagte er. Glücklicherweise war an dem Tag Onkel Fredy bei uns, und beim Ausdruck amerikanisches Ding wurde er hellhörig. Resultat: um Papa zu ärgern, erschien er bei seinem nächsten Besuch mit zwei Hula-Hoops im Kofferraum seines amerikanischen Wagens.

Papa sagte nichts, als hätte er die beiden amerikanischen Dinger nicht gesehen. Aber sobald Onkel Fredy in der Küche war, fing er mit der Diskussion über die Rooseveltstraße an. Wenn es eine Stalinstraße geben würde, erwiderte Onkel Fredy und blies eine Rauchwolke über den Tisch, müsste es auch, sagen wir, eine Mussolinistraße geben. Aber nein, entgegnete Papa, der nur darauf gewartet hatte, um sich auf seinen politischen Gegner zu stürzen, das ist nicht dasselbe. Was nicht dasselbe ist, wurde er von Onkel Fredy unterbrochen, ist, dass Stalin den Krieg gewonnen hat, während Mussolini ihn verloren hat, aber was das Übrige angeht, hält sich der Unterschied sehr in Grenzen. Da hat Mama, die immer angeekelt war, wenn es laut wurde, versucht, als Schiedsrichter zu fungieren. Mussolini und Stalin, die sind mir ganz wurscht, die gehen mir unheimlich auf die Eier, hat sie dazwischengerufen und dabei die Geste gemacht, die die Italiener immer machen, wenn sie sagen, dass etwas ihnen auf die Eier geht. Dann hat sie gehüstelt wegen des Rauchs, bevor sie durch die Küchentür verschwand, denn Josette, meine kleine Schwester, forderte vom Schlafzimmer her die Brust, auch sie aus Leibeskräften, als wollte sie in der Diskussion Stellung nehmen. Und als Mama zurückkam, schrie Josette nicht mehr, aber Papa und Onkel Fredy brüllten vom Rauch eingehüllt umso mehr, weil Papa die Frechheit besessen hatte, Onkel Fredy einen Faschisten zu nennen, was hast du denn im Krieg gemacht, he, schrie er, übertönt durch die Schreie von Onkel Fredy, und du, was hast du gemacht? du hast dich wie ein Idiot in die italienische Armee einziehen lassen, wie dieser arme Bernabei, der nie von da unten zurückgekommen ist.

Hier endete die Wortschlacht, weil keiner die Kraft hatte, den Sieg über den anderen davonzutragen. Wenn Großvater Claudio da gewesen wäre, wäre alles anders verlaufen. Er hätte Papa unterstützt, und Onkel Fredy wäre trotz seiner dröhnenden Stimme und dem Rauch seiner Zigaretten, von ihrem gemeinsamen Wortschwall erdrückt worden. Mama musste also noch einmal versuchen, den Schiedsrichter zu spielen, denn, wie die Dinge liefen, würde es bald zu Beschimpfungen kommen, wie immer, wenn zu Haus ein solcher Streit ausbrach. Du bist gegen die Amerikaner, wandte sie sich an Papa, aber das hindert dich nicht, im Keller mit dem Hula-Hoop deiner Kinder herumzutanzen.

Es ist komisch. Papa und Onkel Fredy mögen sich gern. So sehr, dass Papa von Zeit zu Zeit aushilft, wenn Onkel Fredy zuviel Arbeit in den Treibhäusern hat, die dem Schloss von Dommeldingen gegenüber liegen. Manchmal geht er sogar mit zum Markt und hilft ihm, Blumen zu verkaufen. Aber wenn es um Politik geht, sind sie beide wie umgewandelt, als ob ihre Argumente über Leben und Tod entscheiden würden.

Ich verstand nicht viel von dem, was sie sagten, und wenn die Amerikaner den Hula-Hoop erfunden hatten, warum nicht. Namen wie Korea oder Budapest waren für mich höchstens geographische Bezeichnungen, aber für Papa und Onkel Fredy schienen sie eine geheimnisvolle Bedeutung zu haben, als ob ein unsichtbares Band diese beiden doch so entfernt liegenden Orte miteinander verbände.

Tante Lucie sagte während der ganzen Zeit nichts. Nicht, weil sie nichts zu sagen gehabt hätte, sondern einfach, weil Papa und Onkel Fredy trotz ihrer Naturalisierung in einem Sprachengemisch diskutierten, in dem das Italienische gegenüber dem Luxemburgischen die Oberhand behielt. Dann hatte Mama ein schlechtes Gewissen. Schließlich trug sich das alles in ihrer Wohnung zu. Aber sie konnte Tante Lucie nichts sagen, da sie, im Gegensatz zu allen, kein Luxemburgisch sprach. Das machte sie traurig. Der Rauch und sogar die Politik traten in den Hintergrund, wenn sie sich fragte, wie in so kurzer Zeit die im Haus dominierende Sprache eine andere hatte werden können, ohne dass sie etwas daran ändern konnte. Fernand und ich hatten aufgehört, untereinander Italienisch zu sprechen. Auch mit Papa sprachen wir meistens Luxemburgisch. Mamas sprachlicher Raum wurde also ganz allmählich kleiner. Jeden Sonntag jedoch, wenn Großmutter Lucia und Großvater Claudio und bisweilen auch Großmutter Maddalena zu uns kamen, strahlte sie wie eine Wiederauferstandene und kochte ein Essen, das noch leckerer war als gewöhnlich, weil am Sonntag wie durch ein Wunder ihre Sprache bei allen Diskussionen dominierte, sogar wenn Onkel Fredy und Tante Lucie dabei waren, die bei den langen unvermeidlichen Diskussionen über Politik das Luxemburgische nicht einmal ansatzweise gegen Großvater Claudio durchzusetzen wagten. Und Mama, die sonst sagte, dass Politik ihr ganz wurscht sei, griff hin und wieder ein, um bald dem kommunistischen Lager, bald Onkel Fredy recht zu geben, als ob sie, da sie spürte, wie sich eine Spaltung in der Tischrunde herausbildete, die Rolle einer Vermittlerin spielen wollte, wodurch sie, weit davon entfernt, die Gemüter zu besänftigen, den Zorn der beiden gegnerischen Parteien auf sich zog. Das brachte sie nicht aus der Fassung. Sie verschwand in der Küche und kam mit einem Kochtopf zurück, der Brühe mit Fadennudeln enthielt, und, unberührt von dem Rauch, der sich im Esszimmer auszubreiten begann, füllte sie unsere Teller, wobei sie so tat, als entgehe ihr nichts von der Diskussion, die die Familie spaltete.

Aber wenn ihre Eltern nicht da waren, litt Mama. Sie hatte zwar damit angefangen, Französisch zu lernen, aber Tante Lucie verstand nur einige Brocken. Auf jeden Fall nicht genug, um mit Mama ein paralleles Gespräch zu führen. Dadurch wurde die Situation traurig und komisch zugleich. Papa und Onkel Fredy schrien sich an, bis sie krebsrot wurden, und nannten sich gegenseitig Faschist und Kommunist. Mama und Tante Lucie sahen sich an, ohne ein Wort zu sagen, waren aber trotzdem krebsrot. Mein Bruder Fernand verließ die Küche und kam von Zeit zu Zeit zurück, um Papa mit einem Heft zu belästigen, in dem ein Aufsatz oder schwierige Übungen standen. Ich spitzte die Ohren, wenn ich Namen wie Budapest oder Korea hörte, und zur Krönung des Ganzen weinte Josette, die sicher durch den Lärm aufgewacht war, in ihrem Bett.

Manchmal war es noch schlimmer. Onkel Fredy, der ein fanatischer Fan der Weimerskircher Fußballmannschaft war, einer Mannschaft, die nach Papas Ansicht überhaupt nichts taugte, vergiftete die Atmosphäre dadurch, dass er es wagte, die Red-boys anzugreifen, unsere Mannschaft, die wie die Kommunisten das Unglück hatte, rote Hemden zu tragen. Im gleichen Augenblick legte Mama eine Schallplatte auf den

Plattenteller des Blaupunktgeräts im Esszimmer, Robertino oder Mario Lanza oder Domenico Modugno, um Tante Lucie zu zeigen, was für schöne Lieder in Italien gemacht werden. Aber da Papa und Onkel Fredy immer lauter schrien, beauftragte Mama mich, die Musik lauter zu stellen, was mich normalerweise gefreut hätte, da man ein Lied nach Großvater Claudios Worten in voller Lautstärke hören müsste. Aber als ich vor dem Apparat stand, zögerte ich, an dem Knopf zu drehen, denn man erkennt die Makkaronifresser, behauptet Nico, mein bester Freund, an dem Krach, den sie beim Reden machen. Ein richtiger Luxemburger spricht, ohne zu schreien, der brüllt nicht wie ein verdammter Bär. Und in einem richtigen luxemburgischen Haus hört man Musik in mäßiger Lautstärke. Also habe ich den Knopf, ob nun Robertino sang oder ein anderer, nicht angerührt, ich war sogar versucht, ihn nach links zu drehen, um die Stimme des Sängers leiser zu stellen. Als ich dann in die Küche kam, habe ich genau das Papa und Onkel Fredy in die Ohren geschrien: ein richtiger Luxemburger brüllt nicht wie ein verdammter Bär.

Die Diskussion hörte mit einem Schlag auf, als hätte jemand den Ton abgeschaltet, und alle sperrten die Augen auf. Papa mehr als irgendwer sonst. Denn zum ersten Mal hatte es jemand unter seinem eigenen Dach gewagt, ihn öffentlich mit Bär zu betiteln. Das hat er gesagt. Und er hat fast angefangen zu weinen. Seine Tränen haben aber unter seinen Augenlidern Halt gemacht. Und da alle mich anstarrten, habe ich gedacht, dass ich sicher etwas getan hatte, was man nicht tun sollte. Nie hatte ich irgendwen bei uns zum Weinen gebracht. Auch wenn, das weiß ich heute, Mama und Papa manchmal heimlich geweint haben, zum Beispiel, wenn ich aus der Schule kam und schrie, dass Nico, Charly oder Camille einen ganz neuen Pullover oder Mantel oder eine ganz neue Hose anhatten, und ich als ewiger Zweiter der Familie gezwungen war, mir die alten von meinem Bruder geerbten Sachen anzuziehen, während dieser von Zeit zu Zeit mit nach Di Cato genommen wurde, dem großen Bekleidungsgeschäft am Gerlach-Park neben Sternberg.

An dem Tag entkrampfte Onkel Fredy die Situation. Der Kleine hat

Recht, sagte er, wir wollen aus unserer Haut heraus, und vergessen dabei, dass wir im Innern geblieben sind, was wir waren, nämlich Makkaronifresser. Da sperrte Tante Lucie ihrerseits die Augen auf, denn Onkel Fredy hatte das auf Luxemburgisch gesagt. Aber sie sagte nichts, und ich schämte mich, Papa beinahe zum Weinen gebracht zu haben und fühlte mich durch Onkel Fredys Worte getröstet. Onkel Fredy ist doch trotz allem sympathisch, dachte ich, er hat mir einen Hula-Hoop gebracht und es macht ihm nichts aus, verdammter Bär genannt zu werden. Auch wenn ich bei der Diskussion über unseren Straßennamen gleich darauf Papa Recht geben musste.

Was für eine dumme Idee, unsere Straße umzutaufen! Doch nicht wegen Roosevelt. Roosevelt war mir ganz egal. Dass er Amerikaner, ob er ein Held war oder nicht, das interessierte mich nicht. Schließlich hatte nicht er den Hula-Hoop hergestellt. Aber es wäre mir lieber gewesen, in einer Straße zu wohnen, die weiterhin Parkstraße hieße. Ich hätte dann allen sagen können, dass mein Haus mitten in einem großen Garten mit vielen Blumen, Hecken und Bäumen steht, die ihr Laub im Herbst verlieren, und mit einer großen Sandkiste, in der ich mit meinen Kugeln Tour de France spielen könnte, kurz, ein Garten, wie der der Familie Gerlach, von der uns Herr Schmietz erzählt hat, auch wenn das Haus der Familie Gerlach nicht mehr existiert und nur noch der Park mit der Blumenuhr und dem kleinen Zwerg da ist, der die kleinen Glocken läutet und die Sandkiste, wo ich Tour de France spiele. Seltsamerweise steht mitten im Gerlach-Park eine Statue, die weder Herrn noch Frau Gerlach darstellt noch irgendjemand anderen aus der Familie, sondern einen gewissen Emil Mark, der nach Großvater Claudio dort oder woanders nicht stehen dürfte. Alberto Zecchetti müsste an seiner Stelle stehen, hat mir Großvater Claudio einmal gesagt.

Seit einigen Wochen ist unsere Familie wieder vollzählig beisammen. Großvater Claudio ist endlich da, was die Wortschlachten in unserer Küche kompliziert und die Rauchwolke vergrößert, die sich darin ausbreitet. Zu Mamas Glück, die Zigaretten immer weniger verträgt, ist er nicht immer da. Weder er noch Großmutter Lucia wohnen bei uns in unserer Wohnung in der Rooseveltstraße. Sie ist zu klein, hat Papa gesagt, wegen der Geburt von Josette.

Ja, Alberto Zecchetti hätte man eine Statue errichten sollen, nicht Emil Mark, hat Großvater Claudio auf einem unserer Spaziergänge durch den Gerlach-Park wiederholt, die ebenso zur Gewohnheit geworden sind wie unsere Sonntagstour durch die Denkmal-Allee in San Demetrio. Aber im Gerlach-Park ist im Gegensatz zu San Demetrio fast kein Mensch, weder abends, noch sonntags, noch irgendwann, denn in Differdingen geht man nicht die ganze Zeit spazieren, hat Papa gesagt. Der Rhythmus dreimal acht in der Fabrik lässt das nicht zu. Spaziergänge füllen die Teller nicht.

Ich freue mich, wenn Großvater Claudio mich in den Gerlach-Park mitnimmt. Ich nehme meine Kugeln und meine Plastikrennfahrer mit, baue eine perfekte Rennstrecke im Sand mit einer festgeklopften Bahn und einem Tunnel und lasse bald Charly Gaul, bald Nencini, bald sogar Elsi Jacobs gewinnen, obwohl keiner meiner Rennfahrer Brüste unter seinem bunten Trikot hat. Und dann machen wir vor und nach unserem Spaziergang, und das mag Mama überhaupt nicht, immer einen kleinen Umweg durch die Cafés am Marktplatz, wo ich, während ich eine Coca-Cola mit Eisstücken drin trinke, meinen Gedanken nachhänge und Brigittes große Augen vor mir sehe, die nicht will, dass ich ihre Schultasche trage, oder will Carlo Romanini das nicht, denn auch er hat wie Brigitte den Coca-Cola-Wettkampf in Oberkorn vor einigen Monaten gewonnen und hat also wenigstens in Brigittes Augen die Ehre verdient, sie nach der Schule zu begleiten, obgleich er ein Boccia ist? Wenn ich mit Großvater Claudio im Gerlach-Park bin, vergesse ich Brigitte, denn, obwohl wir fast allein in den Alleen sind, die immer mit einem Blätterteppich bedeckt sind, als wäre es immer Herbst in Differdingen, hat Großvater Claudio gesagt, habe ich den Eindruck, dort viele Leute zu sehen: Mädchen und Jungen, immer zu zweit, Piera und Anna, Paolo und Rodolfo, untergehakt, ein bei Lina gekauftes Eis in der Hand, wie in San Demetrio vor über zwei Jahren. Aber mitten im Park steht das Standbild von Emil Mark, und das macht Großvater Claudio wütend. Während er sich in San Demetrio über das Denkmal mit dem Standbild des Soldaten freute, weil auf dem Sockel des Monuments lauter bekannte Namen eingraviert sind und darunter auch der seiner Familie. Eine geachtete Familie wegen des Bluts, das sie in den beiden Weltkriegen vergossen hat.

Seltsamerweise hat Großvater Claudios Kommen die Erinnerung an da unten wieder geweckt. Vorher hatte, je mehr ich mich in den Differdinger Alltag einlebte, ganz abgesehen von den Denkmälern, San Demetrio angefangen, immer schwerer auf mir zu lasten. Verbunden mit dem Namen San Demetrio und mehr noch mit der Gegend, wo der Ort liegt, den Abruzzen, sind noch mindestens drei weitere Namen, die an meiner Haut kleben wie eine Krankheit, von der ich nicht genesen kann: Boccia, verdammter Bär und Makkaronifresser. Ich kann noch so laut herausschreien, dass mein Vater Luxemburger ist, und dabei lüge ich nicht. Papa hat die luxemburgische Staatsangehörigkeit angenommen, weil er sich innerlich als Luxemburger fühlt, und Mama hat keine andere Nationalität annehmen wollen, weil sie sich als überhaupt nichts fühlt und lieber hätte, wenn es keine Nationalitäten mehr gäbe – das ändert nichts daran. Besonders weil am ersten Schultag nach den großen Ferien der Lehrer, über das Klassenbuch gebeugt, jedes Mal unbedingt nicht nur unsere Namen eintragen will, sondern auch unsere Nationalität und unsere Religion. Dann fragt er uns nach Dingen, die er schon weiß, nur um uns zu zwingen, laut zu sagen, wer wir wirklich sind.

Im Allgemeinen mochte ich Herrn Schmietz. Er erzählte uns immer einen Haufen Geschichten. Und außerdem bin ich, obgleich Nico in der Klasse ist, im zweiten Jahr Klassenbester geworden, und Nico ist sein eigener Sohn. Aber mit dem Klassenbuch war Herr Schmietz widerwärtig, ganz wie Herr Molitor, unser neuer Lehrer. Charly, der nicht mehr mein bester Freund ist, weil wir uns gezankt haben, denn er hat gewagt, mich Makkaronifresser zu betiteln, zögert immer, wenn der Lehrer, nachdem er seinen Namen, Vornamen und sein Geburtsdatum eingetragen hat, ihn fragt: Religion? Er zögert übrigens nicht, weil er irgendetwas verschweigen will. Im Grunde weiß er nämlich nicht genau, was seine wahre Religion ist. Sein Vater, der nach dem Krieg nicht wollte, dass seine Kinder wie er Juden wären, hat ganz einfach beschlossen, ihn bei der Geburt taufen zu lassen. Und selbst wenn bei ihnen Charlys oder Michèles Katholizismus nur eine Formalität ist, um zu verhindern, dass sich die früheren Schrecken wieder ereignen, und zwar die religiöse Verfolgung wie zu den Zeiten der ersten von den Römern ermordeten Christen, so ist doch Charly der erste Katholik in der Familie Meyer geworden, genauso wie Onkel Fredy und Papa mit ihrer Naturalisierung die ersten Luxemburger in unserer geworden sind.

Charlys Geschichte ist traurig, aber zugleich macht sie etwas zornig. Traurig, weil eine seiner Tanten von den Nazis nach Dachau deportiert wurde und nicht zurückgekommen ist, was zum frühzeitigen Tod seiner Mutter geführt hat, traurig auch, weil die Juden während des Kriegs dasselbe Schicksal erlitten haben wie die armen Christen zu Neros Zeiten, die, wie Schwester Lamberta erklärt hat, fast immer im Rachen eines schrecklichen Löwen landeten. Was meinen Zorn angeht, so ist eben Schwester Lamberta dafür verantwortlich. Denn von den Juden spricht sie nur, um zu sagen, dass sie Jesus gekreuzigt haben, was vor allem Charly böse macht, und mich scheint sie immer, wenn sie uns die Geschichte von den misshandelten christlichen Märtyrern erzählt, schief anzusehen und mir etwas vorzuwerfen, als ob ich für die Untaten meiner Vorfahren verantwortlich wäre.

Ist das nicht ein weiterer Grund dafür, dass ich mich immer mehr von den Abruzzen distanziere? Wenn also am ersten Schultag unser Lehrer, über das Klassenbuch gebeugt, fragt: Nationalität? antworte ich automatisch: luxemburgisch. Sieh mal an, Clodi, sagt dann der Lehrer, ob es nun Herr Schmietz oder Herr Molitor ist, hast du in den Ferien eine andere Nationalität angenommen? Dann werde ich rot, fange an zu stottern und möchte öffentlich vor versammelter Klasse, in der noch manch anderer Makkaronifresser sitzt, erklären, dass mein Vater schon seit geraumer Zeit Luxemburger ist, aber ich sage nichts, weil ich mich wegen meiner Lüge schäme. Herr Schmietz oder Herr Molitor haben dann Mitleid mit mir und schreiben, ohne weiter in mich zu dringen, meine wahre Nationalität, während in meinem Rücken sich ein unterdrücktes Kichern unter den Boccia, verdammten Bären und Makkaronifressern ausbreitet, und erst aufhört, wenn der Lehrer Nico oder Camille aufruft, die nichts zu verbergen haben, weil beide hundertprozentige Luxemburger sind.

Mit Großvater Claudios Kommen hat sich die Tendenz also vorläufig umgekehrt. Ich konnte doch den Menschen nicht verleugnen, der mir trotz der Untaten meiner anderen Vorfahren der liebste ist, abgesehen von Papa und Mama. Übrigens sind die Römer, durch die die Christen soviel erduldet haben, wie Schwester Lamberta erklärt hat, nicht nur meine Vorfahren, das habe ich bei meinem Besuch bei Herrn Erpelding vor einigen Monaten erfahren. Und das würde ich das nächste Mal Schwester Lamberta antworten, wenn sie mich schief ansieht: fragen Sie doch Herrn Erpelding, werde ich ihr sagen, nicht nur die Leute aus den Abruzzen, auch die Differdinger stammen von den Römern ab. Alle haben den ersten Christen Leiden zugefügt. Aber das weiß Schwester Lamberta sicher schon. Ihr Name, und vor allem der Spitzname, den wir für sie erfunden haben, und zwar Lambretta, stammt der nicht auch direkt von Julius Cäsar oder von Nero ab? Ich würde mich hüten, andere zu beschuldigen, wenn es in meiner Familie jemand gäbe, der all die Gräueltaten begangen hat, die man Nero zuschreibt. Aber so sind die Pfaffen, sagt Großvater Claudio immer, sie begehen die Gräuel und bestrafen tun sie die anderen. Und die Kommunisten erst! hat Onkel Fredy hinzugesetzt, und die Diskussion ist wieder losgegangen, vom Rauch der Maryland und der F6 umnebelt. Das ist nicht dasselbe, hat Großvater Claudio erwidert.

Und er hat auch gesagt, dass es nicht richtig ist, dass das Standbild von Emil Mark mitten im Gerlach-Park steht. Keiner spricht mehr von Alberto Zecchetti, setzte er hinzu. Ich war etwas gereizt und habe geantwortet, dass es ja auch eine Straße gebe, die nach Emil Mark benannt ist, weil Emil Mark, und das hat uns wieder unser Lehrer gesagt, vor langer Zeit Bürgermeister von Differdingen war. Ein Bürgermeister, dem wir die Duschen unten im Schulkeller verdanken. Ein sehr guter

Bürgermeister, der viel für die Differdinger Schüler getan hat. Aber zu meiner großen Verwunderung wusste Großvater Claudio das schon. So wie Alberto Zecchetti in derselben Zeit Arbeiter in der Deutsch-Luxemburgischen war, das heißt in der Fabrik, die die Hadir werden sollte und noch in deutscher Hand war.

Über die Hadir weiß ich allerhand. Papa arbeitet dort, und noch vor einiger Zeit war es mein größter Traum, eines Tages dort auch hineinzukommen. Genauer gesagt, in das Grey-Walzwerk. Dieser Traum wurde, ohne dass er es wusste, von Herrn Schmietz genährt, durch den ich soviel über Differdingen gelernt habe. Ohne ihn wäre mir zum Beispiel die Geschichte des Titelbergs, wo die Römer lange vor der Eröffnung der Hadir die ersten Hochöfen in Gang gesetzt haben, unbekannt geblieben. Die Epopöe von dem ersten Eisenträger, der genau zu der Zeit gewalzt wurde, als Emil Mark Bürgermeister von Differdingen war, kannte ich dagegen nicht. Der Fabrikdirektor hieß Fritz und noch was und Herr Grey war Amerikaner – amerikanischer Kapitalist, hat Papa hinzugesetzt – der plötzlich mit seinem Walzwerk in Differdingen seinen Einzug hielt. Aber all das habe ich Großvater nicht erzählt, weil er es, das ist wirklich seltsam, schon wusste. Er erzählte mir sogar, als wir vor dem weißbärtigen Zwerg der Blumenuhr standen, dass der Fabrikdirektor Fritz Sellge hieß und Deutscher war. Ich aber wusste nicht, wer Alberto Zecchetti war, und ich wusste auch nichts von den drei anderen Namen, von denen Großvater erzählte, und die ich inzwischen vergessen habe. Alles, was ich noch weiß, ist, dass unter ihnen ein Kind von dreizehn Jahren war.

Großvater Claudio sah abwesend aus, während er diese Geschichte erzählte. Sein Kopf verschwamm im Rauch seiner Zigarette. Vor uns ließ der weißbärtige Zwerg die Glocken erklingen, die zu beiden Seiten seines riesigen Gesichtes hingen. Aber Großvater hörte sie nicht, weil in seinen Ohren ein anderes Geräusch zu hören war. Ein Geräusch, das er nicht gehört hatte, als es entstand, denn die Geschichte, die er mir erzählte, kannte er nur vom Hörensagen.

Im Gerlach-Park war ich erstaunt, dass er so viele Einzelheiten über

Emil Mark und die Differdinger Fabrik wusste. Aber heute weiß ich, dass er das alles viel später erfahren hat, Ende der zwanziger Jahre, als er zum ersten Mal nach Luxemburg gekommen war mit seinem Bruder Alfredo, den wir jetzt Onkel Fredy nennen und der damals noch nicht ein bedingungsloser Bewunderer der Amerikaner war. Zu jener Zeit nahm Großvater Claudio wie viele andere Italiener, die im Bergwerk oder in der Fabrik arbeiteten, und anders als die, die anfingen, Bauunternehmen auf die Beine zu stellen, an allen Versammlungen der italienischen kommunistischen Partei teil und da, wo die lange und leidvolle Geschichte der immigrierten Arbeiter analysiert wurde, erfuhr er, was am 26. Januar 1912 in Differdingen geschehen war.

Was er mir an jenem Tag im Gerlach-Park erzählte, habe ich natürlich nicht wörtlich in Erinnerung. Aber die zwanzig Schüsse, die auf Anordnung des Bürgermeisters Emil Mark auf die italienischen Streikenden abgegeben wurden, habe ich nicht vergessen. Ebenso wie ich die lobenden Worte von Herrn Schmietz über den Differdinger Bürgermeister nicht vergessen habe. In der so kurzen Strecke zwischen den Gewehrkugeln und den Herzen der italienischen Arbeiter liegt diese unüberwindliche Kluft, die meine Mutter immer empfunden hat und die sie noch empfindet, wenn sie von der ersten Zeit nach ihrem Eintreffen in Luxemburg erzählt. Und ich habe auch den Namen Alberto Zecchetti nicht vergessen, von diesem Arbeiter, der an dem Tag, als der Demonstrationszug sich auflöste, um die Gegenaktion vorzubereiten, nicht wieder aufgestanden ist. Wenn ich also heute an dem Standbild Emil Marks mitten im Gerlach-Park vorbeikomme, denke ich an das zurück, was mir Großvater Claudio erzählte, als ich achteinhalb Jahre alt und in der dritten Klasse bei Herrn Molitor war. Und wenn ich manchmal lächeln muss, ist es ein bitteres Lächeln, denn ich sage mir: hätte man zufällig, wie es mein Großvater wollte, statt Emil Mark Alberto Zecchetti ein Standbild errichtet, so hätte sich mancher einheimische Spaziergänger gefragt, was denn so ein Makkaronifresser dort mitten im Gerlach-Park zu suchen hätte, genauso wie mancher Differdinger 1945 nach dem Sieg der Alliierten über die Deutschen schockiert gewesen wäre, wenn man die Spitalstraße oder die Große Straße nach Stalin benannt hätte. Weil, und das weiß ich seit den Streitereien zwischen Papa und Onkel Fredy, die Geschichte auf verschiedene Weise erzählt werden kann. Für so einen Spaziergänger wäre Alberto Zecchetti wie auch die drei anderen Toten von 1912 höchstens ein Unruhestifter, ein Anarchist und vielleicht sogar ein Terrorist, während Emil Mark, der schrie: da ist nichts zu machen, schießen, anders geht es nicht, sich vielleicht in dem Moment geirrt hat, aber sonst das ihm errichtete Standbild voll und ganz verdient hat, so wie er auch eine Straße mit seinem Namen verdient hat.

Und wenn der Spaziergänger das vor dem hypothetischen Standbild von Alberto Zecchetti denkt, dann deshalb, weil er nicht weiß, dass Alberto Zecchetti sich damals empört hatte, weil er zwanzig Stunden und mehr hintereinander im Bergwerk oder in der Fabrik arbeiten musste, und das für einen ganz geringen Lohn ohne Sozialversicherung oder Ähnliches. Und wenn er das nicht weiß, dann deshalb, weil im kollektiven Gedächtnis von Differdingen, wie überall, diese Dinge in Vergessenheit geraten sind, so wie auch andere verhängnisvolle Ereignisse der Geschichte Gefahr laufen, in Vergessenheit zu geraten. Es ist doch merkwürdig. Auf der einen Seite macht man sich zu schaffen, baut Denkmäler, damit das Vergessen keine Zeit hat, um sich zu greifen, auf der anderen bemüht man sich, die Erinnerungen in der Zeit zu ertränken. Wären nicht um der Gerechtigkeit willen zwei Standbilder im Gerlach-Park nötig, für Emil Mark und Emil Zecchetti, nebeneinander aufgestellt als bleibende Erinnerung an die Vergangenheit? Sie würden es dem Spaziergänger von heute ermöglichen, die beiden Seiten der Differdinger Geschichte kennen zu lernen. Warum stehen an den strategischen Punkten der Stadt nur mit Erzblöcken beladene Grubenwagen und Kleinloks mit ihren nutzlosen, ins Leere tastenden Pantographen? Sollte nur noch die Maschine die Funktion haben, die Erinnerung an die Epopöe der Minette mit ihrem täglichen Tribut von Toten tief unten in den Stollen wach zu halten? Sollte man nicht wenigstens eine Tafel dem Fabriktor gegenüber anbringen, an der Stelle, wo die Ereignisse vom 26. Januar 1912 stattgefunden haben, eine ganz kleine Tafel mit den Namen der vier Opfer und einem kleinen Satz der Entschuldigung für das Blut, das die Stadt hat vergießen lassen?

Die wahren Helden von Differdingen bleiben unbekannt. Und gerade deshalb sind es wahre Helden. Und um auf das zurückzukommen, was ich am Anfang dieses Kapitels gesagt habe: weder Sigurd noch Akim, noch Robin Hood noch irgendein anderer Held dieses Schlages besitzt ein Standbild, ob in Differdingen oder anderswo. Selbst Mrs. Haroy, die doch in den fünfziger Jahren ein großer Star war, ist in Vergessenheit geraten. Es ist also nicht verwunderlich, dass meine heroische Tat, die ebenfalls am Anfang dieses Kapitels erwähnt wurde, ganz unbekannt geblieben ist. Vielleicht habe ich selbst dadurch, dass ich von Roosevelt und den endlosen Diskussionen zwischen Papa und Onkel Fredy erzählt habe oder dass ich Emil Marks Standbild im Zentrum von Differdingen, und zwar im Gerlach-Park, wenige Schritte von der Hadir-Fabrik erwähnt habe, von der man, besonders im Winter, wenn die Bäume keine Blätter mehr haben, die Schornsteine und Hochöfen sehen kann, dazu beigetragen, dass die Großtat verdrängt wurde, die mir die Ehre des Titels eines Helden eingetragen hat. Denn ich habe mich nicht selbst zum wahren Helden ausgerufen.

Seit vier Tagen tut mir einer meiner Backenzähne weh, und Papa hat beschlossen, dass ich zum Zahnarzt muss. Zu unserem Zahnarzt. Der wie durch Zufall in der Straße am Gerlach-Park wohnt. Ich mag weder Ärzte noch Zahnärzte. Das sind Folterer. Aus gutem Grund tragen sie wie Josianes Vater, der Schlachter ist, einen weißen Kittel. Sie freuen sich, wenn die anderen leiden. Damit verdienen sie sogar Geld. Ohne das Missgeschick der anderen wären sie arm. Das hat Papa über die Zahnärzte gesagt, und das sage ich mir immer wieder, aber der Schmerz in meinem Mund ist unerträglich geworden. Als ob es Hammerschläge wären. Dann entsteht ein elektrischer Strom und die Stöße fahren durch den ganzen Kopf. Ich habe mich also entschließen müssen, mich den Folterwerkzeugen zu stellen. Mit dem elektrischen Strom ist nicht zu spaßen.

Aber zuerst wollte ich Papa nachahmen. Ich mag ihn gern nachahmen. Er kann so vieles: streichen, tapezieren, Blumen pflanzen, Fußball spielen. Manchmal ahmt er mich übrigens nach: mit dem Hula-Hoop zum Beispiel. Aber eines Tages ist er mit entstelltem Gesicht von der Fabrik zurückgekommen. Mama glaubte schon, er hätte sich mit seinen Kumpels geschlagen, was seltsam ist, denn Papa schlägt sich nie auf diese Art. Mit Worten schon, aber die Fäuste bleiben in seiner Tasche. Sogar wenn man ihm sagt, dass er ein verdammter Bär ist. Das gehe ihn nichts mehr an, sagt er, er sei Luxemburger geworden. Und außerdem kommt er immer gleich nach der Arbeit nach Haus. Bei ihm kommt es nicht in Frage, in einem der drei Cafés vor dem Fabriktor der Hadir wie die anderen ein Bier und einen Schnaps zu trinken. Die bringen da ihren halben Lohn hin, hat Papa gesagt, ich frage mich, wie sie mit ihrem Geld auskommen. Aber an dem Tag hat er überhaupt nichts gesagt, weil er nicht einmal mehr den Mund aufmachen konnte, so sehr war alles geschwollen. Mama hat Kompressen gemacht. Nichts zu machen. Papa schlug mit dem Kopf gegen die Wand. Sicher meinte er, der Schmerz würde weggehen, wenn er sich einen anderen Schmerz zufügt. Auch so war nichts zu machen. Da hat er eine drastische Entscheidung getroffen. Ohne ein Wort zu sagen, hat er ein Band unten aus einer Schublade in der Küche gezogen, hat ein Ende am Griff der offen stehenden Tür befestigt und das andere um den Zahn gewickelt, der ihm so weh tat. Dann hat er den Mund aufgemacht, hat einen Schritt zurück getan und zu Mama gesagt, sie solle die Tür zuschlagen. Mama hat gezögert. Da sie fürchtete, sie würde ihm mit einem zu heftigen Ruck den ganzen Kiefer herausreißen, machte sie die Tür sachte zu. Papa hat geschrien wie am Spieß und, wie ein Fisch am Haken an seinem Stück Band hängend, einen Schritt vorwärts getan. Das war komisch. Aber wir durften nicht lachen. Wenn Papa Schmerzen hat, ist er nicht zum Scherzen aufgelegt. Da hat Papa die Sache selber in die Hand genommen und die Tür zugeschlagen, wie wenn er wütend ist. Bevor er Zeit zum Brüllen hatte, ist er rückwärts hingefallen und nicht wieder aufgestanden. Er hatte die Besinnung verloren. Der Zahn lag am Band befestigt neben ihm am Boden. Papa hatte Blut an seinem Hemd, und als mein Bruder Fernand das sah, wäre er beinahe auch ohnmächtig geworden. Er oder ich. Das weiß ich nicht mehr genau. Das ist ja auch nicht wichtig. Das Entscheidende ist, dass es Papa gelungen ist, seinen vermaledeiten Zahn, der ihm so das Gesicht entstellt hatte, loszuwerden. Mama hob das Band mit dem Zahn auf, noch bevor Papa das Bewusstsein wiedererlangt hatte, und sagte mir, das Ganze müsse auf ein Dach geworfen werden. Ich habe geantwortet, das sei nicht so leicht, weil wir im Erdgeschoss der Nummer acht Rooseveltstraße wohnten. Mein Bruder Fernand löste das Problem. Er nahm das Gummi, das uns bei unseren Schlachten mit Plastiksoldaten als Schleuder dient und katapultierte den Zahn zum Himmel hinauf. Ist er auf ein Dach gefallen? Das lässt sich nicht sagen. Auf jeden Fall war Mama mit seiner Initiative zufrieden und sagte uns, ihre Mutter hätte ihr gesagt, dass ein Zahn auf dem Dach Glück bringt.

Als also mein Backenzahn nicht aufhören wollte, elektrischen Strom durch meinen Kopf zu schicken, wollte ich zunächst Papa nachahmen. Aber ich habe es nicht gewagt. Ich hatte keine Lust, in Ohnmacht zu fallen. Man weiß ja nie. Fernand hatte mir eine Menge Geschichten erzählt, wo Leute, die ohnmächtig geworden sind, nicht wieder aufgewacht sind. Wie bei Operationen. Man schläfert sie ein, und dann ist es für immer. Ich habe also wider Willen akzeptiert, zum Zahnarzt in der Straße am Gerlach-Park zu gehen. Er heißt Herr Schroell. Das klingt wie ein Bohrer.

Kaum war ich ins Wartezimmer getreten, spürte ich, dass in Kürze etwas ganz Außergewöhnliches passieren würde. Herr Schroell behandelte gerade einen anderen Patienten. Man hörte den Bohrer, der im Raum nebenan einen Höllenlärm machte. Und das hörte erst auf, als die Schreie des Patienten das Heulen der Maschine übertönten. Im Wartezimmer hing ein Spiegel. Spiegel ziehen mich immer an. Sie erinnern mich an Alice und an alle Wunder, die auf der anderen Seite sind. Aber dieser Spiegel war seltsam, weil ich das Gesicht gegenüber nur allzu gut kannte. Es war weißer als ein Blatt Papier und flehte Jesus und alle Heiligen des Himmels an, zu verhindern, dass der Zahnarzt den Bohrer benutzt.

Dann kam die Sekretärin, um mich zu holen. Ich habe Papa gebeten mitzukommen. Zu zweit würde es leichter sein, den Zahnarzt zu überzeugen. Herr Schroell stand am Waschbecken und wusch sich die Hände. Ohne aufzublicken, fing er an, mit Papa über Fußball zu reden. May habe am letzten Sonntag gut gespielt, aber ob die Red-boys ohne Kemp gut abgeschnitten hätten, sei ganz und gar nicht sicher. Die Abwehr ist eindeutig schlecht, hat Papa erwidert, zu meiner Zeit war sie große Klasse. Ich meinerseits wusste nicht recht, was ich tun sollte und bin zu dem kleinen Instrumentenschrank gegangen. Das ist der Zahnhaken, sagte die Sekretärin, die seltsame Dinger mit Haken am Ende ordnete. Und das mit dem runden Spiegel ist der Kehlkopfspiegel. Setz dich auf den Stuhl, sagte der Zahnarzt, während er sich die Hände abtrocknete. Seine Assistentin war herangekommen und hatte begonnen, ein Pedal zu treten. Und während sie darauf trat, stieg der Sitz in die Höhe und näherte sich gefährlich dem Bohrer und der darüber befindlichen verstellbaren Lampe. Dann brachte sie meinen Körper mit einem anderen Pedal in eine aufrechte Stellung. Ich klammerte meine Hände um die Seitenlehnen des Sitzes und erduldete das Ganze. Und als sie meine Ohren in der Kopfstütze festklemmte, wusste ich, dass die Foltersitzung anfangen würde.

Herr Schroell kam herbei, ohne seine Unterhaltung mit Papa zu unterbrechen, ließ mich den Mund aufmachen und rief aus: oh weh, das ist aber hässlich. Er brauchte nicht einmal das Gerät mit dem kleinen Spiegel, um den Schaden zu sehen. Wann bist du denn zum letzten Mal beim Zahnarzt gewesen? fragte er. Ich konnte ihm wegen des aufgesperrten Mundes nicht antworten, dass alle Zahnärzte Schlächter seien und dass ich, abgesehen von meiner begrenzten Erfahrung mit dem Schularzt, der fast immer kam, wenn ich nicht da war, zum ersten Mal in eine Zahnarztpraxis käme. Es ist besser, ihn zu ziehen, entschied er. Und die anderen Zähne, fuhr er, an Papa gewandt, fort, davon müssen mindestens drei oder vier plombiert werden, sonst passiert dasselbe. Er hatte noch nicht zu Ende gesprochen, als seine Assistentin schon eine riesige Spritze in der Hand hielt. Ich habe die Augen aufgerissen und mit dem Kopf nein gemacht. Du willst nicht, dass ich ihn ziehe? fragte Herr Schroell, aber mit einer Spritze tut es nicht weh. Dein Mund schläft ein, und du spürst nichts. Entsetzt von der Vorstellung, dass mein Mund vielleicht nicht wieder aufwachen würde, habe ich weiter den Kopf geschüttelt. Herr Nardelli, hat er sich an meinen Vater gewandt, was wollen wir machen? Keine Spritze, habe ich gerufen, keine Spritze. Aber ohne Spritze wird es wehtun, versuchte die Assistentin des Zahnarztes mir zu erklären. Keine Spritze, habe ich flehend gerufen, nur ziehen! Herr Schroell blickte meinen Vater an, dann seine Assistentin und erneut meinen Vater. Dann tat er mir etwas in den Mund, wahrscheinlich, damit ich nicht zu laut schreie oder um zu verhindern, dass ich ihn zumache und sagte der Assistentin, sie möchte die Zahnzange vorbereiten. Ich hatte keine Zeit, mich zu fragen, was das wohl sei, eine Zahnzange, denn Herr Schroell bewegte vor meinen Augen eine Zange hin und her, die der ähnlich war, die Papa benutzte, wenn er Nägel aus der Wand zog. Keine Spritze? fragte er ein letztes Mal. Ich habe den Kopf geschüttelt. Danach ist alles blitzschnell gegangen. Ich hörte ein Krachen in meinem Mund, wie das von der Holztreppe in der Schule, schloss die Augen, um nicht den sadistischen Blick des Zahnarztes zu sehen, der meinen unrettbar verlorenen Backenzahn nicht herausbekam. Es krachte ein zweites, dann ein drittes Mal, und jedes Mal durchzuckte blitzartig ein Schmerz meinen Kopf, als sei der ganze Strom von Differdingen dort eingedrungen. Am Ende folgten Krachen und Blitze pausenlos aufeinander, und als ich die Augen wieder aufmachte, schwenkte Herr Schroell seine Zange mit meinem Backenzahn vor mir hin und her. Da wurde die Geschichte endlich interessant. Um sie nicht zu entstellen, gebe ich daher die Worte des Zahnarztes im Wortlaut wieder: Er ist ein Held, hat er gesagt, keiner lässt sich einen Zahn ohne Betäubung ziehen. Ein wahrer Held. Spül dir nur den Mund aus und spucke dort hinein.

Um mich für meine Tapferkeit zu belohnen, schenkte er mir ein Fünf-Franken-Stück. Eine richtige Münze mit der Großherzogin Charlotte drauf. Und hier der Dialog, der dann folgte:

– Ein wahrer Held, murmelte Herr Schroell noch einmal, als Papa und ich das Behandlungszimmer verließen.

– Mein Zahn, sagte ich da, geben Sie mir meinen Zahn, der muss aufs Dach geworfen werden.

– Das ist ein Aberglaube, sagte Papa, nahm mich bei der Hand und zog mich hinaus, noch bevor Herr Schroell begriff, was ich meinte, ein Held wie du braucht keinen Aberglauben.

– Was braucht ein Held dann? fragte ich mich ganz leise, ohne dass jemand es hörte.

Zuerst haben mich die fünf Franken etwas gestört. Sigurd nimmt nie Geld an. Seine Taten vollbringt er gratis. Aber fünf Franken sind immerhin fünf Franken. Meine ersten fünf Franken, die wirklich mir gehören. Mein erster Lohn. Das bedeutet fast zwei Coca-Colas oder zwanzig Kopenhagner mit Zuckerguss drauf oder zehn Überraschungstüten mit Soldaten oder Rennfahrern aus Plastik drin. Aber, und das störte mich noch mehr, im Gegensatz zu allen anderen Fünf-Franken-Stücken, die es in Differdingen gab, hatte ich dieses im Tausch gegen einen Backenzahn bekommen. Es war Geld, an dem Blut klebte. Schließlich verdiente Herr Schroell seinen Lebensunterhalt auf blutige Weise. Und er hatte meinen Zahn behalten.

Plötzlich sah ich den entsetzlichen Bohrer vor mir und hörte wieder die Worte des Zahnarztes, als er sagte, es seien noch drei oder vier Zähne zu behandeln. Zu fünf Franken das Stück könnte ich zu einem kleinen Vermögen kommen, dachte ich mir. Aber ein echter Held wiederholt seine Tat nie. Zweimal dasselbe tun, das hat keinen Sinn. Wenn eine Geschichte sich wiederholt, ist es eine Farce, hat Großvater Claudio gesagt.

Und während ich in Gedanken Herrn Schroells fünf Franken ausgab, durchfuhr eine elektrische Ladung diesmal meinen ganzen Körper vom Kopf bis zu den Füßen. Nein, nicht der Schmerz verursachte sie. Zwar bohrte meine Zunge ständig in dem von Herrn Schroell geschaffenen riesigen Krater. Aber diesmal kam die Elektrizität aus meinem Gewissen. So etwa wie am Tag, als ich Papa Bär genannt hatte.

Wie hatte ich meinen Backenzahn gegen Geld eintauschen können! Das war nicht nur eines wahren Helden unwürdig, das würde mir auch Scherereien bringen. Hatte Mama nicht mindestens zehnmal gesagt, was Großmutter Lucia ihr auch mindestens zehnmal gesagt hatte, dass nämlich ein gezogener Zahn auf ein Dach geworfen werden müsse, wenn man wolle, dass die anderen im Mund gesund blieben? Da habe ich nicht dreimal überlegt. Ich habe das Fünf-Franken-Stück genommen, es mehrmals zwischen den Fingern gedreht, wie es der Schiedsrichter zu Beginn eines Fußballspiels macht. Dann habe ich es zwischen den Daumennagel und die Spitze meines Zeigefingers geklemmt. Papa, der wohl glaubte, ich wollte Zahl oder Schrift spielen, rief: bei Zahl ist es meins, dann stieß er einen Schrei aus, dass einige der Passanten in unserer Nähe sich umdrehten. Das Stück flog durch die Luft und landete fünf Meter über unseren Köpfen auf dem Dach eines der Häuser in der Großen Straße, genau dem öffentlichen Waschhaus gegenüber.

Papa war fassungslos, dass ich mich so von meinen fünf Franken trennte. Es gibt Leute, die das Geld zum Fenster hinauswerfen, sagte er, aber ich habe noch keinen gesehen, der es auf die Dächer wirft. Alle meine Erklärungen, dass nicht das Geldstück dort oben liege, sondern mein Zahn, ebenso wie sein Zahn mit Fernandos Katapult hochgeschossen irgendwo auf einem Dach unserem Haus gegenüber liege, waren umsonst. All das ist Aberglaube entgegnete er, nur die Makkaronifresser glauben das. Und das Hufeisen, das bei uns in der Küche an der Wand hängt, habe ich geantwortet, warum streichelst du das, bevor du Toto spielst? Aber ich habe es sofort bereut, ihm das geantwortet zu haben. Schließlich war ich ein Held. Helden reden nicht viel, sie handeln. Und außerdem ist es normal, dass ihre Taten nicht verstanden werden. Hatte Alberto Zecchetti seine nicht mit dem Leben bezahlt? Wie auch Mrs. Haroy.

Plötzlich wurden meine Augen feucht, und zwar als Papa sagte, dass jemand, der so Geld wegwirft, kein Geschenk vom Nikolaus verdient. Ja, er betonte, der heilige Nikolaus arbeite hart, um das Geld zu verdienen. Schließlich müssen die Spielsachen bezahlt werden. Hast du die

Preise bei Sternberg gesehen? Ja, ich hatte die Preise bei Sternberg gesehen. Aber was hatte der heilige Nikolaus mit meiner Zahngeschichte zu tun? Warum verstand Papa mich nicht? Warum log er? Man kann doch den heiligen Nikolaus und Geld nicht auf dieselbe Stufe stellen. So wie man auch einen Held nicht auf dieselbe Stufe mit Geld stellen kann. Deshalb hatte ich mich von Herrn Schroells fünf Franken getrennt.

Aber während wir ohne ein Wort zu sagen an den Häusern der Großen Straße entlanggingen und schon die Straßenkreuzung sahen, hinter der die Rooseveltstraße anfängt, spürte ich, dass in mir irgendwo ganz in der Nähe des Herzens etwas zerbrach. Als ob Herr Schroell dadurch, dass er diesen vermaledeiten Zahn gezogen hatte, eine unheilbare Krankheit in Gang gesetzt hatte. Der Zahn, der herausgezogen worden war, war das erste Signal für einen weiteren Auszug. In einigen Monaten würde meine Erstkommunion sein. War es nicht an der Zeit, die kleinen und großen Lügen zu begraben, die in der Kindheit üblich sind? Hatte Papa deshalb den heiligen Nikolaus erwähnt?

Aber warum also wieder lügen? Schließlich weiß ich, wie jeder andere in meinem Alter, dass es den heiligen Nikolaus nicht wirklich gibt. Nein, das ist nicht richtig ausgedrückt. Ich meine, ich habe Zweifel. Was würde sonst im Schlafzimmerschrank meiner Eltern die elektrische Fleischmann-Eisenbahn bedeuten, die ich erst am Morgen des 6. Dezember bekommen soll? *Sicher ist, dass der Wal ihn gefangen hat, wenn nicht er den Wal gefangen hat…*

... aber die rote Fontäne eines Wals im Todeskampf – diese Fontäne, den die Walfänger „Fleury" nennen – wird immer die gleiche bleiben. Im Nu wird das Meer ringsherum nur noch eine große rote Fläche sein, denn Wale sind Bluter...

Lehrer, antworte ich jedes Mal mit geblähter Brust und voller Selbstsicherheit, als sei das die einzig mögliche Antwort, wenn Paolo oder Franco oder Rodolfo, oder alle anderen in Cardabello und vielleicht sogar die neuen Freunde in Differdingen Charly und später Nico fragen, was ich später werden will. Auch wenn ich noch nicht recht weiß, was das bedeutet, später, weil die Zeit wie für alle Kinder meines Alters noch keine Linie, sondern höchstens eine einfache Abfolge von bald kleinen, bald größeren Punkten ist, die nicht wirklich verbunden sind. Wie in der Weite des Meeres verstreute Inseln, fern von den Kontinenten. Nichts als Gegenwart, eine Inselgruppe von lauter Gegenwarten. Und ich kann um mich herum noch so oft die Frage stellen, keiner, auch Großvater Claudio nicht, kann genau erklären, was eigentlich der Ausdruck später genau beinhaltet. Sein Gebiet – alles, was er mir erzählt, bezeugt das – ist die Vergangenheit. Für mich sind Vergangenheit oder Zukunft wie Wasser, das die eine Insel von der anderen trennt, oder, und das Bild habe ich aus meinen späteren Lektüren, aus Karl May oder Sigurd und auch aus Filmen: sie sind wie Treibsand. Man setzt einen Fuß hinein und ist im Schlamm. Dann sinkt man allmählich ein, Füße, Waden, Knie und Schenkel, Bauch und Oberkörper. Schließlich bleiben nur noch Kopf und Arme frei, und anschließend wie in den Büchern, Comics oder Filmen die rechte Hand, die zum letzten Mal winkt, als wolle sie Ade sagen.

Dies Bild vom Treibsand hat sich mir tief eingeprägt. Ich träume nicht davon, oder wenigstens kann ich mich nicht erinnern, dass ich davon träume, aber es ist da. Und es ist sogar mehr als ein Bild. Jedes Mal, wenn ich eine Rolltreppe betrete, sträuben sich meine Füße, und ein leichtes Schwindelgefühl steigt mir in den Kopf. Aber ich bin von vornherein verloren; hinter mir werden die Leute ungeduldig und fangen an zu drängeln. Der Boden zieht mich hinweg, als gerate ich in einen Sumpf.

Manchmal wenn ich im Zug sitze und bei der Abfahrt winkende Hände jenseits der Scheibe sehe, stelle ich mir im Sumpf steckende Körper vor. Ich selber sitze im Trockenen, und draußen verschluckt die Welt die auf dem Bahnsteig Zurückgebliebenen. Hände ziehen vorbei und rufen um Hilfe. Was willst du später werden? Die Hand antwortet: Lehrer.

Die Mädchen dagegen fragen mich nie nach etwas. Nicht, weil sie nicht neugierig wären. Im Gegenteil. Ein Mädchen, das nicht neugierig ist, gibt es nicht. Das hat Nando mir gesagt. Und Großvater Claudio hat das bestätigt. Alles wollen sie wissen, hat er gesagt, und noch schlimmer: wenn man ihnen alles sagt, glauben sie es nicht, sie wollen auch noch sehen. Ich kann doch nicht meine Hose runterlassen, sagte mein Bruder eines Tages, nur um ihnen zu beweisen, dass es stimmt, dass ich schon Haare um meinen Pimmel herum habe. Ich habe nicht geantwortet. Ich würde hundert, ja tausend Hosen runterlassen, wenn da auch nur ein Haar an meinem Pimmel zu sehen wäre. Aber die Mädchen geben mir ja nicht die Gelegenheit dazu. Nie wollen sie etwas von mir. Sie reden nicht mit mir. Ich bin Luft für sie. Reine, durchsichtige Luft. Wenn ein Mädchen an mir vorbeikommt, geht ihr Blick durch meinen Körper hindurch und sieht nur, was dahinter kommt, als hätte ich ein riesiges Loch an Stelle des Bauchnabels. Tag Nando, sagt sie zu meinem Bruder, der über zehn Schritte hinter mir kommt. Wenn wir dann unter Männern sind und jeder seine Heldentaten mit Rita, Anna oder Piera erzählt, oder wenn Paolo seine Zauberkunststücke macht, Wasser in ein Horn gießt und es darin verschwinden lässt oder Tischtennisbälle verschluckt, die in meinen Ohren, meinen Haaren oder meinem Hosenschlitz wieder auftauchen, oder wenn Rodolfo einen seiner Witze erzählt, in denen es immer nur um Brüste, Pimmel und andere Schweinereien der Art geht, die er bei Don Rocco beichten muss, weil seine Erstkommunion nicht mehr weit ist, oder wenn wir ernsthafter über dieses Später reden, das bald auf uns niedergehen wird wie ein Gewitter, wie Piero mal gesagt hat, wenn wir also auf der riesigen Freitreppe, die zur Eingangstür unseres Hauses in Cardabello führt, versammelt sind, antworte ich, selbst wenn ich nicht an der Reihe bin, unweigerlich mit geblähter Brust, dass ich später unbedingt Lehrer werden will. Lehrer oder gar nichts.

Es ist seltsam. Plötzlich ist in diese über Cardabello hängende tägliche Trägheit die Zeit eingebrochen, ob es stürmt, regnet, schneit oder schön ist. Noch nicht die Linie, aber schon mehrere aufeinander folgende Punkte. Noch nicht der Kontinent. Nur eine Inselkette. Zuvor zählte die Zeit nur, wenn es darum ging, morgens aufzustehen, um nicht zu spät zur Schule zu kommen. Es ist Zeit, sagten dann Mama oder Großmutter Lucia. Als ich noch zu klein war, um zur Schule zu gehen und selbst, als ich in den Hort, das heißt in den Kindergarten kam, mit meinem weißen Kittel und der schwarzen Fliege und dazu meinem einem kleinen Koffer gleichenden Schulranzen, in den Mama unweigerlich ein Schulbrot und einen Apfel tat, brauchte mir seltsamerweise keiner zu sagen, es ist Zeit. Die Zeit war ständig in mir. Ich war die Zeit. Wenn ich irgendwohin ging, ging sie mit. Dann plötzlich, und das hat mit der richtigen Schule angefangen, einer richtigen Schule, wo ich wie alle richtigen Schüler einen schwarzen Kittel mit einem weißen Kragen tragen musste, wie die Pfaffen, sagte Großvater Claudio, hat die Zeit mich verlassen und es sich draußen eingerichtet. Von nun an bewegte sie sich allein. Wie ein nicht einzuholender Schatten, der vor mir herlief. Wenn Mama oder Großmutter Lucia: es ist Zeit sagten, hatte die Zeit schon mein Bett verlassen, ging aus dem Zimmer, um sich zu waschen, frühstückte und machte sich auf den Schulweg, während die Lehrerin, deren Namen ich vergessen habe, uns das Rechnen beibrachte oder das richtige Italienisch, nicht das von unserem Weinkeller oder von der Straße, flatterte die Zeit in der Luft, blieb aber unberechenbar. Die längste Ewigkeit und der kürzeste Augenblick liefen Seite an Seite, als gäbe es von der einen zur anderen nur einen kleinen Abstand oder gar keinen. Das nämlich war die Zeit geworden: ein ungreifbares Nebeneinander von Dingen ohne Ende und ganz kurzen Momenten, ein Wunder, dass sie mir im Gedächtnis haften geblieben sind. Vielleicht habe ich sie gerade deshalb nicht vergessen. Auf einer Linie fallen Anhaltspunkte weg. Man verliert die Orientierung. Während einzelne Punkte in einer Reihe ohne ersichtliche Verbindung Anhaltspunkte bleiben, die sich gegenseitig bestimmen. Deshalb kommt es mir so vor, als hätte ich mindestens tausendmal gesagt, dass ich später Lehrer werden wollte. Auch wenn ich es vielleicht nur ein einziges Mal gesagt habe. Oder überhaupt nicht. Denn meine Stimme hatte im Chor der Stimmen meiner Freunde, das heißt der Freunde meines Bruders Nando, kein großes Gewicht.

Ehrlich gesagt, sie hatte damals überhaupt kein Gewicht. Kein Gramm. Ich war nur Nandos kleiner Bruder und jedes Mal, wenn ich den Mund aufmachte, machte ein anderer seinen mit dröhnender Stimme auf, denn ein richtiger Italiener spricht nie leise, nur die Tunten sprechen leise, pflegte Paolo zu sagen und mit seinem Zeigefinger an sein linkes Ohrläppchen zu tupfen. Wenn ich nur ein klein wenig stärker gewesen wäre, ich hätte Paolo einen dieser Fußtritte gegeben, die man nicht wieder vergisst, und zwar mitten in die Eier. Weil es für einen Italiener die schlimmste Beschimpfung ist, wenn man Tunte zu ihm sagt. Auch wenn ich damals noch nicht wusste, was das Wort genau bedeutete.

Aber wenn Pläne geschmiedet wurden, wenn sich das Später abzeichnete, wenn in den Treibsand Meilensteine als Anhaltspunkte gesetzt wurden und unsichtbare Linien von einer Insel zur anderen gezogen wurden, kühlte die Stimmung plötzlich ab. Die Zeit hing nicht mehr wie ein Schatten vor uns. Oder man sah wenigstens den Schatten der Zeit nicht mehr. Als hätte die Zeit, die Tür hinter sich zumachend, ohne uns eine lange Reise in ein unbekanntes Land unternommen. Vorbei war es dann mit den Scherzen und den Zauberkunststücken. Selbst die Mädchen verschwanden wie durch ein Wunder aus den Diskussionen. Und Rodolfo gelang es, sich zusammenzunehmen und nicht von Brüsten und Pimmeln zu reden, wenigstens am Anfang. Es war wie der Winter mitten im Sommer. Die Stimmen wurden ernst. Als lauerte das Später, von dem die Rede war, wie ein eisiger Wind vor der Tür. Ein Eisberg. Es war dic Entdeckung der Zukunft. Die Entdeckung der Linie. Die Entdeckung des Kontinents. Alle waren die Titanic. Alle waren Kolumbus oder Amerigo Vespucci oder Marco Polo. Die einen mit lauter Stimme, die anderen, das heißt ich, leise, weil ich das unbestimmte Gefühl hatte, gegenüber dem Später der anderen leicht im Rückstand zu sein. Ein Rückstand von drei Jahren. Von drei Jahren und einer Spur. Deshalb war meine Angst vor dem Treibsand lastender als die von jedwedem anderen. Es war, als habe eine Zeitspanne in mir nicht stattzufinden brauchen. Ich war schnurstracks über mehrere Inseln hinweg in denselben Sumpf gesprungen wie die älteren Freunde meines Bruders Nando. Obwohl ich kleiner war, machte ich dieselbe Lehre von der Linie der Zeit durch. Mein Später befand sich vor derselben kalten Tür wie das von Paolo, Piero oder Rodolfo. Und in diesem Später hatte ich nur den einen Wunsch, Lehrer zu werden.

Ich möchte Gendarm werden, sagte Rodolfo. Habt ihr schon mal die Uniform von einem Gendarmen gesehen. Voll von Knöpfen, glitzernden Abzeichen und Schulterstücken und dazu der weiße Gürtel mit der Pistole, die immer geladen ist, und die glänzenden Stiefel. Das ist wer, ein Gendarm. Alle bewundern ihn. Die Mädchen schwärmen um ihn herum, als wäre er Don Juan persönlich. Am Abend besuchen sie ihn und zeigen ihm ihre Brüste. Er hat nur die Qual der Wahl, der Gendarm.

Ich habe nichts gesagt. Nicht nur, weil sowieso keiner zugehört hätte. Und außerdem hatte mir Großvater Claudio die schlimmsten Geschichten über die Gendarmen erzählt. Er sagte immer Scheißgendarmen, weil ein Mann in Uniform nur dazu da sei, die anderen zu schikanieren, hat er erklärt. Und er wisse, wovon er rede, sagte er, bevor er wieder seine Reise in die Vergangenheit antrat und mit der Geschichte von den Schwarzhemden und dem Rizinusöl loslegte. Wenn er nur davon rede, bekomme er schon eine Gänsehaut. Unter jedem Käppi sitze ein Faschistenhirn, sagte er immer wieder. Von ihm habe ich die Allergie gegen alles, was eine Uniform trägt. Allergie und Angst. Jedes Mal wenn ich einen Gendarmen oder einen Polizisten, einen Feuerwehrmann oder einen Zöllner sehe, läuft mir ein Schauer über den Rücken.

Ein Gefühl der Beklemmung legt sich auf meine Brust. Ich habe ein schlechtes Gewissen. Als ob ich etwas Böses getan hätte. Der Schlimmste von allen war der Soldat, der mit seinen Stiefeln mit den genagelten Sohlen vor dem Palais der Großherzogin Charlotte auf und ab patrouillierte. Jedes Mal wenn er stehen blieb und umkehrte, gab es ein knallendes Geräusch. Die Stiefel knallten auf dem Boden wie ein Schuss. Ich hielt mir die Ohren zu. Wie im Zirkus, wenn der Dompteur mit der Peitsche knallte. Papa lachte. Er hatte sich im Krieg auch immer die Ohren zugehalten. Noch heute, wo ich keine Angst mehr vor Explosionen habe, sind mir Uniformen widerwärtig. Wenn ich über eine Grenze komme und der Zöllner mich misstrauisch mustert, möchte ich ihm zurufen, ja, ich bin schuldig, aber ich habe es nicht mit Absicht getan. Während der letzten Kilometer, die mich von dem Grenzübergang trennen, fange ich an, mir allerlei Entschuldigungen auszudenken: nein, ich habe nichts zu verzollen, aber, das verspreche ich Ihnen, das nächste Mal wird das anders sein. Das schwöre ich.

Und ich, ich werde Partisan, sagte Paolo, dessen Papa im Krieg Partisan war. Alle haben laut gelacht. Du wirst Bandit, sagte Rodolfo zu ihm und bog sich vor Lachen, alle Partisanen waren Banditen. Kommunisten und Banditen. Paolo wurde wütend. Er hat es nicht gern, wenn man sich über ihn lustig macht. Das ist nicht wahr, schrie er, Papa ist kein Kommunist, nicht die Bohne, er war sogar Küster bei der Nunziata-Kirche. Unsere ganze Familie ist immer Küster bei der Nunziata-Kirche gewesen. Hast du schon einen Küster erlebt, der Kommunist oder Bandit ist. Rodolfo blieb das Lachen im Halse stecken, und er machte ganz runde Augen. Gegen Paolos Logik war nicht anzukommen. Diesmal fand ich Paolo sympathisch. Trotz allem, was er über die Kommunisten sagte. Ich hatte die Partisanen gern. Besonders die, von denen Großvater Claudio erzählte. Mit ihren schönen Liedern Fischia il vento und Bella ciao. Aber warum zum Teufel wollte dieser Paolo kein Kommunist sein? Warum wehrte er sich so dagegen? Es ist doch keine Sünde, Kommunist zu sein. Großvater Claudio, wollte ich sagen, ist Kommunist und vielleicht sogar Don Rocco, denn er hat den Partisanen im Krieg geholfen und wäre beinahe erschossen worden. Es ist blöd, Partisan werden zu wollen, schloss Piero die Diskussion ab. Piero ist der Sohn von Lehrer Bergonzi. Dessen Später ist schon vorgezeichnet. Schon seit langem hat die Zeit seinen Körper verlassen und hat die Linie der Zeit entdeckt. Alle seine Inseln sind durch einen dicken Strich verbunden und er hat keine Angst vor Treibsand. Wie sein Vater wird er Lehrer werden. In L'Aquila. Warum ist das blöd? wollte Paolo wissen, dessen Vater, außer dass er im Krieg Partisan war und davor und danach Küster in San Demetrio, Volksschullehrer ist. Na, warum ist das blöd? Weil es die nicht mehr gibt, die Partisanen, hat Piero geantwortet, der Krieg ist zu Ende. Ja, aber der kann jeden Augenblick wieder ausbrechen, antwortete Paolo. Gegen die Kommunisten, sagte Rodolfo und lachte wieder laut heraus. Na, dann werde ich Partisan gegen die Kommunisten, erwiderte Paolo. Alle blickten sich an. Paolos Logik geriet auf Abwege. Für mich und auch für die anderen war trotz der Geschichte vom Küster der Nunziata-Kirche, Kommunist und Partisan ungefähr dasselbe, auch wenn gewisse Partisanen nur zu zehn, zwanzig oder fünfzig Prozent Kommunisten waren, hatte mir Großvater Claudio gesagt, wie zum Beispiel Paolos Vater, der abgesehen vom Küstersein alles andere nur halb gewesen war, fünfzig Prozent Kommunist, fünfzig Prozent Pfaffe. Piero, der so tat, als sei er der Klügste, lächelte breit und antwortete nicht. Nando nutzte dieses Schweigen, um zu sagen, dass er später Lehrer werden wollte. Ich fuhr zusammen. Wieso? Noch am Abend zuvor hatte er mir gesagt, er wolle Seemann werden. Seemann und Pirat. Um das Gold, das auf dem Grund des Ozeans liegt, an sich zu bringen oder um an Bord der Bounty zu meutern und auf einer verlassenen Insel zu leben oder um, wie der Kapitän Ahab, in eisigen Gewässern den vermaledeiten Wal Moby Dick, der ihm ein Bein ausgerissen hatte, zu jagen.

Ein verfluchter Dieb, das wirst du werden, habe ich ihn am Abend vor dem Zu-Bett-Gehen angeschrien, ein verfluchter Dieb. Nein, doch! hat er geantwortet, ohne böse zu werden, pardon, kein Dieb, sondern Pirat! Und außerdem bist du ein verdammter Lügner, habe ich außer mir vor Wut gebrüllt. Warum hast du vor all den anderen gesagt, du willst Lehrer werden? Du bist ein Nachäffer. Ja, ein Affe. Ich will Lehrer werden. Wie Mama. Selber Affe, hat Nando geantwortet. Bin ich nicht genug gestraft, dass ich dich die ganze Zeit wie einen Klotz am Bein habe. Du kannst werden, was du willst. Das ist mir schnuppe. In deinem Alter wollte ich Lehrer werden, fuhr er mit einem Anflug von Hochmut fort. Als ich dann in der Schule gesehen habe, was alles hinter dem Rücken der Lehrer getrieben wird, da war ich geheilt. Ein für allemal. Bei einem Seemann und Piraten wagt keiner, so etwas hinter seinem Rücken zu tun.

Das stimmt; die Grimassen und Gebärden, die überall in der Klasse gemacht wurden, sobald unser armer Lehrer uns den Rücken zudrehte, waren nicht gerade gesittet zu nennen. Wir streckten ihm die Zunge heraus, erfanden alle Arten von Dummheiten, wir reichten uns kleine Zettel herum, auf denen stand: wer dies liest, ist ein Kamel. Und das ist noch gar nichts. Nino, ein Kleiner aus Colle, dem unteren Teil von San Demetrio hinter der Pfarrkirche, holte sogar mitten in der Arithmetikstunde, während die Lehrerin Zahlen an die Tafel schrieb, regelmäßig seinen Pimmel heraus. Es war kaum etwas zu sehen, weil sein Pimmel ganz klein war, aber er wagte es, in aller Öffentlichkeit seinen Hosenschlitz aufzuknöpfen und seinen winzigen Pimmel einige Sekunden lang an die Luft zu halten. Tunte, flüsterte eines Tages jemand in der Klasse, und unsere Lehrerin drehte sich um wie von der Tarantel gestochen. Sie hatte ein wahnsinnig feines Gehör, unsere Lehrerin. Hinter ihrem Rücken konnte man alles machen. Alles, außer zu reden. Kein Flüstern entging ihr. Wer hat das gesagt? Carlo, der Älteste in der Klasse wurde rot wie eine Tomate. Warst du das, Carlo? fragte die Lehrerin, die ebenfalls rot wie eine Tomate war. Ich weiß, dass du das warst, Carlo, fuhr die Lehrerin fort. Die anderen denken nicht an solche Schweinereien. Wir hätten um ein Haar herausgeprustet. Wir bissen uns auf die Lippen, um das Lachen zu unterdrücken. Zugleich tupften zwei oder drei Zeigefinger an zwei oder drei Ohrläppchen. So gut unsere Lehrerin auch hörte, sie unterschätzte doch stark unsere Fähigkeiten. Nino, dem dieses Tupfen galt, hatte hinten angefangen wie Espenlaub zu zittern und hielt beide Hände über seinen halbgeöffneten Hosenschlitz. Und warum hast du das gesagt, wollte die Lehrerin wissen. Carlo sagte keinen Ton, rot wie eine Tomate aber kein Ton, als hätte man ihm die Lippen versiegelt. Er konnte doch nicht sagen, dass Nino sein Dingsda hervorgeholt hatte. Innerlich schmiedete er die schlimmsten Rachepläne gegen diese verdammte Tunte, aber hier war petzen ausgeschlossen. Er war der Älteste und Stärkste in der Klasse. Mit diesem Kerlchen würde er später abrechnen. Die Lehrerin bohrte nicht weiter. Das hat dir wohl wieder dein Vater beigebracht, was? sagte sie nur und errötete noch ein wenig mehr, sie wusste schon, dass sie nichts aus Carlo herausbringen würde. Nach der Schule bekam Nino eins auf den Deckel. Carlo, der vor Wut kochte, verfolgte ihn in wildem Lauf eine ganze Strecke, wobei er sich hinter dem einen oder anderen Baumstamm verpustete. Dann presste er vor den Mädchen und allen anderen mit einer Hand Ninos beide dünne Arme wie in einem Schraubstock, mit der anderen tupfte er zuerst an sein linkes Ohrläppchen, rief ein letztes Mal Tunte und schlug ihm genau auf die Stelle, die in der Klasse die ganze Episode und den Tadel der Lehrerin ausgelöst hatte. Steck das ein, du kleine Tunte, sagte er und Nino wurde, statt zu schreien, seinerseits tomatenrot, dann pflaumenblau, dann ganz blass. Aber trotz dem Schmerz blieb er aufrecht stehen und wagte es nicht sich zu krümmen. Die Mädchen, die Carlos Hand zweifellos toll fanden, tupften sich auch ans Ohrläppchen und schwatzten so etwas wie womit hat er das bloß verdient, jetzt ist sein kleiner Pimmel zu nichts mehr nutze.

Es ist wirklich unglaublich, was man hinter dem Rücken eines Lehrers alles tun kann. Als Nando mir vor der Episode mit Nino erzählt hatte, dass in seiner dritten Klasse Rodolfo immer seinen Pimmel zeigt, wollte ich das nicht glauben. Aber Rodolfo sorgte selbst dafür, dass meine Skepsis nicht von Dauer war. Zehn Lire, dass ich ihn heraushole, wenn Rita vorbeikommt, sagte er eines Tages, als Langeweile sich unter uns breit machen wollte und keiner Lust hatte, seine Zeit im Palazzo Cappelli bei den Rogationisten zu verlieren. Alle haben ihre zehn Lire verloren. Rita täuschte vor, verdutzt zu sein, aber sie heftete trotzdem ihren Blick auf den weit geöffneten Hosenschlitz. Und keiner im Umkreis schrie Tunte.

Anscheinend kommt es öfter zu diesen exhibitionistischen Vorfällen, als man denkt. In jeder Klasse gibt es mindestens einen Schüler, der nicht umhin kann, den anderen das Kleinod zu zeigen, das sich hinter seinem Hosenschlitz verbirgt. Das ist ein internationales Phänomen. In Differdingen bei Herrn Schmietz war Camille der Exhibitionist. Auf der letzten Bank sitzend machte er bisweilen pssst! und wir drehten uns um, weil wir wussten, dass er rückfällig geworden war. Um sein Instrument durch die Reihe von Bänken, die wie die Wagen eines Zuges miteinander verbunden waren, zu sehen, taten wir so, als wollten wir etwas aufsammeln. Was für ein Schauspiel! Wenn Herr Schmietz uns den Rücken zuwandte und zur Tafel ging, fielen plötzlich massenweise Gegenstände zu Boden: Radiergummis, Bleistifte, Rohrstöcke, Federhalter, alles fiel wie bei einem Erdbeben auf den vom Bohnerwachs geschwärzten Parkettfußboden. Dann beugten wir uns einer nach dem anderen nach unten und schielten nach der letzten Bank, während wir den verlorenen Gegenstand aufhoben. Camille fasste mit den Händen die beiden Seiten des Hosenschlitzes und machte den Eingang zu seiner Ali-Baba-Höhle unablässig auf und zu. Da drinnen war es ganz dunkel. Wir konnten uns die Schamhaare und mitten drin Camilles Penis vorstellen, der bei jeder Öffnung des Vorhangs anschwoll. Wir konnten ihn uns vorstellen, weil Camille ihn uns in den Duschen neben der Turnhalle mehrmals gezeigt hatte, wobei er splitternackt unter uns herumspazierte und seinen Pimmel zum Aufhängen seines Handtuchs benutzte.

Nando hatte Recht. Ein Lehrer muss alles Mögliche über sich ergehen lassen. Aber damals war ich anderer Ansicht. Unsere Lehrerin war eine Frau. Es war also normal, dass man das alles hinter ihrem Rücken anstellte, wenn man nicht in die unerträgliche Kategorie der Tunten eingeordnet werden wollte. Auch wenn es Schläge hagelte, wenn sie ernsthaft böse wurde. Sie ballte die Faust und schlug, wie man gegen eine Tür schlägt, mit den Fingerknöcheln. Das tat weh, aber keiner klagte darüber. Man weint nicht vor einer Frau. Mit einem richtigen Lehrer wäre alles anders. In meiner Klasse würde es keiner wagen, seinen Pimmel herauszuholen.

Übrigens interessieren mich diese imaginären Dinge nicht, die hinter meinem Rücken als imaginärer Lehrer passieren können. Ich habe diesen Beruf nicht zufällig gewählt. Das hat seinen Grund. So wie mein Bruder Nando zu seiner Zeit seinen Grund hatte. Und dieser Grund ist ganz einfach. Mama wäre beinahe Lehrerin geworden, hat sie erzählt, wenn der Krieg und ihr späterer Mann, nämlich Papa, ihrem Lebensweg nicht einen anderen Verlauf gegeben hätten. Und ihre Kinder, sagt sie den ganzen Tag, ohne die Stimme zu heben, werden die vorübergehend gelöschte Fackel wieder aufnehmen und Lehrer werden. Nicht wie Papa oder Onkel Alfredo oder die übrige Familie, die die Hände voller Schwielen haben. Lehrer, weil die neue Generation, die wir seien, nicht mehr alles das durchmachen müssten, was sie habe aushalten müssen: Krieg, Hunger, dann die Reise ins Unbekannte, von der sie sich das Paradies versprochen habe und die nur ein fortgesetzter Leidensweg gewesen sei, mit täglichen Opfern, um über die Runden zu kommen. Weil Papa in der Fabrik einen Hungerlohn bekomme, während er mit all seinen Sprachkenntnissen in Italien vielleicht hätte Dolmetscher in Rom sein können. Und sie hätte Volksschullehrerin oder, wer weiß, vielleicht auch Mittelschullehrerin werden können wie Nina oder Bettina oder Carmela, ihre früheren Freundinnen, die nach Rom, Turin oder Mailand gezogen seien und dort italienische Anwälte, Ärzte oder Professoren geheiratet hätten und jetzt in Schulen arbeiteten.

Nein, fügte sie leise hinzu, aber das ist wieder später in Differdingen, ihre Kinder und Kindeskinder sollten wie bessere Leute leben, wie der Arzt von gegenüber zum Beispiel, der das schönste Haus in der Rooseveltstraße hat, eine Villa mit Park, schmiedeeisernem Gitter und Schaukel und allem Drum und Dran. Man müsse die Apfel-, Birn- und Kirschbäume von Doktor Weyler sehen, wenn sie im Frühling in Blüte stehen und den Rasen mit Blütenblättern in allen Farben übersäen.

Mit der Zeit begann ich gegen die Linie zu protestieren, die von Mamas Litanei vorgezeichnet wurde. Allmählich verwandelte sich mein

Später auf die unterschiedlichste Weise. So etwa wie die Bäume, die sich mit jeder Jahreszeit verändern. Mit einem Schlag wollte ich nicht mehr Lehrer werden. Nicht wegen der Pimmel, die die Schüler hinter meinem Rücken schwenken könnten. Es gab so viele Dinge im Leben zu entdecken. Man lernt das Leben nicht in einem Klassenzimmer kennen, sagte Papa bisweilen, wenn es beim Abendessen in unserer Runde zur Diskussion kam. Papa diskutiert gern. Man hat den Eindruck, dass er Gefallen daran findet, Thesen aufzustellen. Vielleicht benutzt er sie später in der Fabrik gegen seine Kumpel. Deshalb freut er sich immer, wenn wir Besuch haben. Onkel Fredy, zum Beispiel. Kaum hat man die Stühle an den Tisch gerückt, da geht auch schon die Diskussion los. Onkel Fredy ist ein Traumpartner. Er ist nie einverstanden mit Papa. Nicht nur im Fußball. Obgleich alles in allem genau das die Hauptquelle ihrer Meinungsverschiedenheiten ist. Onkel Fredy mag die Red-boys nicht, Papa hasst den FC Weimerskirch. Sie sind dazu geboren, sich nicht zu verstehen. Außer wenn Italien gegen Deutschland oder Spanien spielt.

Und wenn keiner zu Haus ist, keiner außer uns, kann die kleinste Bemerkung die lebhafteste Diskussion auslösen. Mama braucht nur San Demetrio zu erwähnen und ihre unterbrochene Karriere als Lehrerin, sofort macht Papa ganz erregt publik, was er von der Schule hält. All das ist bloße Theorie, sagt er, das Leben steckt nicht in den Büchern, was zählt, ist die Praxis! Wenn aber einer seiner Arbeitskollegen zu uns nach Haus kommt, Mathis zum Beispiel oder Jos, hört man seltsamerweise ganz andere Töne. Man muss die Kinder nicht zu lange in die Schule schicken, sagen seine Kollegen, mit sechzehn Jahren können sie schon Kohle nach Haus bringen. Wenn sie lange zur Schule gehen, heiraten sie und man sieht sie nicht wieder. Und außerdem steigt ihnen das zu Kopf und macht sie nur widerspenstig. Schulbildung, nur Ausgaben, keine positiven Ergebnisse. Dann regt sich Papa auf und wird fast zornig. Je mehr man lernt, desto mehr Chancen hat man, aus dieser Scheiße herauszukommen, sagte er eines Tages. Was im Leben zählt, ist die Theorie. Die Praxis ist für die, die schuften, die Theorie für die, die kommandieren. Schämt ihr euch nicht? Meine Kinder sollen studieren. Ein

Arbeiter in der Familie, das reicht dicke. Sie werden Lehrer, hat Mama hinzugefügt.

Alle Diskussionen von Papa, alle seine widersprüchlichen Argumente, ob mit Onkel Fredy, mit Mama oder mit seinen Arbeitskollegen, haben dichten Nebel in meinem Kopf produziert. Unmöglich, in diesem Dunst etwas klar zu erkennen. Die Inseln um meine herum sind dadurch noch unerreichbarer geworden. Als ob eine Mauer zwischen ihnen stünde, eine Mauer, wie die, die Papa so oft zornig machte, und zwar jene, von der Onkel Fredy, wenn er nicht mehr wusste, was er sagen sollte, sprach, und die dann in Berlin gebaut wurde. Und in dieser Flaute versank mein Später, von dem ich hin und wieder wenigstens ein Minimum an Sinn zu erkennen geglaubt hatte, erneut in noch tieferem Treibsand als zuvor. Der Schatten der Zeit entfernte sich.

Aber Papas Geschichte von der Praxis gefiel mir doch sehr. Ich konnte, was er sagte, fast mit Händen greifen. Schule und Leben schienen zwei parallele Gleise zu sein, die sich nie treffen würden. Zwei Krücken, die mir, jede auf ihre Art, eine Stütze waren. Ohne Verbindung untereinander. Deshalb habe ich, als Papa plötzlich anfing, die Überlegenheit der Theorie zu behaupten, aus reinem Widerspruchsgeist für die Praxis Partei ergriffen. Ebenso wie ich mich in die Welt der Theorie, von der Mama träumte, zurückgezogen hatte, als er nur auf die Praxis schwor. Und während Papa von einer Welt in die andere sprang und jedes Mal den Eindruck vermittelte, sich auf einem einzigen Gleis zu bewegen, und Mama in der Erinnerung an ihre unterbrochene Karriere gefangen blieb, fühlte ich unbewusst, sage ich mir heute, dass beide Recht hatten, dass sie beide Wahrheit in sich trugen, dass die beiden Gleise und die beiden Krücken der Schule und des Lebens durch zwei weitere Gleise und zwei weitere Krücken verstärkt waren, die von Anfang an mein Denken geprägt hatten. Und das, obgleich die theoretische Welt meiner Mutter und die meine nicht dazu angetan waren, sich zu treffen, oder was auch immer. Denn während die Lehrerin, die in ihr lebte, von einer für immer vergangenen Zeit sprach, befand sich der Lehrer, den sie in mich und wenig früher in meinen Bruder Nando gelegt hatte, irgendwo in dieser Schattenzone, die ich zur Vereinfachung unter dem Namen Später kannte. Die imaginären Lehrer unserer Familie entfernten sich in entgegengesetzter Richtung vom Zentrum, Mamas verirrte sich im Nebel der Vergangenheit, während meiner im Treibsand der Zukunft herumirrte. Sie konnten nicht zusammenkommen. Aber dank ihnen vervollständigte sich die äußere Zeit durch zwei Schatten, die symmetrisch, einer hinter, der andere vor mir lagen und sich nicht berühren konnten.

Ungefähr zu diesem Zeitpunkt, als Papa mit seinen Kollegen Mathias und Jos herumstritt, begann ich, mein theoretisches Später durch eine prosaischere Zukunft zu ersetzen. Auch ich fing also mit meinem Hin und Her zwischen den Gleisen an, eine Pendelbewegung, die mich einen Augenblick den potentiellen Lehrer vergessen ließ, den ich bis dahin in meiner Vorstellung gehätschelt hatte. Ich rutschte in Papas Spuren hinein und träumte von der Fabrik in Differdingen, von ihren Hochöfen, aus denen das flüssige Metall wie aus einem Vulkan hervortrat, während der mit Staub geschwängerte Rauch in die Luft entwich, sich an die Wolken hängte und sie schwer machte.

Papa arbeitete trotz allem gern in der Fabrik von Differdingen. Sie stahl ihm zwar abwechselnd seine Morgende, seine Nachmittage oder seine Nächte und manchmal sogar ein sechzehnstündiges Wochenende, aber zwischen ihr und ihm war ein unerklärliches Band entstanden. Da er jeden Tag dorthin ging, war sie ihm unentbehrlich geworden, selbst wenn er zu Hause war. Vielleicht ganz einfach, weil er Lust hatte, die Reise hin zur luxemburgischen Staatsbürgerschaft, die er mit seiner Naturalisierung unternommen hatte, zu vollenden. In der Fabrik war alles, die Sprache, die Kollegen, luxemburgisch. Das Heimweh hatte keine Zeit sich festzusetzen. Deshalb beschäftigte ihn die Fabrik, wenn sie nicht in Reichweite war, und besetzte seine freien Abende. Dann drang sie direkt in unser Zuhause ein und engte Mamas Raum beträchtlich ein. Ob in der Küche, dem Esszimmer oder dem Schlafzimmer, überall lagen auf der Erde verstreut oder auf einem Tisch gestapelt diese grünen Bogen Millimeterpapier, auf die Papa alle Arten

Skizzen über die Platzierung der Anlagen gemacht hatte. Und am Abend, wenn wir nicht Karten, Mensch-ärgere-dich-nicht oder Tischtennis spielten, und keiner Lust hatte zu diskutieren, holte er plötzlich seine Pläne heraus und begann mit seinen Erklärungen. Später als er bei der Arbed-Terre-Rouge zu arbeiten begann und Maschinist im Dampfkraftwerk wurde, wurden seine Skizzen noch perfekter, so oft kopierte er sie. Er wusste besser als alle anderen über das Kraftwerk Bescheid. Sogar die Ingenieure berieten sich mit ihm. Auf dem Papier hatte er die Grenze überschritten, die die Praxis von der Theorie trennte. Aber in der Lohntüte dominierte weiterhin die Praxis, eine ganz magere Praxis, die uns kaum erlaubte, die Miete zu bezahlen und unsere Teller zu füllen, sagte Mama.

Mein Vater hat uns jedoch mit all seinen Kräften daran gehindert, in seine Fußstapfen zu treten, wie es ihm seine Kollegen Mathias und Jos rieten. Der Satz: ein Arbeiter in der Familie, das reicht dicke, wurde ein allgemeiner Kriegsruf, ein Versuch, uns ein für allemal einem sozialen Milieu mit zu engem Horizont und zu spärlich gefülltem Geldbeutel zu entreißen. Trotzdem war seine Leidenschaft für die Fabrik so stark, dass ich noch heute das Dampfkraftwerk von Terre-Rouge wie meine Westentasche kenne, auch wenn ich es nie betreten habe. Wenn ich manchmal auf den Wegen des Galgenbergs in Esch spazieren gehe, sehe ich durch die Kiefernspitzen hindurch die ewige Flamme über dem staubroten Gebäude, in dem mein Vater gearbeitet hat. Die Fabrik gleicht einem Ruinenfeld. In der Ferne rauchen noch die Hochöfen von Belval. Aber in Terre-Rouge gibt es fast nichts mehr. Alles ist dem Erdboden gleichgemacht worden. Nur Papas Dampfkraftwerk hat überlebt. Hinter seinen Mauern stelle ich mir die drei Dampfkessel mit dem Kohlenbunker und der Mühle vor, die Kohle, die auf einem Förderband in die Brennkammer des Dampfkessels hineinfällt, dann die Wasserrohre, den Aschenabzug und die Filter. Das Ganze mündet in den riesigen Schornstein, der wie ein Turm in die Luft ragt und Rauch und Staub in den bewölkten Himmel jagt. Und während die verbrannte Kohle sich in Rauch auflöst, verwandelt sich auf der anderen Seite das Wasser in

Energie und versorgt durch Turbinen, was noch von der Fabrik in Esch übrig ist.

All die mit Tusche auf das grüne Papier gezogenen schwarzen Striche, das war faszinierend. Was hätte ich nicht darum gegeben, am Fuß einer dieser Dampfkessel oder vor einer der Turbinen dieses Kraftwerks arbeiten zu dürfen. Aber Papa hat gesiegt. Weder mein Bruder noch ich sind Arbeiter geworden. Ich weiß nicht mehr, wann genau ich mich für ein Später ohne Arbeitskluft entschieden habe, diese Rückkehr in die Welt der Theorie ist nicht ohne Zwischenstadien vor sich gegangen. Zwischen meinem Traum, Arbeiter zu werden und dem, den Wunsch meiner Mutter zu erfüllen, schob sich eine ganze Reihe von möglichen Später, die meistens nur den Charakter des Vorübergehenden gemeinsam hatten. Ich wollte also abwechselnd Zug- und Straßenbahnfahrer, Bäcker und Kaufmann, Arzt und Bahnhofsvorsteher werden.

Und warum würdest du nicht in unserer Fußballmannschaft spielen? fragte mich Onkel Fredy eines Tages. Aber diese Frage war nur scheinbar wirklich an mich gerichtet. Es war eine Provokation gegen Papa. Onkel Fredy kannte Papas schwache Seite. Sich an den Red-boys zu vergreifen, war, als würde man einen ausgehungerten Tiger am Schwanz ziehen. Aber diese Frage, ob es nun eine Provokation war oder nicht, ließ in mir eine neue Berufung aufkeimen, später wollte ich ein großer Sportler sein. Später, weil meine Leistungen in der Turnstunde im Augenblick noch ziemlich mittelmäßig waren. Besonders mit dem Medizinball und bei der Erwärmungsstrecke, die sich Herr Schons ausgedacht hatte, um uns für das Oberkorner Turnier vorzubereiten. Ganz zu schweigen von unseren Fußballspielen auf dem Bunkerfeld hinter der Schule, von denen ich meistens mit zerrissener Hose und blutenden Knien nach Hause kam. Ich machte mich also auf die Suche nach einem Sport, der nicht allzu viele Vorübungen nötig hatte. Und nachdem ich Fußball, Turnen und nach meinem Fiasko im Oberkorner Stadion auch die Leichtathletik ausgeschlossen hatte, entschied ich mich plötzlich für das Boxen.

Warum war ich nicht früher darauf gekommen? Wie hatte ich meine

Vorgänger Fernand Ciatti und Ted Veneziano vergessen können, von denen mir Großvater Claudio doch erzählt hatte? Wahre Meister damals, als er und Onkel Fredy zum ersten Mal nach Luxemburg gekommen waren. Und außerdem gab es ganz in meiner Nähe zwei weitere Differdinger, die im Boxport sehr berühmt geworden waren: Cardarelli und Favoriti. Auch Papa hatte mich, ohne es zu wollen, in diese Richtung gedrängt, indem er mir, als ich noch ganz klein war und wir noch nicht nach Italien gegangen waren, beigebracht hatte, wie ich einem, der es wagen sollte, mich in die Höhe zu heben, Faustschläge versetzen sollte, wie ich einem potentiellen Gegner durch Finten aller Art entkommen könnte und wie ich gegen den Punchingball hämmern sollte, der in Wirklichkeit der Magen all derer war, die sich mir zufällig näherten.

Eines Tages hätte es beinahe zu einem Drama kommen können. Doktor Weyler, der Kinder sehr gern hatte und uns immer Kirschen, Äpfel, Nüsse und Maronen schenkte, weil im Park seiner Villa viele Obstbäume standen, traf Papa auf dem Marktplatz. Mama hatte mich auf dem Arm. Immer wenn Papa jemanden traf, dauerte es eine Ewigkeit, besonders wenn von den Red-boys die Rede war. Mama wurde ungeduldig. Seltsamerweise zeigte sie bei Dr. Weyler, Herrn Schmietz oder Herrn Schroell, dem Zahnarzt, nie ihre Ungeduld. Es gefiel ihr, dass Papa mit ihnen redete. Was für ein eleganter Mann ist doch dieser Dr. Weyler, sagte sie nachher, wenn wir wieder zu Hause waren. Aber ich, der ich an Mamas Hals hing, begann nervös zu strampeln. Ich mochte nicht stundenlang am selben Ort festsitzen. Selbst wenn es der Marktplatz war. Aber Papa redete unablässig weiter. Sie waren erst beim ersten Tor von Progrès. Und wenn ich schreien würde? Nein, das würde nichts fruchten. Wie reizend ist er, der Kleine, sagte Dr. Weyler plötzlich und breitete die Arme aus, als wollte er mich fangen. Er ist bestimmt ungeduldig, fuhr er fort, aber Mama ließ mich nicht los. Komm mal, sagte da Herr Weyler, ich habe etwas für dich. Er steckte seine Hand in die Tasche seines Regenmantels und holte eine Handvoll Nüsse heraus. Diesmal breitete ich die Arme aus und streckte beide Hände vor, um mein Geschenk in Empfang zu nehmen. Aber Dr. Weyler ließ es wieder in seiner Tasche verschwinden und nahm mich unverzüglich auf den Arm. Grober Fehler. Auf die Gefahr hin, für immer der Nüsse verlustig zu gehen, konnte ich nicht umhin zu tun, was ich immer tat, wenn mich jemand, der nicht zur Familie gehörte, in die Arme nahm. Es war einfach stärker als ich. Meine rechte Faust fuhr wie eine Rakete heraus und landete unter Herrn Weylers Kinn. Der war auf alles gefasst, außer darauf. Er wankte, taumelte, verlor das Gleichgewicht, und da lagen wir beide und streckten alle viere von uns, er in einer Wasserpfütze, ich auf ihm, auf seinen Bauch hämmernd, als wäre es ein Punchingball. Zu Hause herrschte danach eine Atmosphäre, die man mit dem Messer schneiden konnte. Ist das alles, was du dem Kleinen beibringen kannst, sagte Mama in traurigem Ton. Papa antwortete nicht. Auch Mama schwieg. Das Schweigen in unserer Küche lastete schwer auf uns. Ich suchte inzwischen nach Worten, um meinem Bruder das Vorgefallene zu berichten. Ich werde noch ein richtiger Boxer, wollte ich ihm sagen, ein Ass. Wie Carnera. Heute habe ich Doktor Weyler mit einem einzigen Schlag zu Boden gestreckt.

Ja, eine ganze Zeitlang hat mich das Boxen immer wieder begeistert, auch später nach der Rückkehr von San Demetrio, als ich in Differdingen in die Schule ging. Auch wenn es nur darum ging, einem ganzen Haufen von Mitschülern ein paar saftige Ohrfeigen auszuteilen, die trotz allem, was ich ihnen über Papas Naturalisierung erzählt hatte, sich darauf versteiften, mich Makkaronifresser, Boccia und verdammter Bär zu nennen, was mich wie der heftigste aller Schläge unter der Gürtellinie traf, die doch beim Boxsport verboten sind. Aber am Abend des Tages, wo ich Doktor Weyler zu Fall gebracht hatte, hörte ich durch die dünne Wand, die unser Zimmer von dem meiner Eltern trennte, Mama zum xten Mal schluchzen, dass ihre Kinder Lehrer werden sollten. Das würde den von der Familie gebrachten Opfern einen Sinn geben. Niemand würde es mehr wagen, uns Makkaronifresser, Boccia oder sonst etwas zu nennen, weil ein Lehrer respektiert würde, so wie ein Pfarrer, ein Arzt oder ein Rechtsanwalt.

Wenn das Pendel wieder zur Seite meiner Mutter ausschlug, so war das bestimmt wegen der schönen Aussicht, die sich mir eröffnete. Ich sah mich schon in einen schönen dunklen Anzug gekleidet, dreiteilig wie der meines Bruders oder meines Vaters, aber viel eleganter mit zarten Streifen und einer Goldkette, die von einem Knopf zur linken Westentasche herunterhing, mit einer gewölbten Tasche, in der man eine schöne goldene Uhr vermutete mit oben einer riesigen Krone zum Aufziehen, die mindestens viermal so groß war wie die an der Armbanduhr, die Onkel Fredy Nando zu seiner Erstkommunion geschenkt hatte. Das wäre meine persönliche Rache an all denen, oder vielmehr an den Kindern all derer, die mich mit allen möglichen Namen bewarfen und die ich als Lehrer mit allen möglichen Spitznamen rufen würde. Und vor allem mit dem, der mir am besten gefiel. Käsekopf, der genau auf das Gesicht von Roland passte, dem Sohn des Bäckers, der am lautesten schrie, die Boccia seien Hungerleider, das habe sein Vater gesagt. Und sein Vater müsse es ja wissen, erklärte er, alle Leute im Viertel kämen zwangsläufig in seine Bäckerei, die Makkaronifresser seien immer abgebrannt, und er müsse alles in einem dicken Heft mit schwarzem Deckel, wie auch Charlys Vater eins hatte, anschreiben.

Aber da war auch Nico. Zum einen beteiligte der sich nie an dem Anti-Makkaroni-Geschrei der anderen Mitschüler und außerdem war er zufällig auch der Sohn unseres Lehrers Schmietz. Ein Sohn aus guter Familie, flüsterte Mama. Es sei wichtig, so einen Jungen zum Freund zu haben. Tu dich immer mit Menschen zusammen, die besser sind als du, war einer der Leitsätze, die meine Mutter von ihrer Mutter hatte, welche sie wiederum von der ihren hatte, nicht mit Jungen wie dieser Charly, dessen Vater nur Kolonialwarenhändler ist. Alle Kaufleute sind Diebe, fügte Großvater Claudio eines Tages hinzu; sie kaufen billig ein und verkaufen zu teurem Preis. So kommt es zur Kapitalanhäufung.

Diese Bemerkung führte übrigens zum endgültigen Bruch mit Charly, meinem einzigen und besten Freund. Ich habe sie eines Tages ihm gegenüber gemacht, als wir friedlich mit der elektrischen Eisenbahn spielten und als ich die Passagiere nach Mailand, Turin oder Rom transportiert hatte, in riesige italienische Städte, die jenseits eines endlosen Tunnels lagen, in dessen Bauch alle einen schrecklichen Bammel hatten, weil er lang und schwarz war und es ein alter Zug ohne Licht und ohne alles war. Ich habe Charly also gesagt, dass sein Vater ein Dieb sei wie alle Kaufleute und dass sie wahrscheinlich deshalb zu den ersten in Differdingen gehörten, die das Fernsehen und eine elektrische Eisenbahn wie diese hatten. Charly wurde ganz blass. Und wenn er mir nach einem solchen Schlag unter die Gürtellinie keinen Haken gab, dann weil er Angst vor der Tracht Prügel hatte, die ihn erwartet hätte, da ich ja stärker war, wie ich ihm erzählt hatte, und kräftiger und geübter im Boxen als er. Er begnügte sich also damit, einige Schienen am Tunneleingang herauszureißen, was mich ein wenig erzürnt hat, weil meine Passagiere ohne Schienen nicht mehr nach Mailand, Turin oder Rom gebracht werden konnten und auf dieser Seite des Tunnels blockiert wären. Dann schleuderte er sie gegen die kleinen Häuser, die im Gebirge verstreut standen, unter dem sich der schreckliche Tunnel befand, der lang war wie eine Schlange, und, wie der Wal der Bibel oder des Pinocchio voller Waggons war, die ohne meine Erlaubnis hineingelangt waren. Danach setzte er sich vor seine Miniaturlandschaft, murmelte einige Silben, die sich wie Holocaust, Nazi und verdammter Bär anhörten, und verfiel endgültig in Schweigen und somit in das, was Mama Wortstreik genannt hatte, wie Großvater, wenn wir, das heißt Mama oder ich oder sogar mein Bruder ihn aus einer der Kneipen von Differdingen, Stefanetti oder Solvi holten und ihn meistens eingeschlafen auf einem Stuhl fanden, den Kopf auf dem Tisch. Dann musste man ihn am Westenärmel ziehen oder ihm einen leichten Schlag auf den Rücken geben, um ihn zu wecken und zu überzeugen mitzukommen. In den Stunden, die diesem beschämenden Ritual folgten, war Großvater stummer als ein Fisch, antwortete auf keine Fragen, ließ stoisch die Litanei von Vorwürfen über sich ergehen, die meine Mutter in sanftem Ton, als sagte sie ein Ave Maria oder ein Vaterunser, über ihn ergoss.

Charly veranstaltete also einen Wortstreik, und ich sah die Tränen nicht, die an seinen hochroten Backen hinabrannen und auf einen der Bahnsteige trieften – oder tat ich so, als sähe ich sie nicht? Und da eine Viertelstunde und länger kein Sterbenswort aus seinem Mund gekommen war, fragte ich mich, ob es vielleicht falsch von mir gewesen war, ihn auf den Beruf seines Vaters anzusprechen, umso mehr als mir Großvaters Worte wieder in den Sinn gekommen waren, der mir eines Abends, als ich nicht einschlafen konnte, erklärt hatte, was man den Juden im Krieg angetan hatte, und ich hatte schon vergessen, dass Charly Jude gewesen war, ebenso wie sein Vater, ganz zu schweigen von seiner Tante, die aus einem Konzentrationslager nicht zurückgekommen war.

Aber meine Gewissensbisse waren nicht so stark, dass sie mein Ehrgefühl hätten besiegen können. Ich konnte keinen Rückzieher machen. Nur die Tunten machen Rückzieher, sagte ich mir, wobei ich dachte, dass Charly bestimmt nicht wusste, was eine Tunte war. Und außerdem hatte mich Charly doch beschimpft, und vor allem hatte er das Unaussprechliche ausgesprochen, und zwar dieses schändliche und unerträgliche verdammter Bär, das ich ihm nicht verzeihen konnte, selbst wenn ich ihn zuerst beschimpft hatte, sagte ich mir, was übrigens nicht stimmte, da ich nur seinen Kaufmannsvater kritisiert hatte, während er mich, seinen besten Freund, angegriffen hatte. Ich beschloss also, es ihm gleichzutun, nie wieder das Wort an ihn zu richten und Mama Recht zu geben, die sagte, dass Charly trotz Fernsehen und elektrischer Eisenbahn nicht gut genug für mich sei und dass ich auf jeden Fall beim Nikolaus eine ebenso schöne elektrische Eisenbahn bestellen könnte, aber eine Fleischmann, habe ich sie unterbrochen, weil Charly eine Märklin hatte, und Märklin, das klang wie Makkaroni. *Aber die rote Fontäne eines Wals im Todeskampf wird immer die gleiche bleiben …*

... ich hätte sagen sollen, dass man den Leichnam des Leviathan köpft, bevor man ihm gänzlich die Haut abzieht. Aber dem Wal den Kopf abzutrennen ist ein schwieriges Unterfangen ...

Es gibt Augenblicke – sollte hier Angst im Spiel sein oder Nostalgie? – wo sich der Zweifel im Körper einnistet und wie Blei auf dem Gewissen lastet. Die Spur verliert sich, und nur die unablässig verdrängte Frage tritt hervor: und wenn alles, was ich erzähle, nicht wahr wäre? Wenn alles, was ich als Erinnerung ausgegeben hatte, in Wirklichkeit nur neu erfundene Vergangenheit war, nur ein Leben, das mit einem Sieb gereinigt ist, wie es Großmutter Lucia benutzte, um das Mehl zu sieben, bevor sie Gnocchi- oder Brotteig herstellte. Wie kann man in einer rekonstruierten Geschichte, in der man selbst Mittelpunkt sein will, aufrichtig sein? Mehr als einmal habe ich mich dabei ertappt, das gerade Geschriebene noch einmal zu lesen und fast spontan auszurufen: Aber das Buch handelt doch nicht von mir! Wir haben zwar denselben Vornamen, der Claudio im Buch und ich, aber es fällt mir schwer, mich mit ihm zu identifizieren. Da beginnt dieser Claudio, alias Claude oder Clodi, von den anderen zu erzählen, von seinen Eltern, von seinem Bruder Nando alias Fernand, von seinem Großvater Claudio und seiner Großmutter Lucia und von all denen, die vor und nach der Reise zu bestimmten Zeiten um ihn herum waren. Aber auch da täuscht er sich. Oder er lügt.

In Wirklichkeit weiß er von seinem Großvater Claudio zum Beispiel fast gar nichts mehr. Er erinnert sich an die Reise, die seine Mutter eines schönen, nicht besonders schönen Tages machte, weil sicherlich gerade seit diesem Tag das Gedächtnis – ihr Gedächtnis – an einem zeitlich schwer festzulegenden Tag durch eine Reise, die sich von anderen Reisen unterschied, infiziert wurde, weil Claudes Mutter an jenem Tag nach dort unten fuhr, um Großvater Claudio auf dem Friedhof von San Demetrio zu beerdigen. Als sie von dort zurückkam, war Großvater Claudios Gesicht in Claudes Erinnerung plötzlich undeutlich. Solange sein Großvater lebte, hatte Claude es nicht nötig gehabt, seine Züge in sich aufzunehmen. Aber mit seinem Entschwinden brach plötzlich alles in Stücke. Als hätte die Beerdigung alles ausgewischt. Natürlich waren da noch die Fotografien, und bevor Claude begann, sich seine Vergangenheit zu vergegenwärtigen, wandte er sie in seinen Händen hin und her, um dem Gesicht auf dem Bild ein reales aufzusetzen. Immer wenn er glaubte, es sei ihm gelungen, freute er sich, aber das Gesicht rebellierte, sobald sich Claude daran machte, es in das Buch zu übertragen.

Das Sieb der Erinnerung lässt nicht zu, dass ein Bild beim Schreiben Gestalt annimmt. Wenn zum Beispiel Mehl durch das Netz der kleinen Löcher fällt, wird es gereinigt. Es kann mit Wasser und Kartoffeln gemischt werden und sich in Gnocchiteig verwandeln. Aber wenn das von einem Menschen übrig gebliebene Bild durch die löchrige Fläche hindurchgeht, wird es zerstückelt, es zerspringt und wird eine Art Puzzle. Die Aufgabe besteht darin, die einzelnen Teile zusammenzufügen, um es dem Original anzunähern. Aber die Löcher eines Siebes sind alle gleich groß, und die kleinen Bruchteile des Bildes auf der anderen Seite ähneln sich wie ein Tropfen Wasser dem andern Durch die Erinnerung wird die Nachbildung der Menschen eine Arbeit mit unendlichen Möglichkeiten. Bisweilen glaubt man, sich dem Original anzunähern, aber man ist gezwungen, sich wieder einmal zu sagen: Nein, so war Großvater Claudio nicht. Es fehlt etwas Undefinierbares. Plötzlich beginnen alle Gestalten des Buches zu schwanken. Als ob man einen Stein ins Wasser würfe. Die Wellen verbreiten sich auf der gesamten Oberfläche.

Je öfter Claude das von ihm Geschriebene liest, umso mehr zögert er: Bei seiner Wanderung durch die Zeit hat er die Verbindung zu denen, die doch in einer Phase seines Lebens um ihn waren, verloren. Allein die Umrisse sind geblieben. Großmutter Lucia zerquetscht, mit gewölbtem Rücken über den Tisch gebeugt, von der Arbeit gealtert und klein geworden, die gekochten Kartoffeln, rollt sie im Mehl, zerschlägt ein Ei, knetet automatisch noch und noch, den Blick auf den Teig geheftet. Ein Blick, der nicht blickt, ein Blick, der denkt. Welche

Gedanken stecken wohl hinter einem solchen Blick? fragt sich Claude. Hat er eine Spur Angst darin entdeckt? Trauer? Großmutter Lucia hat keinen Grund, traurig zu sein, wenigstens nicht in diesem Augenblick. Die Zubereitung von Gnocchi sollte sie froh stimmen. Das bedeutet nämlich, dass die ganze Familie beisammen ist. Aber Claude gelingt es nur, die Umrisse der Familie zu erfassen. Vielleicht war deshalb in Großmutter Lucias Blick trotz der vorübergehenden Freuden immer ein Anflug von Angst, ein winziges Quentchen Verzweiflung. Vielleicht wusste sie, dass die Augenblicke, die sie erlebte, in atemberaubender Geschwindigkeit dahinflogen und zu anderen Augenblicken gelangten, wo die Erinnerung sie notgedrungen verändern und verfälschen würde. Sollte das die wahre Nostalgie sein, die Angst, dass die Zeit in ihrem Vorübergehen die Dinge entstellen würde? Die Angst, dass wir im Vorübergehen die Dinge verändern würden. Eine Nostalgie, die sich in zwei entgegengesetzte Richtungen bewegt: in die von Großmutter Lucia, die die Zukunft vorwegnimmt, wo ihre Erinnerung nur noch ein in Stücke gebrochenes Bild ihrer selbst sein wird und in die von Claude, der in seiner Erinnerung das Bild, das er von Großmutter Lucia hat, zerstückelt, je weiter er mit dem Buch vorankommt. Und das führt mich zu mir selbst zurück, das heißt zu diesem Claudio von vor über dreißig Jahren, dessen Bild, das ich auf den Fotos sehe, dem Bild, das ich mir in meinem Innern von ihm mache, entspricht, das aber, wenn Worte dazwischentreten, plötzlich ein anderes wird, vertraut und fremd zugleich, und das den Weg freigibt zu einer andersartigen Nostalgie, die noch herzzerreißender ist. Eine Nostalgie, die diesmal aus einer anderen Ohnmacht hervorgeht, aus der Unfähigkeit, zwischen zwei identischen Bildern ein Band zu weben und ihre Geschichte zu erzählen.

Indem ich ich sage, wenn ich von Claude rede, habe ich den Eindruck, dass ich den Raum ausradiere, der das Bild von mir, wie es in meiner Erinnerung da ist, von dem trennt, das ich auf den Fotos sehe. Wir sind zwei, als wäre einer von uns in einem Spiegel oder vielleicht wir beide ohne ein in der Realität verankertes Original. Wir sind zwei, und ich frage mich – aber ist es nicht zu spät dafür – ob es nicht besser gewesen wäre, in der dritten Person zu schreiben. Einen Abstand zu schaffen, um mir selbst besser näher zu kommen.

Aber ist es wirklich so wichtig, von mir zu erzählen? Den Anderen von mir zu erzählen? Dabei muss ich an die Leute denken, die nur frisierte Tagebücher schreiben, um sie ihren Verlegern zu präsentieren. Von sich selber erzählen ist etwas Intimes. Das geht niemanden etwas an. Claudio dagegen ist dadurch, dass er in der ersten Person von sich erzählt, ein anderer geworden. Eine fiktive Gestalt. Die Figur eines Buches. Übrigens erzählt ja nicht er selbst von sich. Zur Zeit seiner Umsiedlung nach Italien konnte er noch nicht einmal schreiben. Was er sagt, das sage ich, der Verfasser dieses Buches, an seiner Stelle. Den Leuten, denen er begegnet, begegnet er durch mich. Die Episoden seines Lebens erfinde ich. Deshalb kann ich zum Beispiel genau in diesem Augenblick an seiner Stelle sagen, dass der Verlust eines Freundes wie das Auslöschen von einem Stück Leben ist. Das sagt man sich, wenn eine lange Freundschaft zerbricht.

... ihr müsst wissen, dass der Wal nichts hat, was man einen Hals nennen könnte ... muss man sich nicht wundern, dass Stubb nur zehn Minuten brauchte, um einen Wal zu enthaupten ...

Charly war mein bester Freund, der erste. Und das hat zwei Jahre gedauert. Von unserer Rückkehr aus Italien bis zum Streit. Zwei Jahre sind in dem Alter eine Ewigkeit. Der Bruch tat weh, aber man muss sich damit abfinden, habe ich mir gesagt. Den Grund dafür habe ich durch Nachdenken gefunden. Plötzlich begann ich alle mit ihm erlebten Augenblicke durchzugehen, fast wollte ich sagen durchzusieben, und allmählich begannen die negativen Seiten unserer Freundschaft hervorzutreten, sich auszubreiten, zu dominieren. In einer Liebesbeziehung ist es ähnlich. Wenn sie zu Ende ist, muss man die wunderschönen Augenblicke auslöschen. Das ist der Preis, den das Bewusstsein fordert. Von Kummer gedrückt, erleichtert es sich durch das Gewicht der Reflexion.

Alles in allem, sagte ich mir also nach dem Bruch mit Charly, alles in allem war mein allererster bester Freund nicht wirklich mein bester Freund, nicht nur weil er mich verdammter Bär genannt hatte, sondern weil er darüber hinaus auch der Sohn eines Diebs war, habe ich mir den lieben langen Tag wiederholt. Außerdem habe ich wegen seiner sarkastischen und hochmütigen Bemerkungen in der Religionsstunde so manche Strafe durch Schwester Lamberta über mich ergehen lassen müssen, ganz abgesehen davon, dass auch Jesus sich aufgrund von Charlys negativem Einfluss auf mich zweifellos von mir entfernt hat. Und das, als meine Erstkommunion auf weniger als ein Jahr herangerückt war. Es ist klar, Charly verdiente mich nicht als Freund.

Das erzählte ich meinem Bruder Fernand, der mir seltsamerweise nicht gleich mit einer seiner eigenen Geschichten das Maul stopfte, wie er es gewöhnlich tat.

Auch du bist Sohn eines Diebs, sagte er nur, und ich auch. Wieso? fragte ich. Aber ich hatte keine Zeit, eine vollständige Frage herauszubringen. Wenn Charly Sohn eines Diebes ist, fuhr mein Bruder ruhig fort, so gilt dasselbe für uns.

Ich habe einen Augenblick nachgedacht. Dann machte es klick in meinem Kopf. Aber ja, dachte ich, er sagt das wegen Josiane, der Tochter des Metzgers, der am Marktplatz dem Kiosk gegenüber wohnt. Seit Fernand für sie schwärmt, ist er ganz ernsthaft geworden. Überall ist sie. In seinen Gedanken, und sogar in einem kleinen Notizbuch mit tiefblauem Deckel, wo er alles Mögliche hineinschreibt, was keiner außer ihm lesen darf. Es stimmt, Josiane sieht nicht schlecht aus mit ihren blonden Haaren, den blaugrünen Augen und den schönen Hügelchen, über denen sich ihr Kleid wölbt. Nicht zu vergleichen mit Rita, aber ganz und gar nicht übel. Und außerdem sind ihre Backen immer so schön rot. Wie die ihres Vaters. Aber ob Fernand es will oder nicht, sie ist trotz ihrer Brüste und ihrer leuchtend roten Backen nun mal Tochter eines Diebes, ganz wie Charly. Alle Kaufleute sind Diebe. Das ist ihr Beruf. Und Josianes Vater doppelt, weil er uns nicht nur Fleisch verkauft, das ein Heidengeld kostet, hat Mama gesagt, er kommt außerdem pünktlich wie die Maurer am 27. jeden Monats, um die Miete zu kassieren.

Vor seinem Kommen ist Mama immer ganz nervös. Der Umschlag mit den zweitausend Franken, ein Schweinegeld, sagt sie, liegt schon im Schrank, aber es ist etwas wie Hoffnung in ihrem Blick. Vielleicht hofft sie, dass der Eigentümer in diesem Monat nicht kommt, dass in diesem Monat der Betrag im Schrank liegen bleibt und wir dafür Sachen zum Anziehen kaufen können. Aber Josianes Vater lässt keinen Termin aus. Er ist pünktlicher als die Tagesschau oder die Drehscheibe im Fernsehen bei Charly. Man könnte von einem unfehlbaren Uhrwerk sprechen. Um Punkt zwei Uhr läutet es. Da steht er mit seinem hochroten Gesicht und dem Gesichtsausdruck eines Diebes auf dem kleinen Tritt vor der Nummer acht Rooseveltstraße, bereit, uns auszuplündern, uns, das heißt meine Eltern, und dann den anderen Mieter, der genau über uns wohnt. Ein richtiger Geldschneider, der Vater von Josiane.

Ein Kapitalanhäufer, würde Großvater Claudio sagen. Wenn er da wäre. Denn, ich weiß nicht aus welchem Grund, mein Gedächtnis treibt ein seltsames Spiel mit mir in punkto Großvaters Anwesenheit. Manchmal ist es, als sei er die ganze Zeit da, auch wenn er abwesend ist. An anderen Tagen ist es das Gegenteil, dann dominiert seine Abwesenheit. Vieles, was er mir gesagt hat, um mir zum Beispiel das Einschlafen zu erleichtern oder ganz einfach, weil er gern von seiner Vergangenheit erzählt, kann ich zeitlich nicht einordnen. Ist das schlimm? Ich glaube nicht. Wesentlich ist das, was er gesagt hat. Ort und Zeit sind weniger wichtig.

Wegen Josiane hat Fernand also seine Theorie aufgestellt, sagte ich mir, als wollte er mit dieser bizarren Formel, nach der ich wie durch einen Zaubertrick ein Dieb wurde, die xte erste Liebe seines Lebens in Schutz zu nehmen. Aber er ließ mir keine Zeit, das zu verstehen. Während ich versuchte, seine seltsam sprunghaften Gedankenverbindungen nachzuvollziehen, ging er schon wieder zum Angriff über.

Auch wir *waren* Diebe, verbesserte er sich. Und wieder hat es in meinem Kopf geklickt, aber diesmal war es mit dem Spaß vorbei. Fernand hatte ins Schwarze getroffen. Verdammt, habe ich gedacht, verdammt, er hat Recht.

Hatten wir nicht einen schönen Lebensmittelladen in Cardabello? Einen schönen Salz-und-Tabak-Verkauf mit Weinkeller und so weiter? Auch voller Düfte aller Art? Und das Schuldenbuch, in das Mama mit dem Bleistift schrieb, was jeder an uns zahlen sollte? Aber ja, während ich den Geruch der Mortadella und des Provolone Galbani, der Ferrero-Schokolade oder ganz einfach des Olivenöls oder der einzeln verkäuflichen Zigaretten einatmete, nahm Mama unsere Kunden aus. Das sagte ich mir. Charlys Vater, der von Josiane und meine Mutter, es ist dasselbe Lied. Der gemeinsame Nenner ist Diebstahl. Vielleicht stiehlt der eine weniger als der andere, aber stehlen ist stehlen, und basta. Merkwürdig aber ist, dass Großvater Claudio niemals behauptet hat, dass unser Geschäft, unser Lebensmittelladen mit Salz- und Tabakverkauf aus meinen Eltern Diebe machte. Im Gegenteil, wenigstens habe ich es so in Erinnerung, er verbrachte seine Nachmittage und Abende im Keller mit Rinaldo, Batista und Don Rocco, spielte Karten, leerte große Rotweinflaschen, schimpfte mit ihnen herum und wetterte gegen die Pfaffen, ohne deshalb jemals seine Theorie über die Geschäftsleute auszuposaunen. Aber an seinem Satz, Kaufleute sind Diebe, der für mich den Bruch mit Charly auslöste, ist nicht zu rütteln. Da gibt es keine Ausrede. Dem kann man sich nicht entziehen. Der steht fest. Ohne dass ich Ort und Zeit genauer angeben könnte, klingt er mir noch heute in den Ohren. Ein Kaufmann kauft etwas und verkauft es teurer. Das ist der unumgängliche Beweis. Übrigens würde nur ein Dummkopf anders handeln. Als Vermittler einer Ware muss der Kaufmann notgedrungen das, was er gekauft hat, teurer weiterverkaufen. Um sich die Zeit, die er hinter dem Ladentisch verbringt, bezahlen zu lassen. Und um die Teller seiner Familie zu füllen. Er stiehlt aus Notwendigkeit, habe ich geschlossen, um mein Gewissen zu erleichtern.

Sollte ich also meine Neigung zu diesem Laster von Mama oder von Papa geerbt haben? Fernand redete, erklärte, argumentierte vom Bett aus weiter, aber ich hörte ihm nicht mehr zu. Das Wesentliche hatte er ja schon gesagt: Ich war der Sohn von Dieben, und damit basta. Aber Vorsicht, Dieb ist nicht gleich Dieb. Robin Hood zum Beispiel bestahl die Reichen, um den Armen zu geben. Das ist erlaubt. Weil nämlich, hat Großvater Claudio gesagt, die Reichen nur auf Kosten der Armen reich sind. Der Sheriff von Nottingham schickte seine bewaffneten Horden in die Dörfer, um die Steuern einzutreiben. Etwa wie Josianes Vater. Robin Hood fing das Geld ab und gab es den armen Dorfbewohnern zurück. Ich tat ungefähr dasselbe. Zu Haus war ich der Arme. Deshalb konnte ich nie widerstehen, wenn irgendwo ein Fünf-Franken-Stück herumlag. Meine Finger begannen zu zittern. Eine innere Gewalt erteilte ihnen Weisungen. Unmöglich zu widerstehen. Der Diebstahl war in mir drin. Wie mein Magen und meine Lunge. Im Handumdrehen verschwand das Geld in meiner Tasche. Fünf Franken sind ja schließlich kein Vermögen.

Wer kleine Dinge stiehlt, stiehlt auch große, sagte Schwester Lamberta eines Tages in der Religionsstunde, als sie uns von den zehn Geboten erzählte. Schwester Lamberta liebte die zehn Gebote sehr und alles, was sie uns erzählte, endete unweigerlich mit den Geboten, die Gott Moses übergeben hatte. Charly, von dem ich damals noch nicht ahnte, dass er Sohn eines Diebes war, warf mir einen Blick zu, dann rief er aus: stimmt es, dass der Stier Onkel der Kuh ist? Der ist wie Joseph, antwortete Camille sofort, was alle verwunderte, weil Camille, außer dass er an seinem Hosenschlitz herumspielte und in der Turnhalle glänzte, in den Schulstunden fast nie den Mund aufmachte. Das hätte eine dieser Diskussionen auslösen können, die fast immer von Charly ausgingen und mir manche Bestrafung eintrugen. Aber Schwester Lamberta, der vielleicht bewusst war, dass man hier leicht aufs Glatteis geriet, unterband diese Reden und sprach wieder über Diebe. Wer, fragte sie und schaute mir fest in die Augen, wer hat noch nicht die Lust verspürt, das an sich zu bringen, was einem anderen gehört? Ich versuchte, ihrem Blick auszuweichen. Warum sah sie mich so an? Wollte sie vielleicht zu verstehen geben, dass ich ein dreckiger Dieb sei? Wie konnte sie wissen, dass ich einem Fünf-Franken-Stück nicht widerstehen konnte? Wer hatte ihr gesagt, dass ich sogar Mamas Portemonnaie und Papas Westentaschen durchsucht hatte?

Daran erinnerte ich mich, als mir mein Bruder die Augen über meine Herkunft öffnete. Über unsere Herkunft. Ich hätte ihn gern gefragt, ob auch er hin und wieder in Papas Taschen Geldstücke stibitzte. Vielleicht waren wir ja Komplizen, ohne es zu wissen. Welche Schande trotz allem! Es stimmte, dass ich arm war. Aber Mama und Papa waren auch nicht reich. Allein dadurch, dass ich den Blick meiner Mutter am 27. jeden Monats sah, wenn der Eigentümer unserer Wohnung den Umschlag mit der Miete in seiner Westentasche verschwinden ließ, hätte ich geheilt werden müssen. Aber Geld zog mich an wie die Sirenen den Odysseus, von denen uns Herr Schmietz, unser Lehrer, erzählt hatte. Und es machte mich so blind, dass ich mich nie fragte, warum Mama allmählich dazu überging, die Schränke abzuschließen. Immer wenn ich wieder von dem Drang gepackt wurde, war dieselbe Trauer in ihrem Blick, wie wenn Josianes Vater kam. Aber zugleich verbot es ihr ihr Stolz, irgendetwas zu sagen. Nie hätte sie sich dazu hergegeben, einen solchen Vorfall zur Sprache zu bringen. Auch nur zu sagen, ich sei ein Dieb, hätte ihr das Herz gebrochen. Vielleicht verstand sie mich sogar. Vielleicht wusste sie, dass ich hin und wieder Lust hatte, in Marias Geschäft, der Schule gegenüber, zu gehen, um mir Gummibärchen, Negerküsse oder Kaugummi mit Bildern von Radrennfahrern oder Fußballspielern zu kaufen. Ich sage vielleicht, und bin doch sicher, dass sie es wusste, weil ich sie mehr als einmal durch die dünne Wand, die unsere Schlafzimmer trennte, sagen hörte, wie traurig es sie mache, immer nein sagen zu müssen, wenn Fernand oder ich zu ihr kamen und um etwas Taschengeld baten. Papa tröstete sie, so gut es ging, indem er von dem Ziel sprach, das sie sich gleich bei der Geburt ihres ersten Kindes gesetzt hatten. Auch wenn es am Anfang schwer ist, sagte Papa, wir werden durchhalten. Später werden die Kinder uns dankbar sein. Sie werden Lehrer, sagte dann Mama, und ihre Kinder werden reichlich Taschengeld und neue Sachen zum Anziehen haben. Aber manchmal blieb Mama traurig. Dann dachte sie an Italien, obgleich sie wüsste, sagte Papa zu ihr, dass es nicht gut sei, uns noch einmal unserem schulischen Umfeld zu entreißen. Dann gab Mama resigniert zu, dass das Italien, von dem sie sprach, nicht in der Zukunft lag. Der Fehler sei, dass wir nach dem Krieg weggegangen seien, sagte sie. Papa erwiderte, das sei zwar möglicherweise richtig, aber jetzt sei es auf jeden Fall zu spät. Allein die Zukunft zählt, schloss er. Einige Jahre müssen wir noch durchhalten. Das Schlimmste ist schon überstanden.

Ich konnte mich nach der Diskussion mit Fernand gar nicht beruhigen. Charly und ich wären vom selben Schlag, das war allerhand! Und ich hatte es gewagt, ihm an den Kopf zu werfen, dass sein Vater ein verdammter Dieb war wie alle Kaufleute. Gott sei Dank wusste er nichts von unserem Laden in Cardabello. An all dem war Großvater Claudio schuld. Aber der Schaden war nun einmal angerichtet.

Was mir an dem Bruch mit Charly am meisten Kummer bereitete, war, dass Michèle, seine Schwester, der ich mit der Zeit erlaubt hatte, auf dem Heimweg meinen Ranzen zu tragen, mit einem Schlag kein Wort mehr an mich richtete, obgleich die Blicke, die sie mir weiterhin zuwarf, fast immer traurig waren. Vorher wartete sie ganz allein um Punkt halb zwölf vor dem Elektrogeschäft Schaal auf mich, etwas abseits von den Leuten, die die Straßenbahn nehmen wollten, die übrigens keine Straßenbahn war, sondern einfach ein Bus. Manchmal, wenn zu viele Leute da waren, ging sie etwas weiter zu den Treppen des Kulturhauses oder zu den Schaufenstern von Calderoni, dem Schuhgeschäft an der Ecke der Charlottenstraße. All das, weil Mädchen und Jungen wie in San Demetrio nicht in dieselbe Schule gingen. Während wir in dem Gebäude, das sich an der Brücke befand, fast vor dem Fabriktor, Schule hatten, lag die Mädchenschule ein bisschen weiter, dort wo auch der Kindergarten war.

Manchmal, und zwar vor allem, wenn Schwester Lamberta mich in der Schule zurückbehielt, um mich allein nachsitzen zu lassen, wartete Michèle vor dem Fisch des Brunnens, der ganz dicht am Eingang der Jungenschule stand, auf mich. Am Anfang ärgerte mich das ein wenig. Charlys Schwester war nur ein Jahr älter als ich, und ich schielte nach den etwas größeren Mädchen, nach Liliane, zum Beispiel, Marcos neuer Freundin, oder nach Josiane, der Tochter des Metzgers, die meinem Bruder schöne Augen machte. Aber für die war ich Luft. Das sagte mir mein Bruder Fernand. Ich hätte ihm gern geantwortet, dass sich das gut treffe, weil jeder Luft zum Atmen braucht. Was mich an Michèle besonders ärgerte, war, dass sie nie den Mund aufmachte. Ohne ein Wort reichte sie mir ihre kleine Hand, wenn sie mich sah. Nicht um mich zu begrüßen, sondern damit ich ihr meinen Schulranzen gab. Das war damals eine Art Mode. Jeder Junge, der sich respektierte, musste ein Mädchen haben, das ihm seinen Schulranzen trug. Dann ging sie stumm neben mir her, als hätte sie keine Zunge. Charly redete unterdessen wie ein Wasserfall. Er kannte sich in allem und jedem aus, dieser Charly. Wie kam es, dass er nur Fünfter in der Klasse war, wenn er doch alles wusste? Der Primus, das war ich und Nico, ex aequo. Dann kamen Alain und Henri, und danach erst Charly. Das kommt vom Fernsehen, sagte Mama, er sitzt zuviel vorm Fernseher. Das Fernsehen schadet den Augen, und man bekommt keine guten Zensuren in der Schule. Papa war nicht derselben Meinung. Jedenfalls nicht immer. Besonders, wenn es Fußball oder die Tour die France gab und er zu Dipp gehen musste, um es dort zu sehen. Später, als ich mit Charly gebrochen hatte, dachte ich, um mich zu trösten, dass Mama in Bezug auf das Fernsehen Recht gehabt hatte. Es schadete nicht nur den Augen, was sicher war, weil Charly ebenso wie seine Schwester eine Brille trug, man bekam nicht nur schlechte Zensuren in der Schule, sondern es machte auch bösartig. Das war allerdings ein schwacher Trost zu einer Zeit, als das Fernsehen auch bei uns seinen Einzug gehalten hatte, das sei hier vermerkt.

Keiner ist unersetzlich, trompetete Großvater Claudio, als ich ihm mein Unglück beichtete. Oder hat er mir das bei anderer Gelegenheit gesagt. Denn ich war unglücklich, meinen einzigen und besten Freund zu verlieren. Ehrlich gesagt, ich mochte Charly gern und auch seine Schwester, die mich nie behandelte, als wäre ich ein Nichts und die jetzt so tat, als würde sie mich nicht mehr kennen, wenn wir uns zufällig in der Pause oder auf dem Heimweg begegneten oder auch nur vor dem Lebensmittelladen ihres Vaters, den ich nicht mehr zu betreten wagte.

Glücklicherweise begann aber mit dem Ende der Freundschaft mit Charly, das mit unserer gemeinsamen Entscheidung zusammenfiel, in der Schule nicht mehr nebeneinander zu sitzen und uns keine gemeinsamen Wortgefechte mit Schwester Lamberta mehr zu liefern, wie zufällig eine dauerhafte Verbindung mit Nico, dem Sohn des Lehrers. In seiner Gesellschaft knüpfte ich plötzlich wieder an ein vergessenes Später an, ein Später von vorher, als ich weder Charly noch Nico kannte, noch die neue Sprache, die ich mit Hilfe dieser beiden Freunde erlernt und vervollkommnet hatte, noch die Lügen, die ich erfand, um dem Gelächter derer, die mich umgaben, zu entgehen.

Ich gehe zurück in der Zeit. In San Demetrio hatte ich mir unter dem Einfluss des Rogationistenfraters Marcello und der Geschichte vom wahren Marcellino pane e vino angewöhnt, mich für den bevorzugten Boten von Jesus zu halten, auch wenn das Großvater Claudios eingefleischter Meinung über die Pfaffen zuwiderlief. Jedes Mal, wenn ich konnte – habe ich das nicht schon erzählt? – kniete ich vor dem leeren Kreuz über dem Altar in der Madonnenkirche nieder, einzig und allein, um einen Dialog mit dem anzuknüpfen, der die Macht hatte, alle Wünsche zu erfüllen. Da jedoch keiner meiner Wünsche in Erfüllung ging, war mein religiöser Eifer allmählich abgekühlt. Rita blieb unerreichbar, und ich war weiterhin Luft für alle Mädchen von San Demetrio. Das machte mich skeptisch.

(...ja, das machte Claudio skeptisch. Aber trotz allem blieb der Glaube an Jesus das einzige Heilmittel gegen seine Einsamkeit. Wenigstens dort unten in San Demetrio. Mit ihm, auch wenn er nicht am Kreuz der Madonnenkirche hing, fühlte sich Claudio weniger einsam. Und außerdem lag der Glaube in Cardabello in der Luft. Alle glaubten an Gott, keiner zweifelte an seiner Existenz. Auch der erbittertste Kommunist im Dorf nicht. Manchmal tat man so, als wäre man völlig atheistisch. Aber in den Augen konnte man das Gegenteil lesen. Im Blick all derer, die die Existenz Jesu in Frage stellten, lag ein Zögern. So etwa wie bei Petrus, als die Römer ihn fragten, ob er den Gefangenen kenne...)

Nachdem ich nach Differdingen zurückgekehrt war, drohte die Nabelschnur zu Jesus jedoch endgültig zu reißen. Im neuen Land gab es keine Rogationisten, und Hochwürden Blanche, der Pfarrer, war nicht so unterhaltsam wie Don Rocco. Sicher ist, dass Hochwürden Blanche im Krieg nicht in Gefahr gewesen war, von den Deutschen erschossen zu werden. Und außerdem besaß Schwester Lamberta, die uns in der Religionsstunde quälte, im Gegensatz zu Marcellino pane e vino nicht die Gabe, in mir die Flamme des Glaubens wach zu halten. Vor allem am Tag, wo sie mich auf dem Stock knien ließ, den Herr Schmietz dazu benutzte, uns die an der Tafel stehenden Wörter lesen zu lassen und uns auf der Weltkarte Länder zu zeigen. Ich hatte nichts getan. Charly, der nur zufällig katholisch war und immer Diskussionen mit Schwester Lamberta vom Zaun brach, hatte sie etwas über die Flucht nach Ägypten gefragt. Aber er hatte sich versprochen, und statt Schwester Lamberta hatte er Schwester Lambretta gesagt. In Wirklichkeit hatte er nur so getan, als verhaspele er sich. Am Abend zuvor nämlich, als wir uns bei ihm Lassy oder Rintintin oder Fury im Fernsehen ansahen, hatte er mich plötzlich gefragt: wagst du, Lambretta statt Schwester Lamberta zu sagen? Ich wagte es nicht. Ich fürchtete die Bestrafung mit dem Rohrstock. Er war ganz dünn und grub eine Furche in die Knie, genau da, wo ich voller Narben und seit kurzem verschorfter Wunden war. Aber ich werd es tun, hatte Charly geantwortet. Und da hatte er, als sei nichts dabei, der Nonne Lambretta ins Gesicht gesagt. Ein Augenblick des Schweigens trat in der Klasse ein, ein Augenblick, in dem alle anderen Schüler, so gut es ging, das Lachen, das ihnen auf die Lippen drängte, zu ersticken suchten. Ich war der Einzige, der von dem Schwindel wusste und als Einziger laut herauslachte, was in der ganzen Klasse ein unbändiges Gelächter zur Folge hatte. Nur Charly machte den Mund nicht auf. Und auch Schwester Lamberta, die fassungslos war und nur mit Mühe wieder Ruhe im Raum herstellte. Sobald es wieder ruhig zu werden begann, stimmte irgendjemand wieder ein nicht enden wollendes Gelächter an. Unmöglich, sich zu kontrollieren. Man konnte nicht mehr aufhören, der Mund tat weh, die Augen tränten und das Zwerchfell verkrampfte sich. Aber ich hörte auf. Und zwar mit einem Schlag. Beinahe hätte ich mich verschluckt. Hatte Schwester Lamberta wirklich meinen Namen ausgesprochen? Rief sie mich? Ja, auf mich war ihr Zeigefinger gerichtet und bedeutete mir, zu ihr zu kommen; während sie sich der Tafel näherte und dem fürchterlichen Stock, der an dem Ständer lehnte. Was für eine Ungerechtigkeit! Eine Schwester, die doch immerhin die Stimme Gottes war, durfte sich nicht so täuschen. Charly bekam ein kleines Bild mit der Jungfrau Maria und dem Jesuskind darauf, während ich mich auf den Rohrstock knien musste. Charly wurde nämlich belohnt, weil Schwester Lamberta anerkannte, dass er als Einziger außer ihr in der Klasse sich nicht vor Lachen gebogen hatte. Während ich in ihren Augen der Anstifter war, derjenige, der arglistig und böswillig den Lachsturm ausgelöst hatte. Es dauerte noch dreißig Minuten bis zum Ende der Stunde. Schwester Lamberta nahm ganz einfach bis zum Läuten keine Notiz von mir, und der Rohrstock grub sich tief in meine Knie ein und presste mir Tränen aus den Augen.

Ein weiterer Grund für meine Ernüchterung in religiöser Hinsicht war die Geschichte von der Dreieinigkeit. Ich wusste schon immer, dass

Gott dreigeteilt war. Im Palazzo Cappelli hatte Marcellino pane und vino es uns zu erklären versucht. Es war schwer zu verstehen, aber so war es nun einmal, und ich akzeptierte es. Schließlich war Jesu Geburt noch viel rätselhafter. Der heilige Joseph, der Papa, habe nichts damit zu tun, hatte uns Schwester Lamberta erklärt. Wie der Stier und die Kuh, hatte Charly nach der Stunde hinzugefügt. Ein Engel habe das mit der Jungfrau Maria gemacht. Deshalb sei sie eben die Jungfrau. Denn die Engel könnten das tun, ohne jemand zu berühren. Niemals hätte ich diese Geschichte angezweifelt. Und auch nicht die von Gott als Summe dreier Götter. Aber in Differdingen stand am Anfang unserer Straße gleich nach dem Café Dipp ein Haus, das in Wirklichkeit eine Kirche war. Sie bildete die Ecke mit der Spitalstraße und befand sich dem Lebensmittelgeschäft von Charlys Vater gegenüber. Ich fand das komisch, eine Kirche ohne Kirchturm und ohne alles. Das war ein Haus wie jedes andere. Höchstens etwas größer. Aber es war ein Gotteshaus. Da ich wusste, dass Gott normalerweise in einer richtigen Kirche wohnt, beunruhigte mich das. Das ist die Dreieinigkeit, sagte ich mir. Ein Teil ist in der richtigen Kirche, der andere in der von der Rooseveltstraße und der dritte noch woanders. Ehrlich gesagt, fühlte ich mich geschmeichelt, dass Gott sich entschieden hatte, wie ich in der Rooseveltstraße zu wohnen. Und eines Tages habe ich das Schwester Lamberta gesagt.

– Warum, habe ich sie gefragt, ist auf der Kirche kein Kreuz?

– Wieso, Clodi, hat sie geantwortet, auf der Kirche ist immer ein Kreuz.

– Die in meiner Straße hat keins, habe ich erwidert, zufrieden, etwas zu wissen, was Schwester Lamberta unbekannt war.

– Und wo ist denn deine Straße? fragte sie wieder.

– Das ist die Rooseveltstraße, antwortete ich ganz stolz.

– Ach, Clodi, fuhr sie fort, in der Rooseveltstraße ist doch gar keine Kirche! Keine richtige Kirche, verbesserte sie sich sofort. Das in der Rooseveltstraße ist eine evangelische Kirche. In so einer Kirche wohnt Gott nicht. Er ist in der, die du gut kennst, und auf der ein schönes Kreuz steht.

Aber er wohnt auch, unterbrach Charly, der mich bis dahin ganz allein mit Schwester Lamberta hatte sprechen lassen, in der Synagoge von Esch. (Hat er das wirklich gesagt? Gab es die Synagoge von Esch damals schon oder ist sie nicht erst später erbaut worden?) Und auf der Synagoge von Esch ist auch kein Kreuz, fügte Charly hinzu. Nur der Davidstern.

Die Diskussion begann viel versprechend, aber Schwester Lamberta, hochrot unter ihrer Haube, machte wie so oft dem Eifer ein Ende. Haltet den Mund, alle beide, schrie sie nervös, der richtige Gott wohnt in einer richtigen Kirche. Die anderen sind Fälschungen, Kopien.

Das also war die Dreieinigkeit. Nicht Gott, der sich in drei Teile unterteilte. Es gab drei verschiedene Götter, die an drei verschiedenen Orten wohnten. Drei Götter, die miteinander rivalisierten, die aneinander gerieten. Das ist noch gar nichts, sagte mir am Abend mein Bruder, es gibt noch mehr. Aber er wollte nicht weiterreden. Er hatte anderes zu tun. Sein Freund Marco hatte ihm ein atemberaubendes Buch geliehen. Einen Karl May, Der Schatz vom Silbersee. Mit Winnetou und Old Shatterhand. Übrigens, fügte er noch hinzu, bevor er sich wieder in seine Lektüre vertiefte, der Gott der Indianer hat einen besonderen Namen: er heißt Manitou. Die ganze Nacht über versuchte ich verzweifelt, mir Klarheit zu verschaffen. Die Dreieinigkeit gab es nicht. Aber was sollte man dann zu vier Göttern sagen, die Viereinigkeit? Und wenn es fünf oder sechs gab?

Damals wagte ich nicht, mich an einen der Evangelischen zu wenden, die in die kreuzlose Kirche der Rooseveltstraße gingen. Charly dagegen erzählte mir von seinem Gott, der vielleicht derselbe war wie meiner, nur dass er keinen Sohn Jesus hatte. Der Messias, den er auf die Erde schicken sollte, war noch nicht gekommen. Aber das würde bald geschehen. Die Propheten hatten es vorausgesagt. Zuerst gefiel mir das, was Charly erzählte. Ich musste wieder an meine Nase denken und an den Palazzo Cappelli und an die Stunden, die ich vor dem Kruzifix der Madonnenkirche verbracht hatte. Vielleicht war ich der Messias? Unmöglich, ich war ja nicht einmal Hebräer. Charly riss mich aus meinen Gedanken: All das ist nicht so wichtig, fuhr er fort, ich habe mittlerweile meine Religion gewechselt, und es geht mir deshalb nicht schlechter. Dann erzählte er mir noch einmal seine ganze Geschichte. Wie sein Vater nach dem Krieg beschlossen hatte, auf die jüdische Religion zu verzichten. Warum er nicht mehr in die Synagoge ging, sondern wie ich, in die normale Kirche. Du siehst, fügte er hinzu, wenn ich Jude geblieben wäre, hätte ich in der Woche zwei Stunden frei. Keine Schwester Lamberta und kein Rohrstock. Während du dir die Knie von der Nonne malträtieren lässt, könnte ich mit meiner elektrischen Eisenbahn spielen. Aber ich bin kein Jude mehr. Ich bin jetzt wie alle. Wenn die Deutschen zurückkommen, tun sie mir nichts.

Glücklicherweise besitzt jede Epoche des Zweifels ihren Retter. Und der meine war zu der Zeit Nico. Nicht nur weil er der Sohn des Schulmeisters war. Ohne es zu wissen, führte er mich wie das verlorene Schaf auf den rechten Weg zurück. Meine religiösen Zweifel hatten ihren Höhepunkt erreicht. Ich hasste die Pfaffen und vor allem die Pfäffinnen wie Schwester Lamberta. Ganz zu schweigen von den richtigen und falschen Göttern, die sich in meinem Kopf eine Treibjagd lieferten. Das war gleich nach meinem Bruch mit Charly. Ich ging sogar so weit, dass ich mich später fragte (jetzt tue ich das nicht mehr, aber das ist eine andere Geschichte) ob unser Streit nicht durch das Eingreifen von Jesus persönlich entstanden ist. Da er sah, dass ich die Verbindung zur Herde verlor, hatte er die Dinge in die Hand genommen und es mir ermöglicht, wieder zum Glauben zurückzufinden. Zu dem Zweck hatte er Nico in seinen Dienst genommen, aber er bediente sich auch eines beispiellosen Vorfalls, der sich damals in Differdingen ereignete.

Hochwürden Blanche persönlich kam in Schwester Lambertas Stunde, um zu uns zu sprechen. Er kam nur sehr selten in unsere Klasse. Nur um große Ereignisse anzukündigen. Den Besuch des Bischofs von Differdingen zum Beispiel oder die Veranstaltung einer außergewöhnlichen Prozession, bei der wir bunte Blütenblätter in die Luft werfen sollten. Aber diesmal nichts dergleichen. Und außerdem kam Hochwürden Blanche nicht allein. Ich möchte euch Herrn Pletschette vorstellen, sagte er gleich. Wisst ihr, warum er bei mir ist? Niemand wusste es. Außer Nico. Das ist Jesus, sagte er plötzlich, ich habe ihn in der Zeitung auf dem Foto gesehen. Alle hätten wieder um ein Haar losgelacht, aber die Aussicht auf den Stock hielt so manchen zurück. Aber nein, sagte Herr Pletschette, Jesus, das ist mein Bruder. Ich bin Pontius Pilatus. Und bevor wir wieder Lust bekamen herauszuprusten, bat Hochwürden Blanche Herrn Pletschette, alles zu erklären. Nun, sagte er, vorgestellt sind Sie, Herr Pletschette, wollen Sie diesen Jungen sagen, warum Sie hier sind? Herr Pletschette verzog seinen Mund zu einem breiten Lächeln, hüstelte und begann zu sprechen. Vor nun zehn Jahren, sagte er, als ihr noch nicht geboren wart, haben wir auf dem Thillenberg ein schönes Schauspiel über die Passion Jesu aufgeführt, und dieses Jahr wollen wir das wieder tun, um den zehnten Jahrestag zu feiern. Damals habe ich das Ganze geleitet, und mein Bruder hat den Jesus gespielt, aber diesmal übernimmt Herr Hennes, den ihr alle kennt, die Leitung. Was ist das, die Passion Jesu, wagte Camille zu unterbrechen. Schwester Lamberta errötete. Na hör mal, sagte Hochwürden Blanche, du weißt nicht, was der arme Jesus vor seiner Kreuzigung alles hat erleiden müssen? Und die Geschichte von Judas, kennst du die nicht? Schwester Lamberta hat euch doch sicher davon erzählt. Ich habe da bestimmt gefehlt, Herr Pfarrer, erwiderte Camille. Also dann, sagte Herr Pletschette, müsst ihr unbedingt nächsten Sonntag zum Thillenberg kommen. Wohlgemerkt, es wird eine richtige Passion sein. Jesus, das heißt der Schauspieler, der die Rolle von Jesus spielt, wird eine richtige Dornenkrone tragen, die aus dem Gerlach-Park stammt. Und es wird auch richtige Peitschenhiebe geben. Und die Nägel, fragte Charly, wird es auch richtige Nägel für die Kreuzigung von Jesus geben? Herr Pletschette selbst hat den Text geschrieben, fügte Hochwürden Blanche hinzu, als hätte er Charlys Frage nicht gehört. Alle werden es verstehen, weil es auf Luxemburgisch und auf Deutsch ist. Redet Jesus Luxemburgisch? habe ich gerufen, ohne es zu wollen. Aber Clodi, antwortete Schwester Lamberta, Jesus spricht doch alle Sprachen, er ist Gottes Sohn, und sein Vater hat die Sprachen erfunden. Denk doch an den Turmbau zu Babel.

Damit war die Diskussion beendet. Herr Pletschette erzählte noch vom Ablauf der Passion. Es ist wie im Theater, sagte er, es sind acht Akte. Und wenn es regnet, fragte Nico. Aber Nico, Samstag wird es nicht regnen, antwortete Hochwürden Blanche, der Herr wird keinen Regen schicken, wenn ein Stück zu Ehren seines Sohnes gespielt wird.

An jenem Samstag hat es auf dem Thillenberg nicht geregnet. Nie hatte ich so viele Menschen an einem Ort beisammen gesehen. Nicht einmal, als die Red-boys gegen die Jugendmannschaft spielten. Es waren Tausende von Zuschauern da. Als ich zu Beginn Jesus erblickte, der auf einem Esel in Jerusalem einritt, war ich ganz verwirrt. Mit seinem Bart und seinen langen Haaren sah er genauso aus wie der, der in der Pfarrkirche am Kreuz hängt. Als man ihm danach die Dornenkrone aufsetzte und er sein Kreuz bis Golgatha tragen musste, war die Ähnlichkeit noch frappierender. Im Augenblick der Wiederauferstehung war mein Entschluss also gefasst. Plötzlich wurde es hell in meinem Kopf. Das Später, das mir in meiner endlos langen Kindheit immer so viele Sorgen gemacht hatte, war kein Sumpf von Treibsand mehr. Die Zukunft, meine Zukunft stand auf der Hochebene des Thillenbergs, vor mir. Wie hatte ich an dem, was uns Bruder Marcello in San Demetrio gesagt hatte, zweifeln können? Und wie hatte ich es wagen können, mich über Schwester Lamberta lustig zu machen? Durch all das waren nur noch mehr Dornen in den Kopf von Jesus eingedrungen. Schluss mit der Zeit des Zweifels! Selbst in San Demetrio war ich nicht gläubig genug gewesen. Wie dumm war es von mir gewesen, meine Zeit kniend vor einem leeren Kreuz zu verbringen und Jesus anzuflehen, mir einen albernen Wunsch zu erfüllen! Mein Weg war mir vorgezeichnet. Später würde ich Jesus sein, wie Herrn Pletschettes Bruder. Kein Lehrer, kein Boxer, kein Fabrikarbeiter, sondern Jesus. Ein Jesus wie der, den ich vor mir sah mit einem weißen Gewand und einem roten Mantel. Ein von der Menge gefeierter Jesus, der das Abendmahl einnahm und sich von Kaiphas und Pontius Pilatus beschimpfen und von diesen Makkaronifressern von Römern schmähen ließ, kurz, ein richtiger Jesus, der nie stirbt, trotz der Nägel und der Lanze, die ihm die Seite öffnet. Das habe ich, als ich nach Hause kam, meinem Bruder gesagt, der nicht zum Thillenberg gegangen war. Ich habe deinen Jesus auf der Straße gesehen, antwortete er nur, er hatte einen grauen Anzug an. Das ist nur ein Schauspieler, und ich wette, dass er sehr schlecht spielt. Ich bin der Diskussion ausgewichen. Umso besser. Ich würde ein Schauspieler sein, der die Rolle des Jesus spielt. *Ihr müsst wissen, dass der Wal nichts hat, was man einen Hals nennen könnte…*

...Pinocchio betrachtete etwas erstaunt seine Nase. O weh, o weh! Aber das ist doch keine Nase mehr. Das ist eine Vogelstange für die Spatzen! Und bei jeder Lüge wächst sie weiter! Sogar Blätter sind dran...

Wann habe ich zum ersten Mal gelogen? Ist die Lüge in mir entstanden, ohne dass von außen etwas sie herbeigerufen hätte, oder sollte mich ein von außen kommender Anstoß irgendwann dazu gebracht haben, die eine oder andere Wahrheit zu verbergen oder zu entstellen? Manchmal denke ich heute natürlich, dass die Lüge wie eine Krankheit ist. Sie ist eine psychosomatische Erscheinung, zu der es nur kommt, wenn zwei Elemente aufeinander treffen, eine äußere Ursache und eine innere Veranlagung. An Ursachen fehlt es nicht. Und die Veranlagung hat jeder. Was den Lügner vom Nichtlügner trennt, ist dieser winzige Unterschied zwischen den beiden Elementen. Das ganze Problem der Lüge würde sich also auf diese andere Frage reduzieren: welche Bedingungen ermöglichen es einer äußeren Situation, sich mit einer auf sie wartenden Veranlagung zu verbinden? Auf der einen Seite umschwirren mich unendlich viele Gelegenheiten zu lügen, auf der anderen verspüre ich große Lust, einige davon zu ergreifen. Aber, wohlgemerkt, da gibt es die Zensur, das Verbot. Lügen ist eine Sünde, hat Schwester Lamberta gesagt, man muss immer die Wahrheit sagen.

Dieses Immer störte mich. Don Rocco hatte mich in unserem Weinkeller in San Demetrio an andere Dinge gewöhnt. Im Krieg, hatte er erzählt, hatte er den Deutschen nie gesagt, was er tun wollte, wenn er durch die Felder ging. Wenn er die Wahrheit gesagt hätte, wenn er nicht gelogen hätte, hätte er die Partisanen verraten und sie zu einem sicheren Tod verurteilt. Das hätte ich Schwester Lamberta gern geantwortet, aber ich tat es nicht. Um sie nicht zu verärgern. Schwester Lamberta war unberechenbar. Manchmal konnte man ihr alles Mögliche sagen, ohne dass sie aus der Haut fuhr, andere Male genügte die kleinste Bemerkung, dass sie eine Furie wurde. Aber Don Roccos Geschichte von den Lügen gefiel mir. Er hatte zwar gelogen, aber um andere zu retten. Diese Art Lüge war erlaubt. Die Wahrheit konnte manchmal dem Verbrechen sehr nahe kommen.

In meinem Fall war es ebenso. Das sagte ich mir rückblickend, denn von meiner ersten Lüge weiß ich nichts mehr. Auch ich musste jemanden retten, selbst wenn es nicht um eine Frage von Leben und Tod ging und wenn dieser jemand ich selbst war. Aus Notwehr, sozusagen. Es lässt sich sogar sagen, dass meine Lügen, vor allem die Behauptung, dass weder ich noch mein Vater trotz unseres Familiennamens auf i Italiener waren, dass unsere ganze Familie also seit geraumer Zeit luxemburgisch war, eigentlich keine Lügen waren, da ja Luxemburger und Italiener teilweise gemeinsame Vorfahren hatten, und zwar die Römer, die lange vor der Einführung der luxemburgischen Nationalität sowohl in den Abruzzen und in San Demetrio als auch in Luxemburg und in Differdingen wohnten, genauer auf dem Titelberg, und das hatte ein echter Luxemburger, und zwar Herr Erpelding, zu dem uns unser Lehrer Herr Schmietz eines Tages hingeführt hatte, bestätigt.

Übrigens, aber das war ein klein wenig später, als ich in der Sexta war, in der Klasse von Herrn Schneider in Esch-sur-Alzette, konnte ich noch einmal die Theorie von der Bedeutungslosigkeit der Nationalitäten überprüfen. In Esch wurde mit den Schülern anders als in Differdingen am Ende des Schuljahres zur Belohnung ein kleiner Schulausflug gemacht. Unsere Lehrer in Differdingen hatten uns vorher nur Bücher geschenkt. Ein ganz dickes für den Klassenbesten, das heißt für mich, ein ganz dünnes, fast ein Schönschreibheft, für den schlechtesten Schüler. So habe ich in vier Jahren in Papas kleinem Bücherschrank neben den von ihm bei Bertelsmann bestellten Büchern das Gesamtwerk von Wilhelm Hauff, Hans Christian Andersen, den Brüdern Grimm und von Wilhelm Busch angehäuft, ohne auch nur einen Blick hineinzuwerfen, da das Bücher für kleine Kinder waren und ich Lust zu allem Möglichen hatte, außer dazu, ein kleines Kind zu sein. Ich war also nicht unzufrieden damit, dass die Sammlung in Esch unterbrochen wurde. Vor allem, weil ich von dem Wechsel profitierte.

Herr Schneider machte also in jenem Jahr mit uns einen Ausflug in die Umgebung von Verdun auf den Spuren des Ersten Weltkriegs. Zum ersten Mal würde ich also sehen, was von einem echten Krieg übrig blieb. Nicht Papas Krieg, nicht der von Großvater Claudio mit seinen Partisanen und Schwarzhemden. Nein, ein Krieg ganz in der Nähe der luxemburgischen Grenze mit seinen Schlachten an der Maas und an der Marne, auch wenn in einer ersten Phase die Front durch Differdingen verlief, über den Thillenberg, aber das hat nicht lange gedauert. Der deutschen Armee, die besser ausgerüstet war als die Franzosen, war es gelungen, diese zurückzudrängen. Dann blieb der Krieg im Schlamm um Verdun stecken. Und das war wirklich eindrucksvoll. Der Schützengraben der Bajonette stachelte unsere Einbildungskraft an. Beginnend mit den Spitzen, die aus dem Boden ragten, konnten wir das ganze Gewehr rekonstruieren, dann den Finger am Abzug, die Hand, den Arm und den übrigen Körper der verschütteten Soldaten, von leibhaftigen Soldaten, lebendig begraben unter unseren Füßen, die das Geräusch unserer Schritte hören konnten, bereit, beim geringsten Alarm, einen Schuss abzugeben. Jetzt warten sie schon fast fünfzig Jahre auf den Feind. Dann näherten wir uns, die Verschütteten vergessend, ungläubig dem Beinhaus von Douaumont. Herr Schneider hatte uns alles Mögliche darüber erzählt, aber die Wirklichkeit übertraf bei weitem seine Geschichten. Wie viele Knochen waren in dieser Gedenkstätte angehäuft? Unmöglich zu sagen. Tausende, Zehntausende, Hunderttausende? Gott sei Dank, dass ich meinen Hund nicht mitgenommen habe, sagte da Roger, ein Mitschüler, mit dem ich damals auf derselben Bank saß. Um ihn herum brach lautes Gelächter aus. Es war nicht schön anzusehen, unsere vom Lachen verzerrten Gesichter, die durch die Scheiben auf Berge von Gebeinen blickten. Andere Besucher schienen durch unser Benehmen schockiert, und Herr Schneider musste eingreifen, um wieder Ruhe zu schaffen. Dann hagelte es, als hätte er das Signal dazu gegeben, von allen Seiten Fragen über Fragen.

– Warum hat man die Skelette dahin getan? fragte Marco.

– Weil man nicht weiß, zu wem die Knochen gehören, antwortete Herr Schneider.

– Sind das französische Knochen? wollte Roger wissen.

– Das weiß man auch nicht, antwortete unser Lehrer, alle Knochen gleichen sich, Skelette haben keine Nationalität.

– Siehst du, habe ich zu Jean Pierre, einem Klassenkameraden, gesagt, der nicht aufhörte, mich damit zu ärgern, dass er mich Makkaronifresser nannte, siehst du, auch du bist innen drin ein verdammter Bär.

– Wieso? sagte Jean Pierre. Er hatte Mühe, die Folgerung, die ich zog, zu verstehen.

– Aber das ist doch einfach, habe ich weiter gesagt, sag mir, wer da drin Franzose ist! Da, das Schienbein, was ist der, na? Und der Schädel daneben? Wenn ich im Innern Makkaronifresser bin, bist du genau dasselbe.

Jean Pierre überlegte hin und her, dann plötzlich hellte sich sein Gesicht auf: innerlich vielleicht, sagte er, aber das sieht man nicht, denn meine Haare sind blond und deine ganz schwarz, schwarz wie die von einem verdammten Bär.

Aber mit den ersten Lügen entstanden auch die ersten großen Traurigkeiten. Nicht dass die beiden Dinge irgendwie miteinander verbunden gewesen wären. Im Gegenteil, was ich erfand, um mich aus dem ererbten Kokon herauszuarbeiten, in dem mich eine Vergangenheit eingeschlossen hatte, die ich mir nicht hatte aussuchen können, war ziemlich lustig, und ich musste manchmal in mich hineinlachen, im Bett oder auch bei Tisch oder in der Klasse, was meine unmittelbare Umgebung, und zwar meine Eltern, meinen Bruder Fernand und Nico, meinen neuen Banknachbarn nach meinem Streit mit Charly, zu beunruhigen, ja zu verdrießen begann.

In kurzer Zeit wurde ich übrigens Experte auf diesem Gebiet, und die Lügengeschichte über meine neue Herkunft wurde immer ausgeklügelter mit unendlich weit verzweigtem Stammbaum und allem. Da ich auf diese Weise ganz frische Wurzeln entdeckt hatte, fühlte ich mich bei meinen täglichen Streitereien viel stärker und besonders in der Klasse, wo ich in allen Fächern einfach unschlagbar wurde, zu Nicos großem Nachteil, der doch der Sohn von Lehrer Schmietz war und deshalb doch alle Fragen wissen musste, die sein Vater im Unterricht stellen wollte. Denn ich stellte mir vor, sein Vater sei wie meiner und rede viel über sehr gelehrte Dinge, die ich mir gut einprägen musste, wie zum Beispiel die Hauptstädte aller Länder der Welt.

Das ist wie beim Menschen, sagte er eines Tages, als wir Gnocchi aßen, eine Spezialität, wie Mama ständig betonte, während Nico ein richtiges Hasenragout oder Judd mit Fayots essen durfte, das ist wie beim Menschen. Jedes Land hat einen Nach- und einen Vornamen. Sieh mal, Italien heißt Italien, und sein Vorname ist Rom, und Deutschland heißt Deutschland und hat zwei Vornamen, Bonn und Berlin. Und Luxemburg? habe ich gefragt, um ihm zu zeigen, dass ich das System begriffen hatte. Luxemburg, antwortete er, und ich sagte mir, dass er sein eigenes System nicht kapiert hatte. Da fragte ich noch einmal, und Luxemburg? und mein Vater wiederholte beharrlich wie ein Papagei: Luxemburg, und der Vorname? sagte ich etwas gereizt, Name: Luxemburg, betonte er, Vorname: Luxemburg, verstehst du?

Ich verstand nur allzu gut. Er hatte Wind von meinen Lügen bekommen und wollte mein neues Land zu etwas Bedeutungslosem, Lächerlichem, Nichtigem machen. Um ein letztes Mal zu sehen, ob er sich nicht über mich lustig machte, bestand ich auf einem weiteren Beispiel. Name: Russland, sagte er, Vorname: Moskau. Das erinnerte mich an den Streit zwischen Ernesto, meinem Onkel aus Amerika, und Großvater Claudio über Russland, und auch an das Geld, das man in Amerika schaufelweise zusammenbekam, und zwar in den Stollen, aus denen man mit pechschwarzer Lunge herauskam, während im Bergwerk von Differdingen, wie Großvater Claudio erklärt hatte, der Staub rot war, wie der an den Fassaden aller Häuser, und ich fragte, Amerika? Washington, antwortete mein Vater, ohne zu zögern, wie bei einem Tischtennisspiel. Und während all diese Namen von Städten und Ländern, die nur Namen waren, ganz wie Turin, Mailand oder Rom auf der anderen Seite des langen Tunnels nichts weiter als Namen waren, an mir vorüberzogen, versuchte ich, mich auf meine Wahlheimat zu konzentrieren, deren Name und Vorname fürchterlich identisch waren. Als ob ich Nardelli Nardelli hieße oder Tante Lucie Ludwig Ludwig oder der Pfarrer Blanche Blanche oder eine meiner Kusinen Beltrami Beltrami, was übrigens stimmte, weil die Familie meines Vetters und Paten Erny und die meiner Kusine und Patin Marta beide Beltrami hießen, da ihr Stammbaum sich schon einmal gekreuzt hatte, und da Marta und Ernesto nicht nur Mann und Frau und Kusine und Vetter von mir waren, sondern auch miteinander verwandt waren, was sehr schlecht sei, hatte Mama gesagt, und rachitische Kinder hervorbringen würde mit einer in Zickzacklinie verlaufenden Wirbelsäule und einem Kopf, größer als die riesige Friteuse, die wir gerade bei Sternberg gekauft hatten, und abstehenden oder hängenden Ohren wie die vom Schlachter, der zugleich der Eigentümer unserer Wohnung war und am 27. jeden Monats pünktlich wie ein Chronometer zum Einkassieren der Miete kam, die meine Mutter traurig in einen Umschlag steckte.

Nein, ich konnte nicht zugeben, dass mein Land, für das ich so viel gelogen hatte, was mich zu Jahrhunderten der Beichte verurteilen würde, sobald ich würde beichten dürfen, dass dieses Land also ein rachitisches Kind wäre mit all den grässlichen Missbildungen, die damit verbunden waren. Die Regel des Vor- und Nachnamens passt nicht immer, fuhr Papa gleich fort, ohne mir die Zeit zu lassen, schwarze Gedanken in mir aufkommen zu lassen, die Hauptstadt von Andorra zum Beispiel ist Andorra, und die von San Marino San Marino, aber ich hörte schon nicht mehr zu. Was half es, sich mit anderen Fällen zu trösten. Das Land, das ich gewählt hatte, war eben rachitisch, was jeden Tag, das sagte ich mir fast sofort, der dicke rote, graue oder schwarze Rauch bewies, der aus den Hochöfen und Schornsteinen der Fabrik meines Vaters in die Luft stieg und unablässig als Staub auf unseren Bürgersteig fiel, in unser Haus drang, sich auf unsere Zungen setzte, während die

Zähne wie von einer hässlichen, unheilbaren Krankheit knirschten. Aber ob mein neues Zuhause nun rachitisch war oder nicht, so wie es war, liebte ich es, wie ich meine Paten Marta und Ernesto liebte, die mir bald zu meiner Erstkommunion eine goldene Uhr schenken sollten und die darüber hinaus versprochen hatten, mir zum Nikolaustag einen Roller mit großen weißen Gummirädern, silbernen Kotflügeln und einer Fußbremse am Hinterrad zu schenken.

Diese Entdeckung ließ trotz der stoischen Haltung, mit der ich sie hinnahm, um nicht offen meine Enttäuschung zu zeigen, in mir ein unbekanntes Gefühl entstehen, das ich später Traurigkeit nannte. Alles ging vor sich, als ob ich ich wäre und doch nicht richtig ich. Ich bekam davon Magenkrämpfe und Herzbeschwerden. Als ob sich ein Fremdkörper, eines dieser verfluchten Staubkörner vielleicht, die in der Fabrik hergestellt wurden, in mir an einem Ort, den ich nicht feststellen konnte, festgesetzt hätte. Ein Teilchen, das mich daran hinderte, mich über all die Dinge zu freuen, die mich vorher mit Fröhlichkeit erfüllt hatten. Und genau das, daran erinnerte ich mich in dem Moment, hatte ich schon mehrmals empfunden, ohne dass es mir bewusst geworden war, zum Beispiel im Augenblick meines Bruchs mit Charly. Charly, der mir sicher ein bisschen hätte erklären können, was mit mir vorging, denn sein Gesicht war fast immer so gewesen wie das, welches ich jetzt sah, wenn ich mich im großen Spiegel des Furnierschranks im Schlafzimmer meiner Eltern betrachtete. Das Gesicht, das mich aus dem Spiegel anblickte, sah nicht angenehm aus. Es glich dem, das meine Mutter am Abend vor dem Besuch des Wohnungseigentümers heimlich aufsetzte, damit mein Bruder und ich es nicht merken sollten, oder immer dann, wenn ich mich über Sachen beklagen wollte, die ich tragen musste, und die anders waren als die meisten Sachen der anderen Mitschüler, außer denen von Pit oder von dem einen oder anderen Makkaronifresser von Differdingen, und die alt waren, weil mein Bruder sie vor mir getragen hatte, ebenso wie der dreiteilige Anzug seiner Erstkommunion, den ich bald würde anziehen dürfen, falls Schwester Lamberta und Hochwürden Blanche meine Karriere als Kommunionsanwärter nicht wegen der im Laufe der Monate angehäuften Lügen vereitelten.

Übrigens fing ich deshalb an, mich zusammen mit Nico, der in Religionsfragen ein wahrer Experte war, für den großen Tag T, der in einigen Monaten da sein würde, zu rüsten.

Der Nikolaustag war vorbei, und ich besaß einen nagelneuen Roller, der übrigens dazu beitrug, dass ich den Kummer über die unheilbare Krankheit meines Landes ein wenig vergaß; auch Weihnachten war vorbei, ohne dass ich von der traditionellen Blutwurst bekommen hätte, mit der sich alle Messdiener nach der Mitternachtsmesse hatten vollstopfen dürfen. Sylvester und Neujahr lagen auch hinter uns, und meine Backen brannten noch von den vielen Bärten aller männlichen Mitglieder unserer Familie, die sich an mir gerieben hatten, um mir viel Glück für das neue Jahr zu wünschen, was ich tatsächlich brauchte, denn ich wusste, dass eine entscheidende Epoche für mich anfing mit den zwei, drei Eckpfeilern am Horizont, die meinen Eintritt in die wahre Welt symbolisieren sollten, und zwar natürlich meine Erstkommunion, aber vor allem der Eintritt in die Messdienergemeinschaft, denn ich hatte, sagte ich mir, als meine Patin Marta kam und mir zwei dicke Küsse rechts und links von der Nase gab, auf meine alte Welt verzichtet, in der es von Makkaronifressern, Boccias und verdammten Bären wimmelte, ohne deshalb ganz in der neuen meinen Platz zu finden, denn es gab immer irgendwo ein sarkastisches Lachen oder einen verächtlichen Blick oder eine boshafte Zurechtweisung, die wie ein Spiegel auf meine erfundenen Geschichten antworteten, denen ich selbst nicht mehr richtig Glauben schenken konnte.

Vielleicht war mein Gesicht eben wegen dieser Skepsis im Schrankspiegel, den ich regelmäßig aufsuchte, so verdrossen. Vor allem wenn meine Mutter bei ihrem italienischen Lebensmittelhändler einkaufen ging, der in der ganzen Stadt als einziger ehrlich war, wie sie eines Tages, ohne die Stimme zu heben, sagte, als ich Charlys Vater erwähnte, um zu sehen, ob sie bei dem blieb, was sie behauptet hatte, und wenn mein Vater in der Fabrik war und diesen verdammten Rauch produzierte, der Staub regnen ließ und auf unsere Teller die verschiedensten Nahrungsmittel zauberte, die direkt von Marchetti kamen, dem italienischen Lebensmittelhändler, dessen Geschäft in der Nähe des Marktplatzes war, nicht weit vom Kiosk, um den herum einmal im Jahr die Kirmes stattfand und wo von Zeit zu Zeit die städtische Blaskapelle spielte, genau neben einem der italienischen Cafés, wo mein Großvater Claudio einzukehren pflegte, dessen imaginärer Trompetenklang sich mit ihm zu diesen anziehenden Tischen verlagert hatte, auf denen nicht Literflaschen mit Rotwein standen sondern Humpen mit Drepp.

Was ich in diesem Spiegel sah, glich in keiner Hinsicht der Geschichte von der Hexe aus dem Märchen, das Mama so oft erzählt hatte, wenn Großvater nicht da war, um mir die Hand zu kitzeln und mir Partisanengeschichten zu erzählen, damit ich einschlief, was ich so weit wie möglich hinauszögern wollte, so dass es passierte, dass Großvater lange vor mir einschlief, was ihn übrigens bewog, vor allem zu der Zeit, als ihn, wie er sagte, die Mitglieder seines Orchesters erwarteten, seine Taktik zu ändern und mir Geld zu versprechen, wenn ich einschlief, bevor er bis 100 zählte. Ich spielte das Spiel mit, weil, ich weiß nicht warum, Geld immer eine magische Anziehungskraft auf mich ausübte. Ich hätte damals jedwedes Zugeständnis dafür gemacht. Vielleicht weil meine Mutter immer klagte, zu wenig zu haben, trotz der drei mal acht und der sechzehn Stunden alle drei Wochen von meinem Vater, während sie dort unten in Turin, Mailand oder Rom Grundschul- oder sogar Gymnasiallehrerin hätte sein können. Und mein Vater ein brillanter Dolmetscher bei allen wichtigen Versammlungen von Ministern, Präsidenten und Fabrikdirektoren, ein Mann, der immer einen dreiteiligen Anzug und eine Krawatte trug und der von allen wegen all der Geheimnisse, die für immer in seinem Gedächtnis begraben bleiben würden, geachtet wäre.

Übrigens habe er genau deshalb beschlossen, erzählte er uns eines Abends, während meine Mutter eine riesige Platte Lasagne aus dem Backofen holte, die Dolmetscherlaufbahn nicht einzuschlagen. Während des Kriegs – und das war sein Lieblingsthema, bei dem er immer nach einigen Minuten landete, wie auch immer das Gespräch angefangen hatte – während des Kriegs also, vor Mussolinis Fall und seiner Begegnung mit den Partisanen, habe er in der italienischen Armee als Dolmetscher dienen müssen, er sei eingezogen worden, weil er Italiener war, auch wenn heute niemand wahrhaben wollte, dass er Zwangseingezogener gewesen sei wie alle. Ja, ja, mein Kleiner, gezwungen, denn hier dachte keiner an den Krieg, und ich war jung, tanzte gern, spielte Fußball und wollte Frisör werden, als der Einberufungsbefehl eintraf. Und was er sich alles habe anhören müssen, weil er ebenso gut deutsch sprach wie italienisch! Er habe genug im Kopf gehabt, um die Köpfe der Generäle rollen zu lassen, ja, ja, mein Junge, und dann auch seinen eigenen natürlich, da gab es nichts zu lachen, denn er war sicher, dass kein Generalstab ernsthaft daran denken konnte, ihn mit den Geheimnissen, die er mit sich herumtrug, im Fall einer Niederlage am Leben zu lassen. Deshalb habe er den Antrag gestellt, ins Lazarett versetzt zu werden. Man habe dort Übersetzer gebraucht, um den letzten Willen der im Sterben liegenden Offiziere aufzuzeichnen. Und da er auch einige Brocken Englisch konnte, habe man ihn schließlich den kriegsgefangenen englischen Offizieren zugeteilt, und er habe so viele sterben sehen, die ihm vor ihrem Tod so viele Botschaften für ihre Ehefrauen, ihre Eltern oder ihre Kinder anvertraut hätten, dass er sich geschworen habe, nie wieder den Beruf des Übersetzers auszuüben. Was deine Mutter nicht begreifen kann, fügte er hinzu, um Mama an seiner Geschichte teilnehmen zu lassen, und sie begreift das nicht, weil sie noch niemanden hat sterben sehen, worauf meine Mutter einfach mit einem beredten Schweigen antwortete und einem sanften, geht ins Bett, morgen ist auch noch ein Tag.

Wir gingen ins Bett und ich konnte nicht schlafen und rief meine Mutter, damit sie mir die Geschichte von der Frau erzählte, die immer in den Spiegel schaute und fragte: Spieglein, Spieglein an der Wand, wer ist die schönste im ganzen Land. Aber meine Mutter kam nicht, weil sie etwas in der Küche zu tun hatte, und ich hörte durch die geschlossenen Türen der Küche und meines Zimmers, dass sie jetzt auf die

Bemerkungen meines Vaters zu den Toten antwortete und auch vom Dorf sprach und von dem Tag, wo sie eingewilligt hatte, es zu verlassen. Ohne dass meine Mutter die Stimme hob, drangen Satzbrocken in mein Zimmer, die von Schluchzen unterbrochen waren, und wo die Rede war von ihren Freundinnen und deren Männern, von ihrer Mutter, die sie nicht nur gewarnt hatte, dass sie es bereuen würde, sondern die auch der Versuchung widerstanden hatte, auf die Gefahr hin, ihren Mann zu verlieren, der gar nicht mehr aus dem Café am Marktplatz herausfand, während sie selbst zu dumm gewesen sei, worauf mein Vater sagte, sie sei die Klügste von allen gewesen, denn sie wäre in ihrem Loch versauert wie Giuseppina, die eine Bar habe aufmachen müssen, um zu überleben, und die keinen Mann bekommen habe, weil alle Männer sowieso weggegangen seien. So wechselten die traurige sanfte und von Naseputzen unterbrochene Stimme meiner Mutter mit der lauteren, ungeduldigen, verärgerten meines Vaters ab in einem Streit, der kein richtiger Streit war und in dem jeder nur zu sich selber sprach, da die Standpunkte ganz und gar unvereinbar waren. Da dachte ich an das große Gebirge mit dem langen Tunnel von Charlys elektrischer Eisenbahn. Mein Vater und meine Mutter waren aus Städten auf beiden Seiten des Gebirges; um sich zu treffen, hätte jeder einen Schritt machen müssen, was unmöglich war, weil sie sich mitten im Tunnel getroffen hätten. Vielleicht befanden sie sich eben jetzt dort, mitten im Tunnel, was erklären würde, dass keiner den anderen sah und nur daran dachte zurückzuweichen, um wieder zum Licht diesseits und jenseits des Tunnels zurückzufinden. Und an jenem Abend bin ich in diesem so langen schwarzen kalten Tunnel eingeschlafen, ohne die Hilfe von Mamas Geschichte oder die Hilfe von Großvaters Kitzeln oder Geld.

Als ich aufwachte, war es nicht ein Tag wie jeder andere. Während ich mich fertigmachte, um in die tägliche Messe zu gehen (denn mit Nico hatte ich meinen früheren Glauben wieder gefunden), in der zwei von Nicos Freunden Messdiener waren, war ich vor dem Spiegel sehr nervös, weil ich an den Streit meiner Eltern und an die Geschichte mit dem Tunnel dachte. Seltsamerweise stand ich auf der Seite meiner Mutter, obgleich es logischer gewesen wäre, Papas Ansicht zu teilen, der schließlich das Land, für das ich mich entschieden hatte gegen das, von dem ich mich lossagen wollte, vertrat. Da sagte ich mir, dass meine Lage die schlimmste von allen war, dass ich mich zugleich diesseits und jenseits des Tunnels befand, nein, dass ich vielleicht das Gebirge war, mit diesem schrecklichen Tunnel in meinem Magen, dem Tunnel, in dem meine Eltern festsaßen, als seien sie vom Wal des Jonas oder des Herkules oder des Pinocchio verschluckt worden. Ein Wal, der diesmal keinerlei Absicht hatte, sie wieder auszuspucken, denn das hatte er schon mindestens zweimal getan, das erste Mal, als vor einigen Jahren die ganze Familie beschlossen hatte, sich wieder in Italien niederzulassen, dann ein Jahr später bei der Rückkehr, als wir uns in Differdingen wiederfanden, in diesem Staubregen, zu dessen Herstellung mein Vater nicht gleich beitrug, da man während seiner Abwesenheit einen anderen Arbeiter gefunden hatte, dem man seine Arbeit gegeben hatte.

An jenem Tag habe ich in der Kirche aufmerksamer denn je alle Bewegungen von Hochwürden Blanche und von Nicos Freunden beobachtet und gebetet, dass die Zeit schneller als gewöhnlich vergehen möge, die Zeit, das heißt die sechsundachtzig Tage, die mich noch vom Tag T trennten, nämlich von meiner Erstkommunion, die mir den Weg zu meiner Karriere als Messdiener öffnen würde. Ein Tag, auf den Nico mich systematisch vorzubereiten begonnen hatte, weil, so sagte er, Messdiener sein, das lernt man nicht so schnell.

In der Praxis ging diese Vorbereitung folgendermaßen vor sich: jeden Dienstag-, Donnerstag- und Samstagnachmittag traf man sich bei ihm zu Haus, um angeblich die Aufgaben für den nächsten Tag gemeinsam vorzubereiten. In Wirklichkeit machten wir nur einen Augenblick die Deutsch-, Französisch- und Rechenbücher auf, um sie sogleich wieder zuzuschlagen, nachdem wir einige Sätze, ich auf französisch, er auf deutsch, oder umgekehrt gewechselt hatten, als wären wir wie die Erbauer des Turms zu Babel Fremde, die verurteilt waren, einander nicht zu verstehen, was uns köstlich amüsierte, weil wir uns nur allzu gut verstanden. Deshalb bat mich Nico übrigens eines Tages, einige Wörter und Sätze auf Italienisch zu sagen, um einen Augenblick lang den echten Turm zu Babel herzustellen, erklärte er, da wir mit dem Deutschen oder dem Französischen nur schummelten. Aber ich antwortete ihm verächtlich, dass ich von dieser Boccia-Sprache keine Ahnung hätte und dass ich sie niemals lernen wollte, weil ich zu diesem Land gehörte, der Beweis, ich bin hier geboren, sagte ich. Da erwiderte er, er glaube mir nicht und es sei schade, dass ich ihm Dinge verheimliche, während er mir doch etwas auf Latein gesagt habe, dominus vobiscum und hokuspokus, um mir beizubringen, Messdiener zu sein, und damit endete unser kurzer Streit, weil das Schlüsselwort gefallen war. Alsbald fingen wir an, die Möbel des Esszimmers umzustellen, wir schoben den Tisch an die Wand, genau unter ein Kruzifix, das dort wie zufällig angebracht war, stellten die sechs Stühle in zwei Dreierreihen auf, die Rückenlehnen zum Kruzifix gewandt, und bedeckten den Tisch mit dem Teppich, der normalerweise unter seinen vier Beinen liegen sollte. Dann ging Nico in sein Zimmer und kam mit den von uns selbst hergestellten Geräten zurück: ein gelb angemalter Schuhkarton, in den wir eine Tür mit zwei Flügeln geschnitten hatten, zwei ebenfalls gelb bemalte Gläser, ein aus einem alten, auf dem Dachboden gefundenen Lexikon gemachtes Buch, eine Klingel, eine silberne Platte, in der man sich sehen konnte, zwei kleine, mit Wasser gefüllte Sinalcoflaschen und der Korb, den Nicos Mutter benutzte, um Brot hineinzutun. Nico stellte dann den Schuhkarton auf den Tisch unter das Kruzifix, schob eins der gelben mit Kuchenstücken gefüllten Gläser hinein, legte das dicke Buch ans rechte Tischende und stellte das zweite Glas, das vorher mit einer weißen Serviette bedeckt wurde, in die Mitte vor den Schuhkarton. Währenddessen bereitete ich das Übrige vor, das heißt, ich stellte die Klingel, den Korb und die Platte mit den beiden Flaschen neben den ersten Stuhl der rechten Reihe. Dann zog ich mein überlanges Hemd aus der Hose, denn es war in Wirklichkeit das Hemd meines Bruders Fernand. Es reichte mir bis zu den Knien wie das weiße Kleid, das die Messdiener anziehen. Jetzt kommt die erste Lektion, sagte Nico, der im weißen Nachthemd seiner Mutter wie ein echter Priester aussah, der eine echte Messe las. Aber während ich vor unserem imaginären Altar kniete, waren meine Gedanken woanders, fern von den dominus vobiscum und den oremus, die Nico plärrte. Irgendetwas fehlte auf unserem Altar. Alles, das falsche Tabernakel, der falsche Kelch, die falsche Bibel wie auch das wahre Kruzifix an der Wand trugen dazu bei, eine echte Kirchenstimmung zu schaffen. Selbst unsere Vermummung hatte ihren Anteil daran. Aber etwas fehlte. Ich fing also an, an alle Altäre zu denken, die ich bis dahin gesehen hatte, den der Madonna, der Nunziata, der Pfarrkirche, dann an den der Differdinger Kirche, und es wurde mir klar, dass gerade das Fehlende sie verband, sie ähnlich machte, einen einzigen aus ihnen machte, der sich von dem, den wir uns hergerichtet hatten, unterschied. Das Auge, das schien zufrieden gestellt. Aber wenn es um heilige Dinge geht, genügt das Auge nicht. Es ist mehr vonnöten, sagte ich mir, und darüber musste ich lächeln, denn dieses es ist mehr vonnöten, sagte ich mir auf Italienisch. Nicht auf Luxemburgisch. Und wenn ich es recht bedenke, so glaube ich, dass ich damals trotz meines öffentlichen Leugnens fast immer das Italienische verwendete, wenn ich mit mir selber sprach. Als könnte ich mich in dieser Sprache besser verstehen, ehrlicher zu mir sein. Das Luxemburgische dagegen ermöglichte Distanz. Ich redete mit Nico, wie ich auch mit Charly geredet hatte, aber sie blieben mir fern. Eine endlose Linie trennte uns. Und auf dieser endlosen Linie konnte ich alle Lügen schreiben, die ich wollte. Ich schrieb zum Beispiel darauf, dass ich kein Italienisch könnte, obgleich ich mir auf Italienisch sagte, dass das nicht stimmte. Auf jeden Fall, warum sollte ich mir etwas vorlügen. Kannte ich nicht die Wahrheit? Der Turm zu Babel, das war ich. Das erinnerte mich an Schwester Lamberta, an die Diskussion über die Sprachen, an den Gegensatz zwischen der Geschichte von Babel und der von Pfingsten, zwischen dem Alten und dem Neuen Testament. Das fehlte auf unserem Altar bei Nico. Pfingsten. Die Feuerzungen, die vom Himmel herabkamen. Wir haben keine Kerzen, schrie ich plötzlich, während Nico anfangen wollte, das credo in unum deum zu summen, wir brauchen Kerzen. Nico unterbrach enttäuscht die Zeremonie. Er begriff nicht. Die Kerzen konnte man sich doch vorstellen. Seine Mutter wollte nicht, dass bei ihr Kerzen angezündet würden; sie war allergisch gegen den Geruch, der beim Auslöschen entstand. Nico begriff nicht, aber in Wirklichkeit wusste er nichts von dem, was er nicht begriff, sagte ich mir auf Italienisch, um unsere Freundschaft nicht zu beenden. Die Kerzen, das war meine Geschichte, die Reise vom Alten Testament zum Neuen, meine Reise. Ich konnte auf keinen Fall Messdiener sein, ohne dass meine Geschichte auf unserem Altar gegenwärtig war. Aber Nico kannte sie nicht, und deshalb dachte er nicht an die Kerzen: Und er kannte sie nicht, weil ich ihm eine andere, ohne Reise und alles erzählt hatte. Die Lüge brauchte keine Kerzen, dachte ich, bevor ich laut auflachte. Ich dachte gerade, dass Kerze auf Französisch bougie und Lüge auf italienisch bugia heißt. Wir brauchten keine Kerzen auf dem Altar. Die Lüge ging im ganzen Zimmer um. Es war eine riesige Kerze und *bei jeder Lüge wächst die Nase weiter...*

…das Wasserbecken war immer noch da, mitten im trockenen Sand. Es war immer noch mit Wasser gefüllt. Mit Wasser und nichts anderem. Der kleine Wal war verschwunden…

Wie enden Walgeschichten? Wer bleibt am Ende übrig, wenn alles zu Ende zu gehen scheint? Jonas, der vom Leviathan verschluckt worden war, wird drei Tage später in Ninive wieder ausgespien. Abgesehen davon, dass das wenig glaubwürdig erscheint, da Ninive am Ufer des Tigris liegt, eines zu wasserarmen Flusses, um einen solchen Riesen aufzunehmen und abgesehen davon, dass seit Rudyard Kipling im Schlund des Wals, o meine Geliebte, ein Rost ist, das in Wirklichkeit das Floß ist, das der schiffbrüchige Fährmann mit Hilfe seiner Hosenträger, die man in der ganzen Geschichte nicht vergessen durfte, herstellte, berichtet die Bibel nicht, wohin der Wal geschwommen ist, nachdem er der Erde seine Beute zurückgegeben hat. Man könnte also den Faden an dieser Stelle wieder aufnehmen. Jonas, hochzufrieden, im Innern des Fisches überlebt zu haben (oder in seinem Maul, wie es der von Melville zitierte Bischof Jepp korrigiert, damit allen böswilligen Kritiken zuvorkommend, die die Ungläubigen in Bezug auf die Fähigkeit des Wals, einen ganzen Menschen zu verschlucken, äußern könnten), Jonas also kehrt auf das Festland zurück und erzählt seine unglaubliche Geschichte den Menschen. Diese korrigieren ihr Urteil über den großen Wal und auch die kleineren und sehen in ihnen nicht mehr diese unbezähmbaren Ungeheuer der weiten Meere, deren einziges Ziel es wäre, Schrecken zu verbreiten und das gesamte Menschengeschlecht mit Haut und Haar zu verschlingen. Durch Jonas' Bericht harmlos gemacht, findet der Wal allmählich Eingang in eine ganz andere Geschichte, die aller harmlosen Wesen. Nun verkehren sich plötzlich die Rollen, und aus dem Jäger wird der Gejagte. Angesichts der Hartnäckigkeit der neubekehrten Walfänger weist alles darauf hin, dass die Tage des größten Säugetieres endgültig in Gefahr sind, dass der fatale Countdown unwiderruflich begonnen hat. Aber die Dinge wenden sich erneut. Der Rache des Menschen auf diese Weise ausgesetzt, wird der Wal unsterblich. Fluke gelangt wieder ins Meer, nachdem er entführt worden war, der Wal in *Stories just so* heiratet und bekommt viele Kinder, die Wale von Red Rorem und D.H. Lawrence weinen nicht mehr, darum bittet sie der Dichter; der von José Montes ist rosa, der von Margaret Atwood erlaubt Ishmael, sich ein Haus zu kaufen, der von Farley Mowat ist beredter als jeder andere, der von Josef Skovorecky gehört zu den Meeresintellektuellen, der von Hubert Selby hat Träume am liebsten, der von Margaret Laurence ist in Wirklichkeit der von himmlischen Wesen gejagte Mensch, die von Margo Glantz (vor 200 Jahren) sind blau, der von Kapitän Buzurg ibn Shariyar spielt mit seinem eigenen Schwanz und gleicht, von weitem gesehen, dem Segel eines Schiffes, der von Eric le Rouge findet Platz im Gedicht, das Thor gewidmet ist, der von David Gascoyne erinnert uns an unsere Unschuld, der von William Golding gehört zum Licht und kümmert sich nicht um den stählernen, von Norden kommenden Tod, der von Thor Heyerdahl ist freundschaftlich, der von Lewis Carrol lässt sich nicht duzen, der von Robert Graves ist eine weiße Göttin, der von Pierre Boulle ist mit dem Militärverdienstkreuz ausgezeichnet, der von John Masefield wird rufen, und von überall, von Norden und Süden, von Osten und Westen werden alle anderen Wale da sein, der von John Steinbeck weint wie ein Kind, das traurig ist und leidet, bei dem von Roger Manderscheid führt die Eifersucht zu Schüssen, der aus einer australischen Eingeborenenlegende trägt das Feuer in sich und will es den Menschen nicht geben, der von Jonathan Swift ist eine mit dem Schlüssel der Mythologie interpretierte Parabel, der von Ovid verwandelt die Seeleute in Fische mit Flossen, der von König Salomo ernährt sich jeden Tag von der Güte Allahs, der Wal einer isländischen Legende hat einen roten Kopf, der aus einer hebräischen Fabel vergibt alle Sünden, der des Barons von Münchhausen gähnt und spuckt die verschluckten Seeleute aus, der von Nico Helminger heißt wie meiner, ist aber, wie er sagt, etwas später gekommen, der von Ariost gleicht einer kleinen Insel, dem von Rabelais kann keiner in die Augen blicken, der von Sindbad dem Seefahrer gleicht auch einer Insel mit Sand und Bäumen, der von Saint Brendan ist ebenfalls eine Insel, aber er will seinen Schwanz mit dem Kopf berühren, und es gelingt ihm nicht, der von Al Mas'udi kotzt Bernsteinstücke aus, so groß wie Steine, der von Lawrence Sail wahrt seiner Geliebten mutig die Treue, der von Judith Herzberg ist spontan, aber hat nicht das Pflanzenöl erfunden, der von Fleur Adcock ist ein richtiges Dorf wie Mammut, Dodo und Moa, der von Hans Magnus Enzensberger wird nie vergessen sein, aber der Mann schon, der von Milivoj Slavicek heißt auch Moby Dick, die von Sen Akira, es sind drei, sind in einem Haïkaï, der von Desmond O'Grady ist ein Künstler und gleicht dem Zauberer Merlin, der von D.J. Enright ist ein riesiger Supermarkt, der von Pablo Neruda ist eine zarte Wunde, der von Ron Riddel schwimmt in einem Meer, das von seinem Blut rot ist, der von Uffe Harder ist ein frustriertes Fragezeichen, der von John Robert Colombo gibt dem, der ihn tötet, den Tod zurück, der von John Wayne erwärmt das Seewasser mit dem Blut, das er verliert, der von Ted Walker bläst ewig Luft aus seiner alten Lunge, der von D.M. Thomas ist tabu und darf nicht berührt werden, hat der Zauberer gesagt, die von Geoffrey Dutton, es sind sechs, haben Schiffbruch erlitten, der von Richard O'Connel ist fast eine Allegorie, der von George MacBeth liegt vor dem Kiosk im Schmutz, der von Eugen Evtuschenko weiß nicht mehr, wo er sich verstecken soll, der von Lawrence Ferlinghetti trägt eine Fahne mit der Aufschrift: „Ich bin all das, was von der Wilden Natur übrig bleibt", der von José Emilio Pacheco verwandelt sich in Lippenstifte oder in Seife, der von Vagn Lundbye schwimmt halb im Schlaf, halb wach mit einem geschlossenen Auge, der von Jenny Joseph bewegt sich wie eine Wolke am Ende der Welt, der von Hugo Dittberner ist ein verehrter Superlativ vom Orinoko bis zum Jangtse, der von James Kirkup liebt Familie und Freunde mehr als wir, der von Admund Spenser ist das Meisterwerk von Frau Natur, der von Allen Ginsberg liegt in den kranken Gewässern der Ölquellen unschuldig im Todeskampf, der von Jan Kemp ist eine dreißig Meter hohe Aufschrift an einer Stadtmauer, der von John Blight weiß nicht, wie er sterben soll, um dem, der ihn anblickt, eine Träne zu entlocken, der der Kwakiutl Indianer ist unglücklich und hat in einem Gebet Platz gefunden, der von Carmen Naranja singt sich selber ein Wiegenlied, der von Opal Louis Nations hat einen langen schrecklichen Widerstand geleistet, der von Alan Gould ist gestorben, ohne ein Wort zu sagen, der von Douglas Livingstone hat Eingeweide wie Gummischläuche, der von Judith Rodriguez verfolgt die Menschen in den Museen, der von R.A.D. Ford ist eine schwarze Insel und bewegt sich in ruhigen schwarzen Gewässern, der von Mark Strand ruht unter dem Bett des Seemanns, der von Bouson ist noch ein Haïkaï mit Messern, die auf dem Markt widerhallen, der von Taeko Kawai kostet nur 623 oder 541 Yen und hat den Weg zum Ozean wieder gefunden, den Weg des vollkommenen Friedens und der ewigen Wiedergeburt, der von John Haines befindet sich in einer blauen Waschmaschine, der von Walter Helmut Fritz ist ein tanzender schwarzer Berg, der von Margarete Hannsmann verwandelt sich in Gedächtnis, der von Irving Layton könnte vielleicht über gewisse glückliche Tage nachdenken, der von David Mammet frisst auf dem Meeresboden wachsende Pflanzen, der von Daniel Hoffman wird bald wieder sprechen können, der von Roy Fisher hat ohne allzu große Mühe alle anderen Tiere in sich, der von Gwen MacEwen ist blau und stößt sich am ertrinkenden Auge, der von W.S. Merwin wartet, dass die Welt neu anfängt, der von Jerome Rothenberg stützt die Welt und übermittelt den Indianern die Schläge seines Herzens, der von Derek Walcott ist selten geworden, der von Mokno Nagayama ist ebenso wenig ein Fisch wie er ein Pferd ist, der von Jesu Urzagasti wird sich bald ergeben und sich der unnachgiebigen Banalität seines Schicksals überlassen, der von Susan Musgrave stößt Töne aus wie ein Greis im Todeskampf, der von Claes Andersson ist in einem Steinbruch in Kansas gefunden worden, die Augen von dem von Fazil Hüsnü Daglarca sind nicht größer als sein Magen, der von Gabriel Zaid erwartet uns melancholisch in der Karwoche, der von Andrew Taylor hat in den Mäandern seines Gehirns festen Fuß gefasst, der von Michael Hulse versteckt sich im Gedicht, der von C.H. Gervais ist frei und verschwindet im ersten Morgenlicht, der von Jan Boelens schwebt wie ein schwankendes Schloss, der von John Donne hat Rippen wie Tempelsäulen, der von Hadrian Henri ruft nach dem Gedicht, der von Frances Horovitz erlaubt dem Dichter zu schlafen, der von H.L. Van Brunt stößt so intelligente Rufe aus, dass wir glauben, er spreche an unserer Stelle, der von Antonio Porta hängt wie ein Kind im siebzehnten Stock, der von Jaime Garcia Terrés ist nicht das Symbol eines Traums von Jonas oder von Melville, der von Thomas Shapcott erinnert uns daran, dass es Augenblicke gibt, in denen wir uns in den Ohren wie Amphibien fühlen, der von Dannie Abse rächt sich während der Nacht, der von Brian Patten hat Hut und Brille abgenommen und seinen Mantel ausgezogen, der von Kenneth O. Hanson ist auf einem Eisenbahnwaggon festgekettet und hat eine Kehle, die kleiner ist als eine Orange, der von Martin Boothe ist nicht mehr dieses Skelett, das noch vor einem Jahr von den Geiern kahlgenagt wurde, der von Stanley Kunitz scheint Anmut mit Kraft zu verbinden, der von Elizabeth Smith ernährt ihre Jungen zärtlich, der von James K. Boxter bringt uns um mit seinem Geruch, der von Hans ten Berge geht nicht über Feuerland hinaus, der von Michael Hamburger ist in der Falle und klagt, der von Pnina Gagnon ist ein ewiger Jude, der das Meer nicht verlassen darf, weil die Erde ringsumher antisemitisch ist, der von Günter Herburger hat keine natürlichen Feinde außer uns, der von Jaroslav Seifert ist vom Aussterben bedroht, aber die Hymne, die er dem Meer singt, hat nichts Begräbnishaftes, der von Wieland Schmied ist nur ein Beispiel dafür, dass die Welt sich weiter dreht, auch wenn ein Wal stirbt, der von Joel Oppenheimer nimmt an einem Friedensmarsch teil, der von Robert Pybus ist ein großer Verschwörer, der von David Campbell schreibt sein Gedicht selbst, der von Richard Eberhart spielt in der blauen Bucht, der von Kendrick Smithyman weiß, dass sogar die Kinder das, was sie zerstören können, lieben, der von Njördur P. Njardvik taucht liebenswürdig, der von Alfredo Cardona Pena ist das feinste Wesen unter den Millionen von Arten, die den Ozean bewohnen, der von P. Lal lebt in einer unermesslichen Zisterne, der von X.J. Kennedy ist ein Einhorn, der von Siv Cedering wiederholt seltsame Verse, der von George Woodcock besingt die große Freiheit, während seine Feinde noch nicht geboren sind, der von R.F. Brissenden hat kein Mitleid für das Plankton, das er verschluckt, aber fordert von uns, Mitleid mit ihm zu haben, der von Robert Lowell hat Mitleid mit den Seeleuten von Pequed und spuckt ihre Knochen in den Friedhof von Nantucket, der von Jun Honda hat dem Dichter erlaubt, im Innern seines Bauches spazieren zu gehen, der von Rochelle Owens war die Größe der göttlichen Macht und hat sich trotzdem gewundert, den in der Welt seines Körpers verlorenen Jonas zu treffen, der von C.H. Sisson denkt an niemanden, und der von Jacques Prévert rächt alle anderen.

Und Gott schuf die großen Wale und sah, dass er es gut gemacht hatte, und Gott schuf auch den Menschen und sah, dass er es gut gemacht hatte. *Das Schwimmbecken war leer. Der kleine Wal (ohne die großen zu vergessen) war verschwunden ...*

…aber bald werden wir in den unermesslichen Weiten ohne Küsten und Häfen verloren sein…

Morgen ist der Tag T. Eine letzte Grenzlinie, die zu überschreiten ist, bevor ich endlich in der wahren Welt ankomme. Das wahre Meer ohne Küsten noch Häfen. Mit einer wahren Zeit, die so vergeht, wie die Zeit vergehen sollte. Eine Linie, die von einem Punkt ausgeht und in die unermessliche Weite führt. Es gibt Momente, die eine neue Lebensphase einleiten. *Jeder Mensch hat an irgendeinem Punkt seines Lebens den gleichen Durst nach dem Ozean gehabt wie ich.* Die Erstkommunion ist ein solcher Moment: man ist vor und nach seiner Erstkommunion nicht mehr derselbe. Es ist, als schließe man endgültig eine Tür hinter sich. Man braucht nicht mehr zurückzublicken, weil sich jetzt alles vor einem befindet.

Mit der Erstkommunion meines Bruders Fernand hatte ich aus der Ferne einen Eindruck von der Öffnung der Schleusen bekommen. Aus weiter Ferne sogar, trotz meiner Verkleidung als Engel und dem Wein, den ich in einem Zug ausgetrunken habe. Dadurch, dass er aus Don Roccos zitternden Händen die kleine weiße Hostie, die den Leib Jesu enthielt, in den Mund gelegt bekam, machte er sich auf in die Zukunft, während ich mit offenem Mund aber ohne Hostie keinerlei Aussicht hatte, ihm dahin zu folgen. Damals. Das heißt vor drei Jahren. Drei Jahre und eine Spur. Der Engel, der ich war, war wie alle Engel alterslos. Er sah die Linie der Zeit vor sich herlaufen, ohne mitlaufen zu können. Die unermessliche Weite öffnete sich wie das Portal der Nunziata-Kirche, aber am Ende der Zeremonie fiel es wieder ins Schloss, und die Welt war so eng und verschlossen wie zuvor.

Aber das ist jetzt Vergangenheit. Morgen wird alles anders sein. Es ist der Tag T. Paradoxerweise hat sich ein dicker Knoten in meinem Magen gebildet, während ich mich doch freuen müsste, ein dicker Knoten, von dem aus, als handle es sich um ein Spinnennetz voller Saugfäden, alle Arten seltsamer Gefühle durch meinen Körper gehen, ein dicker Knoten, der mich daran hindert, das große Ereignis, das hinter dem Portal wartet, in seiner ganzen Tragweite abzuschätzen, einzukreisen.

Es gibt im Kalender eines jeden solche Daten, die ungeduldig erwartet werden und die, sobald sie näher kommen, vielleicht nicht gänzlich ihren Reiz verlieren, die aber, sobald man kurz davor steht, vor allem am Abend davor, eine unwiderstehliche Angst auslösen. Dann möchte man in die Vergangenheit zurückkehren, wie ein Baum dort Wurzeln schlagen und sich endgültig dorthin zurückziehen. Oder wenigstens noch eine Weile. Nein, nicht in der allzu fernen Vergangenheit. Gerade eben genug, um sich dem schrecklichen Zugriff der Angst zu entziehen, ohne deshalb etwas von der durch den herannahenden Tag T ausgelösten Vorfreude aufzugeben. Etwa wie ein auf offener See schwimmender Wal, der, die Schaumkronen durchfurchend, majestätisch hervortauchend und unbekümmert in die schwarze Tiefe dringend, seinen riesigen Dampfstrahl zu den Wolken blasend, den schönsten Meeresgesang ins Wasser hineinsendet, ein selbstgewisser und freier Wal, dort hinten auf offener See, nicht zu weit, so dass der Walfänger ihn noch sehen kann, nicht zu nahe, um die tödliche Harpunenspitze nicht auf sich zu ziehen. Die ganze Frage ist, wie lange er sich in diesem freundschaftlichen Zwischenraum, in diesem Niemandsland, das ihn noch schützt, halten kann, während das Schiff, wie der Tag T sich unerbittlich auf ihn zu bewegt. Vielleicht wartet er eben auf diesen Moment, auf das Ankommen des Walfängers, um sich ein letztes Mal mit denen zu messen, die ihn seit eh und je in der Geschichte immer nur von einem Meer ins andere gejagt haben, ihn dezimierend und zum Aussterben verurteilend.

Und hier hat der Vergleich fast keinen Sinn mehr, denn, während sich der Wal auf den letzten Kampf vorbereitet, auf eine Abrechnung, von der er seit langem träumt, habe ich von dem Herannahen des Tages T in Wirklichkeit nichts dergleichen zu befürchten. Schließlich birgt das Überschreiten einer Grenze kein allzu großes Risiko, sage ich mir. Aber die Angst ist da. Sie wächst und wächst und wächst.

Gestern Abend hat sie ihren Höhepunkt erreicht. Wegen der letzten Schlinge, die auf dem Weg zum Tag T gelegt war. Wie oft habe ich mir vor dem Einschlafen wiederholt, was ich wohl Hochwürden Blanche sagen oder nicht sagen sollte? Wochenlang haben wir unter Schwester

Lambertas wachsamen Augen nichts anderes gemacht. Vor allem, betonte sie, vor allem nichts vergessen, nichts verschweigen, denn Gott weiß sowieso schon alles. Das hätte eine Diskussion über den Sinn der Beichte auslösen können, da es zweifellos nicht notwendig war, Gott gegenüber noch einmal zu wiederholen, was er schon wusste, aber niemand wagte es, selbst Charly nicht, der doch bei diesen Anlässen so geschwätzig ist, denn auch er war, wie wir alle, von dieser merkwürdigen Angst beherrscht, die wie eine Krankheit in uns saß. Bevor ihr Jesu Leib in euren Körper hinein lasst, muss der innerlich ganz sauber sein, hat Schwester Lamberta noch gesagt. Ihr müsst Hausputz machen. Kein einziger Fleck, kein Staubkorn darf übrig bleiben. Wenn ihr in die Schule geht, wascht ihr euch Hände, Gesicht und Ohren, fügte sie hinzu, jetzt, wenn ihr die Kommunion empfangt, muss euer Inneres gereinigt und entstaubt werden. Während sie redete, musste ich einen Augenblick an das Geldstück denken, das ich als kleines Kind verschluckt hatte, ein von der Reise durch meinen Körper braun gewordenes Francstück, das jetzt in unserem Fotoalbum aufbewahrt wurde. Damals war mein Darm im Krankenhaus mit einem Wasserstrahl aus einem Schlauch, der auf das Loch in meinem Hintern gerichtet war, von oben bis unten durchgespült worden. Dieser Teil sei also schon sehr sauber, wollte ich Schwester Lamberta sagen, aber sie begann unverzüglich die Staubkörner und Flecken aufzuzählen, die nicht nur unsere Eingeweide sondern vor allem unser Gewissen bewohnen könnten. Wenn ihr etwas Böses über Jesus, die Jungfrau Maria oder Gott selbst gesagt habt, dann ist es der richtige Augenblick, Hochwürden Blanche das zu beichten, sagte Schwester Lamberta nachdrücklich. Eine Seele mit einem solchen Makel ist unwürdig, die Erstkommunion zu empfangen.

Ich wurde rot. Bei uns zu Haus wurden schon immer wenig einwandfreie Ausdrücke verwendet. Vor allem Großvater Claudio konnte, so sagte er, die Pfaffen nicht riechen, noch ihre Predigten ertragen. Und wenn auch mit der Zeit und dem räumlichen Abstand Ausdrücke wie Dito cane und porca Madonna, die mein Großvater und alle anderen Kartenspieler in unserer Weinstube in San Demetrio von sich gaben, so wie auch Papas Gottverflucht… weniger geworden waren, so begannen sie doch in meinen Ohren widerzuhallen, wie an den Himmel gerichtete Beleidigungen, die sich in meine schon so belastete Seele einfraßen.

Ehrlich gesagt, ich hatte die meisten dieser Episoden schon vergessen. Oder ich hatte sie vielmehr vergessen wollen. Meine neuen, wenn auch erfundenen Wurzeln verlangten das. Ich war gezwungen. Ich musste all das, was in San Demetrio vorgefallen war, vergessen. Ich sei kein verdammter Bär und hätte nie auch nur einen Fuß ins Land der Makkaronifresser und Bocciaspieler gesetzt. Das hatte ich um mich herum verbreitet. Aber Schwester Lambertas Worte rührten all diese Erinnerungen wieder auf. Wer in San Demetrio sagte denn nicht Dio cane? Selbst Don Rocco, der Pfarrer, versagte sich das nicht, und bisweilen rief er das als Erster, wenn Batista oder wer auch immer sein Partner war, nicht die Karte ausspielte, die nötig war. Und wir Kleinen sagten diese Ausdrücke bei jeder Gelegenheit nach. Unbekümmert. Ohne zu erröten. Ohne an den Staub und die Flecken zu denken, die sich in unserem Innern häuften, unser Gewissen beschmutzten und unsere Seele verunreinigten. Sogar auf dem Höhepunkt meines Glaubens, als ich, vor dem Altar der Madonnenkirche kniend, Jesus bat, mich Ritas Brust anfassen zu lassen, selbst in dem Augenblick war mir nicht in den Sinn gekommen, dass Gott mit dem, was ich sagte, unzufrieden sein könnte. Und vor allem wusste ich nicht, dass meine Sünde damals mindestens doppelt, wenn nicht drei- oder vierfach wog, weil ich beim Beten und Fluchen an die beiden Brüste meiner ersten Liebe dachte, zwei Hügelchen, die die schmutzigen Pfoten aller in San Demetrio hatten betatschen dürfen, und zwar die von Paolo, Piero, Rodolfo und sogar von Nando, alle außer mir. Ganz zu schweigen von Mario, den wir beobachteten (oder den die anderen beobachteten, weil ich zu klein war, um solche Dinge zu sehen), als er sich an den atemberaubenden Brüsten von Giustina, Rinaldos Tochter, zu schaffen machte. Und das, sagte Schwester Lamberta, ohne es zu sagen, sei eine große Sünde. Ebenso wie es eine sehr große Sünde sei, und auch das sagte sie, ohne es zu sagen, irgendjemand seinen Pimmel zu zeigen oder den der anderen anzufassen oder anzusehen. Auch nur so etwas zu denken, sei verboten, sagte sie zu uns, ohne es zu sagen.

Wenn ich ein wenig älter und geschickter gewesen wäre, hätte ich sicher schon daran gedacht, meine Autobiographie zu schreiben. Schwester Lambertas Drohungen am Vorabend meiner Erstkommunion belasteten mich dermaßen, dass ich zum ersten Mal über mein Leben Bilanz zog und aus der Tiefe meiner Erinnerung alle kleinen und großen verbotenen Ereignisse ans Licht beförderte. So kamen wieder manche Dinge an die Oberfläche: Lügen, Diebstähle, böse Gedanken und Eifersüchteleien, eine ganze Reihe verbotener Wörter und Hassgefühle gegen meinen älteren Bruder, verratene Freundschaften und der so manches Mal verleugnete Glaube. Kurz, ein ganzes, zwar zeitlich begrenztes Leben aber voller markanter Episoden, die als unbequeme Zeugen einer zweideutigen Vergangenheit dem Vergessen anheim gegeben worden waren, weil die damalige Realität zu mies war, um mir als Anhaltspunkt zu dienen, und die Lüge zu brüchig, um sie beim Herannahen des Tages T ins Positive umdeuten zu können.

Schwester Lamberta gab, ohne es zu wissen, den Anstoß dazu, dass ich diese Augenblicke wiedererlebte, und zwar durch ihren Rat, eine Liste unserer Sünden anzufertigen, damit bei der Beichte nichts vergessen würde. Aber meine Liste blieb ganz kurz, denn vom ersten Wort an versank ich in der Erinnerung, und das machte mich sehr traurig. Jetzt waren wir schon drei Jahre in Differdingen, und diese drei Jahre hatten einen anderen Menschen aus mir gemacht. Sie hatten mich dermaßen verändert, dass ich mir sagte, nicht ich würde an diesem Samstag beichten, oder wenigstens würden die aufzuzählenden Sünden frühestens mit unserer Rückkehr nach Differdingen anfangen. Die davor, als (oder weil) ich eine andere Sprache sprach, zählten nicht. Ich hatte sie dort unten in San Demetrio zurückgelassen, im Palazzo Cappelli oder in unserem Lebensmittelladen mit Salz- und Tabakverkauf in Cardabello, bei Paolo und Rodolfo, Anna und Piera, bei Rita und ich weiß nicht wem noch, dort unten, in einem Land, wo alle Dio cane oder Dio boia sagten und wo ich Claudio hieß. Ein Land, das nicht mehr das meine war, denn in Differdingen war es nicht gern gesehen, wenn man sagte, man komme aus den Abruzzen. Die Abruzzen waren für alle wilde Berge, die von noch wilderen Bären bewohnt waren. Viel später, lange nach dem Tag T, als es mir nicht mehr gelang, meine wahre Herkunft irgendjemandem zu verheimlichen, erfand ich eine andere, plausiblere. Ich leugnete nicht mehr, ein Makkaronifresser zu sein, ich war sogar stolz darauf, aber sobald ich gefragt wurde, woher meine Familie stamme, sagte ich unweigerlich, aus der Toskana, aus einem Dorf mit Namen San Giovanni auf halbem Weg zwischen Siena und Florenz. Und damit alle die Lüge schluckten, fügte ich immer dasselbe Beispiel hinzu: wisst ihr, sagte ich, dass man in der Toskana nicht Kaffee sondern Haffe sagt, nicht Capuccino sondern Hapuccino, nicht Coca-Cola sondern Hohahola, nicht cazzo sondern hazzo?

In Wirklichkeit hatte ich also zwei Leben. Ja, sogar drei. Die Dreieinigkeit war in mir drin. Das erste, sicher das schönste, aber ich erinnerte mich nur vage daran, obgleich Mrs. Haroy darin vorkam, reichte von meiner Geburt bis zur Rückkehr nach Italien; das zweite umfasste die dreizehn oder vierzehn dort in unserem Lebensmittelladen verbrachten Monate, während das dritte, das noch andauerte und in Kürze durch den Tag T seine Krönung finden sollte, mit unserer nach Mama vorläufig endgültigen und nach Papa endgültig vorläufigen Rückkehr nach Differdingen angefangen hatte. Diese drei Leben waren nur durch einen langen pechschwarzen Tunnel miteinander verbunden, den wir, um vom einen zum anderen gelangen zu können, hatten durchfahren müssen. Und in diesem langen pechschwarzen Tunnel sind meine Erinnerungen dahingeschwunden. Meine Erinnerungen und meine Sünden. Sogar mein Vorname hatte sich inzwischen verändert. Ich hieß Claude oder Clodi, Nando hieß Fernand. Deshalb habe ich fast nichts auf das kleine Stück Papier geschrieben, auf dem alles, was vor meiner Erstkommunion zu beichten war, stehen sollte. Vor drei Jahren war ich zum dritten Mal geboren worden, und nichts Wesentliches hatte sich in diesen drei Jahren ereignet, außer dass der Graben zwischen meinem Bruder Fernand und mir noch breiter geworden war, selbst wenn auch er gegen seinen Willen dieses Hin und Her hatte mitmachen müssen und erst seit drei Jahren in Differdingen war.

Beim Gedanken an Fernand sagte ich mir, dass er mir vielleicht einen Rat geben könnte, bevor ich mich zu Hochwürden Blanche begab, umso mehr als er seine Kommunion und folglich auch seine erste Beichte dort unten abgelegt hatte, wo es so viel zu beichten gegeben hatte. Während ich daran dachte, erschien wieder Rita vor meinem geistigen Auge, groß und traurig in ihrem himmelblauen Kleid, das auf Brusthöhe leicht gewölbt war, aber ich verscheuchte gleich ihr Bild aus Angst, sie auf meine Sündenliste schreiben zu müssen. Fernands ganze Antwort war ein sarkastisches Lächeln. Wenn wir alles gesagt hätten, was wir getan, gedacht und gesagt hatten, erklärte er, hätte jeder für die Beichte bei Don Rocco einen ganzen Tag gebraucht. Das stimmt, dachte ich mir, auch nur jedes Mal zu beichten, wenn man das Wort cazzo sagte oder hörte, hätte eine Ewigkeit gedauert. Und Don Rocco hätte sicher darüber lachen müssen, weil er ja selbst das Wort den ganzen Tag über sagte: Wie alle anderen.

Aber in Differdingen war das anders. Niemand redete so, bis auf die Makkaronifresser, die zu einem endlosen Marathon vor dem Beichtstuhl verdammt waren. Ich stellte mir schon das Gesicht von Hochwürden Blanche vor, wenn er sich die Sündenliste eines verdammten Bären anhören musste. Ich jedenfalls würde länger vor ihm knien müssen als jeder andere.

Leider hatte Nico, mein bester Freund, mit dem ich wochenlang geübt hatte, Messdiener zu sein, es abgelehnt, Beichte mit mir zu spielen. Was hast du zu verbergen, habe ich ihn ungeduldig gefragt, warum willst du mir nichts beichten? Er hat nicht reagiert. Sei doch kein Frosch, bedrängte ich ihn, danach sage ich dir auch meine Sünden, und wir können vergleichen. Nein. Er wollte nicht. Ich war also gezwungen, meine Liste beträchtlich zu kürzen, um nicht bei Hochwürden Blanche noch bei denen, die hinter mir warteten, in Verdacht zu geraten, zur Rasse der Bocciaspieler zu gehören. Das hätte die kühnste meiner Lügen verpuffen lassen.

Die Spannung, wenigstens diese Spannung, dauerte bis zum Tag T minus einen. Das heißt bis heute. Oder vielmehr bis heute Morgen. Es war komisch, in der Kirche alle meine Klassenkameraden auf den etwa zwanzig Stühlen vor dem Beichtstuhl sitzen zu sehen, den Hochwürden Blanche bald betreten würde. Fast jeder hatte einen Zettel mit dem, was er zu beichten hatte, in der Hand. Jeder, außer mir. Selbst die Mädchen, die sich auf der anderen Seite vor dem für sie bestimmten Beichtstuhl drängten, hatten ihre Liste mitgebracht. Was hätte ich nicht darum gegeben, einen Blick hineinzutun. Um zu sehen, was ein Mädchen in ihrem kurzen Leben an Sünden angehäuft haben könnte. Ich erkannte sofort Brigitte mit ihren blonden Haaren und ihrem verführerischen Lächeln wieder. Sie hatte den Oberkorner Sportwettkampf gewonnen. Sie schien nicht nervös zu sein. Und doch hatte sie dem Beichtvater allerhand zu erzählen. Wenn das, was über sie gesagt wurde, stimmte, hätte Hochwürden Blanche eine ganze Weile zu tun. Weil Hochwürden Blanche Wert darauf gelegt hatte, sich die Beichte eines jeden persönlich anzuhören. Nach jeder dritten Beichte wechselte er also vom Jungenbeichtstuhl zu dem der Mädchen über.

Wer will der Erste sein? fragte Schwester Lamberta, auch sie ganz aufgeregt, weil für sie wie für uns diese Kommunion ein ganz außergewöhnlicher Tag war. Gewöhnlich musste sie sich damit begnügen, zu beten und uns in der Klasse zu langweilen. Jetzt spielte sie, auch wenn sie nicht hören durfte, was wir beichteten, eine sehr wichtige Rolle, die zweite Rolle, genauer gesagt, gleich nach Hochwürden Blanche. Von ihr hing der gute Verlauf der Ereignisse ab. Sie war gewissermaßen die Organisatorin des Schauspiels, die Regisseurin. Während alle anderen Figuren, Hochwürden Blanche inklusive, nur Schauspieler waren, zog sie die Fäden in den Kulissen und wachte darüber, dass bei der Feier nicht die kleinste Störung auftrat. Natürlich war sie frustriert, nicht alle Fäden ziehen zu können. Weil, auch wenn ohne sie nichts gelaufen wäre, ihr glühendster Wunsch unerfüllt blieb. Man sah ihn jedes Mal in ihren Augen aufleuchten, wenn sie darauf bestand, wir sollten alles auf einen Zettel schreiben. So hätte die lange Liste unserer Sünden, bevor sie an Hochwürden Blanches Ohr gelangte, durch ihre Hände gehen und vor allem vor ihre gierigen Augen kommen können. Aber Schwester Lamberta war ja eine Frau, und Frauen durften die Beichte nicht abnehmen. Das war eine Aufgabe für Männer. Und aus gutem Grund! Die Ohren eines Beichtvaters mussten um jeden Preis männlich sein. Frauenohren würden die Last dessen, was sie hören würden, nicht ertragen. Übrigens durfte Schwester Lamberta auch nicht Messdiener sein. Auch das war Männern vorbehalten. Genauso wie Mädchen nicht die Aufgaben von Messdienern übernehmen konnten. Deshalb hat es uns anfangs auch gewundert, dass nicht nur wir, die Jungen, Erstkommunion oder überhaupt Kommunion hatten. Das war doch nicht logisch. Was hatten denn die Mädchen mit unserer Feier zu tun?

Eine Feier in zwei Akten, gab uns Schwester Lamberta zu verstehen; die eine, die eigentliche Kommunion, öffentlich, die andere privater, nämlich die Beichte. Aber beide seien gleich wichtig. Eine könne ohne die andere nicht stattfinden. Wie die beiden Testamente in der Bibel. Deshalb hatte sie sich wochenlang so eifrig bemüht, uns unsere Rollen einzubläuen. Und jetzt wurde der Akt vor ihren unruhigen Blicken vollzogen. Habt ihr alle euren Zettel mit den Sünden? fragte sie zuallererst. Ein nicht sehr überzeugendes Ja war die Antwort. Zeigt mir euren Zettel, drängte sie und ihre Augen begannen zu funkeln. Ich weiß alles auswendig, sagte Charly, ich habe es mit Papa gestern Abend wiederholt. Ich habe mein Blatt vergessen, stotterte Camille.

Wir waren alle kurz davor herauszuplatzen. Camille war mit seiner Manie, mitten in der Religionsstunde hinter Schwester Lambertas Rücken seinen Pimmel vorzuzeigen, sicher derjenige mit der längsten Sündenliste in der Klasse. Du darfst nichts für dich behalten, hatte ihm Charly gesagt. Wenn wir Hochwürden Blanche beichten, dass wir die Sünde begangen haben, deinen Pimmel anzuschauen, weiß er schon alles. Du musst ihm selber eingestehen, was du in der Klasse tust, und auch in der Dusche, wenn du das Handtuch über deinen Pipi hängst. Wenn einer petzt, erwiderte Camille, hau ich ihm einen auf seinen, verstanden. Ich verstand. Was Camille sagte, erinnerte mich an Carlos

Schlag auf Ninos Pimmel in der Schule von San Demetrio, und dass er ihn dabei Tunte nannte. Aber wie willst du wissen, wer gepetzt hat? antwortete Charly, die Beichte ist geheim. Wenn das rauskommt, hat Camille, ganz einfach geantwortet, dann Gnade euern Eiern.

Ich weiß nicht, ob auf einem der Zettel das Ereignis vorkam. Jedenfalls als Camille sagte, er habe seine Liste vergessen, wollten wir losprusten, aber wir wagten es nicht, weil Schwester Lamberta sofort fragte, wer als Erster beichten wolle. Bestimmt glaubte sie, alle würden zum Beichtstuhl drängen. Es muss wie in der Klasse sein, rief Camille, der Klassenbeste muss vorangehen. Ein Schauer lief mir über den Rücken. Aber Schwester Lamberta war sehr gerecht. Gut, sagte sie, wir gehen alphabetisch vor. Lasst mal sehen, wer hat einen Namen, der mit a anfängt? Alle blickten auf Camille. Das ist Ahnen, jubilierte Charly, los Camille, geh schon, du musst anfangen.

Wie lange hat Camille da drinnen gekniet? Ich weiß es nicht. Ich war zu sehr damit beschäftigt, mir auszurechnen, wann ich bei Hochwürden Blanches Hin und Her an die Reihe käme, und vor allem sagte ich mir im Geist die kleinen, schon fertigen Formeln auf, die Schwester Lamberta uns beigebracht hatte, eine um unsere Sünden herzusagen, eine andere als Abschluss, die Zeit spielte keinerlei Rolle für mich. Denn ein richtiger Vortrag war notwendig, mit Einleitung und allem, sonst konnte es passieren, dass Gott durch Hochwürden Blanches Vermittlung unsere Mitteilung nicht erfasste. Es ist das erste Mal, dass ihr direkt mit dem Herrn sprecht, hatte uns Schwester Lamberta erklärt, sorgt dafür, dass er alles, was ihr ihm sagt, versteht. Ich habe schon mit Jesus gesprochen, wollte ich automatisch sagen, aber meine Zunge bremste rechtzeitig die Worte ab, die aus meinem Mund zu kommen drohten.

Es war trotz allem merkwürdig. Meine Lüge über meine luxemburgische Herkunft war gut eingefahren, aber immer häufiger war ich kurz davor, mich zu verraten. Lügen haben kurze Beine, pflegte Papa zu sagen, und ich verstand nicht sehr gut, was das bedeutete. Meine Beine waren normal und doch war mir das Lügen nicht fremd. Später habe ich kapiert. Die Wahrheit lag überall auf der Lauer. Jedes Mal, wenn ich den Mund aufmachte, konnte ich hineingeraten. Als ich meine Gespräche mit Jesus erwähnen wollte, war ich nur zwei Fingerbreit davon entfernt, alles von der Geschichte von Marcellino pane e vino und von meinen endlosen Gebetssitzungen vor dem Altar der Madonna aufzudecken. Ich tat also, als hätte ich nie mit Jesus gesprochen, auch wenn mich das in eine weitere Lügenflut hineinziehen sollte.

Als ich wieder in die Realität zurückkehrte, befand sich Charly im Beichtstuhl. Sie waren also beim Buchstaben M, denn Charly hieß Meyer. Und nach Meyer kam ich, Nardelli, im Alphabet. Ein Schauer nach dem anderen jagte mir über den Rücken, die Spinne in meinem Magen rührte sich, als sei sie von einer Mücke gestochen und mein Herz schlug schneller. Ich wusste noch nicht, was ich sagen sollte. Glücklicherweise blieb Charly ewig lange bei Hochwürden Blanche. Seinen Körper sah man nicht. Da er kniete, schauten nur seine Füße heraus. Füße, die nervös hin und her rückten. Was hatte er Hochwürden Blanche nur zu erzählen? Erzählte er ihm vielleicht vom Bruch unserer Freundschaft, erklärte er ihm, dass ich ein bösartiger Makkaronifresser war, der ihm ins Gesicht gesagt hatte, sein Vater sei ein Dieb? Oder bereute er einfach nur, Schwester Lamberta so viele Schwierigkeiten gemacht zu haben? War er es schließlich nicht gewesen, der den Spitznamen Lambretta in der Klasse in Umlauf gebracht hatte?

Aber es gab einen anderen Grund, warum Charly so lange im Beichtstuhl blieb, und deshalb rückten seine Füße hin und her, als ob er schwimmen würde. Sein Vater war nicht katholisch, und das stellte Hochwürden Blanche vor ein unlösbares Problem. Das hatte Schwester Lamberta trotz ihrer Schwäche für ihn eines Tages nicht verhehlen können. Charly kannte sich in der Bibel bestens aus. Jedes Mal, wenn Schwester Lamberta ein Ereignis erwähnte, sagte Charly etwas, um die Geschichte zu ergänzen. Außer wenn dieses Ereignis im Neuen Testament vorkam. Davon wusste er nichts. Jesus, die Jungfrau Maria, die Apostel, all das gehörte nicht zu seinem Repertoire. Und dann sagte Schwester Lamberta eines Tages, dass die Juden Jesus gekreuzigt hätten, die Juden und die Römer. Das ist nicht wahr, sagte Charly wie aus der Pistole geschossen. Ja, wer denn, nach deiner Meinung? fragte Schwester Lamberta. Kaiphas war doch Jude, oder? Und Pilatus ein Römer. Obgleich das auch auf mich zielte, mischte ich mich nicht in die Diskussion ein. Ich hatte zuviel Angst, zum Knien auf dem Rohrstock verurteilt zu werden. Schließlich betraf mich das nur indirekt, denn damals hatte ich schon meine römische Abstammung verleugnet und konnte meinem Freund also nicht zur Hilfe kommen.

Jesus war auch Jude, sagte Charly da und löste die folgende Diskussion aus:

Schwester Lamberta (noch ruhig): Jesus ist Gottes Sohn, und Gott kann kein Jude sein. Er ist für alle da. Er hat alle Nationalitäten.

Charly (selbstsicher): Aber er hat die Juden gern. Deshalb hat er Moses die Zehn Gebote gegeben.

Schwester Lamberta (ein ganz klein wenig gereizt): Aber das ist im Alten Testament.

Charly (unzufrieden): Es stimmt aber.

Schwester Lamberta (versöhnlich): Ja, Charly, aber vergiss nicht, dass es zwei Testamente gibt.

Charly (enttäuscht von den schwachen Argumenten seiner Gesprächspartnerin): Das kann nicht sein. Man kann nicht in einem Testament etwas sagen und etwas anderes in einem anderen Testament. Wenn Papa in seinem Testament schreibt, dass er mir nach seinem Tod seinen Lebensmittelladen hinterlässt, kann er nicht in einem anderen Testament schreiben, dass meine Schwester ihn erbt.

Schwester Lamberta (versöhnlich vor der Explosion): Ach Charly, es ist kein richtiges Testament.

Charly (sichtlich verärgert): Warum heißt es dann Testament?

Schwester Lamberta (nicht mehr ein noch aus wissend): Testament, Testament, es ist nicht wichtig, wie es heißt. Aber wenn es nicht die Juden waren, die Jesus gekreuzigt haben, wer dann?

Charly (wieder selbstsicher): Er selbst.

Schwester Lamberta (völlig außer sich): Wie? Er hat sich doch nicht selbst gekreuzigt! Hat dein Papa dir das vielleicht gesagt?

Charly (selbstsicherer denn je): Nein, Sie. Papa redet nie von Jesus.

Schwester Lamberta (zu offenen Drohungen Zuflucht nehmend): Weil er nicht katholisch ist. Und du bist auch kein richtiger Katholik, wenn du so etwas sagst.

Charly (den Tränen nahe, aber ohne nachzugeben): Aber Sie haben gesagt, dass die Sünden aller Menschen den armen Jesus ans Kreuz gebracht haben, und dass wir deshalb vor unserer Erstkommunion beichten müssen.

War die Diskussion hier zu Ende? War auch wieder von den Römern die Rede? Auf jeden Fall erklärte Schwester Lamberta mehr als einmal in der Folgezeit (und machte Gebrauch von offenen Drohungen), dass die Religion, unsere katholische Religion, etwas Vollständiges mit zwei gleichen Teilen sei, wobei sie in Charlys, also auch in meine Richtung blickte, wenigstens so lange wir auf derselben Bank saßen, und später, als wir wieder nebeneinander saßen. Und dass Charlys Kommunion ernsthaft in Gefahr sei, wenn er so weitermachte. Nur die richtigen Katholiken hätten ein Recht auf die Kommunion. Und die Kommunion stehe genau wie die Taufe im Neuen Testament.

Schwester Lamberta hatte also gepetzt, und Hochwürden Blanche war bestimmt dabei, Charly vorzuwerfen, kein richtiger Katholik zu sein, sagte ich mir und vergaß dabei, an meine eigenen Sünden zu denken. Wenn aber Schwester Lamberta Hochwürden Blanche alles erzählt hatte, dann hinderte auch Charly nichts mehr, alles zu verraten, um sich rein zu waschen oder sich zu rächen. Lügen haben kurze Beine, dachte ich wieder und wagte nicht, an Camilles Schläge zu denken, denen unsere Pimmel beim Verlassen der Kirche ausgesetzt sein würden. Ganz zu schweigen von der Lüge über meine Herkunft, die wie ein Kartenhaus zusammenzustürzen drohte. Aber just in dem Augenblick kam Charly fröhlich aus dem Beichtstuhl und kniete nicht weit von mir nieder, um seine Vaterunser und Ave Marias zu sagen. Auch Hochwürden

Blanche kam heraus und ging auf die Seite der Mädchen hinüber, als sei nichts geschehen. Dann kam er zurück und ich bin wie ein zum Tode Verurteilter in den Beichtstuhl getreten.

Ich höre zu, sagte Hochwürden Blanche. Ich sagte mehr schlecht als recht meine Formel her. Sie war auf Deutsch. Gelobtseijesuschristus. Es war als spräche ein anderer an meiner Stelle. Vorher, als ich darauf wartete, an der Reihe zu sein, hatte ich, ich weiß nicht mehr in welcher Sprache, auf Luxemburgisch oder auf Italienisch, über die beste Art nachgedacht, meinen Beichtvater zufrieden zu stellen, ohne deshalb etwas von meinen Lügen zu verraten. Wenn ich nicht redete, spielte die Sprache gewöhnlich keine Rolle. Wie in meinen Träumen. Eine Sprache ging in die andere über und umgekehrt, ohne dass ich das bemerkte. Alles verlief ohne einen Misston, als gäbe es keinerlei Grenze. Alles mischte sich. Wie zwei Flüsse: die Sauer und die Mosel zum Beispiel, oder die Mosel und der Rhein. Unmöglich zu wissen, wozu das Wasser der beiden sich vereinigenden Flüsse gehört. Aber die Beichte müsse auf Deutsch sein, hatte uns Schwester Lamberta gesagt. Denn auch wenn Gott das Luxemburgische bestens verstand, hatte sie sogleich hinzugefügt, um einer eventuellen Bemerkung Charlys zuvorzukommen, hätte niemand in der Klasse irgendetwas auf Luxemburgisch schreiben können. Der kleine Zettel, der die lange Liste unserer Sünden enthalten sollte, wäre leer geblieben, da weder Herr Schmietz noch Herr Molitor, noch irgendein anderer Lehrer übrigens uns diese Schreibweise beigebracht hatten. Aber auf Deutsch gesagt waren die Sünden keine richtigen Sünden mehr. Sie entfernten sich wie ein Schiff ohne Kapitän. Die deutschen Wörter verwischten den Inhalt. Lügen und mentir waren zwei verschiedene Dinge. Wie stehlen und voler. Das Geld, das ich in Mamas Geldbeutel oder in Papas Taschen „gestohlen" hatte, war kein richtiges Geld. Wieder einmal war Babel mein Verbündeter. Umso mehr als ich in allen Fächern der Klassenbeste war, und also auch im Deutschen. Da habe ich meine Formel hergesagt, als würde ich irgendeinen Text im Deutschbuch lesen, dann habe ich die eine oder andere Lüge zugegeben, und dabei, um aufrichtig zu wirken, das eine oder andere

Geldstück erwähnt, dass ich aus Mamas Geldbeutel oder aus Papas Taschen stibitzt hatte, und dann schloss ich mit der anderen Formel auf Deutsch. Und das hat geklappt. Im Handumdrehen erteilte mir Hochwürden Blanche, ohne allzu sehr in mich zu dringen, die Absolution. Ich betete meine zwei Vaterunser und meine drei Ave Marias, auch das auf Deutsch, und die Sache war geritzt. Auch die Angst, die durch diesen Termin verursacht worden war, verflüchtigte sich, ohne dass es mir bewusst wurde. Wenigstens in der Deutschstunde, welches die Beichte war. Aber sobald meine Buße beendet war, krallte sie sich wieder in mir fest und zwar an demselben Ort wie zuvor. Und von der Wirbelsäule gingen erneut Schauer nach rechts und links aus. Und die Spinne begann wieder sich zu rühren. Als ahne sie ein Unglück, auch wenn jetzt nichts den Tag T daran hindern konnte, Wirklichkeit zu werden. Ich steckte also mechanisch meine rechte Hand in meine Hosentasche. Die sechzig Franken waren noch da. Was würde Hochwürden Blanche in dem Moment sagen, wenn ich nach der Beichte wieder vor ihm erscheinen und ihm die sechzig Franken zeigen würde?

Ehrlich gesagt, hatte die Zeit, die erst mit dem Tag T anfangen sollte, schon ein bisschen früher angefangen, und vielleicht war das auch die Ursache für die Angst. Als ich nämlich zum ersten Mal glaubte, dass meine Erstkommunion unabhängig von der bevorstehenden Beichte ernsthaft in Frage gestellt werden könnte. Aber der wahren Zeit war ich heimlich begegnet. Ich hatte nämlich niemandem gesagt, dass ich die Uhr, die mein Vetter und Pate Erny, den damals noch fast alle Ernesto nannten, mir gekauft hatte, schon eingeweiht hatte. Ein Geschenk, von dessen Existenz ich bis zum Tag T nichts wissen sollte, das ich aber aus seiner Schachtel genommen hatte, als alles darauf hinwies, dass meine Zukunft wie das zerbrechlichste der Schiffe kentern würde. Es war eine richtige Uhr, die Erny mir gekauft hatte, noch schöner als die, die Fernand vor drei Jahren von Onkel Fredy bekommen hatte, mit Zeigern und phosphoreszierenden Ziffern und dazu einem kleinen Quadrat an Stelle der Drei, ein kleines Quadrat mit einer kleinen Zwölf, denn es war der zwölfte April, und ich war jetzt imstande, nicht nur die Stunden, sondern auch die Tage zu messen und trat folglich in eine neue Lebensphase ein. Und im Bewusstsein, dass sich damit eine neue Ära eröffnete, fragte ich mich, was wohl eine solche Uhr wert sei, denn ich brauchte dringend sechzig Franken.

Angesichts der Tatsache, dass es eine bedeutende Lebensphase sein würde, musste die ganze Familie oder doch fast wie bei der Kommunion meines Bruders Fernand oder bei der Taufe meiner Schwester Josette oder bei Ernys Hochzeit um unseren großen Ausziehtisch zusammenkommen, und wenn ich sage die ganze Familie, dann heißt das diesmal wirklich alle, meinen Onkel aus Amerika, Großvater Claudios und Onkel Fredys Bruder inbegriffen. Er hieß ebenfalls Ernesto, dieser Onkel aus Amerika, was an sich nicht schlimm ist, da mein Bruder, Papa und dessen Vater ja auch denselben Vornamen hatten. Seit drei Jahren wohnte Onkel Ernesto wieder in Italien, und zwar in L'Aquila, in einer luxuriösen Wohnung, die dank den dem Kohlenbergwerk entrissenen Dollars eingerichtet worden war, aber das Italienisch, das er sprach – er konnte kein Luxemburgisch, Französisch oder Deutsch – unterschied sich von dem der anderen Familienmitglieder. Es war voller verschluckter r und Diphthonge, und er sagte Niu Jock und Niu Olin, um allen zu zeigen, wie leicht das Leben in Amerika war, vorausgesetzt, man war kein Faulpelz, und er sei kein Faulpelz, weil auch er wie Großvater Claudio und Onkel Fredy endgültig die Zeit habe hinter sich lassen wollen, wo man in San Demetrio nur Brot und Zwiebeln und Zwiebeln und Brot aß, die Hände um einen Schaufel-, Forken- oder Harkenstiel gelegt, während er nau nur in die Erde hineinzufahren brauchte, um viel Manni nach Hause zu bringen, schaufelweise Dollar. Schaut nur mal her, sagte er und zog ein Bündel grüner Scheine heraus, und wir schauten, besonders ich, während ich dachte, dass der eine oder andere dieser Scheine am Tag T beim Nachtisch bestimmt auf meinem Teller landen würde, wenn die Zeit gekommen sein würde, Jesu Blut zu schlucken.

Er habe nämlich alles im großen Stil machen wollen, erklärte er am ersten Abend nach seiner Ankunft in seinem merkwürdigen Italienisch, deshalb habe er sich gleich für das große Amerika als Bestimmungsort eingeschifft, von dem er noch jetzt vollgültiger Staatsbürger sei. Besonders nach dem Krieg, sagte er dann, und das war gestern Abend, in dem er der Versuchung nicht habe widerstehen können, sich einziehen zu lassen und als Soldat der Juneited Stäts in seiner Heimat zu landen, die dem europäischen Chaos ausgeliefert war. Ein Chaos, das die Amerikaner, seine neuen Landsleute, endgültig von der Weltkarte hätten verschwinden lassen. Auch die Russen, sagte da Großvater Claudio, auch die Russen, weil Hitler ohne die Russen allen in Europa das Leben zur Hölle gemacht hätte, der Beweis, alle seien von Hitler erobert worden, alle außer den Russen, bei denen habe er in Stalingrad ins Gras beißen müssen, oder vielmehr in den Schnee. Aber Onkel Ernesto ließ sich nicht unterkriegen. Es stimme, dass die Europäer alle Schiss gehabt hätten und dass ohne die Amerikaner... und die Russen, fügte Großvater Claudio hinzu. Onkel Ernesto schnaufte vor sich hin, als wollte er sagen, na, ich weiß nicht, aber er erwiderte nichts, wenigstens bis zu dem Augenblick, wo Großvater aufstand und Avanti popolo und Bella ciao zu singen und zu trompeten begann, als wollte er schon für das große Festessen meines Tages T üben. Da ist Onkel Ernesto explodiert: die Russen seien schlimmer als Hitler und Mussolini zusammen, schrie er, denn deren Diktatur sei viel früher als die anderen entstanden, eine schreckliche Diktatur, wo die Frauen Gemeingut gewesen und die Kinder gegessen worden seien, ist euch das klar, und dann, ob sie wüssten, dass die Russen die Erstkommunion und Weihnachten und Ostern und tutti quanti abgeschafft hätten, ist euch das klar, der Kleine, fügte er hinzu, auf mich blickend, der Kleine bekäme in Moskau nicht einmal seine Kommunionsfeier, nassing, während diese Feste in Niu Yock und in Schikago großartig seien, wie alles in den Juneited Stäts. Ci cago e ci piscio, unterbrach ihn Großvater Claudio, und Onkel Ernesto stand auf und verließ das Zimmer, Dinge vor sich hin brummend, die keiner verstand.

Am Anfang der Diskussion stand ich eher auf Großvater Claudios Seite. Ich mochte ihn gern und vor allem hatte er mir so oft, um mich zum Einschlafen zu bringen, erzählt, wie die Partisanen ohne Hilfe anderer, unser Italien befreit hätten, wie sehr alle gelitten hätten, denn die Schwarzhemden seien zwar schrecklich gewesen, aber die Nazis, die an ihre Stelle getreten seien und im ganzen Land Terror gemacht hätten, noch mehr. Die Nazis seien dermaßen furchtbar gewesen, eines Tages hätten sie ihm aufgetragen, einen Lastwagen voller Schweine- und Rinderhälften, sowie Hühner, die für ihren Chef bestimmt waren, abzuladen, ihm, der doch seit Jahren nur Brot und Zwiebeln und Zwiebeln und Brot zu essen bekam, er habe sich geweigert und zum Soldaten, der ihn mit dem Gewehrlauf stieß, scher dich zum Teufel, gesagt. Da hätten sie ihn ins Gemeindezentrum hinter unserem Garten geschleppt und ihm dort durch einen Trichter einen Liter Rizinusöl in den Magen laufen lassen. Onkel Ernesto dagegen hatte mir keine Geschichte erzählt. Das Einzige, was ihn mir sympathisch machte, war der Wechsel seiner Nationalität. Ich verstand sehr gut, dass er seine italienische Haut loswerden wollte. Wenn ich gekonnt hätte, hätte ich es ebenso gemacht, und das schaffte eine gewisse Solidarität zwischen uns. Als er dann die Erstkommunion erwähnte, die die Russen aus dem Kalender gestrichen hatten, änderte ich meine Meinung und ging endgültig auf seine Seite über. Umso mehr als meine Erstkommunion mit oder ohne Beichte kurz davor war, ins Wasser zu fallen.

Aus diesem Grund konnte ich gestern Abend kein Auge zumachen. Zwar war die heutige Beichte ein wenig schuld daran, doch die damit zusammenhängende Angst war schon Routine geworden. Aber die Spinne in meinem Innern tat, angestachelt durch das, was passierte, als wir zum x-ten Mal von der Generalprobe kamen, einen mächtigen Sprung. Die ganze Nacht hindurch träumte ich allerhand Widersprüchliches (wobei ich fast die Beichte vom nächsten Tag vergaß): Veränderungen, die bald mit meinem Körper vorgehen würden, der bereit war, den Leib des Herrn zu schlucken. Übermorgen, dachte ich, übermorgen wird alles anders sein. Ich werde den dreiteiligen Anzug meines Bruders anziehen und allen die Uhr meines Paten Erny zeigen, und man wird nur für mich Augen haben, man, das heißt besonders die Mädchen, die bis dahin nur meinen Bruder umschwänzelt hatten. Aber dieses Übermorgen verschwand im Dunkel, und eine riesige Spinne trat an seinen Platz, eine Spinne mit zahllosen Fangarmen, die alle eine wunderschöne Uhr mit phosphoreszierenden Ziffern trugen.

Ich war nervös und erleichtert zugleich, und diese seltsame Mischung enthob mich der Zeit, wiegte mich in einer Leere, die eingezwängt war zwischen dem Tag, der kommen sollte und dem, der den normalen Ablauf der Dinge in Frage zu stellen drohte. Wenn nur Großvater da gewesen wäre, um meine Hand zu nehmen, die Handfläche zu kitzeln und wieder mit der Geschichte von den Partisanen anzufangen oder der Geschichte von Papa, der unter schwierigen Bedingungen Mama begegnet war. Er hätte nur mit seiner Erzählung anzufangen brauchen, und ich wäre sofort eingeschlafen, fern von der Spinne, wie immer durch seine Zauberstimme besänftigt. In der Zwischenzeit hätte ich mit Hilfe der Nacht und des Schlafes eine Lösung für mein Unglück gefunden. Aber Großvater Claudio war nicht da. Sicher hielt er sich in einer der Kneipen am Marktplatz auf, wo er ein Battin-Bier nach dem anderen leerte, um sich von der Diskussion mit Onkel Ernesto zu erholen, unterstützt von zahlreichen Landsleuten, die ihn ermunterten, seine imaginäre Trompete anzusetzen, da sie Lust hatten, denen Serenaden zu senden, die sie in ihren Dörfern dort unten zurückgelassen hatten und die im Gegensatz zu Großmutter Lucia trotz allen Vorbereitungen und allen Bemühungen ihrer Männer, es nicht gewagt hatten, sich in den Zug zu setzen.

Da packte mich die Lust, Ernys Uhr, vielleicht das letzte Mal, bevor ich sie weiterverkaufte, aus ihrem Versteck zu holen, nur einen kleinen Moment, um im Dunkeln die grünen Punkte und Striche anzusehen und mich wieder in die Zeit hineinzuschleichen, aber die Uhr war im Schlafzimmer meiner Eltern und das hätte sie bestimmt geweckt, und Mama hätte mich ausgeschimpft, wie sie es am Nachmittag getan hatte, als ich mit einer langen Kerze, oder vielmehr mit den drei Stücken, die davon übrig waren, weinend nach Hause kam.

Denn alle Jungen mussten bei der Zeremonie des Tages T dieses heilige Symbol tragen, um Jesus besser zu beweisen, hatten Schwester Lamberta und Hochwürden Blanche im Chor gesagt, wie sehr wir würdig waren, ihn in uns zu empfangen. Ein Symbol, das uns sechzig Franken gekostet hatte.

Charly und ich, wir hatten – war Nicos kategorische Ablehnung, den Beichtvater zu spielen daran schuld oder etwas anderes – das Kriegsbeil begraben, und ich verbrachte neuerdings wieder lange Nachmittage bei ihm, wo wir vor dem Fernseher saßen oder mit der elektrischen Eisenbahn spielten. Der Lebensmittelladen von Charlys Vater befand sich an der Ecke der Großen Straße nicht weit von uns, und dort hatten wir, von einer uns durch Schwester Lamberta auferlegten Nachsitzstunde zurückkommend, den Einfall, dass wir mit unserer langen Kerze in Wirklichkeit mittelalterliche Ritter seien, enterbte Ritter Ivanhoes, wie der in den Büchern meines Bruders Fernand. Wir kamen gerade vom Juden Isaac von York zurück, wo wir uns für sechzig Franken eine Rüstung verschafft hatten, und mussten in einem Turnier vor den Augen Rebeccas, Lady Rowenas und Michèles, Charlys Schwester, gegen Sire Brian de Bois-Guibert höchstpersönlich kämpfen. Aber das Turnier dauerte nur einen Augenblick. Kaum hatte ich mit meinem Pferd, das ich, mit meiner Hand auf mein rechtes Hinterteil schlagend, antrieb, den Anlauf genommen, in der anderen Hand die lange Lanze haltend, wobei ich Sire Charly durch das herabgeklappte Visier meiner Kapuze scharf anblickte, da machte ein am Boden liegendes Hindernis, ich weiß nicht mehr welches, meinen Träumen, Rebeccas, Lady Rowenas oder Michèles Haupt mit Lorbeer, den ich für sie gewinnen wollte, zu bekränzen, ein Ende. Als ich wieder aufstand, spürte ich zunächst nur meine Knie und meine Ellbogen. Die Wunden, die seit dem letzten Fußballspiel noch keine Zeit gehabt hatten zu verheilen, bluteten wieder, und meine Hose hatte einen Riss. Dann war der Schmerz plötzlich weg, als Charly mir zeigte, was von der heiligen Kerze, die ich für sechzig Franken von Hochwürden Blanche erhalten hatte, übrig war: drei Stücke von ungleicher Länge, drei, wie der dreiteilige Anzug, der zu Hause auf mich wartete, um mich in die so sehnlich erwartete Zukunft zu geleiten.

An all das dachte ich zurück, während ich auf Deutsch meine Vaterunser und Ave Marias betete. Deshalb dauerten sie länger als gewöhnlich. Denn neben unserem Vater, der du bist im Himmel, befand sich mein Onkel aus Amerika, der von den Russen sprach, die die Erstkommunion abgeschafft hatten, und an der Stelle, wo das Vaterunser von Schuld handelt, flogen meine Gedanken hin zu den sechzig Franken, die ich Mama zurückzuzahlen versprochen hatte gegen ihr Versprechen, mich an diesem Nachmittag wenige Stunden vor dem Tag T, zur Sakristei zu begleiten. Um eine zweite Kerze zu kaufen, der ersten gleich, mit einem in Goldpapier gewickelten unteren Teil zum Anfassen und einem roten X, über dem ein schwarzes P stand, das Monogramm von Jesus, erklärte Schwester Lamberta, das ins Wachs eingekerbt war. *Aber bald werden wir in der unendlichen Weite ohne Küsten und Häfen verloren sein ...*

... das Drama ist vollendet. Wer geht denn jetzt voran? Ich, denn einer hat den Schiffbruch überlebt...

Es gibt mehrere Wege, nach Differdingen zu kommen, aber ich wähle unweigerlich denselben. Die Entscheidung fällt am Ortsausgang von Esch, wo sich die Straße unter der Brücke plötzlich gabelt. Der Strom der Wagen, Mopeds und Fahrräder teilt sich, vor allem um zwei Uhr nachmittags, wenn sich die Fabriktore der Arbed öffnen und Hunderte ermüdeter Arbeiter ausspucken. Automatisch wenden sich die einen auf der kurvenreichen Straße, die nach Soleuvre hinaufführt, nach rechts, während die anderen geradeaus auf Belvaux zu fahren. Während der Fahrt lichtet sich allmählich die Fahrzeugschlange. Aber es gibt welche, die wie ich weiterfahren. Und die fahren, als führte sie eine Hand immer dieselbe Straße nach Differdingen. Unweigerlich. Wissen sie, dass das, was vor ihnen liegt, sobald sie unter die Brücke, die in Esch endet, hinabtauchen, ein Delta ist? Ein Delta mit seinen zwei Armen, das wie alle Deltas nur die Illusion einer Entscheidung bieten kann? Wenn jene, die rechts einbiegen sich sagen (aber sagen sie es sich wirklich?), dass sie rechts einbiegen, wählen sie nicht wirklich ihre Straße, da die andere, die geradeaus weitergeht, ebenfalls früher oder später genau zum selben Ort führt, nämlich ins Zentrum von Differdingen, mitten auf diese unausgewogene Kreuzung, die zwei Schritte vom Marktplatz, von der Schule und der Fabrik die Straßen neu verteilt. Was also hat sie dazu gebracht, sich in den einen oder anderen Arm zu werfen und sich ihnen so ganz anzuvertrauen? Diese Frage stellte ich mir vorhin, als ich automatisch nach Belvaux hinauffuhr.

Nein. Sandra hat die Frage gestellt oder doch wenigstens ausgelöst. Hast du dich nicht geirrt? hat sie gefragt. Musstest du nicht rechts fahren? Ja, sagte Lucie, das Schild zeigte in die andere Richtung. Differdingen, 8 km. Ich habe nicht geantwortet. Schon mehrere Jahre war ich nicht mehr in Differdingen gewesen. Und dennoch habe ich wie immer nicht den rechten Arm des Deltas gewählt. Instinktiv bin ich die Straße nach Belvaux gefahren. Darüber musste ich lächeln. Die Menschheit, dachte ich, und ich habe es dann auch zu Sandra und Lucie gesagt, die ganz runde Augen machten, teilt sich am Ortseingang von Esch in zwei Teile. Es gibt die, die rechts fahren, um nach Differdingen zu kommen und die anderen, die einfach geradeaus fahren. Ich gehöre seit eh und je zur zweiten Kategorie. Das habe ich zu Sandra und Lucie gesagt, und darüber musste ich noch mehr lächeln, denn alles in allem habe ich in meinem Leben immer das Gegenteil getan. Jedes Mal, wenn ich einen Scheideweg vor mir hatte, bei jedem auftretenden Delta bin ich nie geradeaus gegangen. Ein tiefes Bedürfnis, von meinem Weg abzuweichen, ergriff immer von mir Besitz. Ich ging also entweder nach links, oder nach rechts, als müsse ich um jeden Preis den vorgezeichneten schrecklich geraden Weg vor mir verlassen. Ich habe all mein Können und meine Geschicklichkeit in diese unausweichlichen Umwege gelegt. Und das habe ich getan, sage ich mir heute, weil ich noch nicht wusste, dass trotz der Umwege alle Arme eines Deltas früher oder später in dasselbe Meer münden. Unweigerlich.

Aber Sandras Bemerkung hätte beinahe, unabhängig davon, dass sie diesen Gedanken ausgelöst hatte, noch einen weiteren Reflex zur Folge gehabt. Ich fuhr langsamer. Und wenn ich zurückführe? Es wäre leicht zu wenden, bis zur Brücke zurückzufahren und die andere Straße zu fahren. Ich habe also rechts gehalten, um die ungeduldige Kolonne der anderen Wagen vorbeizulassen. Ohne ein Wort zu sagen. Sind wir schon da, fragte Lucie, ist das Differdingen? Das ist aber hässlich.

Woran denkt die andere Hälfte der Menschheit? fragte Sandra.

Ich bin nicht umgekehrt. Die Brücke von Esch zitterte im Rückspiegel und mit ihr alle Fahrzeuge, die darunter hindurchfuhren. Als ob nichts wäre, setzten sie ihre Reise fort, blinkten rechts oder nicht, um rechtzeitig anzuzeigen, welche Straße sie gewählt hatten. Es genügte, einige Dutzend Meter vor der Brücke die linke Hand einen Augenblick vom Lenkrad zu nehmen, an den Hebel des Blinkers zu fassen und ihn nach oben zu drücken. Eine einfache Bewegung, die jeder Autofahrer Dutzende Mal am Tag macht. Aber an der Stelle hatte ich sie nie gemacht, genauso wie die Hälfte der aus der Arbed kommenden Arbeiter sie bestimmt nie gemacht hatte. Eine viel kleinere Hälfte jetzt, wo immer weniger Menschen aus dem Fabriktor ausgespuckt werden. Aber ob sie klein ist oder nicht, für diese Hälfte gibt es wie für mich nur einen einzigen Weg, der nach Differdingen führt.

Vor der herabgelassenen Schranke des Bahnübergangs in Belvaux kamen Zweifel in mir auf. Unruhe beschlich mich. Der andere Weg, den die andere, ebenfalls kleiner gewordene Hälfte eingeschlagen hatte, hätte mich auch zu einem Bahnübergang geführt, da der Zug, der seinerseits nur eine Möglichkeit hatte, nach Differdingen zu gelangen, die beiden Straßen auf derselben Höhe in Belvaux und in Soleuvre durchschnitt. Aber der Zug gab mir Recht. Er kam von Esch, und der rotweiße Arm meiner Schranke hob sich zuerst. Die Unruhe trat einen Schritt zurück. Ich hatte mich nicht in der Straße geirrt. Wenn der Zug aus der entgegengesetzten Richtung gekommen wäre, hätte die kleine Hälfte, die den anderen Weg eingeschlagen hatte, Recht gehabt. Wir sind angekommen, habe ich erleichtert zu Sandra und Lucie gesagt.

Ich stellte den Wagen gleich hinter dem gelben Schild mit der schwarzen Aufschrift Differdingen ab. Aber zu mir selbst sagte ich etwas ganz anderes.

Ich blickte mich um und stellte fest, dass Differdingen ehrlich gesagt dort nicht wirklich anfing, ich meine, dass man nicht richtig merkte, dass die Stadt an dieser Stelle anfing. Da steht zwar das gelbe Schild mit den schwarzen Lettern, die Differdingen bedeuten, aber nichts anderes zeigte an, dass das der Anfang war, denn zu beiden Seiten dieses Namens standen Häuser, die sich nicht darum kümmerten, als gäbe es ihn nicht, Häuser, die sich ähnelten, die sich ähnelten, selbst wenn sie sich voneinander unterschieden. Als mache sie etwas auf den Dächern, in den Fenstern oder an der Fassade ähnlich? Schon in Esch hatte Sandra diese Gleichförmigkeit festgestellt. Und auch in Düdelingen, wenige Tage vorher. Sie sind alle gleich, diese Häuser, hatte sie gesagt, als würden sie alle dieselbe Geschichte erzählen. Es muss langweilig sein, die ganze Zeit immer dieselbe Geschichte zu hören. In Differdingen ist das anders, hatte ich ihr geantwortet, in Differdingen gibt es viele Geschichten.

Aber Differdingen wollte und wollte nicht anfangen. Da suchte ich einen vertrauten Anhaltspunkt, der seit eh und je meinen Blick auf sich gezogen hatte: die Drahtseilbahn mit ihren rötlichen Förderkörben, die das Eisenerz zu den Hochöfen der Hadir-Fabrik transportierten. Die einstige Grenze zwischen dem, was noch Gebiet von Differdingen war und dem, was es schon nicht mehr war. Wie viele Schlachten mussten Parzelle um Parzelle geschlagen werden, damit diese Grenze eine wahre Grenze blieb, mit zu beiden Seiten dem wahren Anfang und dem wahren Ende der Stadt? Ähnlich dieser anderen Grenze, die älter war als die erste, diese Wasserscheide, die ein ganz klein wenig weiter südlich lag, am Fuß des Hügels von Zolverknapp, die den wahren Anfang und das wahre Ende von Differdingen in einen umfassenderen Anfang und ein umfassenderes Ende eingliederte, nämlich zwischen Maas und Rhein, als ob daselbst, unter den Förderkörben der Drahtseilbahn unmerklich ein Ort entstanden war, dazu vorherbestimmt, der Mittelpunkt eines Niemandslandes zu werden, eingezwängt zwischen zwei Täler, die dort wohl beginnen, aber woanders enden.

Aber die Drahtseilbahn war nicht mehr da. Was zur Differdinger Fabrik hinunterführte und über den rotgrauen Häusern und dem grauschwarzen Friedhof hing, war eine Gasleitung, dick und hässlich wie die Hausdächer. Ein Rohr, das Differdingen mit der Außenwelt verband und unablässig neues Blut in die Stadt pumpte, die dort unten Mühe beim Atmen zu haben schien. Eine am Tropf hängende Stadt, dachte ich, und mich überkam plötzlich das Bedürfnis, durch die Felder den Abhang hinunterzulaufen. Aber wegen der unzähligen trennenden Zäune waren die Felder unzugänglich. Differdingen ist hässlich, sagte Lucie noch einmal, Ja, es ist ziemlich hässlich geworden, gestand ich ihr zu. Und diese Antwort tat mir irgendwie weh.

Sandra stieg als Erste wieder in den Wagen: War sie enttäuscht oder wollte sie mich nicht enttäuschen? Bei all dem, was ich ihr über meinen Geburtsort erzählt hatte, kannte sie ihn fast besser als ich. Von den Förderkörben der Oberkorner Drahtseilbahn bis zu den Höhen des Passionsplatzes erstreckte sich ein Gebiet, das ich in ihre Vorstellungswelt eingepflanzt hatte. Aber wer hatte es in meine hineingesetzt? Wo befand sich der Riss zwischen meinem Vergessen und dem durch die Zeit bewirkten echten Wandel? Meinem Geburtsort war es nicht allzu schwer gefallen, von einer Vorstellungswelt in die andere überzugehen. Wenn ich von ihm sprach oder erzählte, drang er ganz natürlich in Sandras und selbst in Lucies Gedächtnis ein. Aber welches Band gab es zwischen dem, was ich erzählte, und der realen Stadt, die vor uns dalag? Und welcher andere Faden verband diese Stadt mit der, die ich in meiner Kindheit gekannt hatte? Plötzlich lagen vier Differdingen vor uns, und keines schien das echte zu sein. Jedes war nur eine Version einer Geschichte unter anderen.

Ich möchte den kleinen Zwerg sehen, sagte Lucie plötzlich, wo ist der kleine Zwerg, der bimbim, bimbim macht?

Der kleine Zwerg stand da an seinem Platz im Rundpavillon des Gerlach-Parks. Lucie bekam Angst, als sie ihn sah. Allerdings riss der kleine Mann die Augen übertrieben weit auf, als wollte er die ganze Welt um sich herum verschlucken. Und doch schien er blind zu sein. Seine beiden schwarzen Pupillen, die reglos mitten im Weiß des Auges standen, blickten nirgendwohin. Und er schien maßlos zu leiden. Sein stummer Mund, das kleine rote Stück, das man davon sah und das in einem riesigen weißen Bart verschwand, der massiger war als ein Gletscher, erinnerte an eine frische Wunde. Beruhigend waren nur der Anzug, der so blau war, und die Hose, die so rot war, als wären sie frisch gestrichen. Dann begann er plötzlich mit den beiden Hämmern, die er in den Händen hielt, energisch gegen die Glocken zu beiden Seiten seines reglosen Gesichtes zu schlagen. Lucie fuhr zusammen, aber die verrosteten Zeiger der Blumenuhr neben dem Zwerg bewegten sich nicht. Auch nicht einen Millimeter.

Haben wir uns dieses Schauspiel lange angesehen? Die beiden Uhrzeiger hatten jedenfalls keine Lust, die Zeit zu messen. Als wollten sie durch ihr Feststehen gegen etwas protestieren. Und während mein Blick zwischen dem Pavillon und der Uhr hin und her ging, dachte ich, dass Sandra und Lucie jetzt sicher, ganz wie ich, an die unzähligen Anekdoten zurückdachten, die ich ihnen über den Zwerg des Gerlach-Parks erzählt hatte. Immer wenn Lucie nicht einschlafen konnte, fügte ich eine Variante zu der von mir erfundenen Geschichte hinzu. Lucie wusste auch, dass die Einwohner von Differdingen mehrfach bemerkt hatten, dass der kleine Zwerg nicht mehr in seinem Pavillon war. Er war ganz einfach verschwunden. Während des Krieges, wo er sich geweigert hatte, die Zeit voranschreiten zu lassen, zum Beispiel, hatte er sich mitten in einem Wald versteckt und war erst wieder aufgetaucht, als die Nazis abgezogen waren. Bei einer anderen Gelegenheit, und zwar während der Fußballweltmeisterschaft, hatten die Italiener, die über ihren Sieg glücklich waren, ihn weggenommen und ihn rot-weiß-grün angestrichen wiedergebracht. Aber seitdem schien er endgültig an seinem Standort fest verankert und die Zeit, deren Meister er gewesen war, gehorchte ihm nicht mehr.

Vielleicht ist es nicht mehr derselbe, sagte Lucie plötzlich, als spürte sie, dass sie mich trösten müsse. Jemand hat ihn gestohlen und einen anderen an seine Stelle gesetzt, einen bösen Zwerg mit Wolfsaugen.

Lucie hatte Recht. Nichts war mehr wie früher. Früher sah man durch den Vorhang der Bäume, ob sie nun Blätter hatten oder nicht, die Hochöfen und Fabrikschornsteine. Jetzt waren sie verschwunden. Die Bäume waren fast Skelette, und dahinter gab es nichts mehr. Keine Spur hässlicher Metallbauten, die einmal wie riesige Kräne den grauen Stadthimmel durchfurchten. Ich wollte mir alles aus der Nähe ansehen. Die Fabrik hatte sonst hinter dem Parkkino angefangen. Man brauchte sich nur vor das rötliche Haus zu stellen und aufzublicken. Alles Übrige geschah von selbst. Der Blick verfing sich in Metallkonstruktionen. Wie oft hatte ich diese Hochöfen und diese Schornsteine verflucht, die ihren schmutzigen Staub über die Stadt auspusteten, ein Staub, der sich überall absetzte und das Räderwerk des täglichen Lebens zu verlangsamen drohte. Was für eine Schnapsidee, eine Fabrik mitten in die Stadt zu setzen, hatte Sandra gesagt, als ich ihr erzählt hatte, dass die Grundschule, meine Grundschule, fast dem Fabriktor der Hadir gegenüber lag. Nein, es ist das Gegenteil, hatte ich erwidert, die Fabrik war zuerst da, die Stadt ist später gekommen. Daran dachte ich zurück, als ich auf das Parkkino zuging. Aber das Parkkino war nicht zu finden. An seiner Stelle stand jetzt ein Supermarkt, und der Himmel dahinter war leer. Die Stadt ist später gekommen, sagte ich mir noch einmal, und das machte mich auch traurig, weil gegenwärtig nichts kam, sondern alles ging. Hatte Differdingen noch einen Sinn ohne Anfang, ohne seine Hochöfen, ohne sein Kino? Ohne seine Kinos. Denn vor langer Zeit, sehr langer Zeit hatte Differdingen noch vier Kinos, vier Kinos mit Namen, die von weither kamen, Apollo, Mirador, Palace und Park. Vier Kinos, die vier von weither kommende Geschichten erzählten.

Die an diesem Tag gemachten Aufnahmen erzählen noch dieses: die Protagonisten der Geschichte der Stadt sind an strategischen Orten aufgestellt worden, Förderwagen voller Eisenerzblöcke und Kleinloks, so sauber, als wären sie nie benutzt worden. Wie festgenagelt auf amputierten Schienenstücken. Mit Scherenstromabnehmern, die nach imaginären elektrischen Drähten tasten. Diese putzsauberen Kleinloks werden Differdingen nie verlassen. Differdingen weiß, wem es zu danken hat. Sie sind hässlich, diese Denkmäler, hässlich und traurig, als befänden sie sich nicht am richtigen Ort. Dort oben auf dem Thillenberg waren die Förderwagen zu nichts mehr nutze, denn das letzte Bergwerk hat schon vor geraumer Zeit endgültig zugemacht. Statt in den Bauch des Thillenbergs zu fahren, sind die kleinen Züge von einst in die Stadt eingedrungen und erzählen dort das Ende ihrer Geschichte.

Lucie gefiel es, die Überreste einer vergangenen Zeit zu sehen. Besonders die auf dem Rasenstück zwischen der Rooseveltstraße und dem Millchen Platz stehenden Kleinloks. Ich habe sie also auf das Dach der Kleinlok gehoben. Sie schlüpfte zwischen die Arme des Scherenstromabnehmers, und als ich den Rhombus mit Lucie in der Mitte fotografieren wollte, habe ich einen Augenblick gezögert, denn dahinter erkannte ich durch meinen Bildsucher verschwommen das Haus der Rooseveltstraße wieder. Mein Haus. Früher konnte man es von dieser

Stelle aus nicht sehen. Hatte an der Ecke der Rooseveltstraße und der früheren Frankreichstraße ein Haus gestanden?

In einem Café am Marktplatz musterten uns die Leute eingehend. Sie sind doch Differdinger, sagte eine Frau, deren Gesicht mir bekannt vorkam, zu mir, ganz klar, Sie sind Differdinger. Dann wollte sie wissen, wo ich gewohnt hatte, und als ich ihr gesagt hatte, dass mein Geburtshaus in der Rooseveltstraße war, wiederholte sie gleich, ach, in der Parkstraße. Für sie schien die Zeit messbar zu sein. Es gab die Phase der Parkstraße und die der Rooseveltstraße, aber um sich nicht allzu sehr im Labyrinth zu verirren, war sie lieber bei der ersten, dem Anfang, stehen geblieben. Ich hatte fast denselben Eindruck, als ich das an der Fassade des früheren Lebensmittelgeschäftes angebrachte Schild sah, auf dem Frankreichstraße hätte stehen müssen und wo jetzt John-F.-Kennedy-Straße stand.

Trotz allem, trotz der verrosteten Zeiger der Blumenuhr im Gerlach-Park, bleibt der Faden der Zeit sichtbar, sagte ich mir, wenigstens für die, die die Stadt nicht verlassen haben. In jedem Viertel, in jeder Straße sind Spuren der Dauer zu finden, ein Geheimcode, den nur die Sesshaften entziffern können. Man braucht nur die Kettenglieder der Geschichte zusammenzustellen, wie man die Perlen einer Kette oder die Kapitel eines Romans zusammenstellt. Geschichte. Weil es alles in allem nur eine Geschichte gibt.

Da ist auch die Brücke, auf halbem Weg zwischen dem grünen Haus, das früher meiner Großmutter Maddalena gehörte und dem Thillenberger Fußballplatz. Die Brücke mit ihrem Echo. Die Schreie, die im Gewölbe aufsteigen, laufen um den Berg herum und kehren zurück, als sei alles noch wie früher. Mit der Ausnahme, dass meine Stimme der meines Vaters ähnlich geworden ist, während die von Lucie meine als Kind ersetzt hat. Diesmal hat Sandra die Aufnahme gemacht, ohne zu zögern, trotz des grünen Hauses mit seinen Geranientöpfen hinter uns, ein Haus wie jedes andere, hat sie sicher gedacht, während sie auf den Auslöser drückte.

Die übrige Strecke sind wir gefahren. So im Schutz des Fahrzeugs begannen die vier Differdingen wieder aufzuleben. Wir haben geredet und geredet, wie Fremde durch die Stadt irrend. Und was ist das? fragten abwechselnd Sandra und Lucie, Lucie und Sandra. In der Richtung geht es nach Lasauvage, habe ich geantwortet, dort gibt es einen Felsen und darunter eine erdrückte Hexe. Erzähl mir noch einmal die Geschichte von der bösen Hexe, bat mich Lucie. Und das ist das Haus von Herrn Erpelding, und dort geht es zum Titelberg hinauf, habe ich später gesagt. Erzähl mir die Geschichte von den Römern, die Differdingen gegründet haben, bat Lucie. Und das, das ist wie der Engel, sagte sie plötzlich. Ich blickte auf, und wir befanden uns vor der Grundschule.

Unter dem Eingang – man muss eine Treppe hinaufgehen, um zur Tür zu gelangen – war als Relief ein Fischkopf in die Mauer gehauen, mit ebenso aufgerissenen Augen wie die vom Zwerg im Gerlach-Park, und einem weit geöffneten Mund, als ob dieser Fischkopf sprechen wollte. Ich sah einige Sekunden lang wieder Michèle, Charlys Schwester, vor mir, die mich bei Schulschluss erwartete, bereit, meinen Schulranzen zu tragen. Nein, Michèle habe ich nicht wiedergesehen. Ich konnte sie mir nicht mehr vorstellen, noch Charly oder Nico. In meinem Gedächtnis war von keinem mehr ein Bild vorhanden. Von keinem, außer von Herrn Schmietz, dem Lehrer. Von ihm waren mir noch Aussehen und Stimme gegenwärtig. Als ich ihn anrief, freute er sich, mich wiedersehen zu können. Nardelli, Nardelli, sagte er, ja, ich erinnere mich. Du heißt Claude, nicht wahr? Und wie geht es deinem Bruder? Er ist jetzt doch auch Lehrer, nicht? Ich habe nicht gleich geantwortet. Du bist doch Fernands kleiner Bruder? hatte er vor langer Zeit gefragt, so wie die Schullehrerin in San Demetrio, deren Namen ich vergessen habe, gefragt hatte: du bist doch Nandos kleiner Bruder?

Ein unsichtbarer Faden verband diese Fragen. Ein Band wie das zwischen dem Turm der Madonnenkirche und dem Turm der Pfarrkirche, das meine Mutter beim Verlassen von San Demetrio gesehen hatte. Ein ganz dünner Faden, der trotz seiner Feinheit Zeit und Raum enthielt. Daran dachte ich, als Lucie sagte: und das ist wie der Engel, denn der Engel, das war der Engelkopf mit dem immer grünenden Grasbusch, der aus der Mauer unter der Freitreppe der Madonnenkirche hervorschaute. Ein Kopf mit aufgerissenen Augen und einem weit geöffneten Mund, der am Ende des Bandes an den Kopf mit weit aufgerissenen Augen und einem weit geöffneten Mund des Fisches unter der Freitreppe der Differdinger Grundschule erinnerte.

Aber das Band ist ganz dünn. Was stellen Raum und Zeit dar, wenn sie an einem ganz dünnen Faden hängen.

Wer geht denn jetzt voran? Ich, denn einer hat den Schiffbruch überlebt.

Die Schwestern von Mrs. Haroy, die kursiv gedruckt oder nicht dieses Buch durchqueren, stammen vor allem aus folgenden Werken:

Herman Melville *Moby Dick*
Altes Testament *Jonas*
Carlo Collodi *Pinocchio*
Alexandre Dumas *Les Baleiniers*
Jules Verne *Die Historien von Jean-Marie Cabidoulin*
Rudyard Kipling *Genau-so-Geschichten*
Alfred Hitchcock *Die drei ??? – und der Super-Wal*
Pierre Boulle *La baleine des Malouines*
Bruce Sterling *La baleine des sables*
Frank Gilbreth *Des baleines et des femmes*
Stanislao Nievo, Greg Gatenby *E Dio creò le grandi balene*
Yves Cohat *Vie et mort des baleines*
Jean-Pierre Sylvestre *Baleines et cachalots*
Diolé et Cousteau *Nos amies les baleines*

Impressum

Die Originalausgabe ist 1993 unter dem Titel
Mrs. Haroy ou la mémoire de la baleine
bei den Editions Phi in Echternach erschienen

www.gollenstein.de

Buchgestaltung Gerd Braun
Satz Karin Haas
Schrift BaskervilleBQ
Papier Design Offset creme
Druck Merziger Druckerei und Verlag GmbH & Co. KG
Bindung Buchbinderei Schwind

Printed in Germany
ISBN 3-935731-81-7
ISBN 978-3-935731-81-2